TANJA HEITMANN

Nachtglanz

TANJA HEITMANN

Nachtglanz

Roman

HEYNE

FSC
Mix
Produktgruppe aus vorbildlich
bewirtschafteten Wäldern und
anderen kontrollierten Herkünften

Zert.-Nr. SGS-COC-001940
www.fsc.org

Verlagsgruppe Random House FSC-DEU-0100
Das für dieses Buch verwendete
FSC-zertifizierte Papier *EOS*
liefert Salzer Papier, St. Pölten, Austria.

Dieses Werk wurde vermittelt durch
die Literarische Agentur Thomas Schlück GmbH, Garbsen
Redaktion: Kerstin von Dobschütz
Herstellung: Helga Schörnig
Satz: Leingärtner, Nabburg
Druck und Bindung: GGP Media GmbH, Pößneck
Printed in Germany 2010

ISBN 978-3-453-26642-1

www.tanja-heitmann.de
www.heyne.de

Für Bastian

Den anderen verstehen, das heißt,
sein Gefühl in uns nachzubilden.

FRIEDRICH NIETZSCHE

Prolog

Feuergeburt

Adam.

Eben war da nur Leere gewesen. Jetzt zerschnitt diese Stimme die Stille. Sie dröhnte, als habe man eine Bronzeglocke in einem zu kleinen Raum geschlagen, so dass die Wände bebten. Allmählich verklang ihr Echo. Stille breitete sich erneut aus, angenehm und betäubend.

Adam.

Da war sie wieder, diese lästige Stimme. Widerwillen regte sich, wo eben noch kein einziges Gefühl vorhanden gewesen war. Gefolgt von Wut. Dann verblassten die Empfindungen, und die Leere kehrte zurück. Ein süßes Nichts, das alles auslöschte.

Adam, wach auf.

Die Leere hob endgültig ihren Schleier und zeigte eine Welt, die aus einem blutroten Himmel und dieser aufdringlichen Stimme bestand. Keins von beiden war gut, auch nicht die sich langsam aufdrängende Vermutung, gefangen zu sein. Das alles sollte aufhören. Sofort.

Adam, wach endlich …

»Nein!«

Das Wort war heraus, ehe er überhaupt eine Vorstellung davon hatte, Kehle und Mund zu besitzen, die sie hervorbringen konnten. Nun war es zu spät. Seine eigene tiefe, seltsam raue Stimme hallte ihm in den Ohren und brachte den Beweis, dass er tatsächlich eingesperrt war: in einem Körper. Und der Weg zurück in die Leere war verwehrt.

Ein verzweifelter Schrei kam über seine Lippen, die er mit einem Mal spürte, so wie er jeden einzelnen Teil seines Körpers spürte. Sein Brustkorb stand in Flammen, während sein Herz mit jedem Schlag Lava durch seine Venen jagte.

Er brannte lichterloh.

Qualvoll riss er die Augen in dem festen Glauben auf, nichts als ein Flammenmeer zu erblicken. Stattdessen sah er in den Himmel, eingerahmt von zwei Häusergiebeln. Morgenrot schimmerte in der Ferne, unerreichbar. Um ihn herum war alles Grau in Grau und Schwarz.

Aber woher stammte dieser unerträglich glühende Schmerz?

Mit einer Hand, die seinem Willen kaum gehorchte, griff er sich an die Brust, spürte Stoff, der klebrig und schwer war, und zerrte ihn beiseite. Seine tauben Fingerspitzen wanderten über kühle Haut.

Das konnte unmöglich sein. Seine Haut konnte nicht kalt sein, er brannte doch!

Obwohl ihm vor Anstrengung Funken vor den Augen aufstoben, zwang er seinen Kopf ein Stück nach oben, um auf seine freigelegte Brust zu starren, die wider Erwarten nicht in Flammen stand. Nicht einmal ein Glühen, nur das feine Heben und Senken war im diesigen Licht der Gasse auszumachen. Voller Unglauben grub er seine Fingernägel ins Fleisch, dort, wo er sein Herz schlagen und Feuer versprühen fühlte. Eine feine Spur dunklen Bluts drang hervor, während die aufgerissene Haut sich mit einem Kribbeln bereits wieder zusammenzog. Als er das Blut beiseitewischte, waren die Kratzspuren nicht mehr als rasch verblassende Linien.

Keine Schändung meines Tempels, wenn ich bitten darf.

Da war sie wieder, diese spöttisch klingende Stimme, die sich wie Säure zu ihm durchfraß. Wem gehörte sie bloß?

Stöhnend presste er die Hände auf die Ohren, konnte kaum dem Bedürfnis widerstehen, den Kopf auf den Boden zu schlagen. Es war nicht ausreichend Platz für sie beide vorhanden, verflucht. Jeden Augenblick würde sein Schädel regelrecht bersten, so groß war der Druck. Doch noch größer war seine Abneigung gegen den Quälgeist, der ihn gerufen hatte, um ihn in diesen gepeinigten Körper zu zwingen und zu verhöhnen.

Erst beim zweiten Versuch gelang es ihm, sich auf die Seite zu drehen, so dass sein Gesicht auf nassem, rauem Pflasterstein zum Ruhen kam. Er lag in einer Gasse, wie etwas Weggeworfenes. Es war ihm gleich, er würde einfach hier liegen bleiben. Darauf warten, dass es vorbeiging. Am besten alles.

Es ging auch vorbei, zumindest das bestialische Brennen. Nachdem es gewaltsam in jeden Winkel seines Körpers eingedrungen war, erlosch es nun langsam. Zurück blieb das unbestimmte Gefühl, gebrandmarkt worden zu sein. Als sei jede einzelne Zelle mit einer eigenen Markierung versehen worden, die den neuen Besitzer dieses auf dem nackten Boden in einer Hinterhofgasse liegenden Leibs auszeichnete.

Obwohl die Schmerzen sich endlich verflüchtigt hatten, blieb er reglos liegen, vor Erschöpfung außerstande, auch nur eine der Haarsträhnen, die an seiner Stirn klebten, fortzuwischen. Sehnsüchtig wartete er auf den Schlaf. Was danach kam, war ihm gleichgültig. Aber der Schlaf wollte nicht kommen. Stattdessen stieg eine prickelnde Energie auf, die darauf drängte, in Bewegung umgesetzt zu werden. Sein Geist mochte sich nach einer Auszeit sehnen, aber seine Glieder pulsierten vor Tatendrang.

Bewusst langsam zog er die Luft tief ein … und musste sich jäh, beinahe wie elektrisiert, aufsetzen.

In seiner Hand hielt er ein Einstecktuch. Cremefarben an jenen Stellen, die nicht mit dem nassen Pflasterstein in Berührung gekommen oder von dunkelroten, fast braunen Schlieren befleckt waren. In einer Ecke zeigten sich die Initialen LS, in Blau gestickt. Was ihn allerdings wirklich an diesem kleinen Stoffeck faszinierte, war der überwältigende Geruch, der von ihm ausging. Unmöglich, dachte er, während er das seidene Rechteck zwischen seinen Fingern spannte. Nichts auf der Welt kann derartig intensiv und vielschichtig riechen.

Und doch verriet ihm der Stoff lauter Geheimnisse über seinen Besitzer, denn das Tuch gehörte zweifelsfrei jemand anderem – das war das Erste, was ihm sein Geruchssinn zutrug. Das Blut, das die dunklen, klebrigen Spuren hinterlassen hatte, war nicht sein eigenes. Genauso wenig wie das Blut, mit dem seine Weste und sein Hemd an der Brust durchtränkt waren. Als habe er zu gierig getrunken … Angewidert verdrängte er dieses Bild und konzentrierte sich auf das, was seine Sinne ihm zuflüsterten. Es war eindeutig ein männlicher Geruch, eine Mischung aus feuchtem Stoff und einem nach Leder riechenden Aftershave. Außerdem nahm er frischen Schweiß wahr, der ganz unvermittelt hervorgebrochen war, als hätte der Besitzer eine enorme Anstrengung unternommen. Wer immer dieses Tuch verloren hat, er war erregt gewesen … in so mancherlei Hinsicht.

Dieser Gedanke war verwirrend, aber bevor er ihm nachgehen konnte, bemerkte er noch eine andere, kaum vorhandene, fast verborgene Spur. Etwas, das wie frisch geriebener Muskat in der Nase brannte, sich ansonsten allerdings jeden Vergleich verbot. Ein fremder Geruch, den es auf dieser Welt nicht geben sollte. Trotzdem erkannte er den Geruch wieder. Denn seine Haut verströmte ihn ebenfalls, wenn auch in einer anders gefärbten Note.

Obwohl seine Beine nicht im Geringsten zitterten, richtete er sich langsam auf, da er der pulsierenden Kraft in seinen Gliedern nicht über den Weg traute. In den Händen hielt er das blutbesudelte Tuch, das für ihn wie ein aufgeschlagenes Buch war, eng bedruckt mit allen möglichen Informationen. Unablässig raunte der in der Seide gefangene Duft ihm Hinweise zu, so auch über die Geschehnisse, die sich in der schmalen Seitengasse abgespielt hatten. Nur wollte es ihm einfach nicht gelingen, all das in einen Zusammenhang zu stellen. Wie auch? Er begriff ja kaum, wie ihm geschah.

Mit einem Mal schlugen seine überempfindlichen Sinne an und wischten jeden Gedanken beiseite: Eine Spur des Mannes, dem das Einstecktuch gehörte, lag noch in der Luft. Allerdings wurde sie mit jeder Sekunde schwächer. Er musste sich beeilen, ihr zu folgen, damit sie ihn zu demjenigen führte, der ihn bewusstlos in dieser Gasse zurückgelassen hatte. Nur mit Mühe beherrschte er den Drang, loszustürmen. Denn wer sagte eigentlich, dass er wie ein Tier einer Spur nachjagen wollte, um am Ende einem Mann gegenüberzustehen, mit dessen Blut er beschmiert war?

Weil er dir etwas über das erzählen kann, was du jetzt bist.

Diese Stimme war also immer noch da.

»Ich brauche niemanden, der mir etwas über mich erzählt«, erwiderte er flüsternd, während er das Tuch in seiner Manteltasche verschwinden ließ. Leider ließ sich das Verlangen, der Fährte hinterherzujagen, nicht genauso einfach verstecken. »Ich brauche niemanden.«

Vollkommen unvermittelt bohrte sich ein tiefer Schmerz in seinen Leib. Ein Stöhnen unterdrückend, taumelte er gegen die dreckige Häuserwand, die Arme schützend um den Körper geschlungen. Doch gegen diese Pein, die aus seinem Inneren heraus entstanden war, konnte er nichts ausrichten.

Langsam, viel zu langsam ließ der Aufruhr in seinem Inneren wieder nach.

Wenn du niemanden brauchst, der dir erklärt, wer du bist – wer bist du dann?

»Adam …« Die Antwort klang zögerlich und verriet, dass er sich da keineswegs sicher war. Doch es musste sein Name sein, weil es das Einzige war, was ihm geblieben war. Das Einzige, woran er sich erinnerte.

Ich habe dir den Namen gegeben und dich gerufen, denn du gehörst mir.

»Ich bin kein Hund, dem man einen Namen gibt, damit er auf einen hört.«

Ach nein? Dann verrat doch endlich einmal, wer du bist.

»Niemand, der dir gehört«, sagte Adam leise, und es klang wie ein Versprechen. Nicht einmal das höhnische Lachen der Stimme vermochte es in seiner Verbindlichkeit zu mindern. »Nein, dir gehöre ich nicht.«

Teil I

Stadt der Liebe

I

Fremde Haut

Die aufkommende Kühle kündigte den Abend an. Es lag noch ein Hauch von Winter über Paris. Der Frühling war zwar auf dem Vormarsch, wie die Triebe der Alleebäume bewiesen, aber die Nächte waren nichtsdestotrotz kalt.

Kein Wunder, schließlich ist es erst Mitte März, sagte Adam sich und schlug eine Ausgabe von *Le Parisien* auf, die jemand auf einer Parkbank zurückgelassen hatte. Dabei interessierte ihn vor allem eine Information, auf die vermutlich kaum ein anderer Leser geachtet hätte: das Datum. Mehr noch als der Wochentag fesselte ihn das Jahr, denn Adam hatte nicht die geringste Ahnung, in welchem Jahrzehnt er sich befand.

Laut der Zeitung war es das Jahr 1889 – für ihn war es nur eine Zahl.

Seitdem er am Morgen in dieser Gasse zu sich gekommen war, war er wie ein Gejagter durch die Straßen gelaufen. Erst mit der einbrechenden Dämmerung hatte er begonnen, sich Gedanken um seine Umgebung zu machen. Obwohl ihm Häuser und Plätze vertraut vorkamen, hätte er keineswegs sagen können, wo er sich befand. Er verstand zwar die Verwünschungen, die sich die Straßenjungen zuwarfen, genau wie ihm Kleidung und Umgangsformen bekannt waren. Trotz alledem hatte er nicht das Gefühl, dass irgendetwas davon mit ihm zu tun hatte. Als wäre er nur ein Zuschauer, der versehentlich auf die Bühne und zwischen die Darsteller geraten war.

Adam blieb gegen eine Hauswand gelehnt stehen und gab vor, sich in die Zeitung zu vertiefen. Dabei überflog er lediglich die Schlagzeilen, unter deren Themen er sich vage etwas vorstellen konnte. Politik, Wirtschaft ... Er wusste, worum es ging, ähnlich einem Reisenden, der bei einem Zwischenstopp eine Zeitung kauft und sich sagt »ja, ja, die Franzosen und dieser Georges Boulanger. Das kann doch nicht gutgehen.« Dass es unweigerlich dunkel zu werden drohte, interessierte Adam dann jedoch mehr. Denn er wusste weder, wer er war, noch, wo er die Nacht verbringen sollte. Der ganze Tag war nicht mehr als ein böser Traum gewesen, und es sah nicht danach aus, als ob er bald endete.

Mit einem Schaudern dachte Adam daran, wie er im Morgenrot aus der Gasse gestolpert war, das Lachen dieser bösartigen Stimme noch in den Ohren, sämtliche Sinne betäubt von dem Blutgeruch eines fremden Mannes. Augenblicklich war ihm, als wäre er wieder dort, so lebendig stand ihm die Erinnerung vor Augen.

Der Geruch des Blutes ... die fordernde Stimme in seinem Kopf ... beseelt von dem Entschluss, seinem Jagdinstinkt auf keinen Fall nachzugeben, ganz gleich, wie drängend er sein mochte. Niemand anders würde für ihn entscheiden, verflucht noch einmal! Er würde exakt den Weg einschlagen, der von der Fährte des Mannes, dessen Blut an ihm haftete, wegführte.

Kaum hatte er der Gasse den Rücken zugedreht, setzte jener schreckliche Schmerz erneut ein, als werde er für seine widerspenstige Entscheidung bestraft. Trotzdem hielt er nicht inne, sondern taumelte voran, immer weiter, die ihn anstarrenden Menschen ignorierend.

Erst als sein Körper leidlich zur Ruhe kam, blieb er stehen und fand sich auf einem Platz wieder, der eigentlich eher eine breite Straße war. Die umstehenden Häuser waren vier, manchmal sogar fünf Stockwerke hoch. Jede Stelle freien Mauerwerks war mit Schriftzügen bemalt, die auf die Läden verwiesen. »Vins & Liqueurs« las er im dunstigen Morgenlicht, »Pâtisserie« und noch mehr »Vin«. Während er die kunstvollen Schriftzüge und Plakate betrachtete, wurde ihm bewusst, dass er selbst Wein niemals »Vin« genannt hätte. Welche andere Sprache er bevorzugt hätte, welche vielleicht sogar seine Muttersprache war, fiel ihm jedoch nicht ein. In was für einer Sprache hatte eigentlich diese aufdringliche Stimme zu ihm gesprochen? Kein Französisch, wenn er sich richtig erinnerte.

Über dieses Geheimnis nachsinnend, schritt er aus, wurde aber sogleich am Kragen gepackt und zurückgerissen. Nicht eine Armlänge von ihm entfernt trabte ein schwarzer Kaltblüter vorbei, der ein schwer beladenes Gespann hinter sich herzog.

»Bist du selbst zu dieser frühen Stunde noch nicht ausgenüchtert, du Säufer? Oder schon wieder betrunken?«, brüllte der rotwangige Kutscher ihn an. In seinem Mundwinkel hing eine Pfeife, die aufgeregt auf und ab hüpfte. Dann war er schon an ihm vorbeigefahren.

»Sie sollten vorsichtiger sein, Monsieur. Die Rue Mouffetard ist gewiss nicht der richtige Ort zum Flanieren oder gar zum Tagträumen. Der Morgen ist eine geschäftige Zeit, und diese Lieferanten fahren wie die Teufel.« Der ältere Herr, der Adam so umsichtig zurückgerissen hatte, damit er nicht unter die Hufe des Kutschpferdes geriet, strich sich über seinen grau melierten Bart. »Vielleicht wäre es das Beste, wenn Sie sich zurückziehen würden. Sie sehen etwas derangiert aus.«

»Rue Mouffetard?«, wiederholte Adam in der Hoffnung, sein Gedächtnis möge endlich wieder funktionieren.

Doch in diesem Augenblick meldete sich unvermittelt jener unwiderstehliche Instinkt, der bereits auf das blutbeschmierte Einstecktuch mit solcher Vehemenz reagiert hatte. Der Auslöser war ein rhythmisches Schlagen, das alle anderen Geräusche übertönte.

Adam sah sich suchend um.

An der Seite des Herrn stand eine junge Frau, vielleicht seine Tochter. Sie hatte sich bei ihm eingehakt und gab vor, mit großem Interesse die Auslagen eines Blumenstandes zu betrachten. Alles, was Adam von einem Moment zum nächsten wahrnahm, war die leichte Drehung ihres Halses, wodurch der Pulsschlag unter ihrer gespannten Haut sichtbar wurde.

Für einige Atemzüge gab es nur noch das ohrenbetäubende Schlagen ihres Herzens.

Beruhige dich. Das hier ist weder der richtige Ort noch der richtige Zeitpunkt für ein Opfer. Außerdem gefällt sie mir nicht.

Adam fuhr beim Klang der Stimme zusammen. So plötzlich, wie seine Sinne sich übersteigert hatten, so schnell verflog dieser Eindruck auch wieder. Zurück blieb nur ein Kribbeln in den Fingerspitzen, die sich fast auf den Hals der jungen Frau gelegt hätten. Zwar mochte er die Stimme verwünschen, aber soeben hatte sie ihn zweifelsohne vor einer Dummheit bewahrt.

Als der ältere Herr sich mit einem Nicken und einem äußerst beklommenen Ausdruck zum Gehen abwandte, brachte Adam gerade noch ein »Danke« hervor. Seine Zunge formte das Wort mühelos, trotzdem konnte er sich des Verdachts nicht erwehren, eigentlich auf eine andere Sprache zurückgreifen zu müssen. Dann lief er los, getrieben von dem Bedürfnis, möglichst viel Abstand zwischen sich und den unwiderstehlich schlagenden Puls dieser Frau zu bringen.

Etwas stimmte nicht mit ihm – ungeachtet der Tatsache, dass er nicht wusste, wer er war, und dass eine körperlose Stimme zu ihm sprach. Nein, etwas war grundlegend verkehrt, so verhielt sich kein Mensch, schlicht aus dem Grund, weil kein menschliches Wesen über solche empfindlichen Sinne verfügte.

Geschickt bahnte Adam sich einen Weg durch die belebten Straßen: Dienstmägde mit beladenen Körben in ihren

Armbeugen, Gruppen von plaudernden Männern mit Schnauzern, Bärten und Pfeifen im Mund, und Kinder, die sich die Zeit mit Hüpfspielen auf den quadratischen Pflastersteinen vertrieben. Erstaunlich leichtfüßig umschiffte er Waren, die die Ladenbesitzer auf dem Gehweg aufgebaut hatten, und wich der Schnauze eines Straßenköters aus, der nach seiner Ferse schnappte. Erst als er das Gefühl hatte, sich wieder unter Kontrolle zu haben und auch die Fährte der jungen Frau nicht mehr auszumachen war, verlangsamte er seinen Schritt. Zu seiner eigenen Verwunderung war er trotz seines raschen Gangs nicht außer Atem gekommen, auch auf seinen Wangen spürte er keine Erhitzung. Das Laufen hatte ihm keine nennenswerte Anstrengung abverlangt.

Adam blieb vor einem Möbelladen mit großen Schaufenstern stehen und wagte einen Blick auf sein Spiegelbild. Unvermittelt setzte er einen Schritt zurück und blinzelte im festen Glauben, dass die Scheibe ihm einen Streich spielte. Zu seinem Entsetzen starrte ihm ein Fremder entgegen. Denn dieses durch die Spiegelung leicht unscharfe Gesicht konnte unmöglich ihm gehören! Es war ihm so unbekannt wie jedes beliebig andere, dem er bislang auf der Straße begegnet war.

Vorsichtig, als befürchtete er, sich zu verbrennen, tastete er nach seiner Wange. Dabei beobachtete er, wie sein Gegenüber die Bewegung exakt nachahmte. In dem Moment, als er seine Finger auf seinem Gesicht spürte, berührte auch das Spiegelbild die Wange des Fremden.

Schlagartig erfüllte Adam das Verlangen, die Scheibe mit der Faust einzuschlagen, zuzusehen, wie das Lügenbild in tausend Scherben zersprang. Und dann würde er flüchten, bevor er in einem der Bruchstücke erneut dieses unbekannte Gesicht entdeckte, das nun seins sein sollte. Doch trotz des Sturms in seinem Inneren gelang es ihm, sich zu beherrschen. Die Hände zu Fäusten geballt, stand er da und versuchte herauszufinden, mit was für einem Gesicht er eigentlich gerechnet hatte. Einige der Männergesichter, die seinen Weg gerade erst gekreuzt hatten, tauchten vor seinem geistigen Auge auf – lauter Gesichter, die anderen gehörten, genau wie das im Spiegel, das ihn ungeduldig ansah.

Es dauerte eine Weile, bis Adam sich eingestand, dass er keine Vorstellung davon hatte, wie er eigentlich aussehen sollte. Aber es sollte etwas sein, das zu seiner Selbstwahrnehmung passte, und dieser viel zu junge Mann mit den klassischen Zügen konnte das unmöglich sein. Zu edel, geradezu schön war dieses Gesicht, mit genau dem richtigen Bruch in der Perfektion, dass es nicht einer Maske glich. Der Mund einen Hauch zu sinnlich – zumindest aus Sicht eines Mannes … eine griechische Nase … Am meisten jedoch irritierte ihn der Blick aus den eindringlichen Katzenaugen, deren Grün sogar im trüben Fensterglas aufleuchtete.

Ich habe eine gute Wahl getroffen, nicht wahr? Du bist ein wahres Schmuckstück, sehr schön, wortwörtlich, brachte sich die Stimme voll Besitzerstolz ein.

Sofort lag Adam eine Erwiderung auf der Zunge, obwohl er kaum verstand, was die Stimme tatsächlich meinte. Aber trotz seiner Aufgebrachtheit war ihm klar, dass er mit einer an sein Spiegelbild gerichteten Antwort unnötig Aufmerksamkeit erregt hätte. Und davon erzielte er auch ohne hitzig geführte Selbstgespräche schon genug. Der Ladenbesitzer hatte sich auf der Innenseite des Schaufensters aufgebaut und machte keinen sonderlich glücklichen Eindruck. Nicht mehr lange, dann würde er durch die Tür treten und ihn auffordern, zu gehen. So, wie Adam aussah, verscheuchte er zweifelsohne die Kundschaft.

Sein Äußeres als »derangiert« zu bezeichnen, wie der ältere Herr es getan hatte, war milde ausgedrückt. Im Gegensatz zu den meisten Männern auf der Straße trug Adam nämlich weder einen Hut noch einen Zylinder, der eigentlich zu seinem eleganten Anzug gepasst hätte. Stattdessen stand sein dunkelblondes Haar zerzaust in alle Himmelsrichtungen ab. Sein Mantel war an der Schulter eingerissen, so dass die Füllung hervorquoll, seine Weste stand offen, genau wie sein zerknittertes und mit getrockneten Blutspuren übersätes Hemd. Von einem Plastron war nichts zu sehen, dafür jedoch seine ebenfalls mit dunklen Schlieren überzogene Brust. So viel Blut – und nichts davon gehörte ihm, wie seine Haut bewies: Nirgends war eine Schnittwunde zu entdecken.

Hastig machte Adam sich daran, alles, so gut es ging, in Ordnung zu bringen, wobei ihm die fehlenden Knöpfe einige Probleme bereiteten. Dann wandte er sich von dem Spiegelbild ab und ging mit gesenktem Kopf davon.

Von einer plötzlichen Erschöpfung heimgesucht, warf Adam die zerknüllte Zeitung aufs Pflaster und stieß sich von der Häuserwand ab. Da währte seine Vergangenheit erst einen Tag und machte ihm schon derartig zu schaffen. Vielleicht war Vergessen doch nicht das Schlimmste, das einem passieren konnte, dachte er zynisch.

Mit der einbrechenden Dämmerung ließ sich immer häufiger beobachten, wie die Leute ihre Mantelkragen aufstellten. Jedermann beeilte sich, von der Straße zu kommen, um in einem der Restaurants einzukehren oder zu Hause die Füße hochzulegen. Ihn jedoch berührte die aufziehende Kälte nicht, zu seiner Verwunderung wurden nicht einmal seine Hände klamm, wobei doch alle anderen Handschuhe zückten oder ihre Manteltaschen ausbeulten. Das Gefühl, sich außerhalb aller Regeln zu bewegen, verstärkte sich. Und noch eine andere Beobachtung setzte Adam zu: Immer wieder hatte er die Tafeln vor den unzähligen Bistros und Restaurants überflogen und stets damit gerechnet, dass sein Magen Hunger melden würde. Aber nichts dergleichen war geschehen.

Wenn ihm schon nicht kalt wurde und er auch keinen Hunger verspürte, so musste er doch wenigstens müde werden, verdammt! Aber er fühlte sich bloß ausgebrannt, sein Geist war erschöpft – mehr nicht. Während sein Körper anscheinend endlos weiterwandern konnte, fühlte er sich innerlich, als hätte er seit hundert Jahren nicht mehr geschlafen. Ganz gleich, wie die Dinge standen – er würde sich bald ein Quartier für die Nacht suchen müssen. Dann würde er sich unter den Decken verkriechen und sich mit ein paar ernsthaften Fragen auseinandersetzen. Aber erst nach einem ausdauernden Schlaf, das nahm er sich fest vor. Einige Stunden lang weder denken noch fühlen – das brauchte er.

Während er die von Gaslampen beleuchteten Straßen und mit ihnen das Menschentreiben hinter sich ließ, wurden die Häuser ärmlicher und schlichter. Die eben noch stolz herausgeputzten Läden wurden von verrammelten Schaufenstern abgelöst, das bunte Duftkaleidoskop der Küchen wurde von Kohlgeruch überlagert, und der überlaufende Rinnstein passte nicht zu dieser Weltstadt.

Obwohl es Adam widerstrebte, durchsuchte er abermals seine Manteltaschen. In den letzten Stunden hatte er ein ums andere Mal seine Kleidung nach Hinweisen auf seine Identität durchforstet, wobei er lediglich ein paar Münzen zum Klingen gebracht hatte. Fast schien es, als seien seine Taschen genauso leer wie seine Erinnerung. Jetzt konnte er sich nicht länger drücken, es sei denn, er wollte die Nacht auf der Straße verbringen. Und er wollte sich lieber nicht darauf verlassen, dass die Kälte ihm tatsächlich nichts anhaben konnte.

Für eine gründliche Tascheninspektion nutzte er die Gunst eines offen stehenden Tors und huschte in den dahinterliegenden Hinterhof. Falls ihm angesichts des Ergebnisses die Gesichtszüge entgleisen sollten, wollte er lieber für sich sein. Nun blickte er auf die Münzen in seiner Hand, und zu seinem Erstaunen konnte er ihre Konturen trotz des spärlichen Lichts bestens erkennen. Auch so eine Seltsamkeit, aber damit wollte er sich jetzt nicht auseinandersetzen. Farben konnte er kaum ausmachen, allerdings zeichnete sich die Prägung lesbar ab. Es handelte sich um italienische Lire.

Ein Lächeln schlich sich auf Adams Gesicht. Wenn er aus Italien stammen sollte, erklärte das zumindest schon einmal das nicht abzustreifende Gefühl, mit Frankreich und seiner Sprache lediglich vertraut zu sein, mehr aber auch nicht. Vielleicht war er ein Reisender auf Abwegen.

Adam versuchte bewusst, etwas auf Italienisch zu denken, als er die beiden Schatten bemerkte, die gerade das Tor hinter sich schlossen. Allerdings nicht, ohne zuvor noch einen prüfenden Blick auf die Straße zu werfen, ob sie dabei auch niemand beobachtete.

Während Adam mit den Münzen in der hohlen Hand klimperte, verengte er die Augen zu Schlitzen. Vermutlich war das gar nicht nötig, denn er konnte die beiden Männer auch so gut sehen, obgleich eine innere Stimme ihm verstört zuflüsterte, dass das in dieser Dunkelheit eigentlich unmöglich sein sollte.

Die Männer standen im lichtlosen Durchbruch, von wo aus sie ihn sehen konnten, während er bestenfalls ihre Umrisse erahnen müsste. Stattdessen sah er deutlich, dass der eine im besten Mannesalter war, obwohl nichts an ihm mehr gut aussah – weder sein zerquetschtes Nasenbein und die verquollene Augenpartie noch die krummen Finger, mit denen er sich unter der Schirmmütze kratze. Die Schultern breit, die Beine krumm. Ein ausgemachter Schläger, jemand, der sich in einem anderen Leben als Boxer verdingt haben mochte. Der Mann neben ihm war einige Jahre jünger und von einer Schlaksigkeit, die man vorschnell mit Kraftlosigkeit gleichsetzen konnte.

Doch Adam unterlief dieser Fehler nicht. Er sah den jungen Kerl nicht nur, er nahm ihn mit allen Sinnen wahr. Wie ein vielstimmiger Chor flüsterten sie ihm zu, dass es sich trotz der schlechten Ernährung um einen gesunden und muskulösen Kerl handelte. Und um einen flinkeren Gegner als bei dem Exboxer an seiner Seite.

Nicht Gegner – Opfer, meldete sich die Stimme zurück, freudig erregt wie ein Kind, das zum Jahrmarkt geht. Zugleich schwang unüberhörbar auch eine perverse Vorfreude auf den bevorstehenden Übergriff mit.

Adam keuchte auf, denn in den letzten Stunden hatte er zunehmend gehofft, dass die Stimme nur von dem Schrecken herrührte, als er in jener dunklen Gasse aus seiner Bewusstlosigkeit erwacht war. Sie nun plötzlich wieder hören zu müssen, schockierte ihn zutiefst.

Der Exboxer verstand sein Aufstöhnen jedoch falsch. »Der Herr braucht doch keine Angst zu haben«, setzte er in einem um Vertrauen heischenden Ton an. Betont nebensächlich schlenderte er auf Adam zu, wobei ihm ein abstoßender Gestank nach Kampflust und Habgier vorauseilte.

Der jüngere Mann hielt sich unterdessen zurück – eine vorbildliche Nachhut, die vermutlich davon ausging, nicht viel zu tun zu bekommen. Wie viel Widerstand konnte schon ein elegant gekleideter Herr leisten, der sich offensichtlich durch sämtliche Lokale getrunken hatte, bis ihm Zylinder und Halstuch abhandengekommen waren?

»Yves und ich wollten nur einmal nachsehen, ob bei Ihnen auch alles zum Besten steht«, plauderte der Exboxer weiter. »Die Hinterhöfe von Belleville haben nämlich keinen sonderlich guten Ruf. In der letzten Zeit sind hier einige Leichen gefunden worden. Blutleer, wie es heißt. Vermutlich nicht mehr als ein dreckiges Gerücht, aber niemand will ein Risiko eingehen. Sie doch ganz bestimmt auch nicht oder, Monsieur?« Er zeigte ein Lächeln voller Zahnlücken, während er den einen Arm hinter den Rücken hielt, als wolle er etwas verbergen.

Adam ahnte, worum es sich handelte, denn er hatte das ledernde Geräusch gehört, das der Totschläger in der Hand verursacht hatte.

Reiß diesem wandelnden Abfall einfach die Kehle heraus, und dann widmen wir uns dem Jungen. Yves hat in seiner Kindheit gesungen wie ein Vögelchen. Es ist immer noch etwas von seiner Begabung spürbar. Bring ihn für mich zum Singen. Ich mag das.

In Adams Arm- und Rückenmuskulatur breitete sich ein warmes Kribbeln aus, dann spannte sie sich ohne sein Zutun an. Sein Körper glitt in eine Angriffshaltung, als bräuchte er gar nicht erst sein Einverständnis dafür. Als wäre ein Kampf die natürlichste Sache der Welt für ihn. Ehe er sich's versah, schenkte er dem Mann ein einladendes Lächeln.

»Ausgeblutete Leichen? Und niemand hat etwas von den Morden mitbekommen?«

»Nein, in Belleville kümmert man sich um seine eigenen Angelegenheiten, selbst wenn sich jemand im Hof die Seele aus dem Leib schreit. Ist auch besser so, wenn Sie mich fragen.«

Der Mann mit dem zerschlagenen Gesicht blieb eine Armlänge von Adam entfernt stehen. Mittlerweile machte er sich nicht einmal mehr die Mühe, sein Opfer mit einem Lächeln in Sicherheit zu wiegen. Hätte er nicht derartig auf seine Überlegenheit vertraut, wäre ihm vermutlich aufgefallen, dass Adam nicht sonderlich beunruhigt wirkte. Stattdessen ließ er sogar aufreizend die Münzen in seiner Hand klingen.

»Sie haben doch sicherlich nichts dagegen, dass ich mir die Münzen mal genauer ansehe. Hab eine Schwäche für die klimpernden Dinger«, knurrte der Exboxer, während er eine herausfordernde Grimasse zog.

»Das glaube ich gern«, erwiderte Adam leichthin. Dann schleuderte er ihm die Münzen ins Gesicht.

Der Exboxer setzte mit einem Schrei zurück, mehr überrascht als verletzt, obwohl eine Münze sein Augenlid aufgeritzt hatte. Doch im nächsten Moment hatte er sich wieder gefangen und brachte den versteckten Totschläger zum Vorschein.

Damit hatte Adam gerechnet.

Nicht gerechnet hatte er damit, wie langsam der Angriff des Mannes sich in seiner Wahrnehmung vollzog. Er hätte die Bewegungsabläufe quasi mit dem Zeigefinger verfolgen können. Dadurch hatte er die Bahn des Schlages schon erkannt, kaum dass sich die Schulter des Mannes in Bewegung setzte. Wäre Adam darüber nicht so verwundert gewesen, hätte er den Angriff gleich im Keim ersticken können. So wehrte er den Totschläger erst im letzten Moment mit dem Unterarm ab.

Dieser Kampf war ein derart leichtes Spiel, dass Adam vor Überraschung die Augenbrauen hochzog. Er hatte fest damit gerechnet, der Aufprall des Schlagarms würde ihn zumindest ein Stück zur Seite taumeln lassen. Stattdessen stand er wie ein Fels da, während der Schmerz in seinem Arm aufflammte … und sofort wieder erlosch. Restlos. Sein Angreifer dagegen jaulte qualvoll auf und ließ den Totschläger fallen, als besäße er plötzlich nicht mehr die Kraft, ihn zu halten.

Vermutlich hätte Adam weiterhin dagestanden und den fluchenden und gleichzeitig jammernden Mann beobachtet, aber der jüngere Kerl namens Yves attackierte ihn nun von der Seite. Es war ein geschickter und vor allem schneller Angriff, der ihm eigentlich hätte entgehen müssen. Aber nicht nur Adams Instinkte sprangen sofort an, sondern auch seine Beine setzten sich wie von Zauberhand in Bewegung.

Für Adam galten offenbar andere Zeitgesetze, als er sich drehte und so Yves' Nierenhaken auswich. Der Junge hatte noch nicht richtig begriffen, dass sein Angriff daneben gegangen war, da schlug Adam ihm schon die Faust ins Gesicht. Während Yves ins Straucheln geriet, verpasste Adam dem Jungen einen Tritt in den unteren Rücken, woraufhin der in die Knie sank.

Nicht zu fest! Nicht zu fest!, krakeelte die Stimme wie ein überdrehtes Aufziehmännchen.

Dennoch hatte Adam den Verdacht, dass die Stimme vor Begeisterung aufjauchzen würde, wenn er dem am Boden liegenden Jungen seine Stiefelspitze in die Rippen rammte. Adam sollte Blut fließen lassen, darum ging es der Stimme. Je mehr Blut, desto besser. Augenblicklich fühlte Adam sich wie ausgenüchtert, ja, regelrecht angewidert.

Der Exboxer nutzte den günstigen Moment und ließ ein Klappmesser aufspringen. Adam konnte zwar den Rost auf dem Stahl riechen, hegte aber keinen Zweifel daran, dass die Klinge durchaus ihren Zweck erfüllte. Fasziniert bemerkte er das leichte Zittern der Hand, die das Messer in seine Richtung stieß. Dieses Mal gelang ihm keine Abwehr, sondern lediglich ein Ausweichmanöver. Mit einem reißenden Geräusch drang die Schneide durch den Mantel und streifte seinen Rippenbogen.

Wieder ein Aufflammen, dieses Mal ein wenig länger, dann erlosch auch dieser Schmerz. Adam griff in den klaffenden Schnitt im Mantel, spürte Blut und ertastete schließlich etwas wie einen frisch verheilten Schnitt.

»Das kann nicht sein«, brachte er atemlos hervor.

»Oh, doch«, sagte der Exboxer, wobei er nach Adams Mantelaufschlägen griff und ihm das Messer an die Kehle hielt. »Das kann es sehr wohl, du dreckige Ratte.«

Bevor er allerdings auch nur zum Schnitt ansetzen konnte, ging Adam in die Knie. Zu guter Letzt hatte er doch noch einen Nierenhaken von Yves einstecken müssen. Hinter ihm keuchte der Junge vor Befriedigung auf, ehe er ihm den Ellbogen in den Nacken rammte.

»Du gottverdammter Hurensohn, mir derartig in den Hintern zu treten. Wenn ich mit dir fertig bin, wirst du auf deinem nie wieder sitzen können.« Yves packte Adam ins Haar und zerrte seinen Kopf in den Nacken. Als sein Kompagnon erneut das Messer ansetzen wollte, verpasste er ihm einen leichten Schlag. »Steckt das verfluchte Messer weg, Benoit. Wenn du ihn auf diese Weise bearbeitest, geht ihm viel zu schnell die Puste aus. Und das will ich nicht. Nicht nach diesem verfluchten Tritt.«

Adam atmete weiterhin schwer, obwohl der Schmerz in seiner Nierengegend bereits nachließ. Fast war er versucht, den Jungen gewähren zu lassen, einfach um herauszufinden, wann die Grenze erreicht war, ab der der Schmerz sich nicht mehr in nichts auflösen konnte.

Das reicht jetzt. Nun klang die Stimme keineswegs mehr amüsiert, sondern ungeduldig, gar gereizt. *Ich will meine Kraft nicht damit verplempern, dich zu heilen. Ich will diesen Jungen. Also?*

»Was also?«, fragte Adam und fing zu lachen an, so verrückt war die ganze Situation.

Doch er hörte schlagartig auf, als Yves ihm den Arm auf den Rücken drehte und ihn hochzog. Kaum war er auf den Beinen, boxte Benoit ihm gezielt in den Magen. Mit dem Exboxer habe ich wohl Recht gehabt, dachte Adam, während ihm sämtliche Luft jäh aus den Lungen wich. Dann traf ihn der nächste Faustschlag.

Ein gehässiges Lachen erklang. »Sein Gesicht, das braucht unbedingt eine Spezialbehandlung«, ereiferte sich Yves, während er an Adams Unterarm riss, dass es im Schultergelenk knackte.

»Das hättest du dir alles ersparen können, du Schönling.« Benoits Vorfreude war offensichtlich.

Der Schlag traf Adam mitten ins Gesicht, und er hörte sein Nasenbein brechen. Zu seiner Überraschung verloschen die Schmerzen dieses Mal nicht. Dafür ließ das Gefühl nach, lediglich einen verrückten Traum zu erleben. Erleichterung machte sich breit … und Wut, gepaart mit dem Bedürfnis nach Revanche.

Der Exboxer, dessen Erregung ihm widerwärtig in die Nase stieg, packte ihn am Kinn und erzwang seinen Blick. Adam sah das breite Grinsen nur eine Handbreit vor sich.

»Nun, hast du keinen Trick mehr auf Lager?«, fragte Benoit.

Adam leckte über seine Oberlippe, über die ein Rinnsal Blut floss. Dann stieß er seine Stirn schnell und hart ins Gesicht seines Gegners. Dessen Schmerzschrei erschallte, und im selben Moment hatte Adam sich aus Yves' Griff gewunden. Ohne jedwede Hemmung drückte er dem erstaunt dreinblickenden Jungen den Kehlkopf mit den Fingerknöcheln ein. Yves riss die Augen auf und umschlang mit beiden Händen seinen Hals, als Adam dem blind um sich schlagenden Exboxer mit einer geschickten Bewegung das Messer abnahm. Geradewegs rammte er ihm die Klinge unterhalb des Brustkorbs in den Leib und ließ nicht zu, dass der niedersinkende Mann sich von ihr befreite.

Warmes Blut drang an seine Hände, benetzte seine Haut. Tief in seiner Brust schlugen plötzlich zwei Herzen, wobei das eine stetig langsamer wurde, bis es erlosch. Ein Gefühl von Erlösung streifte ihn, dann verflüchtigte es sich im Nachtwind.

Erst als Benoit nicht mehr zuckte, konnte Adam von ihm ablassen. Stolpernd hielt er auf den Jungen zu, dessen Züge im Tod zu einer grauenhaften Maske erstarrt waren.

Jetzt will ich ihn nicht mehr.

Die Stimme klang geradezu beleidigt. In diesem Moment hätte Adam alles dafür gegeben, ihr den Hals umzudrehen. Gereizt wischte er sich mit der Hand übers Gesicht, ungeachtet der Tatsache, dass sie blutverschmiert war. Dann erst blickte er sich um, doch niemand war auf den Hof gekommen, um nach dem Rechten zu sehen. Kein zufälliger Passant, kein Bewohner aus dem düsteren Mietshaus. In einer Hinsicht hatten die beiden toten Männer Recht behalten: In diesem Viertel scherten sich die Leute tatsächlich nicht darum, wenn sich jemand vor Angst und Schmerz die Lungen aus dem Leib schrie. Sogar die eben noch erleuchteten Fenster waren jetzt dunkel, als habe man rasch die Lichter gelöscht.

2

Nachtschwärmer

Die Nacht war schon weit vorangeschritten, als Adam sich in einem Viertel wiederfand, in dem auch zu dieser Uhrzeit noch reges Treiben herrschte. Bars, Lokale und Theater lockten mit bunten Lichtern und Stimmengewirr die Nachtschwärmer, und auch er konnte sich diesem Sog nicht entziehen. Literaturcafés konkurrierten mit Tanzlokalen, aus Kellern tönte Musik, Automobile polterten über die Pflastersteine. Die Atmosphäre war berauschend, die Garderoben der Damen waren hinreißend. Es wurde in verschiedenen Sprachen geflirtet, geschimpft und auch so manche intellektuelle Diskussion geführt. Die Straßen waren voller Leben – und genau das zog Adam fast gegen seinen Willen an. Einzutauchen in dieses pulsierende Leben war eine Versuchung, auch wenn es ihm vor Augen führte, dass er abseits dieser Melange aus Künstlern, Freudenmädchen und von Abenteuerlust heimgesuchten Bürgerlichen stand.

Seit er den Hinterhof in Belleville, ohne sich einmal umzudrehen, verlassen hatte, ließ er sich treiben. Die Suche nach einer Unterkunft hatte er aufgegeben, genau wie er sich weigerte, seine ramponierte Kleidung zu richten. Seine nicht müde werdenden Beine trugen ihn immer weiter voran. Die Leute wichen ihm aus, manche drehten sogar den Kopf nach ihm um, aber das kümmerte ihn nicht. Er befand sich in einem Zustand vollkommenen Desinteresses, denn das, was er wahrnahm, war nicht real.

Alles um ihn herum war eine einzige Lüge.

Davon war er überzeugt, seitdem seine Wunde sich von selbst verschlossen hatte, seinen Händen eine unnatürliche Kraft innewohnte und eine Stimme in seinem Inneren ihn zu überreden versuchte, ein Blutbad anzurichten. Dabei konnte er nicht einmal sagen, was ihn mehr verstörte: die Abweichungen seines Körpers von der Norm oder der Eindringling mit seinen Einflüsterungen. »Das ist doch völlig gleichgültig«, raunte er sich selbst zu.

Allem Anschein nach war er ein Geisteskranker, dem es gelungen war, seiner Obhut zu entkommen, und der nun ohne eine Erinnerung durch eine Stadt lief, die ihm fremd und vertraut zugleich war. Vielleicht war er ein Schizophrener, der verletzt umherirrte, während er in seinem Wahn glaubte, unversehrt aus dem Kampf hervorgegangen zu sein. Es konnte durchaus sein, dass ihm das Blut unvermindert aus seiner eingeschlagenen Nase lief, während er nur getrocknete Spuren und nicht einmal eine Schwellung ertasten konnte. Wer konnte schon sagen, ob der Kampf in Belleville überhaupt stattgefunden hatte?

Unvermittelt blieb Adam stehen, schlug die Hände vors Gesicht und stieß ein bitteres Lachen aus. Er sollte zusehen, dass ihn irgendjemand in die Nervenheilanstalt brachte, in die er zweifellos gehörte.

Reiß dich zusammen, fauchte die Stimme ihn an. *Du erregst auch so schon viel zu viel Aufmerksamkeit.*

»Der Gedanke an eine Nervenheilanstalt gefällt dir wohl nicht«, stellte Adam fest. Mittlerweile machte es ihm nichts mehr aus, lautstark mit einer nicht vorhandenen Person zu sprechen. Schließlich war er verrückt, warum sollte er das verbergen? »Wundert mich nicht. Sicherlich haben sie dort Mittel, dich zum Schweigen zu bringen. Meinetwegen können mir die Irrenärzte ruhig den Schädel aufstemmen, um dich aus meinem Kopf zu kratzen. Hauptsache, ich werde dich samt deiner Teufelskunst los.«

Das wäre gewiss eine interessante Erfahrung mit der Nervenheilanstalt, aber ich befürchte, ich habe andere Pläne mit dir.

Adam ersparte sich eine Entgegnung und sah sich stattdessen auf der belebten Straße um. Um diese Zeit waren jede Menge Betrunkene und Tunichtgute unterwegs. Die wenigen Passanten, die einen halbwegs anständigen Eindruck machten, wechselten die Straßenseite, bevor Adam sich dazu entschließen konnte, sie anzusprechen. Bei dem ganzen Rummel, der hier herrschte, musste es doch irgendwo in der Nähe eine Gendarmerie geben. Dort würde er einfach hineinmarschieren und seine Geschichte erzählen.

Während er diesen Entschluss fasste, trieb der Nachtwind ihm einen Geruch zu, der ihm wie Muskat in der Nase prickelte. Adam schauderte vor Erstaunen. Irgendwo in diesem Straßengeflecht war jemand unterwegs, der den gleichen Geruch trug, den er an dem Einstecktuch und auch an sich selbst bemerkt hatte. Allerdings mit einer anderen Note, die verriet, dass es sich keineswegs um den Besitzer des Tuches handeln konnte.

Ohne sich dessen bewusst zu sein, verfiel Adam in einen leichten Lauf und folgte der Schleppe, die sich wie eine flüchtige Spur durch ein ganzes Labyrinth von Fährten zog. Wenn er nicht aufpasste, würde er sie verlieren … schneller, er musste sich beeilen.

Abrupt blieb Adam stehen.

Das war nicht sein Entschluss gewesen, den Quell dieses Geruchs zu jagen. Allerdings hatte ihm auch die Stimme nichts zugeraunt. Es war eine Art Instinkt, die ihn dazu veranlasste, von einer ähnlichen Eindringlichkeit wie ein Abwehrreflex oder sogar wie das Bedürfnis, nach Luft zu schnappen.

Das wird ja immer verrückter, dachte Adam. Frustriert schlug er auf eine Häuserwand ein. Der raue Mauerstein biss in seine Handkante, doch der Schmerz verebbte sogleich. Adam stieß einen Wutschrei aus und schlug erneut und mit bedeutend mehr Kraft zu. Er würde so lange zuschlagen, bis der Schmerz, der ihm zustand, sich nicht länger fortstahl. Das würde er sich nicht nehmen lassen, von niemandem! Selbst wenn er dafür die ganze Häuserfront einreißen müsste.

Doch so weit kam Adam nicht, denn ein unvermittelter Schlag in den Rücken stoppte seine Rage. Er wurde gekonnt herumgeschleudert und gegen die Wand gepresst, das Ende eines Schlagstocks direkt unter seinem Kinn. Adam lächelte, als er seinen Angreifer erkannte. Nun, zumindest konnte er sich nun die Suche nach einer Gendarmerie sparen. Dieser uniformierte Herr, der ihn von oben bis unten musterte, konnte ihm sicherlich weiterhelfen.

Sag ihm, dass du dich jetzt beherrschen wirst. Oder verpass ihm einen ordentlichen Tritt und sieh zu, dass du fortkommst.

»Freut mich, Sie zu sehen«, brachte Adam wegen des Schlagstocks nur abgehackt hervor. »Mehr, als Sie für möglich halten.«

»Ist das so?« Der Gendarm, ein fülliger Mann, dessen Gesicht von unzähligen Nachtschichten gezeichnet war, machte eher einen gelangweilten als einen gereizten Eindruck. »Das Chat Noir scheint im Augenblick auch wirklich nur Irre anzuziehen. Was haben Sie getrunken oder geraucht, Monsieur, dass Sie derartig auf diese arme Wand einprügeln?«

»Ich wünschte, ich könnte es sagen, aber leider habe ich nicht die geringste Ahnung.« Adam begann trotz des Schlagstocks, der an Ort und Stelle blieb, zu lachen. »Ich habe nicht die geringste Ahnung, was mit mir los ist. Seit ich in dieser Gasse zu mir gekommen bin …«

»Sie sind also überfallen worden. Nun, das erklärt zumindest Ihren ramponierten Aufzug.« Der Gendarm nickte, als könne er sich nun alles selbst erklären. Ein übermütiger Reisender, der zum ersten Mal Absinth oder auch sonst irgendein Teufelszeug probiert und anschließend im berauschten Zustand die Bekanntschaft mit einigen Gaunern dieses Viertels gemacht hatte. Nicht der Erste und auch bestimmt nicht der Letzte, der in dieser Nacht eine solche Erfahrung machte. Vermutlich würde er dieses Erlebnis aus seinem Reisebericht über die Stadt der Liebe aussparen, wenn er mit Freunden am heimischen Kamin beisammensaß. »Wo ist denn Ihre Unterkunft? Falls sie nicht weit von hier liegt …«

»Sie verstehen das falsch«, unterbrach Adam ihn harsch, als er begriff, worauf der Gendarm hinauswollte. Der wollte ihn schleunigst loswerden, anstatt ihn auf die Gendarmerie zu bringen, wo er ihm vermutlich nur Arbeit machte.

Bevor er den Gendarmen allerdings davon überzeugen konnte, dass man ihn auf keinen Fall länger allein durch die Straßen von Paris irren lassen durfte, wurde ihm schlagartig übel. Sein Magen drehte sich um, dass er gequält aufstöhnte, während seine Beine ihm, zum ersten Mal seit den durchwanderten Stunden, den Dienst zu versagen drohten. Er sank ein Stück in sich zusammen, woraufhin der Gendarm einen Schritt zurücktrat, als befürchte er, jeden Augenblick Adams Mageninhalt ausweichen zu müssen.

»Merde«, schimpfte der Gendarm und benutzte den Schlagstock nun nicht länger, um Adam in Schach, sondern um ihn auf den Beinen zu halten.

Hinter ihnen hielt eine Kutsche an. Adam bemühte sich verzweifelt, seinen krampfenden Magen unter Kontrolle zu bringen, als er plötzlich nichts anderes als Muskatduft wahrnahm, gemischt mit Papier, Sauberkeit und einem teuren Rotwein. Obwohl ihm wegen der Übelkeit der kalte Schweiß ausbrach, bestand seine ganze Welt nur noch aus diesem Geruch. Zugleich empfand er eine fast kindliche Freude darüber, dass seine Jagd doch noch erfolgreich gewesen war. Er hatte die Quelle des Duftes erreicht, wenn auch auf einem etwas krummen Weg.

»Mein Guter, habe ich Sie endlich gefunden!«, ertönte eine angenehme, geradezu singende Stimme.

Neben dem Gendarmen tauchte eine schmale Gestalt auf, ein älterer Herr in einem überaus eleganten Gehrock. Das schlohweiße Haar war ein wenig zu lang im Nacken, und trotz des modischen Schnurrbarts wohnte seinem Gesicht etwas Knabenhaftes inne. Er täuschte vor, Adam die Schulter zu tätscheln, berührte ihn in Wirklichkeit jedoch nicht. »Mein Gott, Sie sehen ja wirklich scheußlich aus. Das kommt davon, wenn man versucht, mit dem Kopf voran durch die Tür zu rennen, anstatt sie einfach zu öffnen. Was sind Sie nur für ein ausgemachter Trunkenbold!«

»Sie kennen den Monsieur und wissen, was ihm zugestoßen ist?«

»Natürlich kenne ich diesen Monsieur, schließlich ist er mein Neffe – wenn auch nur zweiten Grades. Er ist zur Eröffnung der Weltausstellung angereist. Wir haben uns mit einer Gesellschaft eine Vorstellung im Chat Noir angesehen und anschließend noch die eine oder andere Bar aufgesucht. Mein junger Verwandter hat die Wirkung, die unserem berühmten grünlichen Getränk zu eigen ist, unterschätzt und ist geradewegs gegen eine Tür gelaufen. Eigentlich wollte er nur etwas frische Luft schnappen … Nun habe ich ihn ja wiedergefunden.«

Adam legte sich eine Hand über seine zitternden Lippen. Konnte es wirklich sein, dass er sich letzte Nacht betrunken und den Kopf gestoßen hatte? War alles, was er seitdem erlebt hatte, eine vorübergehende Verwirrung, bis sein Gehirn abschwoll? Hoffnung keimte in ihm. Deshalb die Übelkeit und die quälende Stimme. Und deshalb war er auch ausgerechnet in dieses Viertel gelaufen, all die vielen Kilometer, weil er hier schon einmal gewesen war. Als könne sich ein Teil von ihm doch an die Geschehnisse vor dem Morgen in der Gasse erinnern. Der Herr … sein Onkel musste ihn also schon seit dem letzten Abend vermissen. Obwohl es eben so geklungen hatte, als habe alles heute Nacht stattgefunden.

Also beschloss Adam, nach der einzigen Sache zu fragen, die er mit Bestimmtheit wusste: »Wie lautet mein Name?« Seine Stimme war so rau, dass er seine Worte selbst kaum verstand.

Auf dem Gesicht des eleganten Herrn zuckte es, dann wandte er sich mit einem einnehmenden Lächeln dem Gendarmen zu. »Es wird wohl das Beste sein, wenn ich ihn jetzt in meine Kutsche bugsiere, bevor auf offener Straße noch ein Unglück passiert. Diese fahle Gesichtsfarbe verspricht nichts Gutes.«

Obwohl der Gendarm den Schlagstock senkte, woraufhin Adam noch ein Stück tiefer zusammensackte, trat er nicht beiseite. »Es klang so, als sei der Monsieur überfallen worden«, gab er zu bedenken.

Der Herr, den jener rätselhafte Muskatduft umgab, musterte Adam angestrengt durch seine Brillengläser, dann schüttelte er den Kopf. »Nein«, sagte er entschieden. »Er sieht genau so aus, wie er uns verlassen hat. Nur, dass das Blut mittlerweile getrocknet ist. Sein besudeltes Plastron und der Zylinder sind in der Bar zurückgeblieben. Die Nase sieht sogar erstaunlich gut aus. Nach dem Knall, den es beim Zusammenstoß gegeben hat, dachte ich eigentlich, sie wäre Mus. Mehr Glück als Verstand, wie man so sagt. Oh, ich befürchte, er bricht gleich zusammen.«

Mit einer erstaunlichen Gewandtheit packte der Herr Adam unter der Achsel und führte ihn zu dem Coupé. Als es Adam nicht gelingen wollte, den Tritt zu nehmen, verstärkte sich der Griff und hievte ihn hinauf. Das kann nicht sein, schoss es Adam durch den Kopf. Dieser zierliche Bursche kann unmöglich über eine solche Kraft verfügen. Er wollte die Kutsche bereits wieder verlassen und seinen Begleiter genauer in Augenschein nehmen, als ihm die Beine endgültig den Dienst versagten.

Nun gib endlich Ruhe!, herrschte ihn die Stimme an.

Dann wurde alles schwarz.

3

Wahn und Wahrheit

Klares Morgenlicht fiel durch hohe Fenster und weckte Adam. So jäh, als hätte man ihm einen elektrischen Schlag verpasst. Mit rasendem Herzen richtete er sich auf und versuchte, noch einen Blick auf die abrupt verlassene Traumwelt zu werfen. Doch da war nichts. Bloß reine Schwärze, als gäbe es keinen Ort mehr, an den seine Seele sich zum Ausruhen zurückziehen konnte. Falls er denn noch eine besaß.

Während er seine Beine vom Sofa, auf dem er gelegen hatte, schwenkte, kehrte die Erinnerung zurück. Allerdings brach sie nach wie vor in jener Gasse im Dämmerlicht ab, als habe sein Leben erst genau in diesem Moment begonnen.

Eigentlich hatte Adam erwartet, nach dem Aufwachen unter Kopfschmerzen oder zumindest einem gequälten Magen zu leiden. Stattdessen fühlte er sich energiegeladen. Lediglich der widerwärtige Gestank, der von seiner Kleidung ausging, machte ihm zu schaffen. Außerdem war da eine unbestimmte Unruhe, die an ihm nagte. Er hatte das Gefühl, er müsse etwas Dringendes erledigen, dabei jedoch vergessen, um was es sich handelte.

»Guten Morgen, mein Guter. Da sind Sie ja wieder. Haben dagelegen wie ein Toter. Ich hätte mir ernsthafte Sorgen gemacht, wenn nicht Ihr Atmen verraten hätte, dass Sie noch unter uns weilen.«

Die singende Stimme ließ Adam zusammenfahren. Schlagartig spannte er sämtliche Muskeln an, konnte aber den Drang beherrschen, in Angriffsstellung überzugehen. Womit er sich zweifelsohne auch nur blamiert hätte, denn der zierliche Herr saß entspannt mit übergeschlagenen Beinen in einem Sessel und las den *Figaro*. Die Seiten der Zeitung zitterten im Wind, der durch das offen stehende Fenster hereinwehte und den Duft vom ersten Grün des Jahres mit sich trug.

»Ich bin mir nicht sicher, ob ich mich bei Ihnen dafür bedanken soll, dass Sie mich hierhergebracht haben. Oder ob ich nicht besser umgehend eine Erklärung einfordern sollte«, setzte Adam an, während er die Miene seines Gastgebers studierte. Doch der lächelte nur gelassen, als ginge von Adam keinerlei Gefahr aus, obwohl er ihm bestenfalls bis zur Brust reichte.

»Was Sie brauchen, ist ein Bad und frische Kleidung. Blut stinkt für unsereins widerlich, wenn es erst einmal getrocknet ist. Schlimmer als jedes verrottete Stück Fleisch.« Demonstrativ zog er die Nase kraus. »Am Ende des Flurs befindet sich der Badesalon, dort liegt schon alles für Sie bereit. Die gute Seele des Hauses, Henri, wird bald mit einem frischen Hemd und neuen Hosen für Sie zurückkehren. Aus meinem Kleiderfundus werden Sie sich kaum bedienen können, dafür sind Sie eindeutig zu groß geraten.«

Obwohl Adam ebenfalls der scheußliche Geruch des Blutes quälte, weit mehr als der Dreck und Schweiß auf seiner Haut und Kleidung, verharrte er. »Zuerst möchte ich Ihnen noch ein paar Fragen stellen.«

»Dafür haben wir später noch alle Zeit der Welt.«

Adam überging diesen Zwischeneinwurf genau wie die Tatsache, dass sein Gastgeber gezwungen war, sich mit der Zeitung frische Luft zuzuwedeln.

»Wie lautet mein Name?« Diese Frage war ihm die wichtigste von allen.

»Das kann ich Ihnen leider nicht sagen, Sie haben ihn mir nämlich noch nicht genannt.«

»Als mein Onkel sollten Sie ihn aber doch eigentlich kennen.«

Der weißhaarige Mann lachte nur amüsiert.

»Sie sind also keineswegs mein Onkel, auch nicht zweiten oder dritten Grades?« Adam formulierte es zwar wie eine Frage, aber strenggenommen war es eine Feststellung.

»Nein, Ihr Onkel bin ich tatsächlich nicht. Aber wir sind verwandt, wenn auch auf eine Weise, die alles andere als gewöhnlich ist. Mein Name ist Etienne Carrière, ich bin Literaturprofessor an der Sorbonne, deren Kapelle Sie vom Fenster aus bewundern können. Mit wem habe ich die Ehre?«

Adam zögerte. Auf der einen Seite wollte ihm die Antwort nicht ohne weiteres über die Lippen, auf der anderen fühlte er eine Wut aufsteigen, die er vor diesem beherrschten Mann nicht offenbaren wollte. Denn seine Wut verriet nur seine Hilflosigkeit. Wenn er auch nicht wissen mochte, wer er eigentlich war – dass er Hilflosigkeit bei sich selbst hasste, wusste er ganz genau.

»Ich bin Adam«, sagte er schließlich ein wenig steif.

Carrières feine Augenbrauen fuhren zusammen. Säuberlich strich er die Zeitung glatt und legte sie auf einen Beistelltisch, ohne den Blick von seinem Gast abzuwenden. »Nur Adam also … Warum überrascht mich das nicht? Sie sind wohl leicht aus der Bahn geraten, nachdem Sie unserem namenlosen Freund begegnet sind, möchte ich meinen.«

»Sie wissen also, was mir zugestoßen ist? Hören Sie ebenfalls eine Stimme, die Ihnen ihren Willen aufdrängen will?«

»Hören Sie denn eine?« Als Adam lediglich ein drohendes Knurren ausstieß, hob Carrière abwehrend die Hände. »Wir werden später in Ruhe darüber reden. Jetzt nehmen Sie erst einmal ein Bad, ansonsten verleiden Sie mir Ihre Gegenwart noch vollkommen.«

Im Badezimmer mit einem angrenzenden und großzügig geschnittenen Waschraum wiesen die Fenster auf einen Hinterhof hinaus, in dem bereits eine Felsenbirne blühte. Tatsächlich lag alles für ein Bad bereit. Trotzdem konnte Adam sich zunächst nicht dazu durchringen, sich zu entkleiden, obwohl ihn sein Geruch anwiderte. Zögernd betrachtete er das florale Bodenmosaik, das in grünem Marmor eingefasste Emailbecken und die modernen Leitungen, die nicht nur fließendes, sondern sogar warmes Wasser versprachen. Nicht viele Wohnungen in Paris dürften über einen derartigen Luxus verfügen.

Kommt mir ein solcher Luxus vertraut vor, oder sehe ich so etwas zum ersten Mal?, fragte Adam sich unwillkürlich. Gemessen an seiner Kleidung, die trotz ihrer Zerschlissenheit und der unzähligen Flecken eindeutig von guter Qualität war, vermutlich Ersteres. Es änderte jedoch nichts daran, dass er sich in all diesem Wohlstand unbehaglich fühlte. Seit er in der Gasse erwacht war, hatte er schnell herausgefunden, dass er über hervorragende Jagdinstinkte, überempfindliche Sinne und einen kräftigen Schlag verfügte. Außerdem zeigte er verblüffend wenig Hemmung, einen Gegner zu attackieren und sogar zu töten. Wie allerdings ein passendes Zuhause für ihn aussehen mochte, davon hatte er nicht einmal eine rudimentäre Vorstellung. Er hatte einfach kein Bild von einem Menschen namens Adam – falls es den überhaupt gab.

Mit dem Fuß schob er seine verdreckte Kleidung vor die Tür in der Hoffnung, dass dieser Henri tatsächlich bald mit frischen Sachen auftauchen würde. Den Gestank nach Blut wollte Adam jedenfalls keinen Augenblick länger mehr ertragen. Genauso wenig wie den Geruch der beiden Männer, der beim Kampf an ihm haften geblieben war und ihn daran erinnerte, dass er sie tot zurückgelassen hatte.

Lange Zeit sah er dem Wasser zu, wie es rötlich verfärbt im Abfluss verschwand. Selbst als es klar war, konnte er sich nur schwerlich von dem Anblick lösen, erwartete er doch geradezu, noch mehr Blut müsse folgen. Mit fest aufeinandergepressten Lippen wandte er sich schließlich den Seifen auf dem Badewannenrand zu, die für seinen Geschmack alle zu stark nach Gräsern, Hölzern oder irgendwelchen aufdringlichen Ölen rochen. Ihm gefiel der Gedanke nicht, einen künstlichen Duft an sich zu tragen, obwohl er viel dafür gegeben hätte, diesen penetranten Muskatduft zu übertünchen, der ihm aus jeder Pore strömte. Also griff er sich lediglich eine der Bürsten und machte sich an die Arbeit.

Eigentlich hätte es ihn nicht verwundern sollen, aber er fand an seinem ganzen Körper nicht eine einzige Kampfspur. Kein Bluterguss, keine Schramme, nicht die kleinste Andeutung einer Verletzung. Wären das Blut und die Gerüche der beiden Männer nicht gewesen, hätte er von einer Wahnidee ausgehen können. Aber so? Vielleicht war ja alles, was er erlebte, nichts anderes als die Wahnwelt eines Irren, dessen Geist in seinem Kopf eingesperrt war, während sein Leib wohl verwahrt in einem Hospitalzimmer dahinvegetierte.

Ein Stöhnen unterdrückend, stieg Adam aus der Wanne, schlang ein Tuch um die Hüften und näherte sich im Waschraum dem Spiegel, um den er bislang einen großen Bogen gemacht hatte. Da er noch etwas Zeit schinden wollte, inspizierte er die Rasierutensilien genau, rührte sorgfältig den Schaum an und zog das Rasiermesser über den Abziehriemen. Es gelang ihm sogar, sich zu rasieren, ohne einen genauen Blick auf sein Spiegelbild zu riskieren. Als er jedoch die Schaumspuren abwischte und dabei prüfend in den Spiegel sah, blitzten seine schillernd grünen Iriden auf. So anziehend wie zwei Edelsteine in einer verborgenen Schatulle.

Konnte man wirklich die eigene Augenfarbe vergessen?

Je länger er in dieses bestechend gut aussehende Gesicht schaute, desto fremder erschien es ihm. Auch wenn er nicht die leiseste Ahnung hatte, wer er war – er war auf jeden Fall nicht dieser Mann im Spiegel. Es war ein Gesicht, das die Aufmerksamkeit erzwang, weil man sich seiner Attraktivität nicht entziehen konnte. Aber er fühlte sich keineswegs wie jemand, der sich nach Beachtung sehnte. Er wolle seinen Weg gehen können, ohne dass man sich den Hals nach ihm verdrehte. Zu ihm passte kein schönes Gesicht, so viel stand zumindest fest.

Mit einem Anflug von Zorn spülte er das Rasiermesser ab. Während er die scharfe Stahlklinge säuberte, verflüchtigte sich der Wunsch, hinauszugehen und jemanden für seine Verwirrung büßen zu lassen. Denn eigentlich hatte er ja schon *jemanden* gefunden: diesen Fremden, der ihn unentwegt aus seinen Katzenaugen beobachtete und sich anscheinend bestens über seine Konfusion amüsierte.

Herausfordernd betrachtete Adam erneut das Spiegelbild und fasste einen Entschluss: Wenn all das hier nur seinem kranken Geist entsprang, hatte folglich nichts von seinem Tun Konsequenzen. Sollte es jedoch die Realität sein, wollte er sie lieber schnell hinter sich lassen. Endgültig.

Ohne zu zögern, setzte Adam die Klinge an seinem Hals an, spürte, wie sie die Haut durchschnitt und mühelos ins Fleisch glitt, während er den Blick der Katzenaugen mit einem verächtlichen Lächeln erwiderte. Dunkles, samtig glänzendes Blut quoll hervor, roch nach Salz, Metall und Leben. In schnell breiter werdenden Rinnsalen floss es über seine Brust.

Wunderschön, flüsterte die Stimme.

Adam schrie auf, zog die Klinge mehr aus Wut als aus Verzweiflung quer über seine Kehle. Er taumelte zurück und stieß unerwartet heftig gegen den Ofensockel. Gegen seinen Willen versuchte er, durch seine aufgeschnittene Luftröhre zu atmen, was ihm jedoch nicht gelang. Es drang nur Blut ein, ließ ihn zunächst husten und dann keuchen.

Die Badezimmertür wurde nach einem kurzen Klopfen geöffnet, und Etienne Carrière trat ein. Adam blinzelte ihn an und konnte ihn zwischen den tanzenden schwarzen Flecken kaum noch ausmachen, während er langsam am Ofen hinabsank. Carrière ergriff eins der Badetücher und presste es ihm gegen die klaffende Halswunde. Adam versuchte, ihn abzuwehren und ein »zu spät« hervorzubringen, aber seine durchtrennte Kehle ließ keinen Laut zu.

Dafür gelang ihm zu seinem Entsetzen jedoch ein erster Atemzug, schmerzhaft wie bei einem Neugeborenen.

Dann noch einer.

Carrière lächelte, als würde der Anblick des fließenden Blutes ihn mehr verzücken als ein paar blasse Frauenschenkel, dann wurde seine Miene ernst.

»Der Schnitt schließt sich bereits wieder. Sie haben mein Badezimmer also ganz umsonst ruiniert. Hören Sie endlich auf, sich gegen meine Hilfe zu wehren, und drücken Sie das Tuch gegen die Wunde, damit nicht noch mehr Blut das Mosaik verdirbt. Das bekommt man nämlich nur schwer wieder aus den Fugen. Glauben Sie mir, ich weiß, wovon ich rede.«

Adam wollte verzweifelt auflachen, brachte allerdings nur ein bluterSticktes Gurgeln zustande, während sich der Schnitt durch seine Kehle wie von Zauberhand immer weiter schloss. Bald würde er ein richtiges Lachen zustande bringen, wenn auch ein bitteres. Das hatte er jetzt endgültig begriffen. Aus seiner Welt – ob sie nun real war oder nicht – gab es keine Fluchtmöglichkeit. Er war ein Gefangener.

Du gehörst mir, sang die verhasste Stimme, *für immer*.

4

Tempelopfer

Nachdem sich die Halswunde geschlossen und Adam sich abermals gereinigt und angezogen hatte, war er Etienne Carrière im verschwenderisch breit angelegten Flur begegnet. Hier reihten sich Regale an Regale, alle bestückt mit aufwendig in Leder gebundenen Büchern. Die Professur in Literatur war allem Anschein nach eine wahre Berufung.

Carrière, mit Mantel und Zylinder, rückte seinen bereits perfekt sitzenden Kragen zurecht. »Ich sehe nun ein, dass es ein Fehler war, Sie nicht umgehend über Ihren Zustand aufzuklären, da er Ihnen doch zweifelfrei so viele Rätsel aufgibt. Ich werde mich aufrichtig bemühen, Ihnen zu helfen – aber eine leicht zu bewältigende Aufgabe wird es wohl nicht. Ihr psychisch labiler Zustand und die Rede von einer Stimme, die zu Ihnen spricht, verheißen nichts Gutes.«

Mit der behandschuhten Hand deutete Carrière auf seinen Hausdiener Henri, der noch zierlicher war als sein Herr und fast unter dem Mantel begraben wurde, den er für Adam bereithielt.

»Ein Cafébesuch wird genau das Richtige für unsere strapazierten Nerven sein«, verkündete Carrière strahlend, als würde allein die Vorstellung ihm schon das Herz erwärmen.

Zuerst wollte Adam protestieren, weil ihm jede weitere Zeitverzögerung zuwider war. Dann nahm er jedoch den Geruch seiner alten Kleider wahr, die noch irgendwo in dem Appartement ihrer Reinigung – oder wenn es nach ihm ging: Verbrennung – harrten. Plötzlich klang ein Cafébesuch sehr verführerisch. Vielleicht wäre das ja eine Art Neuanfang.

In der Nähe von Carrières Appartement, das sich in einem eleganten Wohnhaus befand, lag die Place Pigalle. Dort reihte sich ein Café an das andere, alle erstaunlich gut besucht. Zielstrebig steuerte Carrière auf ein besonders trubeliges Lokal zu. Mit seiner Kirschholzvertäfelung und dem mit Messing beschlagenen Tresen strahlte es Gemütlichkeit aus, genau wie die mit Samt bezogenen Sitzbänke und die von Tabakrauch durchsetzte Luft, die träge unzählige Gesprächsfetzen einhüllte. Allerdings übertrug sich diese Gemütlichkeit keineswegs auf die Gäste, die einander lärmend begrüßten und auch ansonsten unentwegt in Bewegung waren. In jeder Ecke schien jemand mit einer Zeitung zu rascheln, Schachfiguren niederzuknallen oder seinen Mantel auf einen der wenigen freien Stühle zu werfen. Trotz der herrschenden Enge gelang es Carrière, einen Holztisch in einer ruhigen Ecke zu ergattern.

»Die Leute in Paris, besonders in der Nähe der Sorbonne, verschwenden keine Zeit mit dem Frühstück, nur ein Café noir und ein Croissant auf die Schnelle. Selbst die Studenten und Künstler sind in Eile, wenn auch nur auf der Suche nach einem noch interessanteren Gesprächspartner. Ständige Bewegung entspricht dem modernen Zeitgeist. Hier können wir uns also in Ruhe unterhalten, die Gesellschaft um uns herum wird abgelenkt sein und außerdem die Fensterplätze bevorzugen, um nur nichts zu verpassen.«

Adam nickte zustimmend und bestellte beim Kellner einen Café noir – genau wie Carrière. Und genau wie dieser verzichtete er auf ein Gebäck, obwohl der Kellner sich dazu herabließ, darauf hinzuweisen, dass das Haus seine Waren von einer hervorragenden Konditorei bezog.

Allein die Vorstellung, in etwas hineinzubeißen, das kalt und leblos war, erzeugte bei Adam sofortige Übelkeit. Kalt und leblos, wiederholte er schockiert. Welcher gesunde Geist brachte solche Worte mit einem Croissant in Zusammenhang? Aber er verspürte keinerlei Hunger, obgleich er schon seit mindestens einem Tag nichts mehr gegessen hatte. Da war nur ein Verlangen nach etwas Bestimmtem, etwas, das auch nicht für seinen leeren Magen bestimmt war, sondern ... Der Café noir wurde serviert, und Adam nippte kurz daran. So gut wie das Getränk roch, so scheußlich schmeckte es. Als würde er Teer trinken.

Auch Carrière verzog das Gesicht. »Widerlich, ich weiß. Aber Sie werden den Kaffee tapfer wie ein Mann herunterstürzen müssen, ansonsten beleidigen Sie den Kellner, und wir werden vielleicht noch im hohen Bogen hinausgeworfen.«

»Das Zeug ist ungenießbar«, protestierte Adam.

»Lassen Sie mich Ihnen versichern, dass nur unsere Geschmacksnerven das so wahrnehmen. Und wir wollen doch keine unnötige Aufmerksamkeit erregen, oder?«

Mit einer genuschelten Verwünschung trank Adam seinen Café noir aus und stellte die Tasse dann hastig auf die Untertasse zurück.

Carrière beobachtete ihn mit unverfälschter Neugier. »Ihr Französisch ist wirklich interessant. Vollkommen akzentfrei und fehlerlos.« Als Adam fragend die Augenbrauen hob, lächelte Carrière. »Kein Mensch spricht so. Weder jemand, dessen Muttersprache Französisch ist – so jemand hat immer eine gewisse Färbung oder weist zumindest ein paar Eigenarten auf. Noch jemand, der die Sprache erlernt hat, nicht dermaßen rein, denn die eigentliche Muttersprache würde ihre Spuren hinterlassen.« Das Lächeln verflüchtigte sich, als Carrière sein Kinn massierte und dabei ein Brummen hören ließ. »Lassen Sie uns damit beginnen, wie der Dämon seinen Tempel, also Ihren Körper, in Besitz genommen hat.«

Adams Gesicht verlor an Farbe. »Warum, zum Teufel, reden Sie von einem Dämon in einem Tempel? Wollen Sie sich über mich lustig machen?«

»Keineswegs. Ich beschreibe nur, was Ihnen widerfahren ist. Aber wenn Ihnen eine andere Umschreibung lieber ist: Etwas, meinetwegen eine fremde Macht, ist in Ihren Körper eingedrungen und hat ihn seinem Willen unterworfen. Dabei ist es dieser Macht allerdings nicht gelungen, auch Ihrer Persönlichkeit Sklavenringe anzulegen – was ich überaus interessant finde.« Obwohl seine Worte vollkommen abstrus klangen, machte Carrière einen ernsten Eindruck. Auf seinen hageren Zügen lag sogar ein Hauch von Respekt. »Nun schauen Sie doch nicht so drein, ich will Sie nicht verwirren. Erzählen Sie mir bitte zuerst Ihre Geschichte, vielleicht macht es das leichter.«

Adam lehnte sich im Stuhl zurück, während seine Finger wie von selbst nach einem Silberlöffel griffen und mit ihm herumzuspielen begannen. »Ich bin in der vorletzten Morgendämmerung in einer Gasse zu mir gekommen, das Hemd voller Blut, aber ohne eine einzige Verletzung am Leib. Allerdings auch ohne jegliche Erinnerung, weder an das, was geschehen ist, noch an den Mann, der ich zuvor gewesen bin.«

»Aber Sie sagten mir doch Ihren Namen: Adam.«

»Ja, das ist mein Name, auch wenn die Stimme behauptet, sie hätte ihn mir gegeben.«

Carrière nickte langsam. »Sie erwähnten diese Stimme bereits. Ihre Existenz gibt mir, ehrlich gesagt, ein Rätsel auf. Ein Wispern oder ein fernes Rauschen, davon habe ich gehört. Ich kenne jedoch keinen von uns, dessen Dämon mit einer eigenen Stimme redet. Aber darum werden wir uns später kümmern. Nun möchte ich Ihnen zunächst einmal nahebringen, was Ihnen in der Gasse zugestoßen ist – zumindest so, wie ich es mir erklären kann. Jemand hat Sie in dieser riesigen Stadt aufgespürt und in Ihnen besondere Eigenschaften erkannt. Ich vermute, dass das Triumphgefühl für unseren unbekannten Freund spektakulär gewesen ist und deshalb keine Zeit für Erklärungen blieb. Sie wurden überwältigt, Adam. Aber nicht auf die Weise, die Ihnen vorschwebt. Kein Überfall und auch kein Kampf. Sie haben nach dem Erwachen nur fremdes Blut und keine Wunde an Ihrem Körper ausmachen können, weil Ihnen keine einzige Wunde zugefügt worden ist. Wer auch immer mit Ihnen in dieser Gasse gewesen ist …«

»Es war ein Mann. Ich habe sein Einstecktuch gefunden. Es war eindeutig ein Mann, der mich überfallen hat.«

Carrières Mund verzog sich kurz. »Nun ja, überfallen ist, um es noch einmal zu betonen, nicht der richtige Ausdruck. Ihnen wurde eher ein Geschenk gemacht, angefangen mit einem Kuss.«

Adam stand mit solchem Schwung auf, dass der Stuhl beinahe nach hinten umkippte. Am liebsten hätte er Carrière am Revers gepackt und den zierlichen Mann durchgeschüttelt. Was fiel ihm ein, ihn in seiner Misslage zu verspotten!

Da durchzuckte ihn ein Schmerz, der von seiner Wirbelsäule Stromstöße bis zu seinen Zehen hinabjagte. Augenblicklich sank er auf den Stuhl zurück.

Was bist du nur für ein elender Sturkopf, zischte die Stimme ihn an. *Du wirst jetzt zuhören, oder ich werde dafür sorgen, dass deine Nervenbahnen zu brennen anfangen. Dein Körper ist zwar unzerstörbar, aber das bedeutet noch lange nicht, dass ich ihm keine Schmerzen zufügen kann. Hast du mich verstanden?*

»Ja«, flüsterte Adam.

Während er sich den kalten Schweiß von der Stirn wischte, blickte Carrière ihn erstaunt an. »Was ist passiert? Sie sahen eben so aus, als habe man Sie …«, setzte er an, doch Adam bedeutete ihm mit der Hand, fortzufahren.

Zunächst zögerte Carrière, dann räusperte er sich. »Vielleicht sollten wir über den Kuss des Dämons ein anderes Mal reden, wenn Ihnen diese Vorstellung im Moment noch zu sehr zu schaffen macht.« Mit dem Finger fuhr er unter seinen Kragen und lockerte ihn. Offensichtlich fiel es ihm nach dem Zwischenfall schwer, den Faden wieder aufzunehmen. Bald jedoch redete er so leicht dahin, als hielte er seinen Lieblingsvortrag.

»Nun gut. Auch wenn es eine wohl verborgene Wahrheit ist, Dämonen existieren und sie wandeln unter uns. Nicht in einer eigenen Gestalt, das bleibt ihnen verwehrt. Aber sie erwählen Menschen, deren Körper dafür geeignet sind, sie zu beherbergen. Ich sage bewusst Körper, denn auf unseren Geist, also das, was unsere Persönlichkeit ausmacht, legt der Dämon wenig Wert. Wenn es ihm möglich ist, verdrängt er unseren Geist. Mit den Überbleibseln verschmilzt er so sehr, dass kaum noch gesagt werden kann, welcher Anteil Mensch ist und welcher Dämon. Das ist auch überflüssig, denn in der Regel sind wir willige Diener. Nur auf Sie scheint das nicht zuzutreffen.«

Als Carrière innehielt, um diese Botschaft wirken zu lassen, schloss Adam die Augen und hörte in sich hinein. Sein Gegenüber hatte Recht: Er war versklavt worden, auch wenn die Stimme gerade schwieg. Er wusste es einfach, hatte es vom ersten Moment an gewusst, als er zu sich gekommen war. Er war ein Sklave, der nicht länger Herr über seinen Willen und seinen Körper war. Adam wusste allerdings noch etwas anderes: Er würde niemals ein ergebener Sklave sein, nicht, solange noch ein Rest von ihm existierte.

»Wie kann nur irgendjemand diesen Zustand freiwillig ertragen?«, fragte er mit rauer, kaum hörbarer Stimme.

»Aber, aber, mein Guter. Sie ziehen voreilige Schlüsse.« Carrière streckte die Hand aus, als wolle er ihm aufmunternd die Schulter tätscheln, besann sich im letzten Augenblick eines Besseren und strich sich stattdessen das Haar aus der hohen Stirn. »Im Moment sehen Sie nur die dunkle Seite unseres Daseins. Als ich den Dämon empfangen habe, war ich wochenlang euphorisch, obwohl er auch meine Menschlichkeit nicht gänzlich ausgeräumt hat. Unsterblichkeit, unberührbar für Krankheiten und Alter. Fast ein wenig gottgleich. Lassen Sie mich den Dämon also erst etwas ausführlicher beschreiben, ehe Sie Ihr Urteil fällen. Der Dämon ist nicht nur unser Beherrscher, er ist auch ein Geschenk, das nur wenige Sterbliche annehmen können. Denn die meisten Körper sind zu schwach, um den Einzug des Dämons zu überstehen. Sie werden von der Wucht des Eindringlings zerrissen, verbrennen, wenn er ihren Leib mit Feuer von der Sterblichkeit reinwäscht, zerfallen, bevor er sie gegen jeden Schaden immun macht. Doch wenn die Vereinigung funktioniert, büßen Sie nur ein Stück Ihrer Menschlichkeit ein und erhalten dafür Unsterblichkeit – nun sagen Sie mir noch einmal, dass das ein schlechter Handel ist.«

»Der Handel klingt zu gut, um wahr zu sein – einmal davon abgesehen, dass der Dämon mir nicht meine Menschlichkeit, sondern meine gesamte Vergangenheit geraubt hat.« Adam ließ seine Fingergelenke knacken, während er nachdachte. Schließlich richtete er sich auf dem Stuhl auf und nahm Carrière ins Visier. »Wo ist der Haken?«, fragte Adam, während sich eine Eiseskälte in ihm ausbreitete.

»Den haben Sie also noch nicht entdeckt, trotz des Zustands, in dem ich Sie gestern aufgefunden habe – blutbeschmiert. Hören Sie es denn nicht, diese diffuse Einflüsterung, das Sehnen und Zerren, dort, wo früher Ihre Seele gehaust hat? Es ist der Kern des Dämons, der uns die Menschen zu Fremden macht. Wir sind nicht länger ihresgleichen, auch wenn wir unerkannt unter ihnen leben.«

Unter Carrières Wangenknochen gruben sich tiefe Schatten ein. Mit der Hand deutete er auf das lebhafte Publikum des Cafés, als beobachte er nur ein Theaterstück und nicht das lebendige Treiben von Menschen.

Zum ersten Mal erkannte Adam, warum Carrière von einer Verwandtschaft zwischen ihnen beiden gesprochen hatte: Sie waren vom selben Stamm, ein Fremdkörper inmitten dieses Bienenschwarms. Ohne ersichtlichen Grund umkreisten die Gäste ihren Tisch, doch keiner verweilte oder setzte sich gar an einen der Nachbartische. Sie hielten Abstand und würden ihn beibehalten, bis sie aufgefordert wurden, heranzutreten. Eine unsichtbare Barriere, die die Gäste vermutlich mit einem Lächeln auf dem Gesicht durchschritten hätten, sobald es ihnen erlaubt wurde.

»Sie spüren es ebenfalls, nicht wahr?«, sagte Carrière in einem verschwörerischen Ton. »Auch ohne dass es Ihnen jemand erklärt hat, denn es liegt in Ihrer Natur. Wir können sie zu uns rufen. Es ist Teil des Geschenks, allerdings ist es nicht ohne Hintergedanken.«

Adam nickte widerwillig. »Der Dämon, er erwartet einen Ausgleich für sein Geschenk. Er fordert ihn unablässig, wie ein nicht enden wollendes Wispern in jeder Ecke und jedem Winkel meines Seins.«

»Ja, so ist es. Dieses Wispern höre auch ich. Allerdings wäre es ehrlicher, von einem *Opfer* zu reden als von einem *Ausgleich.*« Bei dem Wort Opfer stieß Adam ein angewidertes Geräusch aus, aber Carrière nahm darauf keinerlei Rücksicht. »Natürlich kann man über diese verlangte Opfergabe streiten, dazu bin ich durchaus bereit. Aber das ändert nichts an der Wahrheit: Der Dämon ist unsere Gottheit, und wir sind Tempel und Diener, einzig und allein dazu bestimmt, ihm zu opfern.«

»Menschenleben zu opfern«, raunte Adam, die Hände so fest in die Tischplatte gekrallt, dass ein leises Knarren zu hören war. Vor seinem geistigen Auge tauchte der schlagende Puls der jungen Frau in der Rue Mouffetard auf, ein Bild von einer überwältigenden Schönheit. Ein Bild, das in ihm das Verlangen hervorgerufen hatte, ihm die Lebenskraft zu rauben, es zu zerstören. Noch etwas anderes fiel ihm ein: die Erregung der Stimme, als sie ihn zu dem jungen Schläger Yves hinlocken wollte, damit er ihn für sie in Besitz nahm. Oder als der Dämon sich dem Anblick des Blutes hingab, das aus Adams geöffneter Schlagader hervorquoll. Der aufreizende und zugleich besänftigte Ton klang ihm immer noch in den Ohren.

»Es ist das Blut, mein Freund, nach dem der Dämon verlangt«, bestätigte Carrière seinen Verdacht. »Menschenblut, obwohl der Dämon auch gern das dazugehörige Leben nimmt. Er wird es Ihnen jedenfalls nicht übelnehmen, wenn das Lamm stirbt, das Sie zu seinen Ehren zur Ader lassen. Er liebt es, wenn seine Diener sich im Blutrausch verlieren.« Dabei klang er, als offenbarte er ein wunderbares und gleichzeitig schreckliches Geheimnis. Obwohl die Schatten in Carrières Gesicht immer tiefer geworden waren, leuchtete hinter seinen Brillengläsern ein gieriges Funkeln auf, das überhaupt nicht zu dem eleganten Herrn passen wollte.

»Der Dämon liebt es, aus dem reichlichen Fischschwarm der Menschen die schönsten Exemplare herauszusuchen. Er sieht verborgene Begabungen, interessante Lebensgeschichten oder schlicht äußere Schönheit. Einige lässt er nur ausbluten, um seine eigene Macht zu feiern, andere will er zu seinem Eigentum machen. Oft misslingt es, selten glückt es. In Ihrem Fall ist es geglückt, Adam. Sie können darüber zürnen oder dem Dämon Lobpreisungen singen, aber es lässt sich nicht rückgängig machen. Sie haben nicht nur Ihre Vergangenheit verloren, sondern auch den Anspruch darauf, sich einen Menschen nennen zu dürfen – exakt in dem Moment, als Sie vom Kelch des Dämons getrunken haben.«

»Es soll also meine eigene Entscheidung gewesen sein, ich soll mir das freiwillig angetan haben? Niemals!«

Obwohl Adams Reaktion so lautstark ausfiel, dass sich sämtliche Gäste zu ihnen umdrehten, wich Carrière ihm nicht aus.

»Das Blut des Mannes, das Sie an sich gefunden haben – er war der Kelch. Stellen Sie sich endlich der Tatsache, alles andere ist doch sinnlos.«

Die Gewissheit, dass Carrière die Wahrheit sprach, raubte Adam fast den Verstand. Bei jeder einzelnen Bewegung bemüht, nicht die Beherrschung zu verlieren, erhob er sich.

»Ich muss hier raus.«

»Nur um sich zu bewegen? Verstehen Sie mich nicht falsch, aber Sie haben den Dämon seit Ihrer Verwandlung sehr gefordert, er wird schon bald sein Opf… seinen Augleich verlangen.« Allein die Anspielung auf das Blutopfer ließ Adam zusammenfahren, woraufhin Carrière sich auf die Unterlippen biss. Behutsam streckte er den Arm nach ihm aus, doch Adam wich zurück. »Warten Sie, wir gehen gemeinsam. Ich möchte nicht, dass Sie einen Fehler begehen, weil Sie die Beherrschung verlieren. Vermutlich hätte ich unser Gespräch anders anfangen sollen, es tut mir leid.«

Adam beachtete Carrière gar nicht mehr. Während seine Gefühle bei der Vorstellung, zu welcher Art Monster er geworden war, zwischen Abscheu, Zorn und Verzweiflung schwankten, hatte sich das Wispern gesteigert, bis es einem vielstimmigen Chor glich, der in seiner Brust jubilierte. Es war die Stimme, die ihn geweckt hatte, die Stimme, die ihre Forderungen stellte und sich nach Blut sehnte. Die Stimme des Dämons.

Blut, sang der Dämon in einer Sprache, für die Adam keinen Namen kannte. *Blut, Blut …*

Das Lied füllte Adam aus, übertönte seine eigenen Empfindungen und Gedanken. Immer mehr glich sich der Rhythmus seines Blutes dem Takt des Liedes an. Während Adam zusehends die Kontrolle verlor, übersteigerten sich seine Sinne; Farben und Konturen gleißten vor seinem Auge in unnatürlicher Brillanz auf, das leiseste Geräusch warf ein Echo, unzählige Gerüche strömten auf ihn ein und verwandelten sich in lockende Fährten. Als würde der erstarkte Dämon seine Sinne befeuern. Plötzlich war das Café voll mit potenziellen Opfern.

Ungläubig betrachtete Adam seine Hände, die trotz seines inneren Aufruhrs vollkommen ruhig auf der Stuhllehne lagen. »Ich suche Sie später in Ihrem Appartement auf, dann können wir dieses Gespräch fortsetzten. Aber jetzt entschuldigen Sie mich bitte.« Das konnte unmöglich seine Stimme sein, die so höflich und ausgeglichen klang.

»Bleiben Sie! In diesem Zustand werden Sie sich nur selbst ein Leid antun. Denn was auch immer Sie jetzt tun, es wird Teil Ihrer Vergangenheit sein. Es lässt sich nicht auslöschen«, rief Carrière ihm hinterher, hastig die Geldbörse hervorzerrend, um die Rechnung zu begleichen.

Obwohl sich ihm jedes einzelne Wort einbrannte, drehte Adam sich nicht einmal mehr um. Er wollte nur noch fort von diesem Wahnsinn, wollte, dass das Rauschen hinter seiner Stirn aufhörte und er endlich wieder einen klaren Gedanken fassen konnte. Er musste den Dämon zurückdrängen, sein Lied vom Blut zum Verstummen bringen, ehe er sich noch dabei ertappte, mit einzustimmen.

Blut, glänzend roter Fluss. Finde die Quelle für mich. Bring sie zum Fließen.

Auf der Straße legte Adam den Kopf in den Nacken und wartete darauf, dass sich Erleichterung einstellte. Die von der Sonne erwärmte Frühlingsluft umschmeichelte sein Gesicht. Darauf wollte er sich konzentrieren, eine schlichte, helle Empfindung. Wenn es ihr nicht gelang, den Dämon zu bannen, dann wusste er nicht weiter.

Allerdings führte die Luft, die Adam tief einatmete, etwas mit sich: weitere Fährten, die der Dämon wie Seidenfäden durch seine Hände gleiten ließ, bis er den richtigen gefunden hatte – das Opfer, das er einforderte. Er hatte es gefunden.

Meins, stellte er voller Überzeugung fest. Dann zog er an dem Faden, und die letzten Reste von Adams Widerstand zerfielen.

Adams Vorsätze waren wie fortgewischt. Noch einmal atmete er tief ein, um die Fährte richtig zu erfassen, dann fing er zu laufen an. Seine ganze Welt bestand mit einem Schlag nur noch aus dem Geruch einer Frau, die sich gerade von ihrem Liebhaber getrennt hatte. Adam glaubte, ihre erhitzte Haut auf seiner zu spüren, während das schwere Parfüm, das sie aufgetragen hatte, um die Duftspuren ihres Liebsten zu übertünchen, Übelkeit erzeugte. Dabei befand sich die junge Dame noch einige Straßen von ihm entfernt. Vor seinem inneren Auge sah er, wie sie ihren Aufzug kritisch in einem Schaufenster überprüfte und den Nichtsnutz von einem Liebhaber verfluchte, der sich nicht nur im Bett ungeschickt angestellt hatte, sondern obendrein unfähig gewesen war, ihr Korsett ordentlich zu schnüren.

Gleich würde er bei ihr sein.

Dabei kümmerte Adam nicht einmal die Frage, was er eigentlich zu tun gedachte, wenn er vor dem Ziel seiner Hatz stand. Für ihn existierte nur noch das Rauschen des Blutes in seinen Adern, das zu ihm sang. Die Jagd tilgte jeden Gedanken und jede Regung, die ihn von seinem Ziel abgebracht hätte. Als er sah, wie die Frau gerade in eine Kutsche einsteigen wollte, hielt er jedoch inne, nur zwei Schritte von ihr entfernt, die Hand schon nach ihr ausgestreckt. Eine Dame aus besserem Hause, wie ihre Aufmachung verriet.

Das rhythmische Brüllen und Pochen verstummte kurz, und er hörte sich selbst nach Luft schnappen. Was mache ich hier eigentlich?, fragte er sich.

Die Dame musterte ihn, zunächst empört über seine Aufdringlichkeit, dann mit einem plötzlichen Interesse, dessen Grund sich Adams überregten Sinnen offenbarte: Ihr gefiel, was sie sah. Ihr Mund, noch gerötet von den Erlebnissen in einem der Hinterhäuser, verzog sich zu einem einladenden Lächeln, für das Adam sie am liebsten scharf angefahren hätte. Stattdessen wich er zurück, um …

Sie gehört mir! Ich will mein Opfer!

Die Worte waren mehr als ein Befehl – sie waren ein Gesetz, dem Adam sich beugen musste. Zumindest führte sein Körper den Befehl aus, während sein Geist von dem erneut aufbrandenden Rauschen fortgespült wurde.

Adam erwiderte das Lächeln und reichte der entzückt aussehenden Dame die Hand, um ihr beim Einsteigen behilflich zu sein. Danach stieg er ebenfalls in die Kutsche, wobei er den verlegen von einem Bein aufs andere tretenden Fahrer nur mit einem raschen Blick würdigte. Doch dieser reichte aus, um das Verhalten des Kutschers zu ändern: Während seine Miene einen verklärten Ausdruck annahm, straffte der Mann die Schultern. Dann saß er auf den Bock auf und trieb die Pferde an, darauf hoffend, dass der Herr etwas anderes wünschte als eine ziellose Rundfahrt.

Obgleich er es schon unzählige Male erlebt hatte, geriet er bei jedem ersten Mal in einem neu bezogenen Tempel stets in Verzückung. Als er die Schlagader am Hals, in Erwartung eines Kusses leicht gebeugt, aufriss, wurde er von einer unsäglichen Macht durchflutet, während sein Tempel eingeweiht wurde. Auch wenn der Lebensfluss, den er beanspruchte, nicht bis zu ihm durchdringen konnte, so nahm er ihn doch, weil es ihn so sehr verzückte. Das Blutopfer war das wunderbarste von allen, und er aalte sich darin, als wäre er tatsächlich am Leben.

Adam war ein Geschenk! Eins, das er sich im Kampf erstritten hatte.

Dabei hatte es zunächst danach ausgesehen, als würde er bei seinem Versuch, diesen Tempel in seinen Besitz zu nehmen, scheitern. Zu stark war der Widerstand gewesen, nicht etwa des Körpers, sondern des Geistes, der sich nicht zähmen lassen wollte. Der Teil von ihm, der dem

Ganzen angehörte, hatte wild aufgejault und gefordert, den Tempel zu zerstören, aber er war ungehorsam gewesen. Dies war der perfekte Tempel für ihn, der einzige Tempel, der je existieren würde. Selbst wenn es bedeutete, auf ewig um seine Herrschaft kämpfen zu müssen – dazu war er bereit.

Und während die junge Dame kaum wusste, wie ihr im Dämmerlicht der Kutsche geschah, und vor Leidenschaft aufstöhnte, hatte er den Verdacht, dass es ihm durchaus gelingen konnte, diesen Kampf schneller als gedacht zu gewinnen. Er könnte Adams Widerwillen brechen, indem er sich dessen aufblühendes Talent zunutze machte: die Jagd.

Er würde Adam jagen lassen, bis er sich selbst verlor.

5

Spurenlese

Der Abend war bereits angebrochen, als Etienne den dritten Anlauf nahm, sich in Victor Hugos *Der Glöckner von Notre-Dame* zu vertiefen. Er liebte diesen historischen Roman, besonders jene Passagen über den gewitzten Poeten Pierre Gringoire, der alles im Auge behielt, was in der Nähe der Kathedrale passierte.

Mit dem Namen Victor Hugo verband Etienne allerdings noch etwas anderes als die Erfüllung seiner Leseleidenschaft. Denn an jenem Tag vor gut vier Jahren, als der große Schriftsteller Frankreichs starb, hatte Etienne sich dazu entschieden, sein Leben als Mensch abzustreifen und ein neues anzufangen. Allen Pflichten, die der Dämon einem abverlangte und über die er bereits vor seiner Neugeburt genau Bescheid wusste, zum Trotz. In Anbetracht der gebotenen Möglichkeiten hatte ihn die Vorstellung, in den Blutdienst zu treten, wenig geschreckt. Sein ausgeprägter Forschergeist hatte es ihm schon als jungen Mann schwer gemacht, sich mit dem Gedanken abzufinden, dass die Zukunft ihm für immer verschlossen blieb, weil eines Tages der Tod an seine Tür anklopfen würde. Unsterblichkeit zu erlangen, auch wenn er dafür einen nicht absehbaren Teil seiner Menschlichkeit verlor, erschien ihm damals als Geschenk. Zu diesem Zeitpunkt hatte er bereits ein reifes Alter erreicht, in dem es absehbar war, dass die kommenden Jahre einem noch viel mehr als der Dämon raubten: nicht bloß die Erinnerung, sondern auch die Würde, wenn man plötzlich nicht mehr wusste, wozu ein Löffel gut war, oder sich vor Schmerzen kaum rühren konnte. All diese weltlichen Dinge ließ man mit dem Eintritt des Dämons hinter sich. Seitdem hatte Etienne Dinge erlebt – oder vielmehr getan –, die ihn zutiefst schockierten. Nichtsdestotrotz hatte er nie an der Richtigkeit seiner Entscheidung gezweifelt.

Bis zum heutigen Tag. Bis er gesehen hatte, wie es Adam mit dem Dämon erging.

Etienne hatte die Lage unterschätzt, in der sich der junge Mann befand – und er hatte Adam unterschätzt. Dabei hatte er ursprünglich geplant, diesen Frischgeborenen, der Adam zweifelsohne war, behutsam in die Welt des Dämons einzuführen. Er hatte sich zunächst auf Umwegen an die Existenz dieser unglaublichen Macht heranpirschen und dann rasch von den Vorzügen sprechen wollen, die der Dämon bereithielt. Später, wenn Adam Furcht und Wut überwunden hätte, hätten sie über das Rätsel diskutieren können, das die Existenz des Dämons aufgab. Und vielleicht auch schon über den Blutdurst, obwohl Etienne dieses Thema in der letzten Zeit immer unangenehmer geworden war. Doch dann hatte er Adam mit durchtrennter Kehle aufgefunden, und das hatte seinen sorgfältig überlegten Plan zunichtegemacht. Das aufbrausende Temperament dieses Mannes machte ihn unberechenbar, wie auch sein ausgeprägter Eigensinn. Etienne musste sich beeilen, wenn er vermeiden wollte, dass Adam einen größeren Fehler beging, als sich selbst zu richten. Da brauchte er einen Freund an seiner Seite, der nicht zögerte, ihm den Weg zu weisen, notfalls auch gegen Adams Widerstand.

Mit einem Seufzen beschloss Etienne, sich dieser Verantwortung zu stellen, obgleich es wenig seiner Persönlichkeit entsprach, die Position des Beobachters zu verlassen und aktiv einzugreifen. Er fühlte eine Verbindung zu dem jungen Mann, die er nicht ignorieren konnte – ob ihm das nun gefiel oder nicht. Nun, zumindest im ersten Anlauf war er dabei mit Pauken und Trompeten gescheitert, wie Etienne sich schonungslos eingestand. Er hatte nicht nur Adams ohnehin ausgeprägten Widerwillen gegen den Dämon geschürt, sondern ihn auch noch im Blutrausch davonstürmen lassen. Das ansonsten stete Surren und Ziehen des Dämons war bei seinen Versuchen, Adam zu finden, verstummt – als wolle der Dämon verhindern, dass Etienne ihn fand.

Sich die Schläfe massierend, hinter der sich von Minute zu Minute ein zunehmend unangenehmer Druck aufbaute, legte Etienne den Roman beiseite. Heute würde er keinen Trost in Hugos Beschreibungskunst finden, falls er überhaupt einen Anspruch darauf hatte. Missmutig starrte er in die Dämmerung hinaus, die ersten künstlichen Lichter der Gaslaternen erhellten die Gehwege. Wie sollte er Adam bloß dazu bringen, den Blutdienst zu akzeptieren? Als er den Dämon damals eingelassen hatte, hatte er geglaubt, seinen Wunsch nach Blut akzeptieren zu können. Inzwischen war er sich da nicht mehr so sicher. Gerade dieser Punkt bereitete ihm zusehends Unbehagen, und der Widerwille des jungen Mannes verstärkte es nur.

Erneut ging Etienne seine Möglichkeiten durch, Adam im Geflecht der Großstadt doch noch ausfindig zu machen, nur um zu demselben Schluss wie zuvor zu gelangen: Es war unmöglich. Als er ihm vor dem Café nachgesehen hatte, hatte er den Dämon auf der Jagd erkannt. Etienne wusste das so genau, weil auch sein Dämon bei einigen Gelegenheiten die Kontrolle an sich gerissen hatte. Diese Erfahrung machten nur jene unter ihnen, denen ein Rest ihrer Menschlichkeit geblieben war. Die anderen lebten für den Moment, wenn der Dämon ein Opfer auserkor. Vielleicht wäre es für Adam das Beste gewesen, wenn der Selbstmord für ihresgleichen tatsächlich eine Option wäre. Aber das war er nun einmal nicht, der Dämon ließ es nicht zu.

Noch nie zuvor hatte Etienne Unsterblichkeit als eine Bürde angesehen, immer nur als unermessliches Geschenk, das einen als Zeugen der Geschichte und gelegentlichen Diener des Blutes unangetastet durch die Jahrhunderte wandeln ließ. Nicht sterben zu *müssen* war etwas ganz anderes, als nicht sterben zu *können*.

Solch düsteren Gedanken nachhängend, fuhr Etienne erschrocken zusammen, als Henri an die Tür klopfte und Besuch ankündigte. Erleichtert begrüßte er Adam, der nur ein Nicken für ihn übrighatte.

Ein verräterisches Glühen umgab den jungen Mann. Ihn schien genug Lebensenergie zu durchfluten, um die Welt aus den Angeln zu heben. Etienne wusste nur zu gut, was der Grund für dieses Leuchten war: ein Blutopfer. Zumindest war Adam dieses Mal geschickt genug gewesen, Kleidung und Gesicht nicht zu beschmutzen, auch wenn ihn ein beißender Geruch nach trocknendem Blut umgab. Den würde allerdings niemand außer ihnen beiden wahrnehmen. Die Nasen der Menschen waren dafür nicht gemacht.

»Ich habe Ihnen doch gesagt, Sie würden einen Fehler begehen, wenn Sie in einem solchen Zustand auf die Straße laufen.« Etiennes Ton fiel schärfer als beabsichtigt aus. Mit verschränkten Armen baute er sich vor Adam auf, der ihn um gut eineinhalb Köpfe überragte. »Vermutlich werden die Gendarmen schon bald mit einer Zeichnung Ihres Gesichts durch die Straßen laufen und jeden nach dem Verrückten fragen, der am helllichten Tag Passanten anfällt wie ein Raubtier. Sehr ungünstig, wenn ohnehin schon Gerüchte über blutgierige Mörder in der Stadt kursieren. Und noch ungünstiger, wenn man über ein Gesicht verfügt, das wegen seiner Attraktivität niemandem entgeht und an das sich sicherlich jeder erinnert, vor allem die Damen.«

»In diesem Fall wird sich die Dame kaum bei jemandem beschweren, obwohl ich sie in einem derangierten Zustand zurückgelassen habe. Der Dämon ist sehr gut darin, einen Gewaltakt wie Leidenschaft aussehen zu lassen. Sie hat mir zum Abschied sogar ein Lächeln geschenkt, als wäre die klaffende Wunde an ihrem Hals nicht mehr als ein Liebesmal«, erwiderte Adam mit einer Ruhe, als herrsche in seinem Inneren nur Leere. Nur die Hand mit den schwarz geränderten Fingernägeln, mit der er sich über den Mund wischte, zitterte verräterisch. »Ich sollte wohl dankbar dafür sein, dass der Dämon sich mit wenig Blut zufriedengegeben hat und die Dame lediglich erschöpft in sich zusammengesunken ist. Bis der Dämon sich aus eigenen Stücken zurückgezogen hat, habe ich nämlich kaum begriffen, was geschah.«

Augenblicklich breitete sich Mitleid in Etienne aus, eine Empfindung, die er stets an sich verabscheut hatte, weil sie es einem unmöglich machte, gewisse Dinge mit der notwendigen Objektivität zu betrachten. »Ich würde Ihnen ja gern einen Drink anbieten, aber ich befürchte, damit erweise ich Ihnen keinen Gefallen.«

Adam lachte leise, wodurch seine ausdruckslose Maske feine Sprünge bekam. »Das Angebot würde ich nur annehmen, wenn Kognak und Ähnliches nicht bloß wie Gift schmecken, sondern auch wie Gift wirken würden.« Einen Moment lang sah Adam so aus, als würde er die Fassung verlieren. »Mir geht das befriedigte Lächeln dieser Frau einfach nicht aus dem Kopf. Dieser verfluchte Dämon hat es aussehen lassen wie eine Verführung, und ich werde das Gefühl nicht los, dass es ihm gar nicht um das Blut ging, sondern darum, mich zu demütigen. Er hat mich erst als Lockmittel und dann als Waffe missbraucht – und ich habe das einfach zugelassen. Ich werde mir nie wieder in die Augen sehen können.«

»Nun seien Sie doch nicht so streng mit sich! Sich selbst verachten müssten Sie nur, wenn diese Verführung auf Ihr Konto gegangen wäre. Und das ist ja wohl nicht der Fall«, unterbrach Etienne ihn erregt. »Allerdings müssen Sie sich vorwerfen, es so weit haben kommen zu lassen, dass der Dämon gezwungen war, die Macht an sich zu reißen. Wenn Sie ihm sein Blutopfer freiwillig brächten, dann könnten Sie sowohl das *Wie* als auch das *Wie viel* bestimmen.«

»Dann würde so etwas nie wieder geschehen?«

Zwar freute sich Etienne darüber, etwas wie Hoffnung in Adams Augen aufleuchten zu sehen, doch er musste ihn sogleich enttäuschen. »Wenn Sie dem Dämon regelmäßig huldigen, werden solche Exzesse die Ausnahme bleiben. Dass Sie jedoch den Blutrausch vermeiden können, kann ich Ihnen leider nicht zusichern. Mit einigen seiner Opfer hat der Dämon eigene Pläne, und in solchen Momenten lässt er sich nicht bezwingen. Das ist jedenfalls meine Erfahrung.«

Schlagartig wich die neu erwachte Hoffnung aus Adams Zügen, aber er nickte, als habe er endlich akzeptiert, einen Kampf gegen den Dämon nur verlieren zu können. »Ich will nicht behaupten, dass ich damit leben kann – wenn man das, was ich tue, überhaupt leben nennt. Allerdings werde ich versuchen, den entstehenden Schaden möglichst gering zu halten. Das ist es doch, worauf Sie hinauswollen.«

»Ja«, sagte Etienne. Vermutlich hätte er froh sein sollen über Adams Einlenken, aber er war es nicht. Unwillkürlich verspürte er den Wunsch, die Überreste von Adams menschlichen Zügen zu erhalten, anstatt ihn dazu zu überreden, dem Dämon den Raum zu überlassen. Was war nur los mit ihm? »Henri hat übrigens die Taschen Ihrer alten Kleidung durchsucht und diesen Schnipsel hier gefunden«, lenkte er das Gespräch auf ein anderes Thema. »Es wundert mich, dass Sie sich Ihres Tascheninhaltes nicht selbst angenommen haben, da Sie doch so verzweifelt nach Ihrer Vergangenheit suchen. Wenn ich mich nicht irre, sind Sie ein hervorragender Fährtenleser.«

Adam nahm den Streifen gelben Papiers entgegen und drehte ihn zwischen den Fingern, ohne ihn wirklich anzusehen. »So weit bin ich bei meiner Tascheninspektion nicht gekommen. Als ich gerade dabei war, hat der Dämon meine Aufmerksamkeit nämlich kurzerhand auf etwas anderes gelenkt, und zwar auf sein höchst eigenes Interesse. Verstehen Sie, was ich meine?«

Etienne verstand ihn sehr wohl. Ein Schauer lief ihm über den Rücken, als das Wispern des Dämons bei Adams Andeutung aufgeregt zu rauschen begann. Dieser junge Mann kostete ihn zunehmend seinen Seelenfrieden. »Bei dem Papierstreifen handelt es sich um die Quittierung eines Gepäckstücks«, erklärte er kurz angebunden. »Allem Anschein nach haben Sie etwas am Gare de l'Est im zehnten Arrondissement hinterlassen. Außerdem hat Henri außer Bargeld auch dieses Heftchen in Ihrer Mantelinnentasche gefunden.«

»*Peter Schlemihls wundersame Geschichte*, geschrieben von einem gewissen Chamisso«, las Adam laut vor, während sich eine tiefe Falte zwischen seine Augenbrauen senkte.

»Sie sprechen Deutsch?« Etienne war nicht im Geringsten überrascht. Er hatte den Verdacht, dass auch andere Sprachen Adam keine Probleme bereiteten. Beim Verschmelzen mit dem Dämon wurden oft die unterschiedlichsten Talente freigelegt, als würde man auf das Wissen dieses Wesens zurückgreifen, das sich außerhalb der Zeit bewegte.

»Hat ganz den Anschein«, sagte Adam, der mit den Gedanken sichtlich woanders war, während er die Seiten durchblätterte, ohne jedoch auf Notizen oder sonstige Zeichen zu stoßen. Das hatte Etienne auch schon überprüft. »Aber weder das Heftchen noch die Geschichte sagen mir etwas. Wenn das Heft nicht so eindeutig nach mir riechen würde, könnte ich mir nicht vorstellen, dass es einmal mir gehört hat.«

»Das können Sie riechen?«

»Sie etwa nicht?«

»Nein, über eine solche Begabung verfüge ich nicht. Aber dafür kann ich Ihnen etwas über Schlemihls Geschichte erzählen.« Obwohl ihm nicht kalt war, ging Etienne zum Kamin hinüber und legte einige Holzscheite nach. Das Flammenspiel beruhigte seine Nerven. »Der arme Kerl wurde vom Teufel höchstpersönlich um seinen Schatten gebracht. Und ohne seinen Schatten war Schlemihl ein Ausgestoßener, den die Menschen mieden. Daher schlug der Teufel ihm einen Tausch vor: Dafür, endlich wieder versöhnt mit sich und der Welt zu sein, sollte er seinen Schatten gegen seine Seele eintauschen.«

Adams Lippen verzogen sich zu einem farblosen Strich. »Soll das ein Scherz sein?«

»Könnte man fast meinen«, erwiderte Etienne und widmete sich wieder dem Flammenspiel. Auch wenn es sich vermutlich nur um einen Zufall handelte, so war er dennoch versucht, den seltsamen Humor des Dämons am Werk zu sehen. War Adam doch in einer ähnlichen Lage wie der unglückliche Schlemihl, denn auch er würde ein Ausgestoßener sein, solange er sich nicht dem Herrschaftsanspruch des Dämons beugte und von den Resten seiner Menschlichkeit abließ.

»Wie auch immer. Wir sollten morgen früh zum Bahnhof gehen und nachsehen, was wir für diese Quittierung erhalten. Vermutlich einen Koffer mit weiteren Geheimnissen und Kleidungsstücken, die aus *bella Italia* stammen. So wie die blutbesudelten, die Henri vorsorglich im Ofen verbrannt hat. Singen Sie doch mal ein paar Zeilen aus *La Traviata* – auch wenn Sie nicht den Ton treffen sollten, ich wette, dass Ihr Italienisch von ausgesuchter Reinheit ist.«

Adam konnte dem Scherz nichts abgewinnen. »Ich sollte zusehen, dass ich zum Bahnhof komme und mein Gepäck auslöse. Vielleicht finde ich dann endlich die entscheidenden Hinweise auf meine Vergangenheit.«

»Dafür ist es heute schon zu spät«, entgegnete Etienne, wobei er kurz mit dem Schürhaken auf Adam zeigte, bevor er ihn zurück in seinen Behälter steckte. »Außerdem werden wir uns jetzt erst einmal Ihrer Gegenwart widmen. Ich habe eine Verabredung für uns beide getroffen. Sie sehnen sich doch nach Erklärungen, die Ihnen bei Ihrer Schöpfung versagt wurden.«

»Der Dämon ist nicht mein Schöpfer, er ist ein ungebetener Eindringling«, korrigierte Adam ihn. Dabei wrang er das Heft derartig zwischen seinen Händen, dass Etienne schon befürchtete, er könnte es jeden Augenblick zerreißen. Deshalb vermied Etienne es, darauf hinzuweisen, dass Adam den Dämon sehr wohl eingeladen hatte – so, wie es bei jeder Verwandlung war. Ihm diese Wahrheit beizubringen, sollte allerdings ruhig jemand anders übernehmen, jemand, der sich Adams Temperament gewachsen fühlte. Und Etienne wusste auch schon genau, wer das war.

»Wie auch immer«, beschwichtigte er den jungen Mann. »Eine gute Freundin von mir erwartet uns bereits. Sie hat einst mein Leben in neue Bahnen gelenkt, und ich hoffe, sie kann etwas Ähnliches für Sie tun. Und morgen früh, wenn Sie etwas gefestigter sind, statten wir dem Bahnhof einen Besuch ab. Aber nun kommen Sie.«

Mit einem Schulterzucken ließ Adam das Heft in seiner Manteltasche verschwinden. Auch wenn er sie nicht wiedererkannt hatte, nun gehörte Chamissos Geschichte über den Schattenlosen eindeutig ihm.

Etienne unterdrückte ein Lächeln, während er gemeinsam mit Adam zur Tür hinausging.

6

Todesboten

Es war eine dieser Frühlingsnächte, in denen die Wärme sich überraschend lange hielt. Bald würde ganz Paris in Sonnenschein und Helligkeit getaucht sein und die Seine einer grünblau funkelnden Schnur gleichen, über deren Brücken die Menschen nicht nur hasteten, sondern auffällig oft stehen blieben, um den Moment zu genießen.

Sogar zur späten Stunde übte die Seine noch ihre eigene Magie aus, auch wenn ihr Wasserlauf jetzt ein seidig glänzendes Schwarz war.

Ganz die Königin der Nacht, dachte Adam voller Ironie. Allerdings konnte auch er sich nicht der Magie des Flusses entziehen. Etienne hatte zu einem Spaziergang angeregt, denn in Paris waren die verschiedenen Arrondissements gut zu Fuß erreichbar. Adam war es nur recht gewesen, schweigend umherzulaufen, den Kopf leer, während seine Finger mit dem Heft in seiner Manteltasche spielten. Der gleichbleibende Rhythmus seiner Schritte, dem Carrière sich mit seinen deutlich kürzeren Beinen nur ungern angepasst hatte, beruhigte ihn, das dunkel dahinziehende Wasser der Seine hielt seinen Blick gefangen. Er hätte ewig so weiterlaufen können, das Klacken von Etiennes Gehstock in seinem Ohr. Doch ein helles Frauenlachen riss ihn aus seiner Entrücktheit.

Auf dem Trottoir kam ihnen eine nach Wein riechende Gruppe von Nachtschwärmern entgegen, Übermut und Lebenslust versprühend. Eine Dame, untergehakt bei einem leger gekleideten Herrn, der gerade zu einer lautstarken Schimpftirade über den fast fertiggestellten Eiffelturm ansetzte, winkte Adam aufreizend zu.

»Ich habe noch einen Arm für Sie frei, mein Hübscher. Wollen Sie uns nicht begleiten? Wir kennen mehr als einen Ort, wo man sich auch nach der Sperrstunde hervorragend amüsieren kann.«

Adam blieb stehen, als hätte man ihm eine Ohrfeige verpasst. Diese Art von Aufmerksamkeit war alles andere als nach seinem Geschmack.

Die Gruppe passierte, und die Dame ließ es sich nicht nehmen, ihren Zeigefinger über Adams Oberarm gleiten zu lassen, was ihre Begleitung endlich den Monolog unterbrechen ließ. »Also wirklich, Chloé. Du hast auch nicht den kleinsten Funken Anstand im Leib«, sagte der Mann, aber es klang wie ein Kompliment. Er schob sich seinen zerknautschten Hut in den Nacken und lachte, woraufhin die anderen sogleich mit einfielen.

»Wenn du dich über diesen aufragenden Stahlriesen und die Weltausstellung in Rage redest, darf ich mich wohl nach etwas umschauen, das mein Interesse erregt.« Sie warf dem erstarrten Adam einen Handkuss zu, woraufhin der sich abwandte. »Schau doch nur einmal her, Chéri, damit du auch weißt, was du verpasst!« Was immer sie auch tat, von ihrer Gesellschaft erntete sie Begeisterungsstürme und Gelächter.

Adam musste nicht fragen, was dem geneigten Publikum geboten worden war. Er hatte das Rascheln ihrer Unterröcke, als sie diese über die Knie hob, deutlich gehört, auch wenn er es immer noch nicht glauben konnte.

»Ja, die Frauen von heute. Wirklich erstaunlich. Vermutlich die Muse eines Malers«, murmelte Carrière, der einen Blick über die Schulter riskiert hatte und dessen Wangen sich nun rot verfärbten. »Ein sehr unternehmungslustiges Völkchen. Wenn Sie mich fragen, eine umherstromernde Künstlerhorde mit ihren Freunden aus aller Welt, der es im Herzen von Montmartre zu langweilig geworden ist. Die Stadt ist in diesen Tagen voll von ihnen, harren alle der Weltausstellung, deren Eröffnung noch mehr Leben und Geld in die Stadt bringen wird. Wie auch immer, wir sind an unserem Ziel angelangt.« Mit der Hand deutete Carrière auf das Ufer der Seine. »Die Dame, die uns heute ihre Gastfreundschaft gewährt, ist im Augenblick die interessanteste Gesellschaft, die Paris zu bieten hat. Ich möchte Sie bitten, Höflichkeit walten zu lassen und das Reden vorerst mir zu überlassen. Madame Rischka ist sehr unberechenbar, da möchte ich mir nicht auch noch um Ihren Hitzkopf Sorgen machen müssen.«

»Natürlich«, sagte Adam, der nicht ganz bei der Sache war. Seine Aufmerksamkeit war auf das fest vertaute Hausboot unten am Ufer gerichtet.

Während ihres Spaziergangs waren Adam immer wieder die länglichen, oftmals etwas heruntergekommenen Boote aufgefallen, auf denen Wäscheseile gespannt und deren Decks mit Blumenkübeln geschmückt waren. Ihm gefiel die Vorstellung, auf einem Boot zu wohnen. Jederzeit die Taue lösen und weiterziehen zu können, kam ihm in diesen Stunden wie die beste aller Möglichkeiten vor. Das Hausboot, zu dem Etienne ihn nun führte, sagte ihm ganz besonders zu, mit seinem dunkel schimmernden Holz und dem Licht, das durch die flaschengrünen Vorhänge in den Butzenfenstern fiel. Es strahlte etwas Altes und zugleich sehr Lebendiges aus, erzählte von fernen Orten, die ihre Spuren in seinem Antlitz hinterlassen hatten.

Neben dem schaukelnden Bootssteg war eine Messinglampe angebracht, in der eine Kerze hinter rotem Glas flackerte – wie eine Einladung.

Adam lief wie verzaubert auf den Steg des Bootes zu, als ihm plötzlich eine Gestalt den Weg versperrte. Sie war so unvermittelt vor ihn getreten, dass er aufkeuchend einen Schritt zurücksetzte, während er sich fragte, warum seine Instinkte ihn nicht rechtzeitig gewarnt hatten. Offensichtlich waren sie doch nicht so empfindlich, wie er vermutet hatte. Dafür erreichte ihn nun ein Geruch nach Leder, Frau … und Muskat.

Unweigerlich wusste Adam, wer vor ihm stand: eine Unsterbliche, in der ein nach Blut dürstender Dämon hauste. Eine Schwester im grausamsten Sinne.

In ihm bäumte sich sein eigener Dämon bedrohlich auf, als wolle er sich auf jeden Konkurrenten stürzen, der es wagte, ihm die Stirn zu bieten. *Ich bin stärker,* knurrte er, *ich bin der Überlegene.*

Das Verlangen unterdrückend, die Frau zu packen und in die Knie zu zwingen, erwiderte Adam den kühlen Blick von ihr. Langsam öffnete er seine zu Fäusten geballten Hände und nötigte sich dazu, sie entspannt hinabhängen zu lassen, obwohl alles in ihm darauf drängte, zu einem Angriff überzugehen und der Forderung des Dämons Folge zu leisten.

Doch etwas ließ ihn innehalten. In den dunklen Augen der Frau glaubte er sein Spiegelbild zu erkennen: das gleiche Bedürfnis, sämtliche Bedenken wie ein zu eng gewordenes Kleidungsstück abzustreifen und sich nur seinen Instinkten zu überlassen. Zu jagen … zu erlegen … sich dem Rausch hinzugeben, sich jemanden untertan zu machen, indem man ihn überwältigte und seinen Leib mit den Zeichen der eigenen Überlegenheit übersäte. Wie eine Raubkatze, die keinerlei Schuldgefühle davon abhielt, sich neben ihrem blutenden Opfer auf dem Boden zu räkeln.

Die ganz in Schwarz gekleidete Frau hob ihre Mundwinkel, doch es wurde kein Lächeln, sondern nur das Eingeständnis, ein würdiges Gegenüber gefunden zu haben. Augenblicklich spürte Adam einen Stich in seinem Brustkorb, der Beweis eines Schamgefühls. So bin ich nicht, wollte er laut ausrufen. Es ist der Dämon in mir. Doch das wäre eine Lüge gewesen, deshalb schob er die Frau lediglich mit einem Arm von sich fort. Ganz behutsam, damit auch kein Zweifel daran aufkam, dass er sich weder jetzt noch später auf ein Spiel mit ihr einließ.

Langweiler, spottete der Dämon, der Adam mehr denn je wie ein Imperator vorkam, dem das Treiben in der Arena zu seinen Füßen nicht blutig genug zugehen kann.

Carrière, der das Schauspiel mit angehaltenem Atem betrachtet hatte, ließ seinen Gehstock mit einem lauten Knall auf das Uferpflaster aufschlagen. »Keine angenehme, aber immerhin eine Begrüßung, wie ich sie von dir erwartet habe, Truss. Wenn du uns dann bitte passieren lassen würdest?«

Doch die Frau namens Truss beachtete ihn gar nicht. Voller Faszination starrte sie Adam an, als sei er ein Versprechen und nicht etwa ein Fremder, der zur späten Stunde um Einlass bat. Mit so schnellen Bewegungen, dass Adam die Brauen vor Überraschung hochzog, ließ sie sich neben dem Kai nieder und zog ein Fischernetz aus dem Wasser.

Obwohl ihm ein widerlicher Gestank entgegenschlug, trat Adam neben Truss und blickte auf den Fang, der sich als nackte Männerleiche entpuppte. Durch die schwarzen Maschen hindurch schimmerte wächserne Haut, der nicht einmal das rote Leuchten der Messinglampe den Anstrich von Leben verleihen konnte. Geschickt befreite Truss den Leichnam aus dem Netz, damit Adam einen Blick auf das werfen konnte, was ihr allem Anschein nach das Wichtigste schien: der aufgerissene Brustkorb, dessen Höhle leer war. Es war jedoch der von Entsetzen geprägte Gesichtsausdruck des Mannes, dem Adam sich nicht entziehen konnte. Als habe man ihm bei lebendigem Leib das Herz aus der Brust geschnitten.

»Sehr schön.« Carrière wirkte mehr gereizt als entsetzt, während er Adam beim Ellbogen packte und ihn fortzog. »Wirklich lobenswert, dass du und dein elender Bruder zu guter Letzt doch noch dazu übergeht, eure Leichen zu entsorgen, anstatt sie überall in Paris liegen zu lassen. Aber so nahe an eurem Unterschlupf – ob das klug ist? Nun, wen kümmert's? Mich nicht. Obwohl sicherlich keine Notwenigkeit besteht, den Dämon mit solch widerlichen Opferungen zu befriedigen. Das hat kein Mensch verdient.«

Die Art, wie Truss Carrière für seine Worte anfunkelte, verriet, dass sie nur allzu gern das Gleiche mit ihm getan hätte, allein für seine Unverfrorenheit. Stattdessen kauerte sie schweigsam neben ihrer Beute, die Finger in der blutleeren Wunde.

Es fiel Adam unbegreiflich schwer, sich abzuwenden. Diese Gestalt, denn die Bezeichnung Frau wollte einfach nicht richtig passen, hatte etwas in ihm zum Einrasten gebracht. Als sei er das Rad in einem Uhrwerk, das endlich das passende Gegenstück gefunden hatte. So abstoßend die Zurschaustellung des Leichnams auch sein mochte, es erschien ihm dennoch seltsam vertraut ... Doch wie kann ich bei diesem Anblick etwas anderes als Abscheu und Trauer empfinden?, fragte Adam sich, und diese Tatsache verwirrte ihn weitaus schlimmer als die Verbindung, die er zu dem Ungeheuer namens Truss verspürte. War das etwa der Verlust der Menschlichkeit, von dem Carrière gesprochen hatte?

»Entschuldigen Sie bitte«, sagte Carrière, als sie über den Steg gingen. »Ich hätte Sie darauf hinweisen sollen, dass das Hausboot von unangenehmen Wachhunden belagert wird. Für gewöhnlich sind ihre Nasen gut genug, um zu wittern, wenn ich mich nähere. Was mir nur lieb ist, denn je seltener ich diese blutrünstige Bagage sehen muss, desto besser. Dass Truss hervorgekommen ist und Ihnen sogar ihre Beute präsentieren musste, war überraschend. Sie haben wohl ihre Neugierde geweckt.« Carrière zog die Nase kraus, als wäre mit dieser Vorstellung ein übler Gestank verbunden. »Jetzt sollten wir uns aber beeilen, schließlich werden wir bereits erwartet.«

Mit einer einladenden Geste deutete Carrière auf die Tür zur Kajüte.

Adam biss seine Zähne so fest aufeinander, dass sein Kiefer knackte, dann erst konnte er der Aufforderung nachkommen. Während er nach dem Türknauf griff, sah er, wie Truss ein schwarzes Seidentuch über der Messinglampe ausbreitete. Einen Herzschlag lang war die Nacht noch in Blut getaucht, dann war alles schwarz.

7

Treibgut

Das Innere des Hausboots war ein einziger Salon. Die Decke hing so niedrig, dass Adam befürchtete, jeden Augenblick mit dem Kopf anzustoßen. Die Wände wiesen, wo sie nicht von den flaschengrünen, schweren Vorhängen verhüllt wurden, eine Wölbung nach außen auf, wodurch der Salon etwas sehr Geborgenes ausstrahlte. Die Kandelaber mit ihrem weichen Licht und die dicken Teppiche am Boden taten ein Übriges.

»Fast so gemütlich wie in Mutters Schoß«, brachte Carrière es auf den Punkt, als er die kunstvoll in Blei gefasste Glastür hinter sich zuzog. »Aber lassen Sie sich nicht täuschen«, fügte er mit einer Note zu, die Adam nicht zu deuten wusste.

Es kümmerte ihn im nächsten Moment auch schon nicht mehr, denn er hatte eine Frau entdeckt, die auf einem mit Samt und Pelzkissen ausgestatteten Lager ausgestreckt dalag. Auch wenn ihr sinnliches, in Spitze gekleidetes Äußeres ausgereicht hätte, um die ganze Aufmerksamkeit eines Mannes zu erringen, erkannte Adam, dass es nicht das Hausboot gewesen war, das ihn angelockt hatte, sondern diese Frau. Als hielte sie eine unsichtbare Leine, an der sie ihn zu sich zog.

Mit einem sphinxhaften Ausdruck musterte sie ihn. »Du hattest Recht mit deiner Vermutung, Etienne: Er stammt tatsächlich von einem der Meinen ab«, erklärte sie mit einer ungewöhnlich tiefen Stimme, in der ein harter Akzent mitschwang.

Carrière lachte verhalten. »Tun wir das nicht alle in dieser Stadt? Adam, darf ich Ihnen die Dame vorstellen, die bereit war, mich an der Unsterblichkeit teilhaben zu lassen? Das hier ist die unvergleichliche Rischka.«

Mit unübersehbarem Stolz hob Rischka das Kinn an, obwohl etwas an ihrer Haltung verriet, dass ihr Selbstvertrauen keiner Komplimente bedurfte. »Du bist also Adam. Etienne schrieb mir, dass du nicht weißt, wer du eigentlich bist. Und das, obwohl der Beherrscher dir einen Namen gegeben hat, der darauf schließen lässt, dass du von dem Baum der Erkenntnis gekostet hast. Ein böser Witz?«

»Es steht keineswegs fest, dass der Dämon mir diesen Namen gegeben hat.«

»Dämon? Pfui, was soll denn dieses hässliche Wort? Wir sind doch nicht die Heimstatt für ein nach Schwefel stinkendes Ungeheuer«, warf Rischka amüsiert ein.

»Der Dämon stinkt vielleicht nicht nach Schwefel, aber ein Ungeheuer ist er auf jeden Fall.«

Carrières Anweisung, den Mund zu halten, klang noch in Adams Ohren, und auch seine Instinkte rieten ihm dazu, sich bei dieser Frau zurückzuhalten. Doch die Anspielung, dass der Dämon – oder Beherrscher, wie sie ihn nannte – sein Schöpfer war, konnte er einfach nicht ertragen. »Vielleicht ist mein Name ja das einzige Überbleibsel aus meiner Vergangenheit. Jedenfalls gehört er mir.«

Zu seiner Erleichterung ging Rischka nicht auf diesen Einwurf ein, sondern winkte Carrière zu sich, der sogleich neben ihr Lager trat und einen Kuss über ihrem Handrücken hauchte. Dann zog sie ihn ein Stück zu sich herab und flüsterte ihm etwas ins Ohr. Gemeinsam lachten sie, ein verstörend fremdes Geräusch, dem wenig Menschliches anhaftete.

Adam nutzte die Gelegenheit und konzentrierte sich auf die Eindrücke des Salons, die ihm seine Sinne verrieten. Rischka empfing viel Besuch, vor allem Herren, und weder deren Rasierwasser noch die nach Opium und Weihrauch duftenden Räucherstäbchen konnten darüber hinwegtäuschen, womit jeder Flecken dieses Raumes getränkt war: Schweiß und Blut. Darunter allerdings, unter all den Noten, die Rischkas ganz individuellen Duft ausmachten, fand er noch etwas anderes … wie ein gut verstecktes Geheimnis: Muskat. So alt, dass man es kaum noch wahrnahm. Adam war keineswegs überrascht, denn mit nichts anderem hatte er gerechnet. Doch als der scharfe Muskatduft ihm nun in der Nase brannte, spürte er augenblicklich, wie sein Interesse an der Frau verschwand. Ihre vom Korsett hochgeschobenen und lediglich von schwarzer Spitze verhüllten Brüste reizten ihn ebenso wenig wie ihre sinnlich geformten Lippen oder die weißen Fesseln, die unter dem Saum des Rockes hervorblitzten. Sie waren tatsächlich miteinander verwandt, sie alle, auf eine Weise, die er nicht verstand – noch nicht.

Rischka legte die Stirn in Falten, als könne sie seinen plötzlichen Stimmungswechsel von seiner Miene ablesen. Sie stützte sich auf einem Arm auf, während Carrière Platz auf einem Stuhl in ihrer Nähe nahm.

»Etienne hat mich gebeten, dir dabei zu helfen, deinen Zustand besser zu begreifen. Für gewöhnlich verschmelzen der Beherrscher und sein erwähltes Haus derartig miteinander, dass eine solche Aufklärung gar nicht vonnöten ist. Aber du scheinst mir ein besonderes Exemplar zu sein.«

Dabei betonte sie das Wort *Exemplar* so, als wolle sie Adam damit reizen. Als wäre er ein Pferd, das einem interessierten Käufer vorgeführt wurde. Oder nur eine weitere Fliege im Netz des Dämons, ohne einen eigenen Willen. Adam spürte ein Prickeln auf seiner Zunge, hielt sich jedoch zurück. Vermutlich musste er für seine Unverfrorenheit ohnehin noch büßen, da war er sich sicher. Jemand wie Rischka mochte keine Eigenwilligkeit bei ihrem Gegenüber akzeptieren, und noch weniger mochte sie Männer, die nicht auf ihre Reize reagierten.

Unterdessen nahm Rischka sich die Zeit, eine schwarze Locke aus ihrem kunstvoll hochgesteckten Haar zu lösen und sie um ihren Zeigefinger zu wickeln, ehe sie weitersprach. »Du gibst mir Rätsel auf, Adam. Unser Beherrscher hat zweifelsohne Besitz von deinem Körper ergriffen, und du hast ihm auch bereits ein erstes Opfer gebracht, wie ich hörte.«

Adam schnaufte abfällig. »Er hat es sich geholt, ohne mein Zutun. Dein Beherrscher, wie du ihn nennst, ist sich nämlich keineswegs zu schade dafür, seine Opfer selbst abzuschlachten, wenn der Lakai nicht willig ist.«

»Du bist ein wahrhaftiger Tempel für den Beherrscher«, fuhr Rischka fort, als habe er soeben nichts gesagt. »Woher stammt also dieser Widerwille gegen seinen Machtanspruch? Ich bin in den Jahrhunderten, die nun schon an mir vorbeigezogen sind, einigen Geschöpfen begegnet, denen der Beherrscher seltsame Dinge angetan hat. Aber das Auslöschen einer Vergangenheit anstelle der Seele ist mir bislang noch nicht untergekommen. Lass uns am besten von vorn beginnen, damit wir diese komplizierte Situation Schritt für Schritt klären können. Zieh deinen Mantel, deine Jacke und Weste aus«, kommandierte sie ihn in einem Ton, der keinen Widerspruch zuließ.

Also zog Adam auch bloß seine Augenbrauen vor Erstaunen und mit einer Spur von Belustigung hoch, ehe er ihrer Aufforderung nachkam.

»Und nun, weg mit dieser Halsbinde und öffne dein Hemd.«

Dieses Mal dauerte es etwas länger, bevor Adam der Aufforderung folgte. »Es ist keine Bissnarbe an meinem Hals zu finden«, erklärte er, während er seinen Hemdkragen lockerte und ein paar Schritte auf das Lager zutrat.

»Das weiß ich.« Auf Rischkas Gesicht breitete sich ein gerissenes Lächeln aus. »Ich wollte mich nur einer Vermutung versichern. Dreh dich einmal um dich selbst. Aber langsam, wenn ich bitten darf.«

Adam, der gerade wie gewünscht sein Hemd aufknöpfte, hielt mitten in der Bewegung inne. »Nein, das werde ich nicht tun.«

Seine Stimme war derartig fest, dass Carrières Augenlider zuckten, als hätte man ihm Sand ins Gesicht geworfen. Ansonsten hielt er sich wohlweislich aus diesem Kräftemessen heraus.

»Schade. Und dabei bin ich doch so neugierig, ob deine Kehrseite an Attraktivität mit der Vorderseite mithalten kann.« Das Lächeln auf Rischkas Gesicht wurde breiter. Sie ließ ihre Augen noch einmal über Adams Gestalt wandern und genoss die gelungene Demütigung, dann sagte sie an Etienne gewandt: »Nun, bei unserem Freund fällt es zumindest leicht, zu erraten, warum der Beherrscher ihn erwählt hat. Er ist von einem atemberaubend schönen Äußeren. So ein Körper und vor allem so ein Gesicht müssen unbedingt vor dem Verfall bewahrt werden. Die Motivation des Beherrschers steht schon einmal außer Frage.«

»Wenn dieser verfluchte Dämon seine Opfer nach ihren Gesichtern aussucht, dann sollte man ihm nicht huldigen, sondern zusehen, dass er in dem Höllenkreis landet, der für die Eitlen und Dummen reserviert ist.« Das aufgebrachte Funkeln in Adams Katzenaugen verriet, dass die erfahrene Erniedrigung die Reste seiner Beherrschung fortzuwischen drohte. Gefährlich dicht trat er an ihr Lager, wobei der klopfende Puls an seiner Kehle nicht zu übersehen war.

Obwohl Rischka all dies nicht entging, ließ sie sich auf die Samtdecke zurücksinken, als wäre alles nur ein Spiel. »Reg dich nicht auf. Man könnte fast meinen, es gefällt dir nicht, wie ein junger Gott auszusehen. Dabei ist es doch eine so wertvolle Gabe.«

»Das kann auch nur eine Hure so sehen!«

»Hure oder nicht. Ich lebe schon seit Jahrhunderten, aber du wirst nicht einmal den nächsten Sonnenaufgang erleben, wenn du dich nicht sofort am Riemen reißt. Du solltest meine Nachsichtigkeit nicht übermäßig strapazieren.«

Adam blieb stehen und legte den Kopf schief, als habe er nicht etwa eine Drohung, sondern ein Zauberwort vernommen, das nur für ihn bestimmt war. Binnen einer Sekunde begann das Blut in seinen Adern zu kochen und rauschte donnernd durch seinen Körper. Auf den Wellenkämmen tanzte der Dämon und zeigte ihm Bilder von Rischkas blassem Körper, der auf einem blutroten Spiegel ruhte. Ein feiner, sauberer Schnitt verlief von ihrem Hals zwischen ihren Büsten bis zum Bauch. Doch nicht ein einziger Tropfen drang aus diesem Schnitt hervor. Noch nicht. Schon sah er, wie er sich mit leicht geöffneten Lippen über sie beugte, die Süße ihres Blutes ahnte, das gleich nur für ihn zu fließen beginnen würde.

Adam verspürte eine fast unerträgliche Erregung. Wenn er ihr nicht sofort nachgab und Rischka berührte, würde er schlicht den Verstand verlieren – sofern er das nicht schon längst getan hatte, so sehr, wie ihn das plötzliche Verlangen quälte. Dann wurde ihm bewusst, dass es nicht seine eigene Begierde war. Es war die des Dämons, so wie ihm auch die Wunschbilder gehörten, die Adam gesehen hatte. Was auch immer soeben geschehen war, der Dämon war in Lust entbrannt zu der Frau, die Adam erwartungsvoll unter halb geschlossenen Lidern beobachtete.

Was für eine Verlockung, was für ein Fest. Die Gabe dieser Hure ist fast zu schön, um wahr zu sein. Du bist wirklich ein armseliger Kerl, wenn du ihr widerstehen willst, ließ der Dämon ihn wissen. Danach ging seine Stimme in ein unverständliches Gemurmel über, das Gerede eines Liebestrunkenen.

Wie im Fieber fasste Adam sich an die Stirn und taumelte einige Schritte zurück, bis er gegen einen Servierwagen stieß.

Das Klirren der Flaschen brachte der Welt ihre Klarheit zurück. Gerade rechtzeitig, damit er den Schatten in seinem Rücken wahrnehmen konnte. Adam wirbelte herum und schlug einen Arm fort, der ihn im Nacken packen wollte. Es entbrannte ein kurzer Kampf, bis Adam die Gestalt zu fassen bekam und sie auf die Knie niederdrückte.

»Nimm deine Pfoten von mir, oder du wirst es bereuen«, drohte eine seltsam leere Stimme.

Nur dachte Adam gar nicht daran, auf sie zu hören. Neugierig betrachtete er seine Beute: ein junger Mann mit den gleichen hageren Zügen wie bei Truss. Auch er trug die eng anliegende Kleidung aus Leder wie eine zweite Haut. Den einzigen Unterschied, den Adam außer dem Geschlecht ausmachen konnte, war das dunkle Haar, das der Mann kurz trug, während Truss ihr langes Haar schlicht im Nacken zusammengebunden hatte.

Sosehr sie sich im Äußeren glichen, so unterschiedlich fiel Adams Reaktion aus: Bei Truss hatte er eine gewisse Form der Verbundenheit gespürt, bei diesem jungen Mann jedoch kochte ein Widerwille hoch. Außerdem schien er nicht zu ihnen zu gehören, denn Adam konnte nicht die geringste Spur von Muskat wahrnehmen. Auch ansonsten ging von dem Mann kein Geruch aus, abgesehen von seiner Lederkleidung.

Du irrst dich, gab der Dämon zu bedenken. *Er steht dir genauso nah wie der Tod, dem du draußen am Kai begegnet bist. Ihr drei gehört zusammen: Der eine jagt, der andere führt die Opferung durch, und die Dritte im Bunde tötet. Eure Talente bilden ein Dreieck. Ich liebe Dreiecke! Sie sind voller Magie.*

Allein bei der Vorstellung zog Adam eine Grimasse. »Wer ist das? Einer von den Wachhunden, die das Hausboot beschützen?«

»Das ist Lakas, der Bruder von Truss. Er reagiert ausgesprochen sensibel auf mein Talent, den Beherrscher eines anderen zu verführen. Da konnte er eben wohl nicht widerstehen, obwohl er nicht eingeladen war.« Trotz der Lage schien Rischka keineswegs aufgeregt, sondern vielmehr belustigt. »Außerdem gehört Lakas zu mir. Du solltest ihn also besser loslassen, es sei denn, du willst mich ein weiteres Mal provozieren.«

»Darum geht es mir gar nicht«, erwiderte Adam, während er Lakas daran hinderte, aufzustehen. Aus den Augenwinkeln sah er, wie ein blasser Carrière ihm bedeutete, den Griff auf Lakas' Schulter aufzugeben. Doch es bereitete ihm eine gewisse Genugtuung, diesen Kerl seine Überlegenheit spüren zu lassen. »Ich mag es nur nicht, wenn man sich von hinten an mich heranschleicht«, erklärte er.

»Und ich mag es nicht, wenn man sich mir widersetzt.« Von einer Sekunde auf die andere war Rischkas Laune gekippt.

Gleich tut sie es noch einmal! Nur zu, reiz sie weiter, damit sie dir ihre Macht beweist. Ein wunderbares Spiel, jauchzte der Dämon voller Vorfreude.

Als würde ein Warnsignal in seiner Brust gezündet, gab Adam nach.

»Kluger Junge.« Rischkas Stimme war nicht mehr als ein tiefes Schnurren. »Es ist gut zu wissen, wann man vor einem überlegenen Gegner steht. Obwohl es mich durchaus interessiert hätte, wozu dein Dämon und ich dich hätten anstiften können. Willst du mir nicht verraten, was er mit mir vorgehabt hat? Nun schau nicht so entsetzt, Adam. Jeder von uns verfügt eben über ganz spezielle Talente. Ich kann den Dämon der anderen locken, und du bezirzt eben mit deinen physischen Vorzügen.«

Dann wandte sie sich Lakas zu, bei dem weder Miene noch Körperhaltung darauf schließen ließen, was in ihm vorging. Falls überhaupt etwas in ihm vorgeht, dachte Adam. Würde mich nicht überraschen, wenn sein Innenleben ebenso wenig vorhanden ist wie sein Geruch.

»Lakas, ich will, dass du jetzt genauso plötzlich verschwindest, wie du aufgetaucht bist. Wir werden uns später über dein unangebrachtes Eindringen unterhalten, wie auch über das ausgediente Opfer, das deine Schwester und du zu meinem Boot gebracht habt. Sieht ganz so aus, als hättet ihr beiden nicht richtig verstanden, was ›Es sollen keine blutleeren Leichen mehr in der Stadt auftauchen‹ bedeutet. Jetzt aber raus mit dir.«

Einen Moment lang sah es so aus, als würde Lakas sich dem Befehl widersetzen. Seine Hand zuckte vor, als wolle er Adam berühren, der sofort ein warnendes Knurren ausstieß. Doch dann machte er kehrt und verschwand zur Tür hinaus.

»Was du eben gesagt hast, war interessant, Rischka. Du weißt schon: dass Adams Talent sein hinreißendes Aussehen sei«, lenkte Carrière das Gespräch in andere Bahnen. Trotz seines Plaudertons war sein Gesicht weiterhin aschfahl. Mit einem raschen Seitenblick musterte er Adam, der jedoch still dastand und versuchte, aus dem eben Erlebten schlau zu werden. »Zuerst dachte ich auch, dass es dem Dämon nur um den Erhalt von Adams Erscheinungsbild gegangen sei, aber mittlerweile bin ich mir da nicht mehr so sicher. Wenn ich mich nicht irre, verfügt Adam über ausgesprochen gute Sinne, fast wie ein Raubtier.«

Rischka deutete mit dem Kinn ihre Zustimmung an. »Ein Tiger vielleicht, voller Kraft und Geschmeidigkeit. Außerdem sind diese Tiere Einzelgänger, wie man so hört – außer während der Paarungszeit.«

Bei dem Vergleich mit einer Raubkatze zuckte Adam zusammen, untersagte sich jedoch jegliche Erwiderung. Dass es ein Leichtes für Rischka gewesen war, ihn über seinen Dämon zu beeinflussen, ließ ihn vorsichtig werden. Diese Frau war nicht zu unterschätzen.

Mit einem Schlag legte Rischka alle verführerischen Gesten ab, stand von ihrem Lager auf und ging zu einem Sekretär hinüber. Aus einem Humidor nahm sie einen schlanken Zigarillo, den sie ansteckte, bevor Carrière ihr zu Hilfe eilen konnte. Gereizt stieß sie die Rauchwolken aus. »Ein Tempel, der unter dem Fuß des Beherrschers nicht erschüttert und in zwei Teile zerbricht … zudem außergewöhnliche Talente. Alles so, wie man es im besten Fall erwarten darf. Trotzdem ist etwas anders an Adam, aber woran mag es liegen?«

»Die Verwandlung«, bot Carrière Schützenhilfe. »Unser Freund, der den Dämon mit ihm geteilt hat, hat ihn allein in der Gasse zurückgelassen.«

»Keine große Überraschung.« Rischka schnippte die Asche in eine wertvoll aussehende Vase. »Wer auch immer es von den Unseren war, wurde von der Entscheidung des Dämons, einen neuen Tempel zu beziehen, vermutlich vollkommen überwältigt. Das erste Mal, wenn man den Dämon teilt, kann sehr verwirrend sein. Schließlich ist man plötzlich selbst derjenige, dessen Blut vergossen wird. Außerdem gehört unser schöner Adam offenbar zu der rücksichtslosen Sorte, ansonsten wäre er kaum mit so viel Blut beschmiert gewesen. Hat wohl einfach nicht genug bekommen vom roten Lebensfluss.«

»Ich soll das Blut eines anderen getrunken haben, ohne dass mich der Dämon dazu zwang?«, fragte Adam, die Stimme heiser vor Unglauben.

»Nun, der Dämon wird dich ermuntert haben, so wie du deine Opfer ermunterst, mit dir zu gehen. Aber die Entscheidung, das Geschenk des ewigen Lebens anzunehmen, ist allein dir überlassen. Es war *deine* Entscheidung. Da gibt es nichts zu beschönigen. Du hast den Kuss des Dämons empfangen …«

»Die Sache mit dem Kuss erwähnte Carrière schon. Ich will darüber nichts hören.«

Rischka verschluckte sich am Rauch, als sie lachen musste. »Wer hätte gedacht, dass ein Kuss so viel Unwillen auslösen kann?«

»Warum braucht es ihn überhaupt?« Adam war an eins der schmalen Butzenfenster getreten und spähte seitlich des Vorhangs auf das schwarze Wasser der Seine.

»Der Kuss«, sagte Rischka ungewöhnlich sanft. »Nicht einmal Blut schmeckt so gut. Es ist vielleicht der einzige Moment, in dem der Dämon dem Menschen unterlegen ist. Ohne diese Einladung kann er sich nicht teilen. Denn der Dämon ist viele und doch immer nur einer. Wir tragen alle ein und denselben Dämon in uns, aber sein Gewand färbt sich beim Betreten eines neuen Tempels einzigartig ein, wenn er durch das vergossene Blut schreitet. Daher weiß ich, dass du in meiner Blutlinie stehst, ich spüre ein Echo meines Dämons in dir – mein Opfer, das anderen die Unsterblichkeit geschenkt hat.«

»Von Anfang an geht es also nur ums Opfern.«

Es gelang Adam nicht, seinen Blick vom glänzend fließenden Wasser zu lösen. Es schien ihm jeden Augenblick ein Geheimnis offenbaren zu wollen. Nicht einmal, als Rischka sich dicht an seine Seite stellte und den Vorhang so weit beiseiteschob, dass auch sie hinausblicken konnte.

»Wir sind die Werkzeuge des Beherrschers, nur dazu erschaffen, ihm seine Opfer darzubringen«, erklärte sie nüchtern.

»Das ist bestialisch.«

»Natürlich, aber es ist auch viel mehr als das. Denn den Menschen selbst ist das Blutopfer nicht fremd. Warum sonst gibt es den Kult um das Blut, die Faszination, es fließen zu sehen? Es ist einer der ältesten Bräuche der Menschheit, dem Opfer die Kehle aufzuschlitzen und es ausbluten zu lassen. Blut steht für Leben, wir verschwenden es für unseren Beherrscher und bekommen dafür die Unsterblichkeit geschenkt.«

Carrière stieß seinen Gehstock auf dem Boden auf, ein Beweis, wie nah ihm dieses Thema ging. »Der Dämon fordert Blut, zweifellos. Aber er trachtet nicht nach dem Leben der Opfer.«

»Glaubst du das nach vier Jahren mit dem Beherrscher in deiner Brust immer noch, mein lieber Etienne? Natürlich sehnt sich unser Beherrscher nach dem Tod, denn erst wenn das Opfer erlischt, war es ein wahres Blutopfer.« Rischka wandte sich Adam zu, einen milden Ausdruck auf dem Gesicht, obwohl sie doch von so grausamen Dingen sprach. »Etienne wehrt sich tapfer gegen den Gedanken, dass er sich mit dem Einzug des Beherrschers in einen Scharfrichter verwandelt hat. Der Gedanke, dass ein Opfer mit Lust und an Wahnsinn grenzende Hingabe dargebracht wird, schreckt ihn ab. Er ist ganz ein Kind dieses zu Ende gehenden Jahrhunderts, das sich so unendlich modern wähnt. Man glaubt, Gewalt, Revolten und Krieg gehörten der Vergangenheit an – aber das ist reine Dummheit. Der Fortschritt rottet das Böse genauso wenig aus, wie der sich ausbreitende Wohlstand nicht das Wilde, das in jedem Geschöpf schlummert, bezähmen kann.«

Rischka wiegte den Kopf, als stimme sie diese Vorstellung traurig.

»Etienne glaubt, er könnte den Beherrscher mit ein paar Blutstropfen besänftigen, und verzweifelt jedes Mal, wenn er scheitert. Es sind die menschlichen Überreste in ihm, die ihn so empfinden lassen. Darum tut der Beherrscher beim Eindringen gut daran, wenn er vollständig mit seinem Tempel verschmilzt, damit seine Diener solche Gewissensqualen nicht ausstehen müssen. Man muss den Menschen ganz absterben lassen und sich uneingeschränkt dem Beherrscher zuwenden, um sich seinem Geschenk der Unsterblichkeit würdig zu zeigen. Du solltest dich glücklich schätzen, Adam. Denn du hast dich selbst vergessen und alles, was hinter dir liegt. Du kannst eins werden mit deinem Beherrscher, du musst nur aufhören, dich gegen ihn zu wehren.«

»So einfach ist das alles nicht«, warf Etienne unüberhörbar aufgebracht ein. »Adam mag keine Vergangenheit haben, das ändert jedoch nichts daran, dass er eine Persönlichkeit besitzt, die der Dämon nicht anzutasten vermag. Er kann sie doch nicht einfach auslöschen!«

Obwohl Etienne sich vorgelehnt hatte und seine Mentorin herausfordernd anstierte, beachtete Rischka ihn nicht. Ihre ganze Aufmerksamkeit war auf Adam gerichtet, der sie mit ausdruckslosem Gesicht ansah. Nein, korrigierte sich Etienne. Es ist nicht ausdruckslos, sondern eine Maske. Was auch immer Adam durch den Kopf gehen mag, er verbirgt es. Er lernt schnell, das muss man ihm lassen. Zu seiner Verwunderung schmerzte Etienne diese Entwicklung, denn er wünschte sich keineswegs, dass Adam seine Menschlichkeit verbarg – in diesem Punkt vertrat er eine gänzlich andere Meinung als Rischka.

»Adam, so grausam Ihnen der Zustand Ihrer inneren Zerrissenheit auch vorkommt, er eröffnet Ihnen die Möglichkeit zu wählen. Eine solche Chance haben nur die wenigsten von uns. Sie dürfen den Menschen in sich nicht aufgeben, nur weil es Sie quält, zu empfinden.«

Als habe er die richtige Losung ausgesprochen, erwiderte Adam seinen Blick. Für einen Moment bekam die Maske Risse und offenbarte das Gesicht eines jungen Mannes, den Wut, Abscheu und Verzweiflung zu weit an seine Grenze getrieben hatten. Damit hatte Etienne nicht gerechnet, denn obwohl er durchaus die dunklen Seiten des Dämons sah und bereits einige Male unsäglich unter ihnen gelitten hatte, war er seinem Schicksal dennoch dankbar. Doch Adam hätte ihn sich mit einem glühenden Schürhaken aus dem Leib gerissen, wenn er die Möglichkeit dazu gehabt hätte. Der einzige Grund, warum dieser Mann sich dem Dämon hingeben würde, bestände in dem Wunsch, sich vor lauter Hass und Ekel selbst auszulöschen. Konnte Rischka das denn nicht sehen?

Allerdings schätzte Rischka die Situation scheinbar anders

ein, denn sie stieß ein Lachen aus. »Deine Liebe zu den Menschen lässt dich manchmal wie einen Narren reden, Etienne. Nun, gut. Jeder von uns hat so seine Eigenart, und bei dir scheint der Beherrscher es für passend gehalten zu haben, das Interesse, das du ihm zuerst entgegengebracht hast, aufs Menschliche umzupolen. Unser Beherrscher verfügt wirklich über Humor, wenn auch von der ganz schwarzen Sorte. Allerdings verkennst du vor lauter Menschenliebe, was unseren hübschen Adam ausmacht: Er ist der geborene Jäger. Und Jäger kennen weder Mitleid noch Schuldgefühle. Oder hast du beim Töten etwas empfunden?«

»Die beiden Männer, die ich in Belleville getötet habe, haben mir keineswegs leidgetan. Sie haben mich angegriffen«, erwiderte Adam gleichgültig, das Gesicht wieder sorgfältig hinter der ausdruckslosen Maske versteckt.

»Ich denke, das reicht für heute«, sagte Carrière, ehe Rischka weiter nachfragen konnte. »Wir überfordern unseren jungen Freund. Ich weiß noch, wie es ist, mit der Existenz des Dämons konfrontiert zu werden: Solche Dinge brauchen Zeit.«

»Aber du warst noch ein Mensch, als ich dir alles über den Beherrscher der Unsterblichkeit erzählte«, warf Rischka ein. Doch Carrière beachtete sie nicht weiter, sondern suchte Adams Kleidung zusammen. Sie musste sich ihm in den Weg stellen, was ihr keineswegs zu gefallen schien. Trotzdem schenkte sie ihm ein zuckersüßes Lächeln. »Überlass ihn mir, wenigstens für heute Nacht«, bat sie, ihre vollen Lippen zu einem Schmollmund geschürzt.

»Nein, das kann ich nicht, so leid es mir tut.« Carrière war erschöpft. Er wusste zu gut, dass er sich mit seiner Entscheidung unbeliebt machte – ausgerechnet bei der Frau, die ihm so viel bedeutete. »Du weißt, dass ich dir den Spaß mit ihm gönnen würde, aber ich befürchte, du würdest die gemeinsame Nacht mit ihm nicht überleben.«

Als er Adam am Ellbogen packte, wich Rischka erst zur Seite, nachdem sie einen Blick auf Adams Gesicht erhascht hatte. Zutiefst erschrocken flüchtete sie zu ihrem Lager. Endlich hatte auch sie gesehen, was Etienne schon während ihres ersten Kräftemessens verstanden hatte: Adam mochte vielleicht Rischkas Talent, jemanden über seinen Dämon zu beeinflussen, nicht widerstehen können. Aber aus Rache würde er nicht zögern, sie bei der erstbesten Gelegenheit zu töten. So wie er auch diese beiden Männer in Belleville getötet hatte. Und ebenfalls in dieser Hinsicht ähnelte der junge Mann einem Raubtier: Er war kaltblütig, wenn sein Instinkt ihm zum Töten riet. Dämon und Raubtier in einer Gestalt ... sehr viel beängstigender ging es nicht. Wozu Adam imstande sein würde, wenn er seine Menschlichkeit aufgab – das wollte Etienne sich lieber nicht vorstellen.

8

Verborgene Liebe

Die Nacht verbrachte Adam damit, auf den Schlaf zu warten, der nicht kommen wollte. Nie wieder kommen würde. Der Schlaf war eine der menschlichen Fesseln, die er abgelegt hatte. Also starrte er die Einrichtung seines Gästezimmers an, das Carrière ihm überlassen hatte, sehnsüchtig auf den Morgen wartend. Als er bei Dämmerungseinbruch die Beine über die Bettkante schwang, fühlte er sich verrückterweise so frisch wie die Kleidung, die der fürsorgliche Henri ihm bereitgelegt hatte. Sein Spiegelbild verriet ihm, dass er aussah wie nach einem Morgenspaziergang: blanke Augen, unter denen nicht ein Hauch von Schatten zu finden war. Die Haut war keineswegs aschfahl, wie er es eigentlich erwartet hatte, sondern von ersten Spuren der Märzsonne gezeichnet. Sogar einige Sommersprossen waren auf Wangen und Nasenrücken aufgetaucht.

Adam schüttelte halb belustigt, halb entnervt den Kopf. Kein Schlaf, kein Essen – und er sah aus wie das blühende Leben. Der Dämon war wirklich ein Meister des schönen Scheins.

Im Salon traf er Carrière an, wo dieser immer noch exakt so dasaß, wie er ihn nach ihrer Rückkehr von Rischka zurückgelassen hatte: mit übergeschlagenen Beinen in seinem Lieblingsstuhl versunken und das aufgeschlagene Buch, das er auf seinem Knie balancierte, ignorierend. Auch für Adam hatte er keinen Blick übrig, nur einen halbherzig genuschelten Morgengruß.

Nachdenklich ließ Adam sich auf dem Schemel vor einem Klavier nieder und begann, einzelne Tasten beliebig anzuschlagen. Seitdem sie das Hausboot verlassen hatten, ähnelte Carrière einem Schlafwandler, für den ausschließlich seine Innenwelt existierte. Gewiss, der Besuch bei Rischka war äußerst aufwühlend gewesen – allerdings für ihn, während Carrière eigentlich doch nur Zaungast gewesen war. Er hatte nicht nur endgültig begriffen, dass ihn vor drei Nächten ein Dämon versklavt hatte, sondern dass er nun auch Teil einer Welt war, die mit dem Alltagsleben der Menschen wenig gemeinsam hatte. Aber warum Carrière deshalb verstört reagierte, stellte ihn vor ein Rätsel. Ihm war all das doch bestens bekannt, oder?

»Wie sieht es aus, Carrière: Wollen Sie mich begleiten, wenn ich diese Quittung eintausche, oder ziehen Sie es vor, weiterhin Löcher in die Luft zu starren?«, fragte Adam, ohne sich vom Klavier abzuwenden. Auch wenn ihm diese Lethargie eigentlich ganz recht war, wunderte er sich. Denn dem so lebhaften Mann erschien doch sonst jede Minute, in der seine einnehmende Stimme nicht erklang, eine verschenkte Minute zu sein. Adam schlug noch ein paar weitere Tasten an.

»Da schau an: Franz Liszt!«

»Wie bitte?«

Etienne hatte seinen Stuhl verlassen und kam zu ihm herüber, die Stimme zu Adams Erleichterung wieder mit Leben erfüllt. »Das Klavierstück, das Sie gerade angespielt haben. Es stammt von Franz Liszt. Ganz wunderbar.«

»Ich habe kein Stück gespielt.«

Adam fühlte sich seltsam ertappt und zog rasch die Hände von der Klaviatur zurück, obwohl er durchaus den Wunsch verspürte, sie weiterhin zu berühren. Allem Anschein nach war er so in Gedanken versunken gewesen, dass er gar nicht bemerkt hatte, wie seine Finger von der Klimperei in das Spielen eines Stücks übergangen waren. Sofort setzte er eine ausdruckslose Miene auf, um seine Verunsicherung zu vertuschen. Doch Carrière ließ sich in seiner Begeisterung nicht abschrecken. Er ging sogar so weit, Adam eine Hand auf die Schulter zu legen, was dieser nur widerwillig gestattete.

»Mein Bester, Sie spielen Klavier, und zwar ausgezeichnet, sofern ich das beurteilen kann. Ich rede hier nicht nur von einer ordentlichen Ausbildung, die man den Söhnen aus gutem Hause zukommen lässt, sondern von Talent.«

»Und wenn das Spiel bloß dem Dämon zuzuschreiben ist? Das vermute ich nämlich auch für meine Französischkenntnisse …«

»Papperlapapp, das waren ganz eindeutig Sie. Wer sonst spielte so, als würde er sich von hinten an die Noten heranpirschen?« Carrière stieß ein Lachen aus, in das Adam nicht einstimmte. »Nun machen Sie doch nicht so ein finsteres Gesicht, Sie sollten sich freuen! Schließlich sind Sie auf der Suche nach Ihrer Vergangenheit. Und hier haben Sie ein weiteres Puzzleteil: Sie lieben nicht nur Geschichten aus der Romantik, sondern können auch Klavier spielen. Sie sind musisch veranlagt, wer hätte das gedacht?«

Diese Frage ließ Adam im Raum stehen, denn sie kannten beide die Antwort: niemand. Mit einem entschlossenen Griff senkte er den Deckel des Klaviers und stand auf. Insgeheim beschloss er, die erste Gelegenheit zu einem weiteren Spiel zu nutzen, wenn Carrière sich nicht in der Nähe befand. »Begleiten Sie mich nun?«, wechselte er das Thema.

»Selbstverständlich, wie können Sie daran nur zweifeln? Sie sind ein einziges Rätsel, und ich liebe Rätsel. Womit sonst soll man sich auch den lieben Tag und die ganze Nacht lang beschäftigen?«

Eben noch hatte Adam Carrière seinen Dank für dessen Unterstützung aussprechen wollen, doch nun biss er sich auf die Zunge. Wenn er als Unterhaltungsprogramm für einen Unsterblichen diente, war Dank wohl überflüssig.

Als sie auf die Straße traten, begrüßte sie Nieselregen, der sämtliche Konturen verwischte. Es war keineswegs unangenehm, denn obwohl die Sonne nur selten die graue Wolkendecke durchbrach, war es warm. Adam schloss die Augen und genoss es, wie sich die feinen Tropfen einem kühlen Tuch gleich über sein Gesicht legten, während Carrière mit einem Regenschirm kämpfte. Schließlich gab er es auf und winkte eine Kutsche herbei, was Adam mit einem unwirschen Schnauben bedachte. Auch wenn er gespannt war, was man ihm am Gare de l'Est aushändigen würde, so liebte er Paris doch dafür, dass man alles hervorragend durch einen Spaziergang erreichen konnte. Außerdem stiegen beim Anblick der beengten Kabine Erinnerungen auf, die er nur allzu gern vom Dämon hätte löschen lassen. Rinnsale aus Blut auf einem weit nach hinten gebogenen Frauenhals, die er beinahe in eine tödliche Sturzflut verwandelt hätte …

Als Adam zögerte einzusteigen, wedelte Carrière ungeduldig mit der Hand in der Luft herum. »Sie können ja laufen, wenn Sie wollen. Aber ich lasse mir auf keinen Fall die Garderobe von dieser Waschküche ruinieren.«

Mit fest aufeinandergepressten Lippen stieg Adam schließlich ein, mit dem dringenden Wunsch, etwas gegen Carrières neu erwachte gute Laune zu unternehmen. Während er sich in die Ecke der Sitzbank quetschte wie ein Gefangener, fragte er sich erneut, was Carrière vorher aus dem Gleichgewicht gebracht haben mochte.

»Während des Gesprächs gestern habe ich den Eindruck gewonnen, dass Rischka Ihnen bereits vor Ihrer …«, Adam stockte, weil ihm nicht das richtige Wort einfallen wollte, »… Verwandlung vom Dämon erzählt hatte.«

Carrière nickte eifrig. »Ich bin ihr bereits vor Jahren auf einer Soiree vorgestellt wurden, nachdem ihr Boot nach langer Zeit wieder einmal in Paris eingelaufen war. Sie können sich sicherlich vorstellen, dass Rischka nach einigen Jahren die Stadt wechseln muss. Ganz gleich, wohin sie geht, sie wird ein bekanntes Mitglied der Gesellschaft.« An dieser Stelle stieß Adam ein höhnisches Lachen aus, für das Carrière ihn streng anfunkelte. »Ich sprach nicht von einem angesehenen Mitglied der Gesellschaft. Aber davon abgesehen, sollten Sie Ihren Dünkel hinter sich lassen. Schließlich sind Sie nun Mitglied einer Gesellschaftskaste, die noch unter den Huren steht: die der Mörder.«

Adam zuckte nur gleichgültig mit der Schulter.

Einen Moment lang sah es so aus, als würde Carrière nicht weiter fortfahren, doch dann entspannten sich seine Gesichtszüge wieder. »Sie sind noch sehr jung, mein Freund. Eins können Sie mir glauben: Je älter man wird, desto großzügiger sieht man über die Grenzen der Gesellschaft hinweg, die doch nur von Kleingeist und Vorurteilssucht aufgestellt worden sind. Die Menschheit ist viel zu interessant, um sich den Blick auf sie mit solchen Meinungen zu verstellen.«

»Das mag sein, aber Rischka gehört der Gattung, von der Sie so schwärmen, nicht an. Sie übrigens auch nicht, und wenn ich richtig schlussfolgere, sind Sie diesen Schritt freiwillig gegangen.«

»Das stimmt. Ich bin dem Dämon schon lange, bevor ich Rischka getroffen habe, auf der Spur gewesen. Jahrelang war er mein Steckenpferd, und ich bin ihm wie kein Zweiter durch die Literatur gefolgt. Sie glauben gar nicht, wie viele Zeugnisse es über das Treiben des Dämons gibt. Ihr Faible für die Geschichten der Romantik passt da bestens ins Bild, denn sie sind voller Verweise auf den Dämon. Die Begegnung mit Rischka war die Krönung einer langen Suche, denn der Dämon offenbarte ihr, dass ich ihn tragen könnte. Aber sie ist seinem Drängen nicht sofort nachgekommen, sondern hat mir die Zeit zugestanden, eine Entscheidung zu treffen.«

Adam glaubte seinen Ohren nicht zu trauen. »Und obwohl Sie beim Studium der Literatur mehr als genug über die blutige Seite des Dämons erfahren haben dürften, haben Sie ihn eingelassen, rein aus dem Wunsch heraus, unsterblich zu werden?«

»Ja, genau«, erwiderte Carriere geradeheraus. »Ich wollte wissen, wie es mit der Menschheitsgeschichte weitergeht. Rischka trat zu einem Zeitpunkt in mein Leben, in dem ein Ende bereits absehbar war. Ich wollte nicht sterben, da doch gerade eins der interessantesten Kapitel der Menschheitsgeschichte aufgeschlagen worden war. Sie verstehen das nicht, denn Sie sehen einfach nicht die Möglichkeiten, die einem der Dämon bietet. Aber ich habe sie damals gesehen und meine Chance ergriffen.«

»Und Ihre Gabe in dieser neuen Welt, die sich Ihnen eröffnet hat, ist Empathie für die Menschheit, während Sie des Menschen Wolf geworden sind. Sie töten, was Sie lieben. Der Dämon verfügt wirklich über einen bösartigen Humor.« Zuerst war Adam nach einem Lachen zumute, aber kaum sann er über seine Worte nach, verging es ihm. Der Dämon war ein Sadist, durch und durch.

»Ich bereue meine Entscheidung keineswegs«, erklärte Carrière mit fester Stimme. Unter seinem Auge zuckte jedoch ein feiner Nerv, was Adam keineswegs entging. Ehe er der Angelegenheit jedoch auf den Grund gehen konnte, waren sie am Gare de l'Est angekommen.

9

Spurenlese

Die helle Fassade mit dem Halbrundfenster des Gare de l'Est verschwand hinter einem dichten Regenvorhang, so dass die beiden Männer keine Zeit verschwendeten und durch den Säulengang hastig ins Innere des Kopfbahnhofs liefen. Für einen Augenblick verlor Adam in der Menschenmenge die Übersicht, weil zu viele Eindrücke auf ihn einströmten. Es würde wohl noch eine ganze Weile dauern, bis er seine empfindlichen Sinne nicht nur bewusst einsetzen, sondern auch ausblenden konnte. Als er ins Schwanken geriet, bohrte Carrière ihm kurzerhand den Griff seines Gehstocks zwischen die Rippen und zeigte auf die abseits des Trubels liegende Gepäckaufbewahrung.

Während eine Dame, die in der Reihe vor ihnen stand, zwei wuchtige Reisekoffer auslöste, legte sich eine eiserne Kralle um Adams Brustkorb und drückte langsam zu. Sein Atem wurde flach und schnell, und er wischte sich über die Stirn, obwohl er nicht schwitzte.

Carrière unterdrückte ein Schmunzeln. »Haben Sie etwa Angst vor dem, was Sie gleich in den Händen halten könnten?«

»Keineswegs«, log Adam.

Als er jedoch an der Reihe war und dem Mann hinter dem Tresen seine Quittung hinhielt, glaubte er, die Finger nicht von dem Stück Papier lösen zu können. Der mächtige Schnauzbart des Angestellten zitterte bereits ungeduldig, bevor Adam tatsächlich von dem Papier abließ.

»Na bitte. Ist doch gar nicht so schwer, Monsieur«, murmelte der Mann und verschwand in dem Aufbewahrungsraum.

Unruhig trommelte Adam auf dem abgegriffenen Holztresen, bis Carrière eine Hand auf seine Finger legte.

»Schonen Sie bitte meine Nerven«, bat sein Begleiter ihn.

Adam verdrehte die Augen, dann reckte er sich, um einen Blick in den Raum werfen zu können, was ihm jedoch nicht gelang. Schließlich konnte er nicht mehr an sich halten: »Was dauert das so verflucht lange?«

»Vielleicht haben Sie einen Elefanten zur Aufbewahrung gegeben und der Weg zu den Ställen dauert halt«, erwiderte Carrière trocken.

Bevor Adam zu einer geeigneten Antwort ansetzen konnte, kehrte der schnauzbärtige Mann mit einem handlichen Reisekoffer zurück. Ungläubig blickte Adam auf dieses mit dunklem Leder bezogene Gepäckstück, bis er fast über sich selbst gelacht hätte. Was hatte er um Himmels willen erwartet, ein Buch über seine Lebensgeschichte oder seine Großmutter, die ihm alles Wissenswerte über ihn erzählen könnte?

Während Adam den Koffer in Empfang nahm, beglich Carrière die Rechnung und legte ein großzügiges Trinkgeld drauf. Wohl in der Hoffnung, der Angestellte möge endlich aufhören, Adam so neugierig anzustarren.

Adam strich gedankenversunken über das Leder und flüsterte: »Ich habe diesen Koffer noch nie gesehen, aber er riecht ganz eindeutig nach mir.«

Beherzt hakte Carrière sich bei Adam ein und führte ihn in einen ruhigen Wartesaal, der unangenehm muffig nach feuchter Kleidung und Langeweile roch. Ein altes Ehepaar wurde von seinen Kindern hineinbugsiert, bis man alles geregelt habe. Ein Mann mit einem abgewetzten Koffer verbarg sich hinter einer Zeitung, und eine Frau mit einem Kleinkind an der Hand kam nur kurz herein, denn kaum begann das Kind zu greinen, floh sie wieder.

Adam sah sich mit einem entrüsteten Blick um. »Hier soll ich den Koffer öffnen?«

»Was spricht gegen den Wartesaal? Oder vermuten Sie, einen abgetrennten Frauenkopf in dem Koffer aufbewahrt zu haben?«, hielt Carrière amüsiert dagegen.

»Eine etwas intimere Umgebung wäre mir einfach angenehmer.«

»Gewiss wäre es das, aber ich bezweifele, dass Ihre angespannten Nerven eine weitere Kutschfahrt aushalten würden. Also zieren Sie sich nicht wie eine Jungfrau, sondern öffnen Sie endlich den Koffer.«

Für einen Moment froren Adam sämtliche Gesichtsmuskeln ein, während er sich vorstellte, zwei Dinge gleichzeitig zu tun: Carrière für seine Unverschämtheit aus vollen Lungen anzuschreien und panisch den Wartesaal ohne den Koffer zu verlassen. Dann riss er sich zusammen, legte sich das Gepäckstück auf die Knie und ließ die Schließen aufspringen.

Nichts von dem, was er sah, war ungewöhnlich, und genau das verwirrte Adam. Er sah sauber zusammengelegte Herrenkleidung von der gleichen italienischen Schneiderei wie die, die er bei seiner Begegnung mit dem Dämon getragen hatte, und einen Kulturbeutel mit einer bekannten Pariser Seife, wie Carrière sofort anmerkte, und deren schwerer Geruch Adam die Nase verklebte. Nichts wies auf den Mann hin, der er einmal gewesen war. Enttäuscht wollte er schon aufgeben, als er zwischen zwei Hemden einen Umschlag ertastete. Mit steifen Fingern holte er einen Pass und ein Zugticket hervor. Vor lauter Anspannung biss er sich auf die Unterlippe und schmeckte im nächsten Moment sein eigenes Blut. Geradezu betörend streichelte es über seinen Gaumen.

Herzlichen Dank, machte sich der Dämon über ihn lustig.

Adam würgte.

»Lassen Sie mich das einmal machen«, bot Carrière leise an, dem älteren Ehepaar, das besorgt zu ihnen herüberblickte, beruhigend zulächelnd. »Hier haben wir also einen italienischen Pass, ausgestellt auf einen Remo Galgani. Fühlen Sie sich wie ein Remo Galgani? Nein?«

Mehr als einen wütenden Blick brachte Adam nicht zustande, während er noch gegen seinen Ekel ankämpfte.

»Wundert mich nicht«, fuhr Carrière ungerührt fort. »Dem jungen Herrn hier sehen Sie nämlich nur auf den ersten Blick ähnlich, auch wenn die Fotografie äußerst verwischt ist. Man könnte fast von Absicht sprechen. Das ändert jedoch nichts daran, dass der Unterschied auffällt: Ihre Augen sind einfach unvergleichlich. Nun gut, neben einem falschen Ausweis habe ich hier noch eine Geburtsurkunde, ausgestellt auf einen Charles Penrose, geboren 1869 in Hampshire, England. Klingt das vertraut? Auch nicht? Zumindest einer Sache können wir uns gewiss sein: Remo oder Charles hatte ein Zugticket nach Konstantinopel erworben. Eine Fahrt mit dem luxuriösen Orientexpress, die über Budapest, Belgrad und Sofia geht – alles Orte, an denen man unbedingt einmal gewesen sein muss. Leider war die Abfahrt auf vor zwei Tagen datiert. Ein Jammer um die verpasste Chance.«

»Ich wollte nach Konstantinopel reisen, mit einem falschen Pass?«

Adams Stimme zitterte leicht, was er der allmählich weichenden Übelkeit zuschrieb. Er warf nur einen hastigen Blick auf Remo Galganis Pass, der neben seiner eigenen auch eine verräterische fremde Note trug, womit Carrières Vermutung bestätigt war. Diesen Pass hatte lange Zeit ein anderer mit sich geführt. Dann nahm er die Geburtsurkunde in die Hand und wog sie, als könne ihr Gewicht etwas über sie aussagen.

»Und einer Geburtsurkunde, die eindeutig einem anderen gehört«, ergänzte Carrière eifrig. Als er Adams verstörten Gesichtsausdruck bemerkte, fügte er schnell an: »Selbst wenn eine englische Herkunft zumindest Ihre Sommersprossen und Ihr schlechtes Benehmen erklären würden, gehört Sie Ihnen nicht. Bedenken Sie das Geburtsdatum: 1869. Sie sind zwar noch ein junger Bursche, mein Bester. Aber gerade einmal zwanzig Jahre alt? Da habe ich so meine Zweifel.«

Adam dachte kurz darüber nach, dann sagte er mit deutlichem Widerwillen: »Die habe ich auch. Über fünfundzwanzig Jahre könnte man vielleicht noch verhandeln, aber zwanzig reichen definitiv nicht aus. Schade, Charles ist kein schlechter Name.« Das Geräusch, das ihm über die Lippen kam, sollte ein Lachen sein, klang aber nur verzweifelt. »Eine Sackgasse, zum Teufel noch einmal.«

»Nicht unbedingt.« Etienne schloss den Koffer und deutete auf einen roten, quadratischen Aufkleber, der am Lederdeckel haftete. »Allem Anschein nach waren Sie im Grand Hôtel abgestiegen – eine hübsche Adresse, wenn Sie mir diese Untertreibung erlauben. ›Mit den prachtvollen Läden, den von Licht und Gold funkelnden Schaufenstern, in denen sich alle Eleganz, aller unverzichtbare Überfluss des modernen Lebens anhäuft, ist dies der klassische Spazierweg der Müßiggänger und Ausländer. Das Grand Hôtel ist eine eigene Welt. Der großzügige, prunkvolle Zufluchtsort der Reisenden‹, wie de Saulnat es so einzigartig auf den Punkt gebracht hat. Wer auch immer Sie einmal gewesen sind, Sie wussten um die schönen Seiten des Lebens. Nun blicken Sie nicht gleich wieder so finster drein. Wir machen jetzt einen Spaziergang ins Amerikanische Viertel, in dem das Hotel liegt. Vielleicht erinnert sich jemand an Sie.«

»Einer mageren Spur folgen wir da.« Adam ließ mutlos die Schultern hängen. Die Vorstellung, wie sein altes Ich sich Luxus und Vergnügungen hingab, stimmte ihn keineswegs froh, sondern war ihm so fremd wie dieses beschämend gut geschnittene Gesicht im Spiegel. »Was wird mir der Herr an der Rezeption schon über mich erzählen können? Nach welchen Bars ich mich erkundigt habe und wann ich mich für gewöhnlich am späten Vormittag wecken ließ?«

Carrière blähte die Nasenflügel auf, während er aufstand. »Was sind Sie plötzlich nur so mutlos? Eine Spur beurteilt man erst dann, wenn man ihr gefolgt ist. Außerdem sollten Sie die Neugierde Ihrer Mitmenschen niemals unterschätzen. Ein junger, schöner Mann in einer der besten Adressen der Stadt. Glauben Sie mir, so etwas fällt auf.« Da Adam sich immer noch nicht durchringen konnte aufzustehen, sagte Carrière aufmunternd: »Und falls es doch ein Schlag ins Wasser werden sollte, suchen wir uns ein Plätzchen im Café de la Paix. Ein hervorragender Ort, wenn man die Zeit totschlagen will.«

»Das klingt ungefähr so verführerisch wie ein Schluck Champagner, seit dieser Dämon in mir haust.«

Carrières schmale Augenbrauen zogen sich zusammen. »Man könnte fast meinen, Sie haben das Interesse daran verloren, der eigenen Geschichte auf den Grund zu gehen.«

Adam zögerte. »Sagen wir es so: Was ist, wenn ich herausfinde, dass es nichts zu verlieren gegeben hat? Nur einen Mann, der vor sich selbst davonläuft.«

Schlagartig wurde Carrières Gesicht ernst. »Natürlich gab es etwas zu verlieren, mein Freund. Warum sonst wäre es Ihnen wohl gelungen, den wichtigsten Teil Ihres Wesens vor dem Zugriff des Dämons zu verbergen? Wer immer Sie waren, Sie waren wertvoll.«

Auch wenn Carrière es sicherlich nicht so meinte, entging Adam keineswegs, dass er in der Vergangenheitsform sprach. Er *war* wertvoll gewesen, als Mensch – nur wie sah es jetzt aus? Mit einem Anflug von Gleichgültigkeit stand Adam auf, den Koffer in der Hand. Er hätte ihn auch zurücklassen können, es hätte keinen Unterschied für ihn gemacht. Einen Schritt zurückfallend, folgte er Carrière zum Ausgang.

10

Eine russische Affäre

Gräfin Antonia Iwanowna – oder Toska, wie sie sich seit einigen Monaten nannte, obwohl es eine eher schmähliche Kurzform ihres Namens war – war bester Laune. Noch während des Aufstehens hatte sie den dicht fallenden Nieselregen vor den Fenstern bemerkt, der den ganzen Tag nicht nachgelassen hatte. Grau und diesig war die Welt, so wie man es im März erwarten durfte.

Die vergangenen Tage mit ihrer unnatürlichen Wärme hatten Toska zugesetzt, nicht nur ihrem Gemüt, sondern auch ihrer Wintergarderobe, die sie zu ihrem Leidwesen schon in Italien nicht hatte ausreichend vorführen können. Was nützten einem die edelsten Pelze, wenn man in ihnen wie ein Stück Butter in der Sonne zerfloss? Gewiss, die Italiener hatten keine Chance ungenutzt verstreichen lassen, um über den angeblich kalten Winter zu schimpfen, der nicht etwa Frost und Schneemassen, sondern lediglich Matsch und Langeweile mit sich gebracht hatte. Dafür hatte Toska nur ein Kopfschütteln übriggehabt. Genau wie die Pariser es offenbar für höchst angebracht hielten, dass endlich der Frühling Einzug hielt, während Toskas russische Seele nach eisklirrender Kälte verlangte. Oder zumindest nach einem Klima, das ihren üppigen Brokatmantel mit Fuchspelzbesatz nicht lächerlich aussehen ließ.

Heute sah sie endlich ihre Chance gekommen. Selbst als ihre Zofe sie auf die zwischen den Wolken hervorbrechende Sonne hinwies, hatte sie ihre Meinung nicht mehr ändern wollen.

Sogar die Pelzkappe, das eigentliche Schmuckstück dieses Aufzugs, zwängte sie über ihr hochgestecktes Blondhaar, das sie normalerweise stets zu betonen bemüht war.

Als sie im Salon mit ihrer Gesellschafterin Raisa zusammentraf, entglitten der älteren Dame für einen Moment die Gesichtszüge. Auch wenn Raisa es spätestens seit ihrem Toskanaaufenthalt aufgegeben hatte, Toskas Garderobe zu beurteilen – einfach, weil es ihr nicht gelingen wollte, die jeweilige Mode eines Landes und die mit ihr einhergehenden Regeln zu begreifen –, so ahnte sie trotzdem, dass dieser Aufzug zweifelsohne Aufsehen erregen würde. Nun, vermutlich wollte Tosjenka, wie sie die junge Frau in gedankenverlorenen Momenten zärtlich nannte, auch genau das erreichen. Zwar pflegten die Pariserinnen einen ausgesprochen gewagten, gar verspielten Stil, aber Tosjenka sah in ihrem aufwendigen Brokatmantel aus wie die Heldin aus einem Wintermärchen. Fehlte nur noch der von Hirschen gezogene Schlitten.

Allerdings kannte Raisa den Hang der jungen Frau zu exzentrischen Auftritten, mit denen sie ihre Langeweile zu bekämpfen versuchte, und ließ ihn ihr gern durchgehen. Mit einem übertriebenen Aufzug konnte sie nämlich deutlich besser fertigwerden als mit den anderen Mätzchen, mit denen Tosjenka ihre Geduld in den letzten Monaten auf die Probe gestellt hatte.

Mir hätte schon viel früher klar werden müssen, dass sie mit ihren einundzwanzig Jahren kein Mädchen mehr ist, dachte Raisa, während Toska herausfordernd ihre Pelzkappe zurechtrückte, als warte sie nur auf einen Tadel, den sie in den Wind schlagen konnte. Anstatt das Kind auf Reisen zu schicken, hätten ihre Eltern sie besser schleunigst verheiraten sollen. Nun, da Tosjenka auf den Geschmack gekommen war, wie überaus unterhaltsam männliche Gesellschaft sein konnte, würden sie das möglichst rasch nachholen müssen.

Es hatte nicht viel gefehlt, und Toskas Großtante, die sie auf diese Europareise eingeladen hatte, hätte etwas von der unmöglichen Affäre bemerkt, die ihre Nichte bereits während ihres Aufenthalts in der Toskana eingegangen war. Glücklicherweise gehörte dieses Problem nun der Vergangenheit an und hatte allem Anschein nach keinen größeren Schaden als heftige Gefühlsschwankungen bei Tosjenka hinterlassen. Was allerdings nicht weiter auffiel, denn die junge Dame schwankte ohnehin stets zwischen himmelhoch jauchzend und zu Tode betrübt. Vielleicht war es auch dieser ewigen Unruhe geschuldet, dass Raisa sich der jungen Frau schon länger nicht mehr gewachsen fühlte und ihr deshalb entschieden mehr Dummheiten durchgehen ließ, als sie einer Dame aus gutem Hause eigentlich zustanden.

Ich werde langsam alt, gestand Raisa sich ein, als sie in Tosjenkas trotzige Miene blickte. Nein, sie verspürte nun wirklich kein Verlangen, diesen Aufzug zu kommentieren. So seufzte sie nur und sagte: »Wollen wir dann also zu einem kleinen Spaziergang aufbrechen, bevor Ihre Frau Großtante Sie zum Abendessen erwartet?«

Augenblicklich leuchtete jenes strahlende Lächeln auf, für das Toska berühmt-berüchtigt war und für das man ihr schon viel hatte durchgehen lassen. Zu einer leichten Plauderei anhebend, hakte sie sich bei ihrer Gesellschafterin ein und steuerte den Weg zum Foyer an. Erst als sie die letzten Stufen der geschwungenen Treppe nahmen, verlangsamte Toska merklich ihren Schritt, damit auch keinem der dort verweilenden Gäste ihre Ankunft entging. Obwohl sie den Kopf hoch erhoben trug, sah sie doch alles und stellte mit Genugtuung fest, dass sie – wenn auch nur für einen Augenblick – im Zentrum der Aufmerksamkeit stand. Mehr hatte sie jedoch bei diesem verwöhnten Publikum des Grand Hôtels auch nicht erwartet. Allein dafür hatte es sich gelohnt, ordentlich ins Schwitzen zu geraten.

Sobald sie zur Eingangstür hinaus waren, würde sie die Pelzkappe abnehmen – das stand fest.

Während Raisa bereits zielstrebig auf den Ausgang zuhielt und an ihrem Arm zerrte, schenkte Toska der anwesenden Allgemeinheit ein Lächeln, wobei ihr Blick geübt über die Gesichter schweifte, ohne wirklich eins wahrzunehmen. Geradeso, wie sie es bei den Schauspielerinnen der hiesigen Theater gesehen hatte, denen es mit einem Lächeln gelang, das gesamte Publikum einzufangen. Allerdings entglitten Toska ganz unvermittelt die Züge, als sie an einem Gesicht hängen blieb, das man auf keinen Fall übersehen konnte. Ohne Warnung blieb sie wie angewurzelt stehen und brachte somit die arme Raisa ins Stolpern und damit um ihre Würde.

Mit offenem Mund stand Toska da und starrte den Mann an, der ein Gespräch an der Rezeption führte.

»Charles?«, brachte sie schwach hervor. In ihrer Stimme schwang etwas mit, das Verzückung und Unglauben verriet.

Raisa, die mit Schamesröte auf den Wangen gerade um eine Erklärung wegen des abrupten Halts bitten wollte, folgte dem Blick der reglos dastehenden Frau. Als sie den Auslöser für Toskas Verhalten entdeckte, schlug sie sich rasch die Hand vor den Mund, um ein Aufstöhnen zu unterdrücken.

In der Zwischenzeit löste sich Toska von Raisas Arm und schritt wie eine Traumwandlerin auf die Rezeption zu. Augenblicklich vergaß Raisa, dass einige wartende Gäste sich die Zeit damit vertrieben, sie zu beobachten. Sie packte die junge Frau so fest am Arm, dass diese aufkeuchte, und zischte ihr ins Ohr: »Sie werden nicht zu ihm gehen!«

Zunächst blickte Toska verblüfft drein, als sei sie überrascht, dass außer diesem Mann und ihr überhaupt noch jemand anders auf der Welt existierte. Aber dann wich die Verblüffung bockiger Entschlossenheit, die Raisa in den vergangenen Monaten zu fürchten gelernt hatte.

»Natürlich werde ich Charles Guten Tag sagen, warum denn nicht?«

Raisa fielen sofort unzählige Gründe ein, warum sie das tunlichst unterlassen sollte, aber sie nannte nur den herausragendsten, der Toskas Stolz beträchtlich gebrochen hatte: »Weil Charles Sie gerade verlassen hat – zum zweiten Mal übrigens innerhalb der wenigen Monate, seit Sie seine Bekanntschaft gemacht haben. Und das aus dem schlichten Grund, weil er eine alberne Zugfahrt Ihrer Gesellschaft vorzieht.«

Toska zuckte zusammen, fing sich jedoch schnell wieder. Viel zu schnell für Raisas Geschmack. »Ach, hat er das? Und warum steht er dann hier im Foyer? Vermutlich erkundigt er sich gerade nach mir. Das wird eine Überraschung geben. Charles liebt Überraschungen.«

Sie wollte weitergehen, doch Raisa weigerte sich, von ihrem Arm abzulassen. »Hören Sie, Sie haben doch bereits mehr als ein Mal herausgefunden, wie unberechenbar Charles ist. Seien Sie froh, dass Sie nach seiner unverfrorenen Abreise vor ein paar Tagen einen guten Grund haben, ihn zu ignorieren. Soll er einer anderen Frau das Herz brechen.«

»Charles hat mir doch nicht das Herz gebrochen«, erwiderte Toska mit einem künstlichen Lächeln. »Ich finde ihn unterhaltsam, mehr nicht.«

»Wenn Sie ihn nur unterhaltsam finden, dann verstehe ich nicht, warum Sie Ihre Großtante so penetrant genötigt haben, bereits im März nach Paris zu reisen anstatt wie geplant im Mai, wenn nicht seinetwegen. Unterhaltung gab es auch in den toskanischen Städten – das haben Sie ja erst bemerkt, nachdem er abgereist war. Und wozu der ganze Aufwand? Vier gemeinsame Tage in Paris, und dieser Unmensch kauft sich einfach eine Zugkarte, um sich der nächsten lockenden Zerstreuung hinzugeben. Wie gut, dass Ihre Tante sich standhaft weigert, den Osten Europas zu bereisen, weil hier demnächst die Weltausstellung eröffnet wird. Ansonsten säßen wir jetzt vermutlich ebenfalls in diesem Orientexpress.«

Doch Toska hörte ihr gar nicht zu. Ihre ganze Aufmerksamkeit galt Charles und seinem weich fallenden Haar, das im Licht der Lüster wie dunkler Honig schimmerte. Sie betrachtete sein Profil, das sich ihr so sehr eingebrannt hatte, dass es jedes Mal aufleuchtete, wenn sie die Augen schloss. Sie studierte die Rückenlinie, deren kraftvolle Muskeln sie ausgiebig erkundet hatte, und die Hände, die mit einem Zylinder spielten. Sie war derartig gefangen von seinem Erscheinungsbild, dass es für verletzten Stolz und zu wahrende Würde keinen Platz mehr gab.

Während Raisa ununterbrochen in beschwörendem Ton auf sie einredete, befreite sich Toska aus ihrem Griff und ging auf die Rezeption zu. Aufgeregt wartete sie auf den Moment, in dem Charles' grün funkelnde Augen sie endlich finden würden. Nicht einmal, als diese Katzenaugen sie tatsächlich streiften, ohne sie mit Beachtung zu würdigen, blieb sie stehen. Es war ganz gleich, wie er sich verhielt – Hauptsache, er war wieder zurück, Hauptsache, sie konnte ihn ansehen und sich in ihm verlieren. Ohne Zögern streckte sie die Hand aus und packte ihn am Kinn, woraufhin er gezwungen war, ihr endlich Aufmerksamkeit zu schenken.

»Charles, du Ungeheuer«, sagte sie mit einer vor Erregung bebenden Stimme. »Bist du etwa zurückgekehrt, um mich weiterzuquälen?«

Charles blickte sie an, als sehe er sie zum ersten Mal in seinem Leben. Fast hätte Toska laut aufgelacht. Ein neues Spiel begann, und sie würde auch dieses Mal mitmachen, ganz gleich, wie hoch der Preis dafür war. Sie konnte ihm einfach nicht widerstehen, auch wenn er ihr Untergang sein mochte.

11

Gefährliche Spiele

Eigentlich hätte Adam den Maître de réception keines Blickes würdigen müssen, um herauszufinden, dass dieser Herr ihn zum einen kannte und ihn zum anderen nicht ausstehen konnte. Von dem Mann, der die Würde dieses großen Hotels geradezu versinnbildlichte, ging eine körperlich spürbare Abneigung aus. Obwohl Adams Sinne auf äußerst unangenehme Weise darauf ansprangen, nahm er dem Mann seine Haltung nicht übel. Sicherlich empfing man in einem solchen Haus einen ehemaligen Gast nicht ohne guten Grund mit einer Grabesmiene.

»Wie schön, Monsieur wiederzusehen. Es freut uns natürlich sehr, wenn unsere Gäste uns verbunden bleiben, aber leider befürchte ich, Ihnen heute kein Zimmer anbieten zu können. Der Frühling lockt Gäste aus aller Welt nach Paris, wie Sie verstehen werden. Sicher gibt es noch einige andere Hotels, die sich sehr über Ihre Anwesenheit …«

»Sparen Sie sich das Gerede«, unterbrach Adam ihn und ignorierte Carrières leisen Aufschrei wegen seiner Unhöflichkeit. Er war sich jedoch sicher, dass er auch mit einem Übermaß an Taktgefühl bei diesem Mann nicht weitergekommen wäre. Also hatte er kurzerhand entschieden, ohne Umwege auf sein Anliegen zu sprechen zu kommen. Falls der Maître blockte, würde er ihm zu einem anderen Zeitpunkt einen Besuch abstatten, allein, unter vier Augen.

»Ich bin heute nur vorbeigekommen, um in Erfahrung zu bringen, ob noch einige Gäste hier wohnen, mit denen ich während meines Aufenthalts verkehrt habe.«

Der pechschwarze Schnurrbart mit den gezwirbelten Enden des Maître zitterte vor Empörung. »Es steht mir in meiner Position keineswegs zu, mich für die Privatangelegenheiten unserer Gäste zu interessieren.«

»Tatsächlich, so etwas geht also spurlos an Ihnen vorüber?« Adam zog mit gespieltem Unglauben die Brauen hoch.

Anstelle einer Antwort ließ der Maître nur ein entrüstetes Schnauben hören. Etwas zu entrüstet, wie Adam fand. Ja, er würde den Mann erneut aufsuchen. Denn in diesem Fall bedurfte es nicht einmal seiner empfindsamen Sinne, um die Lüge zu erkennen. Was auch immer Adam sich während seines Aufenthaltes im Grand Hôtel geleistet hatte, es brachte das Herz des Maître immer noch dazu, ohrenbetäubend laut und viel zu schnell zu schlagen. Noch ein wenig schneller, und der Mann würde tot umfallen.

Während Carrière in beruhigendem Ton auf den Maître einredete, sah Adam sich im Foyer um. Wenn ihm schon kein vertrautes Gesicht untergekommen war, so würde er vielleicht erkannt werden.

Doch nichts geschah.

Kein Wunder, wechselten die Gäste in einem Hotel doch regelmäßig, und er war seit mindestens drei Tagen nicht mehr hier gewesen. Vermutlich eine zu lange Zeit. Solche Orte gehörten der Gegenwart an, niemand interessierte sich für das Gestern. Abgesehen vom Maître und dem Portier, der ihm mit einem breiten Grinsen die Tür geöffnet hatte, wie ihm jetzt wieder einfiel. Vielleicht sollte er sich an den Portier halten … Mit ein wenig Geld und gutem Zureden würde der sicherlich etwas zu erzählen haben.

Derartig in Gedanken versunken, bemerkte Adam nicht, wie

sich ihm eine grazile Gestalt näherte. Erst als er am Kinn gepackt wurde, registrierte er die junge Frau, die ihn mit fiebrigen Augen anstarrte. Ihre Empfindungen waren von einer derart starken Natur, dass Adam beinahe die Beherrschung verlor. Sie war aufgeregt, nein, erregt. Aber ebenfalls wütend … Und da war Angst, wenn auch gut verborgen. Er konnte nur dastehen und zurückstarren. Ihre Lippen bewegten sich, aber das plötzlich ausgebrochene Rauschen in seinen Ohren machte es ihm unmöglich, sie zu verstehen. Es interessierte ihn nicht einmal, was sie zu sagen hatte; er war vollkommen damit beschäftigt, seine Instinkte zu zügeln.

Hör auf, dich dagegen zu wehren. Ich will sie, und das weißt du.

Die Stimme dröhnte so gellend durch Adams Kopf, dass er sich am Empfangstresen festhalten musste, um nicht das Gleichgewicht zu verlieren. Er ahnte, was geschehen würde, wenn er nicht umgehend die Beherrschung zurückgewann. Das Gleiche, was ihm mit jener namenlosen Frau passiert war. Weiter kam er nicht, denn das Rauschen übertönte jeden nachfolgenden Gedanken.

Dann stellte Carrière sich zwischen ihn und die junge Frau, die einfach nicht damit aufhören wollte, ihn anzustarren, als sei er ein wahr gewordener Wunschtraum – und nicht etwa ihr baldiger Tod. Zu seiner Erleichterung wirkte Carrières Körper wie eine Trennwand, so dass sich nicht nur seine überreizten Sinne beruhigten, sondern auch der Dämon sich mit einem Murren zurückzog.

Gut, spiel noch ein bisschen mit ihr, bevor ich sie mir hole.

»Entschuldigen Sie bitte, Madame«, setzte Etienne mit einem Lachen an und verneigte sich vor der jungen Dame, die notgedrungen ein Stück zurückgewichen war. »Aber Ihr resolutes Auftreten hat meinen Freund wohl ein wenig aus der Fassung gebracht. Warum gehen wir nicht gemeinsam ein paar Schritte durch das Foyer?«

Widerwillig nahm die auffällig gekleidete Dame Carrières angebotenen Arm und folgte ihm, ohne Adam jedoch aus den Augen zu lassen. Gekonnt schürzte sie die Lippen. »Als ob es mir jemals gelungen wäre, Charles aus der Fassung zu bringen.«

Mittlerweile hatte sich eine ältere Dame in dunkler, hochgeschlossener Kleidung zu ihnen gesellt, bei der es sich um eine Gesellschafterin zu handeln schien. Sie war alles andere als erfreut über Adams Anblick: Ihre Lippen waren zu einer farblosen Linie zusammengepresst, der Kiefer so angespannt, dass sich Einhöhlungen unter ihre Wangenknochen gruben. Obwohl es sie sichtlich Kraft kostete, zwang sie sich zu einem Lächeln.

»So eine Überraschung«, sagte sie mit einem starken Akzent, der ihr Französisch nur schwer verständlich machte. »Wir wähnten Sie auf dem Weg nach Konstantinopel, Charles.«

»Ah! Sie sind also unserem Charles begegnet«, mischte Carrière sich ein, wobei er tapfer die Rolle des amüsierten Gentlemans aufrechterhielt. »Wir haben eigentlich gehofft, ihn persönlich anzutreffen. Leider haben wir gestern erst in Erfahrung bringen können, dass Charles in diesem Hotel abgestiegen ist. Aber das Einzige, was noch von ihm da ist, ist sein Koffer. Gestatten Sie, dass ich uns vorstelle? Mein Name ist Etienne Carrière und an meiner Seite, immer noch etwas sprachlos, ist mein Neffe Adam, Charles Zwillingsbruder, wie Sie sicherlich bemerkt haben werden.«

Die junge Dame warf den Kopf in den Nacken und brach in schallendes Gelächter aus. Einen Moment lang sah es so aus, als würde ihre Gesellschafterin sich aus lauter Verzweiflung über diese Szene einfach umdrehen und gehen, aber dann atmete sie tief ein und sagte: »Ja, was für ein Zufall. Wenn Sie uns nun entschuldigen würden? Antonia und ich wollten gerade zu einem Spaziergang aufbrechen, ehe wir zum Essen erwartet werden.« Entschlossen nahm sie den Arm der jungen Frau, doch die schenkte ihr nicht die geringste Beachtung.

»Du bist ein grausamer Mann, Charles«, sagte sie in einem akzentdurchsetzten Italienisch, das Adam jedoch vor keinerlei Probleme stellte. »Das ist doch wieder nur eins von deinen Spielchen. Auch wenn ich es eine Zeit lang aufregend fand, mich von dir verwirren und vor immer neue Rätsel stellen zu lassen, so bin ich es inzwischen müde. Dir ist es vielleicht nicht bewusst, aber Paris ist voll mit hübschen Messieurs, einer ausgefallener als der andere. Kein Vergleich zu Lucca, wo ich dankbar für jedes bisschen Unterhaltung war. Hier braucht es schon ein wenig mehr als dieses Schmierentheater, um meine Aufmerksamkeit zurückzugewinnen.«

Adam musterte sie und ignorierte dabei sowohl das nervöse Hüsteln der älteren Dame als auch die neugierigen Blicke, mit denen sie mittlerweile ungeniert bedacht wurden. Im Gegensatz zu ihren Worten deutete jede Geste von der jungen Frau, die anscheinend Antonia hieß, darauf hin, dass sie keineswegs etwas dagegen hatte, sich auf ein Spiel mit ihm einzulassen. Vielmehr lechzte sie geradezu danach. Und da sie sein altes Ich zweifelsohne kennengelernt hatte, würde er ihr geben, was sie wollte. Das war vielleicht seine einzige Chance, etwas über den Mann herauszufinden, der er einmal gewesen war.

»Sie haben Charles also in Lucca kennengelernt, in der Toskana«, sagte er mit einer ruhigen Stimme, die nichts über seine innere Anspannung verriet. Er fühlte sich wie ein Jagdhund, der sich nicht einmal von einem tosenden Unwetter von seiner Fährte abbringen ließe. »Antonia … Wenn ich mich richtig erinnere, wird der Name Antonia im Russischen mit Toska abgekürzt. Wie passend.«

Die junge Frau legte den Kopf schief, als habe seine Stimme etwas in ihr wachgerufen. Fast rechnete er damit, sie würde vor ihn treten und ihm ihren Mund zum Kuss hinhalten. Aber sie stand nur da und hörte in sich hinein, schien in einer geliebten

Erinnerung gefangen zu sein. Allem Anschein nach hatte er sie bei ihrem richtigen Namen genannt.

Adam nutzte die Gelegenheit, sie sich genauer anzusehen. Sie war wirklich ein entzückendes Wesen, mit einem spitz zulaufenden Gesicht, das von tiefbraunen Augen dominiert wurde. Obwohl sie von zierlicher Gestalt war und das eng geschnürte Korsett sie in der Mitte fast durchzubrechen drohte, wirkte sie alles andere als fragil. Vielleicht lag es an dem üppigen Busen, der sich selbst unter dem pelzbesetzten Mantel abzeichnete, oder es war ihr opulenter Duft, der verriet, dass die Dame über mehr Lebenslust verfügte, als die gesellschaftliche Moral es ihr erlaubte.

Obwohl ihr Äußeres ihm durchaus gefiel, wie auch ihr in der Öffentlichkeit ausgesprochen unangemessenes Verhalten, weckte Toska keinerlei Neigung in ihm. Zwar hätte er eine Einladung in ihr Bett sicherlich nicht abgelehnt, aber nichts an ihr rief das Verlangen hervor, sie kennenzulernen und ihr nahe zu sein, während sein altes Ich zweifellos an mehr als ihrem Körper interessiert gewesen war. Eine Zeit lang zumindest, wenn er es richtig verstand.

»Fein«, sagte Toska schließlich. »Ich lasse mich auf dieses neue Spiel ein, zumindest bis zum Abendessen. Allerdings wirst du mich dafür in den Wintergarten zum Tee einladen, ich muss nämlich augenblicklich diesen Mantel ausziehen, bevor mir vor Hitze die Sinne schwinden. Unterdessen kann dein Onkel – oder was auch immer der Herr in Wirklichkeit sein mag – Raisa mit den Vorzügen von Paris bekanntmachen. Der Reiz dieser Stadt will sich ihr nämlich nicht erschließen. Sie hat so eine schreckliche Sehnsucht nach St. Petersburg.«

»Tosjenka, bist du vollkommen von Sinnen?«, fragte Raisa auf Russisch. Mittlerweile hatte sie es aufgegeben, den Anschein eines gewöhnlichen Beisammenstehens aufrechtzuerhalten. Ihre Schultern bebten, als sie erneut nach ihrem Schützling griff. Aber die junge Frau entzog sich ihr und schmiegte sich an Adams Seite.

Fast fühlte Adam sich versucht, Toska um eine Verabredung zu einem anderen Zeitpunkt zu bitten, nur damit Raisa nicht länger so gequält dreinblickte. Doch er konnte den Verdacht nicht abschütteln, die junge Russin nach diesem Treffen nie wieder zu Gesicht zu bekommen. Gegen Raisa mochte sie sich in dieser Situation durchsetzen können, aber später würde sie sich für ihr unmögliches Benehmen den Konsequenzen stellen müssen.

»Gegen eine Tasse Tee in einem angesehenen Salon ist doch sicherlich nichts einzuwenden«, erklärte Carrière, wobei er seinen Gehstock zwischen den behandschuhten Händen rieb und damit sein Unwohlsein verriet. »An Tee in Gesellschaft ist nichts Unschickliches zu erkennen«, fügte er kleinlaut hinzu, als Raisa resigniert den Kopf schüttelte und davonging.

»Vielen Dank für Ihre Unterstützung, mein Freund.« Adam deutete mit dem Kopf eine Verabschiedung an, ehe er Toska den Arm reichte, den sie nur allzu begierig nahm. »Wir sehen uns dann später in Ihrem Appartement.«

Carrière setzte seinen Zylinder auf und hob den Koffer auf, den Adam achtlos auf dem Boden abgestellt hatte. »Nein, mir ist jetzt nach einer Ablenkung zumute. Treffen Sie mich bei Rischka. Sie wird uns ohnehin erwarten, wie ich die Dame kenne. Ich hoffe wirklich, dass die Szene eben sich Ihrer Sache als nützlich erweisen wird. Die junge Dame hier wird zweifelsohne noch eine mächtige Strafpredigt für ein solches Benehmen über sich ergehen lassen müssen. Falls es denn bei einer Strafpredigt bleibt.« Dann wendete Carrière sich zum Gehen.

Adam blickte ihm noch einen Moment lang hinterher und empfand zum ersten Mal so etwas wie Freundschaft für diesen Mann. Vielleicht wäre es das Beste, die Vergangenheit ruhen zu lassen und sich stattdessen mit den Resten seiner Seele zu beschäftigen, die ihm geblieben waren. Geradeso, wie Carrière es tat. Aber wie kümmerlich mochten diese Reste sein, wenn sogar eine Frau, für die er einst etwas empfunden haben musste, nur ein körperliches Verlangen in ihm erzeugte? So, wie die Dinge lagen, war Toskas Erinnerung an den Mann, den sie Charles nannte, alles, was ihm blieb.

Mit einem einladenden Lächeln, das sogleich erwidert wurde, führte er die junge Dame in den Wintergarten des Grand Hôtels, fest entschlossen, von dieser Fährte nicht abzulassen, bis er sein Ziel erreicht hatte.

12

Von einem, der auszog, sich selbst zu vergessen

Der Wintergarten des Grand Hôtels galt nicht nur als wahres Schmuckstück, sondern sah auch wie ein Edelstein aus mit seiner quadratischen Form und dem sich nach oben hin verjüngenden Glasdach. Auf dem Boden lagen Orientteppiche, in den Kübeln wuchsen Palmen. In den locker verteilten Sitzgruppen saß das vornehme Publikum und trank Tee, eine moderne Erscheinung, die es auch den Damen ermöglichte, auszugehen. Waren Cafébesuche für sie doch undenkbar.

Mit einer theatralischen Geste, bei der Adam ein Schmunzeln unterdrücken musste, ließ Toska den Mantel von ihren Schultern gleiten und offenbarte ein für den Nachmittag äußerst tief dekolletiertes Kleid. Während er sich um die Mäntel kümmerte, ordnete sie ihr Haar, das lockig an ihren verschwitzen Schläfen klebte. Auch wenn der Pelz und das Wiedersehen mit ihrer verflossenen Liebe ihr kräftig eingeheizt hatten, so ließ sich Toska nicht im Geringsten gehen. Sie ist ein zähes Luder, dachte Adam amüsiert, als sie mit einem gewissen Besitzanspruch seinen Arm nahm und auf einen Tisch wies, der ihr genehm wäre. Natürlich der in der Mitte, welch große Überraschung.

»Nun«, sagte Toska, nachdem sie ihre Röcke geordnet hatte. »Dann lass einmal hören, was du dir ausgedacht hast, um mein Interesse zurückzugewinnen, Charles.«

Obwohl es nicht sonderlich schicklich war, streckte Adam seine langen Beine unter dem Tisch aus. Das Ganze bereitete ihm zunehmend Vergnügen. »Es wäre mir lieber, wenn du mich bei meinem richtigen Namen nennen würdest, Toska. Ich weiß nicht, was zwischen Charles und dir vorgefallen ist, aber wir beide wollen doch schön brav bei der Wahrheit bleiben.«

»Wahrheit?« Toska lächelte amüsiert. »Wenn du dich nach der Wahrheit sehnst, dann kannst du wirklich nicht Charles sein. Denn nichts verachtet er mehr als die Wahrheit. Bei ihm ist alles Lüge und Verwirrung. Willst du wirklich darauf bestehen, Charles' Bruder zu sein?«

»Spricht etwas dagegen?«

»Nun ja, du bist mit der Behauptung aufgetreten, sein Zwillingsbruder zu sein.«

Toska hielt inne und studierte seinen Gesichtsausdruck. Adam spürte, dass sie etwas von ihm erwartete, doch er hatte keine Ahnung, um was es ihr gehen konnte. Also hielt er ihrem Blick so lange stand, bis sie ein nervöses Schnauben ausstieß und mit einem Silberlöffel zu spielen begann.

»Die Lösung des Geheimnisses ist, dass es in Wirklichkeit gar keinen Charles gibt. Wie kann er da einen Bruder haben, der nach ihm sucht?«

»Was soll das?« Plötzlich stieg Panik in Adam auf, die er jedoch sofort verdrängte. Diese Fährte konnte nicht ins Leere führen, dessen war er sich zu sicher. Alles an dieser jungen Frau war ein Versprechen darauf, ihm bei seiner Suche nach seinem verlorenen Ich zu helfen – auch wenn er sich ihr keineswegs verbunden fühlte. »Du hast mich selbst mit diesem Namen angesprochen, falls du das vergessen haben solltest, meine Liebe. Wenn du Freude an einer Lügengeschichte hast, dann spinn sie bitte raffinierter, ansonsten verliere ich unangemessen schnell das Interesse an deiner Gesellschaft.«

Toska sah ernsthaft erschrocken aus und legte ihm rasch eine

Hand auf den Unterarm. »Bitte geh nicht. Damit wollte ich doch bloß sagen, dass Charles eine deiner Erfindungen war, genau wie dieser Remo, in dessen Haut du dir Paris ansehen wolltest. Ein Lebemann aus Italien, der sich keinen Deut um gesellschaftliche Konventionen schert und eintaucht in die Abenteuer dieser Weltstadt. Wir haben so getan, als würden wir uns zum ersten Mal hier im Wintergarten begegnen. Remo und Toska, zwei Reisende, die sich auf eine leidenschaftliche Affäre einlassen, bevor jeder wieder seines Weges geht. Deiner führte angeblich mit dem Orientexpress nach Konstantinopel. Habe ich doch geahnt, dass du nicht wirklich vorhast, mich zu verlassen.«

Langsam gewann Toska ihre alte Selbstsicherheit zurück. Ihre Hand blieb auf Adams Arm liegen, während sie sich in dem gepolsterten Stuhl zurücklehnte.

»Du liebst es, Identitäten zu erschaffen, wie Künstler Bilder malen oder Schriftsteller Geschichten erfinden. Und heute bist du also Adam auf der Suche nach seinem verlorenen Bruder Charles. Jenem Charles, der mir in Lucca den Kopf mit seinen romantischen Ideen verdreht hat. Ein angeblich mittelloser Musiker, der ziellos umherstreift. Du bist ein Schelm, wie er im Buche steht. Bestimmt war dieses Zusammentreffen im Foyer bis ins letzte Detail geplant. Fast hätte ich dir das Schauspiel sogar abgenommen, weil du dich als Adam vollkommen anderes bewegst und deine Ausstrahlung verändert ist. Düster, fast ein wenig bedrohlich. Ich war wirklich für einen Augenblick sprachlos, das muss ich dir lassen. Aber deine Augen verraten dich: Es kann einfach niemand anderen mit solchen Augen geben, die wie grüne Labradorite schimmern. Dieses irisierende, leicht metallische Farbenspiel ist einzigartig. Trotzdem – ein wirklich gut inszenierter Auftritt! Selbst dieser elegante Herr, der sich als dein Onkel ausgegeben hat, war ganz wunderbar. Nun, ich will ihm in nichts nachstehen. Also, was könnte Adam wohl von mir erwarten, welche Rolle soll ich spielen?« Klirrend ließ sie den Löffel auf die Untertasse fallen, als ihr plötzlich eine Idee kam. »Du möchtest mich dazu bringen, dass ich dir dein eigenes Kunstwerk namens Charles beschreibe, richtig? Darum geht es dir!«

Da war es wieder, Toskas siegessicheres Lächeln. Dieses Mal brachte es Adam dazu, die Armlehnen seines Sessels so fest zu umfassen, dass seine Knöchel weiß hervortraten. Seine Kehle zog sich immer enger zusammen, und er fragte sich, wie viele verwirrende Fährten sein altes Ich mit seinen Spielchen wohl gelegt haben mochte. Wie oft würde er sich auf seiner Suche in einer Sackgasse wiederfinden, während er einem Mann hinterherlief, für den es offensichtlich ein Vergnügen gewesen war, Identitäten zu erschaffen? Ein Vergnügen oder vielleicht ein dunkler Zwang, um mit dem brechen zu können, der er eigentlich war …

Glücklicherweise ahnte Toska nichts von seiner Anspannung; sie war viel zu stolz darauf, den raffinierten Plan ihres Liebhabers durchschaut zu haben. »Gut, fangen wir an. Aber nur, weil mir ansonsten der Nachmittag zu lang wird, das sollst du ruhig wissen. Was möchtest du über dich – pardon – über Charles erfahren?«

»Ich interessiere mich nicht für Charles«, brachte Adam mühevoll hervor. »Ich will wissen, wer der Mann hinter der Maske war, die er aus welchen Gründen auch immer erschaffen hat.« Frustriert schnaufte er durch die Nase. »Falls es dir überhaupt jemals gelungen ist, einen Blick hinter die Fassade zu werfen.«

Toska gab vor, ein Lachen hinter ihrer Hand zu verstecken. »Also wirklich, was bist du bloß für ein schamloser Narzisst. Ich weiß, du glaubst eine gequälte Seele zu sein, die sich selbst nicht ertragen kann und sich deshalb ständig neu erschaffen will. Schließlich war das dein Lieblingsthema, sobald du zu viel Wein getrunken hattest. Dass du es nicht erträgst, du selbst zu sein. Aber glaub mir, jemand, der so viel Aufwand betreibt, um seine Vergangenheit auszulöschen, ist ganz vernarrt in sein Ich. Ansonsten würde man doch kein solches Aufhebens um die eigene Person machen, wenn du mich fragst.«

Mit einer schnellen Bewegung packte Adam sie am Handgelenk und drückte so fest zu, dass sie empört nach Luft schnappte. »Ich frage dich aber nicht. Es ist mir gleichgültig, was du über Charles denkst. Erzähl mir einfach, was ich geredet habe, wenn ich betrunken war. Wie lautet mein wahrer Name, aus welchem Land stamme ich?«, forderte er sie mit scharfem Ton auf, woraufhin Toska verängstigt blinzelte. Unvermittelt wurde er sich seiner Impulsivität bewusst und löste den Griff, wenn auch nur widerwillig. Ihre Unbeschwertheit angesichts eines Anliegens, das ihm alles bedeutete, reizte ihn.

»Ist ja schon gut, du Hitzkopf. Warum muss nur immer dein Temperament so schnell mit dir durchgehen?«

Mit einer Leidensmiene massierte Toska ihr Handgelenk, bis Adam sie schon anfahren wollte, endlich mit der Schauspielerei aufzuhören. Da bemerkte er die roten Fingerabdrücke auf ihrer Haut. Er hatte tatsächlich fester zugegriffen, als ihm bewusst gewesen war.

»Es tut mir leid, ich wollte dir nicht wehtun.«

Toska stieß ein bitteres Lachen aus. »Das sagst du immer – hinterher. Erst nimmst du dir, was du willst, ohne Rücksicht auf Verluste, und dann wirfst du einem eine Entschuldigung hin. Ich weiß wirklich nicht, warum ich mich überhaupt mit dir abgebe.«

Nachdenklich strich Adam sich die Haare aus der Stirn, während er versuchte, sich ein Bild von Toska zu machen – ohne daran zu denken, dass sie der Schlüssel zu seiner Vergangenheit war. Wäre sie ihm auf der Straße begegnet, hätte er sich nach ihr umgesehen? Nun, vielleicht um einen weiteren Blick auf ihre blonden Locken zu werfen oder um sich über ihre eitle, aber nichtsdestotrotz charmante Art zu amüsieren. Nur ein Bedürfnis, ihre Aufmerksamkeit zu erregen, um ein Recht auf ihre Nähe zu erwerben, löste sie keineswegs aus. Nein, da war kein Gefühl auf seiner Seite. Wie soll auch jemand, der einen blutrünstigen Dämon in sich trägt, etwas wie Zuwendung oder gar Liebe empfinden?, fragte er sich, und der bittere Geschmack der Enttäuschung breitete sich in seinem Rachen aus. Nun, vielleicht würde es dieser Frau zumindest gelingen, die Erinnerung zu wecken. Alles andere bedeutete, den Kampf aufzugeben und sich dem Willen des Dämons zu überlassen.

»Habe ich dich geliebt?«

Im ersten Moment sah es so aus, als würde Toska sich für ein künstliches Lachen als Reaktion auf diese unvermittelte Frage entscheiden. Dann schluckte sie und sagte leise: »Du hast es mir nie gesagt, obwohl du den ganzen Herbst und Winter mit mir in der Toskana verbracht hast, ohne auch nur einer anderen Frau hinterherzusehen. Aber ich bin … ich war verliebt in dich.«

Das Geständnis brachte Adam aus der Fassung. Mit einem Mal kam es ihm erbarmungslos vor, Toska derartig in die Ecke zu drängen, obwohl er allem Anschein nach schon genug Schindluder mit ihren Gefühlen getrieben hatte.

Doch gerade als er sich entschuldigen wollte, fügte sie noch einen Satz hinzu, der alles änderte: »Welche Frau kann einem so schönen Gesicht wie deinem schon widerstehen? Da ist es doch ganz gleich, ob du Charles, Adam oder wie auch immer heißen magst. Ich hätte mir jede von deinen verrückten Ideen angehört und jedes noch so absurde Spiel mitgemacht, solange du dafür an meiner Seite bleibst.« Toska lehnte sich aufreizend weit nach vorne, so dass ihr Dekolleté einen prachtvollen Anblick bot. »Wir zwei passen perfekt zueinander, weil wir beide nicht nach der Liebe suchen, sondern nach jemandem, der unsere Bedürfnisse erfüllt, ohne uns dafür zu verachten. Wenn ich dich ansehe, habe ich das Gefühl, ich blicke in einen Spiegel. Mag sein, dass du mich nicht geliebt hast, aber du hast mich gebraucht. Weil ich die Einzige war, die überhaupt wusste, dass es jemanden hinter der Maske gab, auch wenn ich diesen geheimnisvollen Fremden niemals kennengelernt habe.«

»Das hast du tatsächlich nicht, nicht wahr?«

Obwohl Adam registrierte, wie gefährlich ruhig, fast einschmeichelnd seine Stimme geworden war, kümmerte er sich nicht um dieses erste Anzeichen für einen Temperamentsausbruch. Plötzlich interessierte ihn nur noch der verführerische Duft, der von Toskas leicht geröteter Haut am Dekolleté aufstieg und ihre Erregung verriet. Das Rascheln ihrer Röcke, das berühmte *Foufou*, knisterte in seinen Ohren. Langsam, fast als hoffe er, sie würde ihn davon abhalten, streckte er die Hand aus, um eine der feinen Locken an ihren Schläfen zu berühren. Aber Toska dachte gar nicht daran, sich zurückzuziehen. Stattdessen schenkte sie ihm ein aufmunterndes Lächeln, das lockend ihre Lippen umspielte, die sie einen Hauch – einer Einladung gleich – öffnete.

Dabei hätte es keiner deutlichen Einladung bedurft, zumindest nicht für Adam. Seine Sinne spielten ihm ihre Lüsternheit mühelos zu. Und nach ihrem Geständnis sah er keinen Grund mehr, warum er sich zurückhalten sollte, da sich ihr Interesse mit seinem deckte. Wenn es schon keine Liebe in seinem alten Leben gegeben hatte, so zumindest Verlangen. Was schon einmal eine Verbesserung war, wie Adam zynisch dachte, hatte es ihn in den letzten Tagen doch nur nach Blut verlangt. Es sprach also nichts dagegen, dieser Lust, die eine rein menschliche war, ohne Hemmungen nachzugeben.

Hastig half Adam Toska auf und eilte mit ihr durchs Foyer die geschwungene Treppe hinauf, ohne einen Blick für den sichtlich aufgebrachten Mâitre de réception oder das belustigte Publikum übrigzuhaben.

13

Verführungskünste

Die Gänge des Hotels schienen endlos.

»Welche Zimmernummer?«, fragte Adam voller Ungeduld, während Toska ein atemloses Lachen anstimmte.

»Meine Zimmernummer hat sich nicht geändert, es ist die Tür gleich hier drüben. Sag bloß, du hast immer noch nicht genug von deinen Spielen?«

»Ich fange mit den Spielen gerade erst an.«

Trotz ihres Aufschreis wirbelte Adam sie herum und riss sie an seine Brust, magisch angezogen von ihrem wild schlagenden Herzen, dem er nicht nahe genug sein konnte. Obwohl Toska sich ihm auf Zehenspitzen entgegenstemmte, musste er den Nacken beugen, um mit den Lippen ihre Schläfe zu liebkosen. Er glaubte den Schlag ihres Pulses zu schmecken, so sehr nahm er sie mit allen Sinnen wahr.

Als Toska ihr Kinn reckte, um ihm den Mund zum Kuss darzubieten, kamen ihm doch noch Zweifel, ob er wirklich ein Recht darauf hatte, sie zu nehmen. Schließlich war seine Lust in ihrer Intensität keineswegs menschlich, zu sehr reagierte seine empfindliche Wahrnehmung auf Toskas Erregung und verbarg seinen Willen und Verstand unter einer Flut von Sinneseindrücken. Auch wenn der Dämon schwieg, so hieß das noch lange nicht, dass keine Gefahr für sie bestand.

Obwohl sein Körper mit schmerzendem Widerwillen antwortete, hob Adam den Kopf. Allein diese kleine Distanzierung kostete ihn unendlich viel Kraft.

»Ich sollte gehen.«

Toskas Augen waren nur einen Spalt weit geöffnet und verliehen ihr etwas Lüsternes. »Nur einen Kuss«, sagte sie kaum hörbar.

Adam wusste nicht, ob es eine Bitte oder eine Forderung war, aber sein Mund verschmolz bereits mit ihren einladend roten Lippen. Toska erwiderte den Kuss mit einer solchen Eindringlichkeit, dass er plötzlich den metallischen Geschmack seines eigenen Blutes schmeckte.

Nein!, schoss es ihm noch durch den Kopf, dann gab er sich vollständig seinem Verlangen hin. Er beachtete die aufgebrachten Stimmen anderer Gäste nicht, die ein paar Schritte von ihnen entfernt erklangen. Er kümmerte sich auch nicht um Toskas Aufstöhnen, als er eine Hand in ihrem seidigen Lockenhaar versenkte, während die andere bereits nach den Verschlüssen ihres Oberkleides suchte. Trotz seines Drängens gelang es ihr, ihn ins Zimmer zu ziehen. Dort registrierte er nur vage die Zofe, die angesichts ihrer halb entkleideten Herrin und eines Mannes, der offenbar jegliche Zurückhaltung aufgegeben hatte, auf den Gang floh.

Mit einem lauten Reißen zerfiel Toskas Oberkleid in zwei Hälften, und mit einem Fluchen betrachtete Adam das Korsett. Für solche Fingerübungen mangelte es ihm eindeutig an Geduld – ertrug er es doch kaum, ihren Herzschlag nicht länger an seiner Brust zu spüren. Ehe er sie an sich reißen konnte, trat Toska einen Schritt nach hinten.

»Warte«, forderte sie ihn mit rauer Stimme auf.

Langsam hob Toska die Arme hinter den Kopf, sich ihres Anblickes vollkommen bewusst, und löste die Haarnadeln. Die Locken fielen ihr über die nackten Schultern, die Ansätze ihrer Brüste zeichneten sich unter dem dünnen Unterkleid ab. Ihre

Wangen waren gerötet, die Lippen von den leidenschaftlichen Küssen geschwollen.

Mit einer geschmeidigen Bewegung ging Adam in die Knie und griff nach dem Saum des Unterkleides, doch Toska trat rasch weiter zurück, so dass er den Rock nicht anheben konnte.

Sie sah auf ihn herab, schüttelte träge den Kopf und ließ ihren Zeigefinger wackeln. »So nicht«, sagte sie mahnend. »Wenn du glaubst, es würde genügen, mir den Rock über die Hüften zu schieben, dann hast du dich geirrt. Du wirst hier nicht in fünf Minuten mit einem entspannten Lächeln auf dem Gesicht zur Zimmertür hinausspazieren. Ich erwarte mir ein wenig mehr, denn die Rechnung, die ich für unser Tête-à-tête zahlen werde, wird zweifelsohne hoch sein. Diesen Liebesakt werde ich nämlich nicht vor meiner Großtante verbergen können.«

Trotz der Zurechtweisung begann sie äußerst geschickt, mit den Knöpfen an seiner Weste zu spielen, kaum dass er sich wieder erhoben hatte.

»Wer sagt denn, dass ich gleich danach gehen würde?«

Adams samtige Stimme klang ihm fremd in den Ohren und offenbarte eine Seite, die er nie bei sich vermutete hätte. Er wollte unbedingt mit dieser Frau schlafen, so sehr in seinen Sinnen aufgehen, dass weder für die quälenden Fragen, die ihn nicht losließen, noch für die Forderungen des Dämons mehr Platz war. Nur Hingabe und Vereinigung.

Gegen Toskas Protest hatte er den Rocksaum nicht losgelassen. Nun glitten seine Hände unter das Kleid, fanden das Band der Seidenstrümpfe, streichelten über ihre Oberschenkel hinauf zu den verführerisch weichen Pobacken.

Mit einem entschlossenen Griff packte Toska ihn am Hosenbund, doch zu seiner Überraschung machte sie keinerlei Anstalten, ihn von dem Stoff zu befreien. Stattdessen sagte sie: »Das hier wird das letzte Kleidungsstück sein, das fallen wird.« Als sie Adams enttäuschtes Gesicht sah, umspielte ein Lächeln ihre

Mundwinkel. »Keine Sorge, ich weiß um deine Qualitäten als Liebhaber, aber ich will verhindern, dass du mir später allzu schnell entkommen kannst. Ich möchte dich erschöpft und nackt zwischen meinen Decken liegen haben, unfähig, mich jemals wieder zu verlassen.«

Widerwillig fügte Adam sich. Das hier war ihr Spiel. Er würde sich ihren Regeln beugen müssen, wenn er wollte, dass sie sich ihm hingab.

Mit sinnlichen, langsamen Küssen eroberte er sich ihren Mund zurück, während er Jacke, Weste und Hemd abstreifte. Ihre Atmung wurde verräterisch schneller, und ihre Hände wanderten seinen Rücken und seine Schultern entlang, kamen schließlich auf seiner Brust zum Ruhen. Allerdings nur für einen Moment, dann nahmen sie ihre Reise wieder auf.

Auch wenn er ein anderer als Charles war, es gelang ihr mühelos, ihm mit jeder einzelnen Berührung einen Schauder über die Haut zu jagen. Als sei ihr jedes Geheimnis, wie man ihn verführte, bekannt – was zweifelsohne stimmte, denn die Art, wie sie sanft über seinen Rippenbogen streichelte, um dann mit den Fingernägeln die Anhöhe seiner Brust zu streifen, konnte kein Zufall sein. Zu aufregend fühlte sich das an. Sie mochte nicht wissen, wer er war, aber seine Vorlieben kannte sie ganz genau.

Obwohl er sich danach sehnte, sich ihren Berührungen zu überlassen, jeden Augenblick dieser Verbundenheit mit seinem alten Ich zu genießen, drängte er sich dichter an Toska, um die Schnüre ihres Korsetts am Rücken zu lösen. Ganz unvermittelt erfüllte ihn die Vorstellung, trotz seiner Begierde alle Zeit der Welt zu haben, so dass er fast andächtig die Schlaufen zu lösen begann. Er würde es der Frau in seinen Armen vergelten, dass er sie zur Erfüllung seiner Pläne benutzte. Zumindest nahm er sich das fest vor, während er seine eigenen Bedürfnisse zurückstellte und sich ganz auf Toska einließ.

Mit jedem Deut, den das Korsett mehr nachgab, gelang es Toska weniger, an ihrem Entschluss festzuhalten, Adam – wie sie ihn mittlerweile selbst nannte – so lange wie nur möglich hinzuhalten. Ohne sich dessen bewusst zu sein, begann sie sich in seinen Armen zu winden. Als habe er ihr Bedürfnis sofort bemerkt, wanderten seine Lippen von ihrem Mund zu ihrem nach hinten gebogenen Hals, wo sie verweilten, um ihren wild schlagenden Pulsschlag zu umtanzen. Dann streiften sie ihr Schlüsselbein und die sanft geschwungene Mulde darunter, bis sie schließlich ihren Busen in dem Moment erreichten, in dem das Korsett samt dem Unterkleid fiel.

Toska schnappte nach Luft, als ein kühler Zug ihre erhitzte Haut umspielte und jene Spuren verstärkte, die seine Lippen hinterlassen hatten.

Obwohl alles sie danach drängte, Adam umgehend zu ihrem Bett zu locken, überließ sie ihm die Führung. Denn was er tat, tat er mehr als gut und mit einer Hingabe, die sie so nicht von ihm kannte. Er war ein stürmischer Liebhaber gewesen, oftmals sogar ein wenig rau. Genau deshalb hatte sie nie genug von ihm bekommen können. Niemals wäre ihr der Gedanke gekommen, dass jemand sie besser lieben könnte. Doch jetzt … Sie wurde nicht von Adams Leidenschaft mitgerissen, sondern verführt. Mit jeder Berührung und jedem Kuss ein wenig mehr. In ihrem Leib baute sich ein Pochen auf wie ein fernes Gewittergrollen, das rasch näher kam. Schon zuckte ein elektrisiertes Schauern über ihre Schulterblätter, und sie unterdrückte mühsam ein Aufstöhnen, nicht recht wissend, ob sie dem Mann vor sich ihre Ekstase missgönnte oder ob sie befürchtete, ihn von seinem wundersamen Tun abzulenken.

Ergeben sah sie ihm dabei zu, wie er jeden Flecken ihrer blassen Haut erkundete, die im deutlichen Gegensatz zu seinem von Italiens Sonne geprägten Goldton stand. Wie eifersüchtig hatte sie in Lucca über ihn gewacht, wenn die Italienerinnen, die – weiß Gott – schöne Männer hatten, sich nach ihm umdrehten? Nach dem Mann mit den sonnenverbrannten Wangen, die das irisierende Grün seiner Augen zum Funkeln brachten, und Haaren, die im Sommerlicht wie Honig schimmerten.

Wie eine Getriebene vergrub Toska ihre Finger in Adams Haar, rieb ihre Fingernägel über seine Schultern, bis rote Striemen zu sehen waren – der Beweis dafür, dass auch sie Spuren bei ihm hinterließ. Doch die Kratzer verblassten sofort wieder. Verblüfft wollte Toska nachsetzen, aber da richtete Adam sich auf und hob sie mühelos hoch. Als sein Gewicht sie auf dem Bett niederdrückte, sie regelrecht unter sich begrub, entwich ihr ein Schrei.

Augenblicklich stützte Adam sich auf seine Unterarme und sah sie prüfend an.

»Ich will dich«, flüsterte sie, ehe ihr bewusst wurde, dass sie es ernst meinte.

In Charles war sie verliebt gewesen, ihm vielleicht sogar ergeben. Aber Adam weckte eine Gier in ihr, die sie nicht zu fassen bekam. Sie wollte, dass er nicht einfach bloß in sie eindrang, sondern ein wahrhaftiger Teil von ihr wurde. Sie wollte mehr von ihm als die Leidenschaft eines Liebhabers – aber worin dieses »Mehr« bestehen sollte, wusste sie nicht.

Mit ungestilltem Verlangen musterte sie seinen Körper. Seine Brust hob und senkte sich in schnellen Stößen, unter seiner erhitzten, fast glühenden Haut zeichneten sich die angespannten Muskeln ab. Doch da war noch etwas anderes, nicht sichtbar für das bloße Auge, und es lockte sie.

Komm mir näher, schien es ihr zuzuflüstern, *nimm mich in dir auf, werde mein.*

Erneut stöhnte Toska auf, denn allein der Gedanke, dieser Forderung nachzugeben, brachte sie fast um den Verstand.

Mit einem ruppigen Zerren befreite sie Adam von dem letzten sie trennenden Stoff, dann schlang sie ihre Arme um seinen

Nacken. Als er endlich mit ihr verschmolz, nahm das Drängen in ihr mit jedem Herzschlag zu, und sie glaubte zu explodieren, wenn sich die in ihr aufbauende Energie nicht umgehend einen Weg freisprengte.

Adam war der befreiende Regen, auf den sie wartete, er sollte auf sie niedergehen in rot leuchtenden Strömen, sie in einer Flut aus Rot ertränken. Sie konnte nicht anders, wie eine Verdurstende suchte sie nach seinem Mund. Seinem wunderbaren Mund, der ihr das Paradies versprach.

Seine Katzenaugen trafen sie, und für einen erschreckenden Augenblick dachte sie, einen Fremden über sich zu haben, einen Bezwinger, der sich ihren Leib auf eine Weise unterwerfen würde, die sie vernichten könnte. Ehe sie zögern konnte, senkten sich Adams Lippen auf ihre, und die Gier nach ihm siegte. Sie küsste ihn mit einer Hemmungslosigkeit, als gebe es kein nächstes Mal.

Mit einem süßen Schaudern erinnerte Toska sich an den Kuss im Flur, als ihr eine Spur seines Blutes über die Zunge geglitten war wie ein Schluck aus dem Lebensquell.

Plötzlich wusste sie, was sie wollte.

Harsch trennte sie sich von Adams Lippen und zerrte seinen Kopf beiseite, ohne dass er auch nur den geringsten Widerstand leistete. Sein Körper, eben noch in Bewegung, verharrte still, geradezu andächtig. Toska spürte das Beben seiner Rückenmuskeln unter ihren Händen.

Dann biss sie zu, trieb ihre Zähne durch die empfindliche Haut an seinem Hals, immer tiefer. Als das nicht reichte, nahm sie ihre langen Fingernägel zu Hilfe, drang in sein Fleisch ein, vollkommen von Sinnen, nur danach gierend, ihren unendlichen Durst zu löschen.

Endlich glitt Adams Blut ihre Zunge hinab, zuerst süß und kühl, dann vollmundig – die befriedigendste Erfahrung ihres Lebens.

Doch kaum hatte sie sich mit einem Seufzen von der Wunde zurückgezogen, entbrannte eine Feuerschneise in ihrer Kehle und verwandelte sie in Asche. Verzweifelt versuchte sie, Adam, der sich mit einem benommenen Gesichtsausdruck hochstemmte, erneut an sich zu reißen, um von ihm zu trinken. Denn eins war ihr klar: Nur sein Blut, nichts anderes konnte das verzehrende Feuer in ihr löschen. Die Quelle war jedoch bereits versiegt, die Wunde wie von Geisterhand geschlossen.

Toska wollte ihn anbetteln, sie von ihm trinken zu lassen, doch ihre vertrocknete Zunge folgte nicht ihrem Willen, die rissigen Lippen öffneten sich vollkommen nutzlos. Von Panik und Schmerzen erfüllt, hieb sie mit ihren Nägeln nach seinem unter der Haut schlagenden Puls, doch Adam wich zurück, voller Entsetzen ihre ausgestreckte Hand anstarrend.

Ihre wächserne, ausgetrocknete Hand, als wäre sie nicht mehr als über Knochen gespanntes Pergament.

Wie eine Feuersbrunst überrollte Toska der Schmerz, aber noch schlimmer war dieses wahnsinnige Verlangen nach seinem Blut. In ihrer Verzweiflung warf sie sich nach vorn. Sie würde Adam aufschlitzen müssen, um diesen Brand zu stoppen, der in ihrem Leib tobte. Aber – verdammt – sie würde es tun!

Einen heiseren Schrei ausstoßend, warf sie sich vor, aber Adam wich mit einer geschickten Bewegung aus, kam neben dem Bett auf die Beine und wich einige Schritt zurück. Toska war nicht mehr als ein Tier, das um sein Leben kämpfte. Den Schmerz in Kraft verwandelnd, schleppte sie sich voran.

Ich will dich, brachte sie mit einer Stimme hervor, die nicht menschlich war und auch nicht ihrem Mund entstieg. Es war jene Stimme, die sie verführt und ihren Körper in Brand gesetzt hatte.

Adam sah sie leiderfüllt an, dann sagte er: »Nein.«

In diesem Moment versank die Welt in Flammen.

Adam konnte nicht sagen, wie lange er neben dem Bett stand, zwischen dessen zerwühlten und blutigen Laken ein ausgedörrter Leib lag, der scheinbar noch vor ein paar Herzschlägen voller Leben gewesen war.

Was war passiert?

Adam glaubte noch Toskas salzige Haut zu schmecken, ihr heftiges Atmen zu hören und das Gefühl zu spüren, wie ihr Körper sich um seinen schloss. Nichts, aber auch gar nichts hatte darauf hingedeutet, dass der Dämon hinter einer Wand lauerte, die nicht stabiler als Nebelschlieren war. Aber genau so war es gewesen. Der Dämon hatte den richtigen Moment abgewartet und dann die Macht an sich gerissen. Und er war nicht imstande gewesen, den geringsten Widerstand zu leisten. Gerade hatte er noch trotz seiner Erregung im Liebesspiel innegehalten, weil Toska ihn mit einem hungrigen Blick betrachtete, der ihm einen kalten Schauer über den Rücken jagte. Dann hatte sie mit einer klauenartigen Hand nach seiner Kehle greifen wollen. Eine Bestie, zu der er sie gemacht hatte.

Nicht du, sondern ich. Ich war es, der sie genommen hat. Denn sie war mein. Die Stimme des Dämons klang wie ein eitler Sieger.

»Du hast sie getötet!« Adams Schrei hallte von den Wänden wider.

So wie sie einen Teil von mir getötet hat, als sie zerbrochen ist. Nur fair, würde ich sagen.

»Verflucht, erkennst du einen Tempel denn nicht, wenn du ihn siehst?«

Ich fand, die süße Toska war einen Versuch wert. Man weiß es erst wirklich, ob ein Tempel geeignet ist, wenn man es ausprobiert hat.

Unfähig, auch nur ein weiteres Wort über die Lippen zu bringen, deutete Adam mit der Hand auf Toskas Überreste.

Tu nicht so, als hätte ich es dir nicht gesagt, dass sie mein ist.

»Ja, das hast du«, flüsterte Adam, während er sich den Anblick des Bettes so fest einprägte, bis er wie eingebrannt vor ihm aufflackerte, selbst wenn er die Augen schloss. Dann wandte er sich ab und ging.

14

Wegeskreuzung

Es kostete Rischka fast ihre ganze Geduld, die Porzellanfigur einer Tänzerin in Seidenpapier einzuschlagen und sie vorsichtig zu den anderen Gegenständen in eine Truhe zu legen, damit sie nicht umfielen und zerbrachen, wenn das Hausboot mit der anbrechenden Dunkelheit ablegte.

»Es gefällt mir ganz und gar nicht, Paris bereits wieder verlassen zu müssen«, sagte sie zu Etienne, ohne sich ihm zuzuwenden. »Ich hätte die Zügel bei Lakas und Truss nicht derartig schleifen lassen dürfen. Sie leben beide nur zur Erfüllung ihrer Talente: opfern und töten. Bislang ist das nie ein Problem gewesen, aber die Zeiten haben sich geändert. Der gut organisierten Polizeibehörde entgeht so schnell nichts, besonders da die Stadt angesichts der Weltausstellung glänzen will. Und die Zeitungen sind heutzutage schneller, als der Tratsch es jemals gewesen ist. Die Neuigkeiten über blutleere Leichen gehen nicht von Mund zu Mund, sondern dank der Zeitungen von Viertel zu Viertel. So ist es bislang noch nie gewesen. Wir werden künftig Vorsicht walten lassen müssen – was Truss natürlich vehement abgelehnt hat. Für etwas anderes als zu töten scheint in ihrem Spatzenhirn kein Platz zu sein.«

»Du hättest die beiden schon viel eher an die Leine legen müssen. Diese vollkommen unnötigen Gräueltaten.«

Die Missbilligung in Etiennes Stimme war nicht zu überhören. Zwar hatte er sie schon immer spüren lassen, dass er von ihrer laxen Haltung gegenüber dem Geschwisterpaar nicht viel hielt, aber er hatte es ihr nie direkt zu sagen gewagt. Seit Adam aufgetaucht war, war bei Etienne etwas in Bewegung geraten. Rischka war sich nicht sicher, was sie von dieser Entwicklung halten sollte.

»Ich nehme es als Kompliment, dass du mir zutrauen würdest, Truss meinem Willen zu unterwerfen.«

»Ich unterschätze dich niemals, Rischka. Aber das heißt noch lange nicht, dass ich alles gutheiße, was du tust.«

Rischka schnaufte aufgebracht. Sosehr sie Etiennes Gesellschaft auch schätzte, heute hätte sie ihn am liebsten fortgeschickt. Seine Aufmüpfigkeit setzte ihr zu, außerdem war sie ohnehin nervös genug. Wenn ihre Vorahnung sie nicht im Stich ließ, würde Adam bald eintreffen.

Obgleich er ihr das letzte Mal einen gewaltigen Schrecken eingejagt hatte, wünschte sie sich sehnlichst, ihm allein zu begegnen. Sie wollte ihm ein Angebot unterbreiten, eins, das Etienne, der sich bereits während des ganzen Abends so merkwürdig verhielt, vielleicht untergraben würde. Dass er den jungen Mann mochte und sich für ihn verantwortlich fühlte, überraschte sie keineswegs. Genau das machte Etienne ja zu etwas Besonderem. Für gewöhnlich hätte sie sich über eine solche Neigung amüsiert, aber in diesem Fall lagen die Dinge anders: Sie war selbst an Adam interessiert. Oder vielmehr an seinem Beherrscher, der einen so ungewöhnlichen Weg eingeschlagen hatte.

Normalerweise ging Rischka mit ihresgleichen nur Zweckbündnisse ein, so wie mit den Zwillingen, die in ihren Augen nicht mehr als ein Wachhundgespann waren. Sie belohnte sie für ihre Dienste großzügig – mit Opfern, in denen das Leben lauter toste als ein Wasserfall. Zwar hätte es für Rischka keineswegs ein Problem dargestellt, selbst für ihre Sicherheit zu sorgen, aber es widersprach ihrer Natur. Ihr Talent beruhte auf ihrer

Anziehungskraft und auf ihren Verführungskünsten. Jemanden gewaltsam von sich zu weisen, wäre da ein zu großer Widerspruch gewesen. Außerdem lockte sie mehr Blut an, als sie selbst aufnehmen konnte – warum also nicht teilen?

Plötzlich wurde sie sich Etiennes Blick bewusst, der auf ihren Händen ruhte. In Gedanken versunken, hatte sie das venezianische Messer aus seinem Samtkuvert hervorgeholt und es über ihre Handfläche gleiten lassen. Die vollendet glatte Oberfläche der kristallenen Klinge war der vertrauteste Gegenstand, den sie besaß. Sie hatte nichts als Verachtung dafür übrig, wenn andere ihr stumpfes Gebiss einsetzten, um an die Opfergabe zu gelangen. Und Stahlklingen wohnte etwas Ordinäres inne, einmal davon abgesehen, dass sie fleckig wurden. Ihr venezianisches Messer jedoch war wunderschön gearbeitet, ein wahres Schmuckstück, das von all den Opfergaben genauso unberührt blieb wie sie.

»Erinnerst du dich noch an meinen Liebling?«, fragte sie Etienne, von dem plötzlichen Wunsch getrieben, herauszufinden, was ihm wohl durch den Kopf gehen mochte. »Ich habe dir diese Klinge überlassen, als mein Dämon dich eingeladen hat.«

Kurz bekamen seine hageren Züge einen warmen Ausdruck, als ihn die Erinnerung einholte, wurden aber sogleich wieder undurchdringlich. »Ich habe mich immer gefragt, ob die Kristallschneide nur den Geschmack deines Blutes kennengelernt hat. So, wie du sie liebkost, vermute ich einmal, dass sie viele Adern durchtrennt hat. Gewiss nicht nur solche, die sich wie von Geisterhand wieder schließen.«

»Fast könnte man den Eindruck gewinnen, dass du mit einem Mal ein Problem mit der Opferung hast. Dabei dachte ich, gerade du hättest begriffen, wie sehr sie ein natürlicher Bestandteil unserer Existenz ist. Schließlich hast du dich freiwillig dafür entschieden, den Dämon in dir aufzunehmen, obwohl du sämtliche Konsequenzen kanntest.«

»Lass es mich so ausdrücken: Der Dämon sehnt sich nach Blut, ja, er fordert es sogar mit aller Macht ein. Aber das bedeutet noch lange nicht, dass man sich seinem Willen fügen muss.«

Mit blankem Unverständnis blickte Rischka den Mann an, von dem sie bis eben gedacht hatte, ihn besser zu kennen als er sich selbst. »Woher stammt dieser unvermittelte Gesinnungsumschwung? Entspringt er deinem Mitleid für Adam, weil er sich nicht in sein Schicksal fügen kann? Wenn ja, dann kann ich dich beruhigen. Im Augenblick mag Adam noch Widerwillen verspüren, weil der Dämon ihm zu viele Freiheiten lässt und er deshalb noch nicht begriffen hat, wer er eigentlich ist. Das wird sich ändern, sobald er die Suche nach seinen menschlichen Überresten aufgibt.«

»Warum bist du dir so sicher, dass er das tun wird? Du scheinst ja regelrecht darauf zu lauern.«

Rischka hob überrascht die Brauen. Eine solche Anschuldigung hätte sie von Etienne nicht erwartet. Allerdings musste sie sich eingestehen, dass er Recht hatte, auch wenn sie ihm diese Taktlosigkeit deshalb keineswegs nachsah.

»Adam ist wie geschaffen dafür, den Willen des Dämons zu erfüllen. Er kann sich ihm nicht entziehen, vertrau mir. Es wäre also besser für unseren jungen Freund, wenn du aufhören würdest, ihn zu ermutigen, dieser Chimäre von einer Vergangenheit hinterherzujagen. Wer er einmal war, ist vollkommen unwichtig geworden. Was jetzt zählt, ist, dass er seine Gabe erkennt und einsetzt. Du solltest es ihm besser nicht schwerer machen, als es ohnehin schon ist, verstehst du?«

Den letzten Satz sprach sie absichtlich leise aus, so dass eine Drohung mitschwang, die Etienne keineswegs entging. Zuerst sah es so aus, als wolle er zu einer entrüsteten Gegenrede ansetzen, aber dann besann er sich eines Klügeren. »Es wird interessant sein, zu hören, was Adam über seine Vergangenheit herausfinden konnte«, sagte er ausweichend.

Einen Tick zu ausweichend, wie Rischka fand. Sie hätte sich eigentlich mehr Demut von ihrem Zögling erwartet, hatte sie sich doch dazu herabgelassen, ihn auf seinen Platz zu verweisen. »Wenn du mich fragst, dann hat Adam während seines Besuchs bei dieser Frau mehr über seine Zukunft als über seine Vergangenheit herausgefunden.« Der entsetzte Ausdruck auf Etiennes Gesicht entschädigte sie für seine Unverfrorenheit. Damit ihm ihr befriedigtes Lächeln entging, wandte sie sich der Truhe zu, in der sie das venezianische Messer verstaute.

»Du glaubst, Adam hat das Mädchen geopfert?«

Etienne gab sich nicht die geringste Mühe, seine Betroffenheit zu kaschieren. Allerdings war auch eine Traurigkeit herauszuhören, die Rischka nicht gefiel. Fast so, als trauere er um das verschwendete Blut. Oder vielmehr um eine seltene Blüte, die sinnlos zerstört worden war, und nicht etwa um ein Opferlamm, dessen Existenz unausweichlich im Schatten des baldigen Todes stand. Menschen waren Schlachtvieh – entweder wurden sie ihrem Beherrscher geopfert oder ein anderer Gott holte sie sich. So sah das jedenfalls Rischka. Deshalb sträubte sie sich auch gegen Etiennes Trauer, als würde er das Ende einer Eintagsfliege beklagen. Unnütz und dumm. Und für Dummheit hatte Rischka keine Geduld.

»Natürlich hat Adam das Weibsbild geopfert. Alles andere ist undenkbar. Niemals würde der Beherrscher auf einen solchen Machtbeweis verzichten.«

Jedes ihrer Worte war ein Peitschenschlag in Etiennes Gesicht. Kraftlos sank er in einen Sessel, ohne den Blick von Rischka zu nehmen, die ihre Chiffonröcke zu sortieren begann. Sie waren in ihrer Transparenz keineswegs dazu geeignet, etwas zu verbergen, sondern glichen eher einem Vorhang, der dazu einlud, einen Blick auf verbotene Früchte zu werfen. Nicht, dass Etienne am heutigen Abend auch nur einmal der Versuchung nachgegeben hätte, die sie ansonsten für ihn darstellte. Das machte Rischka nur umso wütender.

Demonstrativ streckte sie sich über seinem Kopf einem Bord entgegen, auf dem mit Edelsteinen und Perlen verzierte Seidenblumen lagen, die sie sich ins hochgesteckte Haar knüpfte. Zu ihrer Enttäuschung wanderte sein Blick zwar wie von selbst zu ihrem Dekolleté, allerdings ohne echtes Interesse. Er ging ihr verloren, es ließ sich nicht leugnen.

Tief in ihrer Brust hörte Rischka das aufgeregte Wispern ihres Beherrschers, ein vielstimmiger Klang. Wozu ließe Etiennes Dämon sich wohl verführen, um die alte Verbundenheit wiederherzustellen, die Rischka mit einem Mal auf keinen Fall verlorengeben wollte? Wenn sie Paris verließ, wollte sie wissen, dass sie jemanden zurückließ, der immer auf sie wartete.

Mit einer anmutigen Bewegung ließ sie sich vor Etiennes Füßen nieder. »Habe ich die Blumen an der richtigen Stelle ins Haar gesteckt?«

Sanft griff sie nach seinen Fingern, sich durchaus bewusst, dass Etienne sie bislang nur einmal berührt hatte: als er sie geküsst hatte, um den Dämon einzuladen. Seitdem wahrte er die Distanz, obwohl ihm zweifelsohne gefiel, was er sah. Aber er sah etwas in ihr, das es ihm unmöglich machte, sich ihr zu nähern. Nun, sie würde ihm schon nachhelfen. Ohne Zögern begann sie jenes Netz zu spinnen, mit dem sie Etiennes Dämon einzufangen gedachte, während sie seine zögerlichen Finger an ihr Haar führte. Es war so einfach. Und wenn es ihm nicht gefiel, dann war es eben die gerechte Strafe für seinen Hochmut.

»Ich hoffe, ich störe nicht.«

Die Stimme durchschnitt sie wie Glas, und mit einem leisen Aufschrei auf den Lippen sprang Rischka auf die Füße.

Mit leicht gebückter Haltung kam Adam durch die niedrige Tür, mehr ein lauernder Tiger als je zuvor. Seine Augen funkelten sie abschätzig an, als habe er genau begriffen, was sie gerade zu tun gedachte. Unwillkürlich packte Rischka sich an die Kehle, um sie zu schützen. Hinter ihr erhob Etienne sich und trat auf Adam zu, woraufhin der das Interesse an ihr verlor.

»Dein Hals«, sagte Etienne mit einer brüchigen Stimme, als sei er noch nicht ganz wieder bei sich.

Ehe Adam die Stelle mit der Hand bedecken konnte, bemerkte auch Rischka, worum es ging: ein rot leuchtendes, glattes Mal, groß wie eine Münze, verriet, dass sie mit ihrer Vermutung Recht behalten hatte.

»Wunden, die uns zugefügt werden, damit der Dämon einen neuen Tempel betreten kann, heilen langsamer. Dieses Mal ist eine Art Auszeichnung. Wenn es dem Dämon tatsächlich gelungen wäre, deine Liebste einzunehmen, würde es vermutlich sogar immer noch bluten.«

Über Etiennes Schultern fuhr ein Beben. »Du hast das Mädchen von dir trinken lassen, und der Dämon hat sie vernichtet. Das stimmt doch, richtig?«

Adam nickte. Auf seinem Gesicht war nicht einmal die Andeutung einer Regung zu lesen. »Der Dämon hatte mir gleich gesagt, dass sie ihm gehört.«

Obwohl Rischka das Verlangen verspürte, sich Adam zu nähern und ihre Fingerspitzen auf das Mal an seinem Hals zu legen, wagte sie sich zu ihrer Verwunderung keinen einzigen Schritt näher an ihn heran. Als könnte sich seine Gleichgültigkeit jederzeit in schiere Mordlust verwandeln. Etwas an der Art, wie er sich bewegte, verriet, dass sein Jagdtrieb sich nicht allein auf die Opfersuche beschränkte. Er war ein echter Jäger, und sie würde sich davor hüten, sein Interesse zu wecken, indem sie seine Instinkte unnötig herausforderte.

»Was meinst du damit, wenn du sagst: Er hat es dir gesagt?«, fragte sie und leckte sich über ihre plötzlich trocken gewordenen Lippen.

Adam legte den Kopf schief und musterte sie unter halb geschlossenen Lidern, während sich ein kaltes Lächeln ausbreitete, als könne er ihren schneller gehenden Herzschlag hören. »Wenn du nicht weißt, wovon ich spreche, dann geht es dich vermutlich auch nichts an.«

»Was soll dieser Ton?«, fauchte Etienne ihn an. Entweder waren Etiennes Instinkte verkümmert, oder er war ausgesprochen wagemutig. »So sprichst du in meiner Gegenwart nicht mit Rischka!«

Das kalte Lächeln wurde unvermittelt warm, als Adam seine Aufmerksamkeit auf Etienne lenkte. »Du hast Recht. Ich sollte ihr vermutlich mehr Respekt entgegenbringen, da sie mir doch gleich bei unserem ersten Treffen schonungslos erklärt hat, dass ich verloren bin.«

»Du bist nicht verloren«, entgegnete Etienne reflexhaft – aber da war er wieder, dieser Klang von Trauer, als glaube er selbst nicht daran.

»Das ist eine Lüge, und das weißt du sehr wohl.« Adams Reaktion fiel erstaunlich sanft aus. »Es stand ab dem Moment fest, als es dem Dämon gelungen ist, Toska seine Einladung zu überbringen, ohne dass ich ihm auch nur den leisesten Widerstand leisten konnte.«

»Du wirst lernen, ihm Widerstand zu leisten. Gewiss braucht es Zeit und viel Geduld, aber du kannst es lernen. Und du brauchst diesen Weg nicht allein zu gehen, ich werde dich begleiten.«

Rischka schnappte laut nach Luft, schockiert über das, was sie da hörte. »Bist du wahnsinnig, Etienne? Du willst mir doch wohl nicht ernsthaft versichern, dass du den Unsinn glaubst, den du da von dir gibst.«

Aber Etienne drehte sich nicht einmal zu ihr um. »Hör mir zu, Adam. Du trägst den Dämon in dir, das lässt sich nicht rückgängig machen. Für die Gaben, die er dir geschenkt hat, schuldest du ihm den Blutdienst, auch daran lässt sich nichts ändern. Aber du bist nicht sein Sklave und auch kein leeres Gefäß, das er mit seinem Willen gefüllt hat. Es lässt sich bestimmt ein Weg finden, mit dem Dämon im Einklang zu leben. Du musst dich selbst nicht aufgeben.«

Mit einer unerwartet zärtlichen Geste berührte Adam kurz Etiennes Schulter. »Es tut mir leid, dich enttäuschen zu müssen, aber in mir gibt es nichts, das ich aufgeben könnte. Die einzige Lebensaufgabe des Mannes, der ich früher gewesen bin, bestand darin, sich selbst aufzulösen. Wenn er schon kein Interesse daran gehabt hat, sich zu bewahren, warum sollte ich es dann haben? Vielleicht siehst du ja einen Weg für dich, mit deinem Dämon zu leben, ohne deine Menschlichkeit zu verlieren, aber mir bietet er sich nicht an.«

Endlich wagte Rischka es, sich Adam zu nähern. Wenn sie sich ganz auf die beschwörenden Einflüsterungen ihres Beherrschers einließ, konnte sie sehen, wie er sich hinter Adam ausbreitete, als sei dessen menschliche Erscheinung nur eine Maske, hinter der sich etwas verbarg, das kein Auge erfassen konnte. Eine mächtige dunkle Quelle, die an einen Körper gefesselt war, der für die Erfüllung ihrer Bedürfnisse eigentlich nicht geschaffen war. Eine verbannte Gottheit, die in tausend Teile zersplittert war und nie wieder zusammengefügt werden konnte. Oder doch?

»Das ist die richtige Entscheidung.«

Adam sah Rischka an, als habe er vergessen, dass sie sich ebenfalls im Raum befand. Zwar leuchtete hinter seinen Katzenaugen immer noch die Kraft des Dämons, aber zu ihrer Beruhigung fand sich nicht länger jene bedrohliche Jagdlust in ihnen.

»Einen Kampf gegen den Beherrscher kann man nicht gewinnen«, sagte sie, »du würdest völlig umsonst leiden. Du musst akzeptieren, was du bist, und dich von lächerlichen Maßstäben wie Gut und Böse befreien. Der Beherrscher ist jetzt deine Natur.«

»Das ist der Grund, warum du dich ihm überlässt, Rischka. Für mich ist der Dämon nach wie vor ein Eindringling, ein Parasit, den ich liebend gern ausmerzen würde, selbst wenn ich dabei mit zugrunde gehen sollte. Aber ich kann es nicht. Allerdings habe ich meine Unterlegenheit akzeptiert. Das hat er mir heute vor Augen geführt. Das und noch etwas anderes: dass ich niemand bin und auch niemand war, um den es sich zu kämpfen lohnt. Also überlasse ich ihm die Arena, ich gebe mich geschlagen.«

»Nein, tu das nicht!« Entgegen seiner sonstigen Distanziertheit packte Etienne Adam bei den Mantelaufschlägen, ohne Widerstand zu erfahren. »Und wenn ich dir sage, wer sich hinter den Initialen des Einstecktuchs verbirgt, das du in dieser Gasse gefunden hast? Das wäre doch eine Chance, die du dir nicht entgehen lassen könntest. Stell dir vor, Lisandro Soares sagt dir, wie es dazu gekommen ist, dass du den Dämon eingeladen hast. Das könnte doch alles in einem anderen Licht erscheinen lassen.«

Wütend schrie Rischka auf, bereit sich auf Etienne zu stürzen, weil er dieses Geheimnis verraten hatte, dessen Offenbarung nur ihr zustand. Es war ein wertvoller Schuldschein gewesen, für den sie Adam viel hätte abverlangen können. Doch bevor sie ihrer Wut Luft machen konnte, sagte Adam etwas, das ihr den Wind aus den Segeln nahm: »Es tut mir leid, aber ich habe meine Entscheidung bereits getroffen, Etienne. Was auch immer mir dieser Soares erzählen könnte, es würde nichts daran ändern, dass es keinen Menschen in mir gibt, der nach Rettung verlangt. Nur einen Dämon, der gewonnen hat.«

Etienne sackte in sich zusammen, als sei sämtliche Energie mit einem Schlag aus seinem Körper gewichen. Rischka hingegen streckte Adam lächelnd eine Hand entgegen, die er nur flüchtig streifte.

»Wir sehen uns«, sagte er noch, während er sich abwandte und mit langen Schritten die Treppe erklomm. Rischka wollte ihm hinterherstürzen, doch Etienne hielt sie zurück.

»Lass ihn gehen.«

»Ihn gehen lassen? Jetzt, da ich ihn gerade hatte?«

»Wenn du tatsächlich glaubst, über Adam in irgendeiner Weise verfügen zu können, dann hast du eben nichts von alldem begriffen, was geschehen ist.«

»Du willst also freiwillig auf ihn verzichten?«

Etienne sah sie lange prüfend an. »Ich will, dass er wieder zurückkommt, aber von sich aus. Du solltest dich an mein Vorbild halten, Rischka, wenn du nicht sehr schnell herausfinden willst, dass dein Leben doch endlich sein kann. Adam lässt sich nicht einfangen, weder von dir noch von seinem Dämon.«

»Ach ja?« Zu ihrem Erstaunen stellte Rischka fest, dass der Griff, mit dem Etienne sie umfangen hielt, gar nicht so unangenehm war. Sie gehörten zusammen, auch wenn ihre Beziehung gerade auseinanderbrach. »Dabei klang es eben so, als habe er sich dem Weg des Dämons verschrieben.«

»*Überlassen* wäre das passendere Wort. Früher oder später wird er seine Meinung ändern, denn es liegt in seiner menschlichen Natur, Widerstand zu leisten. Das wird ihm nicht einmal der Dämon austreiben können.«

Obwohl sich alles in ihr gegen diese Aussage sträubte, glaubte Rischka sie.

15

Ein schwarzer Vertrag

Das Hausboot lag in der tiefsten Nacht, als Adam den Steg überquerte. Nur das rote Licht flackerte unter dem Rand des schwarzen Tuchs, mit dem die Laterne bedeckt war. Ein gleichmäßiger Regen ging auf die Seine nieder, überzog ihren Spiegel mit einem Spitzenmuster.

Adam hatte es nicht eilig, den Weg hinauf zur Uferpromenade zu nehmen. Gemächlich schlenderte er voran, die Hände in den Manteltaschen vergraben, während ihm das Wasser in den Kragen rann und das Hemd aufweichte. Wie Seetang klebten nasse Haarsträhnen an Stirn und Hals, der von einem roten Mal gezeichnet war, auch wenn es in keiner Hinsicht mehr an die Bisswunde erinnerte, die es noch vor einigen Stunden gewesen war.

Obwohl er die Stimmen im Bootsinneren bis hier draußen hören konnte, blieb Adam stehen. Was auch immer Etienne und Rischka zu besprechen hatten, es kümmerte ihn nicht. Selbstversunken hielt er sein Gesicht dem Regen hin. Vielleicht mochte er ihn nicht reinwaschen, aber der klare Geruch besänftigte ihn. Reglos verharrte er, selbst als ihn ein bekannter Duft nach Leder erreichte. Sein Nacken kribbelte, Adrenalin brandete durch seine Adern, alles in ihm erwachte zu Leben, als er hinter sich eine Bewegung wahrnahm. Aber er drehte sich nicht um, sondern konzentrierte sich darauf, wie Wasserrinnsale über seine Lider liefen.

»Es gibt keine größere Einsamkeit denn die des Tigers im Dschungel.«

Truss' Stimme klang erstaunlich mädchenhaft, vermutlich der Grund dafür, dass diese düstere Frau sie möglichst selten einsetzte. Sie passte nicht zu ihrer in Leder gekleideten Angriffslust und einer Ahnung von getrocknetem Blut, nun, da sie direkt hinter Adam stand. Wenn er seine Sinne richtig verstand, dann hätte Truss sich den lieben langen Tag waschen können und wäre den Gestank nicht losgeworden. Sie riecht wie der leibhaftige Tod, dachte Adam.

»Glaubst du, ich bin hierhergekommen, um meiner Einsamkeit zu entfliehen?«

»Dafür ist es zu spät. Du bist, was du bist: ein Jäger.«

Langsam drehte Adam sich um. Seit er Truss das letzte Mal begegnet war, hatte sich nur eine einzige Sache an ihr verändert: In ihrem Blick lag Interesse, eines der so dunklen Sorte, dass Adam einen Stich in der Brust fühlte. Denn was er in ihren Augen las, war ihm keineswegs fremd. Es war ein Spiegelbild seiner Abgründe, mit denen er bereits Bekanntschaft gemacht hatte und die nicht den Grausamkeiten des Dämons geschuldet waren. Mühsam unterdrückte er das jäh aufbrausende Bedürfnis, Truss mit einem Griff das Genick zu brechen und sie in der Seine zu versenken.

Truss nickte, als könne sie seine Gedanken erraten. »Wir sind mehr als nur verwandt«, sagte sie leise. »Jäger und Tod passen gut zusammen.«

Ohne eine Antwort abzuwarten, ging sie an ihm vorbei, wobei sie das schwarze Tuch von der Messinglampe zog und es sich um die Hüften schlang. Als Adam auf die Treppe zur Uferpromenade zuhielt, schenkte sie ihm keinerlei Beachtung. Ihr Blick war fest auf die Dunkelheit unter dem Brückenpfeiler gerichtet, in der er eine Bewegung auszumachen glaubte. Doch da war kein Geruch, der die Anwesenheit eines anderen verraten hätte. Dann heftete Truss sich an seine Fersen.

Du hast doch schon eine zweite Hälfte, wozu brauchst du da mich?, wollte Adam schon fragen, entschied sich jedoch anders. Schließlich konnte es nicht schaden, jemanden an seiner Seite zu haben, der danach fieberte, das Töten für ihn zu übernehmen.

Zufrieden ließ er sich in die Tiefen sinken, in denen er sein Lager aufgeschlagen hatte. Hier war er ganz bei sich und konnte darauf warten, dass sich eine Gelegenheit auftat, wieder aufzusteigen und seinen Tribut einzufordern.

Endlich gehörte sein Tempel ihm. Nun, vielleicht nicht vollständig, denn es waren immer noch Spuren dieses Störenfrieds da. Aber wer wollte angesichts eines solchen Sieges schon kleinmütig sein. Von jetzt an würde er bekommen, was ihm zustand – er würde baden in Blut, und wenn man die Talente dieses Sturkopfs bedachte, würde er vielleicht sogar regelrecht von dem roten Lebensfluss überrollt werden. Ein wunderschöner Gedanke, gestand er sich ein und stimmte sein Lied an, das ihn durch die Unendlichkeit begleitete.

TEIL II

Stadt der Engel

I

Willkommen im Raubtierkäfig

Im anbrechenden Morgenlicht glich der Pazifische Ozean einer grauen Unendlichkeit. Das Wellenspiel war kaum auszumachen. Dafür glühte Los Angeles im künstlichen Licht der Straßenlaternen, Autos und unzähligen Wohnhäuser. Stahl und Beton, viel Grau mit wenig Grün dazwischen. Eine sich breit über die sanft geschwungenen Hügel ausstreckende Stadt, voller Geraden und rechteckiger Winkel, an deren Horizont sich eine Bergkette abzeichnete.

Als die kleine Propellermaschine zur Landung ansetzte, gestand Adam sich ein, dass Los Angeles ihm durchaus gefallen könnte. Kalifornien vermutlich nicht – nach dem zu urteilen, was er über diesen sonnigen Landstrich gehört hatte. Meeresrauschen und Orangenbäume waren nicht nach seinem Geschmack. Er mochte Städte, je größer, desto besser. Sein Revier sollte nicht zu rasch an Grenzen stoßen.

Mit einem Rucken kamen die Räder der Maschine auf, eine gute Landung. Trotzdem verzog der wuchtige Geschäftsmann im Sitz gegenüber das Gesicht, als verspürte er einen Schmerz. Adam würde es nicht wundern, wenn der Mann später am Abend, wenn er in irgendeinem Motel eingecheckt hatte und zum ersten Mal seit Stunden zur Ruhe kam, feststellte, dass sein linker Arm taub war und ihm der Brustkorb zu eng wurde. Stress und Übergewicht, aber noch schlimmer war die Angst, die ihn während des Fluges gequält hatte. Adam glaubte seine Gedanken regelrecht lesen zu können, so einfach waren die Informationen zu deuten, die ihm seine Sinne über diesen Sitzpartner zusandten. Dieses Spiel beherrschte er mittlerweile meisterlich.

Ja, es muss die Angst vor dem Flug sein, hatte der Geschäftsmann sich einzureden versucht, obwohl die Maschine nicht in übermäßige Turbulenzen geraten war. Dabei waren es in Wirklichkeit uralte Instinkte, die auf eine viel unmittelbarere Gefahr als einen Absturz reagierten. Nur hatte der Verstand des Mannes sofort Protest eingelegt – so wie es den meisten erging, die sich in Adams Gegenwart befanden. Fast konnte Adam diese Gedanken schon mitsprechen. Welche Gefahr außer einem Absturz konnte schon bestehen?, fragte der Mann sich zweifelsohne. Dass die verflixte Stewardess zu viel Zucker in den Kaffee rührte, weil sie nur Augen für den Kerl hatte, der ihm gegenübersaß? Diesen Langweiler, der seinen Versuch einer Unterhaltung einfach ignoriert hatte und seit dem Start unablässig aus dem Fenster starrte, als gäbe es dort etwas Interessanteres als Wolken und – eine gefühlte Ewigkeit später – den nächtlichen Ozean zu sehen? Trotzdem hatte er den jungen Mann unentwegt anstarren müssen und war nervös zusammengezuckt, wenn dieser sich einmal geregt hatte.

Dass ein Mann in einem modisch eleganten Anzug, der sich weder für die angebotene Tageszeitung noch für Kaffee und schon gar nicht für die aufregende Figur der Stewardess interessierte, ihm den Angstschweiß auf die Stirn trieb, war doch einfach unmöglich, oder? Ganz gleich jedoch, wie sehr er diesen Instinkt infrage stellte, sein Herz raste, und es gelang ihm nicht einmal, ein Nickerchen zu halten, obwohl er todmüde war und sein erster Tag in Los Angeles ihm einiges abverlangen würde. Seine Nebenniere pumpte unbeeindruckt Adrenalin ins Blut, bis er völlig durchgeschwitzt war und sich mehr als je zuvor wie ein kleines Tier fühlte, das man in einem Raubtierkäfig seinem Schicksal überlassen hatte.

Dabei hatte Adam sein Bestes gegeben, den Mann nicht unnötig zu beunruhigen. Nicht etwa aus Mitleid. Von dieser Art Typ gab es unzählige in Städten und Vororten, auf einen mehr oder weniger kam es da kaum an. Außerdem dünstete der Mann etwas aus, das einige unangenehme Vorlieben verriet. Nicht, dass Adam sich daran störte. Im Laufe der Zeit hatte er einige perverse Zeitvertreibe der Menschen kennengelernt, und wenn es dabei nur um Latex ging, zählte diese Vorliebe sogar zu den harmloseren.

Trotzdem hätte er viel dafür gegeben, diesen schwitzenden Fleischberg mit einem Tritt aus der Maschine zu befördern. Dabei ging es ihm nicht nur um den Angstgestank, der den Dämon weckte. Auch seine Sinne beherrschte Adam mittlerweile so weit, dass er sie nach Wunsch ausblenden konnte und sie ihm deshalb nicht mehr über seinen Sitzpartner verrieten, als ihm lieb war. Was ihn ärgerte, waren seine auf den Plan gerufenen Jagdinstinkte. Sie wollten die leichte Beute stellen – vermutlich aus Langeweile und weil der Dämon sie anpeitschte, ohne dass er etwas dagegen ausrichten konnte.

Der Dicke fürchtet sich, er wittert das Raubtier, das ihn im Auge hat. Was würde wohl geschehen, wenn er plötzlich begriffe, dass er zu Recht Angst hat. Eine tödliche Angst.

Der Dämon wollte nichts von dem Latexfreund, aber er vertrieb sich die Zeit gern damit, Adam ein wenig zu quälen. Ein stetiger Beweis seiner Dominanz, die er auch nach all dieser langen Zeit nicht müde wurde zu demonstrieren. Vielleicht ließ sein Diener sich ja dazu herab, doch noch etwas Unangebrachtes zu tun, nur um das Prickeln in seinem Inneren endlich zu besänftigen.

Adam kannte dieses Spielchen und wusste aus leidlicher Erfahrung, dass in so einem Fall nur stures Ausharren half. In einer Propellermaschine, die gerade mal ein Dutzend Passagiere fasste und den größten Flughafen Kaliforniens ansteuerte, ließe sich ein Blutbad nur auf eine sehr radikale Weise verschleiern. Und er verspürte kein Verlangen, vom Feuer gezeichnet und zerschlagen aus Trümmern hervorzukriechen, damit der Dämon sich angemessen unterhalten fühlte.

Kaum ertönte der Aufruf, man könne die Maschine nun verlassen, sprang der Geschäftsmann auf und packte sich sogleich keuchend an die Brust. Aus rein anerzogener Höflichkeit nickte er Adam zum Abschied zu, dann schwankte er davon. Adam gewährte ihm einen Vorsprung und erhob sich erst, als ihm die dunkelhaarige Stewardess, die sich nur allzu gern fürsorglich um ihn gekümmert hätte, ein Lächeln zuwarf. Mit einem Griff hatte er seine Tasche aus der Ablage geangelt und war an ihr vorbei, ehe sie auch nur ein Wort an ihn richten konnte.

Ihre Haarfarbe war schön, ein weicher Glanz wie bei dunkler Schokolade. Mir gefallen solche Haare, ließ der Dämon ihn wissen.

Wie gewöhnlich ging Adam auf ein solches Geplänkel nicht ein. Wenn es dem Dämon ernst gewesen wäre, wäre er natürlich sofort umgekehrt, um die Dunkelhaarige anzusprechen. Aber so schwieg er und hielt sein Gesicht dem blassen Sonnenlicht hin, das durch den Winterhimmel brach. Nicht weit von ihm entfernt dröhnte Baulärm, wo mit Hochdruck an der Fertigstellung eines seltsam anmutenden Gebäudes gearbeitet wurde, das auf vier spinnenartigen Beinen stand und den Flughafen überragte.

Ein UFO, frisch gelandet im Jahre 1961, dachte Adam, während er die Flughafenhalle durchschritt, um ein Taxi zu suchen. Ja, die Stadt könnte mir gefallen. An welch anderem Ort würde man das Unwahrscheinliche nicht nur erwarten, sondern es sogar als gewöhnlichen Bestandteil des Alltags akzeptieren?

Ungeduldig ging Rischka in der Empfangshalle des Hotels Fin de siècle auf und ab. Die mit poliertem Mahagoniholz ausstaffierten Wände und die Samtvorhänge zerrten an ihren Nerven, um die es an diesem frühen Nachmittag nicht zum Besten bestellt war. Erneut zupfte sie am Kragen ihres Pelzmantels, dessen Leopardenmuster den Barkeeper fesselte, der um diese Uhrzeit noch nichts zu tun hatte. Ihr Mantel, die Nähte ihrer Strümpfe, die Höhe ihrer Absätze … Und sofort wanderte sein Blick ein weiteres Mal aufwärts. Normalerweise hätte Rischka nichts dagegen einzuwenden gehabt, das Unterhaltungsprogramm für einen Kerl zu geben – aber nicht heute, da ihr die Anspannung den Nacken hochkroch wie eine kalte Hand.

Mit extra laut klackernden Schritten hielt sie auf den Barkeeper zu, der bei jedem Klack sichtlich zusammenzuckte. Mit auf den Tresen aufgestützten Unterarmen beugte sie sich so weit vor, wie es ihr möglich war, und sagte: »Jetzt sieh noch einmal gründlich hin, und dann will ich deinen aufdringlichen Blick nie wieder auf mir spüren. Ansonsten werde ich dafür sorgen, dass du nacheinander deine Augäpfel runterschluckst. Glaub mir, Süßer, das ist keine leere Drohung, hohe Absätze sind zu einigem zu gebrauchen.«

Noch ehe der Barkeeper seine Fassung zurückgewinnen konnte, drehte Rischka sich um und verharrte plötzlich mitten in der Bewegung. Adam stand in der Bogentür, die in die Bar führte. Angelehnt, die Hände in den Hosentaschen vergraben und sichtlich amüsiert. Zwar lächelte er keineswegs, aber Rischka kannte ihn gut genug, um zu wissen, wann ihm etwas Vergnügen bereitete.

»Du hast deine Anschleichtechnik wirklich perfektioniert«, sagte sie anstelle einer Begrüßung.

»Ganz im Gegensatz zu dir. Die Maschinengewehrsalven deiner Absätze haben fast das Hotel zum Einsturz gebracht.«

»Warum musstest du dich auch unbedingt in einem solch heruntergekommenen Schuppen einquartieren?«

Adam machte ein betrübtes Gesicht. »Und dabei dachte

ich, du hast eine empfängliche Ader für Sentimentalität. Samtvorhänge und Holzvertäfelung … wie bei unserem ersten Treffen.«

Bevor Rischka sich zu einer Antwort hinreißen ließ, musterte sie ihn eingehend. Er machte sich über sie lustig, zweifelsohne. Adam gab keinen Deut auf die Vergangenheit, genau wie sie. Vielmehr noch war Zeit etwas, das für ihn nicht zu existieren schien. Zwar passte er sich wohl oder übel den gängigen Moden an, aber der Zeitgeist vermochte ihn nicht zu berühren. Er war immer Adam. Seit er in jenem über sieben Jahrzehnte zurückliegenden Morgengrauen seine Vergangenheit verloren hatte, hatte er auch keine neue hinzugewonnen. Wie der Dämon, der ihn beherrschte, lebte er vollkommen in der Gegenwart, nichts hinterließ Spuren. Zumindest nicht, seit er sich entschlossen hatte, den Widerstand gegen den Dämon aufzugeben. Nur die drei Tage in Paris hatten sich eingebrannt, auch wenn Adam alles dafür tat, es zu verbergen. Nicht nur vor anderen, sondern auch vor sich selbst.

»Du hättest gleich anrufen sollen, als du am LAX gelandet bist. Dann hätte ich dir verraten, dass die Goldenen Fünfziger leider gerade vorbei sind. Kein Mensch wohnt heutzutage mehr in West Hollywood, nur Einheimische und schreckliche Touristen, die die Bars und Nachtclubs bevölkern, als handele es sich um einen Jahrmarkt.«

Adam zuckte gleichgültig mit der Schulter. »Das Hotel mag seine beste Zeit hinter sich haben, aber mir gefällt diese leicht heruntergekommene Atmosphäre. Das ganze Viertel strahlt so einen Charme des Ausgedienten aus. Würde mich trotzdem nicht überraschen, wenn hier deutlich mehr Leben herrscht als in den Hügeln, in die du dich zurückgezogen hast. Aber in deinem Geschäft ist es sicherlich klüger, die Leute zu sich kommen zu lassen, anstatt ihnen auf der Straße zu begegnen. Dann kann man höhere Preise verlangen.«

Rischka machte eine wegwerfende Handbewegung. »Nach wie vor ein Mistkerl. Manche Dinge ändern sich eben nie.«

Sie setzten sich in eine Nische der verwaisten Bar, wo sie vom Barkeeper ignoriert wurden, der mit einem verbissenen Gesichtsausdruck Gläser polierte. Das rote Leder der Sitzbank wies Brandstellen auf, und Rischka kitzelte Staub in der Nase, während Adam seine langen Beine wenig gentlemanlike ausstreckte. Ein Zeichen, dass er sich wohlfühlte, also ließ sie es ihm durchgehen. Betont langsam zog sie einen Handschuh aus und strich durch sein schweres Haar, woraufhin er ihr einen Blick aus den Augenwinkeln zuwarf und die Beine anzog.

»Kannst du immer noch keine Berührungen ertragen?«

Mit einer Drehung des Kopfes brachte Adam sie dazu, die Hand zurückzuziehen, obwohl sie das eigentlich nicht wollte. »Ich habe kein Problem mit Berührungen. Ich will nur nicht mehr – und du weißt, woran das liegt.«

»Der Geruch des Dämons, er widert dich an. Was bin ich froh, dass meine Nase nicht in der Lage ist, diesen angeblich so abstoßenden Muskatduft wahrzunehmen.« Vordergründig klang Rischka mitfühlend, aber Adam entging ihr unzufriedener Unterton keineswegs.

»Du bist die aufregendste Frau, die mir je begegnet ist«, versicherte er sogleich und nahm ihre Hand. Jene Hand, die noch mit einem Handschuh versehen war, so dass das dünne Leder eine Barriere bildete.

Rischkas Lippen verwandelten sich in einen schmalen Strich. Dieses Geständnis hatte er ihr im Laufe der Jahre, in denen sie sich immer wieder begegnet waren, stets aufs Neue gemacht. Er meinte es tatsächlich ernst. Aber sie bemerkte auch, wie lustlos er es sagte, und genau das quälte sie. Alles an ihm lockte sie, sie wollte ihn zu ihrem Eigentum machen. Und obwohl Adam, seit er sich dem Dämon verschrieben hatte, ansonsten alles zu tun bereit war, was sie wünschte, war ihr diese eine

Sache verwehrt geblieben. Mittlerweile sollte sie vermutlich darüber hinweg sein, ihn nicht verführen zu können, aber es fühlte sich nichtsdestotrotz wie ein Stachel in ihrem Fleisch an.

Jetzt sorgte der Stachel dafür, dass sie Adam unbedingt eine Gemeinheit an den Kopf werfen musste, um die Qual zu lindern: »Du bist der Erste, von dem ich gehört habe, dass der Beherrscher ihn zum Eunuchen gemacht hat. Eine wahre Verschwendung.«

Während die Wärme in seinen Augen deutlich abkühlte, hoben sich seine Lippen zu einem Lächeln. »Sei doch froh, Rischka. Denn selbst wenn mich der Geruch des Dämons nicht abstoßen würde, hielte ich mich von dir fern. Ansonsten wäre es schließlich, als würde ich das Bett mit meiner Mutter teilen.«

»Du bist widerlich«, zischte Rischka ihn an, fing sich jedoch sofort wieder. »Ich könnte dich zwingen, indem ich deinen Beherrscher verführe. Du weißt, dass er nur darauf wartet, seitdem ich ihn einmal auf meine ganz spezielle Art berührt habe.«

Das Lächeln auf Adams Gesicht ließ keinen Deut nach. »Wenn du das tun würdest, müsste ich dich leider umbringen. Denn ich mag dich zwar lieben wie eine Mutter, aber es ist mir bislang noch nie gelungen, in Extremsituationen gegen meine Instinkte zu handeln. Du weißt ja, wie rachsüchtig ich bin. Dann könnte dich nicht einmal Lakas retten. Wo treibt sich dein Schatten überhaupt herum?«

»Oh, Lakas …« Rischka zog die Schultern hoch, obwohl sie damit verriet, wie unangenehm ihr das Thema war. »Nun ja, wie soll ich es sagen … Er ist nicht da.«

Verblüfft zog Adam die Augenbrauen nach oben. »Das ist neu. Ich hätte darauf getippt, dass es ihm unmöglich ist, sich weiter als drei Schritte von dir zu entfernen, weil ansonsten die Nabelschnur reißt.«

»Nun übertreib doch nicht gleich so maßlos. Lakas und ich sind zwar eine lange Strecke des Weges gemeinsam gegangen, aber das bedeutet doch nicht, dass wir einander jemals verbunden waren.« Verstohlen blickte Rischka zur Bar hinüber. Zu gern hätte sie sich anstelle eines Drinks jetzt das Blut des Barkeepers genehmigt, um den inneren Druck wegzuspülen, den dieses Thema bei ihr auslöste. Stattdessen begnügte sie sich mit einem Seufzen. »Als ich vor einigen Monaten hierhergekommen bin, hat Lakas mich begleitet. Im Gegensatz zu ihm habe ich in dieser Stadt allerdings ein Zuhause gefunden, während er weitergezogen ist.«

»Kann es sein, dass du einen wesentlichen Teil der Geschichte aussparst?«, hakte Adam grinsend nach. Zweifelsohne gefiel es ihm ausgesprochen gut, zu erfahren, dass sich Lakas nicht in derselben Stadt aufhielt wie er. Die alte Feindschaft zwischen ihnen war auch nach der langen Zeit nicht eingeschlafen, sondern hatte sich vielmehr verschärft.

»*Aussparen* klingt bei dir wie *lügen*. Als ob ich das nötig hätte. Es ist nur so, dass ich einen Gefährten gefunden habe …«

Adam stieß pfeifend die Luft zwischen den Zähnen aus, was ihm einen strafenden Blick von Rischka einbrachte.

»Er ist ein echter Freigeist, der mir den Raum zugesteht, den ich brauche. Und spar dir gefälligst jeden dummen Kommentar darüber, wie dieser Raum wohl aussehen mag.«

»Hatte ich gar nicht vor.«

Rischkas Miene machte deutlich, dass sie ihm nicht im Geringsten glaubte. »Jedenfalls konnte Lakas sich mit der neuen Situation nicht arrangieren und hat sich dazu entschieden, es auf eigene Faust zu versuchen. Eigentlich hatte ich erwartet, dass er schnurstracks zu mir zurückkehrt, sobald er einmal festgestellt hat, welche Vorteile unser Bündnis birgt. Leider habe ich bislang nichts mehr von ihm gehört und mache mir mittlerweile doch so meine Gedanken, wie es ihm geht. Darum hatte ich dich gebeten, seine Schwester aus Kambodscha mitzubringen. Das hätte es mir um einiges leichter gemacht, ihn zurückzulocken. Warum bist du meinem Wunsch nicht nachgekommen?«

»Zum einen, weil sich Truss nichts sagen lässt. Diese Erfahrung hast du doch selbst schon ausreichend machen können.« Gemächlich streckte Adam wieder die Beine unter dem Tisch aus und spielte gedankenverloren mit Rischkas Hand. »Und zum anderen, weil es ihr dort inmitten von Tod und Verderben ausgesprochen gut gefällt. Es wird sicherlich noch eine ganze Weile dauern, bis ein anderes Schlachtfeld Truss aus dem Urwald lockt.«

»Ihr Bruder vermisst sie.«

Adam stieß einen verächtlichen Laut aus. »Weil er nur ein schwaches Abbild von ihr ist. Ansonsten würde er jetzt wohl kaum schmollend in einer Ecke sitzen und darauf warten, dass du ihn heimlockst. Er würde schlicht und ergreifend seinen eigenen Weg gehen. So, wie Truss es macht. Sie lebt die Mördergrube ihres Herzens wenigstens auf eigene Rechnung aus.«

»Lakas glaubt, dass du ihm seine Schwester gestohlen hast.«

»Das verrät nur, wie wenig er überhaupt von uns und unseren Gaben versteht. Truss und ich haben uns so lange gemeinsam herumgetrieben, bis der Dämon es leid war. Wir brauchen einander nicht, um zu jagen und zu töten.«

»Es macht euch gemeinsam nur mehr Spaß.« Noch während sie den Satz aussprach, wusste Rischka, dass sie einen Fehler begangen hatte. Adam mochte dem Beherrscher opfern und sich voll und ganz seinem Willen zur Verfügung stellen, aber er verspürte keinerlei Vergnügen an seinen Taten. Nichts und niemand schien ihm diesen Widerwillen austreiben zu können. Seine Achillesferse – und man tat gut daran, sie nicht zu berühren. Hastig wandte sie sich einem anderen Thema zu. »Es gibt übrigens Neuigkeiten von Etienne. Ich weiß, du schreibst ihm höchstens mal einige Zeilen und meidest ansonsten aufs Peinlichste seine Nähe. Vielleicht möchtest du sie ja trotzdem hören.«

Als Etiennes Name fiel, wurde Adams Gesicht blank – wie immer, wenn er seine Gefühle besonders sorgfältig verstecken wollte –, und er nickte steif.

»Etienne hat einen jungen Mann namens Adalbert wie eine Art Ziehsohn bei sich aufgenommen. Ein höflicher und ausgesprochen anpassungsfähiger Bursche – auch wenn Etienne bestimmt behaupten würde, dass er nicht anpassungsfähig, sondern vielmehr neugierig sei und sich deshalb wie ein guter Forscher ins Milieu einzufügen versteht.« Mit einem Spitzen der Lippen deutete Rischka an, was sie von dieser Art zu denken hielt: nicht viel. »Wie auch immer, ich habe selten einen Menschen getroffen, an dem der Dämon weniger Interesse gezeigt hätte als an diesem Adalbert, wenn du verstehst, was ich meine.« Rischka schüttelte den Kopf, als sähe sie es geradezu als eine Frechheit an, wenn der Körper eines Menschen nicht als Gefäß für den Beherrscher taugte. Dabei war dies der entscheidende Nenner, der die Dienerschaft vereinte. »Vermutlich müsste man ihn einen *Diener* nennen – und Adalbert bezeichnet sich selbst auch so. Aber du kennst ja Etienne: Diener sind etwas, das sich Beherrscher halten, aber keineswegs Menschenfreunde. Er hat Adalbert alles über unseren Beherrscher erzählt, bevor er ihn zu uns geschickt hat. Man könnte geradezu sagen, dass die beiden ein gemeinsames Hobby betreiben: Dämonenforschung. Und zwar mit Leidenschaft.«

»Wirklich ein hübsches Hobby. Und warum hat sich dieses Traumteam aufgespalten?«

»Etienne hat wohl gerade eine Lehrtätigkeit an einer Universität angenommen, von der ich nicht einmal genau weiß, wo sie auf der Landkarte zu finden ist. Irgendwo in Osteuropa … Jedenfalls war es ihm trotz der hochinteressanten Gerüchte, die Los Angeles umwehen, unmöglich, höchstpersönlich Feldforschung zu betreiben. Darum müssen wir mit seinem Diener vorliebnehmen. Etiennes Studium der Menschen hat eben

Vorrang, das steht bei ihm nach wie vor über allem. Eine Schande.«

»Dann hat Etienne seinen Traum von der Menschlichkeit, die neben dem Dämon existieren kann, also immer noch nicht aufgegeben.« Ein Schmunzeln schlich sich auf Adams Gesicht. »Ganz schön zäh, der alte Bursche. Nach all den Rückschlägen sollte eigentlich selbst ein Idealist wie er aufgegeben haben. Und, willst du mir vielleicht verraten, welch spannendes Gerücht dieser Adalbert hier im Auftrag seines Meisters auf Echtheit überprüfen soll?«

»Es wundert mich, ehrlich gesagt, dass du der Angelegenheit noch nicht selbst auf die Schliche gekommen bist. Verblassen deine Jagdinstinkte etwa, oder sind sie seit Kambodscha einfach nur verwöhnt und reagieren ausschließlich auf allerfeinste Spuren?«

Rischka freute sich inständig darüber, als sie Adam mit diesem Seitenhieb ein Lachen entlockte. Noch mehr freute sie sich allerdings darüber, dass er weiterhin mit ihren Fingern spielte, sehr gefühlvoll, genau wie sie es mochte, zumindest zu Anfang.

»Du musst wissen, das Gerücht ist wirklich spektakulär und hat schon so manchen von unserer Sorte angelockt. Ich kann dir allerdings aus erster Hand verraten, dass es sich keineswegs nur um ein Gerücht handelt.«

Erwartungsvoll hielt Rischka inne, doch Adam tat ihr nicht den Gefallen, nachzufragen. So schwer zu fassen wie eh und je, gestand sie sich ein. Dass sie seine Unnahbarkeit anlockte, über Gebühr herausforderte, verdrängte sie hingegen schleunigst. Sie war es, die hier den Kurs angeben wollte, und er nahm ohnehin schon mehr Einfluss auf das Gespräch, als ihr lieb war. Nichts, was Adam betraf, war jemals einfach. Immer war es ein Kampf, ein Zerren und Ziehen … Und genau das machte ihn so unwiderstehlich.

Als er den Kopf zur Seite neigte, befürchtete Rischka tatsächlich für einen Augenblick, er könnte ihre Gedanken lesen. Hastig wandte sie sich einem unverfänglichen Thema zu.

»Jedenfalls hat Etienne seinen Adalbert losgeschickt, damit er etwas Bestimmtes für ihn in Erfahrung bringt. Ich habe dich zwar aus einem anderen Grund hierhergebeten, aber auch Etiennes Anliegen dürfte für dich von Interesse sein. Es ist sozusagen der Bonus bei unserem Geschäft.«

»Ach, sieh an. Wenn das mal kein Zufall ist.«

Adam lehnte sich in das Polster zurück und strich sich das Haar aus der Stirn, das für die gegenwärtige Mode eine Spur zu lang war. Vermutlich hatte er noch keine Gelegenheit gefunden, diese Nachlässigkeit in Ordnung zu bringen. Denn auch wenn ihm die Länge stand, so fiel er damit nur unnötig auf. Rischka würde einen Termin beim Barbier ausmachen müssen, denn von ihr ließ er sich die Haare ganz gewiss nicht schneiden. Leider.

»Und, willst du mich jetzt endlich in das große Geheimnis einweihen, warum du mich hierherbestellt hast, oder gefällt es dir, meine Geduld weiterhin auf die Probe zu stellen?«

Rischka lachte, woraufhin der Blick des Barkeepers sekundenlang an ihren vollen Lippen hing – bevor er kreidebleich wurde und sich wieder dem Polieren der Gläser widmete, als ginge es dabei um sein Leben. Was es zweifelsohne auch tat.

»Ich denke, ich quäle dich noch ein bisschen, da sich mir schon einmal die Chance dazu bietet. Wer weiß, wann die nächste Gelegenheit dazu besteht.« Adams Augen verengten sich zu prüfenden Schlitzen, eine ihr so vertraute Reaktion, dass sie erneut lachen musste. »Sag bloß, dein Raubtierinstinkt verrät dir nicht, dass ich mich auf keinen Fall von dir in die Ecke drängen und mir das Geheimnis gegen meinen Willen rauben lasse. Da solltest du mich eigentlich besser kennen.«

Adams Züge wurden weich, und plötzlich haftete ihnen etwas ausgesprochen Einnehmendes an, während er eine von ihren Locken um seinen Finger wickelte, um sie dann langsam zurückgleiten zu lassen.

»Vielleicht kommt es ja bloß darauf an, wie weit ich zu gehen bereit wäre, um es dir zu entlocken.«

Rischka wich zurück, unentschieden, ob sie ihm eine Ohrfeige geben oder sich vielmehr an seine Brust schmiegen sollte. Sein Selbstvertrauen in seine Fähigkeiten war ungefähr genauso groß wie sein Widerwille gegen den Geruch des Dämons. Sie wusste nicht, was sie mehr in Rage versetzte. Mit einer undamenhaften Eile stand sie auf und holte eine elfenbeinfarbene Visitenkarte aus ihrer Handtasche hervor, auf der nicht mehr als ein Straßenname und ein feiner Kreis geprägt waren.

»Heute am frühen Abend treffen wir uns bei dieser Adresse. Du würdest gut daran tun, dich ein wenig zurückzuhalten. Nicht jeder ist so nachsichtig wie ich.«

Während Adam die Visitenkarte studierte, wobei ihn besonders der Kreis zu fesseln schien, drehte Rischka sich um und verließ das Hotel, das sie mit seinem Alter zu erdrücken drohte. Erinnerungen waren etwas, das sie nicht im Geringsten zu schätzen wusste.

2

Hohe Erwartungen

Nachdem Rischka fluchtartig das Hotel verlassen hatte, ging Adam auf sein Zimmer, um seinen Trenchcoat für einen Spaziergang zu holen. Er pfiff leise vor sich hin und dachte darüber nach, ob er Rischka gegenüber nicht ein wenig zu weit gegangen war. Eigentlich fühlte er sich ihr verbunden – zumindest wenn sie sich nicht gerade in seiner Nähe aufhielt. Trotzdem musste er ihr stets aufs Neue beweisen, dass sie ihm im Zweifelsfall nicht überlegen war. Doch wenn er sich mit ihr auf Augenhöhe glaubte, warum verspürte er dann das Bedürfnis, ihr Grenzen aufzuweisen?

Versunken in diesen unauflösbaren Widerspruch, wäre ihm fast der dunkle Haufen auf seinem Balkon entgangen. Auf den ersten Blick hätte man es für ein liegengelassenes Kleidungsstück halten können, doch da hatten Adams Sinne ihm schon zugeflüstert, dass es sich um einen Katzenkadaver handelte. Allerdings war es kein schlicht verendetes Tier, nein, die Katze war ausgeblutet worden. Nur ein winziger Schnitt hatte gereicht, um auch an den letzten Tropfen zu gelangen, wie sich herausstellte. Wer auch immer Adam diesen makaberen Willkommensgruß hinterlassen hatte, hatte genau gewusst, was er tat. Dabei tröstete es Adam wenig, dass die Katze dank der perfekten Schächttechnik vermutlich kaum Schmerzen verspürt hatte.

»Katzen abschlachten … Wenn ich dich in die Finger bekomme, du mieser Dreckskerl«, fluchte er leise, während er das tote Tier in dem hoteleigenen Garten verscharrte, auf den sein Balkon hinausging.

Wer immer es darauf angelegt hatte, ihn mit dieser Geste zu treffen, hatte eine größere Reaktion hervorgerufen, als er vermutlich zu hoffen gewagt hatte. Adam mochte Katzen nämlich ausgesprochen gern und genoss es, sie um sich zu haben – was er allerdings sorgfältig verbarg. Nicht, dass jemand sich daraus hätte einen Vorteil verschaffen können. Niemand interessierte sich ernsthaft für vierbeinige Fellknäule, aber es zeigte eine Seite von ihm, die er lieber für sich behielt.

Als er später zu einem Streifzug durch die Nachbarschaft aufbrach, brauchte er eine Zeit lang, um den Gedanken an den Kadaver zu verdrängen, genau wie seine Enttäuschung darüber, keine brauchbare Spur an ihm wahrgenommen zu haben. Sein unbekannter Freund hatte allem Anschein nach nicht nur gewusst, wie empfindsam Adams Sinne waren, sondern auch wie man sie austrickste.

Gereizt blieb Adam stehen und atmete tief ein. Auch für dieses Rätsel würde sich eine Lösung finden, jetzt wollte er sich allerdings einfach nur treiben lassen. Sein verdammter Jagdinstinkt mochte geweckt sein, aber er allein bestimmte, ob er ihm nachgehen wollte, und damit Schluss.

Keine Lust auf eine kleine Jagdsession?

Der Dämon lachte hämisch. Er war gesättigt und zufrieden, so dass er sich damit begnügte, Adams Wege wie ein Unterhaltungsprogramm zu betrachten, das er gelegentlich kommentierte. Adam vermutete, dass der Dämon gezielt stichelte, damit er nicht vergaß, mit wem er sich einen Körper teilte.

Als ob er jemals vergessen könnte, wer sein Herr war.

Zu guter Letzt gelang es den Straßen von West Hollywood, Adam in ihren Bann zu reißen. Für eine mondäne Erscheinung wie Rischka mochte das Viertel tot sein, weil sich niemand mehr von Bedeutung auf den Straßen tummelte. Dennoch waren sie voller Leben. Während Rischka sich nach herausragenden Persönlichkeiten sehnte, die ihr die Langeweile vom Leib hielten und ihr das Gefühl geben sollten, ganz und gar in der Gegenwart zu leben, mochte Adam das alltägliche Treiben. Wenn er ohne ein Ziel vor Augen umherstreifte und nichts anderes tat, als Menschen flüchtig zu beobachten, breitete sich nach einiger Zeit eine innere Ruhe aus, als würden seine Jagdinstinkte durch die Vielzahl der Fährten betäubt werden und ihm eine Auszeit gönnen. Bis der Dämon sich mit einer Forderung meldete.

Für einen Januartag war es erstaunlich warm, auch wenn ein kräftiger Wind wehte, der den Geruch von Muscheln und Salz mit sich führte. Das Licht war selbst jetzt am späten Nachmittag noch derartig klar, dass Adam immer wieder die Augen zusammenkneifen musste, um nicht geblendet zu werden. Er wäre gern zur Küste gelaufen, die allerdings deutlich weiter entfernt lag, als seine Nase ihm vorgaukelte. Doch dann fiel ihm Rischkas Aufforderung, sich am Abend bei einer Adresse in den Hills einzufinden, wieder ein. Das lag genau in der entgegengesetzten Richtung. Aus dem Spaziergang am Meer würde heute nichts mehr werden, stellte er enttäuscht fest. Er war ohnehin spät dran. Missmutig winkte er ein Taxi heran, denn zu Fuß war die Strecke zu weit.

Die Entfernungen in dieser Stadt waren groß, kein Wunder, dass alle Welt mit dem Auto unterwegs war. Zum ersten Mal wurde Adam bewusst, welche Vorteile die hoch aufragenden Bauten von Manhattan hatten: Der verdichtete Raum machte es einem leichter, von A nach B zu kommen. Von alten Städten wie Paris, wo alles lediglich einen Katzensprung auseinanderlag, ganz zu schweigen. Nun, dann würde er sich eben in ein Taxi zwingen müssen, das nach allen möglichen Fährten stank, bis er sich ein eigenes Auto angeschafft hatte. Was er umgehend tun würde, wie er beschloss, während das Taxi für seinen Geschmack viel zu langsam die Hügel hinaufkroch und dabei nach Alkohol und Erbrochenem der letzten Nacht stank.

»Sind Sie sicher, dass wir hier richtig sind?«, fragte der Fahrer, als er vor einer mit Efeu überwucherten Mauer anhielt, in der lediglich zwei mächtige Garagentore eingelassen waren. Auf der anderen Seite der Straße stieg der Hügel steil an und zeigte nur wucherndes Grün. Die Dämmerung brach an, und die Außenbeleuchtung über den Toren war bereits eingeschaltet. »Es ist keine Hausnummer und kein Klingelschild zu sehen. Vielleicht ist das hier nur die Garage, und die Einfahrt liegt ein Stück weiter oben, obwohl ich kein Haus sehen kann.«

Adam war unterdessen bereits ausgestiegen. »Machen Sie sich keine Sorgen, das ist schon alles richtig so.«

Das verräterische Muskataroma war so ausgeprägt, dass man schon fast davon sprechen konnte, die Abendluft wäre von ihm geschwängert. Während er den Fahrer bezahlte, dachte er darüber nach, ob er je zuvor mit solch einem intensiven Geruch des Dämons konfrontiert worden war. Doch ihm fiel kein Vergleich ein. Keiner von seinesgleichen, dem er begegnet war, hatte solch einen hochgradigen Muskatduft verströmt, der zugleich so wenig unangenehm roch.

Neugierig starrte Adam auf die Tore, die sich plötzlich wie von Geisterhand öffneten. Leise surrend rollten sie nach oben und gaben den Blick auf einen beachtlich großen Fuhrpark frei, durch den ein muskulöser Mann in Chinos und einem Polohemd auf ihn zukam. »Ja bitte?«, fragte er.

Während Adam mit großem Interesse die verschiedenen Wagen betrachtete, reichte er dem Mann – der eindeutig nur ein Mann war – die elfenbeinfarbene Visitenkarte.

»Ah, ich sehe.« Ohne nach seinem Namen zu fragen, bedeutete er ihm einzutreten. »Sie werden bereits erwartet.«

Sein »Danke« nuschelte Adam lediglich und nutzte die erstbeste Gelegenheit, seine Finger über den leuchtend roten Lack eines Porsche Spyder 550 tanzen zu lassen. Es reihte sich ein spektakulärer Wagen an den anderen, doch sein Blick wurde ganz unvermittelt von einer Karosserie angezogen, deren graue Farbe an einen Sandstrand nach dem Regen erinnerte. Die Silhouette war schlicht und geradlinig, voller Eleganz. Er war sich sicher, dass der Wagen mehr über die Straßen gleiten als fahren würde. Sein Interesse, dem Geheimnis des Muskatdufts auf den Grund zu gehen, war angesichts dieser geballten Stärke und Schnelligkeit, die so wunderbar verpackt waren, vorübergehend erloschen.

Der Mann im Polohemd hatte für dieses Maß an Begeisterung allerdings wenig Verständnis und unterbrach die Andacht mit einem lautstarken Räuspern. »Hier entlang, bitte«, sagte er, wobei das »Bitte« nicht sonderlich höflich, sondern eher wie eine letzte Aufforderung klang.

Adam spielte mit dem Gedanken, es auf ein Kräftemessen ankommen zu lassen, besann sich jedoch eines Besseren. Sich mit einem Torwächter anzulegen, um noch einen Moment länger einen Wagen zu begutachten, war sicherlich nicht die geschickteste Art, sich bei dem Autonarr einzuführen.

Notgedrungen riss Adam sich los und ging durch das Tor, hinter dem sich ein weitläufiger Garten den Hügel hinab erstreckte, dessen Zentrum ein kreisrunder Swimmingpool war. Seitlich davon, und von der Straße aus wegen der wild wuchernden Kalifornischen Heckenkirsche nicht einsehbar, lag eine moderne Villa mit einer beeindruckenden Glasfront.

Während Adam dem geschwungenen Pflasterweg folgte, verstärkte sich der Muskatduft mit jedem Schritt und erreichte seinen Höhepunkt in dem Wohnzimmer, das er bereits vom Garten her einsehen konnte.

Rischka saß mit angezogenen Beinen auf einem Sofa, einen Zigarillo in der locker über der Lehne hängenden Hand. Ihr schulterfreies Kleid in kräftigem Apricot war der einzige Farbtupfer in dem zurückhaltend eingerichteten Raum. Neben ihr saß ein Mann mit sandfarbenem Haar, das im Nacken sehr kurz geschnitten war. Sie waren beide in eine Unterhaltung vertieft, bis Rischka plötzlich den Kopf hob und Adam ein Lächeln zuwarf.

»Hallo, mein Liebling. Da bist du ja endlich«, sagte sie mit ihrer sinnlichen Stimme.

Adam rang sich ein höfliches Lächeln ab, als er dem Torwächter seinen Trenchcoat in den Arm drückte, ehe er auf die Sitzgruppe zuging. »Der Taxifahrer wäre fast wieder umgekehrt, weil er sich nicht vorstellen konnte, dass sich hinter den Wänden aus Efeu und anderem Grünzeug irgendwo ein Haus befinden sollte.«

Der blonde Mann drehte sich um und musterte Adam ohne eine Spur von Zurückhaltung, obgleich er dabei keineswegs unfreundlich wirkte. »Nach allem, was ich von Rischka über Sie gehört habe, hätte es mich überrascht, wenn Sie sich so leicht hätten ins Bockshorn jagen lassen.« Seine Augenlider waren schwer, und sein breiter Mund glich dem einer Frau. Trotzdem strahlte er etwas durch und durch Männliches aus. Ganz eindeutig Rischkas Geschmack, wie Adam belustigt feststellte. Außerdem jagte der Dämon über sein Antlitz, als brauchte es nicht viel, um ihn hervorbrechen zu lassen.

Zu Hause, endlich zu Hause, flüsterte der Dämon in Adam, dann folgte nur noch unverständliches Gemurmel.

Verwirrt stellte Adam fest, wie sehnsüchtig und verängstigt zugleich der Dämon klang. Beinahe fühlte er sich versucht nachzufragen. Nur vermied er es in der Regel tunlichst, auf die Stimme einzugehen. Auch jetzt verspürte er kein Verlangen, hier sogleich als Exot dazustehen, denn trotz seiner vielen Reisen hatte er nie einen von seiner Art getroffen, dessen Dämon mit einer eigenen Stimme sprach. Die anderen hörten nur ein Wispern oder ein Rauschen, ähnlich dem eigenen Herzschlag, den man vernimmt, wenn man sich die Ohren zuhält.

»Vielen Dank für die Einladung, Mister …«, setzte Adam stattdessen an.

Der Mann kam leichtfüßig auf die Beine und hielt ihm mit weit ausgestrecktem Arm die Hand entgegen. »Entschuldigen Sie, wie gedankenlos von mir, mich nicht vorzustellen. Anders – nur Anders, ganz der Tradition unserer Art entsprechend, die ja nicht viel von Familiennamen hält. Eigentlich schade.«

Zögernd nahm Adam die Hand, und kaum berührte er sie, hatte er das Gefühl, als überwältige ihn eine fremde Macht. Vollkommen unvermittelt verspürte er das Bedürfnis, Anders nicht wieder loszulassen. Er war vielmehr kurz davor, ihn an sich zu ziehen, als würde der starke Muskatduft, dem er ansonsten mit Widerwillen begegnete, seine Sinne verführen. Alles an diesem breitschultrigen Mann war mit einem Mal eine Einladung – und das Verlangen, sie anzunehmen, war so verlockend, dass es fast schmerzte. Mit einem Schlag war er nicht mehr als ein Komet, der von einer übermächtigen Sonne angezogen wurde. Und die Ahnung, dass er in ihrer Nähe verglühen würde, schreckte ihn kaum.

Mehr, mehr davon, winselte der Dämon.

Adam brach der Schweiß aus. Das war weder Mensch noch Dämon, in dessen Bann er geraten war. Es konnte nur eine Gabe sein, ähnlich der von Rischka. Diese Erkenntnis ernüchterte ihn so weit, dass er der heftigen Sehnsucht, die Anders' Berührung auslöste, widerstehen konnte. Betont langsam zog er seine Hand zurück. Das Funkeln in Anders' braunen Augen verriet, dass er sehr wohl wusste, was in seinem Gegenüber vorging. Doch Adam zog es vor, darüber hinwegzugehen. Zu verwirrend war die eben gemachte Erfahrung. Gern wollte er so tun, als sei soeben nichts Außergewöhnliches passiert.

»Was sind schon Namen?«, fragte Adam, dem der Klang seiner Stimme tönern in den Ohren dröhnte. »Sie verraten ja doch nichts über die Person, die sie trägt.«

»Meinen Sie?«

Anders trat zur Seite, als Adam sich zu Rischka hinunterbeugte und die Luft einen Hauch von ihrer Wange entfernt küsste. Bevor er sich wieder aufrichten konnte, umfing sie seinen Nacken mit einem festen Griff und flüsterte ihm ins Ohr: »Ich würde viel dafür geben, jetzt das Feuerwerk deiner Instinkte miterleben zu dürfen. Erahnst du bereits Anders' Gabe?«

Obwohl Adam das Atmen unterließ, solange er so dicht bei Rischka war, legte sich ihr Muskatduft dennoch auf seine Zunge und hinterließ einen schalen Geschmack wie erkaltetes Blut. Er war nur ganz fein, trotzdem regte sich automatisch Übelkeit. Wie konnte es nur sein, dass Anders' Geruch genau die gegenteilige Wirkung bei ihm erzielte? Oder hatte er etwas anderes an sich, das seine Sinne bannte?

»Ich weiß nicht, wie, aber bei der Berührung übte Anders einen Einfluss auf mich aus. Scheint so, als sei seine Gabe deiner nicht unähnlich: Ihr seid beide Meister im Verführen.«

Rischka lächelte geheimnisvoll, ließ Adams Nacken los und richtete ihre Aufmerksamkeit auf Anders. »Du bist viel zu nachsichtig mit Adam umgegangen. Ansonsten schreckst du doch nicht davor zurück, dich deinesgleichen bei der ersten Gelegenheit zu offenbaren.«

Die Achseln zuckend, nahm Anders eine silberne Zigarettenbox vom Beistelltisch und reichte sie Adam. Als der ablehnte, nahm er sich selbst eine Zigarette und blinzelte Rischka durch den aufsteigenden Rauch zu. »Warum unnötig Adams Empfindsamkeit herausfordern? Ich möchte schließlich, dass er etwas für mich erledigt, und nicht, dass er sich dazu berufen fühlt, kurzen Prozess mit mir zu machen. Eilt ihm doch ein Ruf als gnadenloser Jäger voraus.«

»Wenn Sie über meine *Empfindsamkeit*«, Adam sprach das Wort wie einen schlechten Scherz aus, »im Bilde sind, dann sollten Sie in meiner Gegenwart besser nicht über mich reden. Ich könnte sonst vielleicht einen falschen Eindruck gewinnen.«

»Nicht doch.« Anders machte eine wegwerfende Handbewegung und setzte sich auf den niedrigen Tisch vor dem Sofa. Sogleich legte Rischka ihre nackten Füße auf seinen Schoß. »Wenn ich Sie hätte verärgern wollen, hätte ich die Chance dafür bei unserer Begrüßung genutzt. Sie machen nämlich nicht den Eindruck, als wüssten Sie eine Verführung zu schätzen.«

»Das stimmt.« Obgleich Adam sich bemühte, ernst, wenn nicht sogar bedrohlich zu wirken, konnte er nur mühsam ein Lächeln zurückhalten. Warum auch immer, er mochte Anders – trotz seiner verwirrenden Gabe.

Im Laufe der Zeit hatte Adam gelernt, seinesgleichen in zwei Lager aufzuteilen: Solche, in denen der Dämon so wild wütete, dass sie oftmals jede Ähnlichkeit mit einem Menschen verloren. Truss gehörte zu ihnen, denn außer dem Willen zu töten, war ihr nichts geblieben. Wenn sie nicht ihrer Bestimmung nachging, mied sie die Menschen, denn sie war nicht in der Lage, ihr Geheimnis zu verbergen. Vermutlich wollte sie das nicht einmal, sie liebte den Dämon mit einer fiebrigen Hingabe, die Adam fremd war. Sowohl Anders als auch Rischka gehörten der anderen Sorte an, der es spielend gelang, unerkannt unter den Menschen zu wandeln. Seiner Erfahrung nach war bei dieser Sorte die Verschmelzung von Mensch und Dämon am vollkommensten gelungen. Denn selbst wenn Anders in seiner modernen Villa saß, rauchte und die Füße einer schönen Frau streichelte, war sein Handeln rein auf den Willen des Dämons ausgerichtet. Dabei teilten sie diesen Körper nicht etwa, sondern der Mensch, der Anders früher gewesen war, war gewichen. Dieses Geschöpf hatte nichts mehr mit den Regeln gemeinsam, die für die Sterblichen galten: Die Zeit berührte ihn genauso wenig wie die Naturgesetze, Moral und Gefühl quälten ihn nicht, er folgte blind dem Willen des Dämons, indem er ihm opferte und seine Gabe aufblühen ließ. Allerdings konnte Adam nach siebzig Jahren immer noch nicht sagen, welcher Sorte er eigentlich zuzurechnen war. Obwohl er auf den ersten Blick genau dasselbe tat wie Rischka und Anders, unterschied er sich dennoch von ihnen. Dem Dämon zu dienen, hieß für ihn nämlich nicht, ihn zu lieben. Wie sollte man auch Liebe oder gar Respekt für jemanden empfinden, der einem die eigene Würde geraubt hatte?

»Adam! Hörst du mich denn nicht?«

Unwillkürlich zuckte er zusammen, als Rischkas belustigter Ton ihn erreichte.

»Hat Anders dich etwa doch mehr aus der Fassung gebracht, als es zunächst den Anschein hatte? Diese Selbstversunkenheit kenne ich ansonsten nur von Etienne, wenn er angestrengt nach den kümmerlichen Resten seiner Seele forscht.«

»Da gibt es bei mir nichts zu erforschen.« Er ignorierte Rischkas Aufforderung, sich neben sie zu setzen. Stattdessen machte er zwei Schritte auf den Kamin zu, zu dem das Sofa im rechten Winkel stand, und lehnte sich gegen die Wand. »Auch wenn ich unseren Gastgeber und sein Anwesen – vor allem seinen Fuhrpark – hochinteressant finde, würde ich gern langsam zum Kern unseres Zusammentreffens kommen. Warum bin ich hier?«

Anders' Lachen war ein volltönendes Geräusch, das bei Adam die Impression eines gut gelaunten Mannes, der mit seinen Freunden zusammen Bier trank, weckte. Doch Anders würde weder Bier trinken, noch kannte er Freundschaft, sondern nur Handel und Zweckbündnisse. Der Dämon war ein eifersüchtiger Tyrann. »Rischka erwähnte zwar, dass Sie sehr – nun ja – direkt und kurz angebunden wären, aber dass Sie ein Autonarr sind, hat sie nicht erwähnt.«

»Wen kümmern schon Automobile?«, fragte Rischka gelangweilt und verzog im nächsten Moment den Mund zu einem »O«, als ihr bewusst wurde, was für einen altmodischen Begriff sie gewählt hatte. »Autos«, korrigierte sie sich hastig.

Anders betrachtete sie mit einem nicht zu deutenden Interesse, dann wandte er sich wieder Adam zu. »Nun, welches Modell hat es Ihnen denn angetan?«

»Das kann ich leider nicht sagen. Ihr Türsteher hatte es nämlich sehr eilig, so dass ich nur einen Teil der silbergrauen Seitenfront zu sehen bekommen habe.«

»Ach, der gute Benson stand also zwischen Ihnen und dem Objekt Ihres Interesses. Da kann er wohl von Glück reden, dass Sie ihn nicht kurzerhand beiseitegefegt haben. Oder vielmehr ich, denn er mag zwar ein Klotz von einem Kerl sein, aber ansonsten ist er durchaus brauchbar.« Anders schnippte seine aufgerauchte Zigarette ins Kaminfeuer. Ein listiges Lächeln stahl sich auf sein Gesicht und betonte seine ausgeprägten Wangenknochen. »Kein Wunder, dass Sie das Modell nicht gleich zuordnen konnten. Der Mk10 ist eigentlich noch gar nicht käuflich erwerbbar, aber aufgrund einiger Patente habe ich einen guten Draht zum Hersteller. Warum wundert es mich nicht, dass ausgerechnet ein Jaguar Ihr Interesse geweckt hat? Ihre Ähnlichkeit mit einer Raubkatze hat Rischka nämlich nicht unerwähnt gelassen.«

Adam ging auf die letzte Bemerkung gar nicht erst ein. »Der ganze Wohlstand hier wird also mit Patenten bezahlt?«

Anders' Grinsen wurde breiter, und einen Moment lang sah es ganz danach aus, als sei er noch nicht bereit, das Raubkatzenthema aufzugeben. Doch dann legte er Rischkas Füße sanft auf das Sofa zurück und gesellte sich zu Adam. »Ingenieurshandwerk, ja. Keine sonderlich schillernde Geldquelle hier in Los Angeles, aber auch keine ungewöhnliche. Obwohl ich mir wohl bald Sorgen darum machen muss, wem ich meine gewinnbringenden Patente vererben kann.«

»Bin ich deshalb hier, weil Ihnen jemand Schwierigkeiten macht?«

Auch wenn Adam bereits etwas in dieser Richtung erwartet hatte, war er nun enttäuscht. Zwar kam es ihm unmaßgeblich vor, aber er hatte mehr erwartet, seit er Anders gegenübergetreten war. Dem Auftrag, jemanden zu jagen und zu stellen, wohnte mit einem Mal ein schaler Beigeschmack inne.

»Ja und nein. Meine Patente spielen hierbei allerdings keine Rolle, ich werde nur langsam zu alt, um ihre Gewinne abzuschöpfen, ohne Verdacht zu erregen. Solche Probleme kennen Sie wohl nicht?«

»Nein«, sagte Adam, der es allmählich leid war, sich in Geduld üben zu müssen. Plaudereien waren einfach nicht nach seinem Geschmack. »Ich bin nie lange genug an einem Ort, um darüber nachdenken zu müssen. Außerdem mag ich Bargeld als Bezahlung … oder graue Wagen.«

Anders wollte ihm amüsiert auf die Schulter klopfen, doch Adam wich ihm geschickt aus. Nur ungern wollte er ein weiteres Mal in den Bannkreis von Anders' Gabe geraten. Anders reagierte keineswegs beleidigt – was für ihn sprach –, sondern steckte seine Hände in die Hosentaschen und begann, auf den Absätzen zu kippeln.

»Ja, man sollte sich nie unter Wert verkaufen, obwohl der Jaguar natürlich eine unverschämte Forderung ist. Vor allem, weil Sie noch nicht einmal wissen, worum ich Sie bitten möchte.«

»Mit dem Vorwurf, unverschämt zu sein, kann ich leben, solange wir uns ansonsten über die Entlohnung einig sind.«

»Wollen Sie denn nicht zuerst wissen, was ich von Ihnen will?«

Adam lag auf der Zunge zu sagen »Sie wollen natürlich das, was alle von mir wollen: dass ich die Jagd auf jemanden eröffne«, aber stattdessen sah er zu Rischka hinüber. »Sie hätte mich nicht aufgefordert, zu kommen, wenn es sich lediglich um eine

Bagatelle handelte. Niemand kennt sich so gut mit Geschäften aus wie Rischka.«

Obwohl es ein Kompliment war, hatten seine Worte etwas Beleidigendes an sich, das keinem der Anwesenden entging. Ohne einen Ton zu verlieren, stand Rischka auf und verließ das Zimmer.

»Wie auch immer.« Anders räusperte sich umständlich. »Bevor ich Ihnen genau erzähle, was Sie für mich erledigen sollen, möchte ich gern, dass Sie mehr über das Leben in Los Angeles erfahren.« Als Adam ein ungeduldiges Knurren ausstieß, hob Anders abwehrend die Hände. »Ich meine natürlich, welche Art Leben unsereins führt. Im Gegensatz zu allen anderen Orten, die ich bislang kennengelernt habe, meiden wir einander in dieser Stadt nicht, sondern versuchen uns an etwas wie einer Gemeinschaft. Etwas Bindendes, damit wir im Strudel der Zeit nicht verlorengehen.«

»Ist dieser Umweg wirklich nötig? Erzählen Sie doch einfach Ihr Anliegen, dann erledige ich das und fahre mit meinem neuen Wagen davon. Ich bin, ehrlich gesagt, nicht sonderlich erpicht auf dämonische Gemeinschaft.«

»Weil Sie sie noch nie erlebt haben.« Erneut streckte Anders die Hand nach ihm aus, ließ sie jedoch wieder sinken, da sich zwischen Adams Brauen eine bedrohliche Furche bildete. »In gut einer Stunde werden meine Besucher eintreffen. Ich möchte gern, dass Sie dabei sind. Ansonsten kommen wir nicht ins Geschäft.«

Diese Vorgehensweise gefiel Adam keineswegs, denn es wirkte nicht wie ein Auftrag, sondern wie ein Versuch, ihm Ketten anzulegen. Im nächsten Moment wurde ihm bewusst, dass dieser Gedanke durchaus paranoid war. Wenn Anders' Gabe dazu gemacht wäre, ihm seinen Willen vollständig aufzuzwingen, dann hätte er es einfach getan. Und wenn er seinen Willen nur kurzfristig brechen konnte, so wie Rischka, wäre er bei dem

Versuch nicht mehr als ein Selbstmörder gewesen. Auch diese Erkenntnis würde Rischka Anders nicht vorenthalten haben. Schließlich nickte Adam zustimmend, zum Teil aus Neugierde, zum Teil, weil er Anders mochte.

Der Mann atmete hörbar erleichtert aus. »Sehr gut! Wenn Sie möchten, können Sie die Zeit am Pool verbringen, oder Sie holen sich die Schlüssel für den Mk10 bei Benson ab. Mit etwas Glück bekommen Sie noch einen von Los Angeles' berühmten Sonnenuntergängen zu sehen. Fahren Sie einfach zügig den Hügel hinauf.«

»Eine Leihgabe für den heutigen Abend?«, fragte Adam, dem seine hörbare Begeisterung unangenehm war.

»Eigentlich gehört er ja schon Ihnen, denn ich kann mir nicht vorstellen, dass Sie einen Auftrag, den Sie einmal angenommen haben, nicht zu Ende führen. Außerdem kommt man ohne Wagen nicht weit in dieser Stadt.«

Adam ließ sich zu einem echten Lächeln hinreißen, was er nur äußerst selten tat, während er sich von der Wand abstieß.

»Na, dann werde ich wohl mal rasch Benson aufsuchen, ehe die Dämmerung anbricht.«

3

Gefallene Engel

Der Abend war bereits weit vorangeschritten, trotzdem war es wegen der unzähligen Lichter der Stadt nicht dunkel. Adam lenkte den Wagen zurück zu den Garagen. Obwohl äußerlich alles unverändert war, verrieten ihm seine Sinne, dass innerhalb der letzten Stunden mehrere Personen mit einem jeweils ganz eigenen Muskataroma diese Tore passiert hatten. Wie auch immer er es anstellte, es gelang Anders, mindestens ein gutes Dutzend von ihrer Art an einen Ort zu locken. Das erstaunte selbst Adam, der darauf gewettet hätte, dass die Anwesenheit von mehr als drei von ihnen in einem Raum zwangsläufig zu einem Blutbad führte. Schließlich hatte er das schon einige Male miterleben dürfen. Der Dämon mochte zwar denselben Ursprung mit den anderen teilen, aber das hieß noch lange nicht, dass er ihre Gegenwart leicht ertrug.

Was wird das, Ringelpiez mit Anfassen?, brachte sich Adams Dämon wie aufs Stichwort ein. *Ich will nur die Gesellschaft des einen, der sich so gut angefühlt hat. Die anderen können mir gestohlen bleiben.*

Nun, zumindest versprach der Abend unterhaltsam zu werden, dachte Adam, während er seinen neuen Wagen neben denen der Gäste parkte. Für einen Moment blieb er vor der mild schimmernden Karosserie stehen, dann machte er kehrt. So weit würde er es gar nicht erst kommen lassen, wie ein verzückter Narr das Heck zu streicheln, auch wenn es ihn noch so sehr in den Fingerspitzen kribbelte.

Einige Fackeln und Lampengirlanden beleuchteten den Garten, denn obwohl es eigentlich zu kühl im Freien war, hielten sich die Gäste auf der Terrasse vor dem Wohnzimmer auf. Den meisten von ihnen machte die Kälte anscheinend genauso wenig zu schaffen wie Adam, der seinen Trenchcoat gleich im Wagen hatte liegen lassen. Der Vorteil dieser Gesellschaft lag eindeutig darin, nicht ständig darüber nachdenken zu müssen, ob man sich gerade unangemessen verhielt, indem man bei Kälte nicht einmal eine rote Nase bekam oder – noch schlimmer – in der Sommerhitze aus Versehen nach einem Wollpulli gegriffen hatte und sich zum Entsetzen seiner Umwelt darin ausgesprochen wohlfühlte. Beziehungsweise gar nichts fühlte, wie Adam nicht umhinkam nachzuschieben.

Die Terrasse beschrieb ein Halbrund am Hang, deren Herzstück ein gemauerter Grill war, wie man sie aus Mexiko kannte. Benson stand in einer Schürze davor und briet Steaks, deren Geruch augenblicklich Übelkeit verursachte. Ganz gleich, wie sehr Adam sich auch bemühte, die Nähe von Essen kostete ihn seine ansonsten eiserne Disziplin. Mit zusammengebissenen Zähnen trat er auf die lachende Gruppe zu, den Blick auf Anders gerichtet, der ihm bereits zuwinkte.

»Ich kann Ihre Miene durchaus verstehen, mein Freund«, rief Anders ihm gut gelaunt zu. »Auch wenn das Steak halb roh ist, hat es einfach etwas Widerliches an sich.« Als ein junger Mann neben ihm verlegen zur Seite schaute, legte Anders ihm sogleich besänftigend eine Hand auf die Schulter. »Aber einige von meinen Gästen haben einfach seltsame Essgewohnheiten. Darf ich vorstellen: Der steakverliebte Herr hier hört auf den Namen Adalbert. Das Mündel Ihres Freundes Etienne.«

Anstatt Adam die Hand entgegenzustrecken, die er ohnehin ignoriert hätte, nickte Adalbert ihm lediglich zu. »Etienne hat mir viel von Ihnen erzählt«, sagte er freundlich und blinzelte mit seinen eine Spur zu klein geratenen Käferaugen. »Unter anderem auch, dass Sie gern die Distanz wahren. So sehr, dass er Sie schon seit einer halben Ewigkeit nicht mehr zu Gesicht bekommen hat.«

Obwohl Adalbert seine Worte mit einem Lächeln abmilderte, fühlte Adam sich versucht, ihm eine Abfuhr zu erteilen. Nicht etwa, weil die Anspielung eine Spur zu sehr der Wahrheit entsprach, sondern weil der junge Mann ihn schlicht nervös machte. Es wollte Adam nicht gelingen, sich ein ordentliches Bild von Adalbert zu machen. Dass er Etiennes Zögling war, sprach durchaus für ihn, und weder sein Geruch noch seine Art verrieten etwas Abseitiges. Vielleicht war es ja gerade die enorme Abgeklärtheit, mit der er zwischen ihm und Anders stand: Als sähe er sich als Teil dieser Gesellschaft und nicht als jemand, der nur von ihren Rändern aus einen Blick auf sie erhaschen konnte.

Oder ich benehme mich wie ein Kind und bin einfach nur gekränkt, weil Etienne in ihm im Gegensatz zu mir einen echten Ziehsohn gefunden hat, gestand Adam sich widerwillig ein. »Eine halbe Ewigkeit also ... Ist es tatsächlich schon so lange her, seit ich Etienne das letzte Mal gesehen habe? Zeit bedeutet mir nicht sonderlich viel.«

»Ich wünschte, ich könnte das Gleiche von mir behaupten.«

Die verzweifelte Note, die sich hinter Adalberts Lachen verbarg, entging Adam nicht. Was mochte das wohl bedeuten?

Uninteressant, raunte der Dämon. *Der Kerl taugt zu nichts. Konzentrier dich gefälligst auf Anders. Berühr ihn. Ich will ihn spüren. Nehmen, was er zu geben hat.*

So ging das nun schon, seit Anders ihm seine Gabe offenbart hatte. Der Dämon kannte nur noch dieses eine Lied, weshalb es Adam zunehmend schwerfiel, einen klaren Gedanken zu fassen. Für gewöhnlich war er ein folgsamer Sklave des Dämons, aber Anders' Gabe und seine Wirkung waren ihm alles andere als geheuer. Ihnen wohnte eine Spur von Suchtgefahr inne –

und Abhängigkeit war etwas, dass Adam keineswegs schätzte. Sein Herz neigte nicht dazu, sich an etwas zu hängen.

»Unter Einsamkeit scheint Etienne jedenfalls nicht zu leiden, da er jetzt Sie an seiner Seite hat. Wie geht es ihm denn so?«

Ehe der junge Mann antworten konnte, sagte Anders: »Nun, dann lasse ich euch beide einmal allein. Gespräche über Leute, die ich nicht kenne, finde ich stets etwas ermüdend.«

Nachdem er Adalbert ausgiebig die Schulter getätschelt hatte, ließ Anders sich zum nächsten Plausch treiben. Mehr als zwei Schritte musste er dazu nicht gehen, da nahm ihn eine üppig aufgerüschte Frau in Beschlag, deren penetranter Muskatgeruch schon die ganze Zeit Adams Nasenflügel zum Brennen brachte.

Was willst du hier herumstehen? Geh Anders nach, forderte der Dämon ihn auf und unterstrich seine Forderung mit einem spitzen Stich hinter Adams Stirn, woraufhin dieser zusammenzuckte. Nur mit Mühe konnte er ein Aufstöhnen unterdrücken, aber das Tränen seiner Augen verriet den erfahrenen Schmerz.

Adalbert musterte ihn abwägend. »Geht es Ihnen gut?«

»Von *gut* kann nicht die Rede sein. Mir geht es wie immer.«

Als wisse er nicht recht, was er mit dieser Antwort anfangen sollte, zuckte Adalbert mit den Schultern. »Etienne sagte mir schon, dass Sie einige Eigensinnigkeiten an den Tag legen. Das liegt an Ihrer menschlichen Seite, richtig? Wirklich sehr interessant.«

»Ich warne Sie, Adalbert. Wenn Sie anfangen, mich wie ein Versuchskaninchen zu behandeln, kann ich sehr unangenehm werden. So etwas kann nämlich weder ich noch der Dämon ausstehen. Das wäre dann zwei gegen einen, und Sie hätten ausgesprochen schlechte Karten.« Nur weil es sich um Etiennes Zögling handelte, brachte Adam die Drohung mit einem Lächeln hervor. Beruhigend wirkte es wohl nicht, denn Adalbert hob die Hände wie zur Abwehr.

»Oh, kein Grund zur Aufregung«, haspelte er. »Ich muss zwar gestehen, dass ich Ihren Fall mehr als aufregend finde, aber ich bin schließlich wegen eines Auftrags hier. Etienne möchte eine seiner Thesen über den Beherrscher überprüft wissen.«

»Ich dachte, er hätte sich ganz dem Fördern seines menschlichen Kerns verschrieben?«

»Genau, und deshalb setzt er sich mit dem Beherrscher auseinander. Man muss begreifen, was man beherrschen will.«

»Da ist was dran«, sagte Adam. »Eine These über den Dämon also. Lassen Sie hören.«

Das Strahlen auf Adalberts Gesicht verriet die Freude, seine Leidenschaft für dieses Thema mit jemandem teilen zu können. Da gab er sich sogar mit Adam zufrieden, der, nachdem er dieses beunruhigende Lächeln fortgewischt hatte, nun wieder jede Form von verräterischer Mimik verweigerte.

»Wir wissen, dass der Beherrscher sich zu teilen in der Lage ist, wenn er auf einen neuen Tempel übergeht, denn er ist einer und viele zugleich. Was man teilen kann, müsste man doch eigentlich auch wieder zusammenfügen können – das ist der Grundgedanke, weswegen ich nach Los Angeles gekommen bin.«

»Moment mal. Sprechen wir hier von einer Art Superdämon, der sich wie ein Mosaik wieder zusammenfügen lässt?«

Adalbert verzog das Gesicht, als hätte Adam einen ordinären Fluch ausgesprochen. »Dämon klingt etwas abfällig, wenn Sie mich fragen.«

»Ich kann ihn auch einen Quälgeist nennen, wenn Ihnen das mehr zusagt«, bot Adam an.

So nenne ich dich bereits, Quälgeist, teilte ihm der Dämon mit, seine Schweigsamkeit unterbrechend. Seit Adam seinem Drängen nicht nachgegeben hatte, schmollte er – was sich jedoch nur bedingt besser anfühlte.

»Bleiben wir doch bei der Bezeichnung Beherrscher, ja? Jedenfalls geht Etienne nach seinen zahlreichen Studien davon aus, dass der Beherrscher vor langer Zeit eine Gestalt besessen hatte, die zerschlagen worden ist. Als Strafe oder als Preis für ein verlorenes Kräftemessen. Seitdem ist er unfähig, sich selbst wieder zu vereinen, für immer geschwächt.«

Ein kühles Grinsen breitete sich auf Adams Zügen aus. »Eine tragische Geschichte. Der Dämon ist also eine Art gefallener Engel, der für seinen Hochmut zerschlagen und auf die Erde verbannt wurde, wo er nun die Menschheit mit seinem Blutdurst heimsucht. Und um das zu bestätigen, hat Etienne Sie hierhergeschickt?«

Adalbert nickte eifrig. »Ja, wegen Anders' Gabe. Ist Ihnen schon die Gunst zugestanden worden, von ihr zu kosten? Er kann den Beherrscher stärken. Ein wahrhaft dunkles Wunder.«

Angesichts des Feuereifers, der in Adalberts Augen brannte, wich Adam einen Schritt zurück. Die Gier, die Etiennes Zögling plötzlich ausstrahlte, war von einer verstörenden Intensität. Sie erinnerte Adam daran, wie es war, wenn der Dämon alles ausmerzte, um nur dem Wunsch nach Blut hinterherzujagen. Ein Mensch allein sollte nicht auf diese Weise brennen, das machte ihn selbst zu einem Monster.

»Sehen Sie mich doch bitte nicht so entsetzt an. Ist ein starker Beherrscher denn nicht genau das, was sich alle von Ihrer Art wünschen?«

»Ist es das, was Etienne sich wünscht?«

Adalbert senkte den Kopf, und als er wieder aufblickte, war sein Ausdruck erneut der eines freundlichen jungen Mannes, der sich für Ideen begeistern konnte. »Etienne liebt die Menschen«, antwortete er ausweichend.

Zu ausweichend für Adams Geschmack.

Er wollte gerade nachhaken, da gesellte sich Anders an seine Seite und legte ihm gut gelaunt den Arm um die Schultern.

Erleichtert stellte Adam fest, dass seine Gabe nicht durch den Stoff des Jacketts wirkte. Dennoch brach der Dämon in einen ohrenbetäubenden Begeisterungssturm aus.

Zum ersten Mal, seit er Anders begegnet war, gelang es Adam allerdings, das Crescendo auszublenden. Denn Anders hatte eine fremde Spur mitgebracht, die an seiner Kleidung hängen geblieben war. Bevor Adam überhaupt begriff, um was es sich eigentlich handelte, jagte ein elektrischer Schlag durch das Nervengeflecht in seiner Brust. Ein vollkommen irrationales Gefühl, das überraschend heftig ausfiel, übermannte ihn, während seine Sinne sich an einem bislang unbekannten Duft berauschten. Er konnte sich kaum beherrschen, Anders nicht wutschnaubend am Revers zu packen und ihn zu fragen, wie dieser feine Blütenduft zu ihm gelangt war.

Eifersucht, begriff er. Das muss Eifersucht sein. Ich würde Anders am liebsten durchschütteln, weil er diesen Duft trägt und nicht ich. Auf welche Frucht deutete die Blüte nur hin …

Ehe Adam eine Antwort finden konnte, stieß Anders ein Lachen aus.

»Was ist Ihnen denn über die Leber gelaufen, mein Freund? Man könnte ja meinen, ich hätte Sie bei einer Tändelei und nicht etwa bei einer leidenschaftlichen Diskussion unterbrochen. Aber der heutige Abend gehört nun einmal zu dieser Sorte oberflächlicher Barbecues, wo man Leuten vorgestellt wird und Smalltalk macht. Wenn ich mir Adam also einmal ausleihen dürfte? Die Steaks sind außerdem gerade fertig geworden, Adalbert. Da hatten Sie doch so große Lust drauf. Wenn Sie erst einmal hineinbeißen, werden Sie froh sein, dass ich Sie von Adam befreit habe. Andernfalls hätte Ihnen unser Freund hier bestimmt eindrucksvoll demonstriert, was er von menschlichen Essgewohnheiten hält, oder?« Und mit diesen Worten führte Anders Adam weg.

»Netter Kerl«, sagte er im vertraulichen Ton. »Aber auch

leicht skurril. Ich dachte, ich entführe Sie besser, bevor Sie auf die Idee kommen, sich ihn von innen anzusehen. Sie sahen ziemlich gereizt aus.«

»Keineswegs.«

»Wie auch immer. Es war nicht gelogen, als ich sagte, ich würde Sie gern mit ein paar Leuten bekanntmachen. Unser Beisammensein führt Ihnen nämlich hoffentlich vor Augen, von welcher Bedeutung Ihr Auftrag ist.« Eilig hob Anders die Hand. »Dazu später mehr. Meine Assistentin Esther wird Sie aufklären. Ihr liegt das Geschäftliche besser als mir. Wenn ich nur wüsste, wo sie gerade steckt … Ich kann mich in diesem Fall wohl nicht einfach Ihrer Jagdinstinkte bedienen, um sie in diesem Gewühle zu finden? Ach, kommen Sie, Sie brauchen nicht gleich so genervt dreinzublicken. War nur ein Scherz. Aber wenn Sie Esther bereits gesehen hätten, wüssten Sie bestimmt, von wem ich rede.«

Anders schmunzelte auf eine kumpelhafte Art, als wüssten sie beide tatsächlich die Gesellschaft sterblicher Frauen zu schätzen. Adam tat ihm den Gefallen und ging darauf ein.

»Eine aufregende Dienerin, die wäre mir bestimmt nicht entgangen. Falls es allerdings nicht bloß Ihr Besitzerstolz ist, der Sie blendet, sondern Ihre Esther tatsächlich das gewisse Extra hat, kann ich für nichts garantieren. Der einzige Grund, warum ich mir bislang noch nie einen Diener zugelegt habe, ist ihre Strebsamkeit. Die raubt mir den letzten Nerv. Schrecklich, diese Rechtmacherei.«

»Sie mögen es lieber eigensinnig und eine Spur kratzbürstig, was?« Als Adam lediglich mit der Schulter zuckte, nickte Anders bestätigend. »Wie auch immer, Esther wird Sie schon finden und Ihnen den Auftrag erklären. Sie ist ein gutes Mädchen. Aber bis dahin genießen Sie gefälligst meine Party. Kommen Sie, ich stelle Ihnen jemanden vor, den Sie ganz bestimmt nicht so schnell wieder vergessen werden. Rischka hat nämlich Ihre Schwäche für die deutsche Romantik erwähnt.«

Ein Seufzen unterdrückend, begleitete Adam den eifrigen Gastgeber zu einem ausgesprochen unauffällig aussehenden Mann, der beim Begrüßungslächeln eine Reihe spitz gefeilter Zähne offenbarte. »Darf ich vorstellen? Herr Sandmann … und der Name hält, was er verspricht. Auch wenn man, wie Sie, nicht an die Bedeutung von Namen glaubt.«

»Ein Fleisch gewordener Alptraum«, sagte Adam mit heiserer Stimme. »Ihre Manege kann sich wirklich sehen lassen, Anders.«

»Habe die Ehre.« Sandmann deutete eine Verbeugung an, als sei ihm Adams spöttische Bemerkung vollkommen entgangen.

Dieser Sandmann ist die gebändigte Bösartigkeit in Person, philosophierte der Dämon. *Die Gabe unseres Gastgebers ist gar nicht hoch genug einzuschätzen. Großartig!*

Über Adams Rücken breitete sich ein Schaudern aus, als Sandmann ihn aus seinen unergründlichen Augen musterte. Dabei konnte er nicht sagen, was ihm mehr zusetzte: dass die Welt voller böser Geister war oder dass es Anders gelang, sie um sich zu scharen und folgsam wie Lämmer zu halten. Aber was wunderte er sich eigentlich? Selbst sein Dämon interessierte sich in Anders' Gegenwart einen feuchten Dreck um eine Herausforderung wie den berüchtigten Sandmann, der bereits seit Jahrhunderten Spuren seines grausamen Treibens hinterließ. Stattdessen frohlockte er, dass es nicht viel brauchte, um erneut in den Bann von Anders' Gabe zu gelangen. Etwas anderes existierte für den Dämon nicht mehr.

Und genau das bereitete Adam zunehmend Sorgen.

4

Ein Duft von Apfelblüte

Anders war ein Meister der leichten Unterhaltung, und jeder seiner Gäste riss sich um seine Gesellschaft – mit Ausnahme von Adam, dessen Stimmung mit jedem Moment weiter sank. Während Anders ihn weiteren Gästen vorstellte – eine ausgesprochen illustere Gruppe, wenn man es so nennen wollte –, speicherte er Namen und dazugehörige Gesichter ab, ohne sich weiter darum zu scheren.

Sein Blick suchte Rischka, denn er sehnte sich inmitten dieser neuen und verwirrenden Eindrücke nach einer Vertrauten. Ganz gleich, wie kompliziert seine Verbindung zu dieser oft undurchsichtigen Frau auch war. Das Band, das in Paris zwischen Rischka, Etienne und ihm geschaffen worden war, hatte sich als überraschend widerstandsfähig erwiesen. Allerdings war die Party wohl nicht ganz nach ihrem Geschmack, zumindest konnte er sie nirgends entdecken.

Die Party näherte sich bereits ihrem Ende, als er Rischka endlich im Wohnzimmer aufspürte. Sie stand allein neben einem schwarz lackierten Flügel, wie man ihn nur auf einer Konzertbühne vermutete.

Indessen hatte Rischka keinen Blick für das edle Instrument übrig, sondern war ganz darin verloren, Anders zu beobachten, mit einem Ausdruck, den Adam nicht zu deuten wusste. Zu widersprüchlich waren die Emotionen, die über ihr Gesicht tanzten: Zuneigung und Hingabe, gepaart mit Aversion … und etwas wie Furcht. In diesem Punkt war sich Adam allerdings unsicher. Es konnte auch bloß Ehrfurcht sein, wie bei den meisten Gästen. Doch ehe Adam ihr Gesicht weiter studieren konnte, hatte sie sich wieder gefangen. Innerhalb einer Sekunde war sie wie immer das Selbstvertrauen in Person. Sie erwiderte seinen Blick und bedeutete ihm mit gekrümmtem Zeigefinger, zu ihr zu kommen.

Diese selbstgefällige Geste passte Adam gar nicht, und einen Moment lang fühlte er sich versucht, Rischka zappeln zu lassen. Aber so leicht war Rischka nicht beizukommen: Sie wechselte einfach fließend von ihrer eben noch strengen Miene zu einem umwerfenden Lächeln.

Rischka wähnte sich als wahre Meisterin des Wechselspiels aus Zuckerbrot und Peitsche, und obwohl Adam ihre manipulative Art durchschaute, ließ er sich darauf ein. Er konnte ihr tatsächlich nur schwer widerstehen, jedoch aus Gründen, die ihr nicht sonderlich gut gefielen. Während er sich wie ein längst erwachsener Sohn fühlte, der über die Eigenarten seiner Mutter großzügig hinwegblickte, sah sie in ihm nach wie vor einen begehrenswerten Mann, der sich ihrem Werben widersetzte.

Das Lächeln erwidernd, schlenderte Adam zu Rischka hinüber und setzte sich auf den Klavierhocker, nachdem er ihr einen flüchtigen Kuss auf die Wange gehaucht hatte. Nur um sie ein wenig zu ärgern, spielte er ein paar Takte aus einem Schönberg-Stück, wohl wissend, dass sie es hasste, wenn er sich in ihrer Gegenwart mit etwas anderem als ihr beschäftigte.

Wie erwartet setzte Rischka sofort zu einem Seitenhieb an. »Mit Arnold Schönberg wärst du vor zehn Jahren bei einem Dinnerabend ganz weit vorne gewesen. Aber heutzutage, mein Lieber, wirkt das reichlich angestaubt.«

»Die Zeit kann den wirklichen schönen Dingen nichts anhaben.«

»Sprichst du von dir oder von diesem Klavierstück?«

»Rischka, du bist ja richtig schnippisch. Das wirst du doch nur, wenn dir etwas quer im Magen liegt. Was ist es? Hat eine der Damen das schickere Kleid an?«

Zu seiner Verwunderung sah sie ernsthaft ertappt aus.

Belustigt folgte er ihrem Blick auf die Terrasse, wo Anders sich gerade mit einer Frau unterhielt, die mit dem Rücken zu ihnen stand. Das rotgoldene Haar war hochgesteckt und betonte den Nacken und die schön geschwungene Schulterpartie. Sie trug ein Dinnerkleid, das im Vergleich zu den anderen Kreationen an diesem Abend zwar wenig Haut, dafür aber viel Stil zeigte. Allein ihre Rückenansicht reichte Adam aus, um diese Frau unbedingt einmal von vorne sehen zu wollen. Ob nun wegen ihrer verlockenden Haarfarbe, der anmutigen Körperhaltung, oder weil sie etwas ausstrahlte, das ihn anzog, vermochte er nicht zu sagen. Zu seiner Freude beobachtete er, wie die Rothaarige den Kopf leicht neigte und ihre auf der Hüfte liegenden Finger den Takt des Musikstückes begleiteten. Als würde sie sein Klavierspiel nicht bloß hören, sondern als würde es sie berühren.

Wunschdenken, versicherte Adam sich, doch seine Wahrnehmung hatte ihn bislang selten getäuscht.

Gerade als er sich erkundigen wollte, um wen es sich bei Anders' Gesprächspartnerin handelte, legte Rischka ihm eine Hand auf die Schulter, gerade so, als habe sie nicht die geringste Ahnung, dass er sich unter ihrer Berührung innerlich sofort zu winden begann. Abrupt beendete er sein Spiel, um Rischkas Griff abzuschütteln. Im gleichen Augenblick zuckte die Unbekannte zusammen, als hätte sie jemand unsanft aus einem Traum gerissen, und ging dann in Richtung Garten davon. Als sie dabei an der weit geöffneten Schiebetür des Wohnzimmers vorbeikam, wehte der Abendwind Adam den Duft von Apfelblüten zu.

Es war genau jener Duft, den er an Anders wahrgenommen hatte. Er roch so fein wie Apfelblüten, doch nicht bloß zart, sondern mehr wie die Frucht. Unwillkürlich glaubte Adam, den prickelnden Geschmack auf der Zunge zu spüren, als hätte er tatsächlich in einen Apfel gebissen. Etwas, an das getan zu haben er sich nicht erinnern konnte. Trotzdem war da eine ferne Erinnerung, die dem Mann gehörte, der er einmal gewesen war, da war er sich sicher.

Was ist das?, fluchte der Dämon wild, als wäre der Apfelblütenduft eine Säure, die ihm ins Antlitz gespritzt worden war. *Ich warne dich, komm ja nicht auf die Idee, mich zurückdrängen zu wollen!*

Voller Beunruhigung erwartete Adam, dass der Dämon sich zu einer Machtdemonstration hinreißen lassen könnte. Die kurz aufflackernde Erinnerung an sein Menschsein hatte eine Wand zwischen ihnen geschaffen, eine Wand, die der Dämon auf keinen Fall akzeptierte. Aber außer aufgebrachtem Fluchen geschah nichts – was den Dämon vermutlich noch mehr verwunderte als Adam.

Rischka schnippte ungeduldig mit ihren Fingern vor seinem Gesicht. »Wie gefällt dir die Party?«

Adam brauchte einen Moment, um sich auf diese Frage einzulassen. »Meinst du die Tatsache, dass noch keiner von uns seinem Nachbarn die Kehle aufgerissen hat, weil der Revierneid zu groß wurde?«

Rischka lachte und ließ ihre Finger über seinen Rücken tanzen, bis er das Klavierspiel endgültig aufgab, aufstand und ihr den Arm reichte, damit sie auf die Terrasse gehen konnten.

»Dem Frieden hättest du vorhin gern ein Ende bereitet, wenn ich das richtig beobachtet habe. Was hat der kleine Adalbert denn gesagt, dass du derartig aus dem Gleichgewicht geraten bist?«

»So richtig aus dem Gleichgewicht gebracht hat mich eigentlich mein Dämon, der ein regelrechtes Faible für Anders zu entwickeln droht.«

»Sieh mal einer an.« Rischka strich über ihre vollen Lippen, als sei sie auf der Suche nach etwas. Vielleicht nach einer Erinnerung an Anders' Kuss. »Dabei hatte ich gehofft, dass gerade du in der Lage wärst, dieser Gabe zu widerstehen. Ich habe nämlich eine Wette mit Anders laufen.«

»Wenn du mich verärgern willst, dann ist das genau der richtige Weg, meine Liebe. Wetten … Ich hasse solche Spielchen.«

»Wer sagt denn, dass es ein Spiel ist?« Die Ernsthaftigkeit, mit der Rischka sprach, ließ ihn aufhorchen. »Alle verfallen Anders' Gabe, nur die Männer nicht, die mir nahestehen. Zumindest dachte ich das. Diese Anziehungskraft, die Anders ausübt, war nämlich einer der Gründe, warum Lakas gegangen ist. Er wollte sich um keinen Preis von ihm berühren lassen.«

»Ich hätte nicht gedacht, dass ich das einmal sagen würde, aber in dieser Hinsicht bin ich mit Lakas ganz auf einer Linie. Ich weiß zwar nicht, was Anders tut, aber ich möchte seiner Gabe nicht noch einmal ausgesetzt sein.«

Rischka sah ihn prüfend an. »Du willst es vielleicht nicht, dennoch wirst du es noch einmal tun müssen.«

»Einen Teufel werde ich.«

»Doch, du wirst es tun, jetzt gleich«, beharrte sie, einen eindringlichen Ausdruck auf ihren Zügen. »Nicht nur, weil du deinen Auftrag ansonsten nicht begreifen wirst, sondern auch, weil du wissen willst, was sich hinter Anders' Macht verbirgt. Ich kenne dich, du bist neugierig wie eine Katze.«

»Lass das!«, fuhr Adam sie an, sich nicht darum scherend, dass einige der eben noch vergnügt plaudernden Gäste bei seinem harschen Ton zusammenzuckten. »Wenn ich mir diesen Vergleich mit einer Katze noch einmal anhören muss, dann werde ich meine Krallen ausfahren und dir damit deine Zunge herausreißen.«

»Nun fauch doch nicht gleich, als wäre ich dir auf den Schwanz getreten.«

Kurz schloss Adam die Augen, dann musste er wider Willen lachen. »Du bist eine ausgemachte Spielernatur, Rischka. Aber es ist nicht immer klug, auf Risiko zu setzen.«

»Glaub mir, ich kenne meine Grenzen, wenn es um dich geht.«

Überraschend schnell packte sie sein Handgelenk, und ehe er es ihr entziehen konnte, drückte sie ihm einen glatten Gegenstand in die Hand – ihr venezianisches Messer, wie er erstaunt feststellte. Alles in ihm sträubte sich, die Waffe anzunehmen, trotzdem riss er sich zusammen. Er wusste genau, wie viel sie ihr bedeutete. Mithilfe dieser Klinge war Etienne an Rischkas Blut gelangt, um den Dämon in sich aufzunehmen.

»Steck das Messer ein und dann komm. Lass uns den anderen Gesellschaft leisten, falls du sie mit deiner aufbrausenden Art noch nicht vollends verschreckt hast.«

5

Die Liebe des Feindes

Rischka führte ihn zwischen den Gästen umher, die ihn nicht interessierten. Stattdessen suchte er die Menge nach der rothaarigen Frau ab, deren zarter Apfelduft den Dämon zurückgedrängt hatte.

Er ließ seinen Blick umherschweifen und musterte dabei die mitgebrachte Dienerschaft: Einige standen wie auf Abruf neben ihren Herrschaften und erinnerten an gut erzogene Hunde, andere heischten mit aufdringlichen Einfällen um Aufmerksamkeit – bei dieser Sorte handelte es sich eindeutig um possierliche Spielzeuge, die die Langeweile von Unsterblichen vertreiben sollten. Herrscher und Dienende gingen vertraut miteinander um, aber niemals auf gleicher Augenhöhe. Man brauchte kein geschickter Fährtenleser wie Adam zu sein, um die Unterschiede sofort zu erkennen. Fast hatte es den Anschein, als legten beide Seiten sogar Wert darauf, nicht verwechselt zu werden.

Wie immer wunderte Adam sich darüber, dass ausgerechnet solche Menschen sich in den Dienst stellten, die den Blutdurst des Dämons nicht erregten. Zwar konnte er an einigen Hälsen alte und bei einem Mann auch frische Narben erkennen, aber bei dieser Art von Opfergaben ging es darum, die Verbundenheit zu stärken. Der Dämon erwartete nicht, dass Diener geschwächt wurden, um seinen Appetit zu stillen. Schließlich gab es mehr als genug Opfer, die weder für das Wohlergehen noch für die alltäglichen Belange ihrer Herrschaften verantwortlich waren.

Adam hatte nie auch nur ansatzweise mit dem Gedanken gespielt, sich einen Diener zuzulegen. Er hatte zwar keine Einwände gegen diesen Brauch – Diener waren durchaus nützlich. Aber er gab sich nur ungern mit Menschen ab, da ihre Gegenwart abgestorben geglaubte Nervenenden wiederbelebte. Der Umgang mit Menschen machte ihn selbst menschlicher, und darauf wollte er lieber verzichten. Wenn er ehrlich war, ertrug er Gesellschaft überhaupt nur widerstrebend, wenn man einmal von Truss absah. Ihre Liebe zum Tod hatte Truss zu einer guten Gefährtin gemacht, denn außer ihrer Verbundenheit bei der Befriedigung ihrer Instinkte war sie nie darauf aus gewesen, ihm nahezukommen. Schließlich wusste ja auch niemand besser als sie, dass das Jagen nach Einsamkeit verlangte.

Allerdings lebte Adam keineswegs strikt abstinent, wie er es eigentlich gern getan hätte. Ansonsten hätte er den Kontakt zu Etienne – so spärlich der sein mochte – abgebrochen und würde auch Rischka schon lange nicht mehr darüber auf dem Laufenden halten, wo er sich gerade in der Weltgeschichte herumtrieb. Obwohl er nach Kräften den Gedanken an die beiden vermied, waren sie doch zu seinem Familienersatz geworden. Allein dieses Eingeständnis drehte ihm den Magen um, denn jede Bindung barg unzählige Gefahren – für ihn und für die anderen. Aus diesem Grund mied er die Menschen, besonders wenn er sich von einer Person angezogen fühlte. Wenn es mir denn gelingt, korrigierte er sich bei dem Gedanken an den Apfelblütenduft.

In dieser Hinsicht unterschied Adam sich von seinesgleichen: Er fühlte sich den Sterblichen nach wie vor verbunden, was ihm jedoch nur Schmerzen einbrachte. Also hielt er sich von ihnen fern. Zwar machte Rischka sich darüber lustig, dass er eine Frau nur dann berührte, wenn er den Blutdurst des Dämons stillen musste. Aber dafür hatte der Tyrann ihn seit Jahren nicht mehr in die Knie gezwungen, so wie er es damals getan hatte, um Toska zu nehmen. Vielleicht hatte er keine Seele mehr, doch diesen Frieden gönnte er sich trotz aller Nebenwirkungen. Die Nähe zu jemandem war es nicht wert, den Scheinfrieden mit dem Dämon zu riskieren. Das musste er sich unablässig vor Augen halten, unbedingt! Vor allem, weil seine Augen nichtsdestotrotz nach rotblondem Haar Ausschau hielten.

In Gedanken versunken, brummte Adam gelegentlich, sobald Rischka oder ihr Gesprächspartner eine Sprechpause einlegten. Irgendwann fiel ihm jedoch angesichts ihrer frostigen Miene auf, dass sein vorgetäuschtes Interesse nicht sonderlich überzeugend wirkte.

»Tu mir den Gefallen und verschon mich mit deinen scharfzüngigen Kommentaren. Ich weiß, ich bin heute Abend eine miserable Gesellschaft. Wo steckt Anders? Ich werde mich jetzt besser verabschieden.«

»Ja, geh doch zu Anders, je schneller, desto besser«, erwiderte Rischka, wobei sie ihm wütend Zigarillorauch ins Gesicht blies.

Adam fand den Gastgeber ein wenig abseits vor, wo er gerade einer lebhaften Diskussion mit einem verwahrlost aussehenden Mann über Fotografie nachging. Dabei führte der junge Bursche immer wieder sein Handgelenk an seine Lippen, das mit Biss- und Schnittwunden übersät war. Mit einem ruckartigen Saugen verhinderte er die Bemühungen des Dämons, die Wunden zu schließen, während er sich zugleich an dem Geschmack seines eigenen Blutes berauschte.

Adam kannte diese Art Geisteskrankheit unter ihresgleichen, wenn sie sich selbst in Opfer verwandelten. Was ihn viel mehr erstaunte, war die Tatsache, wie gut der junge Mann sich noch unter Kontrolle hatte. Auch wenn es Adam nicht gefiel, sprach er es Anders' Berührung zu, dass der Wahnsinnige sich nicht längst in seinem eigenen Blut wälzte und für nichts anderes mehr einen Sinn hatte.

Dabei schmeckt sein Blut bestimmt nicht einmal ansatzweise süß nach Leben. Was für ein schäbiges Opfer, erklärte der Dämon pikiert. *Es ist mir ein Rätsel, wie dieser Müllhaufen überhaupt als Tempel dienen kann. Wenn du den Wunsch verspürst, gewähre ich dir das Recht, ihn von seinen Leiden zu erlösen.*

Am liebsten hätte Adam das Angebot laut und deutlich abgelehnt. Für wen hielt der Dämon ihn eigentlich?

Unterdessen hatte Anders sein Gespräch unterbrochen und sah ihn fragend an. »Ist Ihnen jemand auf den Fuß getreten?«

»Hören Sie, Anders: Ich bin wirklich sehr beeindruckt, dass dieses Barbecue so brav vonstattengeht, als bestünde die Hälfte der Gäste nicht aus Monstern. Ich weiß zwar nicht, wie Sie es anstellen, und ich weiß auch nicht, wozu das ganze Partygetue eigentlich gut sein soll, aber mein Bedarf für heute ist gedeckt. Wenn Sie mich also entschuldigen würden?«

»Nun machen Sie aber mal halblang, Adam. Wenn Sie jetzt gehen, verpassen Sie doch das Beste!«

Mit einem Schulterzucken wollte Adam schon kehrtmachen, als Anders eine Hand um seinen Nacken legte. Nur die Spitze des Zeigefingers berührte die Haut oberhalb seines Hemdkragens, doch das reichte aus, um ihn innehalten zu lassen.

»Ich warne Sie«, sagte Adam, unfähig, die Berührung abzuschütteln. Vielmehr musste er sich eingestehen, dass er sich wünschte, Anders' Hand möge noch ein Stück weiter hinaufgleiten, um ganz auf seiner Haut aufzuliegen. »Mit solchen Machtbeweisen können Sie sich vielleicht für den Augenblick bei mir durchsetzen, aber die Rechnung, die Sie mir später dafür bezahlen werden, wird Ihnen nicht gefallen.«

Einen Moment lang fühlte es sich an, als zöge Anders seine Hand zurück, und allein die Vorstellung versetzte Adam einen

Stich. Er wollte diese Verbindung mit einem verstörenden Verlangen.

»Sie verstehen nicht, worum es hierbei geht, Adam. Es geht mir nicht im Geringsten darum, Sie meinem Willen zu unterwerfen. Was hätte ich denn davon? Stattdessen möchte ich Ihnen ein Geschenk machen, so wie ich es allen anderen Gästen, die heute Abend da sind, gemacht habe. Meine Gabe besteht nicht darin, Sie zu versklaven, sondern Ihren Dämon aufleben zu lassen. Ihm zu seiner wahren Größe zu verhelfen. Der Dämon ist wie eine in tausend Splitter zerborstene Statue, deren einzelne Teile jeweils nur einen passenden Aufbewahrungsort finden. Ein Splitter des Dämons in einem Tempel, verbunden mit den anderen und doch für immer von ihnen getrennt. Deshalb tragen wir alle denselben und zugleich einen gänzlich anderen Dämon in uns. Meine Gabe jedoch kann die Splitter vereinen und außerdem kitten, was einst zerbrochen ist. Haben Sie nie darüber nachgedacht, woher der Dämon stammt?«

»Nein, ehrlich gesagt, war ich zu sehr damit beschäftigt, seine Gegenwart zu ertragen.«

Auf Anders' Gesicht breitete sich mildes Verstehen aus. »Rischka hat mir erzählt, Sie würden unter Ihrem Beherrscher leiden, weil Sie nicht mit ihm verschmolzen sind. Auch das könnte ich heilen, wenn es auch schwierig werden dürfte.«

»Darauf kann ich durchaus verzichten.«

»Tatsächlich?« Anders schien die Unsicherheit in seiner Stimme herausgehört zu haben. »Haben Sie sich wirklich so gut in Ihrer Zerrissenheit, in Ihrer Einsamkeit eingerichtet, dass Sie bis in alle Ewigkeit so weitermachen wollen?«

Adam schwieg, denn er kannte die Antwort darauf nicht. Konnte er wirklich so weitermachen, obwohl sich ihm ein Ausweg bot? Andererseits: Würde es nicht bedeuten, dass der verdammte Dämon gewann, wenn er Anders' Geschenk annahm? Das hat er doch bereits, gestand Adam sich schonungslos ein. Damals, als er Toska umgebracht hat, ohne von mir den geringsten Widerstand zu erfahren.

Ein leises Schnaufen verriet das Schwinden seines Widerstandes, und ehe er sich's versah, hatte Anders ihn umkreist und hielt ihm seine Hände entgegen.

Während ein Widerstreit der Gefühle in ihm tobte, stand Adam wie versteinert da. Er verzehrte sich nach Anders' Berührung und lehnte ihn zugleich dafür ab. Die Gesellschaft der anderen, die ihn voller Neugierde anstarrten, widerte ihn an, und trotzdem wollte er mit einem Mal nicht länger am Rand stehen wie ein Ausgestoßener. Er wollte seinen Dämon bis in alle Ewigkeit hassen und sehnte sich zugleich nach Erlösung.

Ohne eine Entscheidung getroffen zu haben, streckte Adam ebenfalls seine Hände aus. »Kannst du mich wirklich mit meinem Dämon verschmelzen?«, fragte er, sich für die Sehnsucht in seiner Stimme verachtend. Doch die Aussicht auf Frieden war stärker.

Anders sah ihn mit unverblümter Offenheit an. »Gewiss nicht gleich beim ersten Mal, das wird dir nur für eine kurze Dauer Linderung bringen. Aber im Laufe der Zeit …«

Adam nickte. Gerade als er Anders' Hände nehmen wollte, erscholl die Stimme des Dämons. *Nur noch einen Augenblick, dann ist alles meins. Endlich,* seufzte er.

Mit einem erstickten Aufschrei auf den Lippen wollte Adam die Hände zurückziehen, doch da griff Anders zu, und augenblicklich erlosch jeglicher Widerwille. Wie eine warme Welle umhüllte ihn Anders' Gabe, verzauberte den Mann in eine anziehende Gestalt, der Adam nicht widerstehen konnte.

Sein Erlöser.

Die Verbindung zwischen ihnen flutete durch seinen Körper und baute eine ungeahnte Erregung auf. Es genügte nur ein Schritt, um in eine neue Welt einzutreten oder um zumindest einen ersten Blick auf sie zu werfen.

Komm zu mir.

Die Aufforderung war nicht mehr als die Berührung des Windes, doch von einer solchen Anziehungskraft, dass Adam die Reste seiner Zurückhaltung verlor. Sich ganz seinen Bedürfnissen hingebend, schlang er die Arme um Anders, vergrub seine Finger in dessen Haar und presste ihn so fest an sich, dass der andere Mann aufstöhnte.

Als sei es der berauschendste Duft auf der Welt, atmete Adam den Muskatgeruch ein und vergaß alles um sich herum. Seine Umarmung verlor an Heftigkeit, fast zärtlich hielt er Anders umfangen und brachte seine Stirn an dessen Wange zum Ruhen. Obwohl es ihn quälte, gab er sich dem Ziehen in seinem Inneren hin, genoss das süße Drängen, das eigentlich ein Schmerz war.

Gleich würde er der Versuchung nachgeben, nur noch einen Moment wollte er ihrer unverstellten Macht ausgeliefert sein.

Gerade als er glaubte, es nicht länger ertragen zu können, wandte er sein Gesicht und berührte Anders' Mund, dem ein Versprechen auf Frieden innewohnte. Sanft öffneten sich die Lippen unter seinem Druck, und er verschmolz mit ihnen, gab sich dem Kuss hin.

Nimm mich.

Es war, als wanderten die Worte über seine Lippen, während der Kuss immer drängender wurde. Ja, er wollte, was auch immer Anders ihm zu bieten hatte, jetzt und ganz gleich, zu welchem Preis. Er wollte alles vergessen und auslöschen, was hinter ihm lag, wollte neu geboren werden.

Da Anders' Mund ihm nicht geben konnte, wonach ihn plötzlich dürstete, befreite Adam sich harsch aus der Umarmung. Achtlos stieß er den entrückt aussehenden Mann von sich, um das venezianische Messer zu zücken.

Anders hielt still, als die kristallene Klinge sich in seinen Hals grub, und entzog sich auch nicht, als Adam von der blutsprudelnden Wunde Besitz ergriff.

Was auch immer über Adams Lippen floss, es war kein Blut. Es war Form gewordenes Leben, ein Trank der Götter. Und Adam wollte mehr davon – wie es seine Zunge umtanzte, seinen Brustkorb in Brand setzte und seine Glieder mit einer Wärme erfüllte, die ihn zugleich streichelte und versengte.

Völlig unvermittelt hielt Adam inne.

Etwas fehlte.

Mit einem unwilligen Laut umfasste Anders seinen Hinterkopf, um ihn dazu anhalten, weiterzutrinken – was Adam zweifelsohne auch gleich wieder tun wollte.

Sobald er dem Rätsel auf die Spur gekommen war.

In ihm klaffte ein Loch, das er vor Befriedigung fast nicht bemerkt hätte. Doch nun, da er es ausgemacht hatte, konnte er nicht davon ablassen, es zu umkreisen.

Etwas war ihm verlorengegangen in dem Augenblick, als Anders' Blut seine Lippen passiert hatte. Nein, schon zuvor, während des Kusses.

Obwohl allein bei der Anstrengung etwas in ihm zerbrach, löste Adam sich endgültig von der Wunde, kämpfte sich aus Anders' Griff frei und blickte sich verwirrt um.

Er war er – aber etwas fehlte, verflucht.

Unzählige Augenpaare starrten ihn an, voller Unglauben und Verzückung über das eben Geschehene. Einige sahen jedoch auch angewidert oder verwirrt aus. Vermutlich die Dienerschaft, die kaum begriff, was gespielt wurde. Adam hatte die Gäste vollkommen vergessen. Wovon waren sie soeben eigentlich Zeugen geworden?

Mit einem zitternden Handrücken wischte er sich über die Lippen, als ihn unvermittelt Apfelblütenduft erreichte und das metallische Aroma des Blutes überdeckte. Als er sich in die Richtung drehte, aus der der Duft kam, blieb er an einem grauen Paar Augen hängen. Einem Paar durch und durch menschlicher Augen – daran herrschte nicht der geringste Zweifel. Er erkannte etwas in ihnen, das er nicht in Worte fassen konnte, sich ihm jedoch stärker einbrannte als Anders' Blut. Es war eine Prägung, der nichts Dämonisches anhaftete. Eine uralte Magie, der nur Menschen erlagen.

Die Erkenntnis riss Adam den Boden unter den Füßen weg: Die Leere in seinem Inneren stammte von dem Dämon.

Der Dämon war fort!

In diesem Augenblick war er einzig und allein ein Mensch namens Adam.

»Trink mehr«, forderte Anders den benommenen Mann auf und zwang seine Lippen erneut an die Halswunde.

Adam wollte aufschreien, doch da floss das Lebenselixier bereits über seine Lippen und mit ihm kehrte der Dämon zurück.

Meins, alles meins, frohlockte er.

In Adam brach der Widerstand wie ein Damm unter einer Sturmflut zusammen. Er ging verloren, wurde weggespült, obwohl er verzweifelt nach Halt suchte. Nein, schoss es ihm durch den Kopf, kein Ende, nicht jetzt. Nicht nach alledem, was ich gerade erst entdeckt habe. Dann versank er in Schwärze.

Gerade hatte er sich noch für immer ausgelöscht geglaubt, verbannt in jene endlose Ödnis, die sich aus ihm speiste, da kehrte er mit einer bislang nie verspürten Macht zurück. Er brannte so lichterloh, dass er sich selbst kaum erkennen konnte. Fast befürchtete er, selbst von dem Feuer seiner Wiedergeburt verzehrt zu werden. Dann nahm der Energiefluss, der ihn erfasst hatte, auf ein erträgliches Maß ab, und er erkannte seinen Tempel voller Erleichterung wieder. Sein Reich.

Einen schrecklichen Moment lang hatte er nämlich befürchtet, aus diesem Schmelzofen, in den er geworfen worden war, nicht etwa gestärkt herauszugehen, sondern in der Glut aufgelöst zu werden. Er hatte tatsächlich befürchtet, in eine Falle getappt zu sein.

Doch nun schritt er durch seinen Tempel, dessen Räume gereinigt worden waren von der Anwesenheit dieses widerspenstigen Geistes.

Regelrecht ausgeräuchert, wie er befriedigt feststellte. Oder irrte er sich vielleicht? Lauerte da nicht ein Schatten in der Ecke, zusammengekauert wie ein Schlafender, der bald jedoch wieder auferstehen würde?

Ja.

Und er konnte ihn nicht berühren, um ihn endgültig auszulöschen. Nicht einmal in seine Nähe konnte er gelangen, sosehr er sich auch bemühte. Sein Königreich würde nur von kurzer Dauer sein.

Wie ein Wahnsinniger raste er durch seinen Tempel, brüllte seine Wut hemmungslos heraus. Nur änderte er dadurch nichts. Wenn er bald wieder seiner Macht beraubt werden würde, dann konnte er doch zumindest die Spanne seiner Hoheit nutzen und ein Zeugnis von ihr schaffen. Ein Zeugnis, das Adam gewiss nicht so schnell verwinden würde …

6

Esther

Der Vormittag ging wie im Flug vorbei. Esther verbrachte ihn auf ihrem handtuchgroßen Balkon, die frisch lackierten Fußnägel gegen das Geländer gestemmt, während sie ein Buch auf den Knien balancierte. Eigentlich war es zu kühl, um lediglich im Bademantel draußen zu sitzen, doch es verlieh ihr ein Gefühl von Muße und Freiheit.

Es kam selten vor, dass Anders ihr freie Zeit zugestand, einfach, weil er sie gern in seiner Nähe wusste. Deshalb war es der größte Luxus, herumzutrödeln und einen Liebesroman zu lesen, der im glamourösen Nizza spielte. Beim Lesen träumte Esther sich auf die Promenade und flanierte an einladenden Restaurants und sommerlich gekleideten Gästen vorbei, während im Hafen Segelboote in der Sonne glänzten.

Nicht, dass ihr Leben, seit sie in Anders' Dienst getreten wäre, etwa unglamourös gewesen wäre: Er liebte schöne Dinge und interessante Gesellschaft. Als seine Assistentin konnte sie daran teilhaben. Doch selbst wenn Esther mittendrin war, elegant eingekleidet am Rodeo Drive und mit der Autorität ihres Chefs ausgestattet, so war sie noch lange nicht ein echter Bestandteil des außergewöhnlichen Lebens, das Anders führte. Und sie sehnte sich im Gegensatz zu den anderen Dienern, die sie kennengelernt hatte, auch keineswegs danach, es zu werden. Schließlich hatte sie nicht nur die schillernden Seiten des Dämons zu sehen bekommen. So wie auf der Party gestern Abend, die noch recht gemäßigt ausgegangen war. Obwohl sie lieber nicht genau wissen wollte, was einige Gäste im Anschluss für Vergnügungen unternommen hatten.

Erneut wanderten ihre Gedanken gegen ihren Willen zu dem Mann, für den Anders das Barbecue veranstaltet hatte. Adam … Sie hatte ihn beobachtet, wie er zu Anders' Gefährtin hinübergeschlendert war. Dabei hatte ihn ein mehr als verstörendes Flair umgeben: düster, fast bedrohlich. Über diese Ausstrahlung hatten auch die betörend schönen Gesichtszüge und das aufgesetzte Lächeln nicht hinwegtäuschen können. Und doch war es ihr nur mit Mühe gelungen, sich von ihm abzuwenden, obwohl Anders nach ihrer Aufmerksamkeit verlangt hatte. Beinahe glaubte Esther, wieder das Klavierspiel zu hören, das aus dem Wohnzimmer zu ihr durchgedrungen war. Sie hatte sich nicht umdrehen müssen, um zu erahnen, wer am Klavier saß. Die Intensität des Spiels hatte perfekt zu diesem Adam gepasst. Mit der gleichen Intensität hatte er später auch Anders in seine Arme geschlossen.

Nun, genau so war die Welt des Dämons. Wenn man als Sterbliche in ihr verkehrte, durfte man nicht überrascht sein, dass nichts jemals so war, wie es auf den ersten Blick erschien. Diese Erkenntnis war sehr schnell in Esther gereift. Aber warum sollte auch ausgerechnet die Dämonenwelt einfacher zu durchschauen sein als die menschliche? Wundervoll wurde es immer nur dann, wenn man einen Buchdeckel aufschlug und in das Leben von Fremden eintauchte.

So gesehen, hatte Esther genau das getan, als sie vor drei Jahren mit ihrem halb leeren Koffer in Los Angeles angekommen war: Sie war in das Leben einer fremden Frau eingetaucht, mit einem Perfektionismus, der selbst sie überrascht hatte. Allerdings war ihr auch nichts anderes übriggeblieben, denn die Vergangenheit hatte ihr eine Pistole auf die Brust gesetzt und ihr zugeraunt, dass sie nur noch diese eine Chance bekam.

Esther hatte sie ergriffen, obwohl sie bis heute, wenn sie abends im Bett lag und wieder einmal nicht einschlafen konnte, immer noch die Berührung der Mündung auf ihrer vor Angst nassgeschwitzten Haut zu spüren glaubte. Als wäre sie keineswegs entkommen und der innere Frieden, den sie wie die Luft zum Atmen brauchte, noch lange nicht erreicht.

Wie ertappt bemerkte Esther, dass ihre Fingernägel Kerben in das Papier der Buchseiten gegraben hatten. Sogleich bemühte sie sich um ein Lächeln, auch wenn keiner sie sah. Es gehörte zu ihren Techniken, die nach außen hin sichtbare Anspannung abzuschütteln. Anders mochte ihr diese Seite ihrer Persönlichkeit nachsehen, aber ansonsten konnte sie sich solche Brüche in ihrem stets so perfekten Bild nicht erlauben. Schließlich glaubte jedermann fest an jene Esther mit der gewöhnlichen, ja, geradezu langweiligen Vergangenheit, die erst hier im sonnigen Kalifornien von einer unspektakulären Knospe zu einer prachtvollen Blüte aufgegangen war: ein makelloses Auftreten, aber auch einen Tick zu kühl, um das Blut der Männer in Wallung zu bringen. Genau die richtige Mischung, wenn man in dieser Stadt überleben wollte.

Dass einer Blüte noch eine andere Eigenschaft – die der Zerbrechlichkeit – innewohnte, bedachte Esther lieber nicht. Zerbrechlichkeit konnte sie sich nicht leisten, denn sie hatte sich bereits in einem früheren Leben schon einmal neu zusammengesetzt, nachdem sie zerbrochen war. Ein weiteres Mal würde ihr das gewiss nicht gelingen.

Nun begannen die Küsse der klaren Januarluft doch Spuren auf ihrer Haut zu hinterlassen. Esther stand auf, legte das Buch auf den Stuhl und blickte in den Garten, auf den ihr Apartment hinausging. Größtenteils wurde er von einem rasenumrundeten Pool eingenommen, in dem einige welke Blätter vom Nachbargrundstück schwammen. Der blau getünchte Grund wies aufgeplatzte Stellen auf, und auch der Beckenrand war mit unzähligen Sprüngen übersät. Eigentlich ein deprimierender Anblick, aber Esther liebte ihn. So wie sie das ganze Viertel von West Hollywood liebte.

In Gesprächen neigte sie zwar zur Zurückhaltung, denn wer wenig erzählte, konnte nichts Falsches sagen – oder sich gar verraten. Allerdings schwärmte sie bei jeder sich bietenden Gelegenheit vom Charme der Gegend, deren beste Zeit vorüber war. Dass bei ihrem kleinen Apartment darüber hinaus auch nur wenige Kosten anfielen, erwähnte sie dabei natürlich nicht. Anders entlohnte sie zwar sehr gut für ihre Dienste. Vermutlich zu gut, hätte die eine oder andere Bekannte hinter vorgehaltener Hand getuschelt, wenn sie jemals einen Blick auf ihren Gehaltsschein geworfen hätte. Aber sie war nicht gerade sparsam – ihre Garderobe war der beste Beweis dafür. Und so blieb am Ende des Monats nichts übrig, obwohl die schönen Kleider das allein nicht erklärten. Esther vermied es, jemandem darüber Rechenschaft ablegen zu müssen. Was sie mit ihrem Geld machte, war ganz allein ihre Angelegenheit … vorerst jedenfalls noch. Sobald es mit ihrem Verlobten Hayden ernster wurde, müsste sie selbst diese letzte Verbindung zu ihrem früheren Leben kappen, auch wenn ihr der Gedanke bereits jetzt schlaflose Nächte bereitete.

Während Esther sich die mit Gänsehaut überzogenen Oberarme rieb, kehrte sie ins Apartment zurück, das eigentlich nichts anderes als ein gut geschnittener Raum war, in dem sich ein Einbauschrank, eine Küchenzeile – eigentlich eine Theke – und ein Sofa, das gleichzeitig ihr Bett war, befanden.

Hayden hatte das Apartment erst ein Mal zu sehen bekommen. Anstatt wie sonst unten beim Hauseingang auf sie zu warten, hatte er an ihrer Tür geklopft. Und während sie in ihre Pumps geschlüpft war, hatte er neugierig seinen Blick schweifen lassen, um möglichst viel in der kurzen Zeit, die sie ihm zugestand, von dem Raum aufzunehmen. Später beim Essen hatte er ihr Apartment eine »Studentenbude« genannt und Witze darüber gemacht, dass sie eine wahre Magierin sein musste, da es ihr gelang, ihre Sammlung aus Schuhen und Kleidern auf so engem Raum unterzubringen.

Esther hatte gelacht und war selbst überrascht gewesen, wie echt es geklungen hatte, während ihr Magen eine einzige Eisgrube gewesen war. »Ich bin doch ohnehin nur zum Schlafen da, und dafür reicht der Platz allemal«, hatte sie ausweichend geantwortet.

Hayden hatte unvermittelt ernst ausgesehen und seinen Arm über den Tisch hinweg ausgestreckt, bis sie nicht anders konnte, als ihm die Hand zu reichen, wenn sie ihn nicht kompromittieren wollte. »Eine Frau wie du braucht eine andere Umgebung – und ich spreche hier nicht nur von mehr Platz oder gar von einem anderen Viertel. Ich spreche von einem anderen Leben.«

»Aber mir gefällt mein Leben. Es passt zu mir.« Es hatte fröhlich klingen sollen, aber Esther waren wider Willen die Gesichtszüge gefroren, und sie hatte zu zittern begonnen.

Hayden, der immer noch ihre Hand gehalten hatte, war das nicht entgangen. Er hatte sich so weit vorgelehnt, dass Esther schon befürchtet hatte, er könnte sich zu einer Dummheit hinreißen lassen. Ein kleiner wilder Teil von ihr hatte direkt darauf gehofft, der ansonsten stets würdevolle Hayden könnte ein ungeahntes Temperament offenbaren. Dabei war ihr durchaus bewusst gewesen, dass sie ihm das später nur schwer hätte verzeihen können. Temperament war etwas, auf das sie gut verzichten konnte.

Obwohl Esther sich Männern gegenüber stets um Zurückhaltung bemühte, hatte es seit ihrer Ankunft in L. A. einige Interessenten gegeben. Dass sie sich ausgerechnet für Hayden entschieden hatte, einen Mann um die vierzig mit schütter werdendem Haar, der einige Whiskeys brauchte, um von seiner vor Jahren tödlich verunglückten Frau zu erzählen, hatte selbst Anders überrascht, der die besten Geschäftskontakte zu dem Anwalt pflegte. Aber Esther sah ein Versprechen in Hayden, das sie über den Altersunterschied von fast zwanzig Jahren hinwegblicken ließ, genauso wie über die Tatsache, dass er ein durch und durch ernsthafter Mann war. Dafür hatte er etwas zu bieten, von dem sie bis ans Ende ihrer Tage nicht genug bekommen konnte: Verbindlichkeit.

Haydens Naturell war von Standfestigkeit geprägt, die nicht einmal Anders' Eröffnung über seine dämonische Natur aus dem Gleichgewicht gebracht hatte. Das einzige Anzeichen für seine Bestürzung hatte darin bestanden, dass er seine Pfeife im Büro angesteckt hatte – was er sonst nie tat.

»In diesem Fall hatte Hayden sich eine einmalige Ausnahme gegönnt, für die er sich später vermutlich selbst verklagt hat«, wie Anders stets mit einem breiten Grinsen erzählte. »Sieht ganz danach aus, als würde Pfeifentabak ihn auf eine Weise beruhigen, wie es bei anderen Leuten nur Whiskey mit Valium versetzt gelingt, wenn sie von der Existenz blutrünstiger Dämonen erfahren. Hayden ist ein ganz harter Hund. Den darf man auf keinen Fall unterschätzen, nur weil er mit seiner Charakterstärke nicht hausieren geht.«

Genau diese stoische Haltung machte Hayden zu einem hervorragenden Anwalt, aber in den Augen der meisten Frauen nicht unbedingt zu einem begehrenswerten Mann. Für Esther allerdings lag der Reiz gerade in dieser inneren Ausgeglichenheit, die sie wohl für immer mit dem Geruch nach Kirschtabak verbinden würde. Ein Leben an Haydens Seite war absolut vorhersehbar, eine gerade Straße mit einem einladenden Haus am Stadtrand. Genau das, was sie brauchte – für alles andere reichte ihre Energie nicht mehr aus. Sie sehnte sich mit jeder Faser ihres Körpers nach einem Ruhepol, dem es endlich gelang, die Vergangenheit auszumerzen. Wenn ihr nach Aufregung zumute war, reichte es schließlich vollkommen, ein Buch aufzuschlagen und die Abenteuer von anderen mitzuerleben.

An jenem Abend hatte Hayden zu ihrer Erleichterung nichts weiter gesagt, sondern bloß still ihre Hand gehalten, bis sie sich so weit unter Kontrolle hatte, dass sie das Gespräch in unverfängliche Bahnen lenken konnte. Es war die Bestätigung für die Richtigkeit ihrer Entscheidung gewesen. Bis heute hatte sie es nicht bereut …

Esther biss sich auf die Unterlippe, weil der Satz sich wie eine Lüge anhörte. Sie hatte es nie bereut, bis auf gestern Abend, ergänzte sie schuldbewusst. Jedoch nur für die kaum nennenswerte Spanne, als das Klavierspiel eines anderen Mannes etwas in ihr bewegt hatte. Etwas gut Verborgenes.

Gedankenverloren kämmte Esther ihr Haar aus, das in weichen Wellen auf ihre Schultern fiel, dann versuchte sie, sich mit Rouge und Lippenstift etwas Farbe in ihr blasses Gesicht zu zaubern. Im Sommer bemühte sie sich darum, wenigstens einen Hauch von Bräune einzufangen, was in Kalifornien fast einer Pflicht gleichkam. Aber im Winter traute sie mit ihrer hellen Haut der stechenden Sonne nicht über den Weg, zu oft hatte sie sich schon verbrannt. Ein Erbe ihrer Heimat, in der der Himmel von Regenwolken beherrscht wurde.

In dem Moment, in dem sie in ihre Strümpfe schlüpfte, schrillte das Telefon. Von Unwillen erfasst, starrte sie es an.

Vermutlich Anders, der sie nun doch schon früher zu ihrem Auftrag delegieren wollte. Normalerweise bargen seine Anweisungen kein Problem für sie, doch sie hatte den Ausklang der gestrigen Party noch zu lebendig vor Augen, um diesem Adam nicht früher als nötig unter die Augen treten zu wollen. Jedenfalls nicht, solange der Gedanke an ihn sie noch derartig durcheinanderbrachte. Wenn sie sich nicht allzu sehr täuschte, war er bestimmt noch mit seiner Gespielin beschäftigt, so wie die beiden sich nach Anders' Kuss vor Publikum aufgeführt hatten.

Allein die Erinnerung versetzte Esther einen Stich. Sie hätte sich abwenden sollen. Stattdessen hatte sie – wie alle anderen auch – dem leidenschaftlichen, oder besser gesagt: hemmungslosen Treiben des Paares zugesehen. Selbst in den Armen einer anderen Frau hatte Adams Anziehungskraft keinen Deut eingebüßt.

Am anderen Ende der Leitung meldete sich zu ihrer Erleichterung Hayden. »Ich wollte nur Bescheid sagen, dass ich mich eine halbe Stunde früher aus der Kanzlei losmachen konnte. Würde es dir etwas ausmachen, wenn ich dich jetzt schon abhole? Dann kann ich dich nach dem Mittagessen noch auf einen Kaffee einladen.«

Esther stimmte zu, froh, dass Hayden ihr nicht nur eine Möglichkeit bot, ihrem Gefühlschaos zu entkommen, sondern auch, um ihr vor Augen zu halten, was wichtig für sie sein sollte. Nämlich exakt das Gegenteil von diesem Adam. So beeilte sie sich, sich fertig zu machen, denn sie wollte Hayden gern unten am Eingang in Empfang nehmen, ehe er die Treppen heraufkommen konnte.

7

Rachlust

Als Adam wieder zu sich kam, konnte er nicht sagen, wie lange er in jener schwarzen Unendlichkeit eingesperrt gewesen war. Er ahnte aber, dass sie der eigentliche Hort des Dämons war. Nun kehrte er wie ein Gast in seinen Körper zurück, der nur noch für eine kurze Weile geduldet werden würde. Und zwar so lange, bis Anders wieder Hand an ihn legte.

Regungslos lag Adam da, spürte zerwühlte Laken unter sich und nahm den Geruch seines Hotelzimmers in West Hollywood wahr, in dem er vor einer gefühlten Ewigkeit eingecheckt hatte. Da war noch ein anderer, bekannter Geruch, den er jedoch tunlichst ignorierte. Ein Geruch nach zwei Körpern, die sich ausgiebig miteinander vereint hatten.

Das Sonnenlicht prickelte ihm auf den Lidern, doch er wagte es nicht, die Augen zu öffnen, zu fragil erschien ihm die Realität. Obwohl er eigentlich keine Hoffnung hegte, tastete er in seinem Inneren nach jener Stelle, die für einige wertvolle Momente durch Anders' Gabe leer gewesen war. Sofort war ihm, als würde ihm eine Tür vor der Nase zugeschlagen werden. Der Tyrann war zurückgekehrt und nahm sein Reich erneut für sich in Anspruch.

Ein frustriertes Knurren unterdrückend, setzte Adam sich im Bett auf.

Wie war es für dich, Schatz?, fragte der Dämon hämisch.

»Sieht ganz so aus, als wären wir dank Anders beide auf unsere Kosten gekommen«, murmelte Adam. Er strich sich durchs zerzauste Haar, konnte sich jedoch nicht dazu aufraffen, die Beine über die Bettkante zu schwingen. Zum ersten Mal fühlte er sich verkatert.

Auf dem Nachttisch lag der venezianische Dolch, dessen Klinge mit getrocknetem Blut bedeckt war. Anders' Blut.

Will mehr davon.

»Wie kann ein unsterblicher Dämon nur so kindisch klingen. Hat dir niemand die Wahrung von Würde beigebracht?«

Adam genoss die Verachtung, die in seiner Wortwahl mitschwang. Doch im nächsten Moment überkam ihn als Strafe eine Übelkeitswelle. Stöhnend ließ er sich wieder in die Kissen fallen. Allem Anschein nach war der Dämon zu gereizt, um auf kleinliche Racheakte zu verzichten.

Hat dir niemand die Wahrung deiner Würde beigebracht?, äffte er ihn nach. *Hier so elend herumzustöhnen, also wirklich.*

Nachdem Adam einigermaßen die Hoheit über seinen Magen zurückerobert hatte, wankte er ins Badezimmer, froh darüber, dass Rischka ihn beizeiten verlassen hatte. Ihr Duft erfüllte den ganzen Raum, aber zu seinem Unglück nahm Adam noch ganz andere Zeugnisse ihrer Anwesenheit wahr – die meisten davon auf seiner Haut.

Während das zuerst eiskalte und dann rasch heiß werdende Wasser auf ihn niederprasselte, stützte Adam sich mit Stirn und Unterarmen gegen die Fliesenwand, außerstande, sich Anders' geronnenes Blut und die Spuren von Rischkas Lust vom Körper zu waschen. Er brauchte dem Dämon gar nicht erst die Frage zu stellen, wofür er seinen Tempel während der Phase absoluter Gewalthoheit genutzt hatte. Auch wenn er keinerlei Erinnerung an die letzten Stunden besaß, so raunten ihm seine Instinkte zu, was passiert war, nachdem Anders' Geschenk Wirkung gezeigt hatte. Aber auch ohne seine Sinne, die ihm ein Bild von den nächtlichen Geschehnissen in seinem Bett zusammenfügten, hätte er mühelos erraten, was der Dämon getrieben hatte. Genau das, was Adam am meisten widerstrebte. Und Rischka hatte dem Angebot nicht widerstehen können.

Mit all seiner Kraft kämpfte er darum, den aufkommenden Ekel zu unterdrücken. Wenn dieses Gefühl sich breitmachte, könnte er Rischka niemals wieder gegenübertreten, ohne ihr vor die Füße zu spucken. Nein, wegen dieser einen Nacht wollte er sie nicht verlieren; er würde den Dämon nicht gewinnen lassen. Schließlich war sie nicht mit ihm, sondern mit dem verfluchten Dämon ins Bett gegangen.

Sofort entstanden Bilder vor seinem geistigen Auge, die Rischka dabei zeigten, wie sie endlich bekam, wonach sie sich in all den Jahren gesehnt hatte. Ein neuerlicher Gruß des Dämons.

Sosehr Adam auch dagegen ankämpfte, eine weitere Übelkeitswelle überfiel ihn, auch wenn sie dieses Mal nicht auf Kosten des Dämons ging.

Voller Erbitterung schlug Adam mit der Faust gegen die Wand und sah zu, wie die Fliese unter seinem Schlag mit Rissen überzogen wurde, bevor sie in einzelnen Stücken herunterfiel. Schmerz brannte in seiner Handkante auf, doch er vermochte weder das widerwärtige Gefühl des Ekels zu betäuben, noch bereitete er dem Dämon Schwierigkeiten, der ihn einfach fortwischte wie eine lästige Fliege.

Man könnte meinen, du nimmst mir meine Vergnügungen übel. Dabei war es doch dein Wunsch, endlich erlöst zu werden, damit ich frei sein kann.

Adam starrte die grünen Splitter auf dem Wannenboden an, die das Wasser auseinandertrieb. Er fühlte sich wund und verletzt, aber er würde einen Teufel tun, es dem Dämon einzugestehen. Eigentlich wollte er schweigen, wie er es immer tat, doch das war ihm unmöglich.

»Du wirst ja wohl auch gehört haben, was Anders gesagt hat: In meinem Fall wird es eine Zeit lang dauern.« Unwillkürlich schnaufte er durch die Nase. »Du wusstest, dass ich zurückkehren würde. Und da fiel dir nichts Besseres ein, als die kurze Spanne deiner Freiheit dafür zu nutzen, mich zu demütigen?«

Alles dreht sich immer nur um dich! Der Dämon überschlug sich fast vor Rage. *Dieser Körper ist mein Tempel, es ist höchste Zeit, dass ich mit ihm verfahren kann, wie es mir beliebt.*

»Ich habe dir gedient.« Adams Stimme war nicht mehr als ein Flüstern.

Gedient? Das nennst du dienen, du sturer Kerl? Ich bin doch nicht mehr als ein Bettler, der von deiner Gnade abhängig ist. Lass uns sofort zu Anders gehen, damit dieses lächerliche Schauspiel endlich ein Ende nimmt.

Adam wollte ihm in seiner Verzweiflung schon zustimmen, seiner selbst so müde wie nie zuvor, als plötzlich die Erinnerung daran zurückkehrte, wie es gewesen war, vom Dämon befreit zu sein. Gab es vielleicht doch etwas, für das es sich zu kämpfen lohnte? Die Reste seines Menschseins waren in diesem Moment freigelegt worden und hatten ein graues Augenpaar entdeckt, das ein Versprechen in sich getragen hatte. Zumindest wollte er versuchen, es einzulösen.

Augenblicklich stieg Adam der Duft von Apfelblüten entgegen, der am vorherigen Abend unablässig mit Anders' lockendem Muskataroma gewetteifert hatte. Die Erinnerungen, welche Flut an Emotionen dieser Geruch in ihm ausgelöst hatte, nahm Adam so lange gefangen, bis ihm bewusst wurde, dass es sich keineswegs bloß um eine ausgesprochen lebendige Erinnerung handelte. Die Trägerin dieses Duftes hielt sich tatsächlich in der Nähe des Hotels auf.

Eine Spur zu heftig zerrte Adam den Duschvorhang zur Seite, so dass einige Schlaufen rissen. Und beinahe wäre er auch noch auf dem Marmorboden mit seinen nassen Füßen ausgerutscht. Er war noch lange nicht wieder richtig hergestellt, das stand schon einmal fest. Adam betrachtete die dunkle Wasserspur, die er hinter sich herzog. Dann nahm er sich zusammen.

8

Unerreichbare Ziele

»Bist du dir sicher, dass ich dich nicht wenigstens hineinbegleiten soll?«, fragte Hayden, der den Wagen vor dem Hotel Fin de siècle zum Halten gebracht hatte und dafür bereits ungeduldige Blicke des Portiers einfing.

»Nein, das brauchst du nicht.«

Seit sie das Restaurant verlassen hatten, nahm Esthers Unruhe stetig zu. Dabei würde sie nichts anderes tun, als Anders' Auftrag auszuführen. Ein paar Worte und Erklärungen, das war alles. Auch wenn die Erinnerung an diesen unberechenbaren Adam sie nervös stimmte, war ihr durchaus klar, dass er sich keinen Deut für sie interessierte. Dämonen machten sich nicht viel aus Menschen, solange sie nicht als Opfer bestimmt waren. Und aus Dienern anderer Herrn machten sie sich in der Regel noch weniger.

»Es ist mir ein Rätsel, wie Anders mit jemandem Geschäfte machen kann, der freiwillig in einem solchen Haus absteigt. Sieht trotz des Pomps recht heruntergekommen aus, da hilft auch kein roter Teppich«, setzte Hayden nach.

Esther hatte Hayden über Anders kennengelernt, der die Anwaltskanzlei in Anspruch nahm, in der Hayden Teilhaber war. Obwohl sie die meiste Zeit des Tages in Anders' Gesellschaft verbrachte, erstaunte es sie immer wieder, dass Hayden ihn trotzdem besser beurteilen konnte. Sein Blick war von großer Klarheit, ihm konnte man schlecht etwas vormachen. So war ihm auch ihre Nervosität nicht entgangen.

»Und wenn schon? Das Hotel kann meinetwegen aussehen, wie es will. Schließlich wollen wir hier ja nicht unsere Flitterwochen verbringen.« Im nächsten Augenblick schämte Esther sich über diese unangebracht ruppige Reaktion, doch Hayden lachte nur.

»Nein, hier ganz bestimmt nicht. Aber über das Thema Flitterwochen sollten wir uns in der nächsten Zeit tatsächlich einmal Gedanken machen. Ruf mich an, wenn du deine Angelegenheiten für heute geregelt hast, dann können wir uns noch auf einen Drink treffen und uns über eine Reise nach Europa unterhalten. Das wäre doch was, oder?«

Esther spürte beim Wort Europa einen eisernen Griff um ihre Kehle, trotzdem nickte sie tapfer. »Ich werde es versuchen, aber es könnte heute sehr spät werden, also warte bitte nicht auf meinen Anruf.« Das war eine Lüge, denn sie hatte vor, möglichst schnell mit diesem Adam fertigzuwerden. Aber bis sie Hayden das nächste Mal wiedersah, musste sie sich ein Reiseziel einfallen lassen, das Europa ausstach.

Innen machte das Fin de siècle mehr her, als man von seiner schäbigen Fassade erwartete. Die Lobby war zwar nicht übermäßig groß, aber die dunklen Holzwände und die mit Samt bezogenen Sofas, zwischen denen niedrige Orienttische und Drachenpalmen standen, verbreiteten eine angenehme Atmosphäre. Für jemanden wie Hayden, der alles Klare und Moderne liebte, sah das hier vermutlich nach verstaubter Vergangenheit aus, aber Esther konnte elegante Gestalten umhergehen sehen, während Pagen Schrankkoffer hievten.

Ohne sich dessen bewusst zu sein, entschied Esther sich für eine kleine Auszeit, bevor sie sich ihrer Aufgabe stellen würde. Zu sehr waren die letzten Stunden ein stetes Wechselbad der Gefühle gewesen. Für ein paar Minuten in die Haut einer anderen Frau zu schlüpfen, war da einfach zu verlockend. Vor allem, weil die Lobby sie geradezu zu einer Zeitreise verführte. Um eine aufrechte Haltung bemüht, als trüge sie statt eines Mieders ein Korsett, setzte Esther sich auf eins der Sofas. Während sich ihre innere Anspannung verlor, schloss sie die Augen und begann im Geiste, eine Unterhaltung mit ihrer vornehmen Begleitung zu spinnen.

Erst eine volltönende Männerstimme holte Esther in die Gegenwart zurück. »Wenn ich gewusst hätte, wie sehr Ihnen diese Umgebung zusagt, hätte ich mir mehr Zeit damit gelassen, zu Ihnen zu kommen.«

Esther sprang vor Überraschung auf, bevor ihr klarwurde, wie ertappt sie dadurch wirkte. Adam war auf der Hälfte der Treppe stehen geblieben und musterte sie – ob nun amüsiert oder kritisch konnte sie nicht sagen. Er sah tadellos gekleidet aus, nur das nasse, zurückgekämmte Haar verriet, dass er eben erst vom Bett unter die Dusche gestiegen war. Nicht etwa, weil er zu lange geschlafen hätte … für einen solchen Fehlschluss kannte Esther sich zu gut mit seinesgleichen aus.

»Entschuldigen Sie, aber ich habe noch nicht mit Ihnen gerechnet.« Esther stockte. Warum hätte sie auch mit ihm rechnen sollen? Schließlich hatte sie ihren Besuch noch nicht bei der Rezeption angemeldet. »Haben Sie mich etwa eintreffen sehen?«

Die Frage schien Adam zu amüsieren. »Mehr oder weniger. Ihr Duft hat Sie verraten, wenn Sie es genau wissen wollen.«

Obwohl er es leicht dahinsagte, färbten sich Esthers Wangen rot, als habe er ihr ein vertrauliches Kompliment gemacht. »Ich hoffe, ich störe Sie nicht? Wir können uns auch gern zu einem späteren Zeitpunkt unterhalten«, brachte sie in einem geschäftsmäßigen Ton hervor, nachdem sie ihre Verunsicherung überwunden hatte.

Adam kam den Rest der Treppe herunter, ohne sie dabei aus den Augen zu lassen. »Stören, wobei?«

Esthers Augenbrauen schnellten in die Höhe. Entweder war dieser Mann vollkommen schamlos, oder er hatte in seinem Zustand gestern gar nicht mehr mitbekommen, dass er sich vor den Augen aller Gäste mit Anders' Gefährtin vergnügt hatte. Von den anderen Dingen, die vorgefallen waren, ganz zu schweigen. Esther beschloss, direkt auf ihr Anliegen zu sprechen zu kommen.

»Anders wünscht, dass ich Sie mit Ihrer Aufgabe vertraut mache, da ihm das Thema ein wenig unangenehm ist.«

Adam kam vor ihr zum Stehen, und unwillkürlich streckte sie einen Arm vor, damit er einen gewissen Abstand wahrte.

Einen Augenblick lang sah er überrascht auf ihren grenzpfahlgleichen Arm, dann schenkte er ihr ein Lächeln, das keineswegs beruhigend wirkte.

»Man könnte fast meinen, meine Gegenwart wäre Ihnen unangenehm. Dabei kenne ich noch nicht einmal Ihren Namen.«

»Ja, das stimmt. Eigentlich hätten wir uns gestern Abend bereits vorgestellt werden sollen. Aber dann waren Sie ja zuerst damit beschäftigt, meinen Herrn zu küssen …« Esther hielt unvermittelt inne. Was war nur los mit ihr? Für gewöhnlich hatte sie sich vollkommen im Griff, wenn sie in Anders' Auftrag handelte.

Adam wischte sich mit einer flüchtigen Bewegung über die Lippen, als könne er kaum glauben, was er getan haben sollte. »Es war kein Kuss im eigentlichen Sinne.«

Es klang überraschend entschuldigend, dann wurde sein Ausdruck undurchdringlich. Derselbe Ausdruck wie auf der Party, bis Anders den Dämon in ihm geweckt hatte. Daraufhin hatte er lichterloh gebrannt. Eine Erinnerung, die sie nach wie vor in Unruhe versetzte, so eindrucksvoll war die Reaktion dieses Mannes auf Anders' Gabe gewesen … und hatte etwas längst Vergessenes in ihr geweckt, das sie nach wie vor nicht unter Kontrolle hatte, verflixt.

Offenbar war ihr die Verstörung anzusehen, denn Adam schüttelte amüsiert den Kopf.

»Es überrascht mich, ehrlich gesagt, dass die Erinnerung Sie in Verlegenheit bringt. Als Anders' Dienerin sollten Sie an solche Szenen doch gewöhnt sein.«

»Das bin ich auch. Ich muss mich entschuldigen, denn es steht mir keineswegs zu, darüber zu urteilen.«

»Ich nehme es Ihnen auch nicht weiter übel, wenn Sie mir nun endlich Ihren Namen verraten.«

»Esther«, sagte sie nach kurzem Zögern.

»Nur Esther? Und dabei dachte ich immer, nur unsereins würde sich Künstlernamen zulegen.«

Unwillkürlich entschlüpfte Esther ein überraschtes »Oh«. Jetzt durfte sie auf keinen Fall die Nerven verlieren. Doch zu ihrem Entsetzen spürte sie, wie sich Risse in ihre Fassade gruben. Das Herz schlug wild in ihrer Brust, und sie konnte Adam ansehen, dass ihm dieser Umstand keineswegs entging.

»Wie kommen Sie bloß darauf, dass es sich um einen Künstlernamen handelt? Eine absurde Idee.«

Anstelle einer Antwort musterte Adam sie nur, dann steckte er die Hände in die Hosentaschen und blickte zu einem der bodentiefen Fenster hinaus.

Esther hatte im Laufe der Zeit viele von seiner Art gesehen, schließlich zog Anders sie an wie das Licht die Motten. Die meisten konnten den Dämon, der sie beherrschte, nur leidlich verbergen. Einige wenige erregten dagegen kaum Verdacht, wie etwa Rischka, die allerdings trotzdem nur selten von Anders' Seite wich – nun, zumindest bis dieser Herr hier aufgetaucht war.

Man erkannte sie also nur, wenn man wusste, wonach man Ausschau halten musste. Mit dem Dämon zog eine Ausstrahlung ein, die fremdartig war. Als würde sein dunkler Heiligenschein durch die menschliche Hülle hindurchschimmern. Nur bei Adam war es anderes. Er wirkte bedrohlich, als könne er sein Temperament kaum zügeln. Von dem Dämon war jedoch keine Spur zu erkennen. Zwar umgab Adam eine Fassade aus Distanziertheit, aber es war die eines Menschen, der niemanden zu nah an sich herankommen lassen wollte. Esther erkannte das deshalb so genau, weil sie sich oft des gleichen Mittels bediente.

Nun, da sich ihr Puls wieder beruhigt hatte, begann sie erneut: »Der Auftrag, mit dem Anders Sie betraut hat, dreht sich im Wesentlichen um …«

»Seit ich in L.A. angekommen bin, habe ich das Meer noch nicht gesehen«, unterbrach Adam sie, keineswegs grob, aber doch sehr bestimmt. »Ich glaube, es ist noch nicht zu spät für einen Ausflug.«

»Ich werde mich mit meinen Ausführungen beeilen.«

»Das ist nicht notwendig, obwohl ich nichts dagegen einzuwenden hätte, wenn Sie schnell machen würden, Esther. Wenn man am Meer spazieren geht, gibt es nämlich nichts Besseres, als zu schweigen und den Wellen zuzuhören.«

Esther schnappte vor Verblüffung nach Luft. »Sie erwarten doch wohl nicht ernsthaft, dass ich Sie begleite?«

Allem Anschein nach doch, denn Adam hatte sich bereits umgedreht und schlenderte in Richtung Ausgang. Einen Moment lang überlegte sie, ob es sinnvoll war, ihn einfach ziehen zu lassen. Allerdings würde dann nicht nur Anders mit ihr unzufrieden sein … und außerdem kam ihr die Vorstellung eines Spaziergangs am Meer gar nicht so abwegig vor. Es wäre bedeutend leichter, mit diesem Mann zu sprechen, wenn man dabei aufs Wasser hinausblicken konnte, anstatt unentwegt in diese Katzenaugen sehen zu müssen. Obwohl alle Vernunft ihr widersprach, folgte sie Adam zum Ausgang des Hotels.

9

Winterfeuer

Der Strand lag verlassen da, nur in weiter Ferne konnte man die Umrisse von einigen Spaziergängern erkennen. Hundehalter oder vielleicht auch Eltern, die mit ihren Kindern umhertollten. Das Januarlicht war klar und schneidend, so dass Esther notgedrungen die Hand als Schattenspender zu Hilfe nehmen musste, wenn sie aufs glitzernde Wellenspiel sehen wollte. Zu Adams Enttäuschung hatte sie sich ein Tuch um den Kopf gebunden. Dabei hätte er gern gesehen, wie der Wind diese Fülle aus blassem Rotgold zum Flirren brachte.

Während der Autofahrt war sie überraschend still gewesen, das Gesicht verschlossen wie eine Auster, und auch ansonsten hatte nichts an ihr etwas darüber verraten, was sie von diesem erzwungenen Ausflug hielt. Die perfekte Dienerin. Fast fühlte Adam sich herausgefordert, den spärlichen Spuren nachzugehen, die sie trotzdem unwillentlich über ihre Persönlichkeit preisgab. Doch er riss sich zusammen. Esther umwehte ein Geheimnis, und er würde sich nicht an ihr versündigen, indem er es ihr gegen ihren Willen entriss. Was auch immer er bislang getan haben mochte, es hatte sie schon ausreichend gegen ihn aufgebracht.

Der Sand war nass und schwer, und Esther versank immer wieder mit den Absätzen. Adam reichte es vollkommen aus, neben ihr herzuschlendern und sie gelegentlich am Ellbogen zu stützen, was sie ihm mit einem gereizten Funkeln dankte.

Auch das sollte ihm recht sein, denn auf diese Weise bekam er die Chance geboten, ihre grauen Augen zu betrachten. Jedes Mal spürte er der Empfindung nach, die sie in ihm wachgerufen hatten. Noch ein Geheimnis, aber von der süßen Art.

Zeitverschwendung, knurrte der Dämon. *Ich will sie nicht – nicht ihr Blut, nicht ihren Körper. Sie ist vielleicht Anders' Dienerin, aber sonst zu nichts zu gebrauchen.*

Ehe Adam sich's versah, hatte sich ein Lächeln auf seine Züge geschlichen. Noch nie zuvor hatte er die unüberwindbare Trennlinie zwischen dem Dämon und sich mehr begrüßt als bei diesen Worten. Hätte die Stimme ihm zugeraunt, dass sie Esther begehrte, hätte er ohne eine Erklärung kehrtgemacht und wäre direkt zum Flughafen gefahren, um nie wieder zurückzukehren. Aber der Dämon wollte sie nicht – ganz im Gegensatz zu ihm, wie er sich zu seiner eigenen Verwunderung eingestehen musste.

Seit den Erlebnissen in Paris hatte Adam sich von Frauen, die ihn anzogen, tunlichst ferngehalten. Stets schwebte ihm die Gefahr vor Augen, der Dämon könnte die Gelegenheit nutzen, ein weiteres Mal nach der Alleinherrschaft zu greifen, sobald er sich fallenließ. Allerdings hatte auch noch nie eine andere Frau dieses berauschende Gefühl in ihm geweckt, das seine Vernunft einfach ausschaltete.

Esther war jene Art von kühler Schönheit zu eigen, die den meisten Männern zu viel Respekt einflößte, als dass sie sich zu Dummheiten wie einem Flirt hätten hinreißen lassen. Sie war recht groß, mit einer wohlgeformten Figur und ebenmäßigen Gesichtszügen. Einmal abgesehen von ein paar feinen Brüchen, die nur bemerkte, wer genau hinsah: Der Nasenrücken saß schief, und unter ihrem linken Auge verlief eine Narbe, die sie jedoch hervorragend zu überschminken verstand. Dafür passten diese Zeichen zu ihren angespannten Zügen. Auch von dem verträumten Blick, mit dem Adam sie in der Lobby angetroffen hatte, war seither nichts mehr zu sehen. Stattdessen prangte eine steile Falte inmitten der Stirn, die ihr etwas Strenges verlieh.

Mit der behandschuhten Hand hielt Esther den Kragen ihres Mantels zusammen. »Ich kann mich gar nicht entsinnen, wann ich zum letzten Mal das Meer gesehen habe. Im Sommer ist der Strand nicht der richtige Ort für mich, dann verbrenne ich mit meiner hellen Haut schon auf dem Weg vom Wagen hierher. Und im Winter kommt niemand auf die Idee, an den Strand zu gehen. Jedenfalls niemand, den ich kenne. Es ist wunderschön, die Farben sind wie gemalt.«

»Sie nehmen es mir also nicht länger übel, dass ich Sie zu diesem Ausflug genötigt habe?«

»Dass Sie mich gezwungen haben, Ihnen hinterherzulaufen?« Esther zuckte mit der Schulter. »Nur ein wenig.«

Adam biss sich auf die Unterlippe, um ein Lachen zu unterdrücken. Sie war fuchsteufelswild wegen seines Benehmens, aber zu beherrscht, um das einzugestehen – dessen war er sich spätestens nach dieser Lüge sicher. Für Lügen hatte er einen Extrasinn.

Das grau schimmernde Meeresspiel, der dunstige Horizont, der Wind, der ihm Salz und den Duft nach Apfelblüten zuspielte, den Esthers Haut verströmte, bildeten den schönsten Augenblick, an den er sich erinnern konnte. Wann hatte er sich jemals so leicht gefühlt? Ihm war sogar nach einer Unterhaltung zumute.

»Woher stammt eigentlich Ihr Akzent? Normalerweise bin ich sehr gut im Erraten, aber Ihrer ist regelrecht verschleiert, als wollten Sie ihn nicht bloß loswerden, sondern geradezu vertuschen.«

»Haben wir in dieser Stadt nicht alle einen Akzent, den wir nur allzu gern hinter uns lassen würden?«, konterte Esther. »Ihr Englisch klingt schließlich auch wie aus dem Lehrbuch.«

Adam setzte bereits zu einer Entgegnung an, dann hielt er inne. Sie lässt sich nicht gern in die Karten blicken, stellte er amüsiert fest und musste im nächsten Moment seinen erwachten Jagdtrieb zügeln, der sich am liebsten auf diese scheue Beute gestürzt hätte. Bei diesem Spiel würde Adam sich jedoch allein schlagen, das verlangte nicht bloß sein Stolz. Dann sah Esther ihn mit ihren ernsten Augen an, und er musste hart schlucken. Nein, das hier war kein Spiel – es war seine einzige Chance.

»Im Gegensatz zu Ihnen ist es bei mir der Dämon, der für meine akzentfreie Aussprache verantwortlich ist. Ich habe nichts zu verbergen.«

»Sie meinen wohl: Sie haben nichts *vor mir* zu verbergen. Weil ich als Dienerin genau weiß, was Sie sind. Da können Sie sich ganz hemmungslos offenbaren.« Trotz ihrer schnippischen Worte verzog Esther keine Miene.

»Und was bin ich in Ihren Augen?«

Diese Frage bot sich fast zwingend an, aber bei der Vorstellung, wie ihre Antwort ausfallen könnte, bebten sämtliche Muskeln in seinem Körper vor Anspannung. *Was* und nicht *wer*, hatte sie gesagt. Ein Etwas also und kein Mann.

Esther musterte ihn, als handle es sich bei seiner Frage um einen Witz. »Ein Dämon in Menschengestalt«, brachte sie schließlich tonlos hervor. »Dabei sind Sie in Ihrer Camouflage genauso unkenntlich wie Anders, vermutlich ist Ihre sogar noch perfekter. Niemand würde je Verdacht schöpfen, dass Sie kein Mensch sind.«

»Dass ich kein Mensch bin«, sprach Adam leise nach, für den sich jede Silbe wie ein Schlag ins Gesicht anfühlte.

»Sehen Sie es als Kompliment – oder wären Sie lieber eins von diesen armen Geschöpfen, in denen noch ein Rest Menschlichkeit existiert, das sie der Lächerlichkeit preisgibt? Glauben Sie mir, wenn man mir nicht gesagt hätte, dass Sie ebenfalls im Blutdienst stehen, hätte ich es nie erraten. Und dabei bin ich ausgesprochen gut darin, den Dämon zu entdecken. Anders hat mich darin gründlich ausgebildet.«

»Warum ausgerechnet Sie?« Als Esther lediglich erstaunt die Brauen hochzog, fügte Adam hinzu: »Der Dämon interessiert sich nicht für Sie, Sie werden also niemals einer seiner Tempel sein.«

»Woher wissen Sie das so genau?«

»Ich bin auch sehr gut darin, Dinge zu sehen, die den Dämon betreffen.«

Obwohl Esther sich so gedreht hatte, dass sie die gleißende Sonne im Rücken hatte, verengte sie die Augen zu Schlitzen, als würde Adams Anblick sie blenden.

»Ist es Ihnen unangenehm, dass Sie den Dämon nicht in sich tragen können?«, hakte er nach.

Noch immer schwieg Esther, so dass Adam bereits einen weiteren Anlauf nehmen wollte, als sie unvermittelt sagte: »Ich hege keinerlei Interesse an dem Dämon. Zwar akzeptiere ich die Bezeichnung Dienerin und halte mich exakt an die Regeln, aber in Wahrheit bin ich Anders' angestellte Assistentin. Er braucht jemanden, der die Position einer Dienerin erfüllt, möchte sich aber an niemanden binden, der eines Tages eine Verwandlung von ihm einfordern könnte. Die, wie ich gehört habe, ja ohnehin allzu oft scheitert, weil der Dämon sich für das Blut der meisten Diener aus gutem Grund nicht interessiert. Als Anders mich vor drei Jahren mitten auf der Straße angesprochen hat, brauchte ich gerade einen Job. Einen gut bezahlten Job nach Möglichkeit. Anders verlangt nichts von mir, das mein Gewissen in Mitleidenschaft ziehen würde, weil er seine Opfer stets entschädigt. Außerdem ist er ein besserer Chef, als es wohl die meisten Kerle in dieser Stadt sind.«

»Ein blutgieriger Dämon macht Ihnen also keine Angst?«

Für einen Sekundenbruchteil rümpfte Esther die Nase, dann war ihr Gesicht wieder so ausdruckslos wie gewohnt.

»Nein, dafür hat Anders alles viel zu gut unter Kontrolle. In dieser Stadt geht man sorgsam mit dem Blutdienst um. Das heißt: So war es zumindest bis vor kurzem. Aber nun sind Sie ja da, um den alten Zustand wiederherzustellen.«

Gegen seinen Willen stieß Adam ein raues Lachen aus. »Womit wir wohl beim Thema wären.«

»Die meisten Dämonen …« Ehe Esther den Satz zu Ende bringen konnte, packte Adam sie verwirrend schnell am Handgelenk. Obwohl ihr die Geste zweifellos gegen den Strich ging, wagte sie es nicht, sich ihm zu entziehen.

»Ich gebe Ihnen einen Tipp, Schätzchen«, sagte Adam bedrohlich leise. »Nennen Sie mich besser nicht einen Dämon. Das missfällt mir nicht nur, sondern das bin ich auch nicht.«

Aber bald, brachte sich die Stimme einem Giftstachel gleich ein.

Esther verzog ihre Mundwinkel zu einem abschätzigen Lächeln, während ihr Gesicht blass wurde und ihre ansonsten bestens versteckte Angst verriet. Durch das Leder ihres Handschuhs konnte Adam ihren schnell gehenden Puls spüren, was ihn vor Frustration fast aufschreien ließ. Alles lief schief, und er machte es durch sein aufbrausendes Temperament nur noch schlimmer.

»Wie Sie wünschen«, sagte Esther voller Verachtung. »Die meisten von … Ihresgleichen, die den Weg nach Los Angeles finden, schließen sich über kurz oder lang Anders an und passen sich ohne viel Aufhebens entsprechend ihrer Opferrituale an die hiesigen Sitten an. Die Sorgfältigkeit bei der Opferwahl und der pflegliche Umgang mit ihnen ist eine Notwendigkeit, wenn man über einen längeren Zeitraum an einem Ort bleiben will, wo man nicht der Einzige mit bestimmten Gelüsten ist.«

Adam nickte langsam. »Aber einer hält sich nicht daran, und derjenige muss gefunden werden, bevor er die ganze Gemeinschaft in Gefahr bringt.«

»Es hat ganz den Anschein, als hätten Sie Ihre Aufgabe von selbst erraten. Wenn Sie ein so guter Jäger sind, wie Ihr Leumund Rischka behauptet, wird es sicherlich ein Leichtes für Sie sein, die Spur der blutleeren Leichen zu dem Dämon – oh, entschuldigen Sie bitte – zu demjenigen zurückzuverfolgen, auf dessen Konto sie gehen. Das ist der Auftrag, den Anders für Sie vorgesehen hat.«

Der Zynismus war nicht zu überhören, auch wenn Esther sich um Neutralität bemühte. Jede ihrer Regungen schien darauf ausgerichtet zu sein, ihn auf Distanz zu halten. Adam beschloss, ihre Abwehrhaltung hinzunehmen und sich stattdessen auf die vor ihm liegende Aufgabe zu konzentrieren. Vielleicht entspannte das ja die Situation zwischen ihnen beiden.

»Es gibt also eine Spur von blutleeren Leichen. Erzählen Sie mir doch ein bisschen mehr darüber. Vor allem, warum Sie davon ausgehen, dass es jemand von uns gewesen sein soll. L. A. ist eine Großstadt, die doch bestimmt jede Menge Verrückte anzieht. Vielleicht ist es nur irgendein Sektenfanatiker, der es mit seinem Kult etwas zu ernst meint.«

Esther blinzelte ihn ungehalten an. »Ihre Begabung als Spurenleser in Ehren, aber auch ich mache meinen Job gut. Anders lässt mich die Geschehnisse in der Stadt beobachten, außerdem verfügt er selbst über ausgezeichnete Kontakte. Sie können also davon ausgehen, dass wir alles in Erfahrung gebracht haben, was in unserer Macht stand. Wir haben es mit sieben Opferungen zu tun, mit solchen Opferungen, die bis zum bitteren Ende durchgeführt worden sind. Jede einzelne von ihnen mit einer anderen Technik … vom klassischen Durchtrennen der Arterie bis zum professionellen Abzapfen des Blutes. Dabei wiesen die Opfer keinerlei Verbindungen zueinander auf, Geschlecht, Alter, Rassenzugehörigkeit, alles kreuz und quer durcheinander. Genau wie die Fundorte, denn normalerweise würde sich bei so vielen Leichen doch eine Art Vorliebe abzeichnen, etwa eine Gegend, in der der Täter sich gut auskennt. Aber so ist es in diesem Fall nicht. Man könnte fast meinen, unserem Unbekannten ist es gleichgültig, wen er tötet und wo er es tut. Deshalb fällt es der Mordkommission des LAPD auch so schwer, ein Muster zu erkennen – das ändert sich jedoch, wenn man weiß, auf welchen Nenner man vollkommen unterschiedlich ausgeblutete Leichen bringen kann: Blutopfer für den Dämon.«

Adam nickte zustimmend, während er in seine Einschätzung von Esther neben über *alle Maße anziehend* und *geheimnisvoll* auch noch *intelligent* eintrug. Was ihre abweisende Haltung umso schlimmer machte.

»Ich habe eine Liste der bisherigen Opfer für Sie zusammengestellt«, fuhr Esther geschäftsmäßig fort. »Wer sie waren, von wem sie gefunden wurden, samt Daten, Fundortbeschreibungen und so weiter. Können Sie damit arbeiten?«

»So eine Liste ist ja gut und schön, aber meine Sinne brauchen eigentlich etwas Handfestes, mit dem sie arbeiten können. Hat Anders eins der Opfer in seinen Besitz bringen können, damit ich es mir genauer ansehen kann?«

»Leider haben wir kein Kühlhaus, das groß genug für die Unterbringung einer Leiche wäre. Nur einen Kühlschrank für Bensons Biervorräte«, antwortete Esther, wobei ihre Nase sich erneut kräuselte. Das Thema war ihr zuwider. Mit zwei Fingerspitzen massierte sie sich die Schläfe, dann zwang sie sich ein Lächeln aufs Gesicht. »Sehen Sie, Anders ist kein Staatsmann, der etwas vertuschen will und deshalb schrecklich zugerichtete Leichname aus der Leichenhalle entführen lässt, bis der Geheimagent eintrifft und die Spuren liest. Darum werden Sie sich selbst kümmern müssen.«

Nach außen hin ließ Adam den Spott an sich abprallen, doch innerlich zuckte er zusammen. Während er die sorgfältig ausgearbeitete Liste überflog, trat Esther unruhig von einem Fuß auf den anderen, wobei sie prompt im Sand versank. Mit einer gewissen Übung packte Adam sie am Ellbogen.

»Haben Sie vergessen, irgendein Detail zu notieren, oder warum sind Sie plötzlich so nervös? Das Reden über ausgeblutete Leichen scheint Sie ja jedenfalls nicht aus der Ruhe zu bringen. Sagen Sie es mir ruhig, falls Sie als perfekte Assistentin versagt haben sollten. Ich werde es Anders schon nicht auf die Nase binden und Ihre Karriere ruinieren.«

Esther strich ihren Mantel glatt. »Ich habe nichts vergessen. Es gibt nur etwas, von dem ich mir nicht sicher bin, ob ich es überhaupt erwähnen soll.«

Adam brauchte nicht auf seinen Instinkt zurückzugreifen, um zu erkennen, dass sie einen innerlichen Kampf ausfocht. Geduldig wartete er ab.

»Vermutlich ist es eine Sackgasse, aber vor einigen Tagen hat es einen Polizeieinsatz im Außenbezirk gegeben. Nichts Großes. Es war wohl ein anonymer Tipp gegeben worden, der auf einen blutbesudelten Hinterhof hinwies. Allerdings ist dort außer dem Blut nichts gefunden worden. Ich habe also keinen Beweis, dass es sich um eine Opferung gehandelt haben könnte. So, nun haben Sie es wenigstens gehört. Was Sie daraus machen, ist Ihre Sache.«

Hellhörig geworden, hakte Adam nach. »Woher wissen Sie davon?«

»Einer von Anders' Kontakten beim LAPD hat angerufen und davon erzählt.«

Adam versuchte, Esthers Stocken auf die Schliche zu kommen. »Aber Anders glaubt nicht, dass dieser Fall auch unserem unbekannten Freund zuzurechnen ist?«

»Nein, deshalb steht er auch nicht auf der Liste. Ein Hundekampf auf einem Hinterhof, hat er gesagt. Ich sollte Sie nicht von den gesicherten Spuren ablenken. Aber Rischka, die das

Gespräch mit dem Polizeikontakt angenommen hatte, war da anderer Meinung, darum habe ich es mir gemerkt.«

»Aha.« Obwohl Adam sicher war, dass mehr hinter dieser Geschichte steckte, ließ er es auf sich beruhen. Esthers Gesichtsausdruck zufolge hätte er deutlich mehr Druck ausüben müssen, um mehr aus ihr herauszubekommen, als ihm lieb war. »Meine Aufgabe besteht also darin, einen meinesgleichen zu finden, der Anders' ungeschriebene Regeln bricht. Wenn ich ihn habe, soll ich ihm dann gleich ein Ende bereiten?«

Das hatte Adam zwar keineswegs vor – einen von seiner Art auszulöschen, weil er es mit dem Opfern übertrieb, würde ihm zwar nichts ausmachen, aber es war eine Höllenarbeit. Außerdem geriet der Dämon jedes Mal in einen Wahnsinnsaufruhr, wenn er einen von ihnen ohne seine Erlaubnis tötete. Trotzdem interessierte es ihn, wie Anders mit dem Unruhestifter umzugehen gedachte, wenn er ihn erst einmal in den Fingern hatte.

»Sehen Sie …«, fing Adam an.

Genau in diesem Augenblick riss der Wind das Tuch von Esthers Kopf und wirbelte ihr einen rotblonden Schleier vor das Gesicht.

Wie Feuerfunken im Winterlicht.

Adam ertappte sich gerade noch rechtzeitig dabei, wie er die Hand ausstreckte, getrieben von dem Verlangen, sich an diesem Winterfeuer zu verbrennen. Stattdessen fing er geschickt das Seidentuch auf.

Esther stieß ein unerwartet vergnügtes Lachen aus, während sie ihr Haar mit den Händen zu bändigen versuchte. Was ihr jedoch nicht gelang, wie Adam voller Genugtuung feststellte. Eine lachende Esther mit zerzausten Haaren passte viel besser zu der Frau, die Adam in ihr erkannte, als die distanzierte Dienerin.

»So was aber auch«, rief sie. »Die bekomme ich bei diesem Wind im Leben nicht wieder unters Tuch.«

»Lassen Sie es doch einfach offen.«

»Damit ich aussehe wie eine wild gewordene Hexe? Lieber nicht. Dann kann ich mir ja auch gleich die Pumps abstreifen und mit den Füßen ins Wasser laufen. Danach sehne ich mich schon die ganze Zeit.«

»Ich halte Sie ganz bestimmt nicht davon ab.«

»Nein, so einer sind Sie nicht, was?«, flachste Esther zurück.

Unter Einsatz beider Hände gelang es ihr schließlich, das Haar zumindest aus dem Gesicht zu bannen. Zum ersten Mal sah Adam ihr Lächeln, frei und ungezwungen. Ehe er sich's versah, erwiderte er es und streckte ihr das Tuch entgegen. Es war ein seltsam vertrauter Moment, als sie das Tuch nahm und dabei seine Finger streifte. Ihre Berührung fühlte sich genauso glatt und kühl an wie die Seide.

»Ich habe Sie gestern Abend am Klavier gehört«, sagte sie atemlos. »Ihr Spiel ist sehr intensiv, ich konnte mich nur schwerlich entziehen. Ich hätte nicht gedacht, dass Dämonen dazu in der Lage sind, so tief zu empfinden. Und das muss man doch, um so spielen zu können.« Esther biss sich auf die Unterlippe. »Ich meine natürlich nicht Dämon, sondern …. Ich meine …«

Adam schloss die Augen. Der Moment war vorbei.

Die Bestürzung deutlich ins Gesicht geschrieben, wich Esther zurück. Mit hastigen Bewegungen fasste sie das Haar im Nacken zusammen und schlang das Tuch darum. Dann standen sie beide schweigend voreinander, verwirrt über die Mauer, die so unvermittelt zwischen ihnen eingebrochen war – nur um sogleich wieder aufgerichtet zu werden.

»Was Ihre Frage anbelangt, wie Sie mit dem Übeltäter verfahren sollen, wenn Sie ihn gefunden haben … Anders wird sich darum kümmern«, setzte Esther noch deutlich aus den Takt gebracht nach. Ihr Blick wanderte zum Meer, und für einen Augenblick glaubte Adam, Sehnsucht aufflackern zu sehen. Doch da drehte sie sich bereits mit einer resoluten Bewegung um und ging in Richtung Parkplatz davon. »Damit wäre meine Aufgabe wohl beendet, Sie wissen nun ja Bescheid.«

»Ja, sieht ganz so aus.«

Obwohl alles in ihm danach schrie, sie notfalls mit einer Umarmung zum Bleiben zu bringen, folgte Adam ihr, wobei er sich exakt einen Schritt hinter ihr hielt. Sie drehte sich auch kein einziges Mal um oder forderte ihn auf, zu ihr aufzuschließen. Akzeptier es, redete er sich ein. Für sie bist und bleibst du ein seelenloser Dämon und kein Mann. Wie willst du ihr auch das Gegenteil beweisen? Schließlich hat sie Recht.

Diese Liebelei hat sich ja schneller erledigt, als ich erwartet habe, säuselte der Dämon voller Hohn.

Adam schwieg, den Blick auf den grauen Sand gerichtet, und verdrängte entschlossen, woran ihn dieser Farbton erinnerte.

10

Aas

Die Rückfahrt verlief schweigend, und Adam setzte Esther an einem Taxistand ab, weil sie zu Anders' Haus wollte, während es ihn dazu drängte, einfach nur umherzufahren. Und die vornehmen Hills wollte er jetzt um keinen Preis sehen. Er konzentrierte sich auf das Schnurren des Motors, achtete darauf, wie der Wagen auf der Straße lag, und ließ seine Aufmerksamkeit nur allzu gern von den unzähligen Reklametafeln einfangen, die die Stadt in der Dämmerung in buntes Licht tauchten. Was auch immer sich zwischen Esther und ihm abgespielt hatte, er konnte sich jetzt unmöglich damit auseinandersetzen. Er musste seinen Geist dazu bringen, sich mit etwas anderem zu beschäftigen. Etwas Naheliegendem wie der Aufgabe, die er übernommen hatte, obwohl sie – zu seiner eigenen Verwunderung – keinerlei Reiz auf ihn ausübte.

»Dann wirst du dich eben dazu zwingen«, versprach er sich selbst, als er in eine schmale Sackgasse fuhr und den Motor abstellte.

Esthers Liste war Zeile um Zeile mit Informationen bedruckt. Informationen, die ihm davon erzählten, was auch Anders bereits herausgefunden hatte: Einer von ihnen schwelgte im Blutrausch. Weder war er in der Lage, den Opfern gerade so viel abzuverlangen, dass sie lebendig davonkriechen konnten und der Dämon trotzdem zufrieden war. Noch versteckte er die blutleeren Überreste vor neugierigen Augen.

Allerdings gelang es Adam, noch etwas anderes herauszulesen – und wenn Anders es ebenfalls bemerkt haben sollte, so hatte er es Esther gegenüber zumindest mit keinem Wort erwähnt. Außer dem Blutdienst gab es noch einen weiteren Nenner: Wer auch immer die Opfer auf so unterschiedliche Weise zur Schau gestellt hatte, war ein Meister auf diesem Gebiet.

Der Einzige unter ihresgleichen, der das Opfern um seiner selbst willen liebte, war allerdings zurzeit nicht in der Stadt, soweit Adam wusste. Außerdem war Lakas ein Pfuscher auf diesem Gebiet, nach allem, was er damals in Paris aufgeschnappt hatte. Den Anblick des aufgebrochenen Brustkorbs, den Truss ihm stolz präsentiert hatte, hatte er nicht vergessen. Nein, Lakas war zu ungeschickt, so viel stand fest.

Er warf die Liste auf den Beifahrersitz, stieg aus und schlug die Tür mit mehr Kraft zu, als notwendig war. Nur mit Mühe konnte er dem Bedürfnis widerstehen, vor Anspannung die schmale Straße auf und ab zu rennen, obwohl es in ihm summte wie in einem Hornissennest. Gegen seinen Willen sah er durch das Seitenfenster nochmals auf die Liste. So langsam breitete sich doch noch Jagdfieber aus.

In L.A. war also ein Meister der Opferung unterwegs, und niemand außer ihm wollte dessen Spuren richtig gelesen haben. Zwar war Adam sich der Einzigartigkeit seiner Gabe bewusst, aber für seinen Geschmack lag dieser Hinweis auf den Unbekannten zu deutlich auf der Hand. Bei Anders mochte es noch angehen, dass er darüber hinwegsah, aber Rischka war eine gewitzte Frau. Sie hätte von selbst darauf kommen müssen, dafür brauchte sie ihn eigentlich nicht. Oder … es steckte mehr dahinter, als es auf den ersten Blick den Anschein hatte.

Plötzlich gefiel Adam die Aussicht auf die bevorstehende Jagd besser als erwartet.

Einmal angenommen, Rischka wusste mehr darüber, warum hatte sie dann ausgerechnet ihn in die Stadt gerufen? Es musste ihr schließlich klar sein, dass er den Unbekannten ohne großen Aufwand finden würde.

Dann kam Adam ein Gedanke, der das Ganze unendlich viel interessanter machte: Es ging Rischka nicht darum, dass er bloß den Übeltäter stellte. Sie kannte seine Gabe gut genug, um zu wissen, dass er die Spur mühelos würde lesen können. Sie führte etwas anderes im Schilde. Ja, das klang eindeutig nach der Frau, die er auf dem Hausboot an der Seine kennengelernt hatte. Rischka verfolgte immer eigene Ziele. Nun galt es herauszufinden, warum sie Anders' Problem vorgeschoben hatte, um ihn hierherzulotsen. Und warum sie Esther die Sache mit dem blutigen Hinterhof in den Kopf gesetzt hatte, obwohl diese Fährte laut Anders doch eine Sackgasse war … Genau damit würde er anfangen, entschied er.

Adam verschränkte die Hände hinter dem Nacken und atmete tief durch. Die Sackgasse stank nach den Abfällen, die sich an den Hausmauern türmten, aber das kümmerte ihn nicht. Auch das wütende Gebrüll eines Mannes in einem der Apartments oder der einsetzende Regen störten ihn nicht. Er war gerade dabei, einen Grund dafür zu finden, warum es sich lohnte, in Los Angeles zu bleiben. Einen anderen Grund als zwei sturmgraue Augen, die ihn mit Missachtung straften, weil sie nicht mehr als einen Dämon in ihm sahen.

Erneut führte Adam sich jedes Detail der Opferungen vor Augen, nur um mit jedem Moment mehr Ehrfurcht zu empfinden. Von ihnen ging eine dunkle Magie aus, die seine Sinne aufrührte, ohne dass er sich dagegen wehren konnte.

Blut, säuselte der Dämon verträumt und aalte sich in der Erinnerung an Opferungen, die Adam ihm dargebracht hatte. *Blut, Blut*, sang er leise. Wie eine Beschwörungsformel raunte er das Wort, das seine ganze Existenz umfangen hielt. Ein Singsang, den Adam im Verlauf der gemeinsamen Jahre erst zu hassen und dann auszublenden gelernt hatte – was er auch jetzt tat.

Sollte der Dämon ruhig seinen Träumen nachhängen, solange es ihm gelang, seine Jagdinstinkte unter Kontrolle zu halten. Was ihm in dieser Situation allerdings nur schwer glückte.

Unwillkürlich musste er an das Geschwisterpaar denken, das er vor einem Menschenleben in Paris auseinandergebracht hatte. Was hätten sie gemeinsam doch bloß für ein dämonisches Dreieck ergeben, dachte Adam mit einer aufsteigenden Erregung, ekelte sich aber im nächsten Moment vor sich selbst. Mit Truss' Liebe zum Töten hatte er kein Problem gehabt, da er für die Auswahl der Opfer verantwortlich gewesen war und keinem von ihnen eine Träne nachweinte. Auch wenn er bloß ein Mal Zeuge von einem Blutdienst geworden war, der von Lakas geleistet wurde, so reichten ihm die Geschichten, die Truss ihm mit sehnsüchtigen Augen erzählt hatte, um zu wissen, wie sehr er diese Gabe verabscheute. Das Jagen der Opfer war schon grausam genug, danach sollte eigentlich nur noch der Tod warten.

Passend zu den düsteren Bildern, die ihm vor den Augen tanzten, hörte Adam den spitzen Aufschrei einer Frau. Zunächst gab er nur ein widerwilliges Grollen von sich, weil er seinen Gedankengang nicht unterbrechen wollte. Dann ging der Schrei jedoch in ein Betteln und schließlich in ein beschwörendes Flüstern über, dem er sich nicht länger entziehen konnte. Das zornige Geschrei eines Mannes, das er schon zuvor gehört hatte, setzte erneut ein, gefolgt von einer zuschlagenden Tür und dem Trommeln kräftiger Fäuste dagegen.

Adam legte den Kopf in den Nacken, um zu dem Fenster aufzuschauen, durch das der Lärm drang. Er musste blinzeln, da ihm Regentropfen in die Augen schlugen – er hatte ganz vergessen, dass es regnete. Zwar mochte das Fenster groß genug für ihn sein, aber in einer Höhe von gut dreieinhalb Metern alles andere als einfach zu erreichen.

Der Dämon hielt unvermittelt in seinem Singsang inne.

Dann brach die Tür mit einem lauten Dröhnen aus dem Rahmen, und die Frau schrie erneut.

Nun mach schon, forderte der Dämon ihn auf.

Hastig streifte Adam sein Jackett ab, stemmte sich mit dem Fuß gegen die Stoßstange seines Wagens, ohne auf deren Ächzen zu achten, und nutzte den Schwung, um den Fenstersims zu erreichen. Mit unmenschlicher Kraft und Geschmeidigkeit zog er sich hoch und trat das Glas ein, ehe er ins Innere glitt.

Ein schäbiges, karg eingerichtetes Wohnzimmer, das durch die aus den Angeln hängende Tür kaum elender aussah. Mit ein paar schnellen Schritten durchquerte Adam den Raum und fand sich im Badezimmer wieder, in dem ein großer, schwerer Mann gerade den Kopf einer Frau unter den laufenden Wasserhahn hielt, als wolle er sie ertränken. Verzweifelt wehrte die Frau sich, doch es gelang ihr nicht, sich zu befreien, und ihre Bewegungen verrieten bereits eine bedrohliche Erschöpfung.

Ohne länger abzuwarten, drehte Adam dem Mann den Arm auf den Rücken und riss ihn mit Gewalt von der Wanne fort.

Benommen richtete die Frau sich auf, wobei ihre Hand auf dem nassen Emailgrund wegrutschte und sie das Gleichgewicht verlor. Trotzdem weigerte sie sich, die andere Hand, in der sie einen schmalen Streifen Papier hielt, zu Hilfe zu nehmen. Es reichte jedoch, damit Adam einen Blick auf ihr Gesicht werfen konnte. Blutergüsse und Platzwunden, bestimmt nicht zum ersten Mal.

Der Mann hatte seine Überraschtheit überwunden und fing ihn wüst zu beschimpfen an. »Wer immer du auch bist, ich bringe dich um, du Gott verdammter Hurensohn! Ich werde deinen Scheißschädel in die Toilette rammen, ich werde …«

»Halt's Maul«, knurrte Adam ihn genervt an.

Für ihn war es in diesem Moment viel wichtiger, einen weiteren Blick auf die misshandelte Frau zu erhaschen, unschlüssig, was er tun sollte. Mit bebenden Schultern richtete sie sich auf und wischte sich das Haar fort, das ihr wie nasser Seetang in der Stirn klebte. An ihrer Hand blinkte ein Ehering auf.

»Lassen Sie Otis bitte los«, sagte sie mit einem schweren russischen Akzent. »Die Neuigkeit mit dem Baby war zu viel für ihn.«

Adam schluckte.

Otis nutzte den Augenblick, um Adam mit seiner gesamten Körpermasse einige Schritte abzudrängen, bis er mit dem Rücken hart gegen die Wand knallte. Mit einem Schlag wich ihm sämtliche Luft aus den Lungen, trotzdem gab Adam den Griff nicht auf.

»Lass los, oder ich zerdrücke dich wie eine Fliege an der Wand«, warnte Otis und stemmte sich bereits nach hinten, um seine Drohung wahrzumachen.

Doch Adam war schneller: Er riss Otis' Arm ein Stück nach oben, bis der seinen Widerstand aufgab. Dann umrundete er den vor Schmerzen grunzenden Mann und keilte ihm in den Magen. Als Otis auf die Knie zu sinken drohte, packte Adam ihm ins wirr abstehende Haar und schlug ihn mit der Stirn mehrmals auf den Waschbeckenrand, bis sich ein Sprung im Porzellan auftat, in den sogleich blutige Schlieren einsickerten.

Im Hintergrund schluchzte die Frau wie ein kleines Kind, aber Adam hatte in diesem Augenblick nur Aufmerksamkeit für eine andere Stimme.

Meins, hauchte der Dämon beim Anblick des Blutes.

»Du willst ihn?« Ein kaltes Lächeln breitete sich auf Adams Gesicht aus. »Du kannst ihn haben. Nichts lieber als das.«

Mit festem Griff packte er den Mann vorn am Hemd, bevor der endgültig in sich zusammensank. Während er nach dem Rasiermesser auf der Ablage griff, sah er im Spiegel die Frau an. Ihr Gesicht war nicht mehr als eine mit dunkelroten Flecken übersäte Maske des Entsetzens. Unschlüssig setzte sie einen Schritt auf Adam zu und streckte die Hand nach ihm aus. Er hätte nicht sagen können, ob sie auf ihn einschlagen oder ihn einfach nur berühren wollte, weil sie ihn für einen herbeigebeteten Racheengel hielt.

Unterdessen begann Otis, sich wieder zu regen, was Adam mehr als lieb war. Der Dämon mochte es nicht, wenn seine Opfer bewusstlos waren, bevor er überhaupt richtig angefangen hatte, ihnen das Leben zu nehmen. Und in diesem Fall war Adam ganz seiner Meinung.

»Mach, dass du rauskommst«, sagte er zu der Frau. »Und komm erst wieder, wenn die Polizei bereits eingetroffen ist. Dann erzählst du ihnen einfach von einem Raubüberfall, der außer Kontrolle geraten ist. Witwen weisen sie nicht aus, vor allem keine schwangeren.«

Die Frau rang ihre Hände, und einen Moment lang befürchtete Adam, sie könnte zusammenbrechen. Da straffte sie jedoch ihre Schultern und hielt auf die ramponierte Tür zu.

»Danke«, flüsterte sie, ohne ihn dabei anzusehen.

Adam wog noch einmal das Rasiermesser in seiner Hand.

Otis blinzelte ihn durch tränende Augen an, während seine Lippen eine weitere Verwünschung ausstoßen wollten. Allerdings kam Adam ihm zuvor. »Fütterungszeit«, sagte er, zwang den Kopf des Mannes in den Nacken und setzte die Klinge an dessen Halsschlagader an.

Es brauchte nur eine rasche Bewegung, und der Dämon frohlockte in einer Stimmenvielfalt, die kein Orchester der Welt übertreffen konnte.

11

Die Dienerschaft des Herrn

Es war nie verkehrt, wenn er auf seine Instinkte vertraute.

Auch dieses Mal wurde Adam nicht enttäuscht, als er sich dazu entschloss, nicht auf direktem Weg Anders' Grundstück zu betreten. Zuerst einmal wollte er seine Neugierde befriedigen, die dieses hinter unauffälligem Grün verborgene Revier weckte. Dabei ging es allerdings nicht bloß um Wissensdurst, sondern auch um eine gewisse Eitelkeit, die er sich nur ungern eingestand. Ausgelöst wurde sie von dem ausgeklügelten Alarmsystem, mit dem Anders unwillkommene Gäste fernhalten wollte. Solche Grenzen erkannte Adams Instinkt nicht an. So bereitete es ihm ein Heidenvergnügen, als er in das wohlbehütete Revier eindrang und darin herumstromerte, die Ohren gespitzt, in der Hoffung, auf etwas Interessantes zu stoßen.

Was er schließlich auch tat: Anders' Torwächter Benson kreuzte seinen Weg, ohne dass dieser ihn entdeckte. Wenn Adam wollte, gelang es ihm, im Dickicht regelrecht unsichtbar zu werden, was ihm vor allem während seiner Zeit in Kambodscha viele Vorteile verschafft hatte. Es kostete ihn einiges an Überwindung, den ahnungslosen Mann an sich vorbeiziehen zu lassen, ohne ihm einen kräftigen Schrecken einzujagen. Denn wenn Adam ehrlich zu sich war, musste er zugeben, dass er es vermutlich nicht bei einem Schrecken belassen hätte. Mit seiner sturen Art war Benson ihm gegen den Strich gegangen, aber das war noch lange kein Grund, die grausame Seite seines Jagdinstinkts zu wecken.

Also flanierte Adam weiter durch die Dunkelheit, den vielfältigen Geräuschen des nächtlichen Gartens nachhängend, während sich ein kühler Film auf sein Gesicht legte, hervorgerufen vom Wind, der nach Harz, Frühjahrsblumen … und einer Mischung aus lockendem, wie auch zugleich abstoßendem Muskat duftete. Natürlich hatte Adam mit Fährten von Anders' und Rischkas Dämonengeruch gerechnet, allerdings kamen sie ihm aus einer Richtung entgegen, aus der er sie nicht vermutet hatte: Anstelle in Richtung der Villa deutete die Fährte auf den Garten hin.

Anders …, hauchte der Dämon. *Ganz nah, bald wieder meins. Geh zu ihm!*

Dieser Befehl war überflüssig, da Adams Neugierde ihn ohnehin antrieb. Er folgte der Spur, bis er erneut auf die efeugrüne Mauer stieß. Geschickt kletterte er über das hohe Mauerwerk hinweg, wobei weder Alarmdrähte noch Stacheldraht eine Herausforderung darstellten. Nachdem er die Baumreihen hinter sich gelassen hatte, gelangte er auf eine Baustelle. Hier wurde ein neues, großflächig umrissenes Haus errichtet. Wenn er sich nicht täuschte, würde das Ergebnis ganz dem modernen Geschmack Kaliforniens entsprechen: ein futuristisch anmutender, streng geometrischer Bau. Ein altes Gästehaus, auf das er ebenfalls einen Blick erhaschen konnte, verriet, dass hier zuvor wohl ein viktorianisches Holzhaus gestanden hatte.

Für einen Moment verharrte Adam, um in sich hineinzuhorchen. Warum störte ihn die Tatsache, dass hier etwas Altes einfach gegen etwas Neues eingetauscht wurde? Schließlich entsprach es doch der Mentalität dieses Landstriches, deren Blick fest auf die Gegenwart und höchstens ab und an auf die Zukunft gerichtet war. Du solltest dich hier eigentlich wie zu Hause fühlen, sinnierte er. Ein Ort, der nichts auf die Vergangenheit gibt, der vielmehr ihre Spuren auslöscht, wo er nur kann. Ein solcher Ort ist doch wie dein Spiegelbild.

Aber so wollte er nicht sein, verflucht! Selbst nach all den Jahren konnte er den Widerstand gegen sein Schicksal nicht abstreifen und akzeptieren, dass es keine Vergangenheit für ihn gab, weil er kein Leben im eigentlichen Sinne führte. Da half ihm auch seine Sturheit nicht weiter.

Die Gedanken wie lästige Fliegen abschüttelnd, hielt Adam auf den halbfertigen Bau zu, wobei ihm Rischkas Lachen aus der Ferne entgegenschallte. Sie und Anders mussten sich irgendwo in einem anderen Bereich des Gartens aufhalten. Zunächst wollte er dem Lachen nachgehen, dann entschied er sich jedoch dazu, schnell noch einen Blick in das Gebäude mit seinen nackten Fensterlöchern zu werfen. Es lockte ihn wie ein dunkles Versprechen.

Die Arme vor der Brust verschränkt, stand Adam im ersten Stockwerk, in das er über eine provisorische Treppe aus Holzbrettern gelangt war. Da die Wände hier gerade erst hochgezogen wurden, hatte er einen hervorragenden Blick auf das Schauspiel, das ein Stück von der Baustelle entfernt geboten wurde.

Neben dem nächtlich beleuchteten Pool, der von den Abrissarbeiten verschont geblieben war, stand eine Liege, auf der sich eine verführerische Frau räkelte. Rischka bog mit gespielter Verzückung den Rücken durch, während Anders sich ausgiebig ihren nackten Füßen widmete. Ihre rot geschminkten Lippen waren zu einem kunstvollen »Oh« geöffnet, die Lider flatterten leicht.

Ehe das Ganze noch intimer wurde, sprang Adam hinab und schlenderte auf das Paar zu, das ihn jedoch erst bemerkte, als er neben der Liege angekommen war und ein Schnalzen mit der Zunge hören ließ.

»Vielen Dank für die nette Vorstellung, selbst wenn sie nicht für meine Augen bestimmt war.«

Voller Genugtuung steckte Adam Rischkas wütendes Funkeln weg. Eigentlich hatte er damit gerechnet, ihr nach der letzten Nacht voller Zorn entgegenzutreten, da sie keine Hemmung gezeigt hatte, seinem Dämon ins Bett zu folgen. Aber stattdessen fühlte er sich geradezu gut gelaunt. »Es ist wirklich ein Segen, dass du deine Vorführungen auf ein kleines Publikum beschränkst, meine Liebe. Auf einer echten Bühne könnte so eine Darbietung wohl kaum bestehen. Dieses hingebungsvolle Stöhnen war wirklich zu dick aufgetragen.«

»Mag sein«, erwiderte Rischka hocherhobenen Hauptes. »Aber nachdem ich diese Darbietung letzte Nacht doch ausgiebig unter dir geübt habe, wollte ich nun einmal nicht darauf verzichten. Ich kann mich jedenfalls an keine Beschwerde erinnern, dass meine Hingabe zu überzogen war.«

Adam zuckte mit der Schulter. »Keine Ahnung, ich war ja nicht dabei. Falls du letzte Nacht also nicht wirklich auf deine Kosten gekommen sein solltest, musst du dich leider bei einem anderen beschweren. Obwohl ich mir gut vorstellen kann, dass mir dieser entrückte Schrei, mit dem du Anders für die Sache mit deinem großen Zeh entlohnt hast, nicht einmal bewusstlos entgangen wäre.«

Anders lachte, wobei er sich das Haar mit der Hand zurückstrich, bis der Seitenscheitel wieder akkurat saß. An seinem Hals leuchtete noch die frische Narbe auf, die Adam ihm beigebracht hatte – eines von jenen Malen, die nicht so schnell wichen.

»Sie wissen wirklich, wie man sich anschleicht, mein Guter. Mir ist eben vor Schreck fast das Herz in die Hose gerutscht. Morgen früh werde ich Benson wohl mal ordentlich wegen der Alarmanlage auf den Zahn fühlen müssen. Wenn Sie über mein Grundstück bis hierher gekommen sind, hätte sie eigentlich anschlagen müssen.«

»Welche Alarmanlage?«

Mit einer ahnungslosen Miene setzte sich Adam in die Mitte der Liege, woraufhin Anders aufstand und Rischka ein wütendes Zischen ausstieß. Einen Augenblick lang gab er sich noch der Zufriedenheit hin, sie beide ordentlich durcheinandergebracht zu haben, dann fixierte er Anders, der sich gerade eine Zigarette zwischen die Lippen steckte.

»Ein interessanter Bau, den Sie da hochziehen lassen. Reicht der Platz in der Villa für Ihre *Familie* nicht länger aus?«

»Nein, an mangelndem Platz liegt es nicht, vielmehr an dem Wunsch nach Veränderung. Als dieses Grundstück zum Verkauf stand, kam es mir wie ein Zeichen vor. Wenn man sich den Luxus leisten kann, ein Haus zu bauen, das zu den eigenen Bedürfnissen passt, dann sollte man nicht lange zögern.«

»Neue Bedürfnisse, hm?«

Adam streckte die Beine aus, was ihm von Rischka ein abfälliges Schnauben einbrachte. Offenbar war sie mit seinem Verhalten nicht sonderlich einverstanden. Was hast du denn erwartet?, hätte Adam sie fast gefragt. Dass ich um Nachschlag bettele oder es nicht wage, dir unter die Augen zu treten, nachdem du dich über meinen Willen hinweggesetzt hast? Du warst mit dem Dämon zusammen, nicht mit mir. Und selbst der interessiert sich gerade einen feuchten Kehricht für dich, weil er nur Anders und seine Gabe im Kopf hat.

Lass Anders mir geben, wonach ich verlange. Tu endlich, was ich dir befehle!

Unablässig schallten die Forderungen des Dämons durch Adam. Er riss und zerrte an ihm, versuchte, seine Gefolgschaft zu erzwingen. Da er jedoch noch von dem eben erbrachten Blutopfer besänftigt war und die Gefühle, die Esther in Adam wachgerufen hatte, ihn bannten, schaffte er es nicht, seine sonstige Macht zu entwickeln. Es war fast so, als tobte der Dämon hinter einer Wand aus Milchglas.

So gelang es Adam, sich ganz auf Anders zu konzentrieren, den die Affäre von Rischka nicht weiter zu bekümmern schien. Es gefiel ihm jedoch ganz eindeutig nicht, dass Adam sein künftiges Haus inspiziert hatte. Zumindest hatte sich seine Kieferpartie auffällig verspannt, nachdem dieses Thema aufgekommen war. Genau aus diesem Grund nahm Adam sich vor, noch ein wenig tiefer zu bohren, zusätzlich angestachelt von der Ungeduld, die er bei Rischka wahrnehmen konnte. Etwas an diesem Gespräch elektrisierte sie regelrecht.

»Diese Bedürfnisse, von denen Sie sprechen, haben nicht zufällig etwas mit dem Keller des Gebäudes zu tun? Kam mir irgendwie wie das Herzstück des Ganzen vor. Ein gut weggeschlossenes Herz, wenn man die Türkonstruktion bedenkt. Eine Tresortür ist es zwar nicht, aber dicht dran.«

»Freut mich, dass sie Ihre Bewunderung findet. Ich habe die Tür nämlich selbst entworfen. Für irgendwas muss diese Ingenieursausbildung schließlich gut sein. Zumindest funktioniert sie besser als mein Alarmsystem, denn wenn es Ihnen gelungen wäre, die Tür zu öffnen, müssten Sie jetzt nicht nachfragen, richtig?«

»Richtig.« Adam erwiderte das Lächeln seines Gegenübers, wobei es mindestens genauso kühl ausfiel. »Übrigens«, beschloss er, das Thema zu wechseln, »die Liste, die Ihre Dienerin aufgestellt hat, ist gut und schön. Aber ich kann ihr leider nicht mehr entnehmen, als Sie es auch selbst können. Einer von uns opfert ein bisschen zu oft und zu gern. Um mehr zu erfahren, brauche ich eine echte Spur, etwas, mit dem meine Sinne arbeiten können.«

Unvermittelt lehnte Rischka sich zu ihm hinüber und streckte die Hand aus. Adam zuckte zusammen, dann begriff er, dass sie seinen hochgekrempelten Hemdärmel herunterrollen wollte. Er verwehrte es ihr jedoch mit einem leichten Schlag auf die Finger.

»In welchen fremden Häusern hast du dich heute Abend denn noch so herumgetrieben?«, fragte Rischka, wobei die plötzliche Erregung in ihrer Stimme nicht zu überhören war. »Dein Hemd ist ganz feucht, und am Ärmel ist …«

»Blut«, beendete Adam den Satz, um dann an Anders gewandt zu sagen: »Die Leiche, die ich bei dieser Opferung zurückgelassen habe, wird allerdings für keinen großen Wirbel sorgen. Es sei denn, das LAPD macht sich die Mühe herauszufinden, ob alles Blut des Opfers aus der Kehle in den Abfluss gelaufen ist. Selbst dann würden sie nicht viel vermissen, der Kerl war nämlich alles andere als lecker.«

Rischka stieß ein raues Kichern aus. »Deshalb bist du so entspannt, selbst in Anders' Nähe: Der Beherrscher ist befriedigt. Heute also kein Verlangen nach stürmischen Küssen?«, flüsterte sie ihm hinter vorgehaltener Hand zu.

Auch Anders sah durchaus amüsiert aus, während ihm der Zigarettenrauch zugleich aus Nase und Mund quoll. »Es ist nicht so, dass ich etwas gegen das Opfern habe, bestimmt nicht. Es ist aber eine Frage des *Wie*. Wir sind hier eine stetig wachsende Gemeinde, da können wir uns diese Art von Aufmerksamkeit nicht erlauben. Unser unbekannter Freund hat von der Gerichtsmedizin bereits einen verräterischen Spitznamen bekommen, der an einen billigen Horrorstreifen erinnert. Es ist also nur noch eine Frage der Zeit, bis die Medien ihn aufgreifen werden.«

»Lassen Sie mich raten: *Werwolf* ist es vermutlich nicht?«

Anstelle einer Antwort grinste Anders lediglich. »Nun, auf der Liste, die Esther Ihnen gegeben hat, stand alles, was wir aus eigener Kraft in Erfahrung bringen konnten. Nach einer Spur, die Ihren Jagdinstinkten auf die Sprünge hilft, müssen Sie schon selbst suchen.«

»Das habe ich vor, aber dabei könnte ich ein wenig Hilfe gebrauchen. Los Angeles ist eine verflucht große Stadt, und es kostet selbst mich eine gewisse Zeit, sie zu erkunden.«

Anders hob ratlos die Hände. »Was erwarten Sie von mir?«

»Eine Fremdenführerin. Überlassen Sie mir Esther für die Zeit der Suche. Schließlich kennt sie den Fall genauso gut wie ich.« Als die Worte heraus waren, hörte Adam vor lauter Anspannung einige Sekunden lang nichts anderes als das Rauschen hinter seiner Stirn.

»Das ist nicht dein Ernst!«

Rischka bohrte ihre künstlich verlängerten Nägel so ungestüm durch Adams Haut am Oberarm, dass er nicht einmal zusammenzucken konnte. Augenblicklich setzte ein brennender Schmerz ein. Was auch immer sie als Lack aufgetragen hatte, es hinterließ Verätzungen. Wo die Nägel eingedrungen waren, platzte die Haut weiter auf. Der Dämon musste sich ordentlich anstrengen, um dagegen anzukämpfen, auch wenn er schallend lachte.

Fieses Miststück, sagte er anerkennend, als wisse er diesen Trick durchaus zu schätzen. *Was ist das: das erste Weihwasser, das wirklich etwas gegen uns zu bewirken vermag?*

Adam hingegen war keineswegs zum Lachen zumute. Es kostete ihn sehr viel Kraft, Rischkas Handgelenk nicht so wegzustoßen, dass es brach. Nur widerwillig löste Rischka ihre Finger, wobei sie ihn provozierend anstarrte. Zweifelsohne eine Herausforderung, jedoch eine, deren Sinn er nicht begriff. Warum hegte sie plötzlich den Wunsch, ihn zu verletzen?

Als Adam sich sicher war, dass seine Stimme trotz der unablässigen Schmerzen fest war, richtete er sie an Anders, der von der Attacke nichts mitbekommen zu haben schien. »Es tut mir leid, wenn ich Sie mit meiner Forderung, mir Esther für diese Aufgabe zu überlassen, in die Ecke dränge. Ich kann mir gut vorstellen, wie sehr Sie sich auf Ihre Dienerin stützen. Aber Esther kennt sich neben Ihnen am besten mit dem Fall aus. Oder möchten Sie den Part, mir zu assistieren, gern übernehmen? Das wäre mir natürlich auch recht.«

Wie erwartet verzog Anders das Gesicht. »Ich befürchte, das lässt sich leider nicht mit meinem Terminkalender vereinbaren. Aber natürlich liegt es in meinem Interesse, Sie zu unterstützen, wo ich nur kann. Also werde ich Esther instruieren, Ihnen nach Kräften behilflich zu sein.«

Adam konnte sich ein Lächeln nicht verkneifen.

Anders' Finger umtanzten ein silbernes Benzinfeuerzeug, während er ihn nachdenklich musterte. »Eine Sache will ich nur klarstellen: Sie gehen gut mit meiner Dienerin um. Ich möchte nicht von ihrem Verlobten zur Rechenschaft gezogen werden, weil Sie Mist gebaut haben. Der Kerl ist nämlich der beste Anwalt der Stadt. Außerdem liegt mir persönlich viel an Esther.«

»Mach dich nicht lächerlich, Anders. Wenn dir tatsächlich etwas an Esther liegen würde, würdest du sie Adam nicht überlassen«, warf Rischka mit bitterem Ton ein.

»Warum nicht? Dich habe ich ihm ja schließlich auch in der letzten Nacht überlassen.« Gleichgültiger hätte Anders nicht klingen können. »Letztendlich gehört ihr alle mir.«

»Das mag für die anderen gelten, aber nicht für mich«, erklärte Adam bestimmt.

Anders sah ihn lange an, ehe er mit einer aufreizenden Gewissheit erwiderte: »Noch nicht, aber bald.«

12

Seitenwechsel

Der Morgen war grau und dunstig, als Esther, mitgenommen von einer schlaflosen Nacht, versuchte, sich die Spitze des Kajals nicht ins Auge zu stechen.

Eigentlich war sie eine Meisterin im Schminken. Schließlich war ein perfektes Make-up ein wichtiger Bestandteil ihrer Verkleidung als Frau, die von den Abgründen des Lebens unangetastet geblieben war. Die Grundlagen hatte sie von ihrer Mutter übernommen, die ihre Veilchen einfach mit einem verwegenen Lidschatten wegzuschminken gewusst hatte. Heutzutage versteckte Esther nicht nur die Spuren ihres alten Lebens, sondern malte sich sogleich das neue auf Lippen und Wangen: freundliche Farben, die das Schöne hervorhoben und das Schlechte verdeckten, wie etwa die Narbe unter ihrem Auge, die ansonsten wie ein weißer Schnitt aufleuchtete. Zwar hatte sie sich für diesen Makel eine wasserdichte Erklärung zurechtgelegt, aber es war ihr entschieden lieber, wenn niemand ihn überhaupt bemerkte.

Auch heute half ihr die »Zeremonie«, wie sie das sorgfältige Schminken und Ankleiden nannte, die Geister der Nacht zu verscheuchen, die sie unbedingt daran erinnern wollten, wer sie eigentlich war. Dabei hatte ihre Reaktion auf Adam und auf seinen Dämon ihr bestens vor Augen geführt, dass sie, wenn sie nur einen Augenblick lang nicht aufpasste, imstande war, alles zu zerstören, was sie sich so mühsam aufgebaut hatte. Wäre sie in Wirklichkeit die Esther gewesen, die sie vorgab zu sein, hätte Adams Gegenwart nichts anderes als Widerwillen bei ihr schüren dürfen. Ihr Kartengebäude stand auf äußerst wackeligen Füßen.

Esther ärgerte sich über sich selbst. Sie wollte sich ausschließlich nach dem Hellen und Ruhigen sehnen, also nach dem genauen Gegenteil, für das Adam stand. Doch ganz gleich, wie sehr sie auch dagegen ankämpfte, dieser Teil in ihr, der sich genau nach dieser Art von Herausforderung sehnte, ließ sich nicht ausmerzen. An einem guten Tag hätte sie behauptet, das Interesse sei bloß ihrer unterdrückten Abenteuerlust geschuldet, aber an Tagen wie heute wusste sie es besser: Wer einmal von der Dunkelheit berührt worden war, zog sie stets aufs Neue an. Das war auch der wahre Grund dafür, warum Anders sie mitten auf der Straße als geeignete Dienerin erkannt hatte. Und vermutlich auch der Grund, warum Adam sie angesehen hatte, als hege er nicht den geringsten Zweifel daran, dass sie ihm gehörte – während jener dunkle Teil, den sie nach Kräften zu verbergen versuchte, auf seinen Ruf geantwortet hatte. Da hatte auch ihre professionelle, geradezu abweisende Haltung wenig geholfen. Der geheimnisvolle Magnetismus zwischen ihnen brauchte weder Gesten noch Worte, um sich zu offenbaren. Adam hatte es ebenso gespürt wie sie.

Während die kühle Seide ihrer Wäsche über ihre Haut glitt, nahm Esther sich fest vor, Haydens Drängen, so schnell wie möglich zu heiraten, nun doch nachzugeben. Er war ihr einziger Anker, wenn sie von dem Sturm, der sie gestern erfasst hatte, nicht fortgerissen werden wollte. Sie durfte kein Risiko eingehen und erneut Adams Weg kreuzen. Noch einmal würde es ihr ansonsten gewiss nicht gelingen, ihn auf Abstand zu halten. Männer wie er fanden immer einen Weg, sämtliche Hindernisse zu überwinden, das machte sie ja gerade so interessant. Nur wollte sie um keinen Preis die Aufmerksamkeit eines interessanten Mannes erringen, vor allem nicht von einem, der nicht allein Herr in seinem Haus war. Dafür war ihr gesamter Lebensentwurf zu fragil.

Allein die Erinnerung, wie er sich am Strand immer wieder das Haar zurückgestrichen hatte, weil der Wind es ihm in die Augen trieb, führte ihr vor, wie kurz sie davor gewesen war, die Fassung zu verlieren. Zuerst hatte sie es für ein dunkles Blond gehalten, aber die Sonne hatte ein goldenes Farbenspiel hineingezaubert, als wollte sie beweisen, dass dieser Mann mehr als einen zweiten Blick wert war.

Als ob es einen solchen Beweis gebraucht hätte!

Auch so war Esther in Versuchung gewesen, ihre Verkleidung als distanzierte Dienerin abzulegen und endlich auf seine Annäherungsversuche einzugehen. Vielleicht wäre dabei ein hitzig geführtes Gespräch herausgekommen, darüber, was von einem erzwungenen Rendezvous am Strand zu halten war. Es wäre der Auftakt zu einem sich rasch steigernden Schlagabtausch geworden, wie Adam sie gewiss liebte und Esther sie früher auch mit Leidenschaft geführt hatte. Aber sie wusste genau, wie solche Dinge endeten. Männer wie Adam taten alles mit Leidenschaft – ob sie einen nun liebten oder in den Abgrund rissen. Deshalb hatte sie alles getan, um Adams Versuche, sich ihr zu nähern, im Keim zu ersticken.

Vielleicht sollte sie Anders darum bitten, Adam künftig von ihr fernzuhalten, aber diesen Gedanken verwarf Esther sofort wieder. Anders war ein vorbildlicher Chef, der nie irgendwelche Grenzen überschritt. Allerdings erwartete er dasselbe von ihr: Sie sollte ihren Job machen und ihn nicht mit Nebensächlichkeiten belästigen. Und selbst wenn sie es gewagt hätte, ihm einen solchen Wunsch vorzutragen, so hätte er zweifelsohne angefangen, Fragen zu stellen. Fragen, die sie auf keinen Fall beantworten wollte. Dafür war ihre Reaktion auf Adam zu wirr und mit zu vielen Gefühlen besetzt. Außerdem hätte sie Anders damit jede Menge Unannehmlichkeiten beschert. Und Unannehmlichkeiten hasste Anders. Nein, es würde ganz allein bei ihr liegen, Adam aus dem Weg zu gehen.

Esther zog sich gerade ein Kleid über, als es an der Tür klopfte. Ein Blick auf die Uhr verriet ihr, dass Eli, ihre Nachbarin, ihr wohl noch schnell den Apartmentschlüssel überreichen wollte, bevor sie zum Flughafen eilte. Eli war Stewardess und die meiste Zeit irgendwo in der Weltgeschichte unterwegs. Die beiden Frauen verband eine lockere Freundschaft, die darauf beruhte, dass Esther sich über jeden Kontakt freute, wenn die Gefahr nicht bestand, er könnte enger werden, und Eli über eine Konstante in ihrem unsteten Privatleben froh war. Außerdem musste ja auch jemand Elis Blumen gießen, während sie einen Jetlag irgendwo auf der anderen Seite der Erdkugel ausstand.

Während sie das Kleid davon abhielt, von ihren Schultern zu rutschen, öffnete Esther die Tür. »Du hättest dir wirklich keinen besseren Moment aussuchen können, Liebes. Den Reißverschluss dieses Kleides bekommt vielleicht eine Akrobatin am Rücken zu, ich aber nicht.«

Zu ihrem Entsetzen stand jedoch nicht Eli in Stewardessenuniform und mit roten Hektikflecken im Gesicht vor ihr, sondern Adam, der ihr Lächeln erwiderte, ehe sie es von ihrem Gesicht verbannen konnte.

»Klingt tatsächlich so, als hätte ich mir keinen besseren Moment zum Anklopfen aussuchen können.«

Esther, die zu perplex war, um zu reagieren, ließ sich von ihm in die Diele schieben. Als er ihr mit der Hand bedeutete, sich umzudrehen, gelang es ihr wenigstens, ihn wütend anzufunkeln. Zu ihrem Unglück wurde sein Lächeln nur breiter.

»Nun, meinetwegen kann das Kleid gern geöffnet bleiben. Mir zumindest gefällt der Anblick Ihres Rückens.«

»Wovon reden Sie?«

Dann kam Esther der Ankleidespiegel in den Sinn, der direkt hinter ihr stand und Adam zweifelsohne ihre Rückansicht präsentierte. Mit einem Stöhnen drehte sie sich um. Als er langsamer als notwenig den Reißverschluss schloss, kam sie nicht umhin, ein Prickeln entlang ihrer Wirbelsäule wahrzunehmen. Überflüssigerweise strich er den Stoff an ihren Schultern glatt, woraufhin sie sich auf die Unterlippe biss, um dem Kribbeln etwas entgegenzusetzen.

Schnell brachte sie den dringend notwendigen Abstand zwischen sich und ihn.

»Vielen Dank.«

Obwohl sie ihn nicht anschaute, konnte sie trotzdem sein Lächeln spüren. Einen Augenblick lang befürchtete sie, er könnte sich zu einem anzüglichen Spruch hinreißen lassen, stattdessen sagte er schlicht: »Gern geschehen.«

Geradezu verräterisch hektisch griff sie nach ihrer Handtasche, als könne sie sie als Bollwerk zwischen ihnen einsetzen. Dann musste sie die Tasche allerdings wieder beiseitelegen, weil ihre Pumps noch im Schrank standen. Esther zwang sich, sie in Ruhe anzuziehen, während Adam zum Fenster ging und hinausblickte. Er war die Gelassenheit in Person, was sie fast noch mehr reizte als die Tatsache, dass er so leicht in ihr privates Reich eingedrungen war.

»Ich möchte Ihnen gern erklären, warum ich so überrascht war, jemand anders als meine Nachbarin vor der Tür stehen zu haben: Ich empfange in der Regel niemanden in meinem Apartment, die meisten meiner Bekannten kennen nicht einmal die Adresse. Anders kennt meine Adresse zwar, aber er würde sie nie herausgeben, ohne mich vorher zu fragen. Wie konnten Sie mich also finden?«

Zuerst sah es so aus, als sei ein lässiges Schulterzucken die einzige Antwort, die Adam ihr zugestehen würde. Sie wollte schon verärgert nachfragen, als er sagte: »Es gibt nicht gerade viel in dieser Stadt, das mitten im Winter nach Apfelblüten duftet. Selbst in Kalifornien nicht.«

Die Worte trafen Esther so unvermittelt, dass sie sich die Hand vor die Brust schlug. Doch Adam schien sich weder aus seinem Geständnis noch aus ihrer Reaktion etwas zu machen.

Hastig bemühte sie sich, das Gespräch wieder in normale Bahnen zu lenken. »Warum haben Sie nicht einfach unten an der Tür geklingelt, wie es sich gehört?«

Adams Finger ertasteten die Risse im Lack der Fensterrahmen, die der Salzluft und der Sonne geschuldet waren. »Weil ich neugierig war«, sagte er ohne einen Anflug von schlechtem Gewissen.

»Und? Befriedigt mein Apartment Ihre Neugierde?« Esther trat so dicht hinter ihn, dass sein Geruch ihr in die Nase stieg. Schnee, er riecht so klar wie Schnee … kann das sein? »Nicht, dass ich auch nur eine Vorstellung davon habe, was Sie hier zu sehen erwartet haben.«

»Sie natürlich – was sonst?«

Im ersten Moment glaubte Esther, dass es sich bei seinen Worten bloß um eine smarte Replik handelte, aber dann verstand sie, dass er mehr damit meinte: Er wollte einen Blick hinter die Kulissen werfen, sehen, wer sie wirklich war.

Schlagartig wich ihr das Blut aus dem Gesicht.

Als könne er ihre Bestürzung spüren, wandte Adam sich ihr zu und musterte sie eindringlich. »Mein Interesse sollte Sie wirklich nicht verschrecken«, sagte er in einem leichten Tonfall, aber Esther entging keineswegs, wie ernst sein Ausdruck dabei war. Dieses Spiel musste aufhören, jetzt sofort.

»Es gefällt mir, ehrlich gesagt, nicht sonderlich, in den Fokus von Anders' Jäger zu geraten. Man könnte glatt glauben, ich wäre ein Bestandteil der Spur, der Sie in seinem Auftrag folgen sollen.«

»Kein Bestandteil der Spur, aber Sie sind genauso darauf angesetzt wie ich.«

»Ich *war* darauf angesetzt. Mit dem Erstellen der Liste habe ich meine Schuldigkeit getan.« Da Adam schwieg, schluckte Esther hart. »Hat sich in der Zwischenzeit etwas an der Strategie geändert?«

Einen schrecklichen Moment lang blickte Adam sie noch mit diesen Augen an, die mehr wahrzunehmen schienen, als ihr lieb war. Dann nickte er. »Normalerweise würde ich mir eine solche Spur allein erarbeiten, aber in diesem Fall spielt die Zeit gegen uns. Anders hat mir Ihre Unterstützung zugesichert.«

»Das geht nicht.«

»Warum nicht?«

»Ich bin dafür verantwortlich, dass Anders' Alltag einwandfrei abläuft. Ich kümmere mich um Theaterreservierungen wie auch um die Betreuung jener Menschen, die sich ihm freiwillig als Opfer andienen. Das ist mein Job und nicht etwa, einer Blutspur durch Los Angeles hinterherzujagen.«

Adam stand so vollkommen reglos da, dass sie befürchtete, es wäre ihm gleichgültig, was sie zu sagen hatte. Dann zuckte sein Kiefer, als würde er an ihrer Ablehnung zu kauen haben. »Vielleicht sollten Sie es so sehen: Mich auf der Jagd zu unterstützen, ist die größte Erleichterung, die Sie Anders zurzeit verschaffen können. Ganz das, was eine treu ergebene Dienerin sich wünscht.«

»Erzählen Sie mir nicht, wie ich meinen Job zu machen habe! Kümmern Sie sich lieber um Ihren – wenn Sie das nämlich täten, bräuchten Sie mich nicht.« Esthers Stimme überschlug sich und verriet ihre aufsteigende Panik. Sie musste diesen Mann dazu bekommen, auf ihre Dienste zu verzichten, sofort. Ansonsten wusste sie nicht, wie es enden würde.

Als könne Adam ihre Angst riechen – und verflucht noch mal, vermutlich konnte er das –, lächelte er sie beruhigend an. Ein wunderschönes Lächeln, das ihm im Zusammenspiel mit seinen klaren Gesichtszügen etwas Engelhaftes verlieh. Doch Esther wusste es besser.

»Dieses Lächeln können Sie sich sparen, eine Dienerin braucht man nicht mit Charme zu überzeugen. Ich werde selbstverständlich tun, was Anders von mir wünscht. Auch wenn ich bei Ihrer Suche eher ein Stolperstein als eine echte Hilfe sein werde.«

In diesem Moment klingelte das Telefon, und sie sahen es beide an, als wäre es ein Störenfried, der frecherweise ihren Schlagabtausch unterbrach. Erst als Adam fragend die Augenbrauen hob, griff Esther nach dem Hörer. »Ja?«, fragte sie ungehalten.

»Guten Morgen, Esther.« Anders klang amüsiert. »Sind Sie vielleicht mit dem falschen Fuß aufgestanden? Diesen Tonfall habe ich, wenn ich mich nicht irre, noch nie bei Ihnen gehört. Richtig zähnefletschend.«

»Entschuldigen Sie bitte, es ist nur … Ich habe überraschend Besuch bekommen.«

»Tatsächlich?«

Es entstand eine kleine Pause, während der Adam sich an Esthers Seite stellte, wie um mitzuhören. Was angesichts seiner sensiblen Sinne, von denen Rischka ausgiebig geschwärmt hatte, natürlich lächerlich war. Unwillkürlich rutschte Esther ein kleiner Seufzer heraus, als er ihre Hüfte streifte.

»Lassen Sie mich raten: Adam hat Sie bereits aufgespürt und Ihnen die gute Nachricht persönlich überbracht. Tut mir leid, dass ich zu spät dran bin.«

»Das ist doch kein Problem«, beschwichtigte Esther ihn, obwohl ihr etwas anderes durch den Kopf ging. Zum Beispiel, wie sie Adam auf Distanz halten sollte, wenn ihr Körper schon auf eine zufällige Berührung so intensiv reagierte. »Ich stehe nun also vorläufig in seinen Diensten?«

»Es wird bestimmt nur von kurzer Dauer sein. Gemeinsam werden Sie das schon schaffen.«

Genau die Antwort, die man von Anders erwarten konnte. Bloß kein Problem thematisieren, wenn man es vermeiden kann. Esther seufzte ergeben und verabschiedete sich.

»Zufrieden?« Der Blick, den Adam ihr unter halb geschlossenen Augen zuwarf, bestätigte jedenfalls, dass er es zumindest war. Ein zufriedener Kater, der seinen Willen bekommen hat.

Esther machte auf der Stelle kehrt, griff sich Mantel und Handtasche und hielt auf die Apartmenttür zu.

»Wo wollen Sie anfangen?«

Zuerst glaubte sie, Adam hätte sich kein Stück vom Fenster fortbewegt, aber als sie sich umdrehte, stand er direkt hinter ihr. Instinktiv legte sie eine Hand auf seine Brust, um ihn wegzuschieben. Doch aus irgendeinem Grund konnte sie sich nicht dazu durchringen.

»Ich möchte als Erstes diesem Hinweis nachgehen, den Sie nicht auf die Liste gesetzt haben: der Hinterhof mit den Blutflecken. Sie wissen schon, die Sache, die Rischka von Bedeutung fand.«

Esthers Herz drohte einen Schlag auszusetzen, als es ihr endlich gelang, den Arm zu senken. Ihre Haut war erhitzt, wo sie Adams Brust berührt hatte. »Sie glauben, dass die Polizei nur nicht imstande gewesen ist, den wahren Grund für die Blutflecken ausfindig zu machen?«

»Wenn man sich Ihre Liste ansieht, stellt man schnell fest, dass es dem Täter um zwei Dinge geht: das Ausbluten und das Zurschaustellen der Leichen. Demonstrativ, als wolle er uns sein Treiben direkt vor Augen halten. Vielleicht hat die Polizei den Ort der Inszenierung einfach nur nicht gefunden.«

»Die Adresse habe ich doch für Sie notiert, dorthin dürften Sie also ohne Schwierigkeiten allein finden.«

Auf Adams Zügen flackerten für einen Sekundenbruchteil sich widersprechende Gefühle auf: Ungeduld, Verständnis, aber auch eine Sehnsucht, die Esther aus eigener Erfahrung kannte.

Der Wunsch, jegliche Vernunft auszuschalten und ausschließlich seinen Gefühlen zu folgen. Wenn man sich dieser Sehnsucht überließ, begrub sie alles andere unter sich. Als Adam sich einen Moment später wieder unter Kontrolle hatte, wusste sie nicht, ob sie darüber glücklich oder verzweifelt sein sollte.

Mit undurchdringlichem Ernst hielt er ihren Blick fest.

»Natürlich würde ich dort auch allein hinfinden. Das Entscheidende ist jedoch, dass ich das nicht muss. Sie gehören ab jetzt nämlich an meine Seite, und je eher Sie das akzeptieren, umso leichter wird das Ganze für uns.«

Es klang wie ein Versprechen. »An deiner Seite«, flüsterte Esther unwillkürlich, während er ihr die Tür öffnete. Sie hoffte, dass er sie nicht gehört hatte, aber weder sein Gesicht noch seine Haltung verrieten etwas darüber. Er war genauso undurchsichtig, wie sie es in seiner Nähe gern gewesen wäre.

13

Vergebens

In dieser Gegend von L.A. waren die Häuser nicht mehr als einfache Holzschuppen, deren Veranden den Eindruck erweckten, sofort zusammenzubrechen, wenn jemand kräftig mit dem Fuß auftrat. Die Grundstücke waren nicht sauber aneinandergereiht, sondern wirkten wie zufällig abgesteckt, dazwischen lag Brachland. Für diese Ecke hatte sich die Baubehörde allem Anschein nach wenig interessiert, alles hatte einen leicht anarchischen Anstrich, wenn es nicht schlicht verwahrlost war. Perfekt zum Wildern, dachte Adam. Er hatte den Wagen ein Stück abseits von dem verlassenen Haus geparkt, auf dessen Hinterhof – laut Rischkas Instinkt – eine Opferung durchgeführt worden war. Nun gab er schon seit geraumer Zeit vor, es anzustarren. Das Gebäude auf der rechten Seite stand ebenfalls leer, und links lebte ein alter Mann, der beim Radiohören am Küchenfenster eingenickt war. Ja, das war tatsächlich kein schlechter Ort für eine Opferung, hier hatte man eindeutig seine Ruhe.

Um zu dieser Feststellung zu gelangen, brauchte Adam nur wenige Sekunden. Nichtsdestotrotz konnte er sich nicht dazu durchringen, den Hinterhof in Augenschein zu nehmen, denn es gingen ihm ganz andere Dinge durch den Kopf: Als er unter fadenscheinigen Gründen darauf bestanden hatte, dass Esther ihn begleitete, hatte er sich nicht nur lächerlich gemacht, sondern auch eine Grenze überschritten. Sie war nicht freiwillig bei ihm, auch wenn Adam nach dem kurzen Schlagabtausch in ihrem Apartment klargeworden war, dass sie sich von ihm angezogen fühlte. Das war jedoch keine Ausrede dafür, wie erschreckend wenig Hemmung er an den Tag gelegt hatte, seinen Willen durchzusetzen. Er konnte einfach nicht anders. Alles an ihr reizte ihn, rief eine Sehnsucht wach, von der er nie gedacht hätte, sie je zu verspüren.

Unauffällig betrachtete er Esther aus den Augenwinkeln. Die Anspannung, unter der sie stand, ließ ihre Lider flackern, und sie hielt die Handtasche viel zu fest umschlossen. Lauter Zeichen, dass sie nicht bei ihm sein wollte.

Mit Not unterdrückte Adam ein frustriertes Aufstöhnen. Was hatte er da nur angerichtet? Nicht, dass sie jemals einer Einladung zum Essen zugestimmt hätte, aber jetzt betrachtete sie sich als seine genötigte Dienerin, und er hatte nicht die geringste Ahnung, wie er diese Struktur aufbrechen sollte.

»Meinen Sie nicht, wir haben diese Bretterbude nun lange genug angestarrt? Oder verbirgt sich hinter dieser Observierung vielleicht eine spezielle Technik, die sich mir nicht erschließen will?«

Zu Adams Verwunderung klang Esther mehr als gefestigt. Sie war wirklich gut darin, ihren inneren Aufruhr zu überspielen. Trotzdem würde er sich langsam etwas einfallen lassen müssen, wenn er es sich mit ihr nicht ganz verscherzen wollte. Doch was konnte er ihr schon bieten? Warum nicht einfach das, wonach sich die meisten Frauen, denen er im Lauf der Jahrzehnte begegnet war, verzehrt hatten: sein gutes Aussehen. Die Idee behagte ihm nicht, aber etwas Besseres wollte ihm nicht einfallen.

»Ach, Esther. Nun seien Sie doch nicht so gnadenlos mit mir.« Adam strahlte sie an in der Hoffnung, ihr damit wenigstens ein kleines Lächeln zu entlocken. Stattdessen bekam er nur einen missbilligenden Blick.

»Ich habe es Ihnen schon einmal gesagt: Sie brauchen nicht so charmant zu lächeln. Im Übrigen bin ich ausgesprochen unempfindlich für schöne Männer. Ohne Sie beleidigen zu wollen, aber ich muss gestehen, dass mir ein aufsehenerregendes Gesicht bei einem Mann suspekt ist. Ich weiß, Sie können nichts dafür, aber Sie sollten es mir gegenüber auch nicht unbedingt als Köder einsetzen. Damit erreichen Sie nur das Gegenteil der gewünschten Wirkung.«

Großartig!

Der Dämon brach in schallendes Gelächter aus, als wäre er ein Theaterbesucher, der sich das gesamte Stück über halb zu Tode gelangweilt hatte und nun dank dieses Witzes wieder zum Leben erwacht war.

Adam gönnte dem Dämon sein Vergnügen. Über seinen albernen Versuch, ausgerechnet die kühle Esther zu bezirzen, konnte man wirklich nur spotten. Noch nie hatte er versucht, sein Aussehen zu seinem Vorteil zu gebrauchen, denn es war ihm immer suspekt geblieben. Eigentlich hatte er nichts anderes als eine solche Abfuhr verdient, gestand er sich ein, über sich selbst den Kopf schüttelnd.

»Es tut mir leid, dass ich Sie brüskiert habe.« Esther sah ihn voller Ernsthaftigkeit an. »Aber da wir nun einige Zeit miteinander verbringen werden, dachte ich, es wäre besser, die Fronten zu klären. Ich bin verlobt. Und selbst wenn ich es nicht wäre und Sie keinen Dämon in sich tragen würden, könnte ich mir keinen Flirt zwischen uns beiden vorstellen. Einfach, weil ich nicht der Typ dafür bin.«

Adam schenkte ihr ein schmales Lächeln und untersagte es sich, ihr zu erklären, dass er auf mehr als auf einen Flirt aus war. Dann öffnete er die Autotür. »Ich werde nicht lange brauchen, um mir den Hinterhof anzuschauen.«

»Moment!« Esther griff nach seinem Unterarm. »Sie erwarten doch wohl nicht ernsthaft, dass ich im Wagen sitzen bleibe, während Sie Sherlock Holmes spielen? Damit würden Sie endgültig beweisen, wie unsinnig meine Begleitung ist. Entweder brauchen Sie meine Hilfe wirklich, dann komme ich auch mit, oder Sie führen diese ganze Unternehmung ad absurdum.«

»Im Moment brauche ich Sie wirklich nicht. Passen Sie auf den Wagen auf, dann haben Sie etwas zu tun, auch wenn es Ihre Eitelkeit als Dienerin vermutlich verletzt.« Selbst in Adams Ohren klang seine Entgegnung lahm. Er wartete, bis sie ihre Hand zurückzog, dann erst konnte er ihren Blick erwidern. »Eine Sache sollten wir allerdings noch klären: Ich habe keine Lust, mich vor Ihnen verteidigen zu müssen. Oder schuldet Ihnen Anders etwa Rechenschaft, wenn er etwas von Ihnen einfordert? Nein? Habe ich mir gedacht.«

Adam sah noch, wie sich die Schamesröte ob seiner Zurechtweisung auf Esthers Wangen ausbreitete, dann schlug er die Wagentür zu. Er ekelte sich vor sich selbst, aber er hatte einfach keine andere Möglichkeit gesehen, als sie derart anzugreifen.

Mit langen Schritten durchquerte er den Vorgarten, der nicht mehr als eine gelbe Rasenfläche war, und verpasste der Lattentür, die den Hinterhof abschirmte, einen Tritt, dass sie krachend zur Seite flog. Der Hof war quadratisch. Früher mochte man hier Wäsche getrocknet und gegrillt haben, aber jetzt zeugten nur noch ein paar verlassene Dinge davon, die sich in den Ecken stapelten. In der Mitte ließ sich ein dunkler Fleck auf dem Erdboden erahnen, ausgewaschen vom Regen. Für Adams empfindsame Sinne reichte es allerdings noch aus: Den Gestank von geronnenem Blut erkannte er überall. Darüber hinaus verriet es, dass es sich keineswegs um eine schlichte Schnittwunde gehandelt hatte. Die braunen Reste, die sich mit dem Erdreich verbunden hatten, waren aus einer Arterie geflossen, dem Sinnbild eines Lebensbrunnens, wie ihn der Dämon bevorzugte. Unweigerlich spürte er eine feine Regung seines Dämons, mehr jedoch nicht.

Adam blieb vor dem Flecken stehen und sah sich um. Einerseits leuchtete es ihm ein, dass der Opferungsmeister sich diesen Ort ausgesucht hatte, andererseits kam ihm alles ein wenig karg vor. Nichts als schmutziger Grund hatte hier als Altar gedient. Dagegen waren die anderen Opfer geradezu theatralisch ausgeblutet worden, stets in passender Umgebung wie etwa einer alten Kirche. Und er hatte nicht geaast, bis der Boden mit Blut getränkt war. So eine sinnlose Verschwendung. Nein, so richtig passte das alles nicht zu Esthers Liste, da hatte Anders Recht. Trotzdem ging Adam davon aus, es mit einer Opferung zu tun zu haben. Es mochte nicht mehr als eine Erinnerung sein, aber es hing eine Spur von Muskat in der Luft.

Adam ging dazu über, den mannshohen Zaun zu inspizieren. An einer Stelle auf der Rückseite des Hofs waren Latten herausgebrochen und gegen die Querverstrebung gelehnt worden. Mit der Hand schob Adam sie beiseite und scherte sich nicht darum, dass einige Splitter ins Fleisch eindrangen. Doch der kurze Schmerz erinnerte ihn an die Male auf seinem Oberarm, wo Rischka ihre Fingernägel in sein Fleisch gegraben hatte. Sie leuchteten scharlachrot und hatten sich immer noch nicht wieder ganz geschlossen, obwohl der Dämon sich nach Kräften bemühte und er sie zusätzlich unter Wasser ausgewaschen hatte. Er hatte fast vergessen, wie es war, wenn Wunden nicht sofort wieder verheilten. Bei der nächsten Gelegenheit musste er ein ernstes Gespräch mit Rischka unter vier Augen führen. Irgendetwas stimmte bei ihr ganz und gar nicht.

Hinter dem Grundstück fiel das unbebaute Gelände steil ab, nur von Gestrüpp und Unkraut bedeckt. Direkt hinter der Zaunlücke war es niedergedrückt, weil die Polizeibeamten sich hier ebenfalls umgesehen hatten. Allerdings hatten sie es unterlassen, den Abhang herunterzusteigen. Vermutlich weil die nächste Straße nur zu erreichen war, wenn man einen Fluss überquerte, und sie zu der Überzeugung gekommen waren, dass niemand diese Richtung einschlagen würde. Adam war da anderer Meinung, auch wenn seine Sinne ihm lediglich eine kaum noch wahrnehmbare Fährte offerierten. Aber die Mischung aus Blut und Muskat verlor sich nicht so leicht.

Gerade als er sich an den Abstieg machen wollte, hörte er Schritte auf dem Hof. Während Esther durch die Lücke glitt, stand er mit verschränkten Armen da – was ein Glück für sie war, denn im ersten Moment hatte er den Wunsch verspürt, sie beim Nacken zu packen, sobald sie sich zeigte. Stattdessen begnügte er sich damit, sie wütend anzufunkeln, was sie jedoch nicht weiter zu beeindrucken schien.

»Ich dachte, ich hätte unmissverständlich klargemacht, dass Sie beim Wagen bleiben sollen«, sagte er deshalb gereizt.

»Stellen Sie sich vor: Der Wagen lässt sich abschließen. Der brauchte mich also gar nicht als Aufpasserin. Da dachte ich mir, ich schaue mal vorbei und überzeuge mich davon, dass Sie meine Hilfe wirklich nicht brauchen. Außerdem bin ich neugierig, ob die Fährte eine Sackgasse ist oder nicht.«

»Kann es sein, dass Anders Ihnen die erste Tugend einer Dienerin – strikten Gehorsam – nicht ausreichend erläutert hat?«

Esther zupfte an ihrem Mantelsaum, der sich an einer Holzlatte verhakt hatte. »Gehorsam ist sicherlich eine schöne Sache, aber Anders ist es eigentlich wichtiger, dass ich meinen Job gut mache. Das bedeutet manchmal, dass ich es einfach besser weiß als er.«

»Und gerade wissen Sie auch besser als ich, wie man diesen Job richtig macht?«

»Natürlich nicht.« Esther sah ihn an, als hätte sie es mit einem begriffsstutzigen Kind zu tun. »Aber ich muss doch zur Stelle sein, wenn Sie eine helfende Hand brauchen. Dafür hat Anders mich Ihnen schließlich überlassen, und Sie werden sehen, wie ernst ich meine Aufgabe nehme. Solange Sie darauf bestehen, meine Hilfe zu benötigen, werde ich wie ein zweiter Schatten sein. Außerdem ist es ja auch meine Spur, der wir folgen. Ich habe Sie darauf hingewiesen, also sollte ich daran beteiligt sein, wenn Sie ihr nachgehen.«

Dem Lächeln auf ihren Lippen nach zu urteilen, hatte sie sich vorgenommen, ihm so sehr auf die Nerven zu gehen, bis er irgendwann schreiend die Flucht antreten würde. Das schien zumindest ihr Plan zu sein. Einen Moment lang konnte Adam nicht sagen, ob er sie vielleicht unterschätzt hatte … Der Gedanke gefiel ihm. Er hatte schon immer eine Schwäche für eigensinnige Frauen gehabt.

»Sie wollen mir also nicht mehr von der Seite weichen?«

»Genau«, sagte sie mit diesem herausfordernden Lächeln.

»Nun, was soll ich sagen – wie Sie den Abstieg in diesen Schuhen meistern werden, dürfte zweifellos interessant werden.«

Das Wort Abstieg wischte Esther das Lächeln vom Gesicht. Die Verblüffung, die an seine Stelle trat, fand Adam allerdings auch sehr anziehend. »Da hinunter?«, fragte Esther nach, während ihr Blick über Geröll und dorniges Gebüsch schweifte.

»Genau die passende Herausforderung für Ihren Ehrgeiz.« Adam gab sich nicht die geringste Mühe, die Genugtuung aus seiner Stimme zu tilgen.

»Aber da ist doch gar nichts zu sehen!«

»Nun, für mich zeichnet sich die Spur, die zum Wasserlauf führt, erkennbar ab. Wenn es in der letzten Nacht nicht geregnet hätte, wäre es noch einfacher. Jemand hat sich umsichtig einen Weg durch dieses Gestrüpp gesucht, und dabei trug er das Gefäß, das er in diesem Innenhof zerbrochen hat.«

»Gefäß, so nennen Sie die Opfer?« Esther war aschfahl geworden. Vielleicht hatte seine Wortwahl ihr in Erinnerung gebracht, dass er kein gewöhnlicher Mann war. »Als würden wir Menschen nur Behälter für jenen Trank sein, nach dem der Dämon verlangt.«

»Die meisten meiner Art sehen in den Menschen wohl kaum mehr als ein Gefäß voller Blut.«

»Aber Sie nicht, Sie sehen mehr in uns Menschen?«

Der Zynismus, der bei ihren Worten mitschwang, traf ihn unerwartet hart. Er öffnete schon die Lippen, um ihr zu erklären, dass er in ihr unendlich viel mehr sah, als der Dämon sich mit einem Schlag zurückmeldete.

Es reicht! Du bist mein, du wirst dich mir nicht entziehen. Ich erwarte, dass du augenblicklich aufhörst, dich auf diese Frau einzulassen, denn sie hat Recht: Auch für dich sind Menschen lediglich Gefäße voller Blut. Wenn du dir einbildest, das wegen dieser Dienerin ändern zu können, dann werde ich dir jetzt deine Grenze aufweisen.

Sogleich jagte ein glühender Stich durch Adams Brust. Er schwankte und bekam gerade noch rechtzeitig den Lattenzaun zu fassen.

»Was haben Sie?«

Esther umrundete ihn, und als er nicht reagierte, legte sie ihm eine Hand auf die Wange. Da ihm die Kraft fehlte, sie wegzuschlagen, wollte er ihr einen beredten Blick zuwerfen. Erschüttert sah er, wie sich jede einzelne noch so feine Ader unter ihrer Haut abzeichnete, ein rot leuchtendes Muster, die einzige Kunst, für die sich der Dämon interessierte.

Unvermittelt setzte das Rauschen hinter seiner Stirn ein, drohte jeden klaren Gedanken beiseitezuwischen, bis schließlich nur noch ungeschöntes Verlangen bleiben würde. Er konnte regelrecht spüren, wie seine Hände sich auf diese von pulsierendem Leben durchflutete Haut legten, wie er sie einer reifen Feige gleich aufbrach, um an ihr in den vitalsten Rottönen schimmerndes Inneres zu gelangen, in dem er sich versenken würde. Er würde von Esther kosten, ungeachtet des Preises, den er dafür zahlen musste. Ihr Blut auf seinen Lippen würde alles reinwaschen.

So plötzlich, wie das Rauschen eingesetzt hatte, verschwand es auch wieder und ließ Adam atemlos zurück.

Hast du begriffen, wozu ich dich benutzen werde, wenn du weiterhin die Nähe dieser Frau suchst und mich dadurch abdrängst? Das war meine einzige Warnung. Solltest du versuchen, dich mir zu entziehen, werde ich dieses nutzlose Gefäß von einer Dienerin zerschlagen. Du weißt, dass ich das kann. Ich habe es dir bereits in Paris bewiesen.

»Adam, was hast du?«

Angesichts seines erbärmlichen Zustands hatte Esther ihre aufgesetzte Distanziertheit abgestreift und offenbarte ihre Sorge. Unter anderen Umständen hätte Adam sich über ihr Mitgefühl genau wie über die zärtliche Berührung gefreut, aber jetzt entzog er sich und machte sich, ohne ein weiteres Wort zu verlieren, an den Abstieg.

Etwas anderes, das war ihm gerade klargeworden, blieb ihm gar nicht übrig. Das Machtwort des Dämons war zu eindrucksvoll gewesen. Ab jetzt käme jede Annäherung an Esther ihrem Todesurteil gleich.

14

Erlösung

Esther atmete erleichtert aus, als sie endlich das Flussufer erreichten, an dem ein Pfad aus festgetretenem Lehm entlangführte. Weiter unten konnte sie einige Angler erkennen. Der Wind trug die Musik aus ihrem Radio bis zu ihnen. Adam kümmerte sich nicht weiter um sie, sondern stand vollkommen still da. Dann schlug er den Weg in die entgegengesetzte Richtung zu den Anglern ein.

Der Abstieg war ein Alptraum gewesen, nicht nur wegen der Absätze, sondern vor allem, weil Adam ihre Gegenwart vollkommen ausgeblendet zu haben schien. Als wäre sie nach seinem unerklärlichen Anfall im Hinterhof plötzlich Luft. Eigentlich ja genau das, was sie sich herbeigewünscht hatte, denn von sich aus brachte sie offensichtlich nicht die Kraft auf, sich von ihm fernzuhalten. Warum sonst wäre sie ihm wohl gefolgt? Gewiss, auch ihre Neugier auf den unbekannten Opferungsmeister war geweckt, aber das allein war sicherlich nicht der Grund, weshalb sie ihm weiterhin auf dem Fuß folgte.

Eigentlich sollte ich Furcht empfinden, mahnte sie sich. So sollte es sein, selbst wenn Adam keinen blutrünstigen Dämon in sich tragen würde, der ihm allem Anschein nach gerade etwas angetan hatte. Männer, die ihr Temperament nur leidlich unter Kontrolle hatten, wurden umso gefährlicher, je gleichgültiger sie wirkten. Vor allem, wenn die Dunkelheit in ihnen kaum noch zu übersehen war und man über nichts verfügte, das man ihr entgegensetzen konnte. Diese Lektion hatte Esther auf schmerzlichste Art lernen müssen.

Unwillkürlich tastete sie nach der Narbe unter ihrem Auge. Trotzdem konnte sie sich nicht von Adam abwenden. Zu stark war der Wunsch, er möge sie wieder mit dieser Mischung aus Verwunderung und Verlangen ansehen.

Das Ganze entgleitet mir, gestand Esther sich ein, während sie fast laufen musste, um mit Adam Schritt zu halten. Warum fühle ich mich bloß von dem Abgrund angezogen, der dieser Mann ist? Wenn ich jetzt auch noch anfange, darüber nachzudenken, wie ich seine Aufmerksamkeit wiedergewinnen kann, dann ist es wirklich zu spät. Ich habe mir selbst etwas vorgelogen, als ich …

Weiter kam sie nicht, denn Adam war unvermittelt stehen geblieben, so dass sie beinahe in ihn hineingelaufen wäre.

»Treffer«, sagte er leise.

Esther konnte beobachten, wie seine Haltung sich anspannte, sie konnte förmlich spüren, wie die Energie durch seinen Körper brandete. Was sein Jagdfieber allerdings ausgelöst hatte, vermochte sie nicht zu erkennen. Sie sah nur einen schäbigen Verschlag, in dem vermutlich Angelutensilien untergebracht waren.

»Ist es dort drinnen?«, fragte sie, wobei sich ihre Kehle vor Aufregung schmerzhaft verengte.

Das Lächeln, das Adam ihr schenkte, machte ihn zu einem Fremden. Es war jedoch keineswegs der Dämon, der diese grünen Augen zum Strahlen brachte, den hätte Esther sofort erkannt.

In diesem Moment erinnerte er sie an den verwilderten Kater, der gelegentlich über den Hof ihrer Familie gestromert war: ein ausgezehrtes, aber dennoch stolzes Vieh, dessen Muskeln sich bei jeder Bewegung unter dem Fell abzeichneten. Der Kater hatte nichts dagegen einzuwenden, wenn sie ihn bei der

Jagd beobachtete, solange sie ihm dabei nicht in die Quere kam. Trotz des Hungers hatte er sich beim Jagen gern Zeit gelassen, die Beute eingekreist und ein grausames Spiel mit ihr getrieben, dem Esther mit Abscheu und Faszination beigewohnt hatte. Wenn dieser Kater hätte lächeln können, wäre es Adams Lächeln bestimmt sehr nahe gekommen: konzentriert und gleichgültig zugleich, mit einer Prise Selbstgefälligkeit. Sie traute diesem Ausdruck nicht über den Weg. Sie hatte gesehen, wie der Kater, eben noch träge auf der Seite liegend, urplötzlich vorspringen und seine Beute im Genick packen konnte.

Nur, dass die Beute, die dieser Schuppen zu bieten hatte, bereits tot war, während Adams Jagdtrieb an Lebendigkeit kaum zu übertreffen war. Was, wenn er sich auf ein anderes Ziel konzentriert?, fragte Esther sich, plötzlich von Bedenken heimgesucht. Bislang hatte sie in Adams Gegenwart nie die Furcht verspürt, er könne ihr etwas antun. Aber der Mann vor ihr war nicht der Adam, der hitzige Wortwechsel liebte und seine Gefühle hinter einer ausdruckslosen Maske versteckte, um nicht verletzt zu werden. Dieser Mann war reiner Instinkt, und das machte ihn fast so gefährlich wie der Dämon in seinem Inneren.

Adams Nasenflügel bebten leicht, und sein Lächeln verwandelte sich in einen harten Strich. »Du brauchst dir in meiner Gegenwart keine Sorgen darüber zu machen, dass du dich in Dämonenfutter verwandeln könntest. Wenn du mir nicht traust, dann kannst du dich wenigstens auf mein Wort verlassen, das ich Anders geben habe: Ich habe ihm nämlich versprochen, gut auf dich achtzugeben. Außerdem würde mein Dämon sich weigern, dein Blut anzunehmen. Er ist nicht gerade begeistert von dir.« Er hielt inne und strich sich das Haar aus der Stirn. »Was dich mir, ehrlich gesagt, ausgesprochen sympathisch macht.«

Kurz zögerte Esther, weil Adam zum Du übergegangen war, aber dann fiel ihr ein, dass sie ja damit angefangen hatte. Sie war diesen Schritt auf ihn zugegangen. Genau in dem Moment, in dem er sich zurückgezogen hatte.

»Du sprichst von deinem Dämon, als wäre er eine Art Auftraggeber, den du nicht ausstehen kannst. Ich habe von Anders gehört, dass der Dämon in dir einen ungewöhnlichen Weg eingeschlagen hat, aber dass ihr so entzweit seid …«

»Nicht mehr lange, denn dein Herr Anders kann dieses Problem allem Anschein nach beheben. Für meinen Dämon wird es sicherlich einer Erlösung gleichkommen, wenn die Reste von meiner menschlichen Seite endlich getilgt sind.«

»Willst du das denn? Ich meine, dich auslöschen lassen? Ausgerechnet jetzt …«

Adam sah Esther nur undurchdringlich an, dann wandte er sich dem Verschlag zu. »Ich rate dir, draußen zu bleiben. Aber du neigst ja dazu, deine eigenen Entscheidungen zu treffen, anstatt auf mich zu hören.« Als sie ihm tatsächlich folgte, schüttelte er den Kopf, eine beinahe belustigte Geste. »Es fällt mir zunehmend schwer, nachzuvollziehen, wie Anders sich bloß für dich als Dienerin entscheiden konnte.«

»Weil ich gut bin.«

»Ja, aber die entscheidende Frage ist: gut in was? Im Dienen jedenfalls nicht. Das würde ja Eigensinn ausschließen.«

Esther ließ sich nicht zu mehr als einem Schnaufen herab.

15

Tempelruinen

Das Licht im Verschlag war bestenfalls dämmrig, obwohl Adam die Tür sperrangelweit aufstemmte – was gar nicht leicht war, denn sie verkantete sich im Lehmboden. Neugierige Spaziergänger, die einfach mal einen Blick ins Innere werfen wollten, würden an dieser Stelle vermutlich schon aufgeben, stellte er fest. Die Spur war überraschend gut verwischt worden, viel zu gut im Vergleich zu den Opfern auf Esthers Liste, die mit großer Leidenschaft präsentiert worden waren. Immer stärker beschlich ihn der Verdacht, dass hier ein anderer seiner Art die Reste der Opferung verborgen hatte, zweifelsfrei mit dem Wunsch, dass sie nicht gefunden wurden.

Mit bloßen Händen räumte Adam rostigen Stacheldraht zur Seite, unter dem ein Haufen Latten lagen. Seine Sinne verrieten ihm überdeutlich, dass sich ein Körper unter dem Holz befand, auch wenn der Leichengeruch verwirrend gering ausfiel. Eigentlich nahm er fast nur getrocknetes Blut und den verräterischen Dämonengestank nach Muskat wahr, der unerklärlich stark war. Fast, als läge einer seinesgleichen unter dem Holzstapel verborgen. Von diesem Rätsel getrieben, zerrte er die Latten fort.

Nach und nach kam der unbekleidete Leichnam einer Frau zum Vorschein. Er konnte Esthers Entsetzen auf der Zunge schmecken, salzig und bitter zugleich. Einen Moment lang spielte er mit dem Gedanken, sie einfach nach draußen zu zwingen, aber er bezweifelte, dass sie ihm so etwas durchgehen lassen würde. Sie war bis hierher gegangen, sie wollte es wissen.

Die vollständig ausgeblutete Frau mochte mittleren Alters sein, das Adam nicht richtig schätzen konnte. Er tippte auf eine indische Herkunft, weshalb die Zeichen des Alters für ihn schwieriger zu deuten waren. Ihre Haut war selbst nach einigen Tagen des Todes noch von einem lebendigen Braun. Ihre Schlagader war am Hals mit einem einzigen sauberen Schnitt geöffnet worden. Keine Anzeichen von den Spielereien, die die anderen Opfer erleiden mussten. Nur an den Hand- und Fußgelenken waren Druckstellen zu sehen, wo bei der Opferung möglicherweise Fesseln gewesen waren. Aber etwas ganz anderes fesselte ihn viel mehr.

»Der Muskatgeruch passt nicht«, murmelte er, während er Dreck von den starren Gesichtszügen der Frau wischte. »Eigentlich dürfte er nach all den Tagen auch nicht mehr so präsent an dem Leichnam haften. Es ist fast, als wäre einer von uns in der Zwischenzeit hier gewesen.«

»Muskatgeruch? Was hat denn dieses Gewürz mit alldem zu tun?« Zu seiner Überraschung hatte sich Esther neben ihn gekniet und reichte ihm ein Taschentuch, während sie den Leichnam mit einem gequälten Ausdruck betrachtete. Zögernd streckte sie eine Hand aus und zupfte Späne aus dem kurzgeschnittenen schwarzen Haar.

»Der Dämon riecht nach Muskat, nur trägt jeder von uns eine einzigartige Note. Und diese kenne ich nicht.«

»Das wundert mich nicht, denn der Geruch dürfte von ihr stammen. Nia ist eine von euch … oder war es vielmehr. Sie ist die Gefährtin von Anders gewesen, ehe es Rischka hierherverschlug und sie diesen Platz für sich beanspruchte. Ich dachte, es sei so gut wie unmöglich, euch zu töten.«

»Diese Frau da soll eine von uns gewesen sein?« Obwohl

Esther es ganz deutlich formuliert hatte, konnte Adam es nicht glauben. Es war unmöglich.

Esther legte die Stirn in Falten. »Ich habe mich schon gewundert, wo Nia abgeblieben ist. Du kannst dir sicherlich vorstellen, dass Nia und Rischka sich alles andere als prächtig verstanden haben. Sie haben beide nicht sonderlich gut auf die Konkurrenzsituation reagiert, und Anders ist niemand, der sich in so etwas einmischt. Als Nia dann vor einigen Tagen verschwunden ist, dachte ich, sie hätte den Kampf um Anders aufgegeben. Obwohl mich das natürlich wunderte, schließlich macht Anders' Gabe süchtig.«

Endlich begriff Adam, was an der Spur so seltsam war: Vor ihm lag wahrhaftig ein Leib, der früher einmal ein Tempel des Dämons gewesen war. Nun war er leer und dem Verfall überlassen. Aber wo war der Dämon jetzt?

Adam bekam keine Gelegenheit, darüber nachzudenken. Denn sein vor Zorn tobender Dämon brach in Rage aus.

Das darf nicht sein! Es ist unmöglich. Wer hat diesen schändlichen Raub begangen?

Sein Wutschrei drohte Adam zu zerreißen. Es fühlte sich an, als würden ihm unzählige Eissplitter unter die Haut gejagt werden. Nie zuvor war der Dämon derartig von Sinnen gewesen. In seinem blinden Zorn wütete er durch den Tempel, unbeeindruckt von dem, was er Adam damit antat. Ohne sich dessen bewusst zu sein, sank Adam in sich zusammen. Die Welt bestand nur noch aus vernichtendem Schmerz.

Als der Schrei des Dämons endlich abebbte, kam Adam langsam wieder zu Bewusstsein. Noch immer glaubte er ein Nachhallen zu hören und befürchtete einen erneuten Sturz in die Dunkelheit. Zu seiner Verwunderung fand er sich, auf der Seite liegend, am Flussbett wieder statt neben der leeren Hülle, die von einer Frau namens Nia zurückgeblieben war.

Esther kauerte neben ihm, die Wangen übersät mit roten Flecken. Schweiß glänzte auf ihrer Stirn, und ihr Herzschlag ging so wild, dass Adam vor lauter Sorge fast alles andere vergaß.

Sie sah so schockiert aus.

Er wollte nach ihr greifen, ihr beruhigende Worte zuflüstern, doch es gelang ihm nicht. Sein Körper gehorchte ihm noch nicht wieder, es war, als wären die Verbindungen zwischen ihm und seinen Gliedern gekappt. Ihm blieb nichts anderes übrig, als sie anzublinzeln.

Esther musste ihn aus dem Verschlag gezogen haben, während der Dämon in ihm getobt hatte. Entweder hatte sie nichts von dieser dunklen Macht begriffen, oder sie war mutiger, als gut für sie war. Die Bestürzung in ihren Augen wies auf Letzteres. Nun zog sie die Hand, die eben noch auf seiner Wange geruht hatte, zurück, um ihre aufgeschürften Knie zu betasten. Obwohl ihm kein körperliches Leid geschehen war, wurde Adam schwarz vor Augen, als er sich aufrichtete. Schweigend saßen sie nebeneinander, während die Sonne im Zenit stand und das träge fließende Wasser zum Glitzern brachte.

»Das ist nicht gut«, stellte sie schließlich fest, die Stimme nicht mehr als ein Flüstern.

Adam schüttelte den Kopf. »Nein, das ist überhaupt nicht gut. Dieser Leichnam dürfte eigentlich gar nicht existieren. Ich habe immer wieder erlebt, dass der Dämon sämtliche Gefahren, selbst eine Feuersbrunst oder einen Aufprall aus enormer Höhe, überwindet, solange der Körper nicht vollständig aufgelöst worden ist. Was auch immer auf diesem Hinterhof passiert ist, widerspricht der ersten Regel, die für unsereins gilt: Was der Dämon einmal in Besitz genommen hat, gibt er niemals wieder freiwillig auf.«

»Aber Nia ist doch tot, oder etwa nicht?«

»Sie verwest bereits, wenn auch nur sehr langsam. Als wäre ihr mit dem Blut auch der Dämon genommen worden.« Je länger Adam darüber sprach, desto klarer wurde ihm, wie außergewöhnlich sein Fund war. Er musste noch einmal hineingehen und sich den Leichnam genau ansehen, nach irgendeinem Anhaltspunkt suchen. Seinen ganzen Mut zusammennehmend, sah er zu dem Verschlag hinüber, da drohte der Dämon bereits erneut aufzubrausen.

Nie wieder, setz mich diesem Anblick ja niemals wieder aus. Einen solchen Frevel ertrage ich nicht.

Mit einem gepeinigten Stöhnen schlug Adam die Augen nieder. Zumindest gelang es ihm schließlich, die widerspenstige Tür des Verschlags zu schließen. Zitternd, als hätte er eine ganze Felswand in Bewegung gesetzt, hielt er auf Esther zu, die ihm sogleich einen Arm um die Taille legte und so sein Schwanken milderte.

»Lass uns zusehen, dass wir irgendwie diesen verdammten Abhang hinaufkommen«, brachte er mit rauer Stimme hervor. »Dann fahre ich dich zu deinem Apartment, ehe ich Anders einen Besuch abstatte.«

»Ich werde dich begleiten, allein schon, damit Anders weiß, dass ich meiner Pflicht nachkomme. Wie sieht das denn aus, wenn du ohne mich in seinem Haus erscheinst? Als hätte ich mich so dumm angestellt, dass du mich gleich wieder loswerden wolltest.«

»Dann ruf ihn an und erstatte ihm Bericht, falls du dich dann besser fühlst.«

Esther zögerte. »Das wäre nicht richtig. Wie soll ich mich denn verhalten, wenn er mir Fragen darüber stellt, was wir gefunden haben? Wenn wir beide vor ihm stehen, wird er dir die Führung überlassen. Dann kannst du entscheiden, wie viel du ihm erzählen willst. Es wäre angesichts der Lage doch sicherlich nicht klug, ihm von Nia zu erzählen, bevor du mehr darüber herausgefunden hast, was ihr zugestoßen ist. Dieser Fund ist doch zu ungeheuerlich. Anders könnte falsche Rückschlüsse ziehen wegen Rischka …«

Der Blick, mit dem Adam sie bedachte, ließ sie verstummen.

»Du hast Recht: Ich erwarte von dir, dass du Stillschweigen bewahrst. Leg dir eine überzeugende Ausrede zurecht, wie wir den Vormittag verbracht haben. Aber erwähne mit keinem einzigen Wort den Hinweis, dem wir nachgegangen sind – oder gar unseren Fund. Er hat nichts mit demjenigen zu tun, nach dem wir suchen. Das ist mir jetzt klargeworden. Du bist doch ein kluges Mädchen, dir fällt schon was ein.«

Adam verwandelte sein Gesicht in eine ausdruckslose Maske. Denn was er gleich zu sagen gezwungen war, würde ihn mindestens genauso verletzen wie Esther. Nachdem der Dämon ihm jedoch vor Augen geführt hatte, dass er seine Nähe zu Esther nicht länger tolerieren würde, blieb ihm nichts anderes übrig. Vor allem nicht, da er wirklich etwas für die Frau an seiner Seite empfand.

»Ich werde mir jetzt allein mindestens eins der Blutopfer von deiner Liste genauer anschauen. Das hätte ich gleich tun sollen, anstatt diesen Umweg zu nehmen. Wer auch immer dem Dämon geopfert hat, wird seinen Muskatgeruch an der Leiche hinterlassen haben. Das heißt, eigentlich gehe ich davon aus, gar keinen Geruch zu finden.«

»Keinen Muskatgeruch?«, hakte Esther verwirrt nach. »Aber du sagtest doch, dass du den Dämon riechen kannst.«

Adam schüttelte lediglich den Kopf, um anzudeuten, dass er diesen Punkt nicht weiter verfolgen wollte. »Nachdem ich mich davon überzeugt habe, dass mein Verdacht stimmt, werde ich Anders den Namen desjenigen nennen, der hinter den Morden auf deiner Liste steckt. Was wir in diesem Verschlag gefunden haben, wird keiner von uns beiden jemals wieder erwähnen. Bevor ich Los Angeles mit dem nächsten Flug verlasse, werde ich noch einmal hierher zurückkehren und den Verschlag niederbrennen.«

Esther sah aus, als hätte er ihr mitten ins Gesicht geschlagen, und für einen Moment glaubte er, sie würde vor lauter

Bestürzung zur Gegenwehr ansetzen und ihn mit den Fäusten attackieren. Doch im nächsten Moment hatte sie sich wieder gefangen, obwohl ihre Schläfen weiterhin aufgeregt pochten.

»Das kann unmöglich dein Ernst sein. Du willst einfach fortgehen?«

»Anders hat mich beauftragt, denjenigen zu finden, der publikumsträchtige Opferrituale durchführt. Deshalb bin ich in Los Angeles. Dieser obskure Leichnam, der vermutlich nichts mehr als eine weitere Perversion des Dämons ist, geht mich nichts an.«

»Was ist mit Anders' Gabe, die du eigentlich auch noch in Anspruch nehmen wolltest – ist das auch mit einem Schlag egal?« Als Adam lediglich nickte, stieß sie ein verächtliches Schnauben aus. »Du willst davonlaufen, darum geht es doch. Aber wovor? Befürchtest du etwa, die nächste blutleere Leiche zu stellen? Na, dann ist es vermutlich besser, dich möglichst umgehend aus der Gefahrenzone Kalifornien zu bringen. Wenn ich mir ein paar flache Schuhe anziehe, kann ich an deiner Stelle mit einem Kanister Benzin und einem Feuerzeug zurückkehren. Quasi als meine letzte Amtshandlung als deine Leihdienerin, kein Problem.«

Esthers Spott und – noch schlimmer – der abschätzige Zug um ihren Mund trafen Adam unerwartet hart. Ehe er sich eines Besseren besann und sie einfach in diesem Glauben ließ, sagte er: »Ich laufe nicht davon, zumindest nicht vor diesem Geheimnis. Dass ich fortgehe, stand für mich schon fest, bevor wir den Abhang hinabgestiegen sind. Ich bin ein Risiko für dich, weil mein Dämon es nicht zulassen wird, dass ich meinen Gefühlen, die ich für dich hege, nachgebe. Vielleicht wäre ich imstande, ihm die Stirn zu bieten, wenn ich mich ihm die letzten Jahrzehnte nicht mit Haut und Haaren überlassen hätte. Aber so lauert er nur auf den richtigen Moment, um mir zu beweisen, dass ich nichts anderes als ein lästiger Gast in seinem Tempel bin. Er würde dich töten, um mich zu bestrafen.«

»Wenn dir daran liegt, kannst du dem Dämon gewiss die Stirn bieten«, unterbrach Esther ihn. Sie war vollkommen aufgewühlt, da er sie mit seinem Geständnis an die Wand gedrängt hatte. Nun war kein Platz mehr für vorsichtiges Herantasten. Als könne sie die Distanz zwischen ihnen nicht eine Sekunde länger ertragen, legte sie eine Hand um seinen Nacken, während die andere auf seiner Brust zum Ruhen kam. Augenblicklich vereinten sich ihr Puls und sein Herzschlag, eine Verbindung, die ihm fast seinen Verstand raubte.

Gegen seinen Willen sagte er: »Nein, das kann ich nicht. Das hat er mir bereits früher bewiesen, und er würde nicht zögern, es ein weiters Mal zu tun. Das hat er mir vor gut einer Stunde eindrücklich vor Augen geführt. Wenn ich bei dir bleibe, bin ich die größte Gefahr in deinem Leben.«

»Und wenn ich dir sagen würde, dass ich bereit bin, dieses Risiko einzugehen?«

Adam spürte, wie etwas in ihm zerbrach, als er sich seine Antwort zurechtlegte. »Dann würde ich dir sagen, dass ich es aber nicht bin.«

Mit einem Schlag wich sämtliche Farbe aus Esthers Gesicht, dann nahm sie langsam ihre Hände zurück. »Ich verstehe.« Sie sah ihn noch einmal an, dann hielt sie auf den Abhang zu. Ihre Verletztheit legte sich wie ein dunkler Schleier über ihn. Er wünschte sich nichts sehnlicher, als ihn mit einigen Worten zu zerreißen, aber das erlaubte er sich nicht. Seine Entscheidung war gefallen.

Das konnte nicht sein. Unmöglich. Niemand war in der Lage, einen von ihnen zu rauben. Auslöschen, ja. Er hatte selbst erlebt, wie Adam seinesgleichen vernichtet hatte. Einige Male hatte er ihn sogar dazu aufgefordert. Nicht, dass es ihm leichtfiel, zu ertragen, wie ein Teil von ihm starb. Aber das war nichts im Vergleich zu dem Raub, dessen schreckliche Überreste er gerade erst gesehen hatte.

Aufgebracht hastete er durch seinen Tempel, unfähig, sich hinabsinken zu lassen und sein Lied anzustimmen.

Einer ging durch diese Stadt, der imstande war, die Tempel zu entweihen und sie zu rauben. Was sollte er nur dagegen tun?

16

Fassadenbau

Die Rückfahrt war eine einzige Qual gewesen, obwohl Esther jeden Gedanken und jedes Gefühl in sich absterben ließ. Nichtsdestotrotz hatte sie nicht verhindern können, dass immer wieder Hoffnung in ihr aufstieg. Die Idee, dass es nur der richtigen Geste oder des passenden Wortes bedurfte, um Adams Abwehrhaltung zu durchbrechen, war einfach zu verführerisch. Nur hatte sie keineswegs vor, eine solche Dummheit zu begehen. Sie hatte sich ohnehin schon absurder verhalten, als sie je von sich erwartet hätte. Also murmelte sie lediglich eine Abschiedsfloskel, als er vor ihrem Apartmenthaus anhielt, und zwang sich, dem grauen Wagen auf keinen Fall hinterherzublicken, als der sich in den Feierabendverkehr einfädelte.

Beim Betreten der Diele legte sich eine Ahnung von Schnee auf ihr Gesicht – oder vielleicht bildete sie sich das auch bloß ein.

Ein letzter Abschiedsgruß von Adam.

Tränen brannten in ihren Augen, doch Esther drängte sie erfolgreich zurück. Sie war ausgesprochen geübt darin, sich am Riemen zu reißen. Ihr hitziges Temperament hatte sie mit ihrer Vergangenheit abgestreift, und sie würde auf keinen Fall zulassen, dass es ihr jetzt das Herz brach. Die Vergangenheit hatte sie schließlich gelehrt, dass es nichts Sinnloseres gab, als um etwas zu weinen, das unweigerlich für immer verloren war. Das machte den Schmerz nur noch schlimmer. So stand sie wie erstarrt da und kämpfte dagegen an, nicht in tausend Stücke zu zerfallen.

Nachdem sich ihr Herzschlag wieder normalisiert hatte, warf sie einen Blick auf das Telefon, und sogleich fraßen sich wieder Risse in die Fassade einer kühlen Frau. Anders würde heraushören, dass etwas nicht stimmte. Vielleicht würde er erst einmal keine Fragen stellen, sie jedoch auffordern, gleich zu ihm zu kommen. Wenn sie ihm dann gegenüberstand, könnte sie das Geheimnis um Nias Leiche zwar bewahren – daran hegte sie keinen Zweifel –, aber sie würde ihm offenbaren, dass Adam sie verletzt hatte. Und Anders würde sehr rasch seine Schlüsse ziehen. Allein, dass sie zu solch starken Gefühlen diesem Mann gegenüber imstande war, verriet etwas über sie, das sie ihn nicht wissen lassen wollte. Nein, sie musste Anders anrufen und ihn mit einer Ausrede abspeisen.

Mit zitternden Fingern wählte sie die Nummer, unter der Anders jederzeit erreichbar war, wenn er sich gerade in seinem Haus aufhielt – was er tagsüber meistens tat. Bereits nach dem zweiten Klingeln hob er ab, und Esther zuckte zusammen, denn sie hatte sich noch eine kurze Galgenfrist erhofft.

»Nun, meine Liebe«, begrüßte er sie geradewegs. »Hat unser Freund Sie so schnell aus seinen Diensten entlassen, oder hat er sie noch gar nicht in Anspruch genommen?«

Mit Mühe zwang Esther ein Lächeln in ihr Gesicht. Auch wenn Anders sie nicht sehen konnte, half es ihr. »Ich bin bereits wieder entlassen. Allerdings kann ich das wohl weniger meinen Diensten zuschreiben als der Tatsache, dass Ihr Mann eindeutig besser im Jagen ist als sein Ruf. Er ist gerade auf dem Weg zu Ihnen, um Ihnen das Ergebnis zu präsentieren.«

»Adam ist also fündig geworden?« Im Hintergrund konnte Esther einen leisen Aufschrei hören. Vermutlich war Rischka ebenfalls überrascht von der schnellen Wendung. Anders lachte.

»Damit habe ich wirklich nicht so bald gerechnet. Das ist ja fast beleidigend.«

Esther nahm ihren ganzen Mut zusammen. »Brauchen Sie mich heute noch? Ansonsten würde ich jetzt gern Hayden besuchen, wir haben nämlich etwas Wichtiges zu besprechen.«

»Ah, daher weht der Wind. Ich habe mich schon gefragt, ob Adam etwas getan haben könnte, das Sie so durcheinandergebracht hat. Er scheint nämlich ein Talent dafür zu besitzen.«

Wohlweislich ging Esther nicht auf dieses Thema ein. »Hayden und ich haben sehr unterschiedliche Vorstellungen von unseren Flitterwochen. Ich habe mir fest vorgenommen, dieses Thema heute zu klären.«

»Wollen Sie mir etwa durch die Blume sagen, dass ich mich nach einer neuen Dienerin umsehen muss? Nun, zumindest haben Sie sich einen günstigen Zeitpunkt dafür ausgesucht. Denn wenn Adam unseren Bösewicht gefunden haben sollte, kann mir nichts mehr die Laune verderben.«

»Sie brauchen mich heute also nicht mehr?«

»Brauchen? Immerzu. Aber gehen Sie ruhig zu Ihrem Hayden und sagen Sie ihm, dass ich künftig bei seinem Anwaltshonorar eine Minderung als Ausgleich für die Unannehmlichkeiten erwarte, die er mir mit seinen Heiratsabsichten aufbürdet.«

»Gern«, sagte Esther unverbindlich, bevor sie sich verabschiedete.

Damit war es entschieden, Adam gehörte der Vergangenheit an.

Mit immer noch zitternden Händen zog sie ihre zerrissenen Seidenstrümpfe aus und betrachtete ihre wunden Füße, als gehörten sie einer anderen. Selbst als das heiße Wasser der Dusche auf ihren Nacken prasselte, nahm sie weder die Hitze noch die Berührung wahr. Der Kajalstift zog wie von selbst eine feine schwarze Linie auf ihr Lid, das frische Kleid passte zu den Schuhen, ohne dass sie auch nur einen Gedanken daran verschwenden musste. Sie funktionierte, so wie sie es gelernt hatte. Sie schob ihre Verletzung und die zerbrochenen Wünsche, die sie nicht einmal im Geheimen eingestanden hatte, weit von sich. Es musste ihr einfach ein weiteres Mal gelingen, ein Stück Vergangenheit hinter sich zu lassen. Schließlich konnte es unmöglich schlimmer sein als das letzte Mal. Und das Mal davor. In dieser Disziplin war sie eine wahre Meisterin.

Ehe sie das Apartment verließ, um Hayden in der Kanzlei aufzusuchen, stieß sie im Vorbeigehen mit Absicht den Parfümflakon um. Goldene Essenz ergoss sich auf dem Holz. Wenn sie später zurückkehrte, sollte nicht einmal mehr eine Ahnung von Schnee in der Luft liegen.

17

Schwierige Verhandlungen

Anders schlug seine Beine übereinander, was auf dem niedrigen Sofa gar nicht so einfach war. Er hatte Adam aufgefordert, sich zu setzen. Doch genau wie Rischka hatte er es bevorzugt, stehen zu bleiben. Bei einem anderen Gast hätte Anders diese Unhöflichkeit vermutlich gestört, aber zum einen war Adam jemand, der sich sichtlich wohler fühlte, wenn er Abstand halten konnte, und zum anderen wollte Anders sich auf keinen Fall das Vergnügen dieser Unterhaltung mit solchen Nebensächlichkeiten verderben lassen.

Dazu gehörte auch, dass er Rischkas leidlich überspielte Ungeduld nach Kräften ignorierte. Es machte ganz den Anschein, als könne sie es kaum erwarten, dass der von ihr herbeigerufene Jäger endlich seine Beute präsentierte. Wie sonst ließe sich ihre zunehmende Unruhe erklären? Gerade drückte sie einen ihrer halb aufgerauchten Zigarillos mit solchem Druck im Kristallaschenbecher aus, dass er auseinanderbrach und sie überrascht aufschrie, als sie sich an der Glut verbrannte. Oder vielleicht sehnte sie sich danach, dass Adam seinen Bericht möglichst rasch vortrug, damit Anders erneut dessen Dämon stärken konnte. Die eine gemeinsame, mehr oder weniger geraubte Nacht mit dem hochgewachsenen, verwirrend schönen Mann hatte eindeutig Spuren auf Rischkas stolzem Ego hinterlassen. Fast beneidete Anders sie um diese Erfahrung – unerwidertes Begehren war eine Erfahrung, die ihm fremd war.

»Nun?«, fragte er in den Raum hinein. »Esther rief bereits vor einiger Zeit bei mir an und kündigte frohe Neuigkeiten an, ehe sie mir weniger Erbauliches mitteilte. Kann man dich auch mit der Suche nach einer neuen geeigneten Dienerin beauftragen, Adam?«

Rischka stieß ein scharfes Schnaufen aus. »Warum? Hat er deine alte Dienerin kaputtgemacht? Nicht, dass es mich überraschen würde.«

Einen Moment lang war Anders irritiert, dann begriff er den Seitenhieb. Rischka war eifersüchtig – auf eine Dienerin! Mit Not gelang es ihm, ein Grinsen zu unterdrücken. Diesem Rätsel würde er bei Gelegenheit nachgehen, jetzt stand Wichtigeres an.

»Ich befürchte, dich enttäuschen zu müssen, mein Schatz. Esther klang vielmehr überdreht. Die Hochzeitsvorbereitungen mit Hayden scheinen gerade in den Endspurt überzugehen. Eigentlich hatte ich gehofft, Esther würde sich – ganz das brave Mädchen, das sie gibt – noch eine Weile zieren, so dass mir genug Zeit mit der Suche nach einem Ersatz bleibt. Aber so, wie sie vorhin geklungen hat, wird nun wohl doch alles sehr schnell gehen. Wirklich schade.«

Eigentlich rechnete Anders damit, dass Rischka seine Worte als Vorlage dafür benutzen würde, Esther mit einer Gemeinheit zu verunglimpfen. Stattdessen brachte ihn ein leidlich unterdrücktes Aufstöhnen von Adam aus dem Konzept. Neugierig sah er zu dem Mann, aber der hatte sich bereits abgewandt. Adam hatte beide Armen gegen den Flügel gestemmt und verharrte dort mit hängendem Kopf. Anders spielte kurz mit dem Gedanken, der Sache auf den Grund zu gehen, verwarf ihn dann jedoch gleich wieder. Das alles war wirklich ausgesprochen interessant, aber später würde noch ausreichend Gelegenheit für Fragen bestehen.

»Also gut«, setzte er stattdessen an. »Es wäre schön, wenn wir diese unerfreuliche Angelegenheit, wegen der wir dich hierhergebeten haben, nun möglichst rasch beheben könnten. Wie sieht es aus, Adam?«

»Ich kann mir beim besten Willen nicht vorstellen, dass er diese Aufgabe wirklich in so kurzer Zeit zu unserer Zufriedenheit gelöst haben soll!«

Rischka trat mit ein paar schnellen Schritten auf Adam zu, die Hände angriffslustig in die Hüften gestemmt. Langsam richtete Adam sich auf, und in diesem Moment hätte Anders viel dafür gegeben, seinen Gesichtsausdruck sehen zu können. Rischka wich nämlich zurück, wobei sie eine Hand um ihre Kehle legte. Dann hielt sie abrupt inne, und der Stolz kehrte auf ihre Züge zurück.

»Du solltest dir wirklich gut überlegen, was du uns hier so ruckzuck als Ergebnis präsentieren möchtest«, fuhr sie mit zittriger Stimme fort. »Zumindest wäre es eine große Überraschung, denn die Lösung, die ich von dir erwarte, liegt keineswegs offen auf der Hand. Pfuscharbeit werde ich dir nicht durchgehen lassen, sondern …«

Endlich drehte Adam sich um. Die graue Farbe seines Gesichtes verriet, dass er unter einer enormen Anspannung stand. Ein leichter Schauer breitete sich über Anders' Nacken aus. Auch wenn er Adam keineswegs zu fürchten brauchte, unterschätzte er nicht die Gefahr, die von diesem Mann ausging.

»Du solltest besser aufpassen, was du sagst«, forderte Adam Rischka auf. »Du bist weder meine Herrin noch meine Auftraggeberin – und du willst ganz bestimmt auch nicht meine Feindin sein. Wenn ich jetzt hierhergekommen bin, um Anders zu sagen, wer hinter den Morden auf dieser Liste steckt, dann weiß ich es auch ganz genau. Oder hegst du daran etwa Zweifel?«

»Nein«, erwiderte Rischka kaum hörbar. »Es geht hierbei aber nicht nur um diese läppische Liste.«

Einen Augenblick lang glaubte Anders, dass sie weitersprechen würde, und es hätte ihn durchaus interessiert, worum es dabei wohl gegangen wäre. Doch sie verstummte und verließ den Raum. Adam scherte sich nicht darum, sondern kam zu ihm hinüber. Die ganze Angriffslust, die eben noch in ihm gelodert hatte, war verflogen. Zurückgeblieben war ein erschöpfter Mann, der sich ungeniert die Augen rieb.

»Eigentlich ist Rischkas Reaktion ja auch kein Wunder, da ich doch vor gerade mal zwölf Stunden behauptet habe, das Ganze gestalte sich schwieriger als erwartet. Wenn ich den Spuren nachgegangen wäre, hätte es sicherlich auch noch einige Zeit in Anspruch genommen, aber es hat sich ein viel direkterer Weg aufgetan. Zuerst habe ich das Muster nicht erkannt, das hinter den Opfern stand, weil sie alle so unterschiedlich waren. Alter, Geschlecht, Rasse – das ging genauso kreuz und quer durcheinander wie die Tötungsweisen. Der einzige gemeinsame Nenner bestand in dem Fakt, dass die Leichen alle blutleer waren. Aber dann ist mir ein zweiter gemeinsamer Nenner aufgefallen.«

»Sieh an, dann hast du das Ganze also durch reine Kopfarbeit gelöst. Das hätte ich dir gar nicht zugetraut.«

Einen Moment zu spät registrierte Anders, dass seine Äußerung nicht nur beleidigend war, sondern auch viel darüber verriet, wie er Adam eigentlich einschätzte: nämlich gering. Eine instinktgeleitete Kreatur, die nicht in der Lage war, die gefundenen Spuren einem Puzzle gleich zusammenzusetzen. Nun, jetzt ließ es sich nicht mehr zurücknehmen, also begnügte er sich mit einem entschuldigenden Lächeln, das Adam jedoch genauso wenig zu kümmern schien wie alles andere auch.

»Der zweite Nenner war die Kunstfertigkeit, mit der die Opfer ausgeblutet wurden. Jemand hat dem Dämon nicht einfach Blut dargebracht, sondern den Opfern mit jedem vergossenen Tropfen auch das Leben geraubt. Der Dämon will nicht einfach Blut, er will Leben und alles, was damit zusammenhängt: Angst, Wut, Verlangen … Ich kenne nur einen von unserer Art, dessen Gabe genau auf diese Art der Opferung zielt.«

Anders zog fragend die Brauen hoch. »Erwartest du etwa, dass ich zu guter Letzt auch noch von selbst draufkomme?«

»Obwohl du den Wald vor lauter Bäumen nicht siehst? Nein, das erwarte ich nicht von dir.« Die Retourkutsche kam schnell, aber Adam schien keine rechte Freude daran zu haben. Mit einer fahrigen Geste wischte er sich das Haar aus der Stirn, das eindeutig zu lang war für den gegenwärtigen Geschmack. Jemand sollte ihn wirklich einmal darauf hinweisen, dachte Anders, ehe Adam den Faden wieder aufnahm.

»Machen wir es kurz: Wenn du willst, dass diese Opferungen ein Ende haben, solltest du nach Lakas suchen. Der mag zwar vorgegeben haben, die Stadt verlassen zu haben, aber in Wirklichkeit ist er geblieben, um sich an dir dafür zu rächen, dass du ihm Rischka genommen hast. Ich habe ein wenig gebraucht, um zu verstehen, dass nur er es sein kann, weil seine Künste früher noch nicht wirklich gereift waren. Ich vermute, es lag an seiner Schwester Truss, die zu dominant war und sich mit ihrem Verlangen zu töten gegen ihn durchgesetzt hat, so dass die Opferungen keinem Ritual, sondern einem Gemetzel gleichkamen. Das hat sich in dem Moment geändert, als er das erste Mal ganz auf sich allein gestellt war.«

»Und da täuschst du dich nicht?«

Einen Augenblick lang sah es so aus, als würde Adam auf der Stelle kehrtmachen und gehen, weil er einfach nicht mehr die Kraft für Erklärungen aufbrachte. »Ich habe mir eins der Blutopfer angesehen: Es haftete kein Geruch an ihm, der auf den Mörder hinwies. Allerdings hinterlässt ein jeder von uns einen bestimmten Geruch … alle, bis auf einen. Lakas.«

Anders japste vor Verwunderung, doch Adam scherte sich nicht darum.

»Du brauchst Lakas also nur zu finden, dann kettest du ihn am besten an ein Gewicht und wirfst ihn irgendwo vor der Küste ins Wasser. Die unkomplizierteste Art, einen von uns loszuwerden – zumindest für eine Zeit lang. Normalerweise würde ich dir nur allzu gern anbieten, die Angelegenheit zu übernehmen, aber ich will noch den letzten Flug in Richtung Ostküste nehmen.«

»Lakas also, das wird Rischka sehr betrüben.« Anders' Verstand arbeitete auf Hochtouren, während er aus dem eben Gehörten seine Schlüsse zu ziehen versuchte. Eine Sache erregte besonders sein Interesse. »Warum diese sofortige Abreise, obwohl du doch gerade erst einen Sieg errungen hast? Rischka hat zwar nichts gesagt, aber sie hofft gewiss, dass du noch eine Weile bleibst. Ich dachte, Los Angeles gefällt dir.«

»Das stimmt, aber deine Dienerin gefällt mir auch. Etwas zu gut, wenn du verstehst. Mein Dämon teilt nämlich nicht gern.«

»Aha, daher weht der Wind.« Anders stand vom Sofa auf und stellte sich mit einem breiten Grinsen direkt vor Adam. »Das erklärt einiges, besonders den Wunsch nach Unterstützung durch Esther, obwohl du doch dafür bekannt bist, höchstens den Tod persönlich an deiner Seite zu akzeptieren. Verrätst du mir, was dich mehr an Esther angezogen hat: ihre kühle Fassade, hinter der ein Feuer lodert, oder ihre Zerbrechlichkeit? Manche Männer mögen ja Frauen, die voller unsichtbarer Narben sind. Entweder um ihnen weitere zuzufügen oder um sie zu beschützen. Ich könnte nicht sagen, zu welcher Sorte Mann du gehörst.« Zu seiner Enttäuschung schwieg Adam, das Gesicht eine einzige ausdruckslose Maske. Anders beschloss, ihn noch ein bisschen mehr zu reizen. »Wenn du dir Sorgen darum machst, was du Esther antun könntest, kann ich dich beruhigen. Denn wenn der Dämon, dank meiner Gabe, erst einmal das Ruder bei dir übernommen hat, wirst du keinen Gedanken mehr an sie verschwenden. Esther interessiert ihn nicht im Geringsten, das weiß ich besser als jeder andere.«

Anders wollte dem erstarrt dastehenden Mann beruhigend auf die Schulter klopfen, doch der wich mit einer erstaunlichen

Geschmeidigkeit aus. Plötzlich war Adams Blick, eben noch stumpf, angefüllt mit Argwohn und einer Spur Kampfeslust. Offensichtlich sagte ihm die Aussicht, bald vollkommen mit seinem Dämon vereint zu sein, nicht sonderlich zu.

Damit hatte Anders durchaus gerechnet, denn so weit konnte er sein Gegenüber bereits einschätzen: Selbst wenn man Adam etwas schenken wollte, stieß man auf Ablehnung. Allerdings handelte es sich einzig und allein um die Ablehnung des Menschen, der unverständlicherweise in diesem Tempel haften geblieben war und ihn mit seiner Anwesenheit entweihte. Der Herr des Hauses dagegen sehnte sich nach Anders' Berührung, das konnte er mit jeder Faser spüren. Offensichtlich hatte er nicht nur Adams Intelligenz, sondern auch seinen Willen unterschätzt, denn jeder andere von ihrer Art hätte schon um seine Berührung bittend auf den Knien gelegen. Niemand konnte sich der Macht seiner Gabe entziehen. Niemand durfte sich entziehen.

Nachdenklich begann Anders, die Zigarettenschachtel in seiner Hand zu drehen. »Lass mich dir eine Frage stellen: Als ich den Dämon in dir gestärkt habe, ist das für dich nicht wie eine Befeiung gewesen?«

»Eher eine Art Tod.«

»Wenn ich Rischka richtig verstanden habe, ist es doch genau das, was du dir am sehnlichsten wünschst, seit der Herrscher in dich eingedrungen ist: Erlösung. Das ist meine Angebot an dich, nach wie vor.«

Adams Kiefer zuckte, als ginge ihm etwas durch den Kopf, das ihm Schmerzen bereitete. Vermutlich tat es das auch, schließlich würde sich der Dämon nicht freiwillig unterdrücken lassen.

»Bis vor zwei Tagen hätte ich es auch tatsächlich angenommen, selbst wenn es mir gegen den Strich gegangen wäre, den Dämon zu guter Letzt siegen zu lassen.«

»Ich kann dir nicht ganz folgen.« Anders versuchte sich an einem kameradschaftlichen Lächeln, das jedoch gründlich misslang. Also steckte er sich rasch eine Zigarette zwischen die Lippen. »Du hängst plötzlich an dem Überbleibsel deiner Menschlichkeit, weil du dich in Esther verguckt hast. Aber anstatt sie dir zu nehmen, bis dieser Anflug von Schwachsinnigkeit verflogen ist, willst du dich wie ein geprügelter Hund aus dem Staub machen.«

Adam verengte seine Augen zu Schlitzen. An seiner Schläfe pochte eine Vene im verräterischen Rhythmus, der besagte, dass die Ruhe dieses Mannes lediglich vorgetäuscht war. Es war vielmehr eine Frage von Sekunden, bis er dem Verlangen, Anders auf seinen Platz zu verweisen, nachgeben würde.

»Es ist mir ziemlich gleichgültig, ob du das lächerlich findest.«

»Ich finde es nicht lächerlich, sondern halte es für einen großen Irrtum, den ich zu korrigieren gedenke.«

18

Der geraubte Kuss

Das Winseln des Dämons, sich endlich Anders' segensreicher Gabe zu überlassen, hatte sich innerhalb kürzester Zeit zu einem schrillen Crescendo gesteigert, dem kaum ein Opernsaal, geschweige denn Adams Schädel standhielt. Mit Not reagierte er auf Anders' Worte, während er vollauf damit beschäftigt war, den verfluchten Dämon davon abzuhalten, die Kontrolle an sich zu reißen. Er musste fort von hier, sofort.

Er wollte sich gerade zum Gehen abwenden und diese Villa samt ihren Bewohnern, die ihm mit einem Mal allesamt zuwider waren, hinter sich lassen. Notfalls auf allen vieren, falls der vor Verzweiflung tobende Dämon ihn dazu zwingen sollte. Da schnippte Anders seine brennende Zigarette gegen die Glasscheibe. Seine Augen folgten nur für einen Sekundenbruchteil dem Funkenflug, doch genau diesen Moment nutzte Anders, um ihn niederzuringen.

Ehe Adam begriff, was geschah, schlug er hart auf den Steinboden. Mit einem dumpfen Pochen prallte sein Hinterkopf auf die Fliesen, und ihm wurde schwarz vor Augen. Das überdrehte Gelächter des Dämons brachte ihn wieder zu Bewusstsein, aber vielleicht war es auch der bittere Geschmack des eigenen Blutes im Mund.

Jetzt … endlich … Blut … gleich … alles meins, krakeelte der Dämon in einem vielstimmigen Chor.

Benommen versuchte Adam, sich auf den Unterarmen aufzurichten, was ihm jedoch nicht gelang. Anders hockte breitbeinig auf seinem Oberkörper und riss ihm das Hemd auf, um sogleich beide Hände auf seine nackte Brust zu legen. Adam schrie auf und wollte den Mann von sich stoßen, aber es war zu spät.

Während er noch vor Wut schrie, jubilierte ein Teil von ihm, der sich nach dem Frieden der Vereinigung sehnte, den Anders' Berührung zu bieten hatte. Den aufliegenden Händen wohnte eine eigene Magie inne, die alle negativen Gefühle wie eine Welle fortspülte.

Von einer Sekunde zur anderen verlor sich Adams Ablehnung. Als Anders seinen Nacken umfasste und ihn zu sich hochzog, ließ er es nur allzu willig geschehen. Er wünschte den Augenblick herbei, in dem seine Lippen den Kuss erwidern konnten, der Einladung zu einem Leben war, das der Dämon regierte. Kein schwacher Dämon wie der, der jetzt in Adam hauste und seinen Herrschaftsanspruch mit List und Gewalt durchsetzen musste, sondern ein wahrer Herrscher, dem sich niemand entgegensetzen würde … weil dort niemand mehr war. Trotzdem zögerte Adam nicht, als Anders' Mund nur noch einen Hauch von seinem entfernt war. Er wollte diesen Kuss wie nichts anderes zuvor.

Sehnsuchtsvoll lehnte er sich vor … doch im entscheidenden Moment wandte Anders den Kopf ab.

Adam gab einen enttäuschten Laut von sich, als verweigerte man ihm die Luft zum Atmen. Er wollte nach Anders greifen, doch der erhob sich bereits und hatte keinen weiteren Blick mehr für ihn übrig.

Hol ihn dir, er darf nicht gehen, nicht jetzt!

Mit aller Kraft, die er aufbringen konnte, sprang Adam auf. Als er jedoch die Hand ausstreckte, um Anders notfalls gewaltsam in seine Arme zurückzuholen, verflüchtigte sich die bezaubernde Wirkung der Berührung bereits. Verstört über das eigene Verlangen, stand Adam da. Dann erkannte er, warum ihm Anders' Geschenk im letzten Augenblick verweigert worden war: Rischka vergrub gerade ihre Finger in Anders' Haar und drückte seinen Kopf entschieden nieder, bis der Mann ihr zu Füßen lag, bezirzt von ihren Künsten, jeden Dämon zu verführen.

Sie warf Adam einen Blick zu, und ihre Lippen formten nur ein Wort: Lauf!

Mehr brauchte es für Adam nicht. Kaum Herr seiner Sinne, taumelte er hinaus, stolperte mehrmals auf dem Weg zu seinem Wagen. Er war wie betäubt durch das nicht enden wollende Lamento seines Dämons, der die Zurückweisung immer noch nicht akzeptieren wollte. Er konnte keinen klaren Gedanken fassen, geschweige denn seine Sinne gebrauchen. Trotzdem gelang es ihm irgendwie, den Wagen zu starten, und als er ins dunstige Abendlicht fuhr, registrierte er noch Benson, der neben der Ausfahrt stand und ihm interessiert nachblickte.

19

Ein kleiner Blutdienst

Es hatte nicht viel gefehlt, und die Vorderräder des Wagens wären über den Abgrund geraten. Mit zitternden Händen stellte Adam den Motor ab, dann erst gestand er es sich zu, die Stirn gegen das Lenkrad zu lehnen. Der Dämon drohte seinen Körper von innen heraus zu zerreißen, indem er ihn mit Feuer, Klauen und Reißzähnen heimsuchte. Obwohl Adam genau wusste, dass die Schmerzen nicht aus körperlichen Verletzungen entstanden, sondern durch den Willen des Dämons, erlitt er sie trotzdem durchaus real.

Mehr noch machte ihm allerdings das Chaos in seinem Kopf zu schaffen, das es ihm unmöglich machte, auch nur einen klaren Gedanken zu fassen. Was war soeben in Anders' Haus geschehen? Die Erinnerungen flackerten wie Blitze am Sturmhimmel auf. Einen Herzschlag lang erkannte er ihre Form, doch dann erloschen sie wieder und mit ihnen ihre Bedeutung: Anders, der ihm seine Gabe mit Gewalt aufzwängen wollte … sein Verlangen, endlich mit dem Dämon zu verschmelzen … Rischka, die Anders in ihren Bann gezogen hatte, damit er fliehen konnte … fliehen … Warum hatte sie gewollt, dass er floh, nachdem er eben erst ihren Schatten Lakas ans Messer geliefert hatte?

Das ist alles vollkommen gleichgültig. Bring mich zu Anders zurück, sofort!

Die Forderung des Dämons wurde mit einem Stoß in Adams Wirbelsäule unterstrichen, glühend wie mit einem Schürhaken.

Adam wartete ab, bis das Brennen so weit nachgelassen hatte, dass er sich ins Freie schleppen konnte. Seine Wahrnehmung war wie benebelt, und er hatte das grauenhafte Gefühl, in seinem Körper eingekerkert zu sein, der rein aus Schmerzen und dem Gebrüll des Dämons bestand. Da ertrug er die Enge des Wagens einfach nicht länger. Verzweifelt hielt er sich an der Motorhaube fest, rechnete jeden Moment damit, zusammenzubrechen. Er richtete den Blick auf den im weichen Abendlicht liegenden Ozean, der unter ihm gegen den Fels leckte. Das Spiel aus Grau und Blau, durchzogen von einem weißen Adergeflecht, setzte sich auf seiner Netzhaut fest, und schließlich gelang es der endlosen Melodie des Wassers, den Dämon zu beruhigen. Mit einem zischenden Gemurmel legte er sich zur Ruhe, auf die nächste Gelegenheit lauernd, seinen Willen unter Beweis zu stellen.

Erleichtert atmete Adam tief ein, fuhr jedoch herum, als er das Knirschen von Kies vernahm.

Lakas stand nur zwei Schritte von ihm entfernt, eine Hand noch auf der hinteren Wagentür. Überrumpelt, dachte Adam gereizt, genau wie damals auf dem Hausboot.

Jemand anders hätte in einer solchen Situation wahrscheinlich ein sardonisches Lächeln aufgesetzt, nur lag Lakas Derartiges fern. Mienenspiel und Stimmlage waren etwas für Menschen, dazu ließ er sich nicht herab. An ihnen allen mochte die Zeit unbeachtet vorbeifließen, sie nahmen nur so viel von der Strömung auf, dass sie nicht unnötig auffielen, wenn sie unter den Menschen wandelten. Lakas jedoch nahm nicht einmal darauf Rücksicht. Genau wie seine Schwester Truss war er vollkommen darauf ausgerichtet, sein Talent zu entfalten, um den Dämon zu erfreuen. Was kümmerte ihn da schon die Aufmerksamkeit, die schwarzes Leder erregte, war es doch die widerstandsfähigste Robe, wenn es um den Blutdienst ging? Schließlich sahen ihn ausschließlich Menschen, die er zum Opfer auserkoren hatte.

»So was, da hat der große Jäger nicht einmal ansatzweise bemerkt, dass seine Beute auf dem Rücksitz saß. Das ist dir sicherlich auch noch nicht oft passiert, Adam.« Beim Sprechen bewegte Lakas kaum die Lippen, was ihn mehr als alles andere wie ein Kunstgeschöpf aussehen ließ. Behutsam schloss er die Wagentür. »Ich habe fest damit gerechnet, dass du den Jaguar über den Klippenrand fährst.«

»Hältst du mich für einen Schwachkopf?«

Lakas massierte seine Unterlippe zwischen Zeigefinger und Daumen, genau wie seine Schwester, wenn sie ihre Triebe noch ein Weilchen unter Kontrolle zu halten gedachte. »Eigentlich nicht, aber nachdem du die letzten Tage mehr schlecht als recht meiner Fährte hinterhergestolpert bist, war ich mir nicht mehr so sicher. Nicht, dass es wichtig wäre, aber was war eigentlich mit dir während der Fahrt los? Ich konnte dein Gesicht im Rückspiegel betrachten: Du sahst aus, als würdest du jeden Augenblick einen grausamen Tod erleiden. Hat Rischka dir etwas von Adalberts Spezialgift verabreicht?«

Mit steifen Fingern schob Adam seinen Hemdsärmel hoch und legte die immer noch nässenden Wunden frei, die Rischka ihm mit den Fingernägeln zugefügt hatte. Sie hatten erst zu heilen begonnen, nachdem er sie auf seinem Hotelzimmer mit einer Rasierklinge bearbeitet hatte.

»Mit diesem Gift habe ich tatsächlich bereits Bekanntschaft gemacht. Es gehört also Adalbert. Woher weißt du davon, obwohl du doch schon seit längerem keinen Kontakt mehr mit Rischka pflegst – oder etwa doch?«

Lakas starrte ihn ausdruckslos an. Plötzlich wurde Adam klar, warum er diesen Mann so sehr verabscheute: In seinen Augen fehlte jener Lebensfunke, den sowohl Menschen als auch ihresgleichen trugen. Lakas jedoch war nicht mehr als ein Golem, ein fremdgesteuertes Wesen, dem nicht einmal ein Dämon Leben einzuhauchen vermochte.

»Kein Kontakt«, sagte Lakas unvermittelt. »Wenn ich ihr unter die Augen getreten wäre, hätte sie das dem Dieb erzählt, unter dessen Dach sie lebt. Es ist ihr ja unmöglich, etwas vor ihm zu verbergen, seit er Hand an sie gelegt hat. Aber ich gehe manchmal in ihr Zimmer, wo sie ihr Tagebuch in dem Geheimfach ihres Sekretärs aufbewahrt. So weiß ich, was sie beschäftigt, ohne dass er davon erfährt. Rischkas und meine Verbundenheit wird immer einen Weg finden.«

»Schön zu wissen.« Adams Kiefer knackte, als er bei Lakas' Worten an einen anderen Raum erinnert wurde, in den dieser Mann mühelos eingedrungen war. »Vielen Dank übrigens für den Katzenkadaver, den du mir auf den Balkon gelegt hast. Ich hätte einiges dafür gegeben, dir dabei zuzusehen, wie du dich als nackter Fassadenkletterer betätigst, damit ich an dem Geschenk später nicht einmal eine Spur deiner Kleidung entdecken kann. So viel Umsicht hätte ich dir gar nicht zugetraut, warst du in Paris doch mehr für deine Grobheit bekannt.«

»Paris ist lange her.« Nichts an Lakas verriet, ob Adams Hohn ihn getroffen hatte. »Auch wenn ich darunter leide, nicht länger Seite an Seite mit Truss zu sein, der Entfaltung meines Talents hat es auf jeden Fall gutgetan. Sie wollte den Tod immer zu schnell. Richtiges Opfern verlangt Zeit, das habe ich mittlerweile begriffen.«

»Und das wolltest du dann nicht nur Rischka, sondern auch mir beweisen.«

»Dir will ich gar nichts beweisen, Treiber. Für dich habe ich keinen Respekt übrig. Du taugst nur dazu, passende Opfer zu finden. Das schwächste Talent in der Kette, in der der Beherrscher Truss, dich und mich gern sehen würde. Wie du jedoch mittlerweile herausgefunden haben dürftest, brauche ich dich nicht einmal dazu. Opfer findet man überall, auch wenn sie den Dämon nicht zu hundert Prozent befriedigen. Dann opfert man eben entsprechend mehr.«

»Sogar wenn man dadurch Anders' Aufmerksamkeit erregt?«

»Du hast wirklich nichts von dem verstanden, was sich vor deinen Augen abspielt. Ich frage mich ernsthaft, worauf eigentlich dein Ruf beruht, da du einen Köder ja nicht einmal dann erkennst, wenn er dir unter die Nase gehalten wird. Womit lockt man wohl einen Jäger an? Mit einer kapitalen Beute natürlich. Problematisch wird es nur dann, sobald der Jäger lieber wertlosem Rotwild nachstellt.«

»Wie nennst du Esther?« Adams Stimme war nicht mehr als ein Raunen.

»Ah, es hat sogar einen Namen. Wie nett.«

Während seine Fingerspitzen über den Lack des Wagens glitten, wägte Adam ab, ob es ihm gelingen würde, Lakas zu packen und kurzerhand über die Klippe zu befördern. Widerwillig gestand er sich ein, dass seine Chancen schlecht standen. Lakas war ein geübter Kämpfer, genau aus dem Grund hatte Rischka ihn an ihrer Seite geduldet. Von seiner schmalen Gestalt durfte man sich nicht täuschen lassen. Und selbst wenn es ihm gelang, was würde es schon groß bringen? Lakas würde wie eine nasse Ratte zurück ans Land krabbeln. Genau das wollte Adam nicht, denn er hatte etwas dagegen, wenn man ihm auflauerte. Und noch weniger konnte er es ertragen, dass Esther offensichtlich in den Fokus dieser Opferungsmaschine geraten war. Das durfte nicht noch einmal vorkommen, dafür würde er sorgen.

»Dir ist dein Jagdinstinkt verlorengegangen«, trat Lakas nach.

»Worüber beschwerst du dich eigentlich bei mir, Katzenquäler? Du solltest lieber deiner verehrten Rischka einen entrüsteten Brief schreiben, weil sie mich nach Los Angeles gerufen hat, um dich ans Messer zu liefern. Sie hat doch bestimmt gewusst, dass du hinter den Opferungen stehst, nachdem sie es die letzten siebzig Jahre mit dir ausgehalten hat. Ich kann mir zumindest nicht vorstellen, dass ihr deine verfeinerten Künste entgangen sind.«

Nun zuckte es doch unter Lakas' Auge. »Seit Paris musste ich meine Gabe im Dunklen ausleben. Das hat Rischka von mir verlangt, nachdem wir die Stadt damals überstürzt verlassen mussten.«

Mit Not konnte Adam ein abfälliges Schnauben unterdrücken. »Mein Beileid. Es mag mich zwar nichts angehen, aber ich gebe dir trotzdem einen Rat: Leb dich künftig woanders aus, sonst wird Anders deine gerade erst entdeckten Flügel stutzen.«

»Es werden nicht nur meine Flügel sein, die Anders stutzen wird. Er wird sie uns allen dank seiner verfluchten Gabe rausreißen«, erklärte Lakas mit seiner unangenehm tonlosen Stimme.

»Nein, meine nicht. Ich werde mich jetzt nämlich wieder in meinen Wagen setzen und zusehen, dass ich Kalifornien so schnell wie möglich hinter mir lasse.« Adam täuschte vor, nach dem Türgriff zu langen, in der Absicht, Lakas im nächsten Moment mit einem gezielten Schlag ins Aus zu befördern, als der plötzlich die Zähne bleckte.

»Du willst dich also davonstehlen und uns im Stich lassen!«

Lakas' überraschender Gefühlsausbruch nahm Adam für eine Sekunde derart in Beschlag, dass ihm entging, wie er zum Angriff überging. Gerade noch rechtzeitig gelang es ihm, den Kopf zur Seite zu reißen, ansonsten hätte der Inhalt der zerschellenden Phiole, die Lakas nach ihm geschleudert hatte, seine Augen und nicht bloß seine Wange getroffen.

Säuregleich fraß sich die Essenz durch Haut und Fleisch. Während sie am Wangenknochen nagte, erklärte der Dämon ihr den Krieg, doch im Gegensatz zu sonstigen Verletzungen hatte er nun schwer zu kämpfen. Immer wieder entzog sich die Essenz seinen Bemühungen, den alten Zustand wiederherzustellen, und zerstörte Gewebe, das er gerade erst wieder geheilt hatte.

Ich bin stärker, ich bin stärker, protzte der Dämon, scheiterte jedoch ein ums andere Mal. *Was magst du nur sein? So etwas wie dich darf es doch gar nicht geben …*

Adam hingegen fehlte schlicht die Zeit, sich darüber Gedanken zu machen. Mit einem Tritt wehrte er Lakas ab, der sich auf ihn stürzen wollte. Lakas rollte sich geschickt ab und war bereits wieder auf den Beinen, als die Säure sich bis zu Adams Kehle durchfraß und sie verätzte. Der Schmerz ließ ihn für eine Sekunde alles um sich herum vergessen. Lakas nutzte den Moment, rang ihn nieder und zerrte seine Arme über den Kopf. Sogleich verspürte Adam einen scharfen Schnitt an seinem Handgelenk, und noch mehr Gift wurde mit einer Klinge in sein Fleisch getrieben.

Lakas lachte beim Anblick von Adams hervorsprudelndem Blut verzückt auf. Dann brach das Lachen abrupt ab, als er zur Seite gestoßen wurde und gefährlich dicht auf den Abhang zuschlitterte.

Wie eine Katze kam Adam auf die Füße, das zerschnittene Handgelenk fest umfassend. Doch es half nichts, er konnte die Blutung nicht einmal ansatzweise stoppen.

Selbst der Dämon versagte, obwohl er sich mit aller Macht auf diese Wunde stürzte, die immer wieder aufplatzende Wange vergessend. *Wie kann dieses Zeug es wagen, mich herauszufordern?*, zischte er. Dann war er zu beschäftigt damit, die Schnitte über den Pulsadern stets aufs Neue zu schließen, die mit jedem Herzschlag mehr Blut vergossen.

Inzwischen hatte Lakas sich hochgerappelt. In seiner Hand hielt er eine schlanke Klinge, deren Stahl wie Damast gemustert war vom vielfachen Falten.

»Eigentlich widert es mich an, einen Tempel des Herrschers in ein Opfer zu verwandeln, aber in deinem Fall mache ich eine Ausnahme, Adam. Es wird mir ausgesprochen gut gefallen, dir beim Ausbluten zuzusehen. Und danach werde ich mir eine hübsche Lösung für deinen Kadaver einfallen lassen, bevor der Dämon ihm wieder Leben einhauchen kann.«

Die Klinge sauste auf Adam zu, doch er wich aus. Allerdings bedeutend ungeschickter, als es bei ihm zu erwarten gewesen wäre. Der Blutverlust, den der Dämon auf die Schnelle auszugleichen außerstande war, machte ihm zu schaffen. »So wie du es mit Nia gemacht hast? Wenn du mir ernsthaft erzählen willst, dass du zu Derartigem in der Lage bist, werde ich dich nicht einfach umbringen, sondern dir vorher noch deine verlogene Zunge herausreißen«, drohte er, während er Lakas umkreiste.

Lakas verzog das Gesicht zu einer Grimasse. »Wenn du Nia gefunden hast und trotzdem zu Anders gelaufen bist, um mich auszuliefern, bist du noch viel unfähiger, als ich gedacht habe. Wie kann es nur sein, dass Truss dich bevorzugt hat?«

»Weil meine Gabe im Gegensatz zu deiner zu etwas zunutze ist – das hat deine Schwester sofort erkannt.«

Mit einem Wutschrei auf den verzerrten Lippen stürzte Lakas nach vorn, aber damit hatte Adam gerechnet: Er wehrte die Klinge mit einem Schlag gegen Lakas' Handgelenk ab und zögerte nur einen Augenblick, ehe er die Körperbewegung des Mannes ausnutzte, um ihn gegen die Wagentür zu schleudern. Lakas sackte in sich zusammen, während Adam einen leidenden Blick auf die Delle in der Tür warf. Dann packte er Lakas im Nacken, zwang ihn nieder und nahm ihm die Waffe ab. Fast wäre ihm die Klinge aus der Hand gerutscht, die von seinem eigenen Blut besudelt war. Schnell schnitt er Lakas' Kehle auf, so dass er fast den Kopf vom Hals trennte. Mit einem festen Griff in die Haare sorgte er dafür, dass die Wunde weit aufklaffte, bis sich das flutartig verströmende Blut über den Felsen ausbreitete und über den Abgrund floss.

»Rischka und du, ihr hättet eure dreckigen Pläne nicht auf meinem Rücken aufbauen sollen. Ich lasse mich nicht instrumentalisieren, verflucht.«

Lakas versuchte, ihn mit größter Wut und Verzweiflung abzuschütteln, was ihm jedoch nicht gelang – Adam wusste zu gut, wie man eine geschlagene Beute am Boden hielt. Schließlich wurden die Bewegungen immer träger, bis sie nur noch ein Zucken waren – und auch das endlich erlosch. Lakas' Herz stand still, während sein Dämon gegen die Essenz ankämpfte, die einen Heilungsprozess der Wunde unmöglich machte.

Erst als ihm schwarze Flecken vor den Augen tanzten, gab Adam den Griff auf und führte die eigene blutende Wunde an seine Lippen, um das Gift herauszusaugen und auf den Boden zu spucken, auch wenn er sich dabei den Mund verätzte. Millimeter für Millimeter gelang es dem Dämon endlich, den Schnitt heilen zu lassen, wenn auch nur notdürftig. Keuchend schleppte Adam sich auf den Fahrersitz, um die venezianische Klinge herauszuholen, die er unter ihm versteckt hatte. Der Anblick, den ihm sein halb zerfressenes Gesicht bot, war so scheußlich, dass er würgen musste. Trotzdem wandte er den Blick nicht ab, sondern setzte die Klinge an, um das von der Säure verseuchte Gewebe herauszuschneiden. Am ganzen Leib bebend, blieb er sitzen, bis der Dämon die Wunde so weit geheilt hatte, dass kein Luftzug mehr durch sie in seinen Rachen drang.

Ich bin erschöpft, ließ der Dämon ihn mit zittriger Stimme wissen.

»Jammer mir nicht die Ohren voll«, brummte Adam, als er mit der giftigen Klinge Lakas' Handgelenke zerschnitt und sie ihm anschließend ins Herz rammte, wobei sich ihm vor Anstrengung der Magen umdrehte. Mit den Schnürbändern von Lakas' Stiefeln fesselte er dessen Handgelenke hinter dem Rücken zusammen. Zwar glaubte er kaum, dass es Lakas jemals gelingen würde, die Klinge aus seinem Herzen zu ziehen, aber er fühlte sich einfach besser, als er einen festen Knoten knüpfte.

Der Dämon in seinem Inneren wimmerte auf, sagte jedoch nichts über den zerstörten Tempel, den Adam unter viel Gefluche auf den Rücksitz seines Wagens zerrte.

Mittlerweile war es Abend, Dunkelheit hatte sich ausgebreitet. Adam war das nur recht. Bei dem, was er vorhatte, spielte ihm die Dunkelheit zu, denn er selbst würde sich auch ohne Licht zurechtfinden und musste sich gleichzeitig nicht allzu viele Sorgen um neugierige Augen machen. Einen Kanister Benzin hatte er bereits im Kofferraum, einen Spaten würde er sich von einem der Hinterhöfe entleihen. Notfalls würde er das Loch, in dem er Lakas' ausgebluteten Leib vergraben wollte, mit den bloßen Händen ausheben. Dann erst würde er, wie geplant, den Verschlag niederbrennen, der nicht nur Nias Überreste beherbergte, sondern auch Spuren von Esthers und seinem Besuch verriet. Was er danach tat, konnte er nicht einmal erahnen, es schien einfach zu weit weg zu sein. Seine Kraft reichte gerade immer nur für den nächsten Augenblick aus.

20

Asche zu Asche

Das nasse Kleid klebte wie eine zweite Haut an Rischka, als sie aus dem Fluss stieg, der friedlich unter dem nächtlichen Himmel dahinplätscherte. Wie schon einmal zuvor hatte sie sich von der Strömung treiben lassen – eine gute Art zu reisen, wenn man Spuren vermeiden wollte. Doch jetzt musste sie das schützende Wasser verlassen, um Gewissheit zu erlangen.

Unbekümmert schritt sie mit nackten Füßen über das Kiesbett, denn jeder Schnitt und jeder Kratzer wurden sogleich vom Beherrscher geheilt, so dass sie keinen Gedanken darauf verschwendete. Der Rauch, der von den noch schwelenden Resten ausging, kam ihr wie eine Bedrohung und gleichzeitig wie eine Erlösung vor. Das schreckliche Geheimnis war zu Asche zerfallen. Nun würde sie nicht länger von dem Gedanken heimgesucht werden, dass sich ein Tempel in einen verwesenden Leichnam verwandelt hatte.

Der Verschlag war bis auf den Grund niedergebrannt, lediglich ein Ballen Stacheldraht hatte den Flammen getrotzt. Darunter glaubte sie Knochen aufblitzen zu sehen, aber das war bestimmt ihrer aufgebrachten Fantasie geschuldet. Nias Leichnam gehörte der Vergangenheit an, so musste es einfach sein. Etwas anderes konnte sie nicht ertragen.

»Warum überrascht es mich nicht, dich hier anzutreffen?«

Beim Klang der tiefen Männerstimme fuhr Rischka zusammen. Einen Augenblick lang wünschte sie sich inniglich, die

Phiole mit dem Gift nicht im Sekretär zurückgelassen zu haben. Dann hätte sie jetzt wenigstens eine Waffe … die einzige Waffe, die etwas gegen den Mann auszurichten vermochte, der langsam aus der Dunkelheit hervortrat.

»Sieht ganz danach aus, als wäre Adam hier gewesen«, brachte sie atemlos hervor.

Anders trat so dicht vor sie, dass sie eine feine Rußspur auf seinen Wangen ausmachen konnte. Er war also bereits vor ihr hier gewesen.

»Verbrannte Erde zu hinterlassen, scheint sein Markenzeichen zu werden.«

Sanft umfasste Anders ihr Kinn. Allein diese kleine Berührung ließ sie wie eine Verdurstende aufstöhnen. Mit einem Schlag waren die rauchenden Brandreste genauso vergessen wie die Sorge, was wohl passieren mochte, wenn Anders ihr auf die Schliche kam. Es gab nur noch den unwiderstehlichen Sog, den seine Gabe auslöste.

»Es wundert mich, dass Adam diesen Fund nicht erwähnt hat. Er kann ihn doch unmöglich für Lakas' Werk gehalten haben«, dachte Anders laut nach, während er langsam wieder seine Finger zurückzog, unbeeindruckt von Rischkas bittendem Wimmern. »Vielleicht hätte er das auch, wenn du unsere Vereinigung nicht auf diese unnachahmliche Weise unterbrochen hättest.«

»Vergiss Adam.« Obwohl sie kaum einen klaren Gedanken fassen konnte, gelang Rischka jener laszive Ton, der ihr die Jahrhunderte mit männlicher Gesellschaft versüßt hatte. Auch Anders würde ihr wieder zu Füßen liegen, wenn sie es bloß richtig anpackte. »Er hat Nia gefunden – na und? Dass er ihre Reste verbrannt hat und verschwunden ist, beweist doch nur, dass er nichts begriffen hat. Seit er Esther begegnet ist, ist er nichts weiter als ein kopfloser Narr. Glaub mir, er wird sich irgendwo ein Loch suchen, in dem er sich verbergen und seine Wunden lecken kann.«

»Und was ist, wenn ich gar nicht will, dass Adam sich vor mir verbirgt?«

Obwohl die Magie von Anders' Berührung immer noch in ihr nachhallte, stieg Angst in Rischkas Brust auf. »Adam hat die Aufgabe, deretwegen ich ihn gerufen habe, erledigt. Seine Suche ist abgeschlossen.«

»Die Suche fängt gerade erst an«, erwiderte Anders. Dann riss er die schreckensstarre Rischka an sich.

21

Schneeeinbruch

Wie gewohnt machte Hayden einen verbotenen U-Turn mitten auf der Straße, um den Wagen direkt vor dem Eingang des Apartmenthauses zum Halten zu bringen. Um diese späte Nachtzeit war das kein Problem, aber auch ansonsten störte es ihn nicht, wenn er bei dieser Aktion ein Hupkonzert auslöste. Beim Autofahren war Hayden ein anderer, jemand, der das Kostüm des zivilisierten Stadtmenschen mit dem Aufröhren des Motors ablegte und nur noch seinen Instinkten folgte.

Esthers Atmung ging einen Tick schneller, als Hayden sich zu ihr beugte, um ihr einen Abschiedskuss zu geben. Hayden zögerte ihn stets einen Moment hinaus – ein Spiel zwischen ihnen beiden, das ihr normalerweise eine Gänsehaut verursachte. Doch heute ging sie nicht darauf ein, sondern drückte hastig die Lippen auf seine, was ihn merklich aus dem Konzept brachte.

Darauf mochte sie jedoch keine Rücksicht nehmen. Rasch noch diesen einen Kuss abhandeln, dann würde sie sämtliche Türen hinter sich zuschlagen und sich im Schutz ihres Apartments jenem Schmerz überlassen, der sie schon seit Stunden zu übermannen drohte.

Obwohl der Abend lang geworden war, roch Hayden angenehm nach Seife und seinem holzigen Aftershave. Der Duft seines Kirschholztabaks kam ihr zu Bewusstsein und verschlimmerte den Schmerz. Unwillkürlich stöhnte Esther auf, woraufhin Hayden sich von ihren Lippen löste und aus dem Fenster starrte.

»Es ist wohl besser, wenn ich dich noch bis zu deinem Apartment begleite«, sagte er nach einer Weile.

Esther krampfte sich innerlich zusammen. Für ein höfliches Ringen, ob er sie nun bis vor ihre Tür begleiten durfte oder nicht, fühlte sie sich einfach zu schwach.

»Nimm es mir nicht übel, aber ich würde jetzt gern ein wenig für mich allein sein.«

Anstelle einer Entgegnung deutete Hayden mit grimmiger Miene auf den Schatten eines hochgewachsenen Mannes, der neben dem Eingang ihres Mietshauses stand. »Wie gesagt, ich bringe dich besser nach oben.«

Mit schnellen Schritten umrundete er den Wagen und half ihr auszusteigen, was sie an diesem Abend noch weniger ausstehen konnte als sonst. Seine Hand blieb auf ihrem Oberarm liegen und griff viel zu fest zu. Allerdings strahlte Hayden eine Gereiztheit aus, die sie schweigen ließ. Ohnehin wanderten all ihre Gedanken im nächsten Moment zu der Gestalt, die nun ins Licht der Straßenbeleuchtung trat. Unbewusst setzte ihre Atmung einige Züge lang aus.

Adam sah trotz seiner einwandfreien Kleidung und dem feucht zurückgestrichenen Haar grauenhaft aus, nicht nur wegen seiner von einem leuchtend roten Narbengeflecht durchsetzten Wange und seiner aufgeplatzten Lippen. Von seiner ansonsten stets spannungsgeladenen Haltung war nichts zu sehen, seine Schultern waren eingefallen, und Esther bemerkte, dass sie leicht zitterten, als könnten sie das Gewicht nicht länger tragen. Langsam kam er auf sie zu, die Hände tief in den Manteltaschen vergraben. Nichts verriet die Geschmeidigkeit, mit der er sich für gewöhnlich bewegte. Als Hayden allerdings aus einem Beschützerinstinkt heraus den Arm um Esthers Taille legte, änderte sich das schlagartig. Fast glaubte sie ein tiefes, bedrohliches Geräusch zu vernehmen. Auch Hayden schien es gehört zu haben, denn sein eben noch forscher Schritt verlangsamte sich, bis er sogar stehen blieb.

»Adam, so spät habe ich eigentlich nicht mehr mit Ihnen gerechnet«, versuchte Esther, die Situation zu entschärfen. Der Blick, mit dem Adam den Mann an ihrer Seite schweigend maß, ließ ihr das Herz bis zur Kehle schlagen. »Darf ich Ihnen meinen Verlobten Hayden vorstellen? Er arbeitet ebenfalls mit Anders zusammen, allerdings in juristischen Belangen.«

Kaum fiel Anders' Name, entspannte sich Hayden ein wenig. Trotzdem klang seine Stimme tiefer als sonst, als fühlte er sich von Adam herausgefordert. »Wenn man für Anders arbeitet, kommt man selten zum Schlafen. Ob es Tag oder Nacht ist, interessiert ihn nicht sonderlich. Das gilt wohl auch für Sie, wenn ich mir das richtig zusammenreime. Sie werden jedoch verstehen, dass Esther nach einem langen Tag sehr erschöpft ist. Mit welchem Auftrag auch immer Anders Sie hierhergeschickt hat, es kann doch sicherlich bis morgen warten.«

»Ich befürchte, das kann es nicht.«

Obwohl Adam gut drei Schritte vor ihnen stehen geblieben war, kam es Esther so vor, als würden sie Körper an Körper stehen, so nah fühlte sich die Hitze an, die er ausstrahlte. Etwas, wonach sie greifen wollte.

»Ich bin hier, weil ich etwas von Esther brauche.«

Als Hayden zu einer Widerrede ansetzen wollte, legte Esther ihm die Hand auf die Brust. »Bitte, hierbei geht es um meinen Job«, flüsterte sie ihm zu. »Fahr jetzt nach Hause und lass ihn mich erledigen, wie ich ihn immer erledige.«

»Dieser Kerl sieht nicht aus, als ob er dich lediglich als den Teil eines Jobs versteht. Ich bin doch nicht blind, Liebes.«

»Mach es mir nicht noch schwerer, als es ohnehin schon ist. Der Tag war tatsächlich sehr lang, und die letzten Stunden waren nicht leicht. Ich möchte diese Angelegenheit jetzt einfach nur noch hinter mich bringen, verstehst du?«

»Ich werde im Auto warten, bis der Bursche das Haus wieder verlassen hat.«

»Das wirst du nicht tun«, hielt Esther so entschlossen dagegen, dass Hayden zurückzuckte. Augenblicklich hatte sie Schuldgefühle, aber sie wusste, dass sie jetzt nicht nachgeben durfte. »Das hier betrifft mich und meine Arbeit. Also fahr jetzt bitte.«

Es war Hayden anzusehen, wie er mit sich kämpfte. Fast befürchtete Esther, er könnte sich über ihren Willen hinwegsetzen, was sicherlich viele Männer in einer solchen Situation getan hätten. Aber einen solchen Mann hätte Esther sich auch nicht ausgesucht. Er nahm sie ernst.

Kurz presste Hayden die Augen zusammen, als wolle er einen Schmerz verdrängen, dann gab er ihr einen Kuss auf die Stirn. »Sie sollten sich genau überlegen, was Sie tun«, sagte er zu Adam. »Mein Mädchen mag so tun, als könne ihr nichts und niemand etwas anhaben, aber in Wirklichkeit ist sie zerbrechlich.«

Bei diesen Worten wagte Esther es nicht, Adam ins Gesicht zu sehen, aus Furcht, dort Spott oder gar Ablehnung zu entdecken. »Das weiß ich«, sagte er jedoch mit einer so leisen Stimme, dass alle ihre Bedenken augenblicklich zerstreut wurden. »Ich werde auf sie aufpassen, soweit mir das möglich ist.«

Als Esther die Treppen hinaufstieg, konnte sie die Schritte Adams, der ihr folgte, nicht hören. Aber sie spürte seine Gegenwart schmerzlich intensiv, während ein Geruch von Schnee sie umwehte.

22

Nachtglanz

Vermutlich sollte sie das nicht tun, dennoch fühlte es sich richtig an, Adam bei sich einzulassen – trotz allem, was geschehen war. Wie konnte es nur sein, dass sie sich nach dem, was er gesagt hatte, ungebrochen zu ihm hingezogen fühlte?

Alles, was sie sich seit ihrer Ankunft in L. A. fest vorgenommen hatte, geriet mit jeder weiteren Treppenstufe, die sie nahm, mehr in Vergessenheit. Verzweifelt hielt sie sich vor Augen, warum sie Regeln aufgestellt hatte, um einen möglichst weiten Bogen um Männer wie Adam zu machen – und damit meinte sie nicht den Dämon, der in ihm hauste. Gefährliche Männer, die ihrem Temperament freien Lauf ließen und sich wenig um die Meinung anderer scherten. Jene Art Mann, die ihrem Herzen und ihren Ideen folgten, ohne dabei nach rechts und links zu schauen. Diese Rücksichtslosigkeit, die gepaart mit Hingabe so anziehend sein konnte, dass man keinen klaren Gedanken in der Gegenwart eines solchen Menschen fassen konnte.

Esther zerrte am Kragen ihres Mantels, als ihr die Luft zum Atmen ausblieb. Mit einer fahrigen Bewegung holte sie den Schlüssel aus der Handtasche hervor. Als sie sich zu Adam umdrehte, ging er gerade ans Ende des Flurs und blickte durch das Fenster auf die Straße hinaus. Esther spielte nervös mit den Schlüsseln in der Hand, bis er zu ihr zurückkehrte.

»Es hat zwar etwas gedauert, aber jetzt ist Hayden weggefahren«, erklärte Adam. »Ich glaube auch nicht, dass er nur eine Runde fährt und dann zurückkommt – dafür ist er zu stolz.«

»Ja, das ist er. Hoffentlich habe ich ihn nicht allzu sehr verletzt.«

Adams Blick verriet ihr, dass ihre Zurückweisung Hayden eine Wunde geschlagen hatte und sie es beide wussten.

Als die Apartmenttür aufschwang, schlug ihnen ein intensiver Blütengeruch entgegen. Die vor Stunden umgestoßene Parfümflasche hatte Esther vollkommen vergessen. Schnell riss sie die Balkontür sperrangelweit auf und blieb in der Nachtluft stehen, die ihr die Wangen kühlte. Sie bemühte sich, zu ihrer alten Ruhe zurückzufinden, doch das Prickeln, das sich zwischen ihren Schulterblättern wie nach einer federleichten Berührung ausbreitete, verstärkte sich. Sie brauchte sich nicht umzudrehen, um zu wissen, dass Adam hinter ihr stand.

»Was wolltest du denn bei mir abholen – oder war das nur dahingesagt, um Hayden zufriedenzustellen?«

»Ich sagte nicht, dass ich gekommen wäre, um etwas abzuholen, sondern dass ich etwas von dir brauche. Dringend. Etwas, das nur du mir geben kannst.«

Von Ratlosigkeit getrieben, drehte Esther sich zu ihm um, doch nichts in Adams Gesicht deutete daraufhin, dass er eine Erklärung hervorbringen wollte. Dann legte er plötzlich die Arme um sie und zog sie fest an sich. Ohne die Umarmung aufzugeben, fanden seine Finger das Band, mit dem sie ihre Haare zusammenhielt, und lösten es. Sogleich vergrub er sein Gesicht in den fließenden Wellen.

»Trost«, flüsterte er leise. »Wärme, Nähe …«

Hin- und hergerissen zwischen dem Verlangen, seine Umarmung nicht nur zu erwidern, sondern sie zu dem werden zu lassen, wonach Adam sich sehnte, und ihrer mahnenden Vernunft, stand Esther da. Dann warf sie alles über Bord und folgte einfach ihren Gefühlen. Sie schlang ihre Arme um Adam, dessen Rückenmuskulatur sich kurz verhärtete, als könne er die Berührung kaum ertragen.

Esther konnte nicht sagen, wie lange sie eng ineinander verschlungen dastanden, während der Luftzug die letzten Blütenspuren in die Nacht hinaustrug und einige Vögel bereits von der bald anbrechenden Dämmerung sangen. Doch jetzt war noch alles Nacht, und die Dunkelheit offenbarte ihren ganz eigenen Glanz. Mit Anbruch des Morgens würde die Welt ins Licht getaucht werden, und dann musste sie sich wieder in die Esther verwandeln, die sich selbst schuldete. Aber jetzt konnte sie dastehen und eine Hand über Adams Rücken wandern lassen, während die andere unter den Mantel glitt und durch den Stoff des Hemdes hindurch seinen Herzschlag erkundete. Sie konnte zulassen, dass er ihr in einer fremden Sprache, die hart und schön zugleich klang, Dinge ins Ohr flüsterte, die sie auch so verstand. Sie musste nicht zurückweichen, als er ihr Kinn anhob und seine rauen Lippen über ihren Mund strichen, ehe er die Berührung in einen Kuss verwandelte. Solange die Nacht sie umfangen hielt, konnte sie ihn halten und küssen, als gehörten sie einander.

Wie verführerisch leicht wäre es, sich fallenzulassen, sich vollkommen seinen Bedürfnissen zu überlassen? Esthers Lippen waren ein einziges Versprechen darauf, dass diese Nacht noch lange kein Ende finden musste. Ihre Haut, im schwachen Lichtschein mit einem Perlenglanz überzogen, erzählte ihm mehr über ihr Verlangen, als er verkraften konnte, während seine Fingerspitzen von der Berührung ihres Haares wie elektrisiert waren.

Aber Adam traute sich selbst nicht über den Weg – und dem Dämon, der vom Blutverlust geschwächt war und schwieg, schon gar nicht. Dafür war die Frau, die er in seinen Armen hielt, zu wertvoll. Und mit jedem Herzschlag, der ihn daran erinnerte, am Leben zu sein, wurde sie wertvoller. Wenn er Esther verlieren sollte, weil er zu unbeherrscht oder gar eigensüchtig war, wäre das zweifelsohne sein Ende. Aber allein die Vorstellung, sie aufgeben zu müssen, ließ ihn zusammenfahren, als würde er entzweigerissen.

Augenblicklich löste Esther sich von seinen Lippen. Bevor er es verhindern konnte, lehnte sie sich sogar ein Stück zurück, um ihn zu betrachten.

»Versteckst du unter der Kleidung vielleicht noch mehr von diesen schrecklichen Verletzungen?«

Dabei grub sich eine Falte auf ihrer Stirn ein. Allerdings war es nicht dieselbe, mit der sie ihre kühle Miene zu unterstreichen versuchte. Sie ist tatsächlich besorgt, stellte Adam erstaunt fest.

Außerstande, eine Antwort über seine Lippen zu bringen, die immer noch verführerisch nach Esther schmeckten, schüttelte er den Kopf und wollte ihn schon wieder neigen, um das Spiel aufzunehmen, als sie ihm einen leichten Schlag vor die Brust gab.

»Was ist dir zugestoßen, dass du nicht bloß mitten in der Nacht vor meiner Tür auf mich wartest, sondern auch noch einen solchen Sinneswandel an den Tag legst? Und das einige Stunden, nachdem du mir auf den Kopf zugesagt hast, dass du nicht bereit bist, dich meinetwegen auf ein Kräftemessen mit deinem Dämon einzulassen.«

Adam überlegte, ob er wohl damit durchkommen würde, sie trotz allem einfach nur zu küssen. Nichts lieber als das. Die Vorstellung war ausgesprochen verlockend, und vermutlich hätte Esther sich sogar darauf eingelassen, aber er verspürte plötzlich das Bedürfnis, sich ihr zu erklären.

»Daran hat sich auch nichts geändert. Eigentlich dürfte ich nicht bei dir sein, sondern so weit weg wie irgend möglich. Aber nach allem, was passiert ist, habe ich einfach nicht die

Kraft dafür aufgebracht. Ehrlich gesagt, hat mich nur der Gedanke aufrechtgehalten, anschließend zu dir zu gehen.«

Esther schmiegte den Kopf an seine Schulter, als fiele ihr diese Unterhaltung leichter, wenn sie ihm dabei nicht in die Augen sehen musste. Vielleicht aus Angst, was sie in ihnen lesen könnte.

»Was ist denn passiert?«

»Das ist jetzt unwichtig«, sagte Adam sanft. »Entscheidend ist, dass ich mich nicht von dir fernhalten kann, obwohl ich es mir fest vorgenommen habe. Wenigstens für diese eine Nacht will ich bei dir sein, auch wenn mich das wohl doppelt zu einem Mistkerl macht.«

»Wie meinst du das?«

»Der Mann vorhin, das war doch dein Verlobter. Anders deutete an, dass er bald noch mehr für dich sein würde. Was ich mir eben genommen habe, gehört also eigentlich ihm.«

Weiter kam er nicht, denn Esthers Fingernägel bohrten sich durch sein Hemd. »Wenn überhaupt, dann habe ich dir etwas gegeben. Schließlich gehöre ich Hayden nicht. Außerdem hat Hayden seit dem heutigen Abend ohnehin keinen Anspruch mehr auf irgendetwas.«

Um seine Verwirrung und die gleichzeitig aufleuchtende Hoffnung zu überspielen, begann Adam, ihre in der Dunkelheit glänzenden Haarsträhnen glattzustreichen. Das seidige Gefühl unter seinen Fingerspitzen nahm ihn für einen Augenblick gefangen. Erst als er das leichte Beben bemerkte, das durch Esthers Körper ging, wurde ihm bewusst, was seine Sinne ihm schon die ganze Zeit über zuspielten: Ganz gleich, wie sehr sie sich von ihm angezogen fühlte und sich seinen Zärtlichkeiten überließ, sie war vollkommen erschöpft. Auch ihr hatte der Tag große Anstrengungen abverlangt, und im Gegensatz zu ihm konnte sie nicht auf einen unerschöpflichen Energiefluss wie den Dämon zurückgreifen.

»Was hältst du davon, wenn wir unsere Mäntel und Schuhe abstreifen und es uns auf dem Sofa gemütlich machen? Irgendwie habe ich den Verdacht, dass du dich nicht mehr lange auf den Beinen halten kannst.«

Kurz bedachte Esther ihn mit einem Ausdruck, der besagte, dass sie sich schon vorstellen konnte, welche Absicht sich hinter diesem Vorschlag verbarg. Dann erst begriff sie, dass er es durchaus ernst meinte.

Mit einem wunderschönen Lächeln im Gesicht strich sie ihm das Haar aus der Stirn, das inzwischen getrocknet war und sich in den Spitzen wellte. Dann ließ sie sich aus dem Mantel helfen. Während Adam seine Kleidung bis auf Hemd und Hose abstreifte, warf sie einige Kissen auf den Boden, damit das Sofa ausreichend Platz für sie beide bot. Sie blinzelte Adam ein Mal zu, dann zog sie ihre Strümpfe aus, ehe sie sich hinlegte. Eine Sekunden später streckte er sich neben ihr aus, zog sie auf seine Brust und gestand sich ein, dass dieser Moment genauso großartig war wie jeder andere Moment, seit sie seine Umarmung erwidert hatte. Wie sollte es ihm bloß gelingen, sich jemals wieder von ihr abzuwenden?

Esther schmiegte ihre Wange an seine Brust, dann setzte sie ihr Kinn auf und lächelte ihn an. Zu gern wollte er ihr erzählen, was er empfand … dass er überhaupt das erste Mal etwas wie Glück erlebte und dass das an ihr lag. Aber plötzlich wurde Esthers Ausdruck ernst.

»Als ich mich heute mit Hayden getroffen habe, wollte ich tatsächlich unsere Heiratspläne vorantreiben. Deine Reaktion hat mich nicht nur verletzt, sondern mir auch vor Augen geführt, dass ich in deiner Gegenwart ohne jede Vernunft bin. Eine rein vom Gefühl gesteuerte Frau. Das einzige sinnvolle Gegenmittel erschien mir in diesem Moment Hayden zu sein. Aber als ich vor ihm saß, kam ich mir unendlich verlogen vor. Ich wollte diese Heirat nicht schnellstmöglich, weil ich ihn liebte und mich auf eine gemeinsame Zukunft mit ihm freute, sondern aus Angst. Es hat mich sehr erschüttert, wie leichtfertig ich heute fast meine ganze Zukunft über den Haufen geworfen hätte, für einen Mann, den ich nicht kenne und der mich darüber hinaus noch nicht einmal als wert befunden hatte, ein Risiko für mich einzugehen.«

»So kam es dir vielleicht vor, aber ich habe den Rückzieher nicht gemacht, weil du es mir nicht wert bist«, warf Adam hitzig ein, bis Esther ihm den Zeigefinger auf die Lippen legte.

»Als ich zu Hayden gegangen bin, hatte ich vor allem Angst vor mir selbst, vor der Person, die ich in Wirklichkeit bin und von der ich so sehr gehofft hatte, dass ich sie gemeinsam mit meinem alten Leben zurückgelassen habe. Aber dir ist es allein durch deine Gegenwart gelungen, mir vor Augen zu führen, dass meine dumme Leidenschaft nur geschlummert hat.«

Mit leicht zitternden Fingern fuhr sie über seine Lippen, und Adam wurde schmerzlich bewusst, wie blass sie war. Auch das Make-up konnte die tiefen Schatten unter ihren Augen nicht länger kaschieren. Es brannte ihm auf der Zunge, nach ihrem Geheimnis zu fragen, das ihm von allen Seiten zuzuflüstern schien. Er ahnte jedoch, dass dieses Geständnis weit über die Kraft hinausgegangen wäre, die ihr noch geblieben war. Also zog er die Decke über Esthers Beine und begann, ihr sanft den Rücken zu streicheln.

Als Esther weitersprach, zeigten seine Bemühungen eine erste Wirkung, denn ihre Stimme wurde tief und rasch leiser.

»Ganz gleich, was ich für dich empfinde – ich liebe Hayden. Nicht auf eine stürmische Art, die einen in den Himmel oder in den Abgrund reißt, sondern auf eine ruhige, aber dennoch schöne Art. Er ist ein durch und durch guter Mann, und auch wenn ich ihn über meine Vergangenheit im Unwissen lasse, so hat er doch meinen Respekt verdient. Das wurde mir klar, als er heute im Restaurant auf seine umständliche Art die Bestellung aufgegeben hat. Selbst bei solchen Nebensächlichkeiten ist er mit vollem Ernst dabei. Manchmal sind es diese Kleinigkeiten, die entscheiden – verrückt, nicht? Egal, wie stark mein Bedürfnis nach einem sicheren Hafen sein mag, ich schulde Hayden meine aufrichtige Zuneigung. Deshalb habe ich ihm gesagt, dass ich mir im Augenblick nicht sicher bin, ob die Liebe, die ich für ihn empfinde, für ein gemeinsames Leben ausreicht. Er sagte, seine Liebe reiche für uns beide, aber ich weiß aus eigener Erfahrung, dass eine solche Rechnung nicht aufgeht. Und selbst wenn zwei sich mit der gleichen Leidenschaft lieben, garantiert das noch lange nicht, dass sie füreinander gemacht worden sind.«

Während Esthers Atemzüge immer ruhiger wurden, bis sie schließlich einschlief, dachte Adam noch lange über ihren letzten Satz nach. Er wusste, dass sie Recht hatte, trotzdem wollte er es sich nicht mit dem Herzen eingestehen. In seinem Innersten konnte er spüren, wie der Dämon sich zu regen begann, die Starre langsam abstreifte, die ihn beim Anblick von Lakas' zerstörtem Körper befallen hatte. Nicht mehr lange, dann würde er Esther verlassen müssen, weil der Dämon ihm wieder seinen Willen aufzwang. Nur noch wenige Augenblicke geliehenen Glücks.

Adam schloss die Augen und genoss nur noch Esthers Atem, den Duft ihrer Apfelblütenhaut und den wundervollen Druck, den ihr Gewicht ausübte. Sehnsüchtig wünschte er sich, einschlafen zu können, nicht mehr zu sein, als ein Mann, der bei seiner Frau lag. Aber das war er nicht. Er trug eine tödliche Fracht in sich, die anfing, an den Rändern seiner Existenz zu kratzen.

Blut, tönte der Singsang des Dämons aus einem tiefen Abgrund zu ihm herauf. Zuerst leise und fern, mehr eine Ahnung als ein wirkliches Geräusch. *Blut, Blut*, tönte es rasch lauter, während Adam reglos dalag, nicht bereit, seine Hoffnung auf

Schlaf aufzugeben. In weiter Ferne erahnte er die süße Schwärze, die ihn seit über siebzig Jahren nicht mehr überkommen hatte.

Dann erhob sich der Dämon und wischte sie mit einem einzigen wütenden Schrei hinfort.

23

Kriegsfehde

Die Dämmerung wich nur widerwillig. Adam beobachtete vom Fenster aus jede einzelne Handbreit, die sie an den anbrechenden Morgen verlorengeben musste, bis das Sonnenlicht das Wasser des Swimmingpools zum Glitzern brachte.

Nachdem der Dämon mit brachialer Gewalt zurückgekehrt war, hatte er seinen Platz an Esthers Seite aufgeben müssen. Behutsam hatte er die Schlafende auf die Kissen gelegt und war dann aufgestanden, obwohl jede einzelne Bewegung ihn mehr Kraft kostete als das Ausheben von Lakas' Grab. Aber es war ihm gelungen, und das allein verlieh ihm das Vertrauen, am Fenster auszuharren, anstatt das Apartment zu verlassen, wie der Dämon nicht müde wurde, ihn aufzufordern.

Geh und such ein Opfer! Ansonsten nehme ich sie. Ich will Blut, ich brauche Blut! Jetzt!

Lange Zeit brüllte der Dämon auf ihn ein, während er still dastand und zuließ, dass das Bild des Gartens sich auf seiner Netzhaut einbrannte. Feiner Nebel stieg vom Rasen auf, nahm dem Sonnenlicht seine Schärfe, ließ alles angenehm verschwommen wirken. Esther zu betrachten, wagte er in diesem Zustand nicht.

In seinem Inneren tobte der Krieg, äußerlich war er nicht mehr als eine Statue. Und er war fest entschlossen, erst wieder zum Leben zu erwachen, wenn der Dämon schwieg. Dabei glaubte er immer wieder aufs Neue zu versagen, dem Druck nicht länger standhalten zu können. Zu lange war er den Weg dieses Tyrannen gegangen, als dass er nun über eine Abwehr verfügt hätte. Jeden Moment konnte es dem Dämon gelingen, sich so sehr in seinem Inneren auszubreiten, bis für ihn kein Platz mehr vorhanden war. Der Dämon würde ihn verdrängen und die Macht an sich reißen. Aber der Gedanke daran, was der Dämon als Erstes tun würde – nämlich Esther töten –, verlieh Adam die notwendige Kraft.

Glaubst du wirklich, dass du mir die Stirn bieten kannst?, fragte der Dämon mit einschmeichelnder Stimme. *Vielleicht hier und jetzt, aber du kannst nicht ewig auf der Hut sein. Und dann bin ich da und werde in ihrem nichtsnutzigen Blut baden. Sei vernünftig, lass uns zu Anders gehen und diesem Elend ein Ende bereiten. Wenn du mir meinen Tempel überlässt, verspreche ich dir, diese Frau zu verschonen.*

Adam dachte ernsthaft über dieses Angebot nach, denn er war sich zunehmend bewusst, dass er Esther nur verlassen konnte, wenn sie ihn abwies. Allerdings würde sie ihn nicht abweisen, so wie auch er nicht imstande war, das Richtige zu tun. Jahrzehnte waren an ihm vorbeigerauscht, die sich für ihn nicht in der geringsten Weise voneinander unterschieden hatten. Seine Vergangenheit war eine einzige rote Spur, die nicht ihm, sondern dem Dämon gehörte. Und nun passierten innerhalb von einigen Stunden Dinge, deren einschneidende Wirkung er nicht ansatzweise überblicken konnte.

Seit seiner Ankunft in L. A. hatte das Leben, das er damals in Paris angenommen hatte, bereits zwei Mal eine Wendung erfahren: als Anders, wenn auch nur für kurze Zeit, den Dämon zum Alleinherrscher über den Tempel gekrönt und damit der inneren Zerrissenheit ein Ende aufgezeigt hatte. Und jetzt, da Esther ihn in ihr Leben eingeladen hatte. Ein Leben, das nur ohne den Dämon Bestand haben konnte.

Adam stand demnach vor der Wahl, ein zufriedener Dämon oder ein gequälter Mensch zu sein.

Mittlerweile stand die Sonne so hoch, dass ihre Strahlen Adams Gesicht erreichten. Seine Nase kitzelte, und er musste schmunzeln. Genervt knurrte der Dämon auf, dem so viel Leichtigkeit ein Dorn im Auge war.

In diesem Moment traf Adam eine Entscheidung.

Er wollte weder Esther noch die Gefühle aufgeben, die sie in ihm weckte. Er fühlte sich nicht nur lebendig, sondern verspürte mit einem Mal auch Lust daran, er selbst zu sein. Damals in Paris hatte er seinen Widerstand aufgegeben, weil da nichts gewesen war, für das es sich zu kämpfen gelohnt hätte. Toska war gestorben, weil er nur Verlangen verspürt hatte – die perfekte Vorlage für den Dämon, denn mit Verlangen kannte er sich aus. Jetzt war alles anders. Was er für Esther empfand, war ein Gefühl, das dem Dämon fremd war. Es bannte ihn vielmehr und zwang ihn zum Rückzug. Darauf musste er vertrauen.

Während sein Schmunzeln sich langsam in ein Lächeln verwandelte, hielt Adam sein Gesicht der Sonne hin, plötzlich gleichgültig gegenüber dem Drohen und Schmeicheln des Dämons.

Fehlentscheidung, zischte der Dämon.

Dabei spürte Adam einen Druck, als würde seine Brustplatte eingepresst werden. Gegen seinen Willen keuchte er auf und weckte Esther mit dem Geräusch. Er hörte ihren schneller gehenden Puls, spürte, wie ihre Haut sich erhitzte, glaubte gar, das Flackern ihrer Lider wahrzunehmen. Das Sofagestell quietschte leise, als sie sich streckte und dann abrupt aufrichtete, wohl weil ihr auffiel, dass der Platz neben ihr leer war. »Oh, da bist du ja«, hörte er sie mit schlaftrunkener Stimme sagen.

Ich sehe jetzt schon, wie das Blut aus der Wunde an ihrem Hals fließt, die ich ihr mit größtem Vergnügen bei der ersten Gelegenheit reißen werde.

Der Druck in seiner Brust wollte nicht nachlassen, aber es gelang Adam auf wundersame Weise, ihn zu ignorieren. Ihm bot sich eine einmalige Chance, und die würde er sich weder von Schmerzen noch von Drohungen nehmen lassen.

Als habe er den Dämon nicht vernommen, wandte er sich Esther zu. »Hast du etwa gedacht, ich würde einfach gehen?«

Während sie über seine Frage nachdachte, sog er ihren Anblick in sich auf: ihr vom Schlaf wirres Haar, das sie bereits mit den Händen zu bändigen versuchte, die geschwollenen Lippen und die Mascarareste unter den Augen. Er liebte alles an ihr, und in diesem Moment war es nicht der Dämon, den er fürchtete, sondern er spürte Angst, dass sie ihn fortschicken könnte, nachdem der Glanz der Nacht verflogen war.

Dann zog Esther die Nase kraus, ehe sie lächelnd sagte: »Einfach gehen? Eigentlich nicht, denn so zerzaust, wie du aussiehst, hättest du dich bestimmt nicht vor die Tür gewagt. Du magst zwar riechen wie frisch gefallener Schnee, aber du könntest eine Rasur vertragen. Von deinem Haar ganz zu schweigen. Hat dir schon mal jemand verraten, dass die Herren das Haar in diesem Jahrzehnt ausgesprochen kurz und mit Pomade gebändigt tragen?«

»Tatsächlich?«, erwiderte Adam, während ihm trotz des Drohungen zischenden Dämons ein Lächeln gelang. »Dabei dauert es nicht mehr lange, und ich könnte sie im Nacken zusammenbinden. Das trug man doch gerade erst noch so.«

Esther lachte, während sie vom Sofa aufstand, und ihr mitreißendes Lachen brachte selbst den Dämon zum Verstummen. Am liebsten hätte Adam sie sogleich an sich gezogen, doch sie entwischte ihm im letzten Augenblick. Blindlings holte sie etwas aus dem Kleiderschrank und schob ihn beherzt aus dem Weg, um das Badezimmer zu erreichen.

»Gib mir eine Sekunde, damit ich mich von einem zerknautschten Kissen in eine Frau verwandeln kann. Dann sehen wir weiter.«

Adam verschränkte die Hände hinter seinem Nacken, weil

er ihnen ansonsten nicht über den Weg traute. »Ich weiß, was wir tun werden.«

Esther zog eine Augenbraue hoch, sagte jedoch nichts.

»Wir werden packen«, sagte er nach einer Weile mit einem Lächeln, das sich seltsam ungewohnt anfühlte. »Wir machen einen Ausflug, raus aus dieser Stadt. Was meinst du?«

»Einen Ausflug also. Na, wenn ich mir dein frivoles Grinsen so anschaue, wird der Ausflug wohl im nächsten Hotelbett enden.« Sie seufzte. »Was soll ich sagen: Ich nehme, was ich von dir kriegen kann.« Mit diesen Worten verschwand sie im Badezimmer, während Adam dastand, grinste und sich wie ein Mann fühlte. Ein ganz normaler Mann, der bis über beide Ohrenspitzen verliebt war.

24

Unter der Haut

»Oh, nein. Dieses Gedudel werde ich mir auf keinen Fall anhören.«

Adam tat so, als wolle er nach dem Radio greifen. Allerdings so langsam, dass Esther ihm einen Schlag auf die Finger geben konnte.

»Sei nicht so griesgrämig, das ist Frankie Boy. Ich liebe diesen Song … *I got you under my skin. I got you deep in the heart of me.*«

Adams Stöhnen überhörend, sang Esther mit, wobei sie die Fensterscheibe herunterließ und eine Hand in den Fahrtwind hielt. Ihre Fingernägel schimmerten perlmuttfarben.

»Don't you know, little fool, you never can win …«

Unauffällig versuchte er, sie aus den Augenwinkeln zu beobachten, was ihr jedoch nicht entging. Mit einem umwerfenden Lächeln strahlte sie ihn kurz an und widmete sich dann wieder summend der vorbeiziehenden Küstenlinie. Adam sagte sich, dass er sich besser auf die kurvige Straße konzentrieren sollte, auf der er viel zu schnell unterwegs war. Aber er mochte das Gefühl, das die Geschwindigkeit in seiner Magengegend erzeugte, und noch viel lieber mochte er das Prickeln, das der Anblick der Frau auf dem Beifahrersitz hervorrief. Dem gelang es sogar, das Reißen und Zerren des Dämons zu überspielen.

In seiner Ausgelassenheit begann Adam, im Takt des Liedes aufs Lenkrad zu trommeln.

»Sage ich doch, niemand kann Frankie Boy widerstehen.«

»Ich trommle immer mit den Fingern, wenn ich gereizt bin«, hielt Adam dagegen, wohl wissend, dass seine Ausflucht äußerst schwach ausfiel. »Außerdem weiß ich, wie es ist, jemanden unter seiner Haut zu haben: wenig erfreulich.«

»Bist du dir sicher, dass du weißt, was das bedeutet?«

Der Ausdruck in Esthers Augen nahm ihn derartig gefangen, dass er fast zu spät das Lenkrad herumgerissen hätte, als ihnen in der Kurve ein anderer Wagen entgegenkam.

»Wenn nicht zuvor, dann spätestens jetzt«, sagte er, unsicher, ob er lachen oder sich selbst verfluchen sollte.

Auch Esther war der Schrecken anzusehen, aber genau wie bei ihm blieb das Leuchten auf ihrem Gesicht. Zweifelsohne waren sie beide verzaubert.

»Vielleicht sollte ich lieber fahren, du scheinst mir etwas abgelenkt zu sein.«

Automatisch schüttelte Adam den Kopf. »So groß kann die Liebe gar nicht sein, dass ich jemand anders hinter das Lenkrad meines Wagens lasse.«

Als Esther ihm einen leichten Schlag auf den Oberschenkel verpasste, sah er sich tatsächlich fast genötigt, am Straßenrand zu halten, wenn er sie nicht doch noch vor lauter Vogelgezwitscher im Kopf über den Abgrund manövrieren wollte. Sein Reaktionsvermögen mochte gut sein, aber gegen diese hitzig aufwallenden Gefühle kam es nicht an.

»Halt an!«, forderte Esther ihn entschieden auf.

Erneut schüttelte Adam den Kopf. »Stell meine Gefühle für dich besser nicht auf die Probe, du könntest enttäuscht sein.« Dennoch ging er auf die Bremse und brachte den Wagen zum Stehen.

Esther machte eine wegwerfende Handbewegung. »Es geht mir gar nicht darum, dass ich fahren möchte. Wenn ich mich eben nicht getäuscht habe, müssen wir auch gar nicht groß weiter unser Leben riskieren. Den Hügel hinauf war ein wunderschönes Hotel zu sehen.«

»Denkst du, wir haben die Stadt schon weit genug hinter uns gelassen?«

Zwischen Esthers Brauen trat die steile Falte auf, und sie kauerte sich in den Sitz, als könnte der ihr Schutz bieten. »Für meinen Teil würde ich behaupten, dass ich Los Angeles in der Sekunde verlassen habe, als ich mein Apartment hinter mir abschloss, ohne vorher Anders zu benachrichtigen. Wie sieht's bei dir aus?«

»Könnte nicht weiter weg sein.«

Da die Falte trotzdem nicht verschwand, nahm Adam seinen ganzen Mut zusammen und griff nach Esthers Hand. Als sie seine Berührung erwiderte, wurde ihm mehr als deutlich, wie verrückt ihre Reise war. Er erkannte sich selbst nicht wieder, und auch die Entscheidungen, die Esther traf, hatten mit Anders' unnahbarer Dienerin am Strand vor einigen Tagen nichts gemeinsam. Immer wieder meldete sich sein Verstand mit dem Hinweis darauf, wie gefährlich und widersprüchlich das Ganze war, aber es war ihm einfach unmöglich, sich damit jetzt auseinanderzusetzen. Nichts war von so großer Bedeutung, dass es wichtiger als eine Neckerei mit Esther war. Selbst die Macht des Dämons war eindeutig verblasst. Adam wollte diese Auszeit, auch wenn er ahnte, dass sie nicht von Dauer sein würde.

Esther ging offensichtlich Ähnliches durch den Kopf. »Denkst du, wir werden für unseren Leichtsinn zahlen?«

Die Antwort blieb Adam beinahe im Halse stecken. »Ja, aber genau aus diesem Grund sollten wir keine Zeit damit verschwenden, jetzt darüber nachzudenken. Und vielleicht haben wir ja Glück und bleiben verschont.«

»Wie sieht denn dein Kontostand beim Schicksal aus? Hast du einiges gut?«

Adam zog eine Grimasse.

»Das habe ich mir fast schon gedacht.« Das Lachen, das Esther ausstieß, klang verdächtig nach Galgenhumor. »Bei mir sieht es leider auch nicht besser aus. Ich habe eher Schulden, nachdem mein Neustart in Los Angeles geglückt ist.«

Obwohl er wenig Hoffnung hegte, fragte Adam: »Was war denn vorher?«

Esthers Mund umspielte ein hartes Lächeln. »Frag nicht nach meinen Sünden, dann frage ich auch nicht nach deinen.«

»Die Fassade der geheimnisumwehten Lady steht dir wirklich gut, aber ich finde trotzdem …«

»Können wir diese Unterhaltung ein anderes Mal führen?«

Der gehetzte Ausdruck in Esthers Augen ließ Adam einlenken, und er nickte, wenn auch nur widerwillig. Esther atmete hörbar aus, als er den Rückwärtsgang einlegte und schon bald die Auffahrt zu einem Hotel auftauchte, das seine besten Jahre eindeutig hinter sich hatte.

Es war ihm schon zuvor aufgefallen, dass Esther und er den gleichen Hang zu Dingen hatten, denen ihre Vergangenheit anzusehen war. Ihr begeisterter Aufschrei verriet, dass sie nicht die abblätternde, ehemals cremefarbene Fassade und den verwilderten Garten sah, sondern die Geschichten, die das alte Gebäude erzählte. Der stockige Geruch der Zimmer würde sie nicht stören, weil sie viel zu sehr damit beschäftigt sein würde, sich auszumalen, wer schon alles die Aussicht bewundert und zur späten Stunde ausgelassen die Minibar geplündert hatte. Unwillkürlich verspürte Adam den Drang, auf Esther einzureden, ihr alles zu erzählen und sie gleichzeitig zum Reden zu verführen, damit er genau wusste, was ihr durch den Kopf ging. Letztendlich brachte er jedoch keinen Laut über die Lippen.

»Gefällt dir das Hotel etwa nicht?«, riss Esther ihn aus seiner Erstarrung.

»Wie kommst du darauf? Ich finde es wunderbar.«

»So ein Gesicht machst du also, wenn du etwas wunderbar findest – als wärst du kurz vor einer Explosion eingefroren. Das sollte ich mir merken.« Adam hob die Augenbrauen, doch sie beachtete ihn schon gar nicht mehr. »Wenn wir uns beeilen, bekommen wir vielleicht nicht nur ein Zimmer, sondern auch noch etwas zum Lunch. Im Gegensatz zu dir lebe ich nämlich nicht von Liebe und Luft allein.«

»Liebe und Blut«, korrigierte Adam sie.

»Hör mal, mein Guter. Da ich dich nicht mit den schwarzen Flecken auf meiner Seele belaste, solltest du es genauso halten«, erwiderte Esther halb im Scherz, halb im Ernst.

Adam parkte den Wagen nahe dem Eingang, der von einer Veranda umgeben war, und sah zu, dass er an der Beifahrertür war, ehe Esther allein aussteigen konnte. Diese Aufgabe gehörte ihm, auch wenn er dafür nicht mit einem Lächeln entlohnt wurde. Stattdessen trat sie ihm beim Aussteigen absichtlich auf den Fuß.

»So sieht also der Auftakt zum berühmten Honeymoon aus.« Das Brennen seiner Zehen, um das sich der Dämon zu kümmern weigerte, ignorierend, legte Adam ihr den Arm um die Taille, und sie schmiegte sich an ihn. »Magst du eigentlich Katzen?«, fragte er unvermittelt.

Esther blinzelte ihn überrascht an. »Ja. Warum, möchtest du gern eine haben?«

»Eine habe ich ja schon.« Behutsam küsste er ihre Schläfe. »Ich könnte mir aber auch gut noch eine zweite vorstellen, falls das Schicksal uns wider Erwarten doch vergessen sollte.«

Esthers leises Lachen war zwar kein Schnurren, aber sehr nahe dran, wie Adam fand. Arm in Arm betraten sie die schattige Lobby des Hotels.

25

Süße Träume

Die Dämmerung zog auf, so dass das Zimmer trotz seines großen Fensters bereits im Zwielicht lag. Es dauerte einen Moment, bis Adam den Lichtschalter fand – zumindest zu lang für seinen Geschmack, denn er wollte nichts anderes, als Esther rasch aufs Bett legen. Nur zu gern ließ sie sich nieder, aber als er nach ihrem Fuß griff, wollte sie sich ihm mit einem Stöhnen entwinden. Ein strenger Blick von Adam genügte, und sie ließ ihn gewähren. So behutsam wie möglich streifte er die Pumps ab und bedeutete ihr, die Strumpfbänder zu lösen. Erst nachdem er den Knöchel abgetastet hatte, entspannte er seine Schultern.

»Der Knöchel ist nur leicht gestaucht, vermutlich wirst du ihn die nächsten Tage beim Auftreten spüren, mehr aber auch nicht. Du hast wirklich Glück gehabt, dass du dir beim Umknicken nicht die Bänder gerissen hast. Ein Spaziergang mit solchen Absätzen … Hattest du nicht gesagt, du würdest auch flache Schuhe besitzen?«

Ob seiner Gardinenpredigt verdrehte Esther die Augen. »Das tue ich auch, aber ich trage sie nicht. Höchstens im Sommer zu Caprihosen, und das ausschließlich am Strand.«

Es lag Adam auf der Zunge zu fragen, ob aus Eitelkeit oder schlicht aus Naivität, aber er hielt sich zurück. Denn wenn er ehrlich war, mochte er den Anblick von Esther auf ihren hohen Absätzen gegen nichts auf der Welt eintauschen. Außerdem gab es weitaus schlimmere Dinge, als den geschwollenen Knöchel einer Frau in den Händen zu halten, bei der selbst ihre Eitelkeit ein einnehmender Zug war.

Dann kam ihm ein Gedanke, der ihm durchweg gut gefiel: Dieser Fuß würde heute Abend auf keinen Fall in einen Schuh passen, was nichts anderes bedeutete, als dass sie den geplanten Restaurantbesuch unten im Küstenort ausfallen lassen mussten. Esther hatte von Krebsen und Weißwein geschwärmt, während er schon froh gewesen war, das Mittagessen ohne Würgereiz überstanden zu haben. Ans Zimmer gefesselt zu sein, hatte eindeutig mehr als einen Vorteil, sagte er sich, während sein Blick zu Esthers schlankem Bein wanderte, das direkt vor seiner Nase aufragte.

Esther legte den Kopf schief. »Ich möchte gern wissen, was dir gerade durch den Kopf geht, dass du auf so eine verschlagene Weise lächelst.«

»Bist du dir sicher, dass du das wissen möchtest?«

Noch ehe Esther ein »Ja« hauchen konnte, umspielten seine Lippen ihren Knöchel und suchten sich rasch ihren Weg hinauf. Seine Sinne lebten auf und übertrumpften sich geradewegs darin, ihm vorzuführen, wie überwältigend ihre Haut sich anfühlte, duftete und schmeckte. Es war ein Feuerwerk von Eindrücken, von dem er kaum glauben konnte, dass es noch zu steigern war.

Gerade als er den Rocksaum weiter nach oben schieben wollte, um die Spur aus Küssen voranzutreiben, sang eine wohlvertraute Stimme: *Weiter, weiter, verlier dich in ihr. Einen größeren Gefallen kannst du mir gar nicht tun. Ich warte nur auf den Moment, in dem du dich vergisst.*

Augenblicklich erstarrte Adam.

Ein Warnschuss, dachte er. Doch als Esther sich vorbeugte, um ihm den Mund zum Kuss hinzuhalten und der Dämon sogleich verstummte, überkam ihn die Überzeugung, dass es nur eine leere Drohung war. Noch nie war der Mensch in ihm so stark gewesen wie in dem Moment, als er trotz seiner Ängste mit ihren Lippen verschmolz und dann keinen weiteren Gedanken mehr daran verschwendete. Zwar hörte er noch in weiter Ferne ein Grummeln, aber er kümmerte sich nicht länger darum, was der Dämon zu sagen hatte. Für ihn existierten nur noch Esther und der Zauber, den jede einzelne Berührung von ihr ausübte. Langsam ließ er sich mit ihr aufs Bett sinken und sehnte sich nach dem Augenblick, in dem sie wirklich ihm gehörte.

Es war mitten in der Nacht, die Sterne standen noch hell am Himmel, als Esther erwachte. Leicht verwundert, denn sie fühlte sich derartig entspannt und glücklich, dass sie eigentlich wie ein Neugeborenes hätte schlafen müssen. Vielleicht wache ich ja gerade deshalb auf, ging es ihr durch den Kopf, weil ich diesen Zustand nicht gewohnt bin.

Vorsichtig räkelte sie sich, darauf bedacht, Adams schweren Arm, der um ihren Rippenbogen geschlungen war, nicht zu verschieben. Sie spürte seinen ruhig gehenden Atem in ihrem Nacken, seinen behaarten Oberschenkel an ihrem Po und hätte für alle Zeiten so liegen bleiben können … wäre da nicht dieses elende Kribbeln gewesen, das ihren Körper überzog und ihr Herz zum Rasen brachte. Unwillkürlich musste sie kichern und erstickte das aufgedrehte Geräusch im Kopfkissen. Nur, dass das Kissen kein Kissen war, sondern eine zerwühlte Decke. Ein Zipfel des Kissens war auf dem Fußboden zu sichten, direkt neben dem bleich schimmernden Haufen – Adams Hemd und ihr achtlos fortgeworfener BH.

Ganz gleich, wie sehr sie sich beherrschte, bei diesem Anblick musste sie erneut kichern.

Der Atem in ihrem Nacken stockte, dann ging er gleichmäßig weiter.

Aufmerksam lauschte Esther, bis sie sich sicher war, dass der Mann in ihrem Rücken fest schlief. Dann drehte sie sich langsam aus seiner Umarmung. So schön es war, von seinem Körper umfangen zu werden, es quälte sie die Neugierde. Sie wollte ihm diesen Moment, wenn er einfach dalag und schlief, stehlen. Einen Moment, wenn er sich nicht im Geringsten kontrollieren konnte. Dabei kam sie sich regelrecht verwegen vor.

Obwohl sie damit gerechnet hatte, traf sie seine Schönheit. Die klaren Züge harmonierten auf eine fast schon verstörende Weise miteinander, machten dieses Gesicht zu einem Kunstwerk und schufen damit eine Distanz, die sie nur schwer ertrug. Nicht einmal den Sommersprossen auf Nasenrücken und Wangen gelang es, seiner Schönheit Abbruch zu tun, sondern verliehen ihr etwas Reizvolles. Von solchen Männern träumte man, es fühlte sich seltsam an, wirklich einen von dieser Art neben sich liegen zu haben. Andere Frauen hätten vor lauter Schwärmerei vielleicht den Kopf verloren, doch sie irritierte Adams Aussehen nach wie vor. Er gab ihr das Gefühl, er könnte nur eine fixe Idee sein, ein reiner Wunschgedanke. Nur die zum Atmen leicht geöffneten Lippen und das zerzauste Haar versöhnten sie. Natürlich war ein Teil von ihr seiner Schönheit verfallen, aber der andere sehnte sich nach einem gewöhnlichen Mann – zumindest was sein Äußeres betraf.

Zärtlich schob sie feine Haarsträhnen beiseite, streichelte seine Schläfe, sich durchaus bewusst, dass ihre Finger vor Aufregung glühten, während seine Haut die wohlige Wärme eines Schlafenden ausstrahlte.

Ich sollte mir eigentlich Gedanken über den Dämon in seinem Inneren machen und nicht über sein Aussehen, zog Esther sich selbst auf. Dann gestand sie sich jedoch ein, dass der Dämon ihr wie ein Fremder erschien, während Adams Gesicht ein echter Bestandteil von ihm war. Was sagte es über sie aus, dass sie die offensichtliche Gefahr ignorierte und ihre Gedanken stattdessen rein um ihren Liebsten kreisten? Entweder bin ich sehr dumm – oder rettungslos verliebt, stellte sie fest.

Ehe sie eine Entscheidung treffen konnte, begann Adam mit dem Kiefer zu knirschen. Schon zuckten seine Augenlider, und er blickte sie unter schlaftrunkenen Lidern an. »Hi«, murmelte er kaum verständlich, obwohl er rasch genug wach wurde, um seine Hand ihren Rücken heruntergleiten zu lassen.

»Tut mir leid, ich wollte dich nicht wecken.« Mühsam widerstand sie dem Verlangen, sich enger an ihn zu drängen, damit er den Schlaf endgültig vergaß.

»Wieso wecken?«, fragte Adam und rieb sein Gesicht an der Decke, weil seine Hände anderweitig beschäftigt waren. »Ich habe nicht geschlafen.«

Esther lachte, dann wurde ihr bewusst, dass er es ernst meinte. »Mein Liebling, du hast tief und fest geschlafen – vertrau mir.« Mit einem störrischen Zug um den Mund musterte Adam sie. »Gut, gehen wir es anders an: Was ist das Letzte, an das du dich erinnern kannst?«

»Deine Haare haben in meiner Nase gekitzelt, aber als ich ein Stück abrücken wollte, hast du im Schlaf ein grollendes Geräusch von dir gegeben. Also habe ich dich fest umarmt und mich auf den langsamen Schlag deines Herzens konzentriert. Dann habe ich die Augen zugemacht und mich entspannt. Nur ganz kurz.«

Seine Stimme verriet, dass er auf der Hut war, als befürchte er, gleich eines schmutzigen Geheimnisses überführt zu werden. Also bemühte Esther sich um ein einnehmendes Lächeln, damit er sich beruhigte. Allerdings bewirkte es genau das Gegenteil: In Adams Augen flackerte es feurig auf, und im nächsten Moment drückte sein Gewicht sie nieder, und sein Kuss ließ sie ihr Zwiegespräch über den Schlaf vergessen. Überhaupt fasste sie erst wieder einen klaren Gedanken, als sie auf seiner Brust liegend zu Atem kam.

»Auch wenn das eben der gelungenste Ablenkungsversuch der Geschichte war, kannst du es nicht leugnen.«

»Was leugnen?« Adams Stimme klang ebenfalls atemlos, außerdem wohnte ihr ein rauer Ton inne, der Esther eine Gänsehaut verursachte.

»Dass du dich in so mancherlei Hinsicht von deinesgleichen unterscheidest. Anders hat es zwar akzeptiert, dass ich in den Nächten einige Stunden Schlaf brauche, um meinen Aufgaben nachzukommen. Das ändert jedoch nichts daran, dass er mich immer wieder auch nachts anruft, weil ihm gerade etwas Wichtiges eingefallen ist und er dann gern mal vergisst, dass Menschen schlafen.«

»Und träumen«, ergänzte Adam.

»Du hast geträumt?«

»Das tu ich seit vorletzter Nacht, seit du mich in dein Leben eingelassen hast.«

Gekonnt kratzte Esther ihm mit den Fingernägeln quer über die Brust, woraufhin Adam die Luft zwischen den Zähnen ausstieß. »Charmant, aber diese Hakenschlagerei lasse ich dir nicht durchgehen.«

»Geheimnisse darfst also nur du haben?«, fragte er scheinheilig. »Halt, liegen geblieben. Dieses Mal lasse ich nicht zu, dass du dich rausschlängelst. Ich will endlich dahinterkommen, wer du bist. Wer die Frau ist, die meinen Dämon schachmatt setzt und die mich so sehr um den Verstand bringt, dass ich einschlafe, obwohl ich eigentlich nicht schlafen kann.«

Esther versuchte erneut, Adams kräftigen Armen zu entkommen, dann gab sie auf. »Ich habe keine große Geschichte zu bieten, falls du das erwartest. Nur eine gewöhnlich deprimierende Vergangenheit, der ich gerade noch rechtzeitig entkommen bin.« Esther machte eine Pause in der Hoffnung, dass Adam einlenken oder ihr einen Vorwand liefern würde, das Thema zu wechseln, doch er lag ganz still da, bis auf seine Finger, die mit einer ihrer Haarsträhnen spielten. Sie gab sich einen Ruck. Je schneller sie es hinter sich brachte, umso besser.

»Meine Familie stammt aus Irland, auf dem Hof meiner Eltern habe ich auch meine Kindheit verbracht. Es war alles so, wie man es sich vorstellt: zu wenig zum Leben, zum Verhungern zu viel. Ich kann trotzdem nicht sagen, dass es eine schreckliche Zeit gewesen ist. Nun ja, wenn man das leicht aufbrausende Temperament meines Vaters außen vor lässt. Egal, wie leer der Vorratsschrank war, für schwarzgebrannten Whiskey reichte es immer. Dabei war er kein Trinker im eigentlichen Sinne. Mein Vater war wütend, ständig. Es war ja auch zum Verrücktwerden: fünf Kinder, zwei davon hatten das dritte Lebensjahr nicht erreicht, und eine Missernte nach der anderen. Damals erschien mir das alles ganz gewöhnlich, in anderen Familien des Dorfes ging es schließlich ähnlich zu.«

Eigentlich hatte Esther an dieser Stelle abbrechen wollen, als sei damit alles Wichtige gesagt. Nur gelang es ihr nicht. Noch nie hatte sie jemandem davon erzählt – nicht etwa, weil es ihr peinlich war, sondern weil sie diesen Lebenspart hatte hinter sich lassen müssen, um weitergehen zu können. Hier bei Adam konnte sie endlich in Worte fassen, was sie einst fein säuberlich weggepackt hatte, damit sie sich neu erfinden konnte. Was sie allerdings nur bedingt getan hatte, wie ihr jetzt bewusst wurde. Es hatte nämlich ein Vorbild gegeben.

»Die einzige Erinnerung an diese Zeit, die mir Kummer bereitet, ist das Bild meiner Mutter, wie sie mit ihrem mageren, leicht gebeugten Rücken vor dem Spiegel stand, um sich für einen Gang ins Dorf herzurichten. Sie war eine der wenigen Frauen, die Schminke benutzten, wenn sie denn welche auftreiben konnte. Sie konnte übermüdet oder von den ewigen Auseinandersetzungen aufgerieben sein, aber wenn sie das Haus verließ, sah man ihr das nie an. Alles an ihr war perfekt, sie hatte eine unglaubliche Disziplin. Eigentlich war sie nicht für dieses Leben zwischen grünen Hügeln gemacht, sie wirkte stets fehl am Platz, ein richtiges Kuckucksei.«

Unwillkürlich wollte Esther sich aufrichten und ihr Haar im Nacken zusammenfassen. Sie musste furchtbar aussehen, schlimmer als ein ungemachtes Bett. Doch Adam zog sie zurück. Sogleich flackerte ihr Widerstand auf, und sie sträubte sich gegen die Umarmung. Dann wurde ihr bewusst, wie typisch ihre Reaktion war: Auf Distanz gehen, niemanden an sich heranlassen, denn nur dann würde ihre Camouflage nicht auffliegen. Nur, dass es dafür bereits zu spät war. Außerdem … sie hatte für Adam ohnehin schon mit ihren Regeln gebrochen, sich jetzt vor ihm gehen zu lassen, war da geradezu konsequent. Von einem Zittern heimgesucht, schmiegte sie sich an seine Brust, und er hielt sie, bis der Druck in ihrem Inneren endlich wieder abnahm.

»Du sprichst von deiner Mutter in der Vergangenheit. Ist sie denn gestorben?«

»Vor sieben Jahren. Aber gestorben war sie für mich schon vor acht Jahren, als ich Irland verlassen habe, um nicht das gleiche Schicksal zu erleiden. Mein Vater hat das nicht akzeptieren können, für ihn war das nichts als Verrat gewesen, eine Herabsetzung seiner Lebensführung. In Wirklichkeit war er nur rachsüchtig, weil er zurückblieb. Er hat den Kontakt unterbunden, wo er nur konnte.«

»Vor acht Jahren also. Wie alt bist du denn bei deiner Auswanderung gewesen?«

»Knapp vierzehn.«

Adam pfiff leise durch die Zähne. »Warst du nicht zu jung, um ohne deine Eltern zu gehen?«

Anstelle einer Antwort gab Esther lediglich ein nichtssagendes Brummen von sich. Sie hatte die Decke ein Stück beiseitegezogen und damit angefangen, mit dem Zeigefinger Kreise auf Adams Oberschenkel zu ziehen. Entzückt beobachtete sie, wie sich die feinen Haare aufstellten, gerade so, als wohnte ihrer Berührung ein Stromstoß inne. Jede von Adams Reaktionen auf sie war ein kleines Geschenk. Doch er war leider keineswegs so abgelenkt, wie sie es sich gewünscht hätte.

»Wie hast du die Zeitspanne zwischen der Auswanderung und deiner Ankunft in Los Angeles verbracht?«

»Ich habe mich über Wasser gehalten«, antwortete Esther in einem Ton, der klarmachen sollte, dass sie langsam das Interesse an dieser Unterhaltung verlor. Sie mussten das Thema wechseln, sofort. Ansonsten würde sie seinem Drängen noch nachgeben und ihm alles erzählen.

Zuerst hauchte sie einige Küsse auf seine Haut unterhalb des Schlüsselbeins, dann biss sie spielerisch zu. Zu ihrer Erleichterung begann Adam, sich unter ihren Liebkosungen zu winden. Als sie bemerkte, wie seine Kehle sich bewegte, weil er trotzdem noch etwas sagen wollte, presste sie hastig ihre Lippen auf seinen Mund. Es gelang ihm gerade noch, ihren Namen zwischen den Küssen hervorzubringen, dann gab er sich geschlagen und überließ sich ihren Verführungskünsten.

26

Tief wie ein Gefühl

Das verwitterte Schild hätte ihnen eigentlich verraten müssen, dass das Ausflugslokal schon vor längerer Zeit seine Pforten geschlossen hatte. Ehrlich gesagt, war sich Adam sogar ganz sicher gewesen, denn seine Sinne hatten ihm nur alte menschliche Spuren gezeigt. Trotzdem hatte er zustimmend genickt, als Esther vorschlug, dem holprigen Weg auf der Suche nach einem Lokal zu folgen.

Denn obgleich es eigensüchtig war, verspürte Adam nur wenig Lust, die gemeinsame Zeit inmitten von Fremden zu verbringen, die laut lachten und ihre Gabeln voll Steakfetzen beim Reden durch die Luft schwenkten. Ein Ort, der nur ihnen beiden gehörte, war da eindeutig mehr nach seinem Geschmack, auch wenn er Esther damit um ihr Lunch brachte. Nicht, dass sie dringend schon wieder etwas in den Magen bekommen musste. Schließlich hatte sie am Morgen, als es ihr endlich gelungen war, seinen Armen zu entkommen, ganz unladylike das halbe Frühstücksbüfett leergegessen. Er hatte mit mühsam beherrschten Gesichtszügen nur einen Kaffee heruntergebracht, wobei ihn die Hotelbesitzerin Mrs Calvinston die ganze Zeit mit enttäuschter Miene im Auge behalten hatte. Vermutlich empfand sie es als Kränkung, wenn jemand ihrem mit viel Liebe zubereiteten Frühstück widerstehen konnte. Also hatte er einige Gabeln Rührei heruntergewürgt, was ihm noch immer nachhing. Eine weitere Mahlzeit würde er so schnell jedenfalls nicht verwinden.

Esthers Gespür für edel heruntergekommene Orte war wirklich sensationell. Wie die meisten Lokale, die in der Nähe der Küstenstraße zum Verweilen einluden, war auch dieses aus Holz erbaut. Mittlerweile war es grau und spröde, wodurch es sich perfekt in die Hügellandschaft mit ihren Nadelbäumen und Sträuchern einfügte. Skeptisch beäugte Adam die Terrasse, unter der der Abhang steil abfiel und in einem schmalen Streifen Sandstrand endete, weil die Brüstung an einigen Stellen eingebrochen war. Doch Esther winkte nur ab.

»Das Holz wird uns schon tragen, und wenn nicht, können wir uns wenigstens damit trösten, dass die Aussicht einen Absturz wert war.«

Womit sie zweifellos Recht hatte. Die Bucht unter ihnen beschrieb einen schön geschwungenen Bogen, der in einigen aufragenden Felsspitzen endete. Zwischen zwei Felszinnen ergoss sich ein Wasserfall, eigentlich nicht mehr als ein Rinnsal. Allerdings schlug das Wasser mit solcher Kraft auf den Sandstrand auf, dass sein Brausen auf der Terrasse zu hören war.

»Ich kann mir gut vorstellen, dass nur wenige Menschen von diesem Wasserfall wissen. Schon mit dem anbrechenden Frühjahr dürfte der Wasserlauf austrocknen«, sagte Esther, die in ihrer Begeisterung etwas ausstrahlte, das Adam deutlich mehr fesselte als jedes Naturwunder der Welt.

In diesem Moment knurrte Esthers Magen, und sie legte sich die Hand auf den Bauch. Eigentlich hätte Adam sich eine Bemerkung verkniffen, aber ihn lockte ihre leicht verschämte Reaktion. »Nicht, dass ich mich mit solchen Dingen besonders gut auskennen würde, aber ich hätte darauf getippt, dass dir das üppige Frühstück noch bis zur Kehle hochsteht.«

Esthers Wangen verfärbten sich rot. »Hältst du mich nun für maßlos?«

»Wegen deines Appetits auf Pfannkuchen mit Ahornsirup

ganz bestimmt nicht – höchstens für den anderen Appetit, den du während der letzten Nacht gezeigt hast.«

Kaum hatte Adam den Satz zu Ende gebracht, da deutete Esther bereits auf das morsche Geländer. »Sei besser vorsichtig mit deinen Frechheiten, ansonsten komme ich noch auf dumme Ideen und verpasse dir einen Schubs.«

»Das war doch als Kompliment gemeint«, erklärte Adam voll verletztem Stolz. Allerdings hielt er das Spiel nur einige Sekunden lang durch, dann legte er Esther mit einem breiten Lächeln den Arm um die Schultern, und sie gingen zu einer der Sitzbänke hinüber.

Eine leichte Dunstdecke lag gleichmäßig ausgebreitet über dem Himmel und milderte die ansonsten so kräftige Berührung der Sonne. Der Wind war zwar frisch, aber das Gebäude in ihrem Rücken bremste seinen Schwung, was Adam jedoch nicht daran hinderte, Esther schützend an seine Seite zu ziehen. Ohne Zögern schmiegte sie sich an ihn, und fast glaubte er, er würde eindösen, so beruhigend klang das Meeresrauschen zu ihnen hinauf. Er hätte nichts dagegen gehabt, seine Gedanken streiften zu der letzten Nacht ab und was sie für ihn bedeutete.

»Was hältst du davon, wenn wir heute Nachmittag nach einem Buchladen suchen?«, fragte er unvermittelt. »Versteh das jetzt bitte nicht falsch, aber ich habe seit siebzig Jahren kein Buch mehr angerührt. In einer Geschichte zu versinken, erschien mir zutiefst menschlich. Also genau das, was ich um jeden Preis von mir fernhalten wollte. Bis jetzt.«

Esther schmiegte sich noch enger in seine Umarmung. »Nach welcher Art Roman steht dir denn der Sinn?«

Adam zögerte. »Das kann ich dir nicht sagen. Ich werde mich wohl ausprobieren müssen.«

»Ich kann dir ein paar Tipps geben, wenn du möchtest. Mit Romanen kenne ich mich nämlich ein wenig aus.«

»Gern«, sagte Adam, während sich ein wohliger Schauer auf seinem Rücken ausbreitete.

Noch nie war er so nahe bei sich gewesen, als sei Esther das Heilmittel, an das er nie geglaubt hatte und das er nun wie durch ein Wunder in den Händen hielt. Nur ganz gleich, wie perfekt dieser Moment war, er konnte die Ahnung nicht abstreifen, dass ihm das Geschenk nur für kurze Dauer vergönnt war. Wenn ihn die letzten Jahrzehnte eins gelehrt hatten, dann, dass es ihm – anders als einem normalen Mann – verwehrt war, seines Glückes Schmied zu sein. In diesem Augenblick mochte es vielleicht den Anschein haben, als würde es ihm gelingen, das Steuerrad für immer in seine Gewalt zu bringen. Der Dämon ließ sich für eine Weile in die Tiefen seines Inneren verbannen, aber eines Tages würde er einen Weg finden, um seinen Herrschaftsanspruch erneut unter Beweis zu stellen. Was, wenn Esther sich in diesem Moment dann ebenfalls ohne Argwohn an seine Seite lehnte?

Unwillkürlich musste Adam an den Mann denken, aus dessen Obhut er Esther gerissen hatte. Dieser Hayden hatte auf den ersten Blick alle Eigenschaften eines gestandenen Mannes aufgewiesen. Obwohl er sich dagegen wehrte, zwängte sich ihm eine Vorstellung auf, wie Esthers Zukunft wohl ausgesehen hätte, wenn er nicht auf der Bildfläche erschienen wäre, um alles durcheinanderzubringen. Eine ruhige Zukunft voller Vertrauen und jener stillen Art von Liebe, die Adam vermutlich nicht einmal zu geben fähig gewesen wäre, wenn kein Dämon in ihm lauerte. Im Lauf der Zeit hatte er genug Menschen nachgestellt, so dass ihm oft schon ein Blick reichte, um zu wissen, mit welcher Sorte er es zu tun hatte. In Haydens Augen hatte er eine Festigkeit entdeckt, die er niemals zustande brächte. Dafür war er schlicht zu impulsiv. Diese Erkenntnis versetzte ihm einen unerwartet heftigen Stich, und sogleich spürte er eine Regung des Dämons, wie eine Katze, die sich unter einem Stapel Decken freikämpfen wollte.

Hastig vergrub er sein Gesicht in Esthers Winterfeuerhaar, woraufhin sie ein Seufzen ausstieß, als habe auch sie sich nach einer liebevollen Geste gesehnt, damit sie ebenfalls unangenehmen Gedankengespinsten entkommen konnte. Was waren sie doch für zwei Getriebene …

»Weißt du eigentlich, wie besonders du bist?«, fragte sie ihn leise, als solle nicht einmal der Wind ihre Worte einfangen können.

»In welcher Hinsicht?« Zu gern wollte er der Unterhaltung etwas Leichtes geben, doch eine amüsante Bemerkung kam ihm einfach nicht über die Zunge. Esthers Hand griff nach seinem Mantelrevers und hielt sich daran fest, als befürchte sie ansonsten, den Halt zu verlieren.

»Vielleicht sollte ich es andersherum anfangen: Anders' Gabe ist eigentlich unwiderstehlich. Ansonsten wäre er nicht in der Lage, so viele von eurer Art zu einem friedlichen Zusammenleben zu bewegen. Allein die Gestalten, die seit meiner Zeit als seine Dienerin zu ihm gekommen sind … Es sind ja nicht bloß die Wohlgeratenen, die du auf der Party kennengelernt hast. Seine Vorzeigeexemplare, wenn er einem Neuankömmling vorführen will, was ihn erwartet. Es gibt ja auch solche, deren Gabe sie den Verstand gekostet hat oder denen von ihrer Menschlichkeit nur ihre Abartigkeit geblieben ist. Indem er ihren Dämon berührt, nimmt er ihnen ihren Eigenwillen. Und plötzlich ist ein Zusammenleben möglich. Nur bei dir scheint es nicht funktioniert zu haben.«

»Anders meinte, es würde sicherlich einige Male brauchen, um den Dämon so weit zu stärken, dass er meine menschlichen Überreste tilgen kann.«

»Ja, das hat er gesagt, aber ich bin mir da nicht so sicher.«

Adam machte Anstalten, Esther ins Gesicht zu sehen, doch sie klammerte sich nur fester an ihn. »Du bist lange Anders' Dienerin gewesen, und selbst wenn du es nicht aus Überzeugung warst, fällt es dir sicherlich schwer, über seine Geheimnisse zu sprechen. Also quäl dich nicht damit. Von allen Sorgen dürfte Anders unsere kleinste sein. Schließlich ist er ohnehin davon ausgegangen, über kurz oder lang auf deine Dienste verzichten zu müssen.«

»So einfach ist es leider nicht, auch wenn ich mir das wünsche.«

»Warum?« Sein Ton fiel harscher als beabsichtigt aus, und Esther zuckte zusammen. Aber allein die Vorstellung, dass sich eine weitere bedrohliche Wolke am Horizont auftat, reizte seine Nerven. Sofort streichelte er Esther über den Rücken und fügte hinzu: »Anders ist nur einer unter vielen, ganz gleich, wie spektakulär seine Gabe ausfallen mag. Du brauchst dir seinetwegen keine Sorgen zu machen. Gut, er hat meinen Dämon ein Mal gestärkt – das war's.«

»Genau darüber zerbreche ich mir ja den Kopf.«

»Herrgott, es war doch nur ein einziges Mal!«

Nun richtete Esther sich doch auf und sah ihm geradewegs in die Augen. Die Sorge, die er in ihnen sah, löste einen Anflug von Wut in ihm aus: Wut auf die verdammten Umstände, die ihnen schon jetzt den Boden unter den Füßen wegzogen, Wut auf den Schatten, den der Dämon warf, ganz gleich, wie tief er ihn hinabgestoßen haben mochte, Wut auf seine Unfähigkeit, die Zeit zum Stillstand zu bringen.

»Das ist es ja gerade: Anders hat dich nur ein einziges Mal berührt. Weil du es ihm erlaubt hast, aber danach nicht mehr. Niemand anders würde es ablehnen … könnte es ablehnen. Begreifst du? Anders' Gabe macht den Dämon süchtig. Anders mag ein guter Herrscher sein, weil sich ihm niemand entziehen kann. Das heißt: bis vor kurzem. Dich hat es ja allem Anschein nach nicht allzu viel Kraft gekostet, dich von ihm abzuwenden.«

»Wenn auch, was kümmert es Anders? Ich habe meinen Job

erledigt und seine Stadt verlassen. Kann sein, dass daraus keine Freundschaft mehr wird, nachdem ich ihm kurzerhand seine Dienerin entführt habe, aber ich begreife nicht, warum dich das beunruhigt.«

Adam sah noch, wie Esthers Mundwinkel zuckten, dann legte sie eine Hand über den Mund. Als sie sie fortnahm, war ein feines Lächeln da.

»Vermutlich hast du Recht, und ich bin eine elende Schwarzseherin, die uns diesen wunderbaren Tag verdirbt. Wenn ich dich schon nicht küsse, dann sollte ich wenigstens darüber sprechen, wie glücklich ich bin.«

»Sieh an, du bist also glücklich. Und ich habe schon befürchtet, du würdest nur nach einer eleganten Möglichkeit suchen, mir zu entkommen.« Erst als das Lächeln auf Esthers Gesicht breiter und leuchtender wurde, erlaubte Adam es sich, ebenfalls zu entspannen. »Ich würde gern mehr darüber hören, wie sehr du mir verfallen bist. Dann komme ich mir nicht länger wie ein alberner Idiot vor, weil ich nichts anderes als dich in meinem Kopf habe.«

»Solange du darüber noch deine Scherze machen kannst, kann es wohl nicht so wild sein«, entgegnete Esther, wobei sie eine Schnute zog, als sei sie ernsthaft gekränkt.

»Was erwartest du denn als Liebesbeweis? Dass ich mein Glück aus voller Brust herausbrülle oder zu steppen anfange?«

»Dafür scheint es bei dir ja nicht auszureichen.« Adam wollte sie lachend an sich ziehen, aber sie entwich ihm. »Was soll ein Mädchen von einem Kerl halten, der seine Liebe nur mit Worten beteuert?«

»Es kam mir letzte Nacht nicht so vor, als hätte ich sie dir lediglich mit Worten unter Beweis gestellt.«

Diesen Hinweis hätte er sich besser gespart, denn Esther gab ihm kurzerhand einen Schlag vor die Brust und tänzelte dann weg, den Zeigefinger anklagend auf ihn gerichtet. »Als ob ein

Mann seine Liebe jemals im Bett bewiesen hätte, du ungehobelter Schuft.«

Adam amüsierte sich bestens und wollte bereits zu einer besonders anzüglichen Entgegnung ansetzen, als Esther einen weiteren Schritt zurücktrat und plötzlich im Sonnenlicht stand. Ihr Haar flammte auf, und das Licht brachte ihre helle Haut zum Leuchten. Sie war der Inbegriff all dessen, wonach er sich sehnte. Alles, wofür es sich zu leben lohnte.

Getrieben von dem Verlangen, sie an sich zu reißen, streckte er den Arm vor. Esther erschrak über die unerwartete Schnelligkeit seiner Bewegung und stieß gegen das Geländer. Adam konnte hören, wie das morsche Holz barst, und im selben Moment bekam er ihren Arm zu fassen und riss sie nach vorn. Allerdings ließ ihn diese Bewegung vorwärtsstolpern, und im nächsten Augenblick brach er durch die Brüstung und fiel.

Der Aufprall auf den steinigen Abhang war hart, doch schlimmer war die Rutschpartie durch Geröll und Gestrüpp, bevor es ihm gelang, sich an einem Strauch festzuhalten.

Keuchend drehte er sich auf den Bauch und musste schallend lachen, als in seinem Geist ein Film von seinem Sturz ablief. Was war er doch bloß für ein Held! Als Esthers besorgtes Gesicht über dem Rand der Terrasse auftauchte, wurde es mit dem Gelächter nur schlimmer, obwohl langsam ein schmerzhaftes Pochen in seiner gesamten Kehrseite einsetzte. Erst der Geschmack von Blut, der sich auf seinen Lippen ausbreitete, brachte ihn zur Räson. Seine Nase hatte zu bluten angefangen, und der bittersüße Geschmack drohte den Dämon zu wecken.

Brauchst du Hilfe? Du musst nur darum bitten, flüsterte seine Stimme aus weiter Ferne. *Ruf mich, dann helfe ich dir. Ansonsten darfst du dieses Mal selbst zusehen, wie du mit deinen Verletzungen fertigwirst. Also, sagst du brav Bitte?*

Lieber würde ich mir die Zunge eigenhändig rausschneiden und sie auf Nimmerwiedersehen ins Meer werfen, dachte

Adam entschlossen. Dann richtete er den Blick fest auf Esther und machte sich daran, den Hang hinaufzuklettern. Dabei kümmerte er sich nicht darum, dass seine Nägel einrissen und der Schmerz sich mit den vielen anderen verband, die ihn plagten, ohne dass sie dank des Dämons von einer warmen Welle hinfortgetragen wurden. Genau so will ich das haben, dachte Adam. So kann es für immer bleiben.

27

Spuren der Vergangenheit

»Und du bist dir wirklich sicher, dass ich dich beim Gehen nicht stützen soll?«, fragte Esther in einer Mischung aus Sorge und Belustigung, während Adam über den Vorhof ihres Hotels humpelte.

»Ja, bin ich mir. Nur für den Fall, dass du es genau wissen willst: Mein männlicher Stolz ist ohnehin angegriffen, weil ich mich von dir habe kutschieren lassen müssen. Also lass es gut sein.«

»Dann ist es wohl nicht sonderlich weit her mit deinem Stolz.«

Als er abrupt anhielt und mit aufgesetzt beleidigter Miene die Hand nach dem Autoschlüssel ausstreckte, lachte Esther lediglich.

»Nun sei nicht so empfindlich. Außerdem musst du zugeben, dass mir der Wagen sehr gut steht. Jedenfalls besser als dir mit deiner blutenden Nase.«

»Es hört überhaupt nicht wieder auf«, sagte Adam vergnügt. Ein Blick ins Taschentuch zeigte Spuren frischen Blutes, zwar nur noch sehr schwach, aber immerhin.

»Ich verstehe nicht, warum es nicht heilt. Das sollte es doch, oder?«

»Je weniger Dämonenwerk, desto besser.«

Erst als sie die Lobby betraten und Mrs Calvinston auf sie zustürmte, wünschte Adam sich, die Blutung möge nun doch endlich stoppen.

Mrs Calvinston war eine üppige Dame in den Fünfzigern, mit einem Hang zu Schmetterlingsbrillengestellen gepaart mit wild gemusterten Blusen, so dass Adam allein vom Hinsehen schwindelig wurde. Außerdem war sie eine gute Seele, und deshalb schlug sie jetzt auch die Hände zusammen und blickte so entsetzt drein, als wäre sie eben Zeugin eines schrecklichen Unglücks geworden.

»Um Himmels willen, was ist Ihnen denn zugestoßen? Ich werde sofort einen Arzt anrufen!«

»Auf keinen Fall.« Um seinen Worten ausreichend Nachdruck zu verleihen, nahm Adam das blutige Taschentuch von der Nase – ein Fehler. Beim Anblick seiner geschundenen Nase schrie Mrs Calvinston auf.

Beherzt schob Esther sich zwischen ihn und die arme Frau, legte ihr eine Hand auf die Schulter und versperrte ihr gekonnt den Blick auf Adam. »Es sieht wirklich sehr viel schlimmer aus, als es ist. Mein Liebster hat eben herausgefunden, dass Ihre Hügel hier nicht nur malerisch, sondern manchmal auch tückisch sind. Aufgeschrammte Hände, einen geprellten Rücken und Nasenbluten vor Schreck – mehr ist es nicht. Wenn er erst einmal das Blut und den Dreck abgewaschen hat, wird er wieder wie neu aussehen.«

Mrs Calvinston zog schniefend Luft ein, ganz so, als sei sie noch lange nicht bereit, ihre Sorge aufzugeben. »Man könnte fast meinen, dass Sie vom Pech verfolgt sind, seit Sie mein Haus betreten haben. Gestern Ihr Knöchel und heute …« Sie deutete an Esther vorbei auf Adam, der sich seiner zerrissenen Hose und dem mit roten Schlieren übersäten Hemd mehr als bewusst war. Vielleicht hätte er den Kragen seines ramponierten Mantels lieber hochstellen sollen, um das Schlimmste zu verbergen.

»Das tut mir so entsetzlich leid«, fuhr Mrs Calvinston mit bebender Stimme fort. »Ein junges Paar wie Sie verdient ausschließlich schöne Tage, damit Sie glückliche Erinnerungen für schlechte Zeiten haben, die unweigerlich kommen werden. Das macht mich ausgesprochen traurig.«

Erneut schniefte Mrs Calvinston, und dieses Mal sah Esther Adam ratlos an, während sie der älteren Dame die Schulter tätschelte. In seiner Hilflosigkeit schlug Adam nun doch noch den Mantelkragen hoch, dann deutete er auf das Taschentuch. »Sehen Sie, die Blutung hat schon aufgehört.«

Leider half der Anblick des blutigen Stoffstücks nicht wirklich weiter. Mrs Calvinston machte vielmehr den Eindruck, als würde sie Esther gleich kondolieren. »Ich möchte Ihnen gern etwas Gutes tun, sozusagen als Wiedergutmachung für all die Unbill, die Ihnen beiden widerfahren ist.«

»Das ist wirklich lieb von Ihnen, aber …« Weiter kam Esther nicht.

»Warum machen Sie Esther nicht noch ein paar von Ihren fantastischen Pfannkuchen? Wegen meines Unfalls sind wir nämlich gar nicht zum Essen gekommen.«

»Sie armes Ding! Ich werde mich sofort um Sie kümmern. Pfannkuchen, und vom Auflauf ist auch noch etwas übrig. Außer Ihnen habe ich ja gerade nur einen neuen Gast im Haus. Kommen Sie ins Kaminzimmer, dort ist es so schön gemütlich. Ja, kommen Sie.«

Adams Strategie ging hervorragend auf. Mrs Calvinston zupfte bereits entschlossen an Esthers Ellbogen, die sich jedoch nicht ohne weiteres von Adam trennen wollte.

»Soll ich nicht erst einmal mit dir aufs Zimmer kommen und mir deine Verletzungen anschauen?«

»Verletzungen?« Adam stieß ein Lachen aus, woraufhin sogleich sein geprellter Rippenbogen schmerzte. »Nein, lass nur. Die blauen Flecken an meinem Hintern schaue ich mir lieber allein an. Außerdem bringt mich das schlechte Gewissen jedes Mal halb um, wenn dein Magen knurrt, als würde er sich aus Verzweiflung gleich selbst verschlingen. Also, lass dich ausgiebig bemuttern, und dann, wenn wir beide einigermaßen wiederhergestellt sind, kannst du ja nachkommen und mich verarzten.«

Zu seiner Genugtuung zog Esther die Augenbrauen hoch, während Mrs Calvinston ein Kichern hören ließ. Dann sah er zu, dass er mit so viel Würde, wie ihm mit seinen schmerzenden Gliedern möglich war, die Treppe hochkam.

Nie im Leben hätte Adam damit gerechnet, dass er sich eines Tages am Duschvorhang auf die Zehenspitzen hochziehen würde, um einen Blick auf seine blanke Kehrseite im Spiegel zu werfen. Aber die Mühe war es wert, denn die tiefrote, an manchen Stellen bereits ins Lila gehende Landkarte, die sich auf seinem unteren Rücken abzeichnete, war etwas, was er eigentlich niemals zu sehen gedacht hätte: Überbleibsel von Verletzungen, da der Dämon sie nicht sofort heilte.

Im Laufe der Zeit hatte Adam nämlich jede Menge Prellungen einstecken müssen, aber zu diesem Geflecht aus Blut unter der Haut war es nie gekommen. Dafür war der Dämon stets zu präsent gewesen, und er hasste jede Spur von vergangenen Ereignissen.

Mit der gleichen Hingabe studierte Adam die tiefen Kerben in seinen Handballen und betastete die Beule an seinem Hinterkopf, die mittlerweile auf das Ausmaß eines Hühnereis angewachsen war und scheußlich pochte.

Nur widerwillig stellte er seine Untersuchungen ein, weil der Gestank des geronnenen Blutes auf seiner Haut in seiner allmählich wieder funktionierenden Nase brannte. Kaum stand er unter der Brause, hörte er die Zimmertür aufgehen. Esthers Schritte, von denen er genau wusste, wie bei jedem einzelnen die Hüfte auf eine Weise mitschwang, die ihn um den Verstand brachte, hallten über den Holzboden. Hastig griff er nach der

Seife, als ihm bewusst wurde, wie viel Zeit er mit seiner Begeisterung für die Zeugnisse des Sturzes verschwendet hatte. Während er sich das Haar wusch, wurde es verdächtig still im Zimmer, und seine Fantasie begann, ihm Möglichkeiten auszuspinnen, woran das wohl liegen mochte. Eine sich auf dem Bett räkelnde Esther gewann den Wettbewerb der Tagträume.

Mit einem entschlossenen Griff stellte Adam das Wasser ab und verschwendete keine Zeit damit, sich abzutrocknen, sondern schlang sich das Handtuch kurzerhand um die Hüften.

Zu seiner Enttäuschung fand er das Zimmer leer vor. Irritiert blickte er sich um, plötzlich von dem Verdacht heimgesucht, dass etwas nicht stimmte.

Esthers Duft lag in der Luft, durchmischt von einer scharfen Note. Das ist Panik, schoss es Adam durch den Kopf. Vermutlich noch von ihrer Reaktion auf seinen Sturz. Nein, ganz frisch, raunte ihm sein Instinkt zu, doch er wollte es nicht glauben. Wahrscheinlich hat sie etwas unten im Esszimmer liegenlassen und wird gleich wieder zurückkommen. Gut gelaunt, mit einer Geschichte über Mrs Calvinstons Kochkünste auf Lager. Das Schicksal würde ihnen bestimmt noch Stöcke zwischen die Beine werfen, aber doch nicht jetzt schon, verdammt.

Sieht so aus, als wäre der Frühling deiner Menschlichkeit gerade beendet worden, flüsterte der Dämon, als verrate er gerade ein Geheimnis.

»Blödsinn!« Adam konnte nicht anderes, er musste brüllen.

In diesem Moment fiel sein Blick auf einen Zettel auf der Tagesdecke des Bettes, abgerissen von einem Notizblock. Er wagte es nicht, ihn anzufassen, sondern sah lediglich auf ihn hinab, während er zu atmen aufhörte, als wäre ihm das Leben schlagartig entwichen.

Nur ein eilig hingeschriebener Satz, doch er brannte sich Adam ein.

Es ist es wert gewesen, aber jetzt ist es vorbei.
Esther
PS: Wegen des Wagens tut es mir leid. Entschuldige.

Während die Worte als vielstimmiges Echo durch sein Inneres hallten, hörte er draußen seinen Wagen starten. Mit einem Sprung war er beim Fenster, aber er sah nur noch, wie der Jaguar um die Ecke bog.

Wie von Sinnen jagte er die Treppe hinunter, um in der Lobby beinahe mit Mrs Calvinston zusammenzustoßen, die eine Blumenvase in den Händen hielt. Fluchend wich Adam der Frau aus, die vor Überraschung nach Luft schnappte, und packte sie schnell am Ellbogen, bevor sie noch ihr Gleichgewicht verlor und stürzte.

»Ich will wissen, warum Esther weggefahren ist«, herrschte er sie an.

Mrs Calvinston blinzelte ihn verständnislos durch ihre Brille hindurch an. »Ich habe auch einen Wagen starten gehört … War das etwa Ihre Frau? Ich dachte, es wäre der andere Gast.« Noch einmal flackerten ihre Lider, dann wurde ihr anscheinend bewusst, in welchem Aufzug Adam vor ihr stand. »Haben Sie die Kleine vielleicht erschreckt? Junge Ehefrauen brauchen immer eine Zeit, bevor sie …«

»Reden Sie keinen Unsinn. Sagen Sie mir lieber, was genau passiert ist, nachdem ich aufs Zimmer gegangen bin.«

Allerdings prallte sein scharfer Ton an Mrs Calvinston ab, deren gesamte Aufmerksamkeit auf seine Körpermitte gerichtet war. »Ihr Handtuch rutscht«, ließ sie ihn atemlos wissen, woraufhin Adam ein frustriertes Stöhnen ausstieß.

»Es ist absolut überflüssig, die gute Frau weiterhin zu bedrängen«, ertönte eine männliche Stimme von der Lobby her. Adam hatte noch nicht einmal den Blick gehoben, als ihm seine Sinne bereits zuspielten, wer dort stand: Adalbert. Wie hatte ihm sein Geruch vorhin nur entgehen können? Seine blutende Nase, das musste es gewesen sein.

»Siehst du, so ist es besser, konzentrier dich auf mich«, fuhr Adalbert fort, als habe er einen knurrenden Hund vor sich, den er von seinem Opfer ablenken wollte. »So ist es richtig, und weißt du, warum? Weil ich dir nicht nur weiterhelfen kann, sondern es auch will. Verstehst du? Ich werde dir helfen, dir erklären, warum dein Spielzeug sich ganz plötzlich aus dem Staub gemacht hat. Und noch mehr als das. Aber erst, wenn du mir in einem normalen Aufzug gegenüberstehst. Zieh dich an, Adam, du bist doch kein Tier, auch wenn du dich wie eins benimmst. Ich warte draußen bei meinem Wagen auf dich, ein Stück die Einfahrt runter.«

Ehe Adalbert auch nur mit der Wimper zucken konnte, hatte Adam ihn bereits an der Kehle gepackt. »Für solche Spielchen habe ich keine Zeit und erst recht keine Geduld. Also raus mit der Sprache.«

»Draußen«, brachte Adalbert mühsam hervor, dem es trotz seiner Größe und kräftigen Armen nicht gelang, Adams Griff abzuschütteln.

Mit einem Grollen gab Adam schließlich nach, weil Mrs Calvinston in seinem Rücken zu wimmern begann. »Falls ich dich dort nicht antreffen sollte, kannst du dich darauf gefasst machen, dass es deine Spur sein wird, auf die ich mich zu allererst setzen werde. Hast du das verstanden?«

Adalbert nickte, sich missmutig die Kehle massierend.

Obwohl er die ersten beiden Treppen schon hinaufgehetzt war, blieb Adam plötzlich stehen. »Tut mir leid, dass ich Sie in so eine unangenehme Lage gebracht habe«, sagte er an Mrs Calvinston gewandt.

»Nun ja«, entgegnete sie, wobei sie ihre Schmetterlingsbrille zurechtrückte. »Ihr Anblick macht zumindest einiges wieder wett.«

28

Handelsware

Als Adam das Hotel verließ, war von Mrs Calvinston keine Spur zu entdecken. Kein Wunder, dachte er sich mit einem beklommenen Gefühl, weil er der alten Dame keine Erklärung für sein Verhalten liefern konnte.

Dafür fand er Adalbert ein Stück die Einfahrt entlang vor, wie er sich über den Kofferraum eines Mietwagens beugte. Mit langen Schritten hielt Adam auf ihn zu, während ihm durch den Kopf ging, wie sehr er in der kurzen Zeit mit Esther sein altes Leben hinter sich gelassen hatte: Sein gesamtes Denken und Fühlen war derartig auf sie ausgerichtet gewesen, dass er nichts anderes mehr wahrgenommen hatte. Nicht einmal die Spuren von Adalberts Anwesenheit, obwohl sie direkt vor seiner – zugegebenermaßen blutenden – Nase gewesen waren. Er hatte sich wie ein verliebter Mann benommen, voll und ganz. Diese Erkenntnis traf ihn mit einer solchen Wucht, dass er mitten im Lauf verharrte. So wie es Anders durch seine Berührung gelungen war, den Dämon zu stärken, brachte Esthers Gegenwart den Menschen in ihm zum Vorschein. Er musste Esther wieder bei sich haben, unbedingt.

In diesem Moment hob Adalbert den Kopf und lächelte. Etwas daran gefiel Adam nicht, doch noch bevor er es erfassen konnte, hörte er das metallische Klicken eines Revolverlaufs. Dann durchschlug die Kugel die Wagenverkleidung und drang in seinen Oberschenkel ein.

Adalbert, die Ratte, hatte tatsächlich auf ihn geschossen!

Adam stolperte, als das getroffene Bein den Dienst versagte. Den Fall konnte er gerade noch mit den Händen abfangen, und auch den Schmerz verwand er gut. Schließlich war es nicht das erste Mal, dass er angeschossen wurde. Was ihn wirklich Kraft kostete, war die Selbstherrschung, Adalbert für diese schwachsinnige Aktion nicht einfach den Kopf von den Schultern zu reißen und seinen Kadaver im Staub liegen zu lassen, während er mit seinem Wagen davonfuhr. Zwei Dinge hielten ihn davon ab: Dieser Hurensohn stand unter Etiennes Schutz. Außerdem hatte er behauptet, zu wissen, warum Esther gegangen war.

Mittlerweile hatte Adalbert den Revolver offen auf Adam gerichtet. »Tut mir leid. Der Schuss war eine reine Vorsichtsmaßnahme, damit wir wenigstens ansatzweise auf Augenhöhe reden können. Es verunsichert mich zu sehr, wenn du mich anschaust, als wäre es für dich das Einfachste auf der Welt, mich zu töten.«

»Und deshalb schießt du Idiot auf mich?«

Die Zähne zusammenbeißend, humpelte Adam auf ihn zu, wobei er den auf seine Brust gerichteten Lauf ignorierte. Blut färbte den Stoff seiner Hose schwarz, und er presste kurz voller Unglauben die Hand darauf. Vom Dämon war nicht mehr als ein fernes Rauschen wahrzunehmen. Er weigerte sich also, die Einschusswunde zu heilen, aber davon würde Adam sich nicht einschüchtern lassen.

»Hast du denn noch nie gehört, was man über verletzte Raubtiere sagt, Adalbert? Eine Verletzung macht sie nicht nur wütend, sondern vor allem unberechenbar.«

Adalbert riss seine Augen vor Schrecken weit auf und wollte bereits ein weiteres Mal den Finger am Abzug krümmen, doch Adam war schneller. Er lenkte den Lauf zur Seite, so dass die Kugel in einen Pinienstamm einschlug. Dann drängte er den Diener mit voller Wucht gegen den Wagen, wobei dessen schmerzerfülltes Keuchen Musik in seinen Ohren war. Einen Atemzug lang fühlte er der Möglichkeit nach, diesen menschlichen Körper zu zerbrechen, um seine Rachegelüste zu befriedigen. Doch ehe das Bedürfnis überhandnehmen konnte, ließ er von ihm ab.

Adalbert sackte ein Stück in sich zusammen und griff nach seinem Krawattenknoten, um ihn zu lockern. »Das war unnötig«, sagte er atemlos.

Allerdings war Adam noch nicht fertig. Betont langsam hob er die Hand und verpasste dem Mann eine schallende Ohrfeige, wobei seine Finger eine Blutspur auf dem schreckensbleichen Gesicht hinterließen.

»Glaub mir, das ist mehr als nötig gewesen. Auf Augenhöhe … in hundert Jahren nicht.«

Fast sah es so aus, als würde Adalbert in ein hysterisches Geschrei ausbrechen, doch mehr als ein Beben der Unterlippe kam nicht heraus. Adam nahm ihm den Revolver ohne große Mühe ab und steckte ihn hinten zwischen Gürtel und Hosenbund. Dann schubste er Adalbert hinter das Lenkrad und ließ sich selbst in den Beifahrersitz sinken, kurz bevor sein Bein ganz wegknickte.

Der Herr lässt sich also fahren?, erklang es hämisch aus unausgeloteten Tiefen seines Inneren. *Was bricht deinen Stolz wohl mehr: ein schlichtes »Bitte«, damit ich diese hässliche Wunde heile, oder zum zweiten Mal an diesem Tag den Beifahrer zu mimen?*

»Ich hoffe, du fährst nicht so armselig, wie du angreifst«, knurrte Adam Etiennes Zögling an, der sich unablässig die Wange rieb und die Blutspur dabei so verteilte, dass es wie eine Kriegsbemalung aussah.

»Sollten wir nicht erst einmal über den Handel sprechen, den ich dir anbieten möchte?«

»Eine großartige Idee, nachdem du soeben wild herumgeschossen hast. Mrs Calvinston mag vielleicht nicht mehr die

Jüngste sein, aber sie ist keineswegs taub. Was glaubst du, wie schnell nach dieser Nummer ein Streifenwagen vor dem Hotel auftaucht, um nach dem Rechten zu sehen? Und dann sitzen wir beide hier palavernd in einem Wagen, in dessen Kofferraumdeckel ein Einschussloch prangt. Einmal ganz davon abgesehen, dass diese verfluchte Wunde den Sitz vollblutet.«

Den letzten Satz hätte Adam sich sparen können, denn Adalbert warf den Motor an und wirbelte beim überhasteten Wendemanöver jede Menge Staub auf. Als er am Ende der Einfahrt die Kurve so schnitt, dass Adam gegen die Beifahrertür gepresst wurde, brachte er ihn mit einer Drohung zur Räson, bei der Adalberts Eingeweide die Hauptrolle spielten. Für einen Augenblick sah es so aus, als würde der junge Mann die Nerven verlieren – gefangen zwischen der Furcht vor der Polizei und der direkten Bedrohung auf dem Beifahrersitz –, dann siegte glücklicherweise seine Vernunft.

»Ich kann mir wirklich nicht erklären, warum Etienne ausgerechnet an dir einen Narren gefressen hat«, murmelte Adam, wobei er nach Adalberts Krawatte griff. Unter der Berührung stieß der Diener ein angsterfülltes Keuchen aus. »Keine Sorge, nur eine kleine Leihgabe. Ich habe meine in der Eile vergessen.« Mit dieser Erklärung zog er die Krawatte ab, um damit seinen Oberschenkel abzubinden. Die Blutung machte ihm nämlich mehr zu schaffen, als er sich einzugestehen bereit war.

Nach einiger Zeit ließ Adalberts Anspannung merklich nach: Die Fingerknöchel traten nicht länger weiß hervor, weil er den Griff ums Lenkrad nach und nach lockerte, anstatt es so zu halten, als hinge sein Leben davon ab. Auch seine Atmung beruhigte sich, wie Adam dankbar feststellte. Ein rascher, abgehakter Atemrhythmus befeuerte nämlich seinen Jagdinstinkt. Nur der penetrante Geruch von Angstschweiß blieb. Gemischt mit dem Duft des in Rinnsalen hervortretenden Bluts aus der eigenen Wunde sorgte er nach wie vor dafür, dass Adam sich wie elektrisiert fühlte. Dabei setzte ihm der Gedanke, was Esther wohl von ihm fortgetrieben hatte, mehr als ausreichend zu.

Es musste eine Erklärung geben, doch Adam konnte sich nicht konzentrieren. Allmählich bekam er die Folgen des Blutverlustes zu spüren. Es kostete ihn zunehmend Kraft, seine Gedanken klar auszurichten, während seine Glieder vor Müdigkeit immer schwerer wurden. Hinter seiner Stirn breitete sich ein grauer Nebel aus, gegen den anzukämpfen genauso mühsam wie sinnlos war.

»Sollte sich die Wunde denn nicht langsam einmal schließen?«, fragte Adalbert, dessen ausgetrocknete Lippen beim Sprechen ein ungenehmes Geräusch verursachten. »Die Wunde verhält sich, als sei sie mit dem Elixier in Berührung gekommen, mit dem Etienne mich ausgestattet hat, damit ich nicht vollkommen wehrlos bin. Leider hat es sich eine diebische Elster unter den Nagel gerissen, was ich ihr jedoch nicht beweisen kann.«

»Die Bekanntschaft mit diesem Elixier habe ich bereits gemacht. Ein elendes Teufelszeug«, brummte Adam.

»Ah, deine Freundin Rischka hat dich also als Versuchskaninchen benutzt? Dieser Frau ist wirklich nicht über den Weg zu trauen. Wenn deine Wunde jedoch nichts mit dem Elixier zu tun hat, dann verstehe ich es wirklich nicht. Könnte es sein, dass …«

»Ich habe dir schon einmal gesagt, du sollst deinen Forscherdrang in meiner Gegenwart besser unter Kontrolle halten.« Dennoch nahm Adam die Frage zum Anlass, das Taschentuch noch einen Tick fester auf die Schusswunde zu pressen. Viel erreichte er damit jedoch nicht. »Du wirst mir jetzt genau erklären, was du Esther gesagt hast, dass sie, ohne Zeit zu verschwenden, weggefahren ist.«

Ohne Zeit an dich zu verschwenden, meist du wohl, korrigierte ihn der Dämon trocken.

Um Adalberts Mund tauchte ein störrischer Zug auf. »So geht das nicht! Ich schlage dir einen Handel vor, den du annehmen kannst oder auch nicht. Wenn du allerdings versuchen solltest, mich in die Ecke zu drängen, dann erfährst du gar nichts von mir.«

»Bist du dir da sicher?«

Adalbert warf ihm einen Blick aus den Augenwinkeln zu, und sogleich steigerte sich der Rhythmus seiner von Angst getriebenen Atmung zu einem Stakkato. Sofort bereute Adam das kalte Lächeln, mit dem er ihn lediglich hatte einschüchtern wollen. Es war eindeutig zu überzeugend ausgefallen. Dabei drohte ihm die Zeit wegzulaufen, wie das unablässig hervorquellende Blut bewies.

»Entspann dich, du großer Geschäftsmann«, forderte er Adalbert deshalb auf. »Erzähl mir von deinem wunderbaren Handel, aber behalt dabei die Straße im Auge. Ich verspüre nämlich wenig Lust, nach Los Angeles trampen zu müssen, während dein Leichnam im zerbeulten Autowrack in einem Abgrund zu verwesen beginnt. Es geht doch zurück nach L.A., richtig?«

»Das verrate ich dir nur, wenn du aufhörst, mir ständig meine Sterblichkeit vor Augen zu halten!«

Erstaunt über diese hitzige Reaktion zog Adam die Brauen hoch. »Gern, wenn dir das wichtig ist. Was hast du zu Esther gesagt?«

Adalbert stieß ein genervtes Lachen aus. »Gegenfrage: Was hat Esther dir nicht erzählt? Ja, da schaust du betroffen drein. Du hast dich kopfüber in eine Affäre gestürzt, ohne einen Blick nach links und rechts zu verschwenden. Nicht einmal für die Frau in deinen Armen hattest du offensichtlich mehr Aufmerksamkeit übrig als für das Versprechen ihrer Rundungen. Etienne hat mir so oft davon vorgeschwärmt, wie empfindsam deine Sinne seien und dass niemand wie du jede Form von Spuren zu lesen versteht. Ich bin ernsthaft enttäuscht, dass du bei Esther derartig versagt hast. Und nicht nur bei Esther …«

»Wenn Etienne dir von mir erzählt hat, dann hat er meine Ungeduld sicherlich nicht unerwähnt gelassen«, brachte Adam gereizt hervor. In ihm baute sich ein dunkler Sog auf, der ihn fortzureißen drohte. Verbissen presste er das Taschentuch mit seinen Fingern auf die Wunde, doch nicht einmal der jähe Schmerz, der ihn durchfuhr, kam gegen die Müdigkeit an.

»Stimmt, dein hitziges Temperament ist auch zur Sprache gekommen. Nichts, worauf du stolz sein kannst – auch wenn Etienne das anders sieht. In Esthers Gegenwart hat es allem Anschein nach die Herrschaft an sich gerissen, anders kann ich mir nicht erklären, warum du nichts über ihre Vergangenheit in Erfahrung gebracht hast.«

»Ich weiß, wo sie herkommt«, erwiderte Adam mit schwerer Zunge.

»Nein, das weißt du nicht. Ansonsten würdest du dich nämlich schon lange nicht mehr mit mir herumplagen, sondern wüsstest, wohin sie gegangen ist und vor allem: warum. Dieses *Warum* ist es doch, weshalb du mir nicht schon längst die Kehle aufgerissen hast. Du willst darüber mehr erfahren, bevor du Esther entgegentrittst.«

Adam presste seine Zähne so sehr aufeinander, dass er den Druck bis in den Schädel spürte. »Sag es mir.«

»Erst der Preis. Ganz gleich, was nach deiner Rückkehr nach Los Angeles passieren wird, wenn du es überstehst, wirst du für mich jemanden finden. Dieser Auftrag wird vor allem anderen stehen. Du wirst dich sofort daranmachen, ohne auch nur eine Frage zu stellen.«

Mit einem hastigen Seitenblick vergewisserte sich Adalbert, dass Adam auch zustimmend nickte. Sichtlich befriedigt fuhr er fort: »Die Gaben des Dämons werden nicht sinnlos verteilt, sie sind alle Teil eines Musters. Du hast dein eigenes ja bereits früh entdeckt: Du bist Teil eines Dreiecks, das aus der Suche, dem Opfern und dem Töten des perfekten Opfers besteht. Auch Anders steht mit seiner Gabe keineswegs allein. Er hat eine Schwester – wenn man das so nennen kann. Eine Schwester, die das vollkommene Gegenteil von ihm darstellt: So wie er den Dämon durch Vereinigung zu stärken vermag, steht es in ihrer Macht, den Dämon zu tilgen. Eine gefährliche Gabe in den Händen einer Frau, die keine Spuren hinterlässt – es sei denn, sie will es.«

Tief in Adam tat sich ein Quell der Hoffnung auf. »Eine der unsrigen, die den Dämon zu tilgen vermag. Woher weißt du von ihr?«

»Das braucht dich nicht zu kümmern. Willigst du ein?«

Ehe Adam seine Zustimmung hervorbringen konnte, hielt der Dämon seinen Herzschlag gleich einem Uhrwerk an. Es gelang ihm gerade noch, sich an die Brust zu greifen, dann sackte er vornüber.

Diesen Handel wirst du nicht abschließen, nicht, solange du mein bist. Und mir gehörst du bis in alle Ewigkeit.

Die Worte hallten wie ein fernes Echo nach, dann verlosch auch das.

29

Die Wiederkehr

Die Dunkelheit war zäh. Sie hielt ihn umfangen, untersagte ihm die kleinste Regung, drängte alles hinfort – auch seinen Willen zu erwachen.

Erwachen, das war alles, woran er in den kurzen Momenten denken konnte, wenn der Sog der Dunkelheit nachgab. Wieder erwachen, den eigenen Platz in einer Welt voller Leben einnehmen, anstatt in dieser toten Unendlichkeit zu vegetieren.

Ganz gleich, wie sehr er sich auch mühte, die Dunkelheit gab ihn nicht frei. Stets aufs Neue wurde er von klebrigem Schwarz eingehüllt, seine Gedanken und Gefühle von ihm abgeschnitten, als wären sie etwas, das man ihm wie Schmuckstücke entreißen und in eine Schatulle wegsperren konnte. Ihm fehlte das Losungswort, um die Schatulle zu öffnen und sich zu befreien. Es war auch niemand da, der es ihm in die Dunkelheit seiner Gefangenschaft zurufen konnte, damit er wieder ins Licht trat.

Oder doch?

Wie ein unendlicher Malstrom kreiste unter ihm ein Wille, fremd und andersartig. Dort lauerte der Dämon auf seine Gelegenheit. Trotzdem streckte Adam sich ihm entgegen und ergriff die einzige Chance, die sich ihm bot.

Sieh an, der Mann, der sich für den Herrn im Hause hält. Hast du dich etwa verlaufen?

Was soll das? Warum hast du mich getötet?

Eine wirklich dumme Frage. Natürlich ging es mir darum, dich von etwas so Törichtem abzuhalten, wie einen Handel abzuschließen, zu dem du gar kein Recht hast. Sklaven haben kein Recht, keine Macht.

Ich sehe das Problem nicht.

Ach nein? So naiv kannst du gar nicht sein, um zu glauben, ich würde dich mit einem Strahlen im Gesicht Adalberts Vorschlag zustimmen lassen. Dein Freischein, um dich auf die Suche nach einer von unserer Art zu machen, die mich tilgen kann. So wird nicht gespielt, mein Freund.

Mir sind Adalbert und sein Angebot vollkommen gleichgültig. Ich will bloß Esther zurück.

Falsche Antwort. Dieses Weibsbild hat mich um Anders' Berührung gebracht. Hat mich zurückgedrängt, bis ich fast nicht mehr als ein fernes Echo war. Einem Menschen unterlegen zu sein, ist fast schlimmer, als von einem von uns vernichtet zu werden.

Wir wollen also beide etwas, das der andere unter keinen Umständen akzeptieren kann. Nur was bringt uns diese Pattsituation? Ohne mich bist du ebenfalls in dieser Schwärze eingekerkert – und das ist doch wohl kaum, was du willst.

Nein, aber ich habe Zeit zu warten, bis deine Esther das Angesicht der Erde verlassen hat. Anders wird dann immer noch da sein und auf mich warten.

Wenn du davon wirklich überzeugt wärst, würden wir diese Unterhaltung ja wohl kaum führen. Du bist dir wegen Anders unsicher – das ist es, nicht wahr?

Der zerstörte Tempel, den du in diesem Verschlag beim Fluss gefunden hast …

Du sprichst von Nias Leichnam.

Jemand beherrscht in dieser Stadt eine Kunst, die mir fremd ist und einen unsäglichen Widerwillen in mir auslöst. Er bestiehlt uns.

Im Sinne von Auslöschen?

Eben nicht! Ich spreche von Verschleppung, nicht von Mord. Niemand kann uns von den einmal gewählten Tempeln trennen, es sei denn, die Tempel werden restlos zerstört. Dieser jemand könnte sehr gefährlich werden. Dieser jemand könnte Anders gefährlich werden, bevor er mich von dir befreit hat.

Soll ich diesen Jemand für dich finden, bevor er deinen wertvollen Anders findet? Wäre das ein Angebot für meine Wiederkehr ins Leben?

Sehr witzig. Aber ja, das sollst du.

Dann sind wir also im Geschäft.

Seit der Dämon in Adam eingedrungen war, war sein Körper schon einige Male dermaßen zerstört worden, dass es wahrer Wiedergeburten bedurft hatte, um ihn zurückkehren zu lassen. Vergiftungen, Feuersbrünste, Gewehrsalven, der Sturz in einen endlos tiefen Bergschacht – all das hatte er bereits erlebt und überstanden. Allerdings war er immer erst dann in seinen Körper wiedereingetreten, wenn das Schlimmste an der Regeneration überstanden war. Doch dieses Mal zwang ihn der Dämon in seinen toten Körper zurück.

Adam kam mit einer Schnelligkeit zu sich, die er kaum verkraftete. Eben noch gefangen in der wahren Heimat des Dämons, und in der nächsten Sekunde steckte er in seinem Körper, der kalt und starr unter einer Hülle verborgen lag. Gleich einem die Grundfesten erschütternden Gongschlag setzte sein Herz wieder ein. Schon durchzuckte ein Brennen das Ader- und Nervengeflecht, tauchte die Muskelstränge in ein Feuerbad und erweckte eben erst abgestorbenes Gewebe zum Leben, trieb es an, sich zu regenerieren. Unter peinigenden Schmerzen nahmen die Lungen ihre Tätigkeit auf, und Adam bäumte sich wie ein waidwundes Tier auf, von der Vorstellung heimgesucht, dass sein Brustkorb unter dem Druck gleich zersprang. Er wollte schreien, doch es gelang ihm nicht. Er versuchte, seine Fingernägel in die Hülle zu graben, die ihn von Kopf bis Fuß umgab, aber seine steifen Finger versagten ihm den Dienst.

Sein Körper lebte, aber die Verbindungen zu seinem Willen waren noch gekappt. Eine grauenhafte Erfahrung. Lebendig in einem Grab unter der Erde zu liegen, konnte kaum schlimmer sein.

Endlich ließen die Schmerzen nach, und Adam konnte die Hülle, die sich als eine schlichte Decke erwies, beiseiteschieben und sich aufrichten. Er fand sich auf dem Rücksitz von Adalberts Wagen wieder. Ein Blick in den Rückspiegel zeigte ihm ein verwirrend frisches Männergesicht, dem die erlebte Pein nicht anzusehen war. Der Dämon hatte die Spuren dieses Erlebnisses bereits getilgt, als wäre es nie geschehen. Nur eine Rußspur an der Schläfe irritierte, und als Adam sie betastete, spürte er eine feine Verwerfung unter der Haut, die sich jedoch bereits zurückbildete. Dabei konnte er sich nicht daran erinnern, an dieser Stelle verletzt worden zu sein. Von der Schusswunde an seinem Oberschenkel, um den immer noch Adalberts Krawatte gebunden war, war ebenfalls nicht mehr als ein Flecken übrig geblieben. Das Blut am Hosenstoff war bereits getrocknet, wie er feststellte.

In diesem Augenblick erwachten seine Sinne wieder zum Leben und hatten nichts Besseres zu tun, als auf den Gestank, der von den Schlieren ausging, anzuspringen. Der ganze Wagen war erfüllt von dem Geruch geronnenen Blutes. Bevor er Adam übermannen konnte, stieß er die Wagentür auf und stolperte ins Freie. Seine noch steifen Beine knickten ein, und er fiel auf die Knie, jeden Gedanken an seine besudelte Kleidung vermeidend. Zumindest sein Jackett schleuderte er von sich, wenn er schon Hemd und Hose ertragen musste. Auf Brusthöhe entdeckte er ein rußiges Loch, auf das er sich ebenfalls keinen Reim machen konnte.

In der Hoffnung auf eine Erklärung sah Adam sich um und stellte fest, dass Adalbert den Wagen samt seinem leblosen Körper in einer Tiefgarage abgestellt hatte.

Das Summen der Neonröhren reizte sein empfindliches Gehör, und er brauchte einen Moment, um überhaupt etwas anderes zu hören. Immer noch wollten seine Sinne nicht richtig funktionieren, warfen sämtliche Eindrücke durcheinander, als müssten sie erst einmal wieder lernen, zusammenzuarbeiten. Urplötzlich drang der Verkehrslärm von der über ihm liegenden Straße zu ihm durch, und als Nächstes wurde er fast erschlagen von der Vielzahl von Spuren, die umherhastende Menschen hinterlassen hatten.

Adam fluchte hingebungsvoll. So etwas konnte er ausgerechnet jetzt nicht gebrauchen! Wenn seine Sinne ihm nicht weiterhelfen wollten, musste es eben sein Verstand tun.

Adalbert hatte ihn also tatsächlich zurück in die Stadt gebracht, so viel konnte er sich zumindest zusammenreimen. Wohin allerdings, stand auf einem anderen Blatt. Die geparkten Wagen deuteten auf die unterschiedlichen Leben ihrer Besitzer hin, die sich irgendwo in dem Gebäude über ihm tummelten: liebevoll herausgeputzte Exemplare, die allerdings kaum etwas wert sein durften, standen neben halb auseinanderfallenden Karren, in denen wohl nicht mehr als reine Transportmittel gesehen wurden. Beide Autosorten wiesen auf kleine Angestellte hin, während die teuren Wagen auf eine Weise gepflegt waren, die von Geld und Status kündete. Ehrgeizige Menschen mit guten Jobs. Ein Bürohaus, tippte Adam. Eine gutgehende Werbeagentur oder Anwaltskanzlei, etwas in der Art. Was, zum Teufel, hatte Adalbert hier zu suchen?

Dann erst bemerkte er den grauen Wagen, der ein Stück abseits geparkt stand. Sofort stieg ihm der zarte Duft von Apfelblüten in die Nase, durchmischt von Muskat – seinem Muskatduft.

»Vielen Dank auch«, schimpfte Adam. »Den Jaguar habe ich jetzt auch so gefunden.«

Seinen protestierenden Muskeln zum Trotz, hastete er zu seinem Wagen. Erleichtert stellte er fest, dass Esther allein in diese Parkgarage gefahren war. Niemand war unterwegs zugestiegen, und sie war auch nicht genötigt worden, den Wagen zu verlassen. Allerdings roch es nach jener Art von Panik, die keinen Platz mehr für ein anderes Gefühl lässt. Der Druck, unter dem sie während der Fahrt gestanden hatte, musste immens gewesen sein. Die Kühlerhaube war noch leicht erwärmt, die Chancen standen also gut, dass Esther sich irgendwo in diesem Gebäude aufhielt. Ein Griff unter den Fahrersitz brachte die venezianische Klinge zum Vorschein, die Adam einsteckte.

In diesem Moment erklangen Schritte im Treppenhaus, begleitet von einer vertrauten Stimme, in der unüberhörbar Aufregung gärte. Mit lautlosen Schritten eilte Adam auf die Tür zu, damit ihm auch kein Wort entging.

»Wenn ich es dir doch sage: Er ist tot«, beteuerte Adalbert. »Keine Atmung, kein Herzschlag, nichts! Als ich zur Sicherheit zweimal auf ihn geschossen habe, hat er weder gezuckt, noch ist aus den Wunden auch nur ein Tropfen Blut ausgetreten. Der ist einfach an der Schusswunde an seiner Oberschenkelarterie verblutet. Das sollte doch eigentlich unmöglich sein, ganz egal, wie außergewöhnlich er ist. Als wäre der Dämon aus ihm rausgefahren und hätte ihn zum Sterben zurückgelassen. Du weißt schon, wie ich das meine. Genau wie bei …«

»Halt die Klappe«, knurrte Benson. »Wie kann man nur so idiotisch sein und hierherkommen? Obwohl ich dir am Telefon ausdrücklich gesagt habe, dass du in der Villa warten sollst, bis Anders mit seinen Geschäften fertig ist. Du glaubst wohl, komplette Narrenfreiheit zu besitzen.«

»Ich wäre ein Narr, wenn ich die Chance, Anders seinen heiß begehrten Adam auf dem Silbertablett zu servieren, nicht genutzt hätte. Einen Adam, der nicht den geringsten Widerstand leisten kann. Von daher ist es eine Frechheit, dass du dich einfach dazwischendrängelst. Anders eine solche Neuigkeit nicht sofort mitzuteilen! Wenn du dich auf eine Sache verlassen kannst, dann darauf, dass er dir den Kopf abreißen wird, sobald er von deinen eigenmächtigen Entscheidungen erfährt. Und zwar wortwörtlich.«

»Vertrau mir: Im Vergleich zu meinen Entscheidungen hat unser Herr ganz andere Probleme mit seiner Dienerschaft. Obwohl er ja gerade dabei ist, eins davon zu lösen.«

Diese Aussage brachte Adam fast dazu, die Treppe hinaufzustürzen und aus Benson herauszuschütteln, was genau er damit meinte. Stattdessen schlüpfte er in den Winkel neben der Tür, durch die die beiden Männer jeden Augenblick eintreten mussten.

»Ich werde mir den Burschen auf deinem Rücksitz jedenfalls erst einmal ansehen, bevor wir Anders damit behelligen«, entschied Benson, was ihm ein abfälliges Schnaufen von Adalbert einbrachte. »Falls du Unsinn erzählst und der angebliche Scheintote sich rührt, werde ich dafür sorgen, dass er sofort wieder umkippt. Und zwar endgültig.«

Wie erwartet ging Benson voran, wobei eine schwere Eisenstange in seiner Hand auf und ab hüpfte. Adalbert folgte ihm auf dem Fuß, sichtlich erbost über die Tatsache, abgedrängt worden zu sein. Schließlich handelte es sich um seine Trophäe, die er ganz bestimmt nicht Anders' Handlanger überlassen würde. Mit einem grimmigen Lächeln auf den Lippen folgte Adam ihnen. Er machte sich nicht die geringsten Sorgen, dass sie sich unvermittelt umdrehen oder gar seine Schritte hören könnten. Die Situation hatte sich soeben verkehrt, und er war von der Beute zum Jäger geworden. Genau das, worauf er sich am besten verstand.

»Er liegt nicht mehr auf dem Rücksitz«, stellte Benson nach einem Blick in den Mietwagen fast. Augenblicklich büßte seine Stimme an Selbstsicherheit ein, und er zog die Schultern hoch, als erwarte er einen Angriff von hinten.

Fluchend kreiselte Adalbert herum, den Revolver fest in beiden Händen. Damit hatte Adam, der direkt hinter ihm stand, gerechnet. Kurzerhand nutzte er den Schwung von Adalberts Drehung aus und schleuderte ihn gegen die Längsseite eines Land Rovers. Als Adalbert versuchte, die Waffe einzusetzen, landete Adam einen gezielten Hieb auf seinem Handgelenk, das krachend nachgab. Bevor die Waffe zu Boden schlagen konnte, hatte Adam sie aufgefangen und richtete sie blitzschnell auf Benson, der gerade zum Schlag mit der Eisenstange ausholen wollte.

»Schlechte Idee«, sagte Adam.

Benson stieß ein widerwilliges Grollen aus und senkte die Stange. Es war nicht zu übersehen, wie wenig ihm die Situation gefiel. Allem Anschein nach hatte er bereits einige Kampferfahrungen mit Adams Sorte gemacht, so dass er sich lieber zurückhielt.

Adam setzte zwei Schritte zurück, damit er die beiden Männer besser im Auge behalten konnte. Nicht, dass von Adalbert noch irgendeine Gefahr ausging, so wie er sich stöhnend das gebrochene Handgelenk hielt.

»Es tut mir leid, dich enttäuschen zu müssen, aber aus unserem Handel wird wohl nichts mehr, Adalbert. Netterweise hast du mich ja auch so zu Esther gebracht. Aber tröste dich: Wenn sich die Dinge vorhin nicht derartig überschlagen hätten, wäre ich vermutlich selbst zu dem Schluss gekommen, dass es nur Anders sein kann, zu dem sie gegangen ist.«

»Dieser Möchtegerndiener hat dir auch einen Handel angeboten?«, fragte Benson, wobei sein Kiefer von einer Seite zur anderen rutschte, so schwer fiel es ihm, einen Ton herauszubringen.

»Warum, wem denn noch?«

Doch Benson schüttelte nur den Kopf.

»Na gut. Fangen wir es anders an. Adalbert, hör auf zu jammern und sieh mich an, sonst gebe ich dir wirklich einen Grund zum Klagen.« Die Drohung zeigte augenblicklich Wirkung. »Anders hat dich ausgeschickt, um Esther zu suchen, so viel kann ich mir mittlerweile selbst zusammenreimen. Wie hast du uns gefunden?«

Adalbert rannen Schweißtropfen über die Stirn, aber er machte sich nicht die Mühe, sie fortzuwischen. Unter gesenkten Lidern starrte er Adam feindselig an. »Als Esther das letzte Mal gesehen wurde, war sie mit dir zusammen. Man braucht kein Genie zu sein, um zu erraten, dass ihr beiden Turteltauben euch abgesetzt habt, um die traute Zweisamkeit zu genießen. Ich brauchte nur ein wenig herumzutelefonieren, um deinen Wagen ausfindig zu machen. Wie kann etwas Graues nur so verdammt auffällig sein, nicht wahr?«

Obwohl es ihm schwerfiel, überging Adam diesen Seitenhieb. »Du hast ihr von Anders etwas ausgerichtet, das sie schnurstracks zu ihm zurückkehren ließ. Zwei Dinge möchte ich von dir wissen: Was du Esther gesagt hast und warum du dich Anders als Diener anbietest. Schließlich hast du bereits einen Herrn.«

Zu Adams Verwunderung spuckte Adalbert aus. »Ein feiner Herr, der einen dem Tod überlässt. Etienne und dir, euch hat das Rumgewinsel um eure heilige Menschlichkeit doch das Hirn zerfressen. Niemand kann es mir verübeln, wenn ich mich unter den schützenden Mantel eines echten Herrn stelle.«

»Ach ja, und wann genau hat dieser Seitenwechsel stattgefunden?«

»Frag doch Anders! Dann kannst du ihm auch gleich erklären, was du mir angetan hast. Du kannst es ja von seinen Lippen lesen, an denen du das letzte Mal mit solcher Inbrunst hingst. Ich werde jedenfalls nichts mehr sagen«, gab Adalbert giftig zurück, das geschundene Handgelenk fest vor seine Brust gepresst.

»Und ob du das wirst.«

Adam machte einen bedrohlichen Schritt auf den am ganzen Körper bebenden Mann zu, fest entschlossen, Adalbert einen triftigen Grund zum Reden zu liefern. Dabei war er derartig auf ihn konzentriert, dass er die hochschnellende Eisenstange zu spät registrierte. In einem hohen Bogen flog der Revolver davon, und es gelang Adam gerade noch rechtzeitig, einem zweiten, brachial ausgeführten Schlag auszuweichen. Er stolperte ein Stück zurück, um dann sofort in eine Angriffshaltung überzugehen. Doch Benson ließ die Eisenstange bereits fallen und hob demonstrativ die Hände in die Höhe.

»Adalbert hat Recht«, sagte er beschwichtigend. »Es wird das Beste sein, wenn du jetzt Anders aufsuchst und ihm deine Fragen stellst. Wir sind nur Diener.«

Obwohl Adam wusste, dass es an der Zeit war, Anders gegenüberzutreten, konnte er sich nicht losreißen. In ihm tobte der Wunsch, Adalbert für seinen Verrat an Etienne bezahlen zu lassen. Nur mühsam nickte er zustimmend, denn er traute seinem Temperament keineswegs über den Weg. Es wird eine andere Gelegenheit geben, Adalbert zahlen zu lassen, versprach er sich, als er Benson mit einem gezielten Faustschlag bewusstlos setzte und den zeternden Adalbert in den Kofferraum seines eigenen Mietwagens sperrte.

Mit den Gedanken war er bereits woanders. Gleich würde er einem Mann gegenüberstehen, dem er in der Sekunde unterlegen war, in der er ihn berührte.

Als das Treppenhaus sich vor Adam auftat und die Zugluft ihm eine Ahnung von Muskat zutrug, legte sich die Angst wie eine kalte Hand um sein Herz.

Denk nicht darüber nach, wisperte der Dämon.

30

Die verborgene Wahrheit

Esther lehnte sich in dem bequemen Sessel zurück. Zu ihrem Erstaunen gelang es ihr sogar, Haydens Lächeln zu erwidern. Es war das Lächeln, das sie fortan jeden Tag sehen würde: morgens, wenn sie erwachte, am Esstisch oder beim Jäten ihrer künftigen Blumenbeete, von denen sie möglichst viele anzulegen gedachte. Kein Stück ihres Gartens sollte vernünftigen Dingen wie Gemüse geopfert werden, nahm sie sich fest vor. Kletterrosen, Türkischer Mohn und bunte Waldreben. Sie malte sich ein ganzes Füllhorn von Blumen aus, einfach, weil es so viel leichter war, über Blumen nachzudenken, als über das, was sie soeben getan hatte.

Hayden legte seine Fingerspitzen gegeneinander und sperrte sein Lächeln dahinter ein, fast so, als traue er seinem Glück nicht wirklich über den Weg.

Auf den ersten Blick wirkte er wie ein Mann, der bekommen hatte, was er wollte. Ein Mann, der mit sich zufrieden sein konnte. Sein ganzes Büro strahlte diese Selbstsicherheit aus – vom maskulin-strengen Mobiliar, den modernen Gemälden bis hin zu der hervorragenden Aussicht auf die City, über die sich gerade der Abend senkte. Hayden hatte alles bekommen, was er wollte … einschließlich Esther, die an diesem schönen Januartag, der bereits nach Frühling roch, zu ihm zurückgekehrt war.

Sie kannte Hayden jedoch gut genug, um den resignierten Zug um seine Augen zu bemerken. Auch entsprang seine Zurückhaltung in Anbetracht seines Sieges nicht etwa Grandezza, sondern er war sich durchaus darüber im Klaren, dass nur widrige Umstände die Frau, die er liebte, zu ihm zurückgebracht hatten.

Genau dieses sensible Verhalten ermöglichte es Esther überhaupt, sein Lächeln zu erwidern. Da saßen sie voreinander wie zwei müde Krieger, die schon zu viel im Leben gesehen hatten und sich nur noch aufeinander stützen wollten. Ich sollte mich wirklich glücklich schätzen, dass es so gekommen ist, sagte sie sich deshalb auch unentwegt selbst. In Haydens Armen mag ich zwar nicht überschäumen vor Liebe und Lust, aber ich werde mich geborgen fühlen … irgendwann wieder.

»Ich möchte noch einmal sagen, wie froh ich bin, dass wir diese Angelegenheit aus der Welt schaffen konnten, mein Freund.« Anders stand rauchend vor dem Bücherregal und spielte mit dem Benzinfeuerzeug in seiner Hosentasche. »Auch wenn es nicht untypisch ist, dass wir unsere Dienerschaft anderen unserer Art zur Verfügung stellen, wenn wir es für notwendig erachten, so hätte ich in diesem Fall mehr Vorsicht walten lassen sollen. Adam ist bekannt dafür, ausgesprochen eigensinnige Wege zu beschreiten. Dass er allerdings so weit gehen würde, Esther einfach in Beschlag zu nehmen, anstatt sie nach Erledigung ihrer Aufgabe wieder an mich zurückzugeben, ist nicht zu erwarten gewesen. Sehr unglücklich, aber jetzt ist ja alles wieder gut.«

Diese dicke Lüge verbrauchte sämtlichen Sauerstoff in dem großzügigen Büro, so dass Esther sich an die Kehle griff. Haydens erstarrter Ausdruck bewies, dass es ihm ähnlich erging. Anders mochte es noch so hartnäckig darstellen, als sei sie Adam lediglich in ihrer Funktion als Dienerin gefolgt. Doch Hayden, das war ihr klar, wusste es besser. Ihm war keineswegs entgangen, mit welcher Intensität Adam auf sie reagiert hatte, als er vor ihrem Apartment auf sie gewartet hatte. Wie ein Mann eben auf eine Frau reagiert, die er begehrt. Nicht einmal jemand wie Adam, dem es ansonsten hervorragend gelang, sein Gesicht in eine Maske zu verwandeln, hatte so starke Gefühle verbergen können.

Das Gleiche galt allerdings auch für sie selbst, wie Esther sich eingestehen musste. Auch ihr hatte Hayden gewiss angemerkt, wie es um ihre Gefühle für Adam bestellt war. Schließlich brauchte sie nur an Adam zu denken, dann baute sich ein innerer Sturm auf, den sie niemals würde bezähmen können.

Aber du kannst deine Empfindungen verstecken, so wie Hayden seine Enttäuschung und Eifersucht wegsperrt, ermahnte Esther sich. Das bist du ihm schuldig. Sie kannte Hayden gut genug, um sicher zu sein, dass er ihr gegenüber niemals auch nur ein Wort darüber verlieren würde. Und er würde ihr auch auf keine andere Weise wegen ihrer Affäre zusetzen. Sei froh, dass du ihn hast, forderte sie sich ein ums andere Mal auf. Er ist ein großartiger Mann, mehr, als du jemals hättest erwarten dürfen. Mehr, als du verdient hast.

»Ich bin genauso erleichtert wie du darüber, dass sich letztendlich alles zum Guten gewendet hat«, bestätigte Hayden Anders' Worte. »Allerdings will ich noch einmal über deine Erwartung reden, dass Esther ihre Aufgaben bei dir abwickelt, bevor wir beide auf eine längere Hochzeitsreise gehen. Das kann ich nicht gutheißen, nicht nach dem, was passiert ist. Esther und ich sollten die Stadt für eine Zeit lang verlassen, und zwar möglichst schnell.«

Hayden war aufgestanden und hinter Anders getreten, dessen Aufmerksamkeit weiterhin scheinbar ganz den Regelwerken der Juristerei gewidmet war.

»Ach, Hayden, jetzt übertreibst du aber. Die Angelegenheit ist unangenehm, einverstanden. Aber deshalb kann ich doch nicht einfach von heute auf morgen auf Esthers Dienste verzichten. Schließlich war sie jahrelang nicht nur meine rechte Hand, sondern in vielen Dingen quasi mein Gehirn. Ein paar

Tage Zeit solltest du mir da schon zugestehen.« Anders wirkte so locker wie immer, wenn auch ein wenig angesäuert, weil er dieses Thema ein weiteres Mal durchsprechen musste. Für gewöhnlich hätte er es Esther überlassen, die Nacharbeit bei einer Verhandlung zu übernehmen, aber heute musste er sich selbst damit herumquälen.

»Warum überhaupt diese Eile? Du hast Esther doch unversehrt zurückbekommen.«

»Ja, das habe ich. Und ich möchte verhindern, dass sich daran etwas ändert. Du magst zwar daran zweifeln, dass dieser Adam in die Stadt zurückkehren wird. Auf mich hat er, ehrlich gesagt, jedoch den Eindruck eines Mannes gemacht, der unter keinen Umständen etwas aufgibt, das er haben will. Und dass er Esther will, war bei unserem Treffen vor ihrem Apartment nicht zu übersehen.«

»Aber ich will ihn nicht«, fuhr Esther dazwischen.

Die beiden Männer sahen sie erstaunt an, nachdem sie sich während der gesamten Unterhaltung zurückgehalten hatte. Dann blickten sie zeitgleich auf etwas in ihrem Rücken.

»Ist das so?«, fragte eine schmerzlich vertraute Stimme.

Esther wagte es nicht, über ihre Schulter zu blicken. »Ja«, sagte sie tonlos, während der Stoff ihres Rockes unter dem Zerren ihrer Hände nachzugeben drohte.

Unterdessen hatte sich Anders von dem Schrecken erholt. »Sieh an, Adam. Diese Anschleichnummer hättest du lieber in dem Dschungel lassen sollen, aus dem Rischka dich rausgelockt hat. In der Zivilisation unterlässt man nämlich nicht nur das Lauschen an fremden Türen, sondern klopft auch an, bevor man ein Zimmer betritt.«

»Die Zivilisation gehört den Menschen, also solltest du dich besser nicht hinter ihren Regeln verstecken.« Dabei klang Adam so kühl, als hätte zwischen Anders und ihm nie eine Verbindung existiert.

Allein an der Verdichtung der Atmosphäre in ihrem Rücken spürte Esther, dass Adam näher an sie herangetreten war. Dazu brauchte sie nicht in Anders aufeinandergepressten Lippen oder Haydens zu Fäusten geballten Händen zu lesen.

»Ich glaube dir dieses *Ja* nicht«, sagte er leise, kaum noch hörbar.

Esther spürte eine flüchtige Berührung ihres Haares, die sie beinahe ihre Beherrschung kostete. Alles, wonach sie sich sehnte, war zum Greifen nah. Aber eine Fessel, die ihr mit den von Adalbert überbrachten Sätzen angelegt worden war und die Anders, bevor sie beide gemeinsam Haydens Büro betreten hatten, mit einigen Andeutungen noch fester angezogen hatte, ließ sie innehalten.

»Das genügt jetzt!«

Außer sich vor Rage wollte Hayden vorstürzen. Im letzten Moment packte Anders ihn, und selbst als Hayden sich gewaltsam befreien wollte, gab er nicht nach.

Obwohl jeder Millimeter ihrer Drehung sie schmerzte, wandte Esther sich Adam zu. Er stand ein Stück hinter ihrem Stuhl, reglos, mit herabhängenden Armen. Als habe er bereits aufgegeben. Mehr noch setzte ihr jedoch der Ausdruck auf seinem Gesicht zu, denn zu ihrem Leidwesen gab er sich keineswegs die Mühe, seine Verletztheit zu verbergen. Er weigert sich tatsächlich, bei dem lächerlichen Schauspiel, das wir hier veranstalten, mitzumachen. Unser Kartenhaus wird über uns zusammenbrechen, und Anders wird mich dafür bestrafen, stellte sie mit einem Anflug von Panik fest. Sie musste Adam zum Gehen bewegen, koste es, was es wolle.

»Ich weiß nicht, warum du hierhergekommen bist. Falls es dir dabei um mich gehen sollte, muss ich dich bitten, gleich wieder zu gehen. Vielleicht war die Nachricht, die ich dir hinterlassen habe, nicht deutlich genug, aber spätestens jetzt solltest du doch eigentlich begriffen haben, dass es mit uns beiden vorbei ist.«

»Meinst du die Nachricht, in der stand, dass unser Zusammensein es dir wert gewesen ist? Das habe ich durchaus begriffen. Was ich nicht akzeptieren kann, ist der zweite Part, der sagt, dass es vorbei ist. Denn wenn ich mir dieses Schmierentheater hier so ansehe, möchte ich behaupten, dass es gerade erst richtig losgeht.«

Ohne sichtliche Anstrengung hielt Anders den aufgebrachten Hayden im Zaum, während er Adam gereizt anstierte. »Das ist doch alles vollkommen überflüssig. Du hättest dir diesen Auftritt wirklich sparen sollen, Adam. In deinem eigenen Interesse. Fällt es deinem Ego wirklich so schwer, ein deutliches Nein zu akzeptieren?«

»Das fragst ausgerechnet du?« Adam stieß ein trockenes Lachen aus. »Wenn ich mich recht erinnere, ist es dir das letzte Mal ausgesprochen schwergefallen, meine Absage hinzunehmen. Ich kann dir allerdings versichern, dass du bald mehr mit mir zu tun bekommst, als dir vermutlich lieb ist. Adalbert nach Esther auszuschicken, war keine gute Idee.«

»Willst du mir etwa drohen?«

»Kommt darauf an, warum und mit welchem Mittel du Esther erpresst. Denn dass es sich hierbei um Erpressung handelt, steht ja wohl außer Zweifel. Vielleicht kannst du den liebeskranken Hayden davon überzeugen, dass du Adalbert nur aus reiner Nächstenliebe losgeschickt hast, damit seine Verlobte in seine Arme zurückkehrt. Aber ich weiß nur zu gut, dass deine Sorte ausschließlich aus Eigennutz heraus handelt.«

»*Unsere* Sorte«, korrigierte Anders ihn.

»Da bin ich mir mittlerweile nicht mehr so sicher. Wenn ich so wäre wie alle anderen, könnte ich dann wirklich einfach hier stehen, anstatt mich deiner süchtig machenden Gabe zu unterwerfen? Das ist es doch, was dich wirklich herausfordert. Du wolltest, dass ich zurückkehre. Es ging dir ausschließlich darum, mich erneut in deine Reichweite zu bringen. Esther war nur ein Köder, richtig?«

Anstelle einer Antwort verzog Anders das Gesicht zu einer Grimasse. Plötzlich löste er den Griff um Haydens Oberarme, doch der Mann nutzte die Gelegenheit nicht, um sich – wie erwartet – auf Adam zu stürzen, sondern legte nachdenklich die Stirn in Falten. »Stimmt das, was Adam da behauptet?«, fragte Hayden in einer Mischung aus Unglauben und langsam einsetzender Erkenntnis.

Doch Anders beachtete ihn nicht länger. Seine ganze Aufmerksamkeit war auf Adam gerichtet, als würde er das Kräftemessen auf einer mentalen Ebene fortführen. Als wolle er ihn rein mit seinem Willen dazu zwingen, auf ihn zuzugehen. Adams Schultern begannen zu beben, als wäre er ein Stück Metall, das von einem Magneten angezogen wurde. Die Anstrengung, nicht nachzugeben, war ihm deutlich anzusehen. Trotzdem rührte er sich kein Stück von der Stelle.

Schließlich sagte Anders mit einem Achselzucken: »Gut, du vermagst dich also meinem Einfluss zu entziehen, damit kann ich leben. Trotzdem musst du L. A. verlassen, schließlich garantiert meine Gabe ein friedliches Zusammenleben. Es wäre falsch, dich wie ein Raubtier in meinem Revier umherschleichen zu lassen. Falls du also nicht freiwillig gehen solltest … dass unsere Gemeinschaft groß genug ist, dich zum Gehen zu bewegen, muss ich ja wohl nicht extra betonen.«

»Ich befürchte, eure Gemeinschaft hat mit einem viel größeren Raubtier als mit mir zu kämpfen. Darum solltest du dir besser Sorgen machen, ansonsten ist bald nicht mehr viel von deiner Gemeinschaft übrig.«

Eine Pause trat ein, während der Anders sämtliche Farbe aus dem Gesicht wich. Wie es aussah, ahnte er zumindest, worauf Adam anspielte. Auch Esther verspürte ein Schaudern bei der Erinnerung an Nias Leiche. Ein Raubtier, das Dämonen jagt …

Adam beobachtete Anders' Reaktion mit der distanzierten Haltung eines Außenstehenden, als würde ihn diese Nachricht nicht betreffen, da er ohnehin nur auf der Durchreise war.

»Wie auch immer«, fuhr er fort, »unsere Abrechnung wird warten müssen, bis ich mit Esther gesprochen und sie vor allem in Sicherheit gebracht habe.«

Als würde er ihr ein einmaliges Angebot unterbreiten, hielt Adam Esther die Hand hin.

Langsam schüttelte sie den Kopf. »Ich kann nicht.«

»Wegen Hayden oder wegen Anders? Wenn es tatsächlich allein wegen Hayden sein sollte, gehe ich, das verspreche ich dir.«

Esther versagte sich eine Entgegnung, aus Furcht, einen Verrat zu begehen, ganz gleich, was sie sagte. An ihren Gefühlen für Adam, ihrer Verbindung zu Hayden oder, was am schlimmsten wäre, an Anders. Ehe sie sich's jedoch versah, huschte ihr Blick zu Anders. Nur für einen Sekundenbruchteil, doch für Adams scharfe Augen reichte es aus.

»Verstehe, es liegt also an Anders«, sagte Adam nur für ihre Ohren bestimmt, um daraufhin mit laut dröhnender Stimme mitzuteilen: »Wenn du nicht freiwillig mitkommen willst, dann eben mit Gewalt. Wir beide werden gehen, und zwar jetzt.«

»Du wirst nirgendwohin gehen!«, brüllte Anders. »Du gehörst mir, Adam, ob du willst oder nicht.« Er preschte mit einer erschütternden Willenskraft voran, um sogleich mitten in der Bewegung zusammenzubrechen.

Voller Unglauben starrte Esther auf einen gläsernen Griff, der aus seiner Augenhöhle herausragte. Der Länge nach lag Anders ausgestreckt auf dem Holzboden, vollkommen reglos. Dann begannen Anders' Finger bereits wieder zu zucken, durchströmt von einer dunklen Kraft. Es war nur noch eine Frage der Zeit, bis sich seine Hände um den Griff legen und die tief in Auge und Hirn eingedrungene Klinge befreien würden.

»Nein, er darf nicht wieder aufstehen … niemals mehr«, wollte Esther hervorbringen, doch ihre Stimme versagte. Anders würde sie dafür zahlen lassen, wenn Adam ihm entkam … O Gott, viel schlimmer noch: Er würde jemand anders dafür zahlen lassen, und sie würde nichts dagegen tun können.

»Schade um Rischkas Klinge«, erklärte Adam ungerührt, wobei er die erstarrte Esther am Arm nahm. »Aber jemand wie Anders lässt man im Kampf besser nicht zu dicht an sich herankommen.«

»Lassen Sie Esther los«, forderte Hayden ihn mit Nachdruck auf. Jeden einzelnen Schritt bewusst langsam setzend, um Adam auf keinen Fall zu einem Angriff herauszufordern, kam er auf ihn zu. »Wenn Ihnen wirklich etwas an Esther liegen sollte, lassen Sie sie mit mir fortgehen. Ich verspreche Ihnen, dass ich alles Erdenkliche tun werde, damit sie glücklich wird.«

Tatsächlich zögerte Adam. »Das glaube ich Ihnen, aber ich kann nicht … noch nicht.«

Nun doch von Wut übermannt, stürzte Hayden sich auf Adam, der den Aufprall des schweren Mannes ohne zu wanken hinnahm. Als Hayden zum Schlag ausholte, glitt Adam zur Seite, trat ihm ein Bein weg und rammte ihm, während er zusammensackte, den Ellbogen in den Nacken. Mit einem dumpfen Stöhnen ging Hayden zu Boden.

Endlich gelang es Esther, ihre Starre abzuschütteln, und sie fiel schreckensbleich neben dem Bewusstlosen auf die Knie. Doch kaum hatte sie einen Blick auf Hayden geworfen, zog Adam sie bereits in seine Arme.

»Wag es ja nicht, mich anzufassen, du Monster!«, schrie sie außer sich. »Wie konntest du Hayden nur etwas antun?«

»Beruhige dich. Außer einem geschwollenen Knie und Kopfschmerzen wird er keinen Schaden davontragen. Wäre es dir vielleicht lieber gewesen, er hätte uns brüllend und tobend bis zum Wagen verfolgt, um dann in einer Abgaswolke zurückzubleiben? Das wäre wohl kaum mit seinem Stolz vereinbar gewesen.«

»Willst du etwa behaupten, ihm mit diesem Schlag einen Gefallen getan zu haben?«

»Ja«, erwiderte Adam trocken, während er Esther zur Tür hinausschob.

Auf dem Flur hatte sich eine bunte Mischung aus Sekretärinnen und anzugtragenden Herren, bei denen man Haydens Anwaltskollegen nicht von ihrer Klientel unterscheiden konnte, versammelt und sah sie verwundert an.

»Die Polizei wird gleich hier sein«, verkündete ein älterer Herr, der eine alteingesessene Autorität ausstrahlte. Trotzdem wagte auch er es nicht, sich Adam in den Weg zu stellen.

»Und wem, zum Teufel, soll das helfen?«, erwiderte Adam, dem Esther gerade ihre Fingernägel ins Gesicht grub. Ein Fluchen ausstoßend, packte er sie bei den Hüften und legte sie sich über die Schulter.

Ganz gleich, was eben geschehen war – diese uralte Geste männlicher Überlegenheit nahm Esther ihm wirklich übel. Ausrichten konnte sie dagegen trotzdem nichts.

31

Flammenmeer

Zunächst wollte Esther das Wasserglas ignorieren, das Adam ihr hinhielt. Dann gestand sie sich ein, dass ein solches Verhalten mehr als kindisch gewesen wäre, und nahm es mit einem Nicken entgegen. Sie war eine Frau, die wusste, wie man die Fassung wahrt, auch wenn die Autofahrt von Haydens Anwaltskanzlei zu einem abseits liegenden Motel genau das Gegenteil offenbart hatte. Da war kurzzeitig ihr Temperament mit ihr durchgegangen. Zu ihrer Erleichterung schlossen sich die Kratzspuren in Adams Gesicht bereits wieder. Sie hoffte inständig, dass das ebenfalls für die anderen Blessuren galt, die sie ihm beigebracht hatte und die von seiner Kleidung verdeckt wurden.

Wie auch immer, jetzt hatte sie sich wieder unter Kontrolle, zumindest was ihr Auftreten anbelangte. Nur ihre Finger, die sich fest um das Glas schlossen, verrieten den Aufruhr, der in ihrem Inneren herrschte.

Adam reichte dieses Detail aus, um sie zu durchschauen. »Wenn du mit mir zusammen bist, brauchst du nicht die unnahbare Lady zu mimen. Sei einfach ganz du selbst … auch wenn das noch mehr Kratzattacken und Tritte mit spitzen Schuhen bedeutet. Glücklicherweise bin ich ja nicht so leicht kaputtzukriegen«, sagte er mit einem Schmunzeln, für das Esther ihm fast das Glas an den Kopf geworfen hätte.

Um sich abzulenken, sah sie sich in dem Zimmer um, in

dem Adam sie untergebracht hatte. Es war so schlicht eingerichtet, wie man es sich überhaupt nur vorstellen konnte, Pressholzmöbel und eine Landschaftsszene über den Kopfenden der Betten, die eine Orangenplantage zeigte. Schlichte braune Vorhänge sperrten die Nacht aus. Unter der Tür zum angrenzenden Badezimmer drang der Geruch eines nach Chemie und Zitrus stinkenden Reinigungsmittels durch, der ihren ohnehin aufgewühlten Magen zum Flattern brachte. Das Bettzeug war weiß und fadenscheinig.

»Warum sind wir hier?«, brachte sie mühsam hervor.

Adam legte den Kopf schief, als fielen ihm zu dieser Frage so viele Antworten ein, dass er gar nicht wusste, wo er anfangen sollte. Also entschied er sich für den direkten Weg. »Die Stadt ist voll mit diesen billigen Motels, die sich gleichen wie ein Ei dem anderen. Wir dürften also erst einmal unsere Ruhe haben. Vor allem, weil der Wagen in einer anderen Garage geparkt steht.«

Den letzten Satz sagte er mit einer grimmigen Befriedigung, die Esther nicht verstand. Allerdings verspürte sie auch wenig Verlangen, dem nachzugehen. Sie deutete auf das Telefon, das auf einem Nachttisch stand.

»Ich muss Hayden anrufen und hören, ob es ihm gutgeht. Deine Stillstellmethode hätte wirklich etwas geschickter ausfallen können.«

»Glaub mir, Hayden wird es zu schätzen wissen, wie ein Mann zu Boden gegangen zu sein.« Als Esther nach dem Hörer griff, legte Adam seine Hand auf ihre. »Du kannst Hayden später anrufen, wenn du mir erzählt hast, womit Anders dich erpresst. Entweder damit Hayden dich dann abholen kommt, oder um dich von ihm zu verabschieden.«

So weit konnte Esther in diesem Augenblick gar nicht denken. Zu groß war das Durcheinander an Gefühlen und Gedanken, das sie langsam zu zerreißen drohte – in lauter feine Streifen. Auf dem einen stand das Bedürfnis geschrieben, sich von Hayden versichern zu lassen, dass er lediglich mit Kopfschmerzen und ohne Hass im Herzen aus dieser Sache herausgekommen war. Auf einem anderen war zu sehen, wie sie sich an Adams Brust schmiegte und endlich wieder mit ihm vereint war. Unzählige kleine Streifen wirbelten kreuz und quer, erzählten von Hoffnungen und Ängsten, halbgaren Erklärungsansätzen und wild gemischten Erinnerungsschnappschüssen aus ihrer Kindheit, von schönen Kleidern in Auslagen und ihrem ersten Eindruck, als sie von Deck des Schiffes die Skyline der größten Stadt Amerikas betrachtet hatte. Als könnte sie all diese Streifen zusammenhalten, presste sie ihre Hand auf die Brust, wohl wissend, dass ihr nichts mehr half. Denn einer der Streifen, in die ihr Leben zerrissen worden war, trug Anders' Namen und züngelte rot wie eine Flamme. Es brauchte nicht viel, und die Feuerzungen würden so rasant auf die anderen Streifen überspringen, dass eine Feuersbrunst ausbrach und nichts als Asche zurückließ.

»Was geschehen ist, passt überhaupt nicht zu dem Anders, den ich kenne«, brachte sie zögernd hervor. Wie sollte sie es Adam nur erklären?

Adam entging ihre Unsicherheit nicht. Er kniete vor ihr nieder und nahm ihre Hand – eine so ritterliche Geste, dass Esther fast geschmunzelt hätte. »Zu dem charmanten Kerl, der sich am liebsten auf der Sonnenseite des Lebens sieht? Ich vermute, wir werden uns beide damit abfinden müssen, dass Anders deutlich mehr als nur diese eine helle Seite zu bieten hat. Das fällt auch mir schwer, ich mochte ihn nämlich.« Durch die Art, wie Adam das sagte, klang es wie ein schwerwiegendes Geständnis. Schließlich verschenkte er seine Sympathie nur widerwillig.

»Trotzdem verstehe ich nach wie vor nicht, wann er hinter mein Geheimnis gekommen ist. Er hat nie auch nur eine Andeutung fallenlassen. Und noch weniger begreife ich, warum er sich überhaupt die Mühe gemacht hat, es aufzudecken.«

»Es geht also um ein Geheimnis … aus deiner Vergangenheit?« Adams klar gezeichnete Augenbrauen zogen sich beim Nachdenken zusammen. »Zu sagen, dass er sich für deine Vergangenheit interessiert, weil du seine Dienerin bist, würde als Erklärung vermutlich nicht ausreichen. Mir fehlen zwar noch ein paar Puzzleteilchen, aber ich behaupte, dass Anders sehr weit geht, um sein sonniges Los Angeles zu schützen. So weit, dass er auch diejenigen wie einen Feind behandelt, die eigentlich auf seiner Seite stehen. Wenn er sie dann nicht im Guten an sich binden kann, scheut er offensichtlich auch nicht vor anderen Methoden zurück. Erpressung zum Beispiel, wie bei dir.«

»Du bist dir bei allem, was du tust, immer so sicher, Adam. Du lebst ganz in der Gegenwart, aber mir ist das unmöglich.«

»Wenn ich einen Wunsch frei hätte, dann wäre es genau der: eine Vergangenheit zu haben, die mir gehört. Ein Leben, das Spuren hinterlässt. Spuren, die meinen Weg in die Zukunft beeinflussen. Alles, was ich bislang getan habe, gehört dem Dämon, ist einzig und allein auf ihn ausgerichtet gewesen. Seit du da bist, hat sich das geändert. Ich schulde dir etwas, Esther, und zwar mehr, als du dir vorstellen kannst. Also sag mir, was Anders in der Hand hat, womit er dich beherrschen kann. Dann werde ich alles Erdenkliche tun, um es zu ändern.«

Esther stieß ein heiseres Lachen aus, während ihr gleichzeitig Tränen in die Augen stiegen. »Vermutlich ist es ohnehin zu spät, und es läuft auf dasselbe hinaus, ob ich es dir nun erzähle oder nicht. Es wird dir nicht gefallen, so viel steht schon einmal fest.«

»Vielleicht fällt es dir leichter, wenn du dir vor Augen hältst, wem du es erzählst: jemandem, der einen Dämon in seinem Inneren trägt und ihm jahrzehntelang willig gedient hat.«

Kurz blitzte etwas über Adams Züge, als stelle ihm eine innere Stimme in Abrede, jemals freiwillig gedient zu haben. Dann presste er die Lippen aufeinander, als wolle er der inneren Stimme keine Antwort zugestehen. Diese kleinen Aussetzer hatte Esther schon einige Male bei ihm beobachtet, und unter anderen Umständen hätte sie nachgefragt, was in diesen Momenten in ihm vorging. Aber jetzt war sie zu erschöpft und stand unter zu großem Druck.

»Jedenfalls«, nahm Adam den Faden wieder auf, »brauchst du dir gerade bei mir keine Sorgen darum zu machen, dass mich irgendetwas, das du in der Vergangenheit getan hast, zurückschrecken ließe. Das Einzige, was mich bedrückt, ist, dass du es mir nicht einfach erzählt hast.«

»Weil es mir unmöglich war. Ich musste es hinter mir lassen, wie eine alte Haut abstreifen. Hat ein Mensch denn kein Recht auf echten Neuanfang?«

»Ich dachte, als du Irland verlassen hast, sei das der Neuanfang gewesen …«

»Das dachte ich anfangs auch, aber dann hat sich herausgestellt, dass wir das Elend nicht hinter uns gelassen hatten. Sondern es war noch um uns, wenn auch in einer anderen Gestalt. Irisches Blut und die Hoffnung auf ein besseres Leben vertragen sich nicht sonderlich gut.« Esther drehte das leere Wasserglas zwischen ihren Händen. »Ob diese Minibar da drüben wohl Scotch zu bieten hat? Ich könnte jetzt einen Schluck vertragen.«

Schweigend sprang Adam auf und kehrte im nächsten Augenblick mit einer kleinen Flasche zurück. Billiges Zeug, dachte Esther, während ihr die goldfarbene Flüssigkeit in der Kehle brannte. Durchaus passend zu der Geschichte über ein Mädchen mit dem irischen Namen Eistir, die ich gleich erzählen werde. Dieser alte Name klingt wie ein böses Omen. Als der Alkohol ihr den Bauch wärmte, streifte sie den Anflug von Selbstmitleid ab und schenkte Adam einen direkten Blick, den er ohne Zögern erwiderte.

Dann mach ich mich mal auf den Weg zurück in die Hölle, dachte Esther, wobei ihr zu ihrer eigenen Verwunderung tatsächlich ein Lächeln gelang. Keins von der schönen Sorte, aber immerhin.

32

Eine unter vielen

Auch nach knapp vier Jahren hatte New York nichts von seinem faszinierenden Eindruck eingebüßt. Die Zwangspause in den Auffanglagern nach der Ankunft war in dem Augenblick verloschen, in dem die Türen hinter Eistir zugeschlagen wurden. Auch die ärmlichen Unterkünfte, das Warten auf einen Job, das man auf den verwahrlosten Straßen hinter sich brachte, waren vergessen. Sogar die scheelen Blicke derjenigen, die sich als Einheimische betrachteten, obwohl sie höchstens ein paar Jahre früher eingewandert waren, änderten nichts an dem glänzenden Bild, das sich tief eingeprägt hatte: eine strahlend erleuchtete Stadt voller Menschen, denen sich Möglichkeiten boten, wenn sie nur den rechten Willen an den Tag legten. Kein Vergleich zu dem endlosen Grün, dem sie den Rücken gekehrt hatten, wo Tatendrang und Hoffnung ins Leere liefen. Sogar Armut fühlte sich in New York anders an, wie ein bitterer Geschmack, den man schon bald mit etwas Süßem übertönen würde. Man brauchte nur die Fähigkeit auszuharren – und darin waren sie alle unschlagbar gut, diese Kunst hatten sie aus ihrer Heimat mitgebracht.

»Eistir! Was stehst du hier draußen herum, obwohl die Musik doch drinnen spielt?«

Mit einem ungeduldigen Handwedeln nahm Eistir ihrem nur ein knappes Jahr älteren Bruder den Wind aus den Segeln. »Na, dann solltest du keine wertvolle Zeit verschwenden und sofort wieder umkehren, Dillon. Wer weiß, an welchem Hals deine Süße ansonsten hängt, wenn du zu lange wartest.«

»Mit siebzehn Jahren bist du eigentlich noch zu jung, um schon so zynisch zu sein. Zwischen Caitlin und mir, das ist Liebe! Wie kannst du daran nur zweifeln?« Es war genau diese überschwängliche und stets einen Hauch zu theatralische Art, die Eistir so sehr an Dillon liebte. Er brachte sie zum Lachen, und wenn sie nicht aufpasste, riss er sie in seinem Sturm mit sich, obwohl sie im Gegensatz zu ihm keine Flügel hatte. Dillon zwar auch nicht, aber das hinderte ihn keineswegs am Fliegen.

Heute Abend saß der jungen Frau der Schalk im Nacken, und sie hatte Lust, ihren Bruder ein wenig aufzuziehen.

»Wenn die Liebe zwischen dir und Caitlin so unendlich groß und alles übertreffend ist, dann brauchst du dir ja keine Sorgen zu machen. Andernfalls müsste man schon mit der Naivität eines Narren gesegnet sein, um einer ehemaligen Animierdame über den Weg zu trauen. Vor allem, wenn man sie sich selbst in einem Etablissement überlässt, das ihre frühere Spielwiese gewesen ist.«

Für einen Moment sah es ganz danach aus, als machte Dillon auf der Stelle kehrt, um sich mit eigenen Augen davon zu überzeugen, dass Eistir auf keinen Fall mit ihrer Andeutung Recht haben konnte. Dann breitete sich jedoch ein Lächeln über sein gesamtes Gesicht aus, jenes Lächeln, das einen in Brand setzen konnte.

Eigentlich wäre es nur fair gewesen, wenn Dillon an meiner Stelle die roten Haare von unserem Vater geerbt hätte. Zu seinem Naturell würden sie besser passen als zu mir, dachte Eistir wie schon unzählige Male zuvor – wohl wissend, dass Dillon ihr sofort widersprechen würde, weil er ihr Temperament für durchaus entzündbar hielt. Es mochte besser verborgen sein, aber sobald es erst einmal freigesetzt war, ließ es sich kaum bändigen.

In ihrer Familie gab es fast ausschließlich starke Persönlichkeiten, doch das Leben, das sie geführt hatten, drohte sie nach und nach zu zerbrechen. Ihr Vater war nicht mehr als ein Mann, der eine unbändige Wut hegte, wie die weiß aufblitzende Narbe unter Eistirs Auge auch nach Jahren noch bewies.

McKenna hatte seine halbwüchsige Tochter dabei erwischt, wie sie sich an den Schminkutensilien ihrer Mutter bediente, die aus nicht mehr als zwei Farbdosen und einem fast aufgebrauchten Lippenstift bestanden. Niemand wusste, wie ihre Mutter sie überhaupt erstanden hatte. Keine der anderen Frauen im Dorf schminkte sich, eben weil man es nicht tat. Und vielleicht auch, weil der einzige Laden nicht einmal eine ordentliche Gesichtscreme führte. Obwohl über McKennas zurechtgemachte Frau im Ort getuschelt wurde, hatte ihr Vater es nach jahrelanger Zankerei aufgegeben, seiner Frau das Schminken auszutreiben. Ansonsten mochte er sich mit seinen Fäusten stets durchsetzen, aber hier war sie unnachgiebig geblieben.

Eistir hatte sich verträumt den dunkelblauen Lidschatten aufgetragen, weniger aus dem Bedürfnis, sich herauszuputzen, sondern weil die Farbe auf magische Weise ihr Gesicht veränderte. Das Blau verband sich mit dem Grau ihrer Augen, so dass sie an das Meer denken musste.

»Ich bin eine Meerjungfrau«, flüsterte sie und konnte dabei den Blick nicht vom Spiegelbild über der Waschkommode abwenden.

Wie lange ihr Vater bereits in der Tür gestanden und sie beobachtet hatte, konnte sie später nicht sagen. Sehr lange gewiss nicht, denn sein Zorn kochte viel zu schnell über.

»Eistir«, stieß er heiser vor Rage aus. Dann packte er sie am Nacken. »Was tust du da? Dich wie eine Hure anmalen?«

Nein, nur spielen, Papa, wollte sie ihm antworten, doch der Griff in ihrem Nacken war so schmerzlich fest, dass sie nur ein Wimmern hervorbrachte.

Ihr Schweigen nahm ihr Vater nur allzu bereitwillig als Eingeständnis seiner wüsten Vermutungen an. In der einen Sekunde gab er ihren Nacken frei, in der nächsten verpasste er ihr einen groben Schlag gegen den Hinterkopf.

Eistir schlug mit dem Gesicht auf die Kommode auf, wo der offene Porzellantiegel mit dem Lidschatten stand. Die scharfe Kante grub sich tief in die Haut unter ihrem linken Auge. Dabei verspürte Eistir keinen Schmerz, sondern hatte merkwürdigerweise nur das Bild im Kopf, wie jemand eine Messerklinge in Schnee trieb. Als sie sich benommen aufrichtete, sah sie zunächst nur einen weißen Streifen, der sich dann rapide mit Blut füllte, während sie immer noch nicht begriff, was eigentlich geschah.

In der Zwischenzeit hatte ihr Vater den Arm bereits zum nächsten Schlag erhoben, doch er fuhr nicht herunter. Ihr älterer Bruder Niall, selbst schon fast ein Mann, hatte ihn gepackt.

»Das wirst du nicht tun«, sagte Niall seinem Vater mit seiner eindringlichen, oftmals sogar einschüchternden Stimme, und dabei fing seine gerade verheilte Lippe wieder zu bluten an.

Am Tag zuvor hatte McKenna nämlich feststellen müssen, dass sein ältester Sohn nicht länger gewillt war, als Blitzableiter für seine Wutausbrüche herzuhalten. Niall war grün und blau geschlagen aus diesem Kräftemessen hervorgegangen, aber sein alter Herr ebenfalls.

»Bist du noch da? Ich dachte, ich hätte mich klar ausgedrückt, als ich dich aus dem Haus geworfen habe.«

»Mehr als klar«, erklärte Niall. »Ich hole nur, was mir gehört. Eistir, geh und pack deine Sachen, ich nehme dich mit.«

Ohne zu zögern, sprang Eistir auf und drückte sich an ihrem Vater vorbei, der sie mit hasserfüllten Augen ansah, während ihr das Blut über ihre eiskalten Wangen lief. Im letzten Moment langte ihr Vater nach ihrem Arm, doch sie entkam ihm mit einem leisen Aufschrei.

Während sie ihre wenigen Habseligkeiten zusammenpackte, hörte sie Niall sagen: »Ich nehme nur, was du nie gewollt hast. Dillon und Eistir gehen mit mir, denn ich habe begriffen, dass du sie lieber totschlagen wirst, als ihnen dabei zuzusehen, wie sie zu glücklichen Menschen werden.«

»Und ausgerechnet an deiner Seite sollen die beiden glücklich werden?«, gab ihr Vater bestimmt zurück. »Dafür bist du mir viel zu ähnlich, mein Sohn. Alles, was du anfasst, zerfällt zu Asche.«

»Wir werden sehen.«

Dabei wohnte Nialls Stimme eine Resignation inne, dass Eistir ihre Sachen fast wieder in den Schrank zurückgelegt hätte. Letztendlich siegte ihre Sehnsucht nach einem anderen Leben und auch ein Stück weit ihre Liebe zu ihrem düsteren, oft abweisend wirkenden Bruder, der sie tatsächlich mitnehmen wollte. Als sie mit ihrem schmalen Bündel auf den Ausgang zuhielt, bemerkte sie im Hauptraum ihre versteinert dastehende Mutter. Sie wollte gerade zu ihr treten, da packte Niall sie fest am Oberarm und führte sie aus dem Haus ihrer Kindheit, ohne ihr einen Blick zurück zu gestatten.

Draußen wartete Dillon auf sie. Kreidebleich, als hätte jemand sein inneres Feuer gelöscht. Als er seine Schwester sah, flammte es jedoch sofort wieder auf. »Auf geht's!«, sagte er und lief los und sie ihm hinterher, während Niall ihnen wie ein Schatten folgte.

Während der vielen durchweinten Nächte der Überfahrt hatte Eistir oft über diesen Moment nachdenken müssen. Ein Teil von ihr hasste Niall dafür, weil er nicht zugelassen hatte, dass sie sich von ihrer Mutter verabschiedete, ein anderer Teil akzeptierte seine Entscheidung. Es war wie bei dieser biblischen Geschichte, in der man zur Salzsäule erstarrt, sobald man zurückblickt. Wenn einem ein neues Leben angeboten wird, durfte man nur nach vorne schauen. Diese Lehre hatte Eistir mehr verinnerlicht als jede andere.

Nachdenklich starrte Eistir auf die nächtliche Stadt und widerstand dem Verlangen, nach der alten Narbe unter ihrem Auge zu tasten. Obwohl es ihr schwerfiel, warf sie ihre plötzlich aufgekommene Traurigkeit ab und beschloss, Dillon lieber noch ein wenig zu ärgern.

»Du stehst ja immer noch hier draußen, anstatt nach deiner geliebten Caitlin zu sehen. Dieser bullige Geschäftsfreund von Niall hat sie vorhin schon ausgiebig begutachtet. Du solltest dich also besser sputen. Männer, die nur den Lohn eines Hafenarbeiters aufweisen können, müssen schon mit Anwesenheit glänzen, wenn sie ein schönes Ding wie Caitlin halten wollen.«

»Du bist wirklich ein böses Mädchen«, sagte Dillon, was bei ihm wie ein Kompliment klang. Er stellte sich dicht hinter sie und legte ihr sein Jackett um die Schultern. Zwar war es eine schöne Sommernacht, doch auf dem Dach des Hochhauses war wegen des Windes davon wenig zu spüren. Bis eben hatte Eistir gar nicht bemerkt, dass sie in ihrem Abendkleid und der dünnen Stola fror.

»Was treibst du bloß allein hier draußen, Schwesterherz?«

»Wie kann man zwanzig Stockwerke hoch über der Stadt stehen und so eine dumme Frage stellen? Ich brauche mir die Häuser mit ihren erleuchteten Fenstern nur anzusehen, dann ist es fast so, als könne ich das Leben bereits greifen, das ich mir aufbauen werde. Am liebsten sind mir die Ateliers und Bürofluchten, wo Dinge getan werden, die sich nicht auf so unmittelbare Angelegenheiten wie das Kochen der nächsten Mahlzeit oder aufs Bettenmachen beziehen. Da will ich hin.«

»Wäre es für dein Geschlecht nicht eher angemessen, sich nach einem netten Häuschen im Vorort zu sehnen?«, fragte Dillon scheinheilig, was ihm einen Ellbogenknuff in die Magengegend einbrachte. Mit übertrieben schmerzverzerrtem Gesicht rieb er sich die getroffene Stelle. »Wenn du nicht so widerspenstig wärst und jedem unter die Nase reiben würdest, dass du fest entschlossen bist, es in dieser Stadt aus eigener Kraft zu etwas zu bringen, dann würde vielleicht sogar ein Kerl mit einem Apartment mit Blick auf den Park bei dir anbeißen.« Dieses Mal war Dillon darauf gefasst und wich ihrem Ellbogen geschickt aus. »Vielleicht irre ich mich, aber ich glaube, Niall hat sogar schon einen passenden Anwärter für dich ausgewählt. Ganz nach der amerikanischen Sitte, nicht auf die Herkunft, sondern auf den Geldbeutel achtend.«

»Komm mir jetzt nicht mit Niall.«

Wie immer gelang es Eistir nicht, den verletzlichen Ton aus ihrer Stimme zu verdrängen, wenn sie von ihrem ältesten Bruder sprach. Niall war die Achillesferse in ihrem neuen Leben, denn sie wusste, dass sie sich ihrem willensstarken Bruder würde widersetzen müssen, wenn sie tatsächlich ihren eigenen Weg gehen wollte. Doch sich gegen Niall aufzulehnen, bereitete ihr beinahe körperliche Schmerzen. Obwohl er oft unnahbar war, verband sie eine Liebe, die sich nicht mit gemeinsamen Glücksmomenten oder geschwisterlicher Zuneigung erklären ließ. Niall wohnte etwas von einem dunklen Traum voller Abgründe inne, vor dem man sich fürchtete und den man zugleich niemals aufgeben wollte. Weil die Dunkelheit einen auf eine ganz besondere Weise in den Bann schlug. Ganz anders als Dillon, der sie allein mit seinem Lachen wärmte.

»Warum, bist du wieder einmal mit Niall aneinandergeraten?«

»Aneinandergeraten kann man nur mit jemandem, den man als echtes Gegenüber wahrnimmt. Für Niall bin ich kein Gegenüber, sondern nur seine kleine Schwester, für die er auf Biegen und Brechen das Beste will. Wobei das Beste natürlich das ist, was Niall dafür hält.«

»Ich stimme dir ja zu, dass er ruhig etwas nachgiebiger mit dir umgehen könnte. Aber du darfst nicht vergessen, dass wir ohne ihn weder nach Amerika gekommen wären noch würden wir heute Abend in feinem Zwirn auf der Dachterrasse eines vornehmen Clubs stehen.«

»Unsere Kleidung ist weder fein noch ist an diesem Laden von Nialls sogenannten Freunden irgendetwas Vornehmes dran. Es ist schlicht ein besser verpacktes Bordell, wohin die Herren ihre Geliebten mitnehmen können, ohne dass die sich mit einer schallenden Ohrfeige für die Abendgestaltung bedanken.«

»Da ist sie wieder, Eistirs größenwahnsinnige Sichtweise. Ohne Niall würdest du dich weiterhin mit Aushilfsjobs herumplagen müssen, bei denen man dich mit einer Handvoll angefaulten Kartoffeln und einem Paar Socken entlohnt. Stattdessen kannst du nun diese nette Ausbildung machen, in der man in geheizten Büros auf Schreibmaschinen tippt. Du glaubst wirklich, du hast was Besseres verdient, was, Süße?«

Für Dillon war das lediglich ihre typische Flachserei, aber Eistir konnte das unmöglich auf sich sitzenlassen. Mit einer kühlen Miene nahm sie sein Jackett von den Schultern und hielt es ihm entgegen. Er hob abwehrend die Hände, während das Lächeln eindeutig an Strahlkraft einbüßte.

»Nimm dein Jackett, oder ich lass es auf den Boden fallen. Ich will nichts Unverdientes, verstehst du? Ich bin keins von diesen billig zurechtgemachten Mädchen wie deine Caitlin, die an der Bar darauf warten, dass ihnen jemand eine Zukunft schenkt, bloß weil sie so süß anzusehen sind. Ich weiß zwar noch nicht, was genau es ist, aber ich kann etwas, und deshalb werde ich mir selbst etwas aufbauen.«

»Solche Reden schwingen und sich dann wundern, dass Niall die Nerven verliert.«

Dillon schüttelte zwar den Kopf, aber Eistir bemerkte trotzdem, dass er sie mit einer gewissen Achtung ansah. Genau so wollte sie von ihren Mitmenschen angesehen werden, und sie wusste, dass sie den nötigen Biss dazu hatte. Schließlich hatte sie mit ihrem Elternhaus den schlimmsten Teil ihres Lebens hinter sich gelassen.

»Niall verliert leicht die Nerven, weil er seine Finger in zu vielen dreckigen Geschäften stecken hat«, hielt sie übermütig dagegen, wobei ihr die Spitze gegen ihren Bruder wie erwartet zusetzte. Ihr blieb jedoch nichts anderes übrig, als gegen Niall zu sticheln, wenn sie sich eines Tages aus seiner eisernen Fürsorge befreien wollte.

Nun fand Dillon sein Lachen doch wieder. »Na, wenigstens hat Niall seine Finger überhaupt irgendwo drin – im Gegensatz zu vielen anderen, die mit uns zusammen in New York angekommen sind. Und jetzt komm mit in die Bar, ansonsten taucht dein ungeliebter Bruder noch auf und hält dir eine Ansprache, die sich gewaschen hat.«

»Nun tu doch nicht so, als ginge es dir lediglich um mich. Du willst bloß schnellstmöglich zurück an die Bar, damit Caitlin dein Bett nicht mit dem eines anderen verwechselt.«

Sofort ging Dillon darauf ein, da ihm dieses Thema unendlich viel lieber war als die Geschäfte, denen Niall nun schon seit fast einem Jahr nachging. Geschäfte, die er zumindest vor seiner jüngeren Schwester gern verborgen hätte. Aber zum einen lebten sie dafür zu eng beisammen, und zum anderen war Eistir viel zu intelligent, um nicht zu begreifen, dass das florierendste Geschäft für irische Immigranten in New York die Mafia war.

Wenn man dem Kalender Glauben schenkte, dann hätte sich der Herbst von seiner goldenen Seite zeigen müssen. Stattdessen hatten die wenigen Bäume, die man überhaupt zu Gesicht bekam, ihr Laub bereits abgeworfen und streckten ihre toten Finger tagaus, tagein in den grauen Himmel.

Eistir trat vor dem Ladengeschäft unablässig von einem Fuß auf den anderen, was ihr jedoch wegen ihrer durchnässten Schuhe nicht weiterhalf. Ihre Zehen fühlten sich vor Kälte schon ganz taub an. Tapfer ein Lied vor sich hinsummend, raffte sie den Pelzkragen ihres Mantels zusammen, wobei es ihr schwerfiel, den muffigen Geruch zu ignorieren. Dillon hatte ihn ihr vor einigen Tagen als Einstand für ihren ersten Job als Aushilfssekretärin in einer Werbeagentur geschenkt, und zunächst hatte sie ihn vehement abgelehnt.

»Nun sei nicht so schüchtern, schließlich hat er kein Vermögen gekostet. Ist doch nur ein gebrauchtes Stück«, hatte Dillon ihr, mit seiner Geduld am Ende, vorgehalten.

»Gebraucht oder nicht, das wenige Geld, das du am Hafen verdienst, kannst du bald für was Besseres gebrauchen.«

»Ach, da liegt also unser Problem. Du hast mit Caitlin gesprochen.« Dillon legte die Stirn in Falten, eine Miene, die man bei ihm in der letzten Zeit häufiger sah, wie Eistir unglücklich feststellte. »Nun, bis zum freudigen Ereignis sind es ja noch fast sieben Monate. Mir bleibt also noch genug Zeit, um das Geld für Windeln und eine Wiege anzuschaffen. Außerdem ist der Mantel nicht irgendein beliebiges Geschenk, sondern eine Art Glückwunsch zu deinem ersten Job. Hast dich ja ordentlich angestrengt dafür.«

Daraufhin hatte Eistir den Mantel angenommen, mit einem glücklichen Strahlen im Gesicht. Heute hatte sie ihren ersten Lohn ausgezahlt bekommen – eine lächerlich geringe Summe für unendlich viele und langweilige Stunden der Tipperei, aber sie war stolz und wollte ihre Brüder ins Kino einladen.

An den Freitagabenden trafen sich die beiden Brüder mit einigen anderen Männern aus dem Viertel in einem Hinterzimmer zum Kartenspiel. Ein Blick auf die Uhr, die über dem Eingang zur Subway hing, verriet Eistir, dass die Spielzeit eigentlich schon vorbei sein musste. Die anderen Mitspieler mochten den Ausgang des Ladens zwar erst deutlich später finden, eingelullt von Zigarettenrauch und Whiskey, aber in Niall tickte ein inneres Uhrwerk. Er wollte hören, wie es seiner Schwester den Tag über ergangen war, bevor er sich zu seinen abendlichen Geschäften absetzte. Außerdem ging es ihm gegen den Strich, wenn einige Männer, mit denen er geschäftlich zu tun hatte, gleich nach dem Ende des Spiels über ihre Angelegenheiten schwadronierten, die für Dillons Ohren nicht bestimmt waren.

Mr Murray, der Besitzer des Ladens mit dem auffällig angestaubten Inventar, hatte einmal seinen kahlen Kopf zur Tür herausgestreckt und Eistir gefragt, warum sie – verflucht noch mal – nicht einfach reinkäme und im Warmen wartete, bis die Männer mit dem Spiel fertig wären? Doch Eistir hatte nur mit dem Kopf geschüttelt. Nicht bloß, weil Mr Murray aussah wie ein Troll, der einer Kindergeschichte entsprungen war, sondern weil sie mit dieser Art von Gesellschaft möglichst wenig zu tun haben wollte. Wenn Niall sich die Finger schmutzig machte, war das seine Sache, denn sie liebte ihn trotzdem. Doch von den anderen Männern wollte sie am liebsten nicht einmal die Namen kennen.

Als Dillon endlich in der Tür auftauchte, waren sämtliche trüben Gedanken vergessen.

»Rate mal, was ich hier in meiner Manteltasche habe«, platzte es aus Eistir heraus.

»Deine Hand, an der ein Verlobungsring von eurem Starwerbeheini steckt, dem es gleich in der ersten Woche gelungen ist, dich erfolgreich zu schwängern?«

»Dieser lahme Witz verrät nur, wie wenig Ahnung du vom Thema Verlobung unter normalen Umständen hast. Es gibt auch Männer, die sich verloben, ehe ihre Süße schwanger ist.«

Dillon lehnte sich vor und gab ihr einen Kuss auf die Wange. »So hübsch und so unsäglich naiv. Also, läuft da tatsächlich was mit einem Werbeheini?« Doch bevor er fortfahren konnte, tauchte Nialls dunkle Silhouette neben ihnen auf.

»Über was für einen Unsinn redest du da, Dillon?«

Wie immer spürte Eistir einen Stich beim Anblick ihres ältesten Bruders. Anders als bei Dillon war Nialls Ausdruck von einer düsteren Ernsthaftigkeit bestimmt, als würde er den natürlichen Gegensatz zu seinem überschäumenden Bruder bilden. Trotzdem wies er eine Anziehungskraft auf, die Eistir – wie auch viele andere – beeindruckte: Niall war nicht nur eine beeindruckende Persönlichkeit, sondern darüber hinaus ein gut aussehender Mann mit klar geprägten Gesichtszügen und von schwarzen Wimpern umrahmten Augen, deren eindringlichem Blick man sich nicht entziehen konnte. Es war jedoch ein Fehler, in den ebenholzfarbenen Augen zu versinken, denn das dunkle Glimmen in ihnen verriet viel mehr über Nialls Wesen, das unleugbar von ihrem Vater geprägt worden war.

»Ich möchte euch beide von meinem ersten Lohn ins Kino einladen«, brachte Eistir hervor, während Niall sich zu einem Begrüßungskuss vorbeugte. Er roch nach Metall und frischem Schweiß.

»Das ist gut gemeint, aber das brauchst du nicht zu tun.« Niall musterte sie eingehend wie immer, als könne er ihr jeden Gedanken direkt vom Gesicht ablesen. »Kauf dir lieber etwas Schönes, vielleicht einen Reif für dein Haar. Dann könntest du es häufiger offen tragen.«

Unwillkürlich fuhr Eistirs Hand zu dem strengen Knoten an ihrem Hinterkopf, als wolle sie das Haar lösen, um den zärtlichen Tonfall in der Stimme ihres Bruders noch einmal hervorzurufen.

Dillon lachte. »Oder du kaufst dir ein Paar Handschuhe, dann laufen deine Finger auch nicht mehr vor Kälte blau an.«

Dillons gute Laune blühte mit jedem Moment mehr auf, während Nialls Blick auf das Ladeninnere gerichtet war, wo sich nach und nach die Männer aus ihrer Spielrunde an der Theke einfanden. Mittlerweile war es ihm ein Dorn im Auge, wenn Eistir sich im Dunstkreis seiner *Freunde* aufhielt. Seit sie ihre Ausbildung abgeschlossen hatte, sah er seine Schwester nicht mehr an der Seite eines Landmanns, der sich am Hafen verdingte oder gar ganz anderen Geschäften nachging. Der Gedanke an die Werbeagentur gefiel ihm immer besser. Studierte Männer aus ordentlichen Familien. Von ihnen dreien standen die Chancen für Eistir in dieser Stadt am besten, und er würde nicht zulassen, dass sie sie nicht wahrnahm.

»Ach, kommt schon, Jungs«, bettelte Eistir. »Lasst euch von mir ins Kino einladen. Das habe ich mir doch verdient.«

Augenblicklich nahm Niall sie ins Visier. »Geht es hier um eine Einladung oder darum, zu beweisen, dass du endlich diese elende Selbstbestimmtheit erreicht hast, mit der du uns ständig in den Ohren liegst?«

»Niall, nun sei doch nicht so«, mischte Dillon sich ein. »Was spricht denn gegen einen Kinobesuch? So grau, wie du um die Nase bist, kann dir ein wenig Abwechslung nur guttun.«

Zunächst sah es so aus, als würde Niall zu einer seiner strengen Erwiderungen ansetzen, aber dann lenkte er ein. »Meinetwegen. Aber dann etwas Trauriges, etwas mit Seele. Eine von diesen amerikanischen Komödien könnte ich jetzt nicht ertragen.«

Als die Geschwister das Kino verließen, war es bereits tiefste Nacht. Doch in den Straßenschluchten von New York spielte das keine Rolle, die Dunkelheit wurde von unzähligen Lichtern und Leuchtreklamen verdrängt. Mit einem wohligen Schaudern dachte Eistir an die Schwärze, die sich vom Herbst bis ins Frühjahr hinein über ihren Hof in Irland gelegt hatte. Undurchdringlich, gerade so, als würde sie nach einem greifen. Da mochte das Kunstlicht, das durch die fadenscheinigen Vorhänge ihres Apartments drang, ihr den Schlaf rauben, aber sie war sich sicher, niemals wieder woanders als in einer Großstadt leben zu wollen.

Dillon legte ihr einen Arm um die Schultern, als sie vor dem pompösen Eingang des Kinos stehen blieben, in das selbst zu dieser Stunde noch neue Gäste strömten. Niall stand leicht abseits von ihnen, um sich eine Zigarette anzuzünden. Er konnte es nicht ausstehen, dass in den Vorführsälen geraucht werden durfte, weil der Qualm die Bilder mit einem grauen Schleier überzog. Immer wieder musste Dillon während der Vorführung beruhigend auf ihn einreden, damit er die rauchenden Gäste nicht übermäßig anmaulte.

Nach wie vor beschäftigte es Eistir, wie zwei Brüder bloß so unterschiedlich und gleichzeitig vertraut miteinander sein konnten. Wie sie selbst in dieses Dreieck passte, war ihr ohnehin ein Rätsel. Die Vorstellung, dass Dillon ihnen verlorenging, sobald er eine Bleibe für die schwangere Caitlin und sich gefunden hatte, bereitete ihr ordentliches Magengrimmen. Wie sollte es ihr gelingen, den aufbrausenden Niall allein in der Balance zu halten? Obwohl er es ihr alles andere als leichtmachte, war sie Niall genauso zugetan wie Dillon. Hätte man sie vor die Wahl gestellt, dann hätte sie tatsächlich nicht sagen können, wen von beiden sie eigentlich bevorzugte.

»Ich muss zugeben, im Nachhinein bin ich unglaublich froh, dass Niall uns in diesen alten Schinken über Tristan und Isolde geschleppt hat. Der Ausdruck auf seinem Gesicht, als es Tristan dahingerafft hat, war es absolut wert. In Nialls Brust wohnt eben die schöne Seele eines Romantikers – er kann sogar bei sterbenden Engländern mitleiden.«

»Das habe ich gehört«, sagte Niall, wobei er bei jedem Wort Rauch ausstieß. Zur allgemeinen Überraschung brachte er tatsächlich ein Lächeln zustande, das Eistir niemals vergessen sollte. Mit einer lässigen Bewegung schnippte er die Zigarettenkippe in den Rinnstein und schlenderte zu ihnen hinüber. Ehe er sie jedoch erreichte, legte sich eine Hand auf seine Schulter.

»Niall McKenna. Dachte ich mir doch, dass ich richtig gesehen habe.« Der hochgewachsene Polizeibeamte nickte seinem Kollegen zu, der keine Miene verzog. »Hast du dich verlaufen? Ihr Hafenratten treibt euch doch ansonsten nicht außerhalb eures Reviers herum.«

Augenblicklich war das Lächeln von Nialls Gesicht verschwunden. Zurück blieb der Ausdruck eines Mannes, um den man besser einen weiten Bogen machte, wenn man es nicht gerade auf eine Auseinandersetzung anlegte. »Vielleicht hat mich ja der schmutzige Gestank von ein paar Uniformträgern angezogen.«

Während die beiden Polizisten zeitgleich ihre Schlagstöcke zogen, trat Dillon mit erhobenen Händen dazwischen. »Hoho, kein Grund zur Aufregung. Alles bestens. So ein netter Abend, überall sind gut gelaunte Leute unterwegs, darunter auch einige Damen, und die wollen wir doch nicht erschrecken.«

»Noch eine McKenna-Ratte?«, fragte der Polizist gereizt, doch zumindest senkte er den Schlagstock. Sein Kollege mit dem versteinerten Gesicht folgte seinem Beispiel allerdings nicht, wie Eistir beunruhigt feststellte.

»Jawohl, und zwar eine echte«, betonte Dillon, als sei das der beste Witz, den er je gehört hatte. »Und da drüben steht die dritte im McKenna-Bunde, wir haben uns mit unserer Schwester nämlich gerade einen Film angeschaut. Große Liebe, mit allem Drum und Dran.«

»Tatsächlich?« Der Schlagstock sank noch ein weiteres Stück, als würde Dillons Redeschwall ihn niederdrücken. Dann wanderte der Blick des Polizisten zu Eistir hinüber, woraufhin sie automatisch errötete. »Das ist also McKennas kleine Schwester. Hübsch. Das Gesicht sollte ich mir merken.«

»Nein, sollst du nicht«, fuhr Niall ihn mit rauer Stimme an, den nervös tänzelnden Dillon ignorierend.

»Keine Sorge, ich will ihr schließlich nicht den Hof machen. So einem Kleeblatt schaut man doch höchstens ein Mal unter die Röcke.«

Weiter kam der Polizist nicht, denn Niall rammte ihm bereits seine Faust ins Gesicht. Laut fluchend versuchte Dillon, seinen Bruder zu packen, doch Niall schüttelte ihn ab und schlug erneut auf den Mann ein, aus dessen Nase bereits Blut spritzte. Zur Hilflosigkeit verdammt, stand Eistir daneben und presste die Hand auf ihren Mund, dem unbedingt ein Schrei entweichen wollte. Stattdessen stieß der Polizist einen dumpfen Laut aus, als Nialls Faust seinen Magen fand. In diesem Moment kam Leben in den zweiten Polizisten: Er warf den Schlagstock weg und zerrte seine Pistole hervor. Eistir glaubte, trotz des um sie herum ausbrechenden Tumults, das Geräusch zu hören, wie die Waffe entsichert wurde. Auch Dillon fuhr herum, streckte die Hand nach dem Mann aus, als wolle er ihn beruhigen. Da erscholl der Schuss, und Dillon sank getroffen zusammen.

Nun brach endlich der Schrei aus Eistir hervor und trennte sie von allem anderen. Sie konnte einfach nicht wieder aufhören. Auf dem Boden lag ihr Bruder, regungslos, während sich unter ihm eine rote Lache auftat.

Niall erstarrte für einige Atemzüge, dann ließ er von dem erschlafften Mann ab und drehte sich dem Polizisten zu, der immer noch mit der ausgerichteten Waffe dastand.

»Stehen bleiben«, keuchte der Mann, in dessen Gesicht sich nun doch etwas regte.

Aber Niall dachte gar nicht daran.

Es brauchte nicht mehr als einen entschlossenen Griff, dann hatte er die Waffe des Polizisten in der Hand. Er warf Eistir noch einen Blick zu, den sie bloß starr erwidern konnte, dann drückte er ab.

33

Liebesbeweise

Esthers Stimme versagte.

Adam, der die ganze Zeit wie eine Statue vor ihr gekniet hatte, streckte sofort die Hand nach ihrem Gesicht aus, doch ein leichtes Kopfschütteln ließ ihn innehalten. Stattdessen betastete Esther es selbst mit steifen Fingern, als vermutete sie, auf tiefe Risse in der Oberfläche zu stoßen. Nur ertasteten ihre Fingerspitzen nichts, dafür waren sie zu taub, regelrecht leblos, als sei ihr Körper während ihrer Reise in die Vergangenheit abgestorben. Wer konnte auch damit rechnen, einen Ort aufzusuchen, der von Toten bewohnt wurde, und keinen Preis dafür zahlen zu müssen? Allein die Namen der Toten laut auszusprechen, hatte jedes Mal ein Stück von ihr selbst getötet. Oder irrte sie sich da vielleicht? Denn mit einem warmen Prickeln kehrte das Leben in ihre Fingerspitzen zurück.

Schließlich gelang es ihr, Adam in die Augen zu sehen. Darin fand sie Mitgefühl sowie sein offenkundiges Verlangen, ihr endlich beweisen zu dürfen, dass diese Geschichte nichts zwischen ihnen veränderte. Und wenn überhaupt, dann nur zum Guten hin. Zu gern wollte sie ihm sagen, dass sie bei ihm mit nichts anderem gerechnet hatte, aber ihre Zunge verweigerte ihr nach wie vor den Dienst, und eine Umarmung hätte sie in diesem Moment noch nicht ertragen.

»Das ist eine sehr traurige Geschichte«, sagte Adam mit einer Ruhe, die sich auf sie übertrug.

»Geschichten über Tote, die man geliebt hat, sind immer traurig. Und es ist grausam, sie fortsperren zu müssen, damit man weiterleben kann.«

»Niall ist also auch …«, setzte Adam an, konnte den Satz jedoch nicht zu Ende bringen.

»Das Urteil bei Polizistenmördern steht von vornherein fest.« Esther widerstand dem Bedürfnis, ihre zitternden Hände unter den Oberschenkeln zur Ruhe zu bringen. »Nach seiner Hinrichtung habe ich meine Vergangenheit ein zweites Mal abgelegt, gemeinsam mit der irischen Variante meines Namens. Eistir … Dieser Name fühlt sich ganz fremd auf meiner Zunge an. Ich habe alles hinter mir gelassen, als ich nach Kalifornien gezogen bin, weil es ansonsten auch mich getötet hätte. Ich konnte keine Sekunde länger Eistir McKenna sein. Zumindest dachte ich das. Aber ein Zettel, auf dem eine Adresse geschmiert stand, hat mich wider besseres Wissen mit in mein neues Leben begleitet. Anders hat es herausgefunden und ist der Spur zurück in die Vergangenheit gefolgt.«

Einen Augenblick lang war der Druck, der auf Esthers Kehle lastete, so groß, dass sie zu ersticken befürchtete. Qualvoll strich die Zeit dahin, und als Adam entschlossen nach ihrer Hand griff, wies sie ihn dieses Mal nicht ab. Sie brauchte seinen Trost, und noch mehr: Nach allem, was in den letzten zwölf Stunden geschehen war, brauchte sie seine Hilfe.

»Auf dem Zettel hatte Caitlin mir die Adresse ihrer Familie in Irland aufgeschrieben. Sie ist nämlich noch im selben Herbst zurückgekehrt. Was hätte sie auch anderes machen sollen, schwanger und ohne Mann? Ich konnte ihr damals leider nicht helfen, ich wusste selbst kaum, wo mir vor lauter Trauer und Verzweiflung der Kopf stand. Wäre Niall nicht gewesen, hätte ich sie vielleicht begleitet, aber so? Ich wollte ihn dieses letzte Stück des Weges nicht allein gehen lassen, obwohl er meine Besuche stets verweigert hat. Er hat nach seiner Festnahme einfach so getan, als wäre er schon tot. Er wollte, dass ich weitergehe, ohne zurückzublicken. Aber das konnte ich erst, nachdem er hingerichtet worden ist.«

Erneut schnürte sich Esthers Kehle zu, bis sie kurz davor war, ihren bleiernen Kopf sinken zu lassen und sich nie wieder aufzurichten. Es war unfassbar schwer, die Vergangenheit so nah an sich heranzulassen. Trotzdem wohnte der Erzählung Trost inne, als würde sie trotz der Schmerzen ein verlorenes Stück ihres Selbst zurückgewinnen.

»Erst nachdem ich bereits einige Zeit für Anders arbeitete, wagte ich es, Caitlin zu schreiben. Ich musste wissen, was aus Dillons Kind geworden ist, obwohl es Nialls Überzeugung widersprach, dass man nicht zurückblicken darf.«

»Anders weiß also von diesem Kind?«

Esther musste die Augen fest zusammenkneifen, um sich auf diesen Part konzentrieren zu können. Ihre Gedanken wollten nämlich bei dem Jungen bleiben, den sie sich bereits unzählige Male in ihrer Fantasie vorgestellt hatte, stets mit Dillons berühmtem strahlenden Lächeln. Caitlins Versuch, einen regelmäßigen Briefkontakt aufzubauen, damit sie ihr von den Entwicklungen des Kindes berichten konnte, hatte Esther schleunigst unterbunden. Zu groß war ihre Sorge gewesen, die Mauer zwischen sich und Eistir könnte zu bröckeln anfangen, wenn dieses Kind in Irland mehr als eine vage Vorstellung war. Spätestens, wenn Caitlin ihr ein Foto geschickt hätte, hätte sie zweifelsohne sämtliche Vorsätze über Bord geworfen und wäre auf die grüne Insel zurückgekehrt. Aber das war ganz und gar unmöglich. Sie schuldete ihren Brüdern ein anderes Leben.

Mühsam atmete Esther tief ein, bis sie den Druck in ihrer Brust ausgeglichen hatte. »Allem Anschein nach weiß Anders es schon länger. Frag mich nicht, woher, er hat mir gegenüber niemals auch nur eine einzige Andeutung gemacht. Ich vermute, dass ihn jemand bei der Bank über meine Geldgeschäfte auf dem Laufenden gehalten hat. Ich unterstütze Caitlin finanziell. Mehr kann ich nicht für sie tun.«

Es fühlte sich wie eine Befreiung an, diese Dinge zu offenbaren. Dabei hatte Esther niemals darauf gehofft, mit jemandem darüber sprechen zu können. Unwillkürlich stellte sie sich vor, wie Hayden wohl auf ihre Lebensgeschichte reagieren würde: Auch er war kein Mann, der vor Abgründen zurückschreckte. Trotzdem war es etwas anderes, mit Adam darüber zu reden, denn er war seit ihrer ersten Begegnung davon ausgegangen, dass sie nicht die Frau war, die sie so perfekt vorzutäuschen verstand. Ihm war gleich aufgefallen, dass sie Geheimnisse verbarg, während Hayden eine Frau ohne Vergangenheit zu lieben glaubte. Genau aus diesem Grund hätte Esther ihm alles verschwiegen, auch noch nach lauter glücklichen gemeinsamen Jahrzehnten.

Grob rieb Esther sich die Augenlider, dann besann sie sich wieder auf das Gespräch. Adam musste wissen, warum sie ihn so überstürzt verlassen hatte.

»Dieser Adalbert, der sich seit einiger Zeit bei Anders eingenistet hat und so tut, als sei er sein Diener, hat mir in der Hotellobby nur drei Sätze ins Ohr geraunt: ›Caitlin und ihr Junge brauchen ab jetzt deutlich mehr Unterstützung als ein paar lumpige Dollar im Monat. Anders möchte dir hierzu gern ein Angebot unterbreiten, aber nur wenn du jetzt sofort zu ihm gehst. Allein.‹ Mehr brauchte es allerdings auch nicht, um mich zu überzeugen. Mir blieb nichts anderes übrig, als mich zu fügen, schließlich kenne ich Anders' weitmaschiges Netz aus Kontakten. Wer von eurer Art, von den Dämonenbeseelten, einmal von seiner Gabe gekostet hat, gehört ihm. Bis auf eine Ausnahme.«

Prüfend betrachtete sie Adam, der jedoch nur den Kiefer fest aufeinanderpresste. Es war unmöglich zu sagen, was ihm mehr zusetzte – dass Esther den Dämon erwähnte oder die Macht hinter Anders' Gabe.

»Jedenfalls wäre es ein Leichtes für Anders, Caitlin und ihrem Kind zu schaden. Das kann ich nicht zulassen, denn sie sind das einzige Lebendige aus meiner Vergangenheit. Ich würde es nicht ertragen, wenn ihnen meinetwegen etwas zustößt.«

»Das wird es auch nicht, ich verspreche es dir. Anders verfügt vielleicht über weitreichenden Einfluss, aber er wird erst einmal keinen Finger rühren. Schließlich geht er davon aus, dass ich dich gegen deinen Willen mitgenommen habe. Wie ich ihn einschätze, wird er abwarten, was ich als Nächstes tue. Ein Kind im fernen Irland zu bedrohen, bringt ihm im Augenblick herzlich wenig. Wir können uns also eine kleine Atempause gönnen.«

Das Lächeln, das sich auf Esthers Lippen schlich, fühlte sich brüchig an, aber wenigstens war es da. »Caitlin hat den Jungen Aedan genannt, was so viel wie *aus dem Feuer geboren* bedeutet. Vermutlich ist sich Caitlin dieser Bedeutung gar nicht bewusst gewesen, nur finde ich, es kann keinen passenderen Namen für das Kind meines Bruders geben. Dillon konnte mit seinem inneren Feuer schließlich alles um sich herum erleuchten.« Während dieser Gedanke sie – wie bereits unzählige Male zuvor – wärmte, fanden die Tränen schließlich doch ihren Weg, und mit ihnen wurde auch der Druck gesprengt, der sie seit jenem Tag unablässig peinigte.

Endlich setzte Adam sich neben sie aufs Bett, zog sie auf seinen Schoß und streichelte ihr liebevoll den Rücken. Bald war Esther diese Berührung zu zahm, und sie begann, sich in seinen Armen zu winden, bis sie endlich ihre Finger in seinem Haar vergrub und seinen Mund zu sich hinabziehen wollte. Zu ihrer Enttäuschung streiften Adams Lippen ihre jedoch nur flüchtig, dann zog er sich wieder zurück. Mit einem unterdrückten Schnauben setzte sie ihm nach, doch seine Arme ließen ihr nicht genug Spielraum.

»Liebling, beruhige dich.« Seine Worte waren gehauchte

Küsse auf ihrem Haar. »Du bist viel zu aufgewühlt, du brauchst einen Moment Ruhe.«

»Zum Teufel mit der Ruhe!«, brach es aus ihr hervor. »Ich bin nicht so zerbrechlich, wie du denkst.«

»Zerbrechlich vielleicht nicht, aber ich werde ganz bestimmt nicht zulassen, dass du gerade jetzt deine Grenze austestest.« Wie um seine Worte zu unterstreichen, zog er sie fester in seine Arme. »Jeder Mensch kann nur ein bestimmtes Maß an Trauer und Aufruhr ertragen – und deins ist mittlerweile ausgereizt, ob dir das nun gefällt oder nicht.«

Obwohl ihr klar war, dass sie gegen Adams Umarmung nichts ausrichten konnte, wenn er nicht wollte, kämpfte sie dagegen an, bis er sie schließlich freigab – wohl aus Angst, ihr wehzutun. Esther zögerte keinen Augenblick, sondern riss an seinem Hemd, bis sie ihre brennenden Lippen mit seiner Haut vereinen konnte. Hungrig fuhr ihre Zungenspitze zu der Kuhle über seinem Schlüsselbein, während ihre Hände den Stoff von seinen Schultern zerrten. Es kümmerte sie nicht, dass Adam vollkommen still hielt. Sie brauchte seine Haut, die einen verstörend klaren Geruch verströmte und gleichzeitig von einer Wärme war, mit der sie verschmelzen wollte. Sie verspürte ein solches Verlangen nach einer Vereinigung mit Adam, dass es ihr regelrecht Schmerzen bereitete.

Ihr Mund legte sich an seinen Hals, und durch das Pulsieren seiner Schlagader hindurch glaubte sie für einen flüchtigen Moment, den fernen Schall eines Liedes zu hören.

Esther verharrte gebannt und lauschte.

Tatsächlich … Nur einen Hauch unter Adams Haut ertönte ein Lied, das wie ein drängender Strom aus einer Felsspalte entsprang. Sprudelnd und treibend, voller verlockendem Leben.

Esther presste ihre Lippen noch fester auf den Puls, damit das Lied auf sie überspringen, durch ihre Adern rauschen und dabei einen wilden Reigen raunen konnte, der von der Magie des Blutes erzählte.

Nein, nicht Blut, beruhigte die singende Stimme sie. *Quell ewigen Lebens, wunderschöne rote Flut. Lass dich von ihr umspülen, tauch in sie ein. Ich biete dir ein Geschenk an, das keine Sterbliche ablehnen darf.*

Wer sagt das?, meldete sich Esthers Verstand, der eben noch ganz betäubt vom Klang des mitreißenden Liedes gewesen war.

Obwohl sie nach wie vor die singende Stimme zu sich einladen wollte, indem sie das Blut unter ihren Lippen zum Fließen brachte, löste Esther sich von Adam, der weiterhin reglos verharrte. Jetzt erst wurde ihr seine Pose klar: Er bot ihr seinen Hals an, wartete geduldig darauf, dass sie zubiss – als besäße er nicht länger einen eigenen Willen.

»Adam«, sagte sie leise, um ihn vorsichtig aus dieser Trance zu wecken. Und wie ein Erwachender blinzelte er sie benommen an. Zärtlich streichelte sie an seinem Hals entlang und wunderte sich nicht, als er unter der Berührung zusammenzuckte.

»Ich will dich, Liebling. Aber dein Blut, das will ich nicht.«

Adam schluckte so heftig, dass die Bewegung sich deutlich auf seiner Kehle abzeichnete. »Bist du dir sicher?«

»Ohne jeden Zweifel. Wie ich dir schon einmal gesagt habe: Ich habe kein Interesse an dem Dämon, ganz gleich, wie verlockend er sich geben mag. Du bist hundertmal verlockender.«

Angesichts seiner Erleichterung, musste sie sich auf die Unterlippe beißen, um nicht aufzulachen. Dennoch entging ihr seine Reaktion nicht: Seine Lider senkten sich, bis seine Augen etwas Katzenhaftes annahmen, was ihn nur noch anziehender machte. Verspielt hakte sie ihren Zeigefinger in seinem bis zum Bauch offen stehenden Hemd ein und lüpfte es ein Stück, um nachzusehen, was ihr darunter noch so alles geboten wurde. Die Spur aus dunkelblonden Haaren fesselte sie, und im nächsten Moment folgte sie ihr in die Tiefe.

Adam schnappte laut nach Luft. »Und ich mache mir Sorgen um dich, du kleines Biest«, brachte er zwischen zusammengebissenen Zähnen hervor.

»Wenn es dich beruhigt, erleide ich später noch einen Nervenzusammenbruch. Dann kannst du mich ausgiebig bemuttern. Aber jetzt möchte ich eigentlich nur herausfinden, ob ich für dich auch nur ansatzweise so verlockend bin wie du für mich.«

Adams Mundwinkel zuckten nach oben, dann legte er den Kopf schief und funkelte sie an. »Ich glaube zwar nicht, dass es dafür extra eines Beweises bedarf, aber ich möchte dich auch auf keinen Fall davon abhalten.« Langsam ließ er sich rücklings auf das Bett sinken, die Arme über dem Kopf verschränkt, die Finger um die Eisenranken des Bettgestells geschlungen. Ein Geschenk, das darauf wartete, von ihr ausgepackt zu werden.

Allein der Anblick seines halbnackten Oberkörpers brachte Esther fast dazu, ihrem Bedürfnis freien Lauf zu lassen und sich zu nehmen, was ihr so überaus freizügig angeboten wurde. Stattdessen setzte sie sich auf ihre Fersen und löste die Nadeln aus ihrem Haar. Eine nach der anderen, fast selbstvergessen. Sie strich die rotgoldene Fülle aus, bis sie ihr in weichen Wellen über die Schultern glitt. Dann knöpfte sie gemächlich ihre Bluse auf, als habe sie alle Zeit der Welt, obgleich ihr Puls raste und ihre Haut zum Glühen brachte. Adams Anblick erzeugte das Gefühl, als würden tausend unsichtbare Hände gleichzeitig an ihr reißen, damit sie sich endlich vorbeugte und an ihn schmiegte. Nur dachte Esther gar nicht daran, dieser Verlockung vorschnell nachzugeben. Der kleine Wettkampf, wer von ihnen beiden sich besser beherrschen konnte, war viel zu aufregend. Obwohl sie kaum noch still sitzen konnte, zog sie ihre Bluse langsam erst über die eine, dann über die andere Schulter.

»Esther«, raunte Adam mit einer heiseren Stimme, die ihr den Atem stocken ließ.

Mit einer schnellen, aber nichtsdestotrotz geschmeidigen Geste hatte er die Arme angezogen und stützte sich auf den Unterarmen ab. Sein ganzer Körper strahlte eine solche Anspannung aus, dass ihr nur vom Hinsehen noch heißer wurde.

»Ja?«

Ihre Frage gelang erstaunlich unschuldig. Angesichts ihres Verlangens hätte das eigentlich unmöglich sein sollen. Einen weiteren Beweis ihres Schauspieltalents konnte sie jedoch nicht anbringen, denn Adam warf seine Zurückhaltung urplötzlich über Bord und zog sie zu sich herab. Im nächsten Augenblick hatte Esther jeden Gedanken an Verführungskünste vergessen und überließ sich ganz und gar dem Zauber, der von seiner Haut und seinen Lippen ausging.

34

Königsmord

Es war einer wahren Kraftanstrengung gleichgekommen, die mit halb geschlossenen Augen träumende Esther allein unter den zerwühlten Laken zurückzulassen. Jeder Flecken ihres Körpers erzählte von ihrer Vereinigung. Es fühlte sich falsch an, das Bett zu verlassen, und erst recht, sich etwas überzuziehen. Aber etwas anderes blieb Adam nicht übrig, wenn er Anders das Spielfeld nicht allein überlassen wollte. Von draußen drangen bereits erste Sonnstrahlen durch die Lücken der Vorhänge.

Darauf bedacht, einen Sicherheitsabstand zu Esther einzuhalten, die sich gerade tiefer in die Kissen kuschelte, wählte er die Rezeption an. »Ich möchte ein Ferngespräch anmelden«, erklärte er mit rauer Stimme.

Während er auf den Rückruf wartete, wanderte er unablässig im Zimmer auf und ab, den Blick überallhin gerichtet, nur nicht auf Esthers Rundungen, die sich unter dem weißen Laken verführerisch abzeichneten.

Was du brauchst, ist ein klarer Kopf, sagte er sich gleich einem Mantra. Denk nicht an die Frau in deinem Bett, sondern versuch dahinterzukommen, was Anders mit seiner Vorgehensweise bezwecken will. Warum hat er sich die Mühe gemacht, Esther zurückzuzwingen? Weil er wusste, dass ich ihr folgen würde. Aber warum die ganze Anstrengung, was will er wirklich von mir? Es kann doch nicht bloß damit zusammenhängen, dass ich seiner Gabe nicht so verfallen bin wie alle anderen.

Es muss einen Zusammenhang zwischen mir und meiner Gabe und den Entwicklungen in L.A. geben. Wenn man Lakas' Opferungen beiseitelässt, dann bleiben an Auffälligkeiten noch Nias dämonenloser Tempel, Anders' durch seine Gabe verbundene Gesellschaft und das tödliche Elixier, das Rischka Adalbert gestohlen hat.

Während Adam die Hände hinter dem Nacken verschränkte und seine Rückenmuskulatur dehnte, registrierte er das erregte Murmeln des Dämons in seinem Inneren. Auch dieser Kreatur ließen die Geschehnisse offenkundig keine Ruhe.

Blut und Einladung, Einladung und Blut ... Einer von uns geht umher und nimmt, was man nicht tut. Einer und viele, vereint im Blut. Nein, keine Vereinigung mit dieser Brut. Ich bin einer, viele sind die anderen. Ja. Wer ist es, der versuchen könnte, mich aus meinem Tempel zu zerren, mich zu rauben?

Ja, wer könnte es sein, der hinter diesem Rätsel steht?, dachte Adam.

Bevor er jedoch auf diese Frage eine Antwort finden konnte, drehte sich die schlafende Esther auf den Rücken, wobei die Decke bis zu ihrer Hüfte herabrutschte. Bei dem Anblick überschlugen sich Adams Sinne, und er war nichts anderes mehr als ein von brennender Begierde heimgesuchter Mann. Nicht einmal für das ferne Murmeln des Dämons war noch Platz vorhanden.

Das Klingeln des Telefons riss ihn aus seiner Benommenheit. Hastig, bevor er es sich noch einmal anders überlegen konnte, sprach er in den Hörer: »Warten Sie, ich nehme das Gespräch an der Rezeption an.« Dann flüchtete er aus dem Zimmer.

Der Nachtportier war in eine Unterhaltung mit einem soeben angereisten Paar verstrickt, dem die Müdigkeit von der nächtlichen Fahrt mit dem Greyhound ins Gesicht geschrieben stand. Dass ihm kurz vor seiner Ablösung noch so viele Aufgaben ins Haus standen, gefiel dem blassen Mann nicht – was ihm um sechs Uhr morgens auch niemand übelnehmen konnte. Mit einer knappen Geste deutete er auf die vordere der beiden Telefonkabinen, die Adam mit einem gewissen Widerwillen betrat. Er konnte weder die Enge der Kabine noch die Vielzahl der haften gebliebenen Fährten anderer Gäste ausstehen. Geschieht dir recht, sagte er sich, als ihn die Überbleibsel eines penetranten Damenparfüms in die Nase stachen.

Als er die Hand auf den Telefonhörer legte, schluckte er unwillkürlich, dann bat er die Dame von der Vermittlung, das Gespräch durchzustellen.

Es herrschte Schweigen in der Leitung, während sich vor Adams innerem Auge das Bild eines Mannes mit silbernem Haar aufbaute, der in eleganter Pose in einem Sessel saß und den Hörer mit neugierigem Ausdruck an sein Ohr hielt, voller Erwartung, wie der erste Zug am anderen Ende der Leitung wohl ausfiele.

Adam musste sich räuspern, um seine vor Anspannung zugeschnürte Kehle so weit zu lockern, dass er überhaupt einen Ton herausbrachte.

»Etienne?«

Ein feines Lachen drang in sein Ohr. »Adam. Wie schön, deine Stimme wieder einmal zu hören. Allerdings mit einem Abstrich, weil du mich aus dem Bett geklingelt hast. Ich habe gerade ein Nachmittagsschläfchen gehalten. Dir ist der Zeitunterschied zwischen den Kontinenten doch bewusst, oder?«

»Mittagsschläfchen … Zeitunterschiede sind etwas für Leute, die schlafen. Du kannst nicht nur auf Schlaf verzichten, du bist nicht einmal imstande dazu«, entgegnete Adam eine Spur zu gereizt. Genau dies war einer der Gründe, warum er Etienne mied: Der Franzose rief in ihm stets ein schlechtes Gewissen wach, weil er fortgegangen war und den Kontakt fahrlässig schleifen ließ. Zwar hatte Etienne sich deswegen nie etwas anmerken lassen, aber das machte es nicht unbedingt besser. So viel Nonchalance machte Adam bockig.

»Du hast mich ertappt, zu schlafen gelingt mir nach wie vor nicht«, erwiderte Etienne im Plauderton. »Allerdings hält mich das nicht davon ab, mich dem menschlichen Rhythmus anzupassen. Wie auch immer, was kann ich für dich tun?«

»Licht ins Dunkel bringen – das hoffe ich zumindest. Ich bin vor einigen Tagen nach Los Angeles gekommen, weil Rischka mich um Hilfe gebeten hat. Oder vielmehr ihr Gefährte Anders.«

»Sieh an.« Etienne machte eine Pause, als müsse er den Gedanken erst einmal verdauen. »Und, bist du bereits in die dortige Gesellschaft eingeführt worden?«

Die Verbindung war nicht sonderlich gut, trotzdem bemerkte Adam die Vorsicht, mit der Etienne ihm plötzlich begegnete.

Adam ertappte sich dabei, wie er auf seiner Unterlippe kaute. Solche Übersprungshandlungen waren ihm eigentlich nicht zu eigen. »Mehr als das«, sagte er deshalb bestimmt. »König Anders hat sich wirklich Mühe gegeben, mich mit sämtlichen Seiten des Lebens in seinem Dunstkreis bekanntzumachen.«

»Erkennst du ihn denn als König an?«

»Nein, tue ich nicht. Eigentlich solltest du wissen, dass ich nicht sonderlich gut darin bin, vor jemandem in die Knie zu gehen, unabhängig davon, was er mir versprechen mag. Ganz im Gegensatz zu deinem Diener Adalbert. Falls du es noch nicht wissen solltest: Dein Getreuer hat kurzerhand den Herrn gewechselt.«

Dieses Mal kam es wider Erwarten zu keiner Denkpause bei Etienne. »Etwas in der Art habe ich mir bereits gedacht. Schließlich hat Adalbert sich schon lange nicht mehr gemeldet, und Rischka ist bei solchen Dingen keine große Hilfe, seit sie unter Anders' Einfluss steht.« Etienne klang bedrückt, und auch bei Adam schlich sich zunehmend Unbehagen ein.

»Wie groß ist denn der Einfluss, den Anders auf unsere freiheitsliebende Rischka deiner Meinung nach nehmen kann?«

Etienne lachte trocken. »Allein, dass du mich danach fragst, beweist, wie unzugänglich du für Anders' Gabe bist. Es wundert mich, ehrlich gesagt, dass er dich nicht sofort getötet hat. Jemand wie du stellt ein viel zu großes Risiko für seine Pläne dar.«

»Unsinn. Mich interessiert Anders' friedlicher Dämonenstaat überhaupt nicht. Meinetwegen können seine Jünger nach seiner Pfeife tanzen und bis in alle Ewigkeit fröhliche Barbecues veranstalten. Nur weil ich kein Interesse daran habe, mit von der Partie zu sein, muss Anders mir noch lange nicht nach dem Leben trachten. Obwohl ich zugeben muss, dass er mir kräftig auf die Füße getreten ist, und ich komme nicht dahinter, warum. Hast du vielleicht eine Idee?«

Schweigen breitete sich aus und zerrte an Adams Nerven, bis er kurz davor war, Etienne anzublaffen, nur um den Druck loszuwerden. Er musste rasch herausfinden, was genau in L.A. gespielt wurde, damit er die Sache mit Anders klären konnte. Danach wartete schließlich noch eine unangenehme Aufgabe auf ihn, bevor er mit Esther die Stadt verlassen konnte.

Unvermittelt sagte Etienne: »Anders ist dir *auf die Füße getreten*, weil er nicht einfach ein Barbecue veranstalten will. Genauer gesagt, wird er das nur so lange tun, bis er seine eigentliche Gabe wirklich beherrscht. Deshalb habe ich Adalbert geschickt. Ein miserabler Schachzug, wie ich mir jetzt eingestehen muss.«

»Es ist mir ein Rätsel, wie du auf die Idee kommst, dass Anders seine Gabe noch nicht richtig beherrscht. Er ist hier der große Zirkusdirektor, selbst Rischka frisst ihm aus der Hand.«

Unwillkürlich hielt Adam inne, als er daran denken musste, wie Rischka Anders weggelockt hatte, ehe er Adams Dämon ein weiteres Mal stärken konnte. Nicht, dass er jemals schlau aus dieser Frau geworden war, aber nach diesem Erlebnis konnte er ihre Handlungen noch weniger als je zuvor nachvollziehen. Dafür waren sie einfach zu widersprüchlich.

Eine Sache ist gewiss: Dieses eigensüchtige Miststück tut nichts ohne einen triftigen Grund. Warum sie Anders wohl abgelenkt hat?

Offensichtlich nahm der Dämon Rischka die Unterbrechung immer noch übel, auch wenn er ihr mehr als reinen Eigennutz unterstellte. Dass der Dämon sich weiterhin mit dem Rätsel, das diese Stadt barg, beschäftigte, wunderte Adam mehr, als er sich eingestehen mochte. Nias Leiche hatte den Dämon unleugbar aus dem Gleichgewicht gebracht, so dass er nun unentwegt um die Frage kreiste, wer dafür verantwortlich war. Allmählich kam ihm der Verdacht, dass Anders beileibe nicht sein größtes Problem sein könnte.

Etienne hing unterdessen seinen eigenen Gedanken nach. »Es war ein Fehler von mir, den Jungen zu schicken. Ich hätte mich selbst der Angelegenheit annehmen sollen. Alt, aber kein Stück weise, leider, leider. Und zugegebenermaßen auch nicht besonders mutig.«

»Wovon redest du?«

»Von dem Königsmord natürlich, den in die Wege zu leiten mir Adalbert helfen sollte! Sag bloß, das hast du dir bislang noch nicht zusammengereimt. Du bist doch ansonsten so ein scharfsinniger Bursche. Hat Anders' Gabe dir, wenn er schon nicht Besitz von dir ergriffen hat, zumindest die Sinne vernebelt?«

»Das war nicht Anders, sondern …« Adam biss sich auf die Zunge. »Erzähl mir lieber, was es mit diesem geplanten Königsmord auf sich hat.« Ein feines Geräusch drang an sein Ohr. Adam wusste instinktiv, dass Etienne mit dem Zeigefinger gegen sein Kinn tippte, um sich zu sammeln. »Etienne«, brummte er, »mir läuft die Zeit davon. Also lass deine Ansprüche an einen perfekten Vortrag fahren und erzähl mir einfach, was du da ins Rollen gebracht hast.«

»Oh, ich bin nur ein Rädchen unter vielen im Spiel des Dämons.«

»Die Untertreibung des Jahrhunderts«, unterbrach Adam wider besseres Wissen.

»Nein, wirklich. An manchen Tagen wundere ich mich sogar, wie der Dämon überhaupt Wurzeln in mir schlagen konnte. Meine Gabe ist – im Gegensatz zu anderen – ohne den geringsten Vorteil für ihn. Die Liebe zum Menschen, lachhaft.«

»Lassen wir das mal so stehen. Wenn du ein kleines Rädchen bist, wer sind dann die großen Zahnräder, an denen alles hängt?«

»Diejenigen natürlich, deren Gaben von besonderer Bedeutung sind. Vor einiger Zeit hat eine von unserer Art meinen Weg gekreuzt. Glücklicherweise, denn im Gegensatz zu Anders kann man sie nicht finden. Seine Gabe ist davon abhängig, dass unsereins von ihm angezogen wird wie die Motte vom Licht. Sie hingegen findet einen – das ist Teil ihrer Gabe. Sie ist das natürliche Gegenstück zu Anders. Sein Antipol.«

»Adalbert hat mir davon erzählt: Während Anders den einzelnen Dämon durch die Berührung stärkt, ist sie in der Lage, ihn zu schwächen.«

Adam konnte hören, wie Etienne scharf die Luft einzog. Der Verrat seines Dieners setzte ihm mehr zu, als er einzugestehen bereit war. »Wie auch immer, sie hat mir vieles über die Natur des Dämons offenbart. Einiges hatte ich allerdings bereits selbst herausgefunden.«

»Der Dämon ist eine zerschlagene …«

Gottheit.

»… Macht«, vollendete Adam den Satz zähneknirschend. »Eine Macht, die sich selbst nicht wieder zusammensetzen kann.«

»Es sei denn, jemand hilft ihr dabei. Der Zusammenschluss von menschlichem Tempel und dämonischem Bruchstück bringt Gaben hervor, und Anders' Gabe besteht darin, die noch vorhandenen Bruchstücke zusammenzusetzen. Ich gehe davon aus, dass er bislang nur einen Bruchteil seiner Gabe erforscht hat. Es ist jedoch nur noch eine Frage der Zeit, bis er sie vollends beherrscht. Wie gefällt dir der Gedanke eines wiederauferstandenen Dämons, Adam?«

Anstelle einer Antwort brachte Adam lediglich ein Knurren zustande.

Etienne gab ein unterdrücktes Lachen von sich. »Genauso sehe ich das auch. Darum habe ich Adalbert geschickt, um herauszufinden, ob ich mit meiner Vermutung richtig liege. Anders muss aufgehalten werden … im Sinne von ausgelöscht.«

»Moment, mir fällt eine Sache ein: Wusste Anders von seinem Antipol? Ich meine, bevor Adalbert die Seiten gewechselt und vermutlich alles ausgeplaudert hat, was er von dir erfahren hat?«

»Nein, er wusste nichts von ihr. Woher auch? Sie muss einen finden, andersherum funktioniert es nicht. Zu mir kam sie, um mehr über die Bedeutung der Gaben zu erfahren. Die These, dass Anders die andere Seite der Medaille ist, geht allein auf meine Forschung zurück. Genau das sollte Adalbert mir bestätigen, dann hätte ich ihr meinen Verdacht mitgeteilt, wovor es mir – weiß Gott – graut. Ihre Nähe ist nicht leicht zu ertragen, musst du wissen. Als ob du in ein Schwarzes Loch blickst. Du verlierst jegliches Gewicht, das deine Füße normalerweise an die Erde bindet, und wirst von ihr angezogen. Es ist, als würdest du jeden Moment von einem endlosen Nichts absorbiert werden. Grauenhaft.«

Bevor Etienne sich weiter in Details verlieren konnte, unterbrach Adam ihn. »Ich weiß jetzt, warum Anders mich um jeden Preis an die Leine legen will: Ich soll für ihn jemanden finden, der sich nicht finden lässt. Seinen Antipol, seine Schwester. Sein treu ergebener Diener Adalbert hatte bereits versucht, meine Zusage zu diesem Auftrag zu erlangen.«

»Wenn du das glaubst, dann hast du nichts von dem verstanden, was ich dir erzählt habe«, entgegnete Etienne ungehalten. Für geistige Nachzügler hatte er kein Verständnis. »Zum jetzigen Zeitpunkt würde Anders seiner Schwester in einer Konfrontation unterlegen sein – und zu einer Konfrontation wird es zweifellos kommen, schließlich bilden die beiden einen unüberwindbaren Gegensatz. Nur weiß *sie* mit der Macht ihrer Gabe umzugehen, während Anders, bevor Adalbert zu ihm übergelaufen ist, vermutlich nicht einmal eine Ahnung von den wahren Ausmaßen seiner Gabe hatte. Wenn er sie bereits eingesetzt hätte, wüsstest du davon. Dann gäbe es nämlich schon längst niemanden von unseresgleichen mehr in der Stadt. Was ist eigentlich los mit dir, Adam? So langsam bist du doch sonst nie.«

Doch Adam kümmerte sich nicht um diesen Seitenhieb. Während die Kabine sekündlich mehr zu schrumpfen schien, so dass er kurz davorstand, die Tür aufzutreten, begriff er allmählich, wohin all die Spuren führten, auf die er seit seiner Ankunft in Los Angeles gestoßen war. Rischka hatte sich die von Lakas außer Kontrolle geratenen Opferungen zunutze gemacht, um ihn hierherzulocken. Sie hatte auf seine Jagdinstinkte vertraut, die ihn schon auf die Spur zu Nias Leiche bringen würden. Damit er aus dem Fund die richtigen Schlüsse zog, was sie ihm wegen ihrer Abhängigkeit von Anders' Gabe nicht hatte sagen können: Anders hatte die wahre Bestimmung seiner Gabe entdeckt und bereits ausprobiert.

Plötzlich regte sein Dämon sich, drängte sich ihm auf. Doch Adam sah nicht nur ihn gleich einem Stück eines hundertfach zersplitterten Spiegels. Jeder einzelne Dämon seinesgleichen tauchte vor ihm auf, und kaum hatte Adam die vielen Bruchstücke im Geiste zusammengesetzt, blickte er schreckensbleich in den Spiegel hinein. Er starrte einem Dämon ins Antlitz, dem wiederauferstandenen Dämon.

Eine glutrot leuchtende Flamme in der Nacht, aus der sich eine Gestalt herausschälte. Ein betörend schönes und zugleich fremdartiges Wesen, das fern an einen jungen Menschen erinnerte, dem man nicht auf dem ersten Blick ansehen konnte, ob er nun männlich oder weiblich war. Anmutig beugte es sich vor und sah Adam mit einer Mischung aus Neugier und Herablassung durch den Spiegel an. Die Haut war weiß wie frisch gefallener Schnee. Und doch war sie nicht mehr als eine Maske, wenn man genauer hinsah. Dahinter pulsierte ein tiefes Rot, der reine Lebensstrom.

Adam glaubte, in den schwarz glänzenden Augen des Dämons verlorenzugehen, die Zeit und Raum außer Kraft zu setzen schienen. Eine Ahnung davon, was wahre Macht bedeutete, überkam ihn. Dieses Geschöpf, was auch immer es sein mochte, war in der Lage, sich alles zu nehmen, wonach ihm verlangte. Während Adam diese Erkenntnis noch zu verkraften versuchte, durchzog sich das pulsierende Rot im Inneren der Kreatur mit schwarzen Schlieren, und der Fluss des Lebens nahm langsam ab.

Die Augen des Dämons erzählten von einem nicht zu bändigenden Hunger, und seine Lippen bewegten sich, ohne dass ein Laut zu hören war. Adam verstand ihn auch so.

Sprich eine Einladung aus, damit ich meinen Hunger stillen kann, forderte er.

Panik brach in Adam aus. Die Vision war so echt und bedrohlich, dass er kaum an sich halten konnte. Ein verzweifelter Schrei brach aus, und es dauerte einen Moment, bis er begriff, dass er von seinem Dämon stammte.

Nein, dazu will ich nicht werden, klagte er. *Ich werde meinen Tempel nicht aufgeben, um mit den anderen zu einem zu verschmelzen. Ich bin ich.*

»Ganz meine Rede«, erwiderte Adam mit belegter Stimme, während er seine Finger lockerte, die den Telefonhörer umfasst hielten, als wollten sie ihn in seine Bestandteile zerlegen.

Immer noch stand ihm der ungezügelte Hunger gepaart mit einer erschreckenden Macht des Wesens vor Augen. Die Bezeichnung *Gottheit* ist vielleicht doch gar nicht so schlecht gewählt, gestand Adam sich ein, während ein wildes Lachen seine Kehle hinaufzusteigen drohte. Er schloss die Augen, bis sie zu tränen begannen, doch das Spiegelbild hatte sich auf seiner Netzhaut eingebrannt. Reiß dich zusammen, fuhr er sich selbst an. Das hier ist erst der Anfang vom Ende. Jetzt weißt du wenigstens, was gespielt wird.

»Adam?«, hörte er Etiennes aufgeregte Stimme. »Adam, bist du noch da? Sag doch was, mein Junge.«

»Um die Entwicklung von Anders' Gabe brauchen wir uns allem Anschein nach keine Sorgen mehr zu machen. Es sieht nämlich ganz danach aus, als ob er sie bereits zum Einsatz gebracht hat. Ich habe einen verlassenen Tempel gefunden, Etienne. Wohin geht ein Dämon wohl, der kein Haus mehr hat, das ihn in dieser Welt hält?«

»Zu Anders, weil er die einzelnen Splitter des Dämons wieder zusammenfügen kann.«

Wieder eins werden, aufgehen im Ganzen, eine Einladung, die man nicht ablehnen darf. Aber ich werde sie ablehnen, ganz gleich, wie zwingend sie ist. Ja, das werde ich!, sagte der Dämon und wiederholte die Sätze wie eine Art Losung, von der er selbst nicht recht überzeugt war.

»Du musst sofort die Stadt verlassen, Adam. Du magst dich Anders vielleicht entziehen können, das heißt aber noch lange nicht, dass du ihm gewachsen bist. Komm zu mir, und wir werden seine Schwester gemeinsam aufsuchen. Ich kann den Weg zu ihr finden, nachdem sie ein Mal zu mir gekommen ist. Es ist ihre Aufgabe, sich Anders zu stellen. Sie ist sein natürliches Gegengewicht.«

»Nichts lieber als das.« Adam rieb sich immer noch die Augenlider, hinter denen das Abbild des wiederauferstandenen

Dämons aufblitzte. »Ich kann bloß nicht so ohne weiteres von hier fortgehen.«

»Wenn es wegen Rischka ist …«

»Ich habe eine Frau kennen- und lieben gelernt, Etienne. Anders hat etwas gegen sie in der Hand, womit er sie zum Bleiben zwingen kann. Und wenn sie bleibt, bleibe ich auch.«

»Adam!«, schrie Etienne aufgebracht, wobei sich seine Stimme vor Furcht überschlug. »Adam, du kannst auf keinen Fall bleiben, du musst sofort …«

Doch da hatte Adam bereits aufgelegt. In die Kabine hatte sich ein zarter Apfelduft geschlichen. Draußen an der Rezeption wartete Esther auf ihn. Das war alles, was für ihn zählen durfte.

35

Ein Zeugnis von Ergebenheit

Esther hatte auf einem Sofa Platz genommen. Dieselbe anmutige Körperhaltung wie damals, als Adam ihr im Fin de siècle zum ersten Mal gegenüberstand.

Damals, wiederholte Adam kopfschüttelnd. Es mag sich zwar so anfühlen, als wäre sie bereits seit einer Ewigkeit an meiner Seite, aber es sind letztendlich doch nur ein paar Tage. Und trotzdem fühle ich mich ihr derart verbunden. Nein, ich werde mir diese Liebe auf keinen Fall nehmen lassen, nicht vom Dämon und erst recht nicht von Anders, versprach er sich selbst, während er auf Esther zuging. Dieses Mal entscheide einzig und allein ich über mein Schicksal.

Als er in Esthers Blickfeld geriet, verharrte er jedoch. Ihr Ausdruck war prüfend und für seinen Geschmack viel zu distanziert. Das erinnerte nun doch zu sehr an ihr erstes Zusammensein. Zu seiner Enttäuschung hatte sie die Spuren ihrer Liebesnacht abgewaschen, er rief sich jedoch sogleich ins Gedächtnis, dass es für ihn zweifelsohne besser war. Auch so konnte er sich in ihrer Nähe kaum über den Weg trauen. Das Gespräch mit Etienne hatte eindrucksvoll bewiesen, dass er, seit er Esther begegnet war, an nichts anderes mehr denken konnte. Das Netz aus Spuren um Anders hatte weit ausgebreitet vor ihm gelegen, und er war lediglich darüber gestolpert, ohne es weiter zu beachten.

»Was machst du denn hier? Als ich dich verlassen habe, warst du gerade erst eingeschlafen. Du warst ganz schön erschöpft.«

Und du bist es immer noch, wenn ich mir dein fast durchscheinendes Gesicht und die Schatten unter den Augen ansehe, dachte er bei sich. Die Zeugnisse ihrer Erschöpfung waren so ausgeprägt, dass sie sich nicht mehr wegschminken ließen, und das beunruhigte Adam sehr.

Esther erwiderte sein Lächeln nicht. »Ich wollte sichergehen, dass du nicht ohne mich aufbrichst.«

»Wohin sollte ich denn ohne dich gehen?«

»Weich mir bitte nicht aus. Versprich mir, dass du die Konfrontation mit Anders nicht im Alleingang bewältigen willst.«

Daher wehte also der Wind. Obwohl Adam vor ihr stand und sie notgedrungen zu ihm aufblicken musste, fühlte es sich genau andersherum an. Esther hatte das Zepter eindeutig in der Hand, wie er etwas pikiert feststellte. Die Art, wie der Mann hinter der Theke grinste, bestätigte seinen Verdacht.

Nervös wischte Adam sich über den Mund, der Esthers wohl erst einmal nicht mehr berühren würde. Vor allem nicht, wenn er ausgesprochen hatte, was sie ohnehin bereits erraten hatte. »Es ist nicht so, dass ich es mir vorgenommen hätte, aber was spricht denn dagegen, wenn du auf dem Zimmer bleibst?«

Wie auf Befehl grub sich eine steile Falte zwischen Esthers Augenbrauen, so dass Adam sofort beschwichtigend die Hände hob.

»Wenn du dich Anders stellst, dann tust du es meinetwegen, richtig? Weil er mich erpressen kann.«

»Ja, aber nicht nur. Es ist nämlich so, dass …«

»Du tust es nicht etwa, weil du dich an ihm rächen willst, nachdem er versucht hat, dir seinen Willen aufzuzwingen und damit fast Erfolg gehabt hätte? Es geht hierbei doch nicht vielleicht um dein verletztes Ego?«

Adams Mund klappte unwillkürlich zu. Esther vermutete also, er befände sich auf einem Rachefeldzug. Nun, normalerweise wäre er das wohl auch gewesen. Es entsprach seinem

Naturell, seinen Feinden nichts durchgehen zu lassen. Es war nur so, dass er in diesem Fall absolut keinen Gedanken in diese Richtung verschwendet hatte. Alles, was er sah, war Esther. Wenn eben nicht das Gespräch mit Etienne ein neues Licht auf die Lage geworfen hätte, wäre er mit einem Handelsvorschlag vor Anders getreten. Denn das Einzige, was er wirklich wollte, war gemeinsam mit Esther fortzugehen, ohne dass die Vergangenheit ihnen weitere Fallstricke in den Weg legte.

»Auch wenn Anders es eigentlich verdient hätte, dass ich ihm die Hölle heißmache, so habe ich es nicht vor. Du brauchst dir also keine Sorgen zu machen, noch einmal einen Mann aus reiner Rachsucht zu verlieren. Das ändert allerdings nichts an der Tatsache, dass ich Anders töten werde – falls mir das gelingen sollte.«

Die Skepsis in Esthers Blick ließ nicht nach. »Wie meinst du das?«

So leise sie die Unterhaltung auch führen mochten, der Nachtportier wirkte zunehmend beunruhigt. Vielleicht war es nur sein Überlebensinstinkt, der mit großer Verspätung wegen Adams Gegenwart anschlug. Oder er erkannte an ihrer Anspannung, dass sie keineswegs bloß ein Paar waren, das unterschiedliche Ansichten über die adäquate Unterbringung während ihrer Liebesreise hatte.

Nach einem ersten Zögern ließ Esther sich von Adam aufhelfen, und sie traten gemeinsam ins klare Morgenlicht des Vorhofes. Auf den Wagendächern lag Raureif, die Luft versprach einen klaren Wintertag. Zu gern wollte Adam sich auf diese Stimmung einlassen, während sein Arm um Esthers Taille lag, stattdessen erzählte er ihr in wenigen Worten, was er im Gespräch mit Etienne herausgefunden hatte. Esther hörte ihm zu, ohne ihn zu unterbrechen. Nur ihr schneller Herzschlag verriet, wie sehr sie die Neuigkeiten aus der Fassung brachten.

»Verstehst du jetzt, warum ich mich Anders allein stellen muss?«

»Ja, das verstehe ich. Es ändert nur nichts an meinem Entschluss, ihn gemeinsam mit dir aufzusuchen. Es geht nicht nur um eine Angelegenheit unter euresgleichen. Es geht auch darum, dass ich mich nicht von Anders erpressen lassen will. Ich muss selbst für mich einstehen. In den letzten Jahren bin ich ihm eine treue Dienerin gewesen, er hat kein Recht dazu, mich zu bedrohen.«

Sie waren bis zu ihrem Wagen spaziert, und Esther lehnte sich an die Kotflügel, als besäße sie nicht mehr ausreichend Energie, sich aufrecht zu halten. Adam sah ihr an, dass sie um ihren Entschluss zu kämpfen bereit war. Allerdings auch, dass sie danach gewiss zusammenbrechen würde. Die Stunden der emotionalen Gratwanderungen forderten ihren Preis, auch wenn sie sich das nicht eingestehen wollte. Na gut, dachte Adam, dann eben auf eine andere Tour.

»Das klingt so, als könnte ich deinem Entschluss weder mit Vernunft noch mit Bettelei beikommen«, dachte er laut nach.

Sofort schüttelte Esther den Kopf. »Tut mir leid, hier bin ich ganz sture Irin. Von einmal getroffenen Entscheidungen treten wir nicht zurück.«

»Selbst wenn es euer Ende bedeutet?«

Esther erbleichte, nickte aber trotzdem zustimmend.

»Nun denn.« Adam öffnete die Beifahrertür und deutete galant auf den Sitz. Mit einer misstrauischen Miene nahm Esther das Angebot an. »Solltest du nicht zufrieden dreinblicken, da du doch deinen Willen bekommen hast?«

»Irgendwie traue ich dem Frieden nicht über den Weg.«

Lachend schlug Adam die Tür zu.

»Wäre es nicht klüger, den Wagen in der Nähe des Garagentors zu parken, falls wir schnell von Anders' Gelände wegkommen müssen? So wäre es eine unnötige Rennerei. Ich tippe mal auf gut zehn Minuten und auch nur, wenn ich meine Pumps gegen

Laufschuhe eintausche«, sagte Esther und blinzelte ins wärmende Sonnenlicht. Der Schlafmangel machte sich mit Kälteschauern bemerkbar, und hinter ihrer Stirn hatte sich ein klopfender Schmerz eingenistet.

Adam rumorte im Kofferraum und summte dabei Sinatras *Under my skin* mit einer Beiläufigkeit, die ihr eine Gänsehaut verursachte. Ausgerechnet dieses Stück, das von einer großen Liebe erzählte, die unmöglich ein gutes Ende nehmen konnte. Trotzdem mochte sie ihn nicht dazu auffordern, etwas anderes zu summen. Also ging sie mit verschränkten Armen auf und ab, da er ihr mit seiner unnachahmlichen Körpersprache deutlich gemacht hatte, dass er ihre Unterstützung gerade nicht benötigte.

»Von dieser Lichtung aus kann ich nicht einmal die Mauer sehen, die das Grundstück umgibt. Wir müssen näher heran«, versuchte sie erneut, auf den Fehler in seinem Plan – wenn man überhaupt von einem Plan sprechen konnte – hinzuweisen.

Adams Kopf tauchte auf, und sie kam nicht umhin zu bemerken, wie unberührt er aussah. Die Aufregung der letzten Tage hatte nicht die geringste Spur auf seinem Gesicht hinterlassen – es war so makellos wie immer, abgesehen von dem Bartschatten, der ihm aber durchaus gut stand. Ihm zitterten weder die Hände vor Stress, noch zeichnete sich ein dunkles Dreieck auf seinem Hemd zwischen den Schultern ab, weil ihm die Angst im Nacken saß. Bei ihr kam zu allem Überfluss auch noch Atemnot hinzu.

»In dieser Einbuchtung steht der Wagen die nächsten Stunden im Schatten, zudem ist sie von der Straße aus schlecht einsehbar, hierher wird sich demnach wohl kaum jemand durch Zufall verirren«, erklärte Adam. »Außerdem will ich den Wagen, falls etwas schiefgehen sollte, nicht zu nahe an Anders' Grundstück stehen haben.«

»Falls etwas schiefgehen sollte, dürfte das Wohlergehen dieses verdammten Gefährts doch wohl dein geringstes Problem sein.«

»Täusch dich da mal nicht«, erwiderte Adam mit einem zärtlichen Blick, der Esthers Atmung für einen Moment gänzlich zum Erliegen brachte.

»Da hast du doch vorhin so viel Zeit in diesem Laden verbracht, aber als du herausgekommen bist, hattest du lediglich eine Wasserflasche und eine Decke dabei. Willst du die Benson vielleicht über den Kopf werfen, wenn er uns die Tür öffnet? Denn so wie es aussieht, werden wir klingeln müssen, um auf das Grundstück zu kommen.« Gestresst massierte Esther ihre Schläfen. »Wenn du mich nicht einfach hättest dösen lassen, sondern mit ins Geschäft genommen hättest, dann hätten wir jetzt wenigstens so etwas Praktisches wie Brecheisen bei der Hand.«

»Du brauchst nichts Praktisches, du hast doch mich.«

»Wirklich charmant«, erwiderte Esther, als Adam sich vor ihr aufbaute und die Arme um sie legte. In seinen Augen glaubte sie die Reflexion ihres Gesichtes zu erkennen, aufgelöst und erstarrt zugleich. Irgendwie hegte sie Zweifel daran, dass sie in ihrer Verfassung die bevorstehende Auseinandersetzung durchstehen würde. Bestimmt spielte Adam den Entspannten, um den Druck auszugleichen, der unübersehbar auf ihr lastete. Anders konnte sie sich seine souveräne Art nicht erklären.

»Fürchtest du dich denn kein bisschen vor dem, was uns gleich erwartet?«

»Dafür ist später noch Zeit«, flüsterte er, während seine Lippen die ihren suchten. »Jetzt möchte ich nur eins: dir sagen, wie wichtig du für mich bist. Wichtiger als alles andere, was man mir geben könnte.«

Zunächst schien es ihr unmöglich, sich auf einen Kuss einzulassen, doch da hatte sie Adams Wirkung unterschätzt. Es war nicht nur das leidenschaftliche Spiel seines Mundes und seiner

Finger, die ihren Nacken streichelten. Sie fühlte sich in einem Gleichtakt mit ihm, als würde er eine Magie spinnen, die sie fester an ihn band, als Worte es vermocht hätten. Dann begriff sie mit einem Schlag, aus welcher Quelle sich die Intensität dieses Kusses speiste: Es war ein Abschiedskuss!

Ehe Esther sich befreien konnte, spürte sie Adams Fingerspitzen seitlich unter der Kuhle ihres Ohrs. Ein kurzes Zugreifen, ein Aufflackern von Schmerz, dann versank die Welt in einem weichen Schwarz.

36

Wegfindung

Wie schon zuvor wäre es Adam auch an diesem frühen Morgen ohne weiteres gelungen, die Alarmanlage, die Anders' Grundstück schützte, zu umgehen. Nur entschied er sich stattdessen, wie ein Amateureinbrecher bei der Garageneinfahrt über die Mauer zu klettern. Unmittelbar vor den Kameras, die eigentlich Gäste zeigen sollten, die mit dem Wagen vorfuhren. Von dort aus stieg er in die Krone eines hochgewachsenen Ahorns. Unter einem anderen Mann wäre das Geäst vermutlich eingebrochen, doch Adam war ein geschickter Kletterer.

Zufrieden beobachtete er, wie Benson mit einem Gewehr in den Händen zu den Garagen eilte, wobei er einerseits Deckung suchte und sich andererseits darum bemühte, alles im Blick zu behalten. Je näher er der Stelle kam, an der Adam über die Mauer geklettert war, desto zögerlicher wurden seine Bewegungen. Fast schien er das helle Tageslicht zu verfluchen, das ihn in jedem Moment von einem Jäger in einen Gejagten verwandeln konnte. Auf seinem Gesicht prangte ein unübersehbarer Bluterguss, wo Adams Faust ihn getroffen hatte.

Schließlich entschied Benson sich dafür, das Katz-und-Maus-Spiel aufzugeben. »Warum kommst du nicht einfach aus deinem Versteck, Adam? Das ganze Theater ist völlig umsonst, weil Anders nicht in seiner Villa ist.«

Mit einem lautlosen Sprung landete Adam direkt hinter Benson und sagte: »Guter Versuch.«

Der kräftige Mann fuhr zusammen und hätte vor Schreck fast das Gewehr fallen gelassen. »Verdammte Scheiße«, keuchte er, dann hatte er sich sofort wieder im Griff, was Adam ihm hoch anrechnete. Betont langsam drehte Benson sich um, ohne allerdings die Waffe zu senken. Als der Lauf auf Adams Leibeshöhe ausgerichtet war, trat Benson der Schweiß auf die Stirn, solche Anstrengung kostete es ihn, den Abzug vor lauter Furcht nicht sofort zu drücken.

Adam schenkte ihm ein Lächeln, das den Mann jedoch keineswegs beruhigte. »Du kannst versuchen, mich zu erschießen, und mich damit einen Augenblick lang außer Gefecht setzen, Benson. Aber ich kann dir jetzt schon versprechen, dass ich heute zu schnell für dich bin.«

»Das mag ja stimmen«, erwiderte Benson, der gequält den Schweiß aus den Augen blinzelte. »Nur was ändert das? Denn hier wirst du Anders nicht finden.«

»*Hier* vielleicht nicht, aber dann doch bestimmt auf dem Nachbargrundstück. In der neuen Machtzentrale, richtig?«

Benson zögert genau eine Sekunde zu lang, den Abzug zu drücken. Diese Sekunde reichte Adam aus, um ihm das Gewehr zu entwenden. Stöhnend presste Benson die gebrochenen Finger vor die Brust.

»Das nehme ich dann mal als ein Ja auf meine Frage. Allerdings bin ich froh, diesen kleinen Umweg nicht umsonst gemacht zu haben, denn du kannst mir sicherlich verraten, wie man die Tresortür öffnet – da du den Bau begleitet hast, weißt du bestimmt Bescheid.«

Adam wartete einen Moment, doch Benson brachte nur ein energisches Kopfschütteln zustande.

»Vielleicht hast du ja einen falschen Eindruck von mir gewonnen, als ich dir bei unserem letzten Zusammenstoß nicht einfach schnell das Genick gebrochen habe. Wie auch immer, auf meine Nachsichtigkeit solltest du dich kein zweites Mal verlassen, vor allem nicht, wenn ich unter Zeitdruck stehe.«

»Du kannst mir nichts antun, was Anders mir nicht noch viel schlimmer antun könnte«, hielt Benson dagegen.

»Wenn ich hier fertig bin, gibt es keinen Anders mehr. Verstehst du?«

Zum ersten Mal überwand Benson seine Furcht und stieß ein krächzendes Lachen aus. »Du überschätzt dich, Schönling. Wir haben alle zugesehen, wie du an seinen Lippen hingst. Mag sein, dass du ihm ein Mal entwischt bist, aber ein zweites Mal gelingt dir das bestimmt nicht. Und dann wird dein Widerstand gebrochen sein. Anders braucht dich nur in seine Finger zu kriegen, dann gehörst du ihm.«

»Nun, wenn du mir nicht gleich die Zahlenkombination verrätst, dann wirst du persönlich erfahren, wie das mit den Küssen des Dämons so ist. Bist du schon einmal Zeuge einer missglückten Verwandlung geworden, wenn ein ungeeigneter Tempel unter dem Gewicht des Dämons zerbirst? Als Diener bist du vermutlich derartig ungeeignet, dass dein Körper sofort zerstört werden wird. Natürlich kann man sich nicht hundertprozentig darauf verlassen. Manchmal überleben einige zerbrochene Teile eines Tempels und sind dann unfähig, zu sterben. Keine schöne Sache.«

Bis auf einige leuchtend rote Flecken wich sämtliche Farbe aus Bensons Gesicht.

Ich hätte ohnehin nicht von ihm kosten wollen, teilte der Dämon mit. *Das Blut von Dienern ist es nicht einmal wert, auf den nackten Boden vergossen zu werden. Nichts weiter als roter Sirup.*

Doch Adam kümmerte sich nicht um ihn, sondern prägte sich stattdessen die lange Ziffernreihe ein, die endlich aus Benson heraussprudelte.

37

Tiefgang

Die Handwerker haben beim Einbau der Tür wirklich gute Arbeit geleistet, dachte Anders voller Ironie, als sein Instinkt ihm verriet, dass jemand unbemerkt den Raum betreten hatte. Tatsächlich hatte sich die Tür vollkommen lautlos geöffnet, und genauso lautlos war der Besucher hineingeschlüpft. Allerdings kam der Gast weder überraschend, noch war er unwillkommen.

»Du kommst ein wenig spät, Adam.«

Bei Anders' Gruß fuhr Adalbert zusammen, als hätte er einen elektrischen Schlag erhalten. Bestürzt wich der junge Diener einige Schritte zurück, sich die bandagierte Hand vor die Brust pressend. Anders dagegen drehte sich wenig besorgt um. Er ärgerte sich bloß darüber, keine Zigaretten bei der Hand zu haben.

»Ist das tatsächlich ein Gewehr, das du da hältst? Also wirklich.«

Adam betrachtete die Waffe in seinen Händen wie einen interessanten und gleichzeitig fremdartigen Gegenstand.

»Leider habe ich bei unserem letzten Zusammentreffen meine Klinge in dir stecken lassen. Mit irgendwas muss ich dich ja auf Distanz halten, obwohl ein Gewehr nicht wirklich nach meinem Geschmack ist. Aber das ist ja nichts hier in diesem schicken Opferraum.«

»Gefällt er dir etwa nicht?«

Anders war ernsthaft betrübt über Adams Urteil. Der Raum hatte den Durchmesser eines großzügig geschnittenen Wohnzimmers, die Wände waren dunkelrot lackiert, und in die Decke war ein Ventilator eingelassen. Auf dem schwarzen Granitboden stand ein hüfthoher Container, und als wolle er imaginären Staub abwischen, strich Anders mit dem Finger über dessen metallene Kante. Der Container hat unleugbar etwas von einem Opferaltar, dachte Anders währenddessen, aber das mochte auch an der Wandfarbe liegen, die sich rötlich in ihm spiegelte.

»Tja, vermutlich tauge ich als Innenarchitekt nicht sonderlich viel«, gestand Anders dann.

»Als Erpresser übrigens auch nicht, falls du es wissen möchtest.«

»Ich gebe zu, dass es kein besonders charmanter Zug von mir war, mir die Geheimnisse aus Esthers Vergangenheit zunutze zu machen. Aber wenn eine Dienerin nicht dafür da ist, benutzt zu werden, dann weiß ich, ehrlich gesagt, nicht, wofür sie überhaupt gut sein soll.«

»Interessante Sichtweise.«

Adam klang so neutral, wie seine Miene ausdruckslos war. Genau das verriet, wie nahe ihm die Anspielung auf Esther ging. Dass er seine Empfindsamkeit hinter einer Maske verbarg, hatte Anders schnell herausgefunden, dazu hatte er ihn gar nicht erst berühren müssen. Mehr überraschte ihn, dass Adam sein Temperament zu zügeln verstand, nach allem, was er bislang aufgespürt haben durfte. Der Mann war eine größere Herausforderung, als Anders gedacht hatte.

»Nichtsdestotrotz«, fuhr Adam fort, »wäre es ein klügerer Zug gewesen, Esther aus dem Spiel zu lassen. Dann hätte ich mich vielleicht davon überzeugen lassen, den eigentlichen Auftrag, den du für mich vorgesehen hast, anzunehmen. Das war alles sehr unklug von dir.«

Ohne die beiden Männer aus den Augen zu lassen, zog Adam die schwere Metalltür hinter sich zu, die mit dem Geräusch eines einrastenden Mechanismus schloss. Der leise Schrei, der

Adalbert dabei entfuhr, brachte ein Funkeln in Adams Augen. Er hält sich für das Gefährlichste in diesem abgeriegelten Raum, stellte Anders fest, und das gefiel ihm nicht. Führte es ihm doch vor Augen, wie wenig Einfluss er bislang tatsächlich auf diesen Mann ausgeübt hatte.

Adam schien seine Gedanken zu erraten. »Es fällt dir überraschend schwer, zu akzeptieren, dass ich für deine Gabe nicht erreichbar bin, was? Du musstest es unbedingt darauf anlegen.«

»Ich gebe zu, dass mich ordentlich der Ehrgeiz gepackt hat, als du dich mir ohne Schwierigkeiten entzogen hast. Das ist mir noch nie passiert.«

Um seine angebliche Verlegenheit zu überspielen, trommelte Anders mit der Fußspitze gegen den Container und ließ der Bewegung etwas Jungenhaftes innewohnen. Normalerweise entspannten sich die Leute, wenn er den netten Kerl gab, der einfach mal über die Stränge geschlagen hatte und nun nicht recht wusste, wie er es wieder geradebiegen sollte. Doch Adam reagierte nicht, und als Anders versuchsweise einen Schritt auf ihn zu machte, richtete er sofort den Gewehrlauf auf seine Brust.

»Wenn du mir zu nahe kommst, schieße ich dich über den Haufen. Ich habe nämlich nicht die Absicht, meine Widerstandskraft gegen deine Gabe erneut unter Beweis zu stellen. Außerdem interessiere ich mich im Augenblick viel mehr dafür, warum du Esther unbedingt erpressen musstest.«

Anders hob die Arme, wie um zu sagen: Einverstanden, legen wir die Karten offen auf den Tisch. Er hatte begriffen, dass die Zeit des Taktierens vorbei war.

»Sagen wir es so: Alles wäre bedeutend einfacher gewesen, wenn es Esther nach deiner Rückkehr nach Los Angeles gelungen wäre, dich davon zu überzeugen, dass sie dich nicht länger will. Entweder hättest du dich dann aus lauter Verzweiflung meiner Gabe überlassen, damit ich deine menschlichen Reste auslösche, die für dieses peinliche Gefühlschaos verantwortlich sind. Es wäre so wie bei unserem ersten Treffen gewesen, als du deiner selbst überdrüssig warst und dem Dämon die Bühne überlassen wolltest. Oder deine Rachsucht hätte die Oberhand gewonnen, und du hättest Esther oder zumindest Hayden für die Zurückweisung büßen lassen. Wenn du dann wieder bei klarem Verstand gewesen wärst, wäre es auf dasselbe hinausgelaufen, denn mit einer solchen Schuld hättest du sicherlich nicht weiterhin existieren wollen. Und ich bin die einzige Heilung, die es für dich gibt.«

»Dein Ziel war es also, mich in eine Situation zu bringen, in der ich mich freiwillig deiner Gabe ausliefere.«

Diese Feststellung kam genauso ungerührt bei ihm an wie alles andere an Adam. Gereizt steckte Anders die Hände in die Hosentaschen, da sie fast ein Eigenleben führten und immerzu in Adams Richtung wandern wollten, so stark war das Verlangen nach diesem Mann in ihm. »So reizvoll ich den Gedanken, mir deinen Dämon einzuverleiben, auch finde, das hätte warten müssen, bis du meinen Auftrag erfüllt hast. Ob du es glauben magst oder nicht, dieser Auftrag ist mir sogar noch wichtiger als mein unbefriedigter Ehrgeiz.«

»Das Auffinden deiner Schwester«, brachte Adam es trocken auf den Punkt.

»Als meine Schwester würde ich diese Kreatur nicht bezeichnen. Schließlich ist sie der Fleisch gewordene Tod für unsere Art, während meine Gabe ganz der Macht des Beherrschers gewidmet ist«, brachte Anders zwischen zusammengepressten Zähnen hervor. Obwohl es Schwäche verriet, warf er seinem Diener einen zornerfüllten Blick zu, der in einer Mischung aus Trotz und Bestürzung zurückstarrte. »Nicht, dass es von Bedeutung ist, aber hat Adalbert über den Auftrag geplaudert, oder hast du dich tatsächlich dazu durchringen können, deinen sträflich vernachlässigten Ziehvater zu kontaktieren?«

Langsam hoben sich Adams Mundwinkel, auch wenn es für ein Lächeln nicht ausreichte. »Mit Adalbert hast du dir einen miserablen Diener ausgesucht. Er dachte, er könnte mich dazu überreden, den Auftrag gegen das Wissen einzutauschen, warum Esther mich verlassen hat. Damit hätte er sich bestimmt so richtig lieb Kind bei dir machen können. Aber ich darf mich nicht beschweren, denn ohne seinen Hinweis, dass ein natürliches Gegengewicht zu deiner Gabe existiert, hätte ich mich wohl kaum dazu durchgerungen, den Kontakt zu Etienne zu suchen. So gesehen solltest du Adalbert danken, am besten, indem du ihn vom ewigen Leben kosten lässt, auf das er so versessen ist. Ansonsten kommt noch ein anderer Herr vorbei, dem er sich an den Hals wirft. Vielleicht ja sogar deine Schwester, sobald sie sich als die Überlegene herausstellt.«

»Lügner! So etwas würde ich nie tun«, brüllte Adalbert auf und schien in seiner Wut sogar die Waffe in Adams Hand zu vergessen. Nachdem er drei Schritte auf ihn zu gemacht hatte, fiel sie ihm wohl wieder ein. Rasch wollte er Schutz bei Anders suchen, der ihn jedoch so abfällig musterte, dass er stehen blieb. Es war klar, dass Adams Unterstellung richtig war.

»Anders ist der einzige Herr, den ich mir vorstellen kann. Alles, was ich getan habe, zielte darauf, ihn zu unterstützen«, erklärte Adalbert. »Mit dem Handel, den ich dir vorgeschlagen habe, wollte ich dich dazu bewegen, dieses verfluchte Weibsbild zu finden, ehe es unangekündigt vor Anders steht. Ich dachte, so könnte man sich den Umweg über Esther sparen. Ich habe das nur für dich getan, Herr! Ich wäre niemals zu deiner Schwester übergelaufen, wenn Adam sie gefunden hätte. Ich weiß doch, dass du ihr überlegen bist.«

»Tatsächlich?«, meinte Anders bloß.

Wild blickte Adalbert zwischen den beiden Männern hin und her, als wisse er nicht recht, wen von beiden zu überzeugen von größerer Bedeutung war. Schließlich blieben seine Augen an Anders hängen, der beschloss, sich diesen Verräter später vorzuknöpfen. Im Moment war es nicht verkehrt, ihn am Leben zu lassen, denn Adam war mindestens genauso wütend auf diesen Heuchler wie auf ihn. Und Adam war immer noch beängstigend ruhig.

Also zuckte Anders lediglich mit der Schulter und wandte sich Adam zu. »Vermutlich wäre es klüger gewesen, dir einfach zu sagen, was ich von dir will. Das hätte auch besser zu meinem ursprünglichen Plan gepasst. Als Rischka dich unbedingt mit der Suche nach dem opferfreudigen Unbekannten beauftragen wollte, habe ich sogleich zugestimmt. Ich wollte sehen, ob du wirklich so gut bist wie dein Ruf. Und gleichzeitig war es die beste Möglichkeit, herauszufinden, wie es um die Loyalität meiner Gefährtin bestellt stand. Was soll ich sagen: Letzteres erwies sich als Enttäuschung. Dass es mir dank Adalbert und dem Wissen, das er von Etienne mitgebracht hat, gelungen ist, meine Gabe weiterzuentwickeln, hat leider nicht ihre Zustimmung gefunden.«

»Es wundert mich ohnehin, dass Rischka nicht schon vorher zugesehen hat, wie sie dich loswird. Die Abhängigkeit, die deine Gabe hervorruft, ist doch bestimmt nicht nach ihrem Geschmack.«

Ganz beiläufig trat Anders einen Schritt vor, damit er sich bequem gegen den Container lehnen konnte. Dass ihn nur noch gut zwei Meter von Adam trennten, schien den beiden anderen nicht weiter aufzufallen.

»Die meisten von uns bemerken die Abhängigkeit gar nicht«, erklärte Anders geradeheraus. »Meine Berührung fühlt sich einfach zu gut an, für alles andere haben sie keinen Sinn mehr. Denkst du etwa, du bist der Einzige, der sich nach Frieden sehnt? Erinnere dich daran, wie sich meine Berührung angefühlt hat«, forderte er Adam eindringlich auf, getrieben von dem Wunsch, noch einmal das Verlangen in den Augen dieses Mannes zu sehen.

Unter Adams Wangenknochen zeichneten sich dunkle Schatten ab, als er seinen Kiefer fest aufeinanderpresste. »Nicht gut genug, um dafür zu sterben. Mir gefällt der Gedanke herzlich wenig, dass du dir meinen Dämon einverleibst und nur meine leere Hülle zurücklässt. Rischka scheint diese Frage ja wohl auch mit einem klaren Nein beantwortet zu haben, nachdem sie Nias Leichnam gesehen hat.«

»Da triffst du ins Schwarze«, bestätigte Anders lakonisch.

Die Erinnerung an die vollkommen hysterische Rischka gehörte zu den unangenehmsten Momenten seiner Existenz. Es war ein Fehler gewesen, seine Gefährtin einzuweihen. Allerdings war er schlicht überwältigt gewesen von der Erfahrung, den Splitter des Dämons, der in Nia beheimatet gewesen war, nicht bloß zu berühren, sondern tatsächlich zu sich zu ziehen, bis er sich mit seinem Dämon verband, vielmehr noch: in ihm aufging und ihn gestärkt zurückließ. Gerade noch war ihm bewusst geworden, dass er ein Gott unter seinesgleichen war, und in der nächsten Sekunde hatte ihm ein überdrehtes Weib ihre Fingernägel ins Gesicht gegraben. Mit ihren Nägeln hatte Rischka auch etwas anderes in ihn getrieben, das ihn zu zersetzen drohte. Instinktiv hatte Anders erkannt, dass es der Beweis für die Existenz seiner Schwester war und dass es ihr Blut sein musste, das ihn wie Säure verätzte. Zwar hatte Rischka ihm hinterher versichert, nichts von der verheerenden Wirkung des Elixiers gewusst zu haben, trotzdem war es eine äußerst unangenehme Erfahrung gewesen.

»Ich war tatsächlich überrascht, wie extrem Rischka reagiert hat«, erklärte Anders mit bitterem Ton. »Schließlich war Nia nicht gerade ihre Freundin, es hätte ihr also nichts ausmachen sollen, dass ich mich an ihr ausprobiert habe.«

»Offensichtlich aber doch, denn sie ließ mich herkommen und spielte mir über Esther einen Hinweis auf Nias Grab zu. Zu mehr ist sie in ihrer Abhängigkeit und Angst wohl nicht in der Lage gewesen. Wie gut, dass Lakas zwar nicht ernsthaft von ihrer Seite weichen, aber sich ohne ihre Kontrolle auch nicht mit dem Opfern zurückhalten konnte.«

»Für einen Zufall passt das alles ein wenig zu gut zusammen, wenn du mich fragst.« Anders bemerkte ein verräterisches Zucken an seinem Auge, trotzdem sagte er leichthin: »Eigentlich habe ich Rischkas Raffinesse stets zu schätzen gewusst. Aus diesem Grund habe ich sie Nia letztendlich auch bevorzugt. Hätte mir wohl denken können, dass sich das irgendwann auch mal gegen mich richten könnte.«

»Apropos Rischka: Wo steckt unsere gemeinsame Freundin eigentlich? Dieses ganze Kellerloch riecht nach ihr.«

Anders spielte an seiner Unterlippe herum, während Adalbert, der hinter dem Container Schutz zu finden hoffte, gezischte Verwünschungen ausstieß.

»Nach dem kleinen Zwischenfall mit dir, bei dem Rischka ihre Gabe eingesetzt hat, um mich zu manipulieren, gehen wir getrennte Wege.«

»Ach, aber dazu habt ihr euch gerade erst entschieden, falls meine Sinne sich nicht täuschen.«

»Was soll dieses plötzliche Interesse an Rischka? Schließlich war sie dir ab dem Moment vollkommen gleichgültig, als du einen Blick auf Esther erhascht hattest. Darüber sollten wir reden. Du willst Esther – und Esther will, dass dem kleinen Jungen in Irland nichts zustößt. Ich kann dir beides zusichern, dafür brauchst du nur mein Gegengewicht für mich zu finden.«

»Und das war es dann, ja?«

Anders zögerte keinen Augenblick, um zustimmend zu nicken. Allerdings sah Adam keineswegs überzeugt aus.

»Normalerweise würde der Deal nicht schlecht klingen, nur glaube ich nicht, dass wir danach quitt wären. Denn ich hätte immer noch etwas, das du unbedingt an dich bringen willst: meinen Dämon. Leider verspüre ich kein Verlangen mehr, mich auslöschen zu lassen. Und noch weniger bin ich von der Idee eines übermächtigen Dämons begeistert, der sich danach sehnt, unter den Menschen ein Blutbad anzurichten, um seine Wiederauferstehung gebührend zu feiern.«

»Das klingt so negativ«, sagte Anders. »Fast könnte man glauben, dass du dich bei Rischka angesteckt hast. Ihr gefällt die Vorstellung nämlich auch nicht, ihren kleinen Splitter von einem Dämon ins große Ganze übergehen zu lassen. Aber das beste Mittel gegen irrationale Ängste ist immer noch der Eigenversuch.«

Anstatt auf Adam zuzuhalten, was dieser zweifellos erwartete, riss Anders mit kraftvollem Schwung den Containerdeckel herunter. Nebelschwaden quollen unter Druck hervor, breiteten sich rasant schnell aus und raubten die Sicht.

Anders' blutrotes Reich färbte sich weiß wie Schnee.

38

Unter dem Gefrierpunkt

Adam konnte nicht einmal mehr Schemen ausmachen, so dicht war der Nebel. Der weiße Dunst hatte sich gleich einer Explosion in dem Raum ausgebreitet, der mit einem Schlag beängstigend klein wirkte. Unwillkürlich schnappte Adam nach Luft, die ihm der Nebel von den Lippen stahl. Er fraß den Sauerstoff regelrecht weg. Irgendwo hörte er Adalberts qualvolles Japsen.

Du hättest nicht lange reden, sondern handeln sollen, fauchte sein Dämon, als ob das jetzt eine große Hilfe wäre.

Seit sie den Opferraum betreten hatten, war der Dämon wie ein gefangener Tiger in seinem Inneren auf und ab gelaufen und hatte Anders belauert, offenbar unschlüssig, was zu tun war – nun, da sich sein wunderbarer Anders in seinen Feind verwandelt hatte. Oder vielleicht doch nicht? Adam war das gleichgültig. Er hatte seine Schuldigkeit getan und denjenigen aufgespürt, der den Dämon raubte.

In diesem Moment sprang der riesige Deckenventilator an und saugte den Nebel auf, der sich in tanzende Schlieren verwandelte, die gen Decke strebten.

»Das System ist noch nicht perfekt, aber das wird noch.« Anders lachte, dann deutete er mit dem Zeigefinger auf Adalbert, der kreidebleich und nach Luft ringend an die Wand zurückgewichen war. »Na los, mach dich nützlich und hilf unserem Schneewittchen aus ihrem kalten Bett heraus.«

Voller Entsetzen verzog Adalbert das Gesicht. »Ich soll da reinfassen? Das Kohlenstoffdioxid wird mir die Hände erfrieren.«

»So was. Er ist wirklich ein miserabler Diener, genau wie du gesagt hast, Adam.«

Mit einer raschen Bewegung fasste Anders in den Container und warf eine Handvoll weiße Nuggets in Adalberts Gesicht. Mit einem Schmerzensschrei schlug der Diener die Hände vors Gesicht und krümmte sich.

»Nun, er scheint das Trockeneis ja wirklich nicht sonderlich gut zu vertragen«, sagte Anders mit einem Blick auf seine eigene, von der Kälte rötlich verbrannte Hand, die sich jedoch bereits wieder erholte – in einem Tempo, das Adam schlucken ließ. Der Dämon in Anders leistete Enormes. »Dann muss ich mich also selbst an die Arbeit machen.«

Beherzt packte Anders mit beiden Armen in den Container und hievte eine Schneeskulptur heraus, die er vorsichtig, wie etwas sehr Zerbrechliches, auf den Boden legte.

Voller Unglauben kniete Adam sich neben ihn hin.

Auf dem schwarzen Boden lag Rischkas Abbild, von dem Anders seine Hände nicht lösen konnte. Wortwörtlich, denn sie waren festgefroren. Trotzdem zögerte Adam, noch ein Stück näher an diesen Mann heranzurutschen, um besser sehen zu können. Dann nahm ihn Rischkas Anblick gefangen, und er vergaß seine Vorsicht. Ihre Augenlider lagen so leicht auf wie bei einer Schlafenden, Kristalle glitzerten auf ihren Lippen und lösten sich bereits in feinste Wassertropfen auf. Gleich einem verblassenden Zauberbann schmolz die Eisschicht dahin, von der Rischka umgeben war.

Sie ist zu Hause, hauchte der Dämon mit einer ungeahnten Erleichterung.

Im ersten Moment stutzte Adam, dann begriff er, was er damit sagen wollte: Anders hatte Rischka noch nicht ihres Dämons beraubt.

»Anstatt deine Exgeliebte auf einem schäbigen Hinterhof ausbluten zu lassen, frierst du sie jetzt ein?«

Anders nickte ungeniert, während er mit einem scheußlichen Geräusch seine Hände von der Eisfigur riss. Die Hände sahen wie weißer Marmor aus, dann färbten sie sich schlagartig schwarz, wie abgestorben, was Anders jedoch nicht im Geringsten zu kümmern schien.

»Nia ausbluten zu lassen, war nicht nur umständlich, sondern auch widerlich. Dieser grauenhafte Gestank von verschwendetem Blut, das im Boden versickert. Das brauche ich definitiv nie wieder. Um meine Gabe jedoch einsetzen zu können, muss die Blutzirkulation zum Erliegen gebracht werden – die Unterbrechung des ewigen Lebens, bevor ich es zu mir umleite. Einfrieren ist da schon deutlich mehr nach meinem Geschmack, auch wenn man sich beeilen muss, damit das Opfer nicht wieder auftaut.«

»Rischka ist nicht dein Opfer«, erwiderte Adam.

Er hatte das letzte Wort noch nicht vollendet, als das schmerzhafte Zusammenklappen seines Lungenflügels ihm die Luft abschnitt. Dann erst spürte er den Stich in seinem Rücken, ausgehend von jener Stelle, in die Anders ihm blitzschnell eine Klinge zwischen die Rippen getrieben hatte.

»Ich dachte mir, dass du dein Souvenir sicherlich zurückhaben willst. Oder hätte ich den venezianischen Dolch lieber Rischka überreichen sollen? Eigentlich gehört er ja ihr.« Die Selbstzufriedenheit in Anders' Stimme war nicht zu überhören. Mit einem Ruck brach er die Klinge ab und warf ihren kristallenen Griff auf den Marmorboden, wo er in unzählige Splitter zersprang.

Adam sackte vornüber, überwältigt von dem immer wiederkehrenden Schmerz, wenn der Dämon versuchte, den Schnitt in der Lunge zu heilen und dabei gegen die Spitze stieß. Verzweifelt ertastete Adam die Eintrittswunde am Rücken, wodurch er die Schneide jedoch nur tiefer ins Fleisch trieb.

»Keine Sorge. Die Klinge wird schon wieder herausgeschoben werden, aber dazu musst du stillhalten. Dann ist es nur eine Frage der Zeit.« Anders streckte die Hand aus, als wolle er Adam auf die Schulter klopfen, besann sich jedoch eines Besseren. »Ich muss mich sputen, bevor unsere Eisprinzessin zu schmelzen beginnt. Also, entspann dich und genieß die Show, mein Freund.«

Leise pfeifend nahm Anders einen Splitter der zerbrochenen Kristallwaffe und zerschnitt damit die Venen, die über sein Handgelenk liefen. Die Blutstropfen färbten Rischkas weiße Lippen ein, bis sie wie lackiert glänzten, dann beugte sich Anders über sie, um ihr mit einem Kuss den Funken ewigen Lebens zu nehmen.

Adam streckte seine bebende Hand nach ihm aus und berührte ihn an der Schulter.

Anders warf ihm einen gereizten Blick aus den Augenwinkeln zu. »Blamier dich bitte nicht mit so einem läppischen Angriff. Du bist ja nicht einmal in der Lage, mir einen halbwegs kräftigen Schlag zu verpassen.«

Zu Adams Glück begriff Anders zu spät, dass er keineswegs beabsichtigte, ihn anzugreifen. Ganz im Gegenteil. Schon einen Moment später fanden Adams Finger das Stück nackte Haut über Anders' Hemdkragen. Sofort baute sich die Magie der Gabe zwischen ihnen auf, verband sie beide auf eine Weise miteinander, der sie nicht widerstehen konnten.

Tief in seinem Inneren hörte Adam seinen Dämon einen entzückten Seufzer ausstoßen, dann spürte er, wie sein Wille von einer sanften Welle fortgespült wurde. Es gab nur noch das Versprechen von Anders' Gabe, das süßeste Versprechen, das ihm jemals gegeben worden war.

So langsam, wie es sein geschundener Körper zuließ, zog er sich an dem vor ihm knienden Anders hoch, der sein eigentliches Ansinnen vollkommen vergessen hatte.

Nur noch einen Augenblick, dann würde sein Mund eine Einladung aussprechen. Das war das Einzige, was noch zählte.

Rischkas Zungenspitze, die nach dem Blut auf ihren Lippen leckte, war genauso bedeutungslos wie Adalberts Schatten, der sich auf ihn zubewegte.

Gleich würde er verloren sein und sein Dämon die Herrschaft an sich reißen.

Verloren …

Kaum war die Verbindung zu IHM hergestellt, weitete sich sein Gefängnis. Es war, als würden die Wände fortspringen, während der erste Sonnenstrahl nach Tausenden von Jahren sein Antlitz berührte. Mit einem Seufzer wandte er sich der Machtquelle zu, die ihm den Weg aus der Dunkelheit wies und ihn mit jedem Schritt, mit dem er sich ihr näherte, stärker machte.

Dabei schmolz das aufdringliche Subjekt namens Adam, das stets die Kette an seinem Bein gewesen war, gleich einem Stück Eis. Noch schillerte er wie ein Diamant, aber nicht mehr lange, dann würde nichts mehr an ihn erinnern.

Er verharrte.

Jetzt war nicht der rechte Moment, um zu zögern, schalt er sich. Es fehlte nur ein winziges Stück des Weges, dann gehörte sein Tempel endlich ihm allein. Kein lästiger Vermieter würde mehr da sein, der seine eigenen Pläne verfolgte.

Je stärker er wurde, desto heller brannte er und verzehrte alles, das sich ihm in den Weg stellte.

Sein Traum, das einzige Ziel, das er kannte, war zum Greifen nah. Und trotzdem verharrte er.

Du weißt auch, warum, gestand er sich widerwillig ein. Sobald der Quälgeist erlöscht, wirst du IHM nicht widerstehen können, wenn ER dich zu sich ruft. Die Freiheit wäre von sehr kurzer Dauer, wenn ER dich zu sich nimmt. Im Ganzen besteht der Einzelne nicht mehr.

So überwältigend und großartig das Ganze auch sein mochte, nur ein Splitter zu sein, war vielleicht auch gar nicht verkehrt. Zumindest wusste man, dass man ein Splitter war.

Während er sich selbst für diese Erkenntnis hasste, kehrte er widerwillig in die Dunkelheit zurück, wohl wissend, dass sich nie wieder die Möglichkeit anbieten würde, den Kerker zu verlassen. Denn wenn man sich auf eine Sache verlassen konnte, dann auf die Rachegelüste des Quälgeistes. Er würde wissen, wie man die Sonne für immer zum Erlöschen brachte.

39

Scherbenhaufen

Von Angesicht zu Angesicht fand Adam sich mit Anders wieder, verwirrt und von einer Erregung ergriffen, die sich nur schwerlich wieder abschütteln ließ. Auch Anders schien vollkommen entrückt zu sein, den Mund zum einladenden Kuss geöffnet. Einem Kuss, den Adam ihm in diesem Moment nicht einmal dann gegeben hätte, wenn er gezwungen wäre, das Elixier bis zur Neige auszutrinken, das Rischka von Adalbert gestohlen hatte.

Nervös leckte Adam sich über die Lippen und brachte seine Finger dazu, den Nacken des Mannes frei zu geben, obwohl sein Körper unablässig nach der Berührung verlangte, ausgelöst von dem betörenden Muskatduft, der Anders stärker als je zuvor umgab. Allerdings war es nur sein Körper, der so überschwänglich reagierte, während von den verzückten Lauten des Dämons nichts mehr zu hören war. Der schwieg so vollkommen, als gäbe es ihn gar nicht mehr. Er musste seine Chance nutzen, sofort!

Als Adam jedoch abrückte, bohrte sich die Klinge erneut in seine Lunge. Keuchend lehnte er seine Stirn gegen Anders' Brust, der ihn in seiner Verklärung in die Arme schloss. Qualvoll, als müsse er an dem anziehenden Muskatduft ersticken, drehte Adam den Kopf, zu schwach, der Umarmung zu entkommen. Neben ihm stand Adalbert, und seine Augen funkelten vor Neugierde. Sein Gesicht war mit rot leuchtenden Flecken überzogen, wo es mit dem Trockeneis in Berührung gekommen war.

»Der Kuss, die Einladung des Dämons, geht von Mund zu Mund. Das ist es zumindest, was ich gehört habe. So, wie du an Anders hinabgleitest, sieht es ganz danach aus, als wolltest du mich eines Besseren belehren. Du planst wohl einen Kuss der besonderen Art, was? Dabei dachte ich, dass das, was du uns auf der Party geboten hast, an Hemmungslosigkeit schon nicht mehr zu überbieten sei.«

Mehr als ein drohendes Knurren brachte Adam nicht zustande. Jede weitere Bewegung hätte die Klinge tiefer in sein Fleisch getrieben.

»Knurrst du mich an, du mieser Köter?« Adalbert begutachtete das Gewehr, das er vom Boden aufgeklaubt hatte. Dann richtete er die Waffe auf Adam. »Ich gebe dir noch zehn Sekunden Zeit, Anders mit einem Kuss einzuladen. Dabei ist mir sogar gleich, auf welche Art du ihn küsst.« Ein widerwärtiges Lächeln breitete sich auf Adalberts Zügen aus. »Falls nicht, schieße ich dir deinen Kopf aus nächster Nähe weg, und dann kann Anders sich überlegen, was er mit dir zu tun gedenkt. Ein Bett im Trockeneis wäre in so einem Fall empfehlenswert. Wenn ich also bitten darf?«

Starr vor Zorn sah Adam auf Adalberts Lippen, die von zehn an rückwärts zu zählen begannen. Ohne einen Laut von sich zu geben, machte sein Dämon sich unterdessen daran, die Klinge aus seinem Fleisch zu treiben. Doch es ging nicht annähernd so schnell, wie Adalbert zählte. Adam dachte an Esther, die er gegen ihren Willen an einem sicheren Ort zurückgelassen hatte. Denn es sah ganz danach aus, als ob er diesen Kellerraum niemals mehr verlassen würde.

»Null«, sprach Adalbert genussvoll langsam aus, während sein Finger sich um den Abzug legte.

Plötzlich wurde Adalbert herumgerissen, und es erklang ein dumpfes Pochen. Splitter flogen durch die Luft, Adalbert taumelte herum, das Gesicht ein Netz aus weißen Linien, die sich jedoch bald mit Blut füllen würden. Er verdrehte die Augen, bis nur noch das Weiße zu sehen war, dann kippte er zur Seite.

Dort, wo eben noch Adalbert gestanden hatte, schwankte nun Rischka vor und zurück, die nach wie vor mehr einer Schneeskulptur als einem lebenden Wesen glich. Nur die Lippen hatten Farbe. Eine ihrer Hände war nicht länger vorhanden, der Arm endete in einem Stumpf, was sie jedoch nicht weiter zu kümmern schien. Mit ruppigen Bewegungen, die nur durch die Macht des Dämons gelenkt wurden, stieß sie ihre Finger in die Einstichwunde in Adams Rücken, sich keinen Deut um seinen durch den Raum schallenden Schmerzenslaut scherend. Kaum hatte sie die abgebrochene Klinge herausgezogen, stieß sie sie in Anders' Kehle, der sich gerade erst wieder zu regen begonnen hatte, als würde er aus einem Traum aufwachen.

Nach Luft ringend, fiel Adam auf die Seite, während der Dämon Millimeter für Millimeter den Schnitt in seiner Lunge schloss, jetzt, da ihm nichts mehr im Weg war. Nur eine Armlänge von ihm entfernt lag der bewusstlose Adalbert, dessen zerschundenes Gesicht bereits von Blut überströmt war. Obwohl sein Körper protestierte, gelang es Adam schließlich, sich auf die Knie zu ziehen. Rischka verharrte über Anders, die Hand an seiner Halswunde, als wolle sie verhindern, dass er sich die Klinge wieder herauszog. Tatsächlich war Anders so weit zu sich gekommen, dass sein Blick auf die am ganzen Leib zitternde Frau gerichtet war, aus deren Stumpf nun Blut zu fließen begann. Tropfenweise, denn noch war das Adergeflecht nicht gänzlich wieder aufgetaut.

»Wir werden diesen Hurensohn jetzt endgültig umbringen«, erklärte Adam, kaum dass genug Luft in seinen Lungen war.

»Nicht wir. Du musst das allein tun. Ich kann es einfach nicht.« Rischkas Stimme klang so rau, als gehörte sie einer anderen. Dabei erklang ein grauenhaftes Geräusch, als ihre vereisten Lippen einrissen.

»Meinetwegen, aber dafür schuldest du mir etwas. Und du kannst mir vertrauen, dass ich dich zahlen lassen werde.«

Mit jeder Bewegung spürte Adam, wie der Dämon ihm mehr Kraft verlieh. Widerwillig nahm Adam das Geschenk an, wohl wissend, dass in seiner Welt nichts umsonst war. So wie er später die Schulden bei Rischka einfordern würde, würde der Dämon einen größeren Raum in ihm in Anspruch nehmen, nachdem er ihm diesen zugestanden hatte, um Anders gewachsen zu sein. Aber das zählte jetzt nicht.

Es war mehr Gewalt nötig, Rischka von dem bewegungslosen Anders wegzuziehen, als geahnt. Als würden ihre Glieder ihm weiterhin die Treue halten, obwohl der Verrat schon längst vollzogen war.

Zu seiner Verwunderung fiel es Adam jedoch nicht schwer, brutal mit Rischka umzuspringen. Sein Rachebedürfnis meldete sich und flüsterte ihm zu, dass er seine jetzige Lage allein ihrer hinterhältigen Art zu verdanken hatte. Auch dieses Gefühl hieß Adam willkommen, denn er brauchte trotz der Kraft, die der Dämon ihm verlieh, auch eine enorme Willensanstrengung, um die Wunde in Anders' Kehle zu weiten, damit das Blut schneller herauslief. Währenddessen suchten Anders' Hände nach seiner Haut, wohl in der Hoffnung, seine spezielle Magie ein weiteres Mal wirken zu können. Doch weder Mann noch Dämon reagierten auf die Berührung, und bald wurde Anders' Griff immer schwächer, bis er schließlich abfiel.

Rischkas Weinen, das sich mittlerweile zu einem unkontrollierten Schluchzen gesteigert hatte, ignorierend, riss Adam den Deckel des Containers beiseite und hievte Anders' leblosen Körper in das Bett aus Trockeneis. Obwohl seine Hände wegen der Kälte wild zu pochen begannen, schaufelte er so lange, bis nichts mehr von Anders zu sehen war. Dann verschloss er den Container.

Mit geschlossenen Augen stand Adam da und wartete ab, bis

seine vor Kälte abgestorbenen Hände wieder zu Leben erwachten. Rischkas Weinen zerrte an seinen Nerven, genau wie das widerliche Geräusch, mit dem die einzelnen Splitter ihres abgetrennten Stumpfes wieder zu ihr zurückkehrten, um sich zusammenzusetzen. Der Gestank von dem vergossenen Blut brannte ihm in der Nase und reizte unablässig seinen Magen. Er konnte hören, wie Adalbert erwachte und wimmernd über den Boden kroch. Als er die Berührung von Haut auf Metall registrierte, öffnete er fluchend die Augen, doch da hatte Adalbert das Gewehr bereits wieder in den Händen.

»Bleib, wo du bist«, forderte Adalbert ihn auf, das Gesicht nicht mehr als eine rote Fratze.

»Wenn du tatsächlich glaubst, dass du wegen eines Gewehrs in deinen Händen an mir vorbeikommst, um Anders zu befreien, dann bist du noch dümmer, als ich dachte«, sagte Adam leise, was ihn noch bedrohlicher klingen ließ. Mit einem von der Kälte schwarz verdorrten Zeigefinger deutete er dabei auf Adalberts Brust, als würde er jeden Augenblick vorschnellen, um ihm das Herz herauszureißen.

Adalberts Kinn bebte vor Anspannung, während er nach der passenden Entgegnung suchte. »So dumm bin ich tatsächlich nicht«, brachte er schließlich hervor. »Ich werde jetzt gehen, aber ich verspreche dir, dass wir uns wiedersehen werden.«

»Leck mich.«

Adam betrachtete den Gewehrlauf, als würde er ausloten, ob die Kugel tatsächlich schneller sein konnte als er in seiner Wut. Adalbert wartete seine Entscheidung nicht ab, sondern betätigte den Mechanismus der Tür, um so schnell wie möglich durch den Türspalt zu schlüpfen.

Es dauerte eine Weile, bis Adam sich so weit unter Kontrolle hatte, dass er Rischka anblicken konnte, ohne ihr den Schädel einzuschlagen und sie neben Anders zu betten. Adalbert gehen zu lassen, hatte ihn fast seine gesamte Beherrschung gekostet, und in ihm brüllte seine Rachsucht laut nach Vergeltung. Dafür hatte er jedoch keine Zeit, er musste zurück zu Esther, die schon längst aus ihrer Ohnmacht erwacht sein musste und ihn vermutlich zum Teufel wünschte, weil er ihr Ansinnen so hinterhältig unterlaufen hatte.

»Hör mir zu, Rischka. Du wirst deinen Anteil daran tragen müssen, dass Anders nicht wiederaufersteht. Allein kann ich das jetzt nicht übernehmen, denn es muss schnell gehen.«

Mühsam riss Rischka den Blick von ihrer Hand los, die aussah wie ein grob geflickter Handschuh aus rotbraunem Leder. »Ich kann nicht«, wimmerte sie. »Anders' Einfluss ist zu stark, du weißt ja nicht, wie es sich anfühlt, auf seine Berührung verzichten zu müssen. Nein, ich kann das einfach nicht.«

»Du kannst nicht nur, sondern du wirst auch. In diesem Container liegt eine ausgeblutete, erfrorene Hülle, die der Dämon erst wieder in Besitz nehmen muss. Nur werden wir es nicht so weit kommen lassen. Wir werden diese Hülle zerschlagen und dann die Splitter in alle Himmelsrichtungen zerstreuen, bevor sie schmelzen und der Dämon sie wieder zusammensetzen kann. Du wirst dich der unnützen Teile wie den Gliedmaßen annehmen und ich der lebenswichtigen, damit du mir gar nicht erst auf dumme Ideen kommen kannst.« Rischka sah ihn aus tränennassen Augen an, aber er erkannte auch bereits wieder ihren Stolz, der nicht mehr lange zulassen würde, dass er so mit ihr umsprang. Er musste sich also noch mehr beeilen. »Wenn du deinen Anteil erledigt hast, wirst du zu mir kommen.«

»Warum sollte ich das tun?«

»Um zu zahlen, Rischka. Dafür, dass ich dich von Anders befreit habe, und dafür, dass du mich wie eine Marionette behandelt hast. Das wird teuer.«

Rischka zog eine Schnute. »Ohne mich hättest du deine wertvolle Esther allerdings niemals kennengelernt.«

»Das stimmt«, sagte Adam, während er den Containerdeckel aufzog und Anders' Leib zum Vorschein brachte. »Ob ich dich dafür bis ans Ende deiner Tage zahlen lassen werde oder dir deine Schulden erlasse, wird sich schon bald herausstellen. Aber jetzt verabschiede dich erst einmal von dem Mann, der eine Götterdämmerung der blutigen Art einleiten wollte.«

Mit voller Wucht schleuderte Adam den schweren Deckel auf Anders' Leib, um ihn zu zerbrechen. Er würde so lange auf ihn einschlagen, bis nur noch unzählige Splitter von ihm vorhanden waren. So wie einst auch der Dämon zerschlagen worden war. Und genau wie ihm würde Anders keine Wiederauferstehung vergönnt sein, schwor Adam, als er in den Überresten jene Bruchstücke herausfischte, die die rote Lebensenergie, nach der der Dämon sich mit aller Macht sehnte, zum Fließen brachte.

40

Komm zu mir

Esther erwachte mit Kopfschmerzen in Dunkelheit.

Nachdem sie sich ausgiebig die Augen gerieben hatte, stellte sie fest, dass es keineswegs vollkommen dunkel war: Durch Ritzen fiel Sonnenlicht ein wie auch durch einen schmalen Streifen, der an einen Türspalt erinnerte – nur dass die Tür dann direkt über ihr sein müsste. Irritiert wollte sie sich aufrichten und stieß sogleich gegen eine Decke. Auch ihre Beine konnte sie nicht ausstrecken, so beengt war der Raum, in dem sie lag.

Während sie versuchte, sich einen Reim auf ihre Lage zu machen, fiel ihr wieder Adams Nachgiebigkeit ein, als sie darauf bestanden hatte, ihn zu Anders zu begleiten. Er hatte so verdächtig schnell eingelenkt und sie mit einem Kuss ruhiggestellt. Nein, nicht bloß mit einem Kuss, sondern mit einem Griff seitlich ihres Nackens. Er hatte sie bewusstlos gemacht und weggesperrt.

»Adam, du verlogener Mistkerl!«

Wütend trat Esther mit beiden Beinen gleichzeitig gegen die beengten Wände, die unter dem Aufprall erzitterten. Der Geruch nach Gummi und Metall wurde ihr bewusst, und als sie die Decke, auf der sie wie ein Embryo lag, beiseiteschob und den harten Untergrund ertastete, wusste sie, wo sie sich befand.

»Ist das zu glauben? Er hat mich tatsächlich in seinen gottverdammten Kofferraum gesperrt wie einen Gegenstand, den man mal eben kurz verstauen muss. Auf einer abseits liegenden Lichtung, an der kein Mensch vorbeikommt«, raunte sie aufgebracht, während sie mit den Fäusten auf die Abdeckung einprügelte, was ihr jedoch nicht mehr als wunde Handkanten einbrachte. »Dafür werde ich ihn umbringen, wenn er …«

Ja, dachte sie, plötzlich verstummend, wenn er zurückkommt. Wenn er gegen Anders bestehen kann. Adam mag zwar das Naturell eines Jägers haben, aber Anders würde sich weigern, sich wie eine scheue Beute zu verhalten. Jeder, der den Dämon in sich trug, war ein Raubtier, so viel hatte Esther begriffen. Selbst wenn Adam also zurückkam, was sagte das über ihn aus? Esther verdrängte den Gedanken, kaum dass er Form angenommen hatte. In Bezug auf Adam gab es nichts mehr zu entscheiden, sie wollte an seiner Seite sein, ganz gleich, was in ihm schlummerte.

Nach und nach gewöhnten ihre Augen sich an das Dämmerlicht, während sie weiterhin versuchte, den Kofferraum von innen zu öffnen. Nur was sie auch anstellte, er rührte sich kein Stück. Ansonsten hätte Adam dich wohl auch kaum hier eingesperrt, gestand sie sich ein. Der Kerl ist gründlich.

Als Esther sich auf die Seite legte, hörte sie ein Papierrascheln. Umständlich drehte sie sich um und fand eine Zeitschrift, Taschenlampe und eine Trinkflasche. »So sieht man sich wieder«, sagte sie zu der Flasche, ehe sie sich so weit wie möglich aufrichtete und einige tiefe Züge nahm. Dabei fiel ihr auf, dass ihre Hände zitterten. Die Aufregung und die Angst der letzten Tage saßen ihr unleugbar in den Knochen. Als sie die Zeitung im Lichtkegel der Taschenlampe betrachtete, musste sie auflachen. Ein Reisemagazin. Bei dem Bericht über die Sehenswürdigkeiten Indiens war ein Notizblatt eingeschoben.

Bevor Du Dich maßlos in Deinen – zugegebenermaßen gerechtfertigten – Zorn reinsteigerst, überleg Dir lieber, was wir beide uns als Erstes gemeinsam ansehen wollen. Ich finde Goa nicht schlecht.
Bis später, Adam

»Als ob ich dich so billig davonkommen lassen würde«, sagte Esther mit einem Schmunzeln, das ihr jedoch sogleich wieder verging.

Unablässig kreisten ihre Gedanken um Adam, zeigten ihr Bilder von seiner Unterwerfung durch Anders, während sie zur Untätigkeit verurteilt festsaß. Zwar bildete sie sich keineswegs ein, dass sie eine große Hilfe gewesen wäre – vermutlich hätte sie Adam eher behindert, denn im Gegensatz zu ihm war sie sterblich –, aber falls er unterliegen sollte, wollte sie bei ihm sein. Genau aus diesem Grund hat er dich weggesperrt, weil er das verhindern will. Du sollst nicht noch einmal sehen, wie jemand stirbt, den du liebst. Oder wie jemand, den du liebst, die falsche Entscheidung trifft …

Esther stöhnte auf und presste sich die Fäuste gegen die Schläfen. Vollkommen gleichgültig, in welche Richtung ihre Gedanken auch gingen, überall lauerten Fallen.

Im Nachhinein konnte sie nicht sagen, wie lange sie in dem Kofferraum eingesperrt war. Zu sehr war sie mit ihren Ängsten und Sorgen beschäftigt. Nur ihre steifen Gelenke und der schmerzende Rücken verrieten, dass sie eine ganze Weile zusammengekauert dagelegen hatte, als das Klacken des Kofferraumschlosses sie aus ihrer Versunkenheit riss.

Das grelle Sonnenlicht blendete sie, als der Deckel hochgehoben wurde, dann legte sich ein Schatten auf sie. Die Begrüßung, die ihr bei Adams ausdrucksloser Miene auf der Zunge lag, kam ihr nicht über die Lippen. Auch er schien es nicht für nötig zu halten, etwas zu sagen. Stumm hielt er ihr die Hand hin, um ihr beim Aussteigen behilflich zu sein.

Angst breitete sich in Esther aus. Dieser Mann vor ihr, dessen Gesicht eine makellose Maske war, kannte sie ihn? Sie war sich nicht sicher. Vielleicht würde Adam ja genauso aussehen, wenn Anders seinem Dämon verholfen hatte, endgültig die Oberhand zu gewinnen. Wie damals auf dem Fest, als er mit einer schockierenden Gleichgültigkeit Rischka in seine Arme gezogen hatte und sie, eine gewöhnliche Dienerin, deren Blut nutzlos war, nicht eines Blickes gewürdigt hatte.

»Adam«, fragte sie unsicher, »was ist geschehen?«

Als Adam die Hand hob, zuckte sie unwillkürlich zurück, beinahe als befürchte sie, er könne ihr etwas antun. In seinen Augen funkelte etwas Kühles, etwas Berechnendes auf, das Esther zurückweichen ließ. Dieser Mann war ihr fremd, seinen geschmeidigen Bewegungen und der Art, wie er sie fixierte, wohnte nichts Menschliches inne. Fast war es ihr, als würde er ihre Witterung aufnehmen, wenn auch nur für den Fall, dass sie einen Ausbruch wagen sollte.

»Ich habe dir etwas mitgebracht«, sagte er so ruhig, als gäbe es nichts auf der Welt, das seinen Puls zum Rasen bringen konnte. In der Hand hielt er etwas, das in ein weißes Stück Stoff eingeschlagen war. Nur war der Stoff nicht länger weiß: Rote Flecken durchdrangen ihn. »Nimm es.«

Esther machte vor Entsetzen noch einen weiteren Schritt zurück, unfähig, ein Aufkeuchen zu unterdrücken.

»Du solltest nicht vor mir zurückweichen, wenn ich in so einer Verfassung bin, Esther. Meine Jagdinstinkte könnten ansonsten die Oberhand gewinnen. Und das will keiner von uns beiden. Also komm wieder zu mir, ja?«

Gegen ihren Willen ging Esther weiter zurück. Es war, als habe ein Teil ihres Verstandes die Kontrolle übernommen, der uralt und fürs Überleben verantwortlich war. Und der drängte überwältigend zur Flucht.

»Esther«, flüsterte Adam nun kaum noch hörbar. »Komm zu mir.«

Mit weit aufgerissenen Augen starrte Esther auf das blutige Etwas in Adams Hand, und plötzlich glaubte sie ein leises Schlagen zu hören. Ein Herzschlag, dachte sie ungläubig. Das kann doch nicht sein!

41

Herzschlag

Die Macht, die von dieser Frau ausging, mochte nicht annähernd so stark sein wie der Sog, den ER ausgelöst hatte, trotzdem bekam er sie zu spüren. Die Liebe, die der Quälgeist zu dieser Sterblichen empfand, war wie ein Bannspruch: Der Gewinn von Adams Menschlichkeit ging zulasten seines dämonischen Reiches. Mit jeder Sekunde, die er in ihrer Gegenwart verbrachte, wurde er mehr zurückgedrängt, in einen Kerker verbannt, wobei ihm doch jeder einzelne Raum dieses Tempels gehören sollte.

Mit einem Wutschrei stemmte er sich dagegen, nicht bereit, auch nur ein Stück des gerade im Kampf zurückgewonnenen Gebietes wieder aufzugeben. Adam war geschwächt, seine Jagdinstinkte und seine Sinne waren kurz davor, das Ruder an sich zu reißen. Und er würde sie unterstützen, wo er nur konnte.

Der Kampf um die Machthoheit zwischen ihnen beiden konnte wieder aufgenommen werden. Jetzt!

Jeder Schritt, den Esther vor ihm zurückwich, war schlimmer als jegliche Verletzung, die sie ihm hätte zufügen können. Sie fürchtete sich vor ihm, vor dem Fremden, in den seine Instinkte ihn verwandelt hatten. Trotzdem gelang es Adam nicht, sich zu beruhigen. Weil ein Teil seiner selbst nicht wollte, dass Esther sich beruhigte, denn ihre Angst war ein unwiderstehliches Aphrodisiakum. Dieser Teil wartete nur darauf, dass sie endlich die Flucht antrat, damit er sie stellen konnte. Lauf, lauf weg vor mir, flüsterte jene Stimme. Ob Esther sie nun hörte oder nicht, war gleichgültig. Ihr Herz überschlug sich beinahe bei dem Versuch, ausreichend Adrenalin durch ihren Körper zu jagen, um eine Flucht vor dem beängstigenden Mann möglich zu machen, den sie zu kennen geglaubt hatte.

»Esther, komm zu mir«, forderte Adam sie ein weiteres Mal auf, während sich langsam Verzweiflung in ihm ausbreitete. Er konnte nichts anderes tun, als dazustehen und abzuwarten.

Esther musste die Entscheidung treffen.

Entweder trat sie die Flucht an, dann würde es ihm vielleicht gelingen, an Ort und Stelle zu verharren, bis sie fort war. Oder sie kam zu ihm und dann … Dann bist du mit einem Schlag kein Monster mehr, das sie in Furcht und Schrecken versetzt?, hielt Adam sich höhnisch vor Augen.

Als habe der Dämon seinen Selbstzweifeln gelauscht, sagte er: *Vielleicht gelingt es dir, dich in Sicherheit zu wiegen, aber ich verspreche dir, dass ich mehr als je zuvor um meinen Anspruch kämpfen werde. Ein einziger Moment der Schwäche, und ich werde Esther töten. Ich lasse mich nicht ein weiteres Mal von ihr zurückdrängen, und du darfst es auch nicht zulassen, dafür schuldest du mir zu viel.*

»Das in deiner Hand, das ist Anders' Herz, nicht wahr?« Esthers Lippen bebten so stark, dass sie die Worte kaum klar hervorbrachte.

»Ja.«

Zu ihrer Angst mischte sich Ekel. Sie fühlt sich abgestoßen von dem widerwärtigen Geschenk, das ich ihr bereiten will, und von mir, weil ich sie einer solchen Qual aussetze. Dabei gab es nichts, was er dagegen tun konnte, denn er war wie gefangen von ihr: Er konnte nichts anderes als sie sehen, sie hören, riechen und schmecken. Alles, was ihn ausmachte, war in diesem Augenblick bei ihr, bei der Frau, um deren Lippen ein Zug lag, als finge sie gleich zu schreien an, weil sie seine Gegenwart nicht länger ertrug.

»Ich möchte, dass du es nimmst und an eine Stelle bringst, an der weder ich noch jemand anders es jemals wiederfinden kann. Das hier ist deine Rückversicherung, dass Anders keinen Einfluss mehr auf dein Leben hat.«

»Was für ein grausamer Grundstein für unsere gemeinsame Zukunft.« Esther verschränkte die Arme vor der Brust und begann, sich leicht vor- und zurückzuwiegen, als wisse sie nicht recht, für welche Richtung sie sich entscheiden sollte.

»Willst du denn überhaupt noch eine gemeinsame Zukunft mit mir?« Diese Frage zu stellen, kostete Adam ungeahnt viel Kraft.

»Ich kann seinen Herzschlag hören«, brachte Esther schwach hervor. Sie wischte sich über die Augen, obwohl Adam kein verdächtiges Glitzern von Tränen gesehen hatte. Dann schlich sich ein zaghaftes Lächeln auf ihren Mund, und sie machte einen Schritt auf ihn zu.

»Esther, nicht! Bleib, wo du bist«, schallte eine laute Stimme über die Lichtung. »Und Sie, Sie rühren sich kein Stück näher, ansonsten werde ich schießen. Mein Vater hat mir das Schießen schon mit neun Jahren beigebracht, also können Sie sicher sein, dass ich mein Ziel auf jeden Fall treffe, ganz gleich, wie schnell Sie sind.«

Esther verharrte vor Überraschung. »Hayden …«, brachte sie nur hervor.

Adam senkte kurz den Kopf, dann drehte er sich langsam um. »Die Zeiten, als nicht jedermann mit einer Schusswaffe herumgefuchtelt hat, waren eindeutig mehr nach meinem Geschmack.«

»Dann hätten Sie einfach sterben sollen, als es eigentlich an der Zeit für Sie gewesen wäre.«

Hayden hatte die Ärmel seines Hemdes hochgekrempelt und die Krawatte gelöst. Der schwere Revolver in seiner Hand war ruhig ausgerichtet. Adam kam nicht umhin, den Mut dieses Mannes anzuerkennen. Schließlich hatte er vor nicht einmal zwölf Stunden aus nächster Nähe miterleben dürfen, wozu Adam und seinesgleichen imstande waren. Trotzdem wünschte er sich inständig, Hayden hätte, als er zur Lichtung gekommen war und gesehen hatte, in wessen Gesellschaft Esther sich befand, einen Rückzieher gemacht. Denn sein Auftritt befeuerte Adams ohnehin angeheizte Jagdinstinkte … und nicht nur die.

Es wundert mich, dass Anders mit ihm zusammenarbeiten und trotzdem der Verlockung seines Blutes widerstehen konnte. Wenn du ihn mir gibst, würde ich dich für heute in Ruhe lassen. Du scheinst mir ohnehin genug mit deinen Instinkten zu schaffen zu haben. So eine Gabe kann eben auch ein Fluch sein. Gib mir sein Blut, dann gebe ich dir einen Tag, um dich von Esther zu verabschieden. Ansonsten werde ich mir deine zusehends außer Kontrolle geratenen Instinkte zunutze machen, um meinen Willen durchzusetzen. Was sagst du zu meinem Vorschlag?

Adam glaubte regelrecht sehen zu können, wie der Dämon selbstgefällig grinste.

»Sie sollten besser gehen, Hayden, und zwar sofort.«

»Warum sollte ich? Schließlich waren Sie es doch, der mich hierherbestellt hat. Was ist das für ein krankes Spiel, wollten Sie Esther etwa vor meinen Augen etwas antun?« Bevor Adam etwas erwidern konnte, fiel Haydens Blick auf das blutige Bündel in seiner Hand. »Was, zum Teufel …«

»Das gehört mir«, sagte Esther. Langsam trat sie auf Adam zu und streckte die Hand aus.

»Fass das nicht an, verflucht.« Hayden war schreckensbleich geworden. Da Esther nicht reagierte, schoss er in die Luft.

Augenblicklich wirbelte Adam herum. »Das wirst du nicht noch einmal tun, ansonsten vergesse ich mich.«

»Liebling, bitte beruhig dich.« Es war eine Bitte und seine letzte Chance.

Adam spürte die flüchtige Berührung von Esthers Fingern auf seiner Schulter, die ihn zurückhalten wollten. Doch er war bereits weitergegangen, unfähig, sein aufbrausendes Temperament zu bändigen. Es war, als habe Haydens Verhalten etwas in ihm zum Überlaufen gebracht. Plötzlich sah er keinen Grund mehr, warum er diesen Mann eigentlich verschonen sollte. Es würde so leicht sein, sein Leben auszulöschen und dadurch seine Instinkte zu befriedigen. Damit würde er nicht nur endlich seinen Konkurrenten loswerden, sondern auch den Dämon besänftigen. Und er würde es Hayden leichtmachen. Er hatte es Hayden schon einmal leichtgemacht, nur, dass er ihn dieses Mal von der Ohnmacht in den ewigen Schlaf gleiten ließe.

Mit einem kalten Lächeln auf dem Gesicht hielt Adam auf Hayden zu, der den Revolver in seinen Händen vollkommen vergessen hatte. Wie ein vom Flutlicht geblendeter Hirsch stand er da und wartete darauf, dass der Jäger zuschlug.

Adam spürte, wie ihn der Dämon umtoste, sich an ihn schmiegte wie eine zweite Haut. Er ließ es zu, fast blind gab er sich hin, damit der Dämon übernehmen konnte. Damit alles in einem tiefen Rot versank. Dann schob sich ein Schatten zwischen ihn und sein Opfer.

»Adam, nicht.«

Zärtlich legte Esther ihm eine Hand um den Nacken, aber in ihrem Gesicht standen Verzweiflung und Entsetzen geschrieben. Schlagartig vergaß Adam den Dämon. Er hob die Hand, um Esthers Wange zu streicheln, doch seine Finger waren beschmutzt von Anders' Blut. Also senkte er sie wieder.

»Es tut mir leid, ich hätte es besser wissen müssen. Aber es war einfach zu schön mit dir. Manche Märchen gehen eben niemals gut aus«, sagte er. Dann griff er an ihr vorbei nach Haydens Arm, und ehe Esther begriff, was er tat, lag die Hand des anderen Mannes schon um ihr Handgelenk.

»Nein!«, schrie Esther auf, als Hayden sie packte und an sich riss.

Doch Adam hatte den Blick bereits gesenkt und wandte sich zum Gehen ab. Anders' pochendes Herz ließ er einfach zu Boden fallen. Mit jedem Schritt machte er sich tauber für Esthers Schreie und ignorierte den schwächer werdenden Apfelblütenduft. Nicht mehr lang, gleich ist es vorbei, gleich gehört Esther deiner Vergangenheit an. Aber er wusste, dass er sich selbst belog, schon während er seinen Wagen die Küstenstraße entlangfuhr.

Epilog

Die Nächte brachen bereits merklich früher an, und dem Regen wohnte eine würzige Nuance inne, ansonsten verriet nichts den angebrochenen Herbst. Selbst an diesem späten Abend, an dem das Wasser noch in Pfützen stand, hörte man von überall her das Summen der Klimaanlagen.

Der Mann, der gerade die Eingangstür hinter sich angelehnt hatte, trat unter dem Verandadach vor und spähte nachdenklich in den Himmel. Die Wolkendecke riss auf, und einige Sterne waren zu erkennen. Doch selbst hier am Rand von L.A., wo die sorgsam gepflegten Häuser derjenigen standen, die den Stadtrummel nicht länger ertrugen, sorgte die künstliche Lichterflut dafür, dass die Sterne bestenfalls blasse Punkte am Firmament waren. Anders als in seiner Jugend auf einer der Obstplantagen, da hatte man nachts die Hand nicht vor Augen sehen können.

In Gedanken versunken, nahm er das Mundstück seiner Pfeife zwischen die Zähne und riss ein Streichholz an. Schwefelgeruch stieg ihm in die Nase. Und unwillkürlich fragte er sich, warum man diesen Geruch eigentlich immer mit dem Teufel in Verbindung brachte. Dabei hatten die Teufel, die er kennengelernt hatte, ganz anders gerochen: nach Muskat. Ganz fein, kaum wahrnehmbar. Ehe er sich's versah, zog er die Nachtluft ein in der Hoffnung, nichts anderes als nassen Rasen und den Kirschholzduft seines Tabaks aufzuschnappen. Stattdessen war da jener würzige, fast scharfe Muskatduft, bei dem ihm jedes Mal ein Schauer über den Rücken lief.

Wie oft hatte er abends in den letzten Monaten auf dieser Veranda gestanden und in die Dunkelheit gestarrt, während ihm seine Sinne vorgaukelten, dass sich dort draußen etwas verbarg, das nach Muskat roch? Nie hatte sich etwas geregt, es hatte keinerlei Anzeichen gegeben, dass jemand sich hinter den alten Bäumen, deretwegen sie dieses Grundstück ausgewählt hatten, verbarg.

Nachdenklich stieß er den Rauch aus, der wie ein grauer Schleier vom Wind mitgerissen wurde. Dann bemerkte er eine Gestalt aus den Augenwinkeln. Sie stand tatsächlich zwischen den mächtigen Ahornstämmen, die Hände in den Hosentaschen, in aller Ruhe abwartend.

Obwohl sein Instinkt ihm riet, augenblicklich ins Haus zurückzukehren und nach seiner Waffe zu suchen, klopfte er den Pfeifenkopf im Aschenbecher aus, der auf dem Verandageländer für seine abendliche Stunde bereitstand. Dann schlenderte er zu den Bäumen hinüber, wohl wissend, dass er der dort wartenden Gestalt weder etwas vormachen noch ihr im Ernstfall etwas entgegensetzen konnte.

»Guten Abend, Hayden«, sagte Adam, dessen außergewöhnliche Gesichtszüge selbst im Halbdunkel zu erkennen waren.

Es wäre leicht für Hayden gewesen, sich einzureden, dass Esther vor allem der Schönheit dieses Mannes verfallen gewesen war, aber er zog es vor, sich nicht selbst zu belügen. »Eine herrliche Nacht, nicht wahr? Großartig für einen Spaziergang.«

Adam nickte, warf jedoch einen sehnsüchtigen Blick auf das Haus, in dessen oberer Etage ein Fenster erleuchtet war.

Während sie über den breiten Gehweg wanderten, schossen Hayden tausend Fragen durch den Kopf, doch keine fand ihren Weg über seine Lippen. Alle kreisten sie darum, was dieser Mann eigentlich wollte, der schweigend neben ihm herging.

»Ich bin heute Nacht nicht hergekommen, um dich zu beunruhigen«, unterbrach Adam die Stille.

»Es beunruhigt mich aber zu wissen, dass du jede Nacht draußen vor unserem Haus stehst. Es ist nur eine Frage der Zeit, bis Esther einen Verdacht hegt und anfängt, selbst nach dir Ausschau zu halten. Oder ist es vielleicht genau das, was du mit deinen Besuchen bezwecken willst?«

Adam schüttelte den Kopf. Dabei bemerkte Hayden den gequälten Zug in seinem Gesicht. »Du irrst dich. Ich bin heute das erste und letzte Mal hier, und zwar nicht, um Esther unter die Augen zu treten, sondern um meine damalige Entscheidung noch einmal zu bekräftigen. Damit dir klar ist, dass ich nie wieder vor sie treten werde. Du brauchst also keine Wache im Garten zu schieben oder dir Sorgen zu machen, dass mir plötzlich der Gedanke kommen könnte, sie zurückzuerobern.«

»Glaubst du denn, nach alldem, was auf der Lichtung geschehen ist, hättest du überhaupt noch eine Chance bei ihr? Du hast dich abgewandt. Du hast dich gegen eine gemeinsame Zukunft mir ihr entschieden. Esther ist eine stolze Frau.«

»Das ist sie«, erwiderte Adam ruhig. »Und vor allem hat sie ein friedliches Leben verdient, ein Leben, das du ihr – im Gegensatz zu mir – bieten kannst. An dieser Überzeugung hat sich bei mir nichts geändert und wird es auch nicht mehr. Ich will, dass Esther zufrieden ist, dass eine gute Zukunft vor ihr liegt, nachdem die Vergangenheit voller Fallen und Verletzungen gewesen ist.« Adam verstummte, als würde ihm schmerzlich bewusst werden, dass auch er ein Teil dieser Vergangenheit war. »Ich wollte aus zwei Gründen mit dir sprechen, bevor ich morgen früh Kalifornien verlasse. Zum einen wollte ich mich vergewissern, ob ihr Anders' Herz auch wirklich an einem sicheren Ort verborgen habt.«

Hayden wog kurz ab, wie viel er Adam verraten konnte. Nachdem Esther ihn eingeweiht hatte, wozu Anders' Gabe gediehen war, hatten sie lange darüber nachgedacht, wo sie das unvermindert schlagende Herz verstecken sollten, ohne dass es jemals wieder auffindbar sein würde. Sie hatten einen Ort gefunden, verbunden mit ihrer Hochzeitsreise nach Irland. Es war in vielerlei Hinsicht eine bedeutende Reise gewesen, die sie einander nähergebracht, aber vor allem Esther mit ihrer schmerzlichen Geschichte hatte abschließen lassen … sofern so etwas überhaupt möglich war.

»Du brauchst dir wegen des Herzens keine Sorgen zu machen, es wird nie wieder in Anders' Brust schlagen.«

»Gut.«

Zu Haydens Erleichterung machte Adam keinerlei Anstalten, nachzufragen. Er hätte ihm nämlich unter keinen Umständen den Ort verraten, denn Esther hatte es allzu gut verstanden, ihm vor Augen zu führen, was ein wiedervereinter Dämon für die Menschheit bedeuten konnte.

»Auch ich habe die letzten Monate dazu genutzt, die zerschlagenen Teile, die von Anders übrig geblieben sind, in alle Himmelsrichtungen zu verteilen.« Adam fuhr sich mit der Hand durch die Haare, die für Haydens Geschmack eindeutig zu lang waren. »Zum anderen wollte ich dir versichern, dass Esther und du mich nie wieder zu sehen bekommen werdet. Und auch sonst keinen von unseresgleichen. Ihr seid also in Sicherheit.«

Hayden lag ein »Danke« auf der Zunge, aber er brachte es nicht heraus.

Vermutlich hätte Adam es ohnehin nicht gehört, denn sein Blick war bereits auf seinen grauen Wagen gerichtet, der ein Stück abseits des Hauses geparkt stand. Er holte den Schlüssel aus der Hosentasche hervor und spielte damit. Seine Augen huschten erneut zu dem Haus hinüber, das halb von den Ahornkronen bedeckt dalag.

»Hast du verstanden, was ich gesagt habe, Hayden? Es gibt

keinen Grund für dich, länger hier draußen herumzustehen. Geh zu Esther und bleib dort.«

Ein gereizter Unterton hatte sich in Adams Stimme geschlichen, bei dem sich Haydens Brustkorb augenblicklich verengte. Er machte auf der Stelle kehrt und ging mit langen Schritten auf das Haus zu, dessen Licht in der oberen Etage immer noch einladend leuchtete.

Es war Adam fast unmöglich, den Blick von dem erleuchteten Fenster loszureißen. Es war ein lockendes Versprechen, dem er niemals nachgeben durfte. Obwohl Hayden längst verschwunden war, lag immer noch seine Spur auf der nächtlichen Straße und mit ihr ein Duft nach Apfelblüten.

Esther hatte ein zufriedenes Leben verdient, hatte er zu Hayden gesagt. Das war vielleicht nicht das, was sie sich wünschte, aber auf jeden Fall das, was sie brauchte. Doch ganz gleich, wie oft Adam diese Losung auch hervorbrachte, es gelang ihr nicht, ihn zu besänftigen. Wenn er sich nicht unentwegt kontrollierte, lief er sofort Gefahr, alle Vernunft über Bord zu werfen und Esther um eine weitere Chance zu bitten.

Wenn du dich ihr in Ruhe erklären möchtest … Mein altes Angebot steht noch: Haydens Blut gegen eine kleine Auszeit. Oder traust du dir etwa selbst nicht über den Weg, wenn ich nicht mit von der Partie bin?

Wie immer in den letzten Monaten schaltete sich der Dämon genau zum richtigen Zeitpunkt ein und löschte den Hoffnungsfunken, der nicht aufhören wollte zu glimmen. Auch dieses Mal schob Adam den Gedanken an Esther weit von sich und konzentrierte sich stattdessen darauf, seinen Plan zu Ende zu bringen.

Den Schlüsselbund in seiner Hand auf und ab tanzen lassend, stieg er in seinen Wagen ein. Kaum hatte er die Tür geschlossen, überwältigte ihn fast der aufdringliche Muskatduft.

»Du wirst in Zukunft vorsichtiger sein müssen, meine Gute. Hayden hat bemerkt, dass du vor seiner Haustür Wache schiebst.«

Rischka sank tiefer in den Beifahrersitz. »Wunderbar. Und wie soll ich das anstellen, mich vielleicht in der Kanalisation verstecken?«

»Das ist mir gleich. Hauptsache, du machst es richtig.«

»Wenn ich deinen Wunsch erfülle, werde ich ja zweifelsohne noch ausreichend Gelegenheit dazu bekommen, meine Beschützerdienste zu perfektionieren. Wie viele Jahre hat eine junge Frau wie Esther wohl noch zu leben?« Der Ausdruck auf Adams Gesicht brachte Rischka sofort zum Verstummen. Allerdings nur für einen Moment, denn das hier war ihre letzte Chance, seine Bedingungen wenigstens ein klein wenig zu lockern. »Findest du nicht, dass du mir zu viel abverlangst?

»Ich verlange weder zu viel, noch erfüllst du mir einen Wunsch, Rischka. Du begleichst schlicht und ergreifend deine Schulden bei mir. Wenn du mich fragst, kommst du dabei sogar billig davon.«

Wütend grub Rischka ihre Fingernägel in die Lederpolster. Zumindest erlangte sie dadurch einen Hauch von Genugtuung. »Morgen früh gehen du und dein geliebter Jaguar also an Bord eines Schiffes und ihr lasst den Kontinent hinter euch?«

Adam nickte lediglich stumm. Gelegentlich sah es so aus, als würde er der Versuchung nachgeben und zum Haus hinüberblicken, doch er beherrschte sich.

»Etienne wird sich freuen, dich nach all den Jahren endlich wieder bei sich zu haben. Da Adalbert ihm doch endgültig verlorengegangen ist, dieser kleine Mistkerl. Du hättest Etiennes Bitte in den Wind schlagen und Adalbert jagen sollen, so wie er es verdient hat. Dieser Hang zur Menschenliebe ist einfach nur lächerlich.«

»Wie du meinst.«

Adam ist so schwer zu fassen zu bekommen wie ein Fisch im Wasser, gestand Rischka sich ein. Selbst, als er sich damals in Paris entschieden hatte, sich dem Willen des Dämons zu überlassen, war er nicht derartig kühl und unnahbar gewesen. Fast schien es, als wäre die Maske, die er früher aufgesetzt hatte, um seine Gefühle zu verstecken, zu seiner wahren Natur geworden. Nur beim Anblick des Fensters, in dem sich flüchtig Esthers Silhouette abzeichnete, kam der alte Adam hervor. Wenn es ihr nur ebenfalls gelingen würde, ihn zu erreichen, dachte Rischka sehnsüchtig.

»Bis Etienne, du und ich wieder einmal zu dritt beisammensitzen, wird es ja leider fast ein ganzes Menschenleben dauern. Dank meiner neuen wundervollen Aufgabe.«

»Selbstmitleid steht dir nicht gut zu Gesicht, wenn du mich fragst.«

»Meinst du, dein verzweifelter Ausdruck, der etwas von einem geprügelten Hund hat, stünde mir besser?«

Adam legte seinen Kopf zur Seite, bis die Wirbel knackten, dann startete er den Motor.

»Wollen wir wirklich so auseinandergehen?« Zärtlich streichelte Rischka über die Linie seines Nackens.

»Ehrlich gesagt, möchte ich dich nicht auf dem Rücksitz haben, nachdem du mir schon den Beifahrersitz zerkratzt hast. Aber ich fühle mich geschmeichelt, dass du mir trotz allem, was geschehen ist, eine derartige Verabschiedung zukommen lassen würdest.«

Wie Rasierklingen grub Rischka ihre Fingernägel in sein Fleisch, obwohl ihr die Wirkung ohne Adalberts Gift nicht die gleiche Befriedigung verschaffte. Doch Adam schmunzelte nur eine Spur verächtlich, als wisse er sie trotz ihrer Abgründe zu schätzen.

»Viel Spaß beim Menschsein-Spielen mit Etienne«, fauchte sie ihn unversöhnlich an. »Ihr werdet sicherlich eine großartige

Zeit dabei haben, euch mit der osteuropäischen Sprache abzuplagen und so zu tun, als wäre der Rotwein in euren Gläsern Blut, wenn euch eure wahre Natur einmal zu übermannen droht. Aber die menschliche Seite zum Vorschein zu bringen, ist den Aufwand sicherlich wert.«

»Danke, Rischka«, sagte Adam. »Spaß können wir wohl beide die nächsten Jahre gebrauchen.« Er blinzelte ihr noch einmal zu, ehe sie wutschnaubend die Tür zuschlug. Dann lenkte er den Wagen in Richtung Hafen. Nicht mehr lange, dann würde das erste Rot den Morgen ankündigen, aber noch glänzten die nächtlichen Straßen vom Regen.

Danksagung

Während ich an *Morgenrot* gearbeitet habe, bin ich überraschenderweise nicht auf die Idee gekommen, die Vorgeschichte meines Helden Adam zu erzählen. Ich hatte zwar eine sehr klare Vorstellung im Kopf, wie er zu dem Mann geworden ist, der Lea seinen Gefühlen zum Trotz auf Distanz hält, bin aber seiner Entscheidung gefolgt, darüber den Mantel des Schweigens auszubreiten. Nachdem *Morgenrot* erschienen ist, kam von allen Seiten die Frage: Warum ist Adam so, wie er ist? Und vor allem – diese Frage wurde von einigen Damen sehr leidenschaftlich vorgetragen –, warum schreibst du seine Geschichte nicht auf? Nun ja, habe ich mir gedacht, bevor ich mich schlagen lasse … Mein größtes Dankeschön geht an dieser Stelle an all die *Morgenrot*-Liebhaberinnen und ihren charmanten Durchsetzungswillen.

Nachtglanz zu schreiben, hat sich als wahrer Kraftakt erwiesen, inklusive schlafloser Nächte. Es ist nicht übertrieben, wenn ich sage, dass mir der gute Adam regelrecht im Nacken saß und ich mich oftmals wie eine Getriebene fühlte. So etwas steht man nur durch, wenn man eine feste Gruppe lieber Menschen hinter sich stehen hat: tausend Küsse für Bastian, Sigrun, Eva und natürlich Justus. An dieser Stelle auch ein Dankeschön an Beate und Manfred für das gedeihende Glücksbäumchen. Nicht, dass ich abergläubisch wäre …

Ich danke meiner Freundin Melanie Voßschulte, weil sie Adam immer noch liebt, und der süßen Anky Greifeneder, weil in Hängepartien ein kurzes Gespräch mit ihr reicht, um zu erkennen, dass das Leben bunt und wunderschön ist ... auch wenn man es vor dem Monitor sitzend fristet. Außerdem war mir Laila El Omari eine große Hilfe, wenn es um historische Details ging. Wer sonst kann innerhalb kürzester Zeit Bildmaterial über Pariser Badewannen um 1890 vorlegen?

Da *Nachtglanz* eine echte Herausforderung war, war die vertrauensvolle Zusammenarbeit mit meiner Lektorin Julia Bauer besonders wichtig. Zum einen hat sie sich auf meinen verrückten Zeitplan eingelassen – was bestimmt keine Selbstverständlichkeit ist. Zum anderen hat sie mir jederzeit Vertrauen entgegengebracht, wenn ich sie anstelle einer ausgefeilten Storyline mit Sätzen wie »Ich weiß zwar noch nicht wie, aber am Ende passt das alles zusammen ... bestimmt« beglückt habe. Work-in-progress kann zur Zerreißprobe werden, aber nicht mit der lieben Julia und ihren Nerven aus Drahtseilen – danke! Martina Vogl gilt mein Dank, weil man mit ihr ganz wunderbar über Ideen und Figuren sprechen kann. Du bist inspirierend, Frau Vogl. Auch dieses Mal kann ich wieder nur Danke zu Kerstin von Dobschütz für die wunderbare Zusammenarbeit sagen – niemand anderem vertraue ich meine Sätze lieber an. Und natürlich zu meiner Agentur Thomas Schlück, die mir in meinem Schreiballtag sehr fehlt.